SUSAN ELIZABETH PHILLIPS
Aus Versehen verliebt

Buch

Wenn dein Ehemann dich gerade verlassen hat, deine letzten Filme ein Flop waren und dein Ruf als Schauspielerin im Eimer ist, dann sollte man einige Dinge nicht tun. Georgie York weiß, dass man dann NICHT nach Las Vegas fahren sollte. Und vor allem sollte man AUF JEDEN FALL die Finger von jenem Mann lassen, der einen seit Jahren verrückt macht. Dummerweise hat sich Georgie aber nicht an ihren eigenen Ratschlag gehalten: Jetzt glaubt die Welt, sie sei Hals über Kopf in Bram Shepard verliebt, in ihren verabscheuungswürdigen Exfilmpartner. Doch ein weiteres Paparazzi-Schlachtfest erträgt Georgie einfach nicht. Also bittet sie Bram inständig, doch bei der Ehe-Scharade mitzumachen. Zu ihrer großen Verblüffung spielt Bram nicht nur mit, sondern bietet an ihrer Seite die Rolle seines Lebens: Er überzeugt jeden in Hollywood als frisch verliebter Ehemann. Nur eine nicht! Und schon steckt Georgie mitten in einer wilden Liebesgeschichte – ganz ohne Drehbuch. Und stellt bald fest, ob im Film oder im wahren Leben, schnell heißt es: Klappe! Liebe, Chaos, Katastrophen, die nächste …

Autorin

Susan Elizabeth Phillips ist eine der meistgelesenen Autorinnen der Welt. Ihre Romane erobern jedes Mal auf Anhieb die Bestsellerlisten in Deutschland, England und den USA. Die Autorin hat zwei erwachsene Söhne und lebt mit ihrem Mann in der Nähe von Chicago.

Von Susan Elizabeth Phillips bei Blanvalet lieferbar:

Bleib nicht zum Frühstück · Küss mich, Engel · Träum weiter, Liebling · Kopfüber in die Kissen · Verliebt, verrückt, verheiratet · Wer will schon einen Traummann? · Ausgerechnet den? · Der und kein anderer · Dinner für drei · Vorsicht, frisch verliebt · Frühstück im Bett · Komm, und küss mich · Die Herzensbrecherin · Küss mich, wenn du kannst · Dieser Mann macht mich verrückt · Mitternachtsspitzen · Kein Mann für eine Nacht · Aus Versehen verliebt · Der schönste Fehler meines Lebens · Wer Ja sagt, muss sich wirklich trauen · Cottage gesucht, Held gefunden · Verliebt bis über alle Sterne

Besuchen Sie uns auch auf www.facebook.com/blanvalet und www.twitter.com/BlanvaletVerlag

Susan Elizabeth Phillips

Aus Versehen verliebt

Roman

Deutsch von Elfriede Peschel

blanvalet

Die Originalausgabe erschien 2009 unter dem Titel »What I Did for Love«
bei William Morrow, An Imprint of HarperCollinsPublishers, New York.

Sollte diese Publikation Links auf Webseiten Dritter enthalten,
so übernehmen wir für deren Inhalte keine Haftung, da wir uns
diese nicht zu eigen machen, sondern lediglich auf deren Stand
zum Zeitpunkt der Erstveröffentlichung verweisen.

Verlagsgruppe Random House FSC® N001967

2. Auflage
Copyright der Originalausgabe © 2009 by Susan Elizabeth Phillips
Copyright der deutschsprachigen Ausgabe © 2009
by Blanvalet Verlag, in der Verlagsgruppe Random House GmbH,
Neumarkter Str. 28, 81673 München.
Umschlaggestaltung und -motiv: www.buerosued.de
Redaktion: Regine Kirtschig
LH · Herstellung: wag
Druck und Bindung: GGP Media GmbH, Pößneck
Printed in Germany
ISBN: 978-3-7341-0673-6

www.blanvalet.de

Im Gedenken
an Kate Fleming / Anna Fields

Es gibt nicht genügend Worte, um das Schweigen zu füllen,
das ihr zurückgelassen habt.
Wir trauern um euren Verlust und vermissen euch mehr,
als wir je sagen können.

Liebe Leser,

Bram Shepard und Georgie York sind das berühmteste
Liebespaar des Fernsehens, aber im wirklichen
Leben hassen sie einander. Wo werden sie also landen ...
im Hafen der Ehe? AUS VERSEHEN VERLIEBT ist
ein Buch, das ich schon lange hatte schreiben wollen,
und es freut mich, dass Sie es endlich in den Händen
halten.

Wie viele von Ihnen wissen werden, lebe ich in Chicago. Wenn Sie meine Website unter www.susan-
elizabethphillips.com besuchen, können Sie Fotos von
meinem Arbeitszimmer sehen. Jeden Tag, wenn ich an
meinem Computer sitze und meine E-Mail öffne, erfahre
ich etwas von meinen deutschen Leserinnen. Inzwischen
habe ich das Gefühl, Sie persönlich zu kennen, und ich
schätze jede Einzelne von Ihnen. Sie sind Teenager,
Karrierefrauen, Mütter und Großmütter. Sie leben allein,
sind verheiratet oder verwitwet. Sie lesen meine Bücher
im Urlaub, während der Mittagspausen, beim Babyfüt-
tern oder einfach entspannt auf der Couch bei einer
Tasse Kaffee. (Manche von Ihnen lesen meine Bücher
sogar, obwohl Sie eigentlich fürs Examen lernen sollten,
und davon muss ich abraten!) Sie wünschen sich eine
Liebesgeschichte mit Charakteren, für die Sie sich erwär-
men können. Eine Geschichte, die Sie lachen und seufzen
und vielleicht auch ein paar Tränen vergießen lässt. Sie
sagen sich, das Leben ist Herausforderung genug,
und wünschen sich ein Happyend.

Wird es für Bram Shepard und Georgie York ein Happyend geben? Lehnen Sie sich in einen bequemen Sessel zurück, blättern Sie und finden Sie es heraus.

Mit meinen allerbesten Wünschen,
Susan Elizabeth Phillips

1

Die Schakale umschwärmten sie, als sie ins Freie trat. Als Georgie in der Parfümerie am Beverly Boulevard abgetaucht war, waren ihr nur drei davon auf den Fersen gewesen, jetzt waren es schon fünfzehn – zwanzig – vielleicht auch mehr – eine heulende, wilde Meute, die man in L.A. mit gezückten Kameras losgelassen hatte und die nur darauf wartete, ihr den letzten Fetzen Fleisch von den Knochen zu reißen.

Ihre Blitzlichter blendeten sie, als sie in den späten Aprilnachmittag eintauchte. Sie redete sich ein, mit allem fertig werden zu können, was sie ihr entgegenschleuderten. Hatte sie das nicht das ganze vergangene Jahr über getan? Sie fingen an, sie mit unverschämten Fragen zu bombardieren – zu vielen Fragen, zu schnell, zu laut, Worte, die miteinander verschmolzen, bis nichts mehr einen Sinn ergab. Einer von ihnen drückte ihr etwas in die Hand – eine Illustrierte – und brüllte ihr ins Ohr. »Das wird gerade frisch ausgeliefert, Georgie. Was sagen Sie dazu?«

Automatisch warf Georgie einen Blick darauf und sah auf der Titelseite von *Flash* das Sonogramm eines Babys. Das Baby von Lance und Jade. Das Baby, das ihres hätte sein sollen.

Sie verlor alle Farbe im Gesicht. Die Blitzlichter blitzten, die Kameras klickten, und ihr Handrücken flog an ihren Mund. Nachdem sie sich so viele Monate lang beherrscht hatte, verlor sie jetzt die Kontrolle, ihr schossen die Tränen in die Augen.

Die Kameras fingen alles ein – die Hand an ihrem Mund,

die Tränen in ihren Augen. Endlich hatte sie den Schakalen gegeben, worauf sie das ganze vergangene Jahr über gelauert hatten – Fotos der lustigen, einunddreißigjährigen Georgie York inmitten der Trümmer ihres Lebens.

Sie ließ die Illustrierte fallen und wandte sich zur Flucht, aber sie hatten sie eingekesselt. Sie versuchte, nach hinten zu entkommen, aber sie waren überall mit ihren heißen Blitzlichtern und dem herzlosen Geschrei. Ihr Geruch verstopfte ihre Nasenlöcher – Schweiß, Zigaretten, aufdringliches Eau de Cologne. Jemand trat ihr auf den Fuß. Ein Ellbogen rammte sich in ihre Seite. Sie rückten dichter an sie heran, raubten ihr den Atem, erstickten sie ...

Bramwell Shepard verfolgte die widerliche Szene, die sich vor ihm abspielte, von den Stufen des nebenan gelegenen Restaurants. Er kam gerade vom Mittagessen, als das Spektakel losging, er blieb auf dem Treppenabsatz stehen, um es auf sich wirken zu lassen. Er hatte Georgie York schon ein paar Jahre lang nicht mehr gesehen, und dann auch nur im Vorbeigehen. Aber als er nun den Angriff der Paparazzi beobachtete, kehrte die Verbitterung zurück.

Von seinem erhöhten Standpunkt aus hatte er einen guten Überblick auf das Chaos. Einige der Paparazzi hielten ihre Kameras hoch über den Köpfen, andere schoben ihr die Linsen ins Gesicht. Sie hatte seit ihrer Kindheit mit der Presse zu tun gehabt, aber auf das Pandämonium dieses letzten Jahres war sie gewiss nicht vorbereitet. Nur zu schade, dass keine Helden da waren, die darauf warteten, sie retten zu dürfen.

Bram hatte acht elende Jahre damit zugebracht, Georgie aus brenzligen Situationen zu befreien, aber seine Tage in der Rolle des galanten Skip Scofield an der Seite von Georgie, alias der unerschrockenen Scooter Brown, lagen schon lange hinter ihm. Sollte Scooter Brown doch zusehen, wie sie ihren Arsch diesmal selbst rettete – oder, was wahrscheinlicher war, warten, damit Daddy das für sie erledigte.

Die Paparazzi hatten ihn nicht bemerkt. Er befand sich derzeit nicht auf deren Radarschirmen, was aber nicht heißen musste, dass er nicht sofort darauf gewesen wäre, wenn sie ihn zusammen mit Georgie hätten ablichten können. *Skip und Scooter* war eine der erfolgreichsten Sitcoms der Fernsehgeschichte gewesen. Acht Jahre lang ausgestrahlt, jetzt bereits seit acht Jahren nicht mehr auf Sendung, hatte die Öffentlichkeit sie dennoch nicht vergessen, vor allem nicht, wenn es um Amerikas gutes Mädchen Nummer eins ging, um Scooter Brown, im richtigen Leben gespielt von Georgie York.

Einem besseren Menschen hätte sie vielleicht in ihrem momentanen Dilemma leid getan, aber den Helden-Button hatte er nur auf der Leinwand getragen. Sein Mund zuckte, als er auf sie herabschaute. *Na, wie funktioniert deine mutige Ich-schaff-das-Haltung in letzter Zeit, Scooter?*

Plötzlich nahmen die Dinge eine hässliche Wendung. Zwei der Paparazzi fingen eine Rempelei an, einer von beiden schubste sie kräftig. Sie verlor das Gleichgewicht und ging zu Boden, im Sturz kam ihr Kopf nach oben, und da erspähte sie ihn. Inmitten all des Wahnsinns, des wilden Gerangels und verrückten Rempelns, in all dem Krawall und Chaos gelang es ihr, ihn kaum dreißig Schritt weit entfernt zu entdecken. Auf ihrem Gesicht zeichnete sich blitzartiges Entsetzen ab, nicht wegen des Sturzes – irgendwie hatte sie sich wieder aufgerappelt, ehe beide Knie aufschlugen – sondern seines Anblicks wegen. Ihre Blicke trafen sich, die Kameras rückten näher, und der in ihr Gesicht geschriebene Hilferuf ließ sie wieder wie ein Kind aussehen. Er starrte sie an – ohne sich vom Fleck zu rühren – und nahm diese weingummigrünen Augen in sich auf, die noch immer voller Hoffnung waren, es könnte doch noch ein Geschenk für sie unter dem Weihnachtsbaum liegen. Dann verschleierten sich ihre Augen, und er wurde Zeuge des exakten Augenblicks der Erkenntnis, dass er ihr nicht helfen würde – dass er derselbe selbstsüchtige Mistkerl war wie eh und je.

Was zum Teufel erwartete sie auch? Hatte sie jemals auf ihn zählen können? Ihr lustiges Mädchengesicht zuckte vor Verachtung, und sie wandte ihre Aufmerksamkeit wieder dem Kampf mit den Kameras zu.

Zu spät erkannte er, was für eine hervorragende Gelegenheit er verpasst hatte, und er fing an, die Treppe hinunterzusteigen, aber er hatte zu lang gewartet. Sie hatte bereits den ersten Schlag ausgeteilt. Kein Volltreffer, aber er erreichte sein Ziel, und ein paar der Paparazzi traten beiseite, um Platz zu machen, damit sie zu ihrem Auto gehen konnte. Sie warf sich hinein und fuhr gleich darauf los. Während sie sich ohne Rücksicht auf Verkehrsregeln in den Freitagnachmittagsverkehr von L.A. einfädelte, rasten die Paparazzi zu ihren illegal geparkten schwarzen Geländewagen und begannen mit der Verfolgungsjagd.

Hätte der Parkdienstservice des Restaurants nicht diesen Moment gewählt, um ihm seinen Audi zu bringen, hätte Bram womöglich keinen weiteren Gedanken an dieses Ereignis verschwendet, aber als er hinters Steuer rutschte, gewann die Neugier die Oberhand. Wo würde die Illustriertenprinzessin wohl ihre Wunden lecken, wenn ihr kein Versteck mehr blieb?

Das Mittagessen, das er gerade hinter sich gebracht hatte, war ein Reinfall gewesen, und da er mit seiner Zeit nichts Besseres anzufangen wusste, beschloss er, sich an die Kavalkade aus Paparazzi dranzuhängen. Obwohl er ihren Prius nicht sehen konnte, sagte ihm die schlängelnde Fahrweise der Paparazzi, dass Georgie offenbar unberechenbar fuhr. Sie bog zum Sunset ab. Er schaltete das Radio ein, schaltete es wieder aus und überdachte seine Lage. In Gedanken spielte er ein faszinierendes Szenarium durch.

Schließlich fuhr die Kavalkade auf den Pacific Coast Highway in nördlicher Richtung, und da dämmerte es ihm. Ihr wahrscheinliches Ziel. Er rieb mit seinem Daumen über sein Lenkrad.

War das Leben nicht voll interessanter Zufälle …

Georgie wünschte sich, ihre Haut abstreifen und einfach liegen lassen zu können. Sie wollte nicht mehr länger Georgie York sein. Sie wollte eine Persönlichkeit mit Würde und Selbstachtung sein.

Hinter den getönten Scheiben ihres Prius wischte sie sich mit ihrem Handrücken über die Nase. Früher hatte sie die Welt zum Lachen gebracht. Nun war sie trotz all ihrer Anstrengungen das Postergirl für Liebeskummer und Demütigung geworden. Der einzige Trost, der ihr in dem ganzen Debakel ihrer Scheidung geblieben war, war die Gewissheit, dass die Kameras der Paparazzi sie nie, niemals mit hängendem Kopf erwischt hatten. Selbst am schlimmsten Tag ihres Lebens – der Tag, an dem ihr Ehemann sie wegen Jade Gentry verließ – hatte Georgie für die Schakale, die ihr auf den Fersen waren, Scooter Browns zum Markenzeichen gewordenes Grinsen und eine dämliche Pin-up-Pose parat gehabt. Aber heute war ihr der letzte Rest ihres Stolzes gestohlen worden. Und Bram Shepard war Zeuge davon geworden.

Ihr drehte sich der Magen um. Das letzte Mal hatte sie ihn vor ein paar Jahren auf einer Party gesehen. Er war von Frauen umgeben gewesen – was keine Überraschung war. Sie war gleich wieder gegangen.

Es wurde laut gehupt. Die Aussicht, in ihr leeres Haus oder die öffentliche Mitleidsparty zurückzukehren, zu der ihr Leben geworden war, war ihr zuwider, deshalb befand sie sich nun auf dem Weg zu ihrem alten Freund Trevor Elliott, der am Strand von Malibu ein Haus hatte. Aber obwohl sie inzwischen schon fast eine Stunde unterwegs war, wollte ihr Herzschlag sich nicht beruhigen. Nach und nach hatte sie die zwei Dinge verloren, die ihr am meisten bedeuteten – ihren Ehemann und ihren Stolz. Drei Dinge, wenn sie ihre Karriere mit in die Waagschale warf, die sich in zunehmender Auflösung befand. Und jetzt das. Jade Gentry trug das Baby aus, nach dem Georgie sich gesehnt hatte.

Trevor machte ihr die Tür auf. »Bist du verrückt?« Er packte sie am Handgelenk und zog sie in die kühle Diele, bevor er den Kopf noch einmal hinausstreckte, wobei sein Eingangsbereich ihn ausreichend vor den Paparazzi abschirmte, die nun auf der Böschung des Pacific Coast Highway zum Stehen kamen.

»Alles sicher«, sagte sie ironisch, war dieser Tage doch überhaupt nichts mehr sicher.

Er strich sich mit der Hand über seinen rasierten Schädel. »Bis zu den Nachrichten heute Abend haben sie uns verheiratet, und du bist schwanger.«

Schön wär's, dachte sie, als sie ihm ins Haus folgte.

Sie hatte Trevor vor vierzehn Jahren auf dem Set von *Skip und Scooter* kennen gelernt, wo er Skips etwas unterbelichteten Freund Harry gespielt hatte, aber seine kleinen Nebenrollen gehörten längst der Vergangenheit an, inzwischen hatte er in einer Reihe von erfolgreichen Gross-out-Comedys, die auf den Geschmack von jungen Männern abzielten, die Hauptrolle übernommen. Letzte Weihnachten hatte sie ihm ein T-Shirt mit dem Aufdruck »Ich bremse für Furz-Scherze« geschenkt.

Trotz seiner knappen Einssiebzig hatte er einen wohlproportionierten Körper und angenehme, leicht schiefe

Züge, die ihn für die Rolle des doofen Verlierers prädestinierten, der es schließlich doch schaffte, nach oben zu kommen. »Ich hätte nicht so hereinplatzen dürfen«, sagte sie wenig überzeugend.

Er stellte das Baseballspiel auf seinem Plasma-Fernseher auf stumm, und musterte sie dann stirnrunzelnd. Sie wusste, dass sie mehr Gewicht verloren hatte, als ihr ohnehin schon schlanker Tänzerinnenkörper vertrug. Mit Anorexie hatte das nichts zu tun, ihr Magen rebellierte vor Kummer.

»Gibt es einen Grund dafür, weshalb du meine beiden letzten Anrufe nicht erwidert hast?«, fragte er.

Sie wollte gerade ihre Sonnenbrille abnehmen, besann sich dann aber eines Besseren. Clownstränen wollte keiner sehen, nicht einmal der beste Freund des Clowns. »Hey, ich bin einfach viel zu sehr mit mir selbst beschäftigt, als mich noch um andere kümmern zu können.«

»Das stimmt nicht.« Seine Stimme wurde warm vor Mitgefühl. »Du siehst aus, als könntest du einen Drink vertragen.«

»Es gibt nicht genug Alkohol auf der Welt ... Aber, ja, gern.«

»Ich höre keine Hubschrauber. Komm, wir setzen uns auf die Terrasse. Ich mache uns Margaritas.«

Als er in der Küche verschwand, nahm sie schließlich doch ihre Sonnenbrille ab und zwang sich über den gesprenkelten Terrazzoboden ins Badezimmer zu gehen, um dort den Schaden, den der Angriff der Paparazzi hinterlassen hatte, zu reparieren.

Durch ihren Gewichtsverlust war ihr rundes Gesicht unter den Wangenknochen eingefallen, ihre großen Augen hätten ihr Gesicht fast aufgefressen, wäre da nicht ihr breiter Mund gewesen. Sie schob eine Strähne ihres steckengeraden, kirschcolafarbenen Haars hinters Ohr. Im Versuch, ihre Stimmung zu heben und die neuen harten Kanten ihres Gesichts weicher zu machen, hatte sie sich die wuschelige Neuauflage eines Topfschnitts mit fedrigen Fransen machen lassen, die lang in die Stirn fielen, aber auch die Wangen umschmeichelten. In ihren *Skip-und-Scooter*-Tagen, war sie gezwungen gewesen, ihr dunkles Haar mit dichter Dauerwellkrause und karottenorange wie ein Clown gefärbt zu tragen, weil die Produzenten aus ihrem Megaerfolg mit der Broadway-Wiederaufnahme von *Annie* Kapital schlagen wollten. Dieser demütigende Haarstil hatte außerdem den Kontrast zwischen ihrem Erscheinungsbild als lustigem Mädchen und Skip Scofields traumhaft gutem Aussehen betont.

Zu ihren Babypüppchen-Wangen, den grünen Kulleraugen und einem Mund wie ein Gummiband hatte sie immer ein gespaltenes Verhältnis gehabt. Einerseits hatte sie ihrem unkonventionellen Aussehen ihren Ruhm zu verdanken, aber in einer Stadt wie Hollywood, in der selbst die Supermarktangestellten, die beim Einpacken halfen, bombig aussahen, hatte man einen harten Stand, wenn man nicht hübsch war. Nicht, dass ihr das jetzt noch etwas ausmachte. Aber als sie die Ehefrau von Lance Marks gewesen war, dem größten Action- und Abenteuer-Superstar der Stadt, hatte es ihr definitiv etwas ausgemacht.

Erschöpfung machte sich breit. Seit sechs Monaten hatte sie keine Ballettstunde mehr genommen – sie schaffte es kaum aus dem Bett.

Den Schaden an ihrem Augen-Make-up behob sie so gut es ging und kehrte dann ins Wohnzimmer zurück. Trevor war erst vor Kurzem in das Haus eingezogen, das er mit amöbenförmigen Möbeln im Stil der Fünfzigerjahre eingerichtet hatte. Offenbar hatte er gerade eine Erinnerungsreise unternommen, denn das Buch, das aufgeschlagen auf dem Kaffeetisch lag, war eine Geschichte der amerikanischen Fernseh-Sitcom. Das Foto mit der Original-besetzung von *Skip und Scooter* starrte sie an. Sie wandte den Blick ab.

Auf der Terrasse sorgten weiße Stuckpflanzkübel mit hoch gewachsenen Grünpflanzen für ein gewisses Maß an Intimität vor Glotzern, die am Strand entlangliefen. Sie streifte ihre Sandalen ab und sank auf eine hellblau-braun gestreifte Liege. Hinter dem weißen Röhrengeländer er-streckte sich der Ozean. Ein paar Surfer waren hinter die Brechungslinie hinausgepaddelt, aber die See war zu ru-hig für einen anständigen Ritt, deshalb hüpften ihre Surf-bretter auf dem Wasser wie Föten im Fruchtwasser.

Sie spürte, wie der Schmerz in ihr aufstieg und ihr die Luft nahm. Sie und Lance waren das Traumpaar schlecht-hin gewesen. Er war der Machoprinz, der hinter der Fas-sade des hässlichen Entleins die schöne Seele erkannt hat-te. Sie war das liebende Weib, das ihm die beständige Liebe schenkte, die er brauchte. Während der zwei Jahre, in denen er sie umwarb, und der ein Jahr lang dauernden Ehe war ih-nen die Sensationspresse überallhin gefolgt, aber dennoch war sie nicht auf die Aufregung vorbereitet gewesen, die losbrach, als Lance sie wegen Jade Gentry verließ.

Wenn sie allein war, lag sie im Bett, kaum fähig, sich zu rühren. Für die Öffentlichkeit setzte sie ein Lächeln auf. Doch egal wie hoch sie ihren Kopf trug, die Mitleidsstorys wurden immer schlimmer.

Der Liebeskummer der tapferen Georgie, schmierten die Boulevardzeitungen.

Die tapfere Georgie dem Selbstmord nahe, als Lance erklärt: »Ehe ich Jade Gentry kennen lernte, wusste ich nicht, was wahre Liebe ist.«

Georgie wird immer weniger! Freunde fürchten um ihr Leben.

Obwohl Lance eine weitaus erfolgreichere Filmkarriere

hingelegt hatte, war sie noch immer Scooter Brown, Amerikas Liebling, und die öffentliche Gefühlsaufwallung richtete sich gegen ihn, weil er eine so geliebte Fernsehikone verlassen hatte. Lance lancierte seinen Gegenangriff. »*Ungenannten Quellen zufolge wünschte Lance sich verzweifelt Kinder, aber Georgie war viel zu sehr mit ihrer Karriere beschäftigt, um sich eine Auszeit für eine Familie zu nehmen.*«

Diese Lüge würde sie ihm nie verzeihen.

Trevor kam mit einem weißen Ledertablett auf die Terrasse, auf dem er Margaritagläser mit einem passenden Krug balancierte. Galant übersah er die Tränen, die sich unter ihrer Sonnenbrille ihren Weg bahnten. »Die Bar ist offiziell eröffnet.«

»Danke, Kumpel.« Sie nahm das Margaritaglas mit dem Salzrand entgegen und wischte sich, während er sich abwandte, um das Tablett auf den weißen Verandatisch zu stellen, die Wangen ab. Unmöglich, mit ihm über das Sonogramm zu sprechen. Selbst ihren besten Freunden war nicht klar, wie viel es ihr bedeutet hätte, ein Baby zu haben. Dieser Schmerz war ihr Geheimnis gewesen. Ein Geheimnis, das die heutigen Fotos vor aller Welt enthüllen würden.

»Wir haben letzten Freitag *Cake Walk* abgeschlossen«, sagte sie. »Wird wieder ein Bombenerfolg.« Sie konnte sich keine drei Flops in Folge an den Kinokassen leisten, aber genau das würde passieren, sobald *Cake Walk* rauskam. Sie stellte ihren Drink auf dem Boden ab, ohne ihn angerührt zu haben. »Dad ist total sauer wegen der sechsmonatigen Ferien, die ich mir nehme.«

Er nahm auf einem Tulpenstuhl aus Formplastik Platz. »Du hast mehr oder weniger gearbeitet, seit du aus dem Mutterleib kamst. Paul muss mal ein bisschen nachsichtiger mit dir sein.«

»Ja, das wird er auch.«

»Du kennst ja meine Haltung zu der Art und Weise, wie er dich antreibt. Mehr sage ich dazu nicht.«

»Dann lass es auch.« Trevs im Allgemeinen sehr treffende Ansicht über ihre schwierige Beziehung zu ihrem Vater war ihr nur allzu vertraut. Sie schlang ihre Arme um ihre Knie und zog diese dicht an ihren Leib heran. »Zerstreu mich mit gutem Klatsch.«

»Mein Co-Star wird jeden Tag verrückter. Allein der Gedanke, mit dieser Frau noch einen weiteren Film drehen zu müssen, bringt mich um.« Er rückte seinen Stuhl so, dass sein rasierter Schädel im Schatten lag. »Wusstest du, dass sie und Bram was miteinander hatten?«

Ihr Magen krampfte sich zusammen. »Da haben sich ja die Richtigen gefunden.«

»Er hütet das Haus …«

Sie hob abwehrend die Hand. »Hör auf. Ich kann nicht über Bramwell Shepard reden. Heute schon gar nicht.« Bram hätte heute Nachmittag seelenruhig zugesehen, wie man sie zu Tode trampelte, und dazu noch gelächelt. Mein Gott, wie sehr sie ihn hasste, und das nach all den Jahren.

Gnädigerweise wechselte Trev das Thema, ohne nachzuhaken. »Du hast doch sicherlich letzte Woche in *USA Today* die Umfrageergebnisse gesehen, oder? Beliebteste Sitcom-Heldinnen? Scooter Brown auf dem dritten Platz hinter Lucy und Mary Tyler Moore. Du schlägst sogar Barbara Eden.«

Sie hatte die Umfrage gesehen, konnte ihr aber nichts abgewinnen. »Ich hasse Scooter Brown.«

»Da bist du aber die Einzige. Sie ist eine Ikone. Es ist antiamerikanisch, sie nicht zu lieben.«

»Die Serie läuft seit acht Jahren nicht mehr. Warum können die Leute nicht damit aufhören?«

»Vielleicht liegt es an den ständigen Wiederholungen, die überall auf dem Globus laufen?«

Sie schob die Sonnenbrille hoch auf die Stirn. »Ich war ein Kind, als die Serie gestartet wurde, gerade mal sechzehn. Und kaum vierundzwanzig, als sie zu Ende war.«

Er registrierte ihre roten Augen, enthielt sich aber jeden Kommentars. »Scooter Brown ist alterslos. Die beste Freundin aller Frauen. Und die Lieblingsjungfrau aller Männer.«

»Aber ich bin nicht Scooter Brown. Ich bin Georgie York. Mein Leben gehört mir, nicht der Welt.«

»Na dann viel Glück.«

Sie konnte das nicht länger zulassen. Dieses ständige Reagieren auf äußere Kräfte. Unfähig, ihre eigene Abwehr zu mobilisieren. Immer nur reagieren. Nie agieren. Sie zog ihre Knie noch dichter an ihren Körper und studierte die Regenbogen, die sie sich von ihrer Maniküre auf die Zehennägel hatte malen lassen, in der vergeblichen Hoffnung, dadurch aufgemuntert zu werden. Wenn sie das jetzt nicht tat, würde sie es nie tun. »Trev, was würdest du davon halten, wenn du und ich eine kleine – eine *große* Liebesgeschichte hätten?«

»Liebesgeschichte?«

»Wir beide.« Sie konnte ihn nicht ansehen und hielt ihren Blick auf die Regenbogen gerichtet. »Uns in aller Öffentlichkeit verliebten. Und … vielleicht …« Sie zögerte die Worte hinaus. »Trev, ich denke schon lange darüber nach … Ich weiß, dass du das verrückt finden wirst. Es *ist* auch verrückt. Aber … Wenn dir die Vorstellung nicht ganz zuwider ist, habe ich mir überlegt … wir könnten doch wenigstens die Möglichkeit in Betracht ziehen … zu heiraten.«

»*Heiraten?*« Trevor sprang auf.

Er war einer ihrer besten Freunde, ihre Wangen brannten. Aber was bedeutete schon ein weiterer kurzer demütigender Augenblick in einem Jahr, das voll davon war? Sie löste ihre Arme von den Knien. »Ich weiß, ich hätte dich damit nicht einfach so überrumpeln dürfen. Und ich weiß auch, dass es eine Spinnerei ist. Wirklich verrückt. Das habe ich auch gedacht, als mir der Gedanke kam, aber bei nüchterner Betrachtung sehe ich eigentlich nichts, was dagegen spräche.«

»Georgie, ich bin schwul.«

»Es geht das *Gerücht*, dass du schwul bist.«

»Ich bin aber wirklich schwul.«

»Aber du verschanzt dich so gut, dass es kaum jemand weiß.« Der frische Kratzer an ihrem Knöchel brannte, als sie ihre Beine beidseits der Liege absetzte. »Damit wäre endlich Schluss mit den Gerüchten. Mach dir das doch mal klar, Trev. Wenn die schwule Bruderschaft dahinterkommt, dass du für ihr Team spielst, ist deine Karriere im Eimer.«

»Glaubst du etwa, das weiß ich nicht?« Er rieb sich mit der Hand den rasierten Schädel. »Georgie, dein Leben ist ein Zirkus, und so sehr ich dich auch bewundere, möchte ich auf keinen Fall in die Arena gezerrt werden.«

»Darum geht es doch. Wenn du und ich zusammen wären, würde der Zirkus aufhören.« Während er sich wieder hinsetzte, ging sie zu ihm und kniete sich neben ihn. »Trev, denk doch mal darüber nach. Wir sind immer gut miteinander ausgekommen. Wir könnten jeder unser Leben so leben, wie wir wollen, ohne uns gegenseitig einzumischen. Überleg doch mal, wie viel mehr Freiheit du hättest – wir beide hätten.« Sie legte einen kurzen Moment lang ihre Wange auf sein Knie und hockte sich dann auf ihre Hacken. »Du und ich sind kein seltsames Paar wie Lance und ich das waren. Trevor und Georgie sind eine langweilige Partie, nach den ersten paar Monaten wird die Presse uns in Ruhe lassen. Wir könnten uns unterhalb des Radars einrichten. Du müsstest nicht mehr ständig mit all den Frauen ausgehen, für die du dich angeblich interessierst. Du könntest treffen, wen du willst. Unsere Ehe wäre die perfekte Tarnung für dich.« Und für sie wäre es eine Möglichkeit, die Mitleidsparty der Welt zu beenden. Sie bekäme ihre öffentliche Würde zurück und eine Art Rückversicherung, die sie davor bewahrte, sich eines Mannes wegen jemals wieder von einer Gefühlsklippe stürzen zu müssen.

»Denk darüber nach, Trev. Bitte.« Er musste sich mit dieser Idee erst anfreunden, bevor sie auf Kinder zu sprechen kam. »Überleg doch mal, wie befreiend das wäre.«

»Ich heirate dich nicht.«

»Ich dich auch nicht.« Eine schrecklich vertraute Stimme drang zu ihnen auf die Terrasse. »Da würde ich eher mit Trinken aufhören.«

Georgie kam blitzartig auf die Füße und beobachtete, wie Bramwell Shepard über die Treppe vom Strand hochgeschlendert kam. Oben blieb er stehen, und sein Mund verzog sich in berechnendem Vergnügen.

Sie atmete tief ein.

»Lasst euch nicht stören.« Er lehnte sich ans Geländer. »Wirklich interessant, das Gespräch, das ich da eben zufällig mitgekriegt habe, fast so interessant wie die Überlegung, sich die Schamhaare zu färben, über die Scooter sich damals mit ihren Freundinnen ausgetauscht hat. Warum hast du mir nicht gesagt, Trev, dass du ein Homo bist? Jetzt können wir uns nie mehr in der Öffentlichkeit zusammen sehen lassen.«

Anders als Georgie schien Trevor über diese Unterbrechung erleichtert zu sein, er gestikulierte mit seinem Margaritaglas in Richtung von Brams sonnengebadetem Kopf. »Du hast mir meinen letzten Freund verschafft.«

»Da muss ich wohl ziemlich platt gewesen sein.« Ihr

früherer Serien-Partner betrachtete sie. »À propos platt …
Du siehst beschissen aus.«

Sie musste hier weg. Sie schielte auf die Türen, die ins
Haus führten, aber ein schwaches Glimmen ihrer Würde
schlummerte noch immer in der Asche ihrer Selbstachtung,
sie konnte nicht zulassen, dass er sie wegrennen sah. »Was
machst du hier?«, fragte sie. »Das kann doch kein Zufall
sein.«

Er nickte Richtung Krug. »Ihr beide trinkt dieses Zeug
doch nicht im Ernst, oder?«

»Du wirst sicherlich noch wissen, wo ich die richtig
scharfen Sachen verwahre.« Trev sah sie besorgt an.

»Später.« Bram streckte sich auf der Liege aus, die gegenüber der zuvor von Georgie belegten stand. Der an seinen Waden klebende Sand glitzerte wie winzige Diamanten. Eine leichte Brise spielte mit seinem kräftigen, goldbraunen Haar. Ihr Magen verknotete sich. Ein schöner gefallener Engel.

Dieses Bild entstammte dem Essay eines bekannten Fern-
sehkritikers, der bald nach dem Debakel erschienen war,
das eine der erfolgreichsten Fernsehshows der Geschichte
beendet hatte. Sie hatte ihn noch im Gedächtnis.

*Wir können uns Bram Shepard im Himmel vorstellen mit
seinem Gesicht, das so perfekt ist, dass die anderen Engel
es nicht über sich bringen, ihn hinauszuwerfen, selbst wenn
er den ganzen Messwein ausgetrunken, die hübschen jung-
fräulichen Engel verführt und eine Harfe gestohlen hätte,
um damit die zu ersetzen, die er in einem himmlischen Po-
kerspiel verspielt hat. Wir verfolgen, wie er die ganze Schar
in Gefahr bringt, weil er zu dicht an die Sonne heranfliegt
und dann in einem viel zu riskanten Manöver aufs Meer
zustürzt. Aber die Engelgemeinde ist verzaubert von den
Lavendelfeldern in seinen Augen, den in sein Haar einge-*

wobenen Sonnenstrahlen, so dass sie ihm seine Überschreitungen verzeihen ... bis sein letzter, gefährlicher Sturz sie alle in den Schmutz zieht.

Bram legte seinen Kopf auf der Liege ab, eine Position, in der sich sein noch immer makelloses Profil wie ein Schattenriss vor dem Himmel abzeichnete. Mit seinen dreiunddreißig Jahren waren die weicheren Kanten seiner auf Vergnügen ausgerichteten Jugendlichkeit härter geworden und verliehen seiner trägen, glitzernden Schönheit einen noch destruktiveren Anstrich. Bronze mischte sich in sein blondes Haar, Zynismus färbte die lavendelblauen Chorknabenaugen und Spott lauerte in den Winkeln seines perfekt symmetrischen Munds.

Angesichts der Tatsache, dass jemand ihr Gespräch mit Trevor belauscht hatte, dem jegliche Skrupel fremd waren, wurde ihr übel. Sie konnte nicht fliehen, noch nicht, ihre Beine versagten ihr den Dienst. »Warum bist du hier?« Sie sank auf einen der Tulpenstühle.

»Ich wollte es dir längst erzählen«, sagte Trev. »Bram benutzt manchmal mein anderes Haus weiter unten am Strand, das ich zu verkaufen versuche. Da er sich als Arbeitskraft unbrauchbar gemacht hat, hat er nichts Besseres zu tun, als herumzufaulenzen und mir auf die Nerven zu gehen.«

»Na ja, ganz arbeitsunfähig bin ich ja nicht.« Bram kreuzte seine sandigen Knöchel. Die Riste seiner Füße waren so anmutig geschwungen wie die Schneide eines Krummschwerts. »Erst letzte Woche habe ich ein Angebot bekommen, mich in einer neuen Reality-Fernsehshow demütigen zu lassen. Wäre ich nicht zugedröhnt gewesen, als der Anruf kam, hätte ich wahrscheinlich zugesagt. Aber egal.« Er winkte elegant ab. »Zu viel Arbeit.«

»Sag ich doch«, erwiderte Trev.

Nervös suchte sie den Strand nach Fotografen ab. Dies war ein Privatstrand, aber für ein gemeinsames Foto von Bram und ihr würde die Presse alles tun. Skip und Scooter nach langer Zeit öffentlich wiedervereint. Ihr drehte sich der Magen um, wenn sie daran dachte, dass jemand, der so vorhersehbar boshaft war wie Bram Shephard, Teil ihres öffentlichen Albtraums werden könnte.

Er lehnte sich zurück und schloss die Augen wieder. So erinnerte er an einen gelangweilten Aristokraten, der ein Sonnenbad nahm – ein trügerisches Bild, denn er war von der Highschool geflogen und von einem Versager von einem Vater im Süden Chicagos großgezogen worden. »Ich hoffe, du hast deine Rasierklingen gut versteckt, Trev. Es heißt, unsere Scooter sei von einem Todeswunsch beseelt, nachdem das Leben ihr so einen grausamen Schlag verpasst hat. Ich persönlich finde ja, sie sollte es feiern, diesen Schwachkopf, den sie geheiratet hat, endlich losgeworden zu sein. Jade Gentry scheint ihren Verstand verloren zu haben, sonst hätte sie sich doch niemals auf Mr All American eingelassen. Sag mir die Wahrheit, Scoot. Lance Marks kriegt doch keinen hoch, oder?«

»Wie ich sehe, bist du immer noch der perfekte Gentleman. Wie beruhigend.« Sie musste entkommen, ohne dass es so aussah, als würde sie weglaufen. Sie erhob sich betont langsam aus ihrem Stuhl und schlenderte dann los, um ihre Sandalen zu holen. Zu spät wurde ihr klar, dass sie sich nicht mehr erinnern konnte, wo sie sie ausgezogen hatte.

Er öffnete die Augen und bedachte sie mit dem trägen, spöttischen Lächeln, das schon so viele ansonsten vernünftige Frauen vernichtet hatte. »Ich habe gelesen, das glückliche Paar ist wieder an fremde Ufer zurückgekehrt, um dort weitere, von der Presse dokumentierte gute Werke zu tun.«

Lance und Jade waren während ihrer Flitterwochen auf Humanitätstrip in Thailand gewesen. Ihre diesbezügliche Presseerklärung klang ihr noch jetzt in den Ohren. »Wir möchten unsere Berühmtheit nutzen, um Jades wichtigstes Anliegen ins Rampenlicht zu rücken, die Ausbeutung von Kindern im Sexgewerbe.«

Georgie hatte kein wichtigstes Anliegen, jedenfalls keins, das über das Ausstellen großzügiger Schecks hinausging. Sie suchte panisch nach ihren Schuhen.

Bram deutete mit der Spitze eines schlanken Fingers auf den Fuß der Liege, auf der sie zuvor gesessen hatte. »Ihre Kampagne, mit der sie eine Verschärfung der Gesetze gegen Kindersextouristen erreichen wollen, ist wirklich herzerfreuend. Während sie gegen den Congress zu Felde ziehen, hast du, wie ich höre, bei Fred Segal's Großeinkauf gemacht.«

Plötzlich rastete ihre Selbstkontrolle einfach aus. »Ich hasse dich wirklich.«

»Unmöglich. Scooter könnte nie ihren geliebten Skip hassen. Nicht, nachdem er acht Jahre seines Lebens damit verbracht hat, ihr aus diesen verrückten kleinen Patschen herauszuhelfen.«

Sie grapschte sich ihre Sandalen und schlüpfte mit einem Fuß hinein.

»Hör auf damit, Bram«, sagte Trev.

Aber Bram war noch nicht mit ihr fertig. »Weißt du noch, wie du in den See fielst und Mutter Scofields Pelzmantel anhattest? Oder erinnerst du dich daran, wie du bei ihrer jährlichen Weihnachtsparty die Mäuse aus dem Käfig gelassen hast?«

Wenn sie nicht anbiss, würde er aufhören.

Aber Bram hatte immer schon eine Vorliebe für langsame Folter gehabt. »Selbst an unserem Hochzeitstag gerietst du in Schwierigkeiten. Nur gut, dass wir diese Show nie gedreht haben. Wie ich hörte, hätte ich dir während unserer Flitterwochen ein Kind gemacht. Wenn der Sender nicht die ganze Sache beendet hätte, hätte ich einen kleinen Skip gezeugt.«

Jetzt ging die Wut mit ihr durch. »Es war nicht ein kleiner Skip! Es waren Zwillinge! Wir sollten *Zwillinge* bekommen – ein Mädchen und einen Jungen. Offensichtlich warst du zu bekifft, um dich an dieses kleine Detail zu erinnern.«

»Unbefleckte Empfängnis, da bin ich mir sicher. Kannst du dir Scooter nackt vorstellen und …«

Sie hielt es nicht mehr aus und drehte sich Richtung Haus, einen Schuh am Fuß, den anderen in ihrer Hand.

»An deiner Stelle würde ich jetzt nicht abhauen«, meinte er lässig. »Vor zehn Minuten habe ich einen Fotografen entdeckt, der sich im Gebüsch auf der anderen Straßenseite verschanzt hat. Offenbar hat jemand dein Auto gesehen.«

Sie saß in der Falle.

Er sah sie durchdringend an, was auch eine seiner unangenehmen Angewohnheiten war. »Du hast nicht zufällig mit Rauchen angefangen, Scoot? Ich brauche eine Zigarette, aber Trev weigert sich, für seine Gäste eine Stange bereitzuhalten. Er ist wirklich ein Pfadfinder.« Bram zog eine makellose Braue hoch. »Abgesehen von seinen schmutzigen Gepflogenheiten mit Vertretern seines eigenen Geschlechts.«

Trevor war um Entspannung bemüht. »Weißt du, ich halte es nur mit ihm aus, weil ich insgeheim Lust auf seinen nackten Körper habe. Nur schade, dass er hetero ist.«

»Du bist viel zu pingelig, um Lust auf ihn zu haben«, konterte sie.

»Da hast du's«, meinte Trevor trocken.

Es war nicht fair. Bram sollte inzwischen längst tot sein,

umgebracht von seinen eigenen Exzessen, aber der knochige Körper, an den sie sich aus *Skip-und-Scooter*-Tagen erinnerte, war kräftig geworden, seine schlaksige Eleganz hatte sich in harte Muskeln und lange Sehnen verwandelt. Unter dem Ärmel seines weißen T-Shirts schlang sich ein Stammestattoo um einen prächtigen Bizeps, und seine blauen Badeshorts zeigten Beine mit den festen, markanten Sehnen eines Langstreckenläufers. Sein dickes, braunes Haar trug er zerzaust, die bleiche Haut, die früher wie ein Kater zu ihm gehört hatte, war verschwunden. Abgesehen von jenem Hauch der Dekadenz, der wie ein schlechter Ruf an ihm klebte, sah Bram Shepard schockierend gesund aus.

»Er trainiert jetzt«, warf Trev in übertriebenem Flüsterton ein, als würde er ihr einen richtigen Skandal anvertrauen.

»Bram hat noch keinen Tag in seinem Leben trainiert«, sagte sie. »Er hat für diese Muskeln den Rest seiner Seele verkauft.«

Bram lächelte und wandte ihr sein knallhartes Engelsgesicht zu. »Erzähl doch noch ein bisschen von deinem Plan, deinen Stolz zurückzugewinnen, indem du Trev heiratest. Ist zwar nicht ganz so interessant wie die Schamhaardiskussion, aber immerhin ...«

Sie biss die Zähne aufeinander. »Ich schwöre bei Gott, wenn du nur ein Wort darüber verlierst ...«

»Das wird er nicht«, meinte Trevor. »Unser Bramwell hat sich noch nie für jemand anderen als sich selbst interessiert.«

Da hatte er recht. Aber zu wissen, dass er etwas derart Peinliches mitgehört hatte, war ihr dennoch unerträglich. Während ihrer Zusammenarbeit mit Bram war er zwischen achtzehn und sechsundzwanzig gewesen. Mit achtzehn war sein Egoismus gedankenlos gewesen, doch mit wachsendem Ruhm bestimmte eine vorsätzliche Rücksichtslosigkeit sein Auftreten. Es ließ sich nur unschwer erkennen, dass er inzwischen noch zynischer und ichbezogener geworden war.

Er zog sein Knie hoch. »Bist du nicht noch ein bisschen jung, um den Glauben an die wahre Liebe schon aufzugeben?«

Sie fühlte sich wie hundert. Ihre Märchenhochzeit war gescheitert und hatte ihren Träumen, endlich eine eigene Familie und einen Mann zu haben, der sie um ihrer selbst willen und nicht eigener Karrierevorteile wegen liebte, ein Ende gesetzt. Sie schob ihre Sonnenbrille wieder ins Gesicht und wog die Gefahr der draußen lauernden Schakale gegen die Gefahr der Bestie vor ihr ab. »Darüber rede ich nicht mit dir.«

»Nun lass doch gut sein, Bram«, mahnte Trevor. »Sie hat ein hartes Jahr hinter sich.«

»Die Kehrseite der Verehrung«, entgegnete Bram.

Trev schniefte. »Etwas, worüber du dir keine Sorgen zu machen brauchst.«

Bram griff nach ihrer abgestellten Margarita, nahm einen Schluck und schauderte. »Ich habe die Öffentlichkeit noch nie eine Promi-Scheidung so persönlich nehmen sehen. Es überrascht mich, dass keiner deiner verrückten Fans sich angezündet hat.«

»Die Menschen empfinden sich als Georgies Familie«, warf Trevor ein. »Sie sind mit Scooter Brown groß geworden.«

Bram setzte das Glas ab. »Sie sind auch mit mir groß geworden.«

»Aber Georgie und Scooter sind im Grunde genommen ein und dieselbe Person«, gab Trevor zu bedenken. »Du und Skip sind das nicht.«

»Gott sei Dank.« Bram erhob sich von der Liege. »Ich

hasse diesen verklemmten kleinen Privatschulschwanz noch immer.«

Aber Georgie hatte Skip Scofield geliebt. Sie hatte alles an ihm geliebt. Sein großes Herz, seine Loyalität und wie er Scooter vor der Scofield-Familie zu beschützen versucht hatte. Wie er sich schließlich in ihr doofes rundes Gesicht und den Gummibandmund verliebt hatte. Sie hatte alles gemocht, bis auf den Mann, in den Skip sich verwandelte, wenn die Kameras zu drehen aufhörten.

Die drei waren in ihr altes Muster zurückgefallen – Bram auf Angriff, und Trevor, der sie verteidigte. Aber sie war kein Kind mehr, sie musste sich selbst verteidigen. »Ich glaube nicht, dass du Skip tatsächlich hasst. Ich denke, du wärst immer gern Skip gewesen, aber weil du meilenweit davon entfernt warst, er zu sein, musstest du vorgeben, ihn zu verachten.«

Bram gähnte. »Vielleicht hast du recht. Bist du dir sicher, Trev, dass keiner hier Gras herumliegen lassen hat? Oder auch nur eine Zigarette?«

»Da bin ich mir sicher«, sagte Trevor, dann läutete das Telefon. »Bringt euch nicht um, während ich drangehe.«

Trevor ging ins Haus.

Sie wollte Bram für das bestrafen, was er war. »Man hätte mich heute zu Tode trampeln können. Danke, dass du zugesehen hast.«

»Du hattest das im Griff. Auch ohne Daddy. Das war eine echte Überraschung.«

Sie fixierte ihn. »Was willst du, Bram? Wir wissen doch beide, dass dein Auftauchen hier kein Zufall ist.«

Er stand auf und ging auf das Geländer zu, um auf den Strand hinunterzuschauen. »Wäre Trev dumm genug gewesen, auf dein bizarres Angebot einzugehen, was hättest du dann für dein Sexleben getan?«

»Darüber werde ich ausgerechnet mit dir reden.«

»Könntest du dir jemand Besseren vorstellen? Ich war von Anfang an dabei, erinnerst du dich?«

Sie hielt es nicht mehr aus und wandte sich den Verandatüren zu.

»Bloß aus Neugierde, Scoot … Da Trev dich nun abgewiesen hat, wer ist der Nächste in der Reihe, Mr Georgie York zu werden?«

Sie setzte ein spöttisches Lächeln auf und drehte sich zu ihm um. »Ist das nicht süß, da strapazierst du deinen großen, bösen Kopf aus Sorge um meine Zukunft, obwohl dein eigenes Leben bis zum Gehtnichtmehr verkorkst ist.« Ihre Hand zitterte, aber sie machte damit eine, wie sie hoffte, muntere Geste und ging hinein. Trev hatte gerade den Hörer aufgelegt, aber sie war zu ausgelaugt, um noch mehr zu tun, als ihn zu bitten, wenigstens über ihre Idee nachzudenken.

Als sie Pacific Palisades erreichte, war sie so verspannt, dass es wehtat. Sie achtete nicht auf den Fotografen, der am Ende ihres Hofs geparkt hatte und bog in eine schmale Einfahrt ein, die sich zu einem bescheidenen Bungalow im mediterranen Stil schlängelte, der im Swimmingpool ihres früheren Zuhauses Platz gefunden hätte. Es war ihr nicht möglich gewesen, in dem Haus zu bleiben, das sie und Lance bewohnt hatten. Dieses Mietobjekt war mit sperrigen Möbeln ausgestattet, die viel zu schwer für die kleinen Räume waren, genauso wie die Decken für die rohen Holzbalken zu niedrig waren, aber es war ihr nicht wichtig genug, deswegen nach einer anderen Bleibe zu suchen.

Sie riss das Schlafzimmerfenster auf und hörte dann ihren Anrufbeantworter ab.

»Georgie, ich sah diese blöde Boulevardzeitung, und …«

Löschen

»Georgie, es tut mir so leid …«

Löschen

»Er ist ein Mistkerl, Kindchen, und du bist ...«

Löschen

Ihre Freunde meinten es gut mit ihr – jedenfalls die meisten – aber ihr pausenloses Mitgefühl erstickte sie. Zur Abwechslung wollte sie mal diejenige sein, die Mitgefühl zeigte, und es nicht immer nur empfangen.

»Ruf mich sofort an, Georgie.« Die forsche Stimme ihres Vaters füllte den Raum. »Da ist ein Foto in der neuen *Flash*, das wird dich aufwühlen. Ich möchte nicht, dass es dich unvorbereitet trifft.«

Zu spät, Daddy.

»Es ist wichtig, dass du dem was entgegensetzt. Ich habe Aaron ein Statement gemailt, das er auf deine Website setzen soll und mit dem du die Welt wissen lässt, wie sehr du dich für Lance freust. Du weißt sicherlich ...«

Sie drückte die Löschtaste. Warum konnte ihr Vater sich nicht einmal wie ein Vater und nicht wie ein Manager verhalten? Er hatte ihre Karriere aufgebaut, seit sie fünf Jahre alt war, weniger als ein Jahr nach dem Tod ihrer Mutter. Er hatte sie zu jedem Casting begleitet, ihre ersten Werbespots im Fernsehen orchestriert und sie gezwungen, Gesangs- und Tanzstunden zu nehmen, die ihr die Hauptrolle in der Broadway-Neuauflage von *Annie* sicherten, die Rolle, die dazu führte, dass sie als Scooter Brown gecastet wurde. Anders als viele andere Eltern von Kinderstars, hatte ihr Vater dafür gesorgt, dass ihr Geld klug angelegt wurde. Dank seiner Umsicht bräuchte sie nie wieder zu arbeiten, doch so dankbar sie auch war, dass er so gut für sie gesorgt hatte, hätte sie jeden Penny dafür gegeben, einen richtigen Vater zu haben.

Sie trat vom Telefon zurück, als sie Lances Stimme hörte. »Georgie, ich bin es«, sagte er weich. »Wir sind gestern auf den Philippinen eingetroffen. Ich habe gerade von einer

Geschichte in *Flash* erfahren ... Ich weiß nicht, ob du die schon gesehen hast. Ich – ich wollte es dir persönlich sagen, ehe du darüber liest. Jade ist schwanger ...«

Sie hörte sich seine Nachricht bis zum Ende an. Sie hörte das Schuldbewusstsein in seiner Stimme, das Flehen, den Stolz, den zu verbergen er als Schauspieler nicht gut genug war. Er wünschte sich noch immer, dass sie ihm verzieh, von ihm verlassen worden zu sein, ihm verzieh, dass er die Presse wegen des Babys, das sie angeblich nicht hatte bekommen wollen, angelogen hatte. Lance war Schauspieler mit dem Bedürfnis des Schauspielers, von allen geliebt zu werden, selbst von der Frau, deren Herz er gebrochen hatte. Er wünschte sich von ihr einen Freispruch von aller Schuld. Aber den konnte sie ihm nicht geben. Sie hatte ihm alles gegeben. Nicht nur ihr Herz, nicht nur ihren Körper, sondern alles, was sie hatte. Und wohin hatte sie das gebracht?

Sie ließ sich auf die Couch sinken. Ein Jahr war es her, und da stand sie nun. Weinte wieder. Wann würde sie je darüber hinwegkommen? Wann würde sie endlich aufhören, sich wie die Verliererin zu benehmen, die die Welt in ihr sah? Wenn sie so weitermachte, würde die sie von innen auffressende Bitterkeit die Oberhand gewinnen, und sie würde zu einer Person werden, die sie nicht sein wollte. Sie musste etwas tun – irgendwas –, das sie wie eine Gewinnerin aussehen – fühlen – ließ.

2

Was würde Scooter Brown machen? Das war die Frage, die Georgie sich immer wieder stellte, und das war auch der Grund, weshalb sie am Ende den Innenhof von The Ivy überquerte und einen Tisch gleich neben dessen berühmtem weißen Pfahlzaun ansteuerte. Scooter Brown, die mutige Waise, die sich wie ein blinder Passagier in den Bedienstetenräumen des Scofieldschen Anwesens eingenistet hatte, um nicht in eine Pflegefamilie geschickt zu werden, hätte ihr Schicksal selbst in die Hand genommen, und für Georgie war es längst an der Zeit, eben dies auch zu tun.

Sie winkte einem berühmten Rapper zu, erwiderte den Gruß eines Talkshow-Moderators und warf einem früheren Hauptdarsteller von *Grey's Anatomy* eine Kusshand zu. Nur Rory Keene, die neue Chefin der Vortex Studios war viel zu vertieft in ihr Gespräch mit einem C.A.A. Boss, um Georgies Eintreffen zu bemerken.

Punkt 1 auf Georgies neuer Liste: Sorge dafür, dass du mit dem perfekten Mann gesehen wirst. Angesichts dieses überall plakatierten demütigenden Fotos, wie sie auf das Sonogramm von Lances Baby starrte, musste sie aufhören, sich zu verstecken, und tun, was sie schon vor Monaten hätte tun sollen. Die heutige Verabredung zum Mittagessen sollte eine ausreichend große Neuigkeit sein, um alle ihren schmerzerfüllten Ausdruck vergessen zu lassen.

Unglücklicherweise war der perfekte Mann, den sie für ihre erste Verabredung ausgewählt hatte, nicht erschienen, daher war sie gezwungen, allein an einem Tisch für zwei zu sitzen. Georgie versuchte sich den Anschein zu geben, als wäre sie froh, einmal ein paar Minuten für sich zu haben. Sie durfte nicht wütend auf Trevor sein. Gut, sie hatte ihn vielleicht nicht überreden können, sie zu heiraten, aber wenigstens hatte er eingewilligt, ein paar Wochen lang bei ihrem Medienrummel mitzumischen.

The Ivy war eine Institution in L. A., der perfekte Ort, um zu sehen und gesehen zu werden, vor dem immer eine ganze Armee an Paparazzi Stellung bezogen hatte. Promis, die im Ivy speisten und vorgaben, sich über die ihnen entgegengebrachte Aufmerksamkeit zu ärgern, waren die größten Heuchler, vor allem jene, die draußen im Innenhof saßen, wo der verwitterte Pfahlzaun die Grenze zum Gehweg des geschäftigen Robertson Boulevards markierte.

Georgie nahm unter einem weißen Sonnenschirm Platz. Würde sie Wein trinken, könnte man ihr dies als Ertränken ihrer Probleme im Alkohol auslegen, also bestellte sie Eistee. Zwei Frauen blieben auf dem Gehweg jenseits des Zauns stehen und glotzten sie an. *Wo war Trevor?*

Ihr Plan war einfach. Anstatt die Öffentlichkeit zu meiden, würde sie diese hofieren, aber zu ihren Bedingungen – als alleinstehende Frau, die das Leben in vollen Zügen genoss. Sie würde ein paar Wochen mit einem perfekten Mann, und dann ein paar Wochen mit einem anderen verbringen. Mit keinem davon würde sie sich lang genug zeigen, um eine ernsthafte Liebesaffäre nahezulegen. Nur Spaß, Spaß, Spaß, begleitet von jeder Menge Fotos, auf denen sie lachte und sich amüsierte – Fotos, für deren gezielte Verbreitung ihr Publicity-Manager schon sorgen würde. Sie kannte ein Dutzend großartig aussehender Schauspieler, die ganz versessen auf Publicity waren und die Regeln des Spiels verstanden. Trevor würde ihrer Kampagne den Anstoß geben. Wenn er nur nicht so eine Aversion gegen Pünktlichkeit hätte.

Und wenn die ganze Idee einer absichtlich in Gang gesetzten Publicity nicht so abstoßend wäre.

Fünf Minuten verstrichen. Sie hatte sich für diesen Anlass absolut passend hergerichtet und angezogen, was ihre fähige Stilistin für sie ausgewählt hatte – ein schwarzes leichtes Sonnenkleid aus Baumwolle mit breiter scharlachroter Paspelierung am Mieder und einem abstrakten Blätterregen in verschiedenen Brauntönen, der sich über den kurzen, engen Rock ergoss. Dazu passende Schuhe mit Keilabsatz und Knöchelriemchen und Bernsteinohrringe, die den Eindruck lässiger, ausgefallener Eleganz vervollständigten, die ihr besser stand als Rüschen oder Schlampenklamotten. Außerdem hatte sie dieses Kleid ausgesucht, weil es ihren Gewichtsverlust kaschierte.

Acht Minuten waren vergangen. Rory Keene entdeckte sie endlich und winkte ihr freundlich zu. Georgie winkte zurück. Vor fünfzehn Jahren, während der zweiten Staffel von *Skip und Scooter* war Rory eine kleine Produktionsassistentin gewesen, inzwischen aber Chefin der Vortex Studios und eine der mächtigsten Frauen in Hollywood. Da die letzten beiden Filme von Georgie Flops an der Kinokasse gewesen waren und ihr neuester keinesfalls besser zu sein versprach, war es ihr unangenehm, dass jemand mit so viel Einfluss sie hier wie eine Verliererin sitzen sah. Aber das war ja schließlich nichts Neues, oder?

Sie war nie defätistisch veranlagt gewesen und musste aufhören, so zu denken. Aber jetzt waren schon zehn Minuten verstrichen …

Georgie tat so, als würde sie die neugierigen Blicke nicht bemerken, die auf sie gerichtet waren, aber sie hatte zu schwitzen begonnen. Allein an einem Tisch von The Ivy zu sitzen, kam einer öffentlichen Ächtung gleich. Sie überlegte, ihr Mobiltelefon aufzuklappen, aber sie wollte nicht den Anschein erwecken, ihrer Verabredung nachzuspüren.

Auf der anderen Seite des Patios hatte sich eine Gruppe dünner, sorgfältig gestylter junger Erbinnen mit schönen leeren Gesichtern zum Mittagessen versammelt. Zu ihnen gehörten die geistlosen Töchter eines verblassenden Rockstars, eines Studiomoguls und eines internationalen Softdrinkmagnaten. Die Mädchen waren dafür berühmt, berühmt zu sein – Ikonen für alles, was trendy und für die Durchschnittsfrauen, die sich auf ihre Fotos stürzten, unerschwinglich war. Keine von ihnen hätte je zugegeben, von Papas Geld zu leben, also gaben sie als ihre Beschäftigung gern »Taschendesignerin« an. Tatsächlich bestand ihr Job aber darin, sich ablichten zu lassen. Ihre Anführerin, die Softdrink-Erbin, erhob sich und glitt wie ein geschmeidiger Ferrari auf Georgie zu.

»Hi, ich bin Madison Merrill. Wir sind uns noch nicht begegnet.« Sie drehte ihre Hüfte so, dass die Paparazzi von jenseits der Straße mit ihren Teleobjektiven einen schmeichelhaften Blick auf ihr Trapezkleid von Stella McCartney bekamen. »Ich fand Sie großartig in *Summer in the City*. Ich begreife gar nicht, warum das kein Kassenschlager wurde. Ich liebe romantische Komödien.« Eine Falte grub sich in ihre perfekte Stirn, und sie fügte hastig hinzu: »Ich meine, ich mag auch ernsthafte Sachen wie, Sie wissen schon, *Scorcese* und so.«

»Verstehe.« Georgie stellte ihr übermütiges Lächeln zur Schau und stellte sich vor, wie die abdrückenden Paparazzi großartige Aufnahmen einer fabelhaft fotogenen Madison Merrill bekamen, die neben einer abgemagerten Georgie York stand, die *allein* an einem Tisch für zwei saß.

»Auch *Skip und Scooter* war toll.« Madison ging ein paar Schritte zurück, damit der Tischsonnenschirm keinen Schatten auf ihr Gesicht warf. »Es war meine Lieblingsserie im Fernsehen, als ich etwa neun war.«

Das Mädchen war zu dumm, um subtil zu sein. Daran

würde sie noch arbeiten müssen, wenn sie es in L.A. zu etwas bringen wollte.

Madison starrte auf den leeren Stuhl. »Ich muss zurück zu meinen Freundinnen. Sie können sich zu uns setzen, wenn Sie keine Gesellschaft zum Essen haben?« Sie machte aus der Feststellung eine Frage.

Georgie zog an einem ihrer Bernsteinohrringe. »Ach nein, danke. Er ist in einer Sitzung aufgehalten worden. Ich versprach, auf ihn zu warten. Männer.«

»Na gut.« Madison winkte den Fotografen zu und trottete zurück an ihren Platz.

Georgie hatte das Gefühl, ein blinkender Neonpfeil deute auf den leeren Stuhl auf der anderen Tischseite. Tausende von Männern auf der ganzen Welt – Millionen – hätten für einen Lunch mit Scooter Brown alles gegeben, aber sie musste sich ihren unzuverlässigen besten Freund aussuchen.

Georgies Kellner kam zum dritten Mal. »Sind Sie sicher, dass Sie noch nicht bestellen möchten, Miss York?«

Georgie saß in der Falle. Sie konnte nicht bleiben. Sie konnte nicht aufbrechen. »Noch einen Eistee bitte.«

Der Kellner verschwand. Georgie hob ihr Handgelenk und warf einen ostentativen Blick auf ihre Uhr. Sie konnte es nicht länger hinauszögern. Sie musste so tun, als bekäme sie einen Anruf. Dieser käme von ihrem Freund, der ihr mitteilte, er sei in einen Autounfall verwickelt worden. Anfangs würde sie sich besorgt geben, dann erleichtert, weil keiner verletzt war und zum Schluss wäre sie absolut verständnisvoll.

Versetzt! Geheimnisvoller Unbekannter lässt Verabredung mit Georgie platzen.

Sie sah das Foto bereits vor sich, wie sie allein an einem Tisch für zwei saß. Wie hatte ein so einfacher Plan so rasch ins Auge gehen können? Wie die anderen Promis auch, sollte sie damit beginnen, mit einem ganzen Tross herumzuziehen, aber sie hasste die Vorstellung, von bezahlten Begleitern umgeben zu sein.

Als sie nach ihrem Mobiltelefon griff, bemerkte sie eine leichte Veränderung in der Atmosphäre, eine unsichtbare elektrische Strömung, die über den Innenhof zuckte. Sie blickte auf, und ihr gefror das Blut in den Adern. Gerade kam Bramwell Shepard herein.

Überall im Innenhof begann das Pingpong der Köpfe, die von Bram zu ihr und dann wieder zurück sprangen. Er war gekleidet wie der dem Müßiggang verfallene Zweitgeborene eines europäischen Monarchen im Exil: im Designerblazer – vermutlich Gucci –, umwerfenden Jeans, die alle ein Meter achtundachtzig seiner Größe betonten, und ein verblichenes schwarzes T-Shirt, das seine Gleichgültigkeit signalisierte. Ein paar Dressmen glotzten ihn neidisch an. Madison Merrill war kurz davor, aufzuspringen und ihm den Weg abzuschneiden. Aber Bram steuerte direkt auf Georgie zu.

Bremsen quietschten, als die Paparazzi von der anderen Straßenseite herübergerast kamen, um sich den Schuss der Woche, vielleicht auch des ganzen Monats zu sichern, da man sie seit Beendigung der Serie nicht mehr zusammen gesehen hatte. Bram beugte sich über den Tisch, indem er sich unter den Schirm duckte und hauchte ihr einen Kuss auf die Lippen. »Trev hat's nicht geschafft.« Wegen der ringsum gespitzten Ohren sprach er mit leiser Stimme. »Ihm ist in letzter Minute was dazwischengekommen.«

»Ich fass es nicht, dass du das tust!« Sie verstand es sehr wohl. Bram wollte was von ihr – vielleicht eine öffentliche Szene? Sie zwang ihre erstarrten Lippen zu etwas, was die Kameras hoffentlich als Lächeln rüberbringen würden. »Was hast du mit ihm gemacht?«

»Immer argwöhnisch. Der arme Kerl hat sich seinen Rücken verrenkt, als er aus der Dusche stieg.« Bram nahm auf dem Stuhl ihr gegenüber Platz, sprach mit ebenso ruhiger Stimme wie sie und schenkte ihr sein verführerischstes Lächeln.

»Warum hat er mich dann nicht angerufen und abgesagt?«, wunderte sie sich.

»Er wollte keine schlechten Erinnerungen wecken. Wie etwa die an Lance den Verlierer, der eure Ehe abgesagt hat. Trev ist in dieser Hinsicht sehr rücksichtsvoll.«

Ihr Lächeln wurde breiter, aber ihr Flüstern war pures Gift. »Du versuchst, mir was anzuhängen. Ich weiß es.«

Bram täuschte amüsiertes Gelächter vor. »Wer ist da paranoid? Und undankbar. Obwohl Trev sich vor Schmerz gewunden hat, wollte er nicht, dass du hier allein sitzen musst. Vielleicht weißt du das ja nicht, Scoot, aber in dieser Stadt hat inzwischen jeder Mitleid mit dir, und Trev hätte es nicht über sich gebracht, dich in eine noch peinlichere Lage zu bringen, als du dich selbst schon gebracht hast. Deshalb hat er mich angerufen.«

Sie stützte ihre Wange mit ihrer Hand ab und betrachtete ihn mit vorgetäuschter Zuneigung. »Du lügst. Er weiß besser als jeder andere, was ich für dich empfinde.«

»Du solltest dankbar sein, dass ich so bereitwillig eingesprungen bin.«

»Warum kommst du dann mit einer halben Stunde Verspätung?«

»Du weißt doch, dass ich mit der Zeit immer meine Probleme hatte.«

»Unsinn!« Sie grinste für die Kameras bis ihre Wangen schmerzten. »Du wolltest deinen großen Auftritt haben. Auf meine Kosten.«

Auch er lächelte, sie hielt den Kopf schief und lachte, er streckte seine Hand nach ihr aus und tätschelte sie unter dem Kinn, und sie waren wieder *Skip und Scooter* wie in alten Zeiten.

Als der Kellner auftauchte, war die Fotografenmeute so angewachsen, dass der Gehweg nicht mehr ausreichte und sie auch auf der Straße standen, ihr Magen war inzwischen ein einziger Knoten. Binnen Minuten würden diese Fotos auf Computerschirmen in der ganzen Welt auftauchen, und das Karussell würde in Fahrt kommen.

»Krabbentarte hier für Scooter«, sagte Bram mit elegant geschwungener Hand. »Scotch auf Eis für mich. Laphroaig. Und Hummerravioli.« Der Kellner verschwand. »Mein Gott, jetzt brauch ich aber eine Zigarette.«

Er ergriff ihre Hand und rieb mit seinem Daumen über ihre Knöchel. Ihre Haut brannte unter dieser ungewollten Berührung. Sie spürte die Hornhaut auf seiner Fingerkuppe, ohne sich vorstellen zu können, wie die dorthin gekommen sein konnte. Mochte Bram auch in einem Arbeiterviertel groß geworden sein, hart gearbeitet hatte er in seinem Leben noch nie. Sie ließ ein fröhliches Lachen hören. »Ich hasse dich.«

Er nahm einen Schluck von ihrem Eistee und verzog die gemeißelten Mundwinkel zu einem Lächeln. »Dieses Gefühl ist gegenseitig.«

Bram hatte keinen Grund, sie zu hassen. Sie war der gute Soldat gewesen, während er ganz allein eine der besten Sitcoms der Fernsehgeschichte ruiniert hatte. Während der ersten beiden Jahre von *Skip und Scooter* hatte er sich nur gelegentlich danebenbenommen, aber im Lauf der Jahre war er immer unkontrollierbarer geworden, und als die Bildschirmbeziehung von Skip und Scooter langsam romantisch wurde, scherte er sich um nichts mehr und wollte nur noch seinen Spaß haben. Er gab das Geld so schnell aus, wie er es verdiente, für schicke Autos, Designergarderobe und indem er eine ganze Armee von Gefolgsleuten aus seiner Kindheit unterstützte. Man wusste von einem Tag zum nächsten nicht, ob er betrunken oder nüchtern oder überhaupt auftauchen würde. Er fuhr Autos zu Schrott, verwüstete Diskotheken und vereitelte sämtliche Versuche, seine Rücksichtslosigkeit zu zügeln. Nichts war vor ihm sicher, keine Frauen, kein Ruf und auch nicht der Drogenvorrat eines Crewmitglieds.

Hätte er einen düstereren Charakter gespielt, hätte die Show vielleicht die Sex-Aufnahme überlebt, die am Ende von Staffel acht auftauchte, aber Bram spielt den zugeknöpften, guten Jungen Skip Scofield, den jugendlichen Erben des Scofield Vermögens, und selbst seine treuesten Fans waren angesichts dessen, was sie zu sehen bekamen, außer sich. *Skip und Scooter* wurde wenige Wochen später aus dem Programm genommen, was ihm den Zorn der Öffentlichkeit und den Hass aller an der Serie Beteiligten einbrachte.

Ihr Mahl schleppte sich dahin, bis Georgie es nicht mehr aushielt. Sie legte ihre Gabel neben ihrer auseinandergenommenen, aber ungegessenen Krabbentarte ab, schaute auf ihre Uhr und setzte ein Gesicht auf, als wäre Weihnachten leider schon zu Ende. »Ach ... zu schade. Ich muss gehen.«

Bram spießte seinen letzten Happen Ravioli auf und schob ihr seine Gabel in den Mund. »Nicht so schnell. Du kannst doch das Ivy nicht verlassen, ohne ein Dessert gegessen zu haben.«

»Wag es bloß nicht, diese Farce in die Länge zu ziehen.«

»Vorsichtig. Du verlierst deine glückliche Miene.«

Sie würgte die Ravioli hinunter und setzte wieder ihr Lächeln auf. »Du bist bankrott, nicht wahr? Mein Vater hat mein Geld angelegt, aber du hast deins vergeudet. Deshalb machst du das hier. Dir will keiner einen Job geben, weil du unzuverlässig bist, und du brauchst Publicity, um wieder auf die Füße zu kommen.« Obwohl Bram noch immer arbeitete, bekam er nur noch kleinere Rollen und spielte moralisch schwache Charaktere – einen untreuen Ehemann, einen lüsternen Trinker – und keine anspruchsvollen Schurken. »Du bist so verzweifelt, dass du dich an das dranhängen musst, was die Presse über mich schreibt.«

»Du musst zugeben, dass es funktioniert. *Skip und Scooter* wieder vereint.« Er winkte dem Kellner, der herbeieilte. »Wir nehmen den Pecan Shortcake mit heißer Fondantsauce. Zwei Löffel bitte.«

Als der Kellner sich entfernt hatte, beugte sie sich vor und sprach nun im Flüsterton. »Weißt du, wie ich die beiden hasse? Lass es mich aufzählen. Ich hasse sie dafür, dass sie meine Kindheit verdorben haben …«

»Du warst sechzehn, als die Serie losging. Nicht gerade ein Kind.«

»Aber Scooter war erst vierzehn, und ich war naiv.«

»Das kann man wohl sagen.«

»Ich hasse dich dafür, dass du mich vor den Schauspielern, der Crew, der Presse, vor *allen* in Verlegenheit gebracht hast – mit deinen blöden Streichen.«

»Wer konnte denn ahnen, dass du darauf hereinfällst?«

»Ich hasse dich für all die Stunden, die ich auf dem Set herumsaß und auf dich gewartet habe.«

»Das war zugegebenermaßen unprofessionell. Aber du hast die Zeit mit Bücherlesen überbrückt, also solltest du mir für deine hervorragende Bildung dankbar sein.«

»Und für deine Skandalgeschichten, die dazu geführt haben, dass man uns absetzte, und die mich Millionen gekostet haben.«

»Dich? Was ist mit den Millionen, die mich das selbst gekostet hat?«

»Darüber kann ich mich wenigstens freuen.«

»Okay, jetzt bin ich dran ...« Sein Lächeln war aalglatt. »Du warst eine hochnäsige kleine Zicke, meine Süße, und eine große Klatschbase. Wann immer du was zu meckern hattest, hast du dafür gesorgt, dass Daddy Paul zu den Produzenten rannte und Stunk machte. Seine kleine Prinzessin musste ihren Willen bekommen.«

Ihr Mund verzog sich nicht, aber in ihren Augen blitzte die Empörung. »So stimmt das nicht.«

»Du warst eine egoistische Schauspielerin. Immer hast du am Drehbuch geklebt, nie gab es Raum für Improvisation. Es war zum Ersticken.« Er kraulte sie wieder unter dem Kinn.

Sie trat ihn hart gegen die Innenseite seines Schenkels, wo keiner es mitbekam. Er zuckte zusammen, und sie tätschelte seine Hand. »Du wolltest doch nur improvisieren, weil du deinen Text nicht auswendig konntest.«

»Jedes Mal wenn ich versucht habe, die Show aus dem sicheren Fahrwasser zu ziehen, hast du mich sabotiert.«

»Uneinigkeit ist keine Sabotage.«

»Du hast mich in der Presse fertiggemacht.«

»Aber erst *nach* deinem Sexvideo!«

»Schönes Sexvideo. Ich hatte meine Klamotten an.«

»Sie aber nicht!« Georgie sorgte dafür, dass ihr das Lächeln nicht entglitt. »Sag doch, was du wirklich meinst. Du hasstest mich, weil ich mehr Geld bekam als du und einen größeren Bekanntheitsgrad hatte.«

»O ja. Wie konnte ich deine erinnerungswürdige Nummer als *Annie* am Broadway vergessen?«

»Während du die Schule schwänztest und dich auf der Straße herumtriebst.« Sie stützte ihr Kinn auf ihrem Handrücken auf. »Hast du eigentlich je dein Highschooldiplom bekommen?«

»So, so ... Wenn das nicht interessant ist?«

Sie waren so in ihren Streit vertieft gewesen, dass sie die große kühle Blondine nicht bemerkt hatten, die sich ihrem Tisch näherte. Rory Keene mit ihrem klassischen französischen Zopf und langen aristokratischen Gesichtszügen sah eher aus wie eine feine Dame der Ostküstengesellschaft als ein mächtiger Studioboss, aber sie war schon als kleine Produktionsassistentin von *Skip und Scooter* immer ein wenig einschüchternd gewesen.

Bram sprang auf die Füße und gab ihr einen kühlen Wangenkuss. »Es ist großartig dich zu sehen, Rory. Du siehst bezaubernd aus, wie immer. Hast du dein Mittagessen genossen?«

»Sehr. Ich kann kaum glauben, dass ihr beide hier ohne geladene Waffe an einem Tisch sitzt.«

»Ich hab meine in der Tasche«, sagte Georgie mit einem Scooter-Grinsen.

Bram legte seine Hand auf Georgies Schulter. »Seitdem ist viel Wasser den Fluss hinuntergeflossen. Wir haben schon vor langer Zeit Frieden geschlossen.«

»Tatsächlich?« Rory zog ihre Handtasche höher ihren Arm hinauf und sah Bram lange und eindringlich an. »Pass gut auf Georgie auf. Diese Stadt hat nur einen sehr begrenzten Vorrat an netten Leuten, und wir können es uns nicht leisten, eine davon zu verlieren.« Mit einem Nicken wandte sie sich ab und überquerte den Innenhof.

Brams glattes Lächeln fiel zusammen. Er starrte Georgie finster an. »Seit wann sind du und Rory so gute Kumpel?«

»Sind wir nicht.«

Ohne sich zu entschuldigen, lief er Rory hinterher.

Das Zusammensein mit Bram war so anstrengend wie immer, und Georgie begrüßte es, ein paar Minuten Erholung zu haben. Der Nachtisch wurde serviert. Ihr Magen rebellierte. Sie wandte ihren Blick davon ab und dachte an den Tag zurück, als ihr Vater ihr das Pilot-Skript für *Skip und Scooter* in die Hand gedrückt hatte. Sie hatte keine Ahnung, dass dies ihr Leben für immer verändern würde.

Die alberne Prämisse der Serie war perfekter Stoff für eine Sitcom. Scooter Brown war eine tapfere vierzehnjährige Waise, die im luxuriösen Anwesen der Scofields im schicken Chicagoer Norden auftauchte. Scooter versuchte der Unterbringung in einer Pflegefamilie zu entkommen, indem sie die Stiefschwester aufspürte, die einmal hier gearbeitet hatte, aber längst verschwunden war. Weil sie sonst nirgendwohin konnte, hatte Scooter sich auf dem Anwesen versteckt, bis sie von dem spießigen sechzehnjährigen Skip, dem Erben des Scofield Vermögens, entdeckt wurde. Zusammen mit den Bediensteten wurde er unfreiwillig darin verwickelt, sie vor den erwachsenen Scofields verborgen zu halten.

Keiner hatte damit gerechnet, dass die Serie mehr als eine Staffel überstand, aber die Besetzung verfügte über eine außergewöhnliche Chemie, und die Drehbuchschreiber erwiesen sich als sehr einfallsreich in ihren weiteren Plots. Noch entscheidender war jedoch, dass es ihnen gelang, die Hauptcharaktere zu vertiefen und von ihren anfänglichen Stereotypen zu befreien.

Georgie bedachte Bram mit einem boshaften Lächeln. »Und, genug geschleimt vor Rory?«

»Ich bin rausgegangen, um Zigaretten zu holen.«

»Wer's glaubt.«

»Um Zigaretten zu kaufen und zu schleimen. Ich erledige gern mehrere Dinge gleichzeitig. Ist unser Lunch in der Hölle endlich vorbei?«

»Ehe er überhaupt begonnen hat.«

Bram beharrte darauf, mit ihr drinnen zu warten, bis der Diener ihren Wagen brachte. Sie wappnete sich, und natürlich waren sie, sobald sie auf den Gehweg hinaustraten, von den Schakalen umringt. Bram legte vorgeblich schützend den Arm um ihre Schultern – sie hätte ihn gern weggebissen –, hielt seine Hand abwehrend hoch und schenkte den Kameras sein strahlendes Lächeln. »Nur ein paar alte Freunde, die zusammen essen gehen«, übertönte er ihr Geschrei. »Macht ja nicht mehr daraus.«

»Ihr beide hasst euch doch angeblich.«

»Habt ihr das Kriegsbeil begraben?«

»Geht ihr miteinander?«

»Haben Sie mit Lance gesprochen, Georgie? Weiß er, dass Sie sich mit Bram treffen?«

Bram machte ein unglückliches Gesicht, das unechter nicht sein könnte. »Lasst uns in Ruhe, Jungs. Es ist nur ein Mittagessen. Gebt nichts auf die Gerüchte einer Reunionshow von *Skip und Scooter*. Dazu wird es nicht kommen.«

Reunionshow?

Die Paparazzi drehten durch.

»Gibt es denn ein Skript?«

»Hat auch der Rest der Besetzung zugesagt?«

»Wann werdet ihr mit Drehen anfangen?«

Bram schob sie durch die Meute zu ihrem Auto. Sie versuchte, ihm die Finger in der Tür einzuklemmen, aber er reagierte zu schnell. Als sie losfuhr, setzte sie ein Lächeln auf und winkte in die Kameras, aber sobald sie aus deren Blickfeld war, stieß sie einen Schrei aus.

Es gab keine Reunionshow. Bram hatte dieses Gerücht erfunden, um sie zu quälen.

3

Georgie parkte ihr Auto gleich neben der Temescal Canyon Road hinter einem staubigen blauen Bentley und einem roten Mercedes mit Allradantrieb. Die Paparazzi schliefen offenbar noch nach der Klubaktion des gestrigen Abends, deshalb hatte sie keine unwillkommenen Begleiter. »Du kommst spät!«, sagte Sasha, als Georgie ausstieg. »Warst wohl zu sehr damit beschäftigt, mit Bramwell Shepard herumzuknutschen?«

»Ja, ganz genau.« Georgie schlug die Autotür zu.

Sasha lachte. Sie sah wie immer unglaublich gut aus, groß und geschmeidig in einem weißen L.A.M.B. Kapuzenpulli und grauen Hosen. Ihr glattes brünettes Haar hatte sie zu einem Pferdeschwanz zusammengebunden und trug eine Schatten spendende rosa Sonnenblende.

»Hör nicht auf Sasha.« April, das älteste und wirklich einzig richtig vernünftige Mitglied ihres engen Freundeskreises, trug ein schwarzes T-Shirt von der letzten Tour ihres Ehemanns. »Sie ist selbst eben erst gekommen.«

»Ich habe verschlafen«, sagte Sasha. »Bei *jungen* Leuten kommt das vor.«

April war Anfang fünfzig, mit schönen, ausdrucksvollen Gesichtszügen, einem eckigen Gesicht und einer Ausstrahlung, die wohlverdiente Zufriedenheit verriet. Sie war schon seit Jahren Georgies Stilistin, aber auch, und das war viel wichtiger, eine gute Freundin. April schüttelte ihr strähniges blondes Haar und sah Sasha mit einem reizenden Lächeln an. »Ich habe traumhaft gut geschlafen. Aber *ich* hatte letzte Nacht auch heißen Sex.«

Sasha runzelte die Stirn. »Ja nun, ich hätte auch heißen Sex gehabt, wenn ich mit Jack Patriot verheiratet wäre.«

»Aber das bist du ja nicht«, meinte April selbstgefällig.

Vor drei Jahrzehnten war April ein berühmtes Rock'n'Roll Groupie gewesen, aber ihre wilden Tage waren längst vorbei. Nun war sie die Ehefrau der Rocklegende Jack Patriot und Mutter eines berühmten Quarterback der National Football League sowie frischgebackene Großmutter. Als Stilistin arbeitete sie nur noch für Georgie.

Georgie steckte sich ihre Haare hinter die Ohren und setzte sich eine Baseballkappe auf. Dann zog sie einen mit Wasserflaschen voll gepackten Rucksack aus dem Auto. Sie war die Einzige, der es nichts ausmachte, einen Rucksack zu tragen, also trug sie das Wasser für alle, was sie ihr zwar auszureden versuchten, damit sie nicht noch mehr Kalorien verbrannte, aber sie weigerte sich nachzugeben.

Manchmal fragte sie sich, wie Frauen, die keine Freundinnen hatten, mit dem Leben zurechtkamen. In ihrem Leben waren dies die Freundinnen, die sie nie hängen ließen, obwohl sie häufig aufgrund geographischer Gegebenheiten getrennt und solche morgendlichen Wanderungen eine Seltenheit waren. Sasha lebte in Chicago. April wohnte hauptsächlich in L.A., verbrachte aber so viel Zeit wie möglich auf der Farm der Familie in Tennessee. Meg Koranda, das Küken der Gruppe, befand sich wieder auf einer ihrer Reisen. Keine wusste wo genau.

Sasha führte sie zum Ausgangspunkt des Wanderwegs. Sie zügelte ihr übliches mörderisches Tempo, damit Georgie Schritt halten konnte. »Du musst uns die Geschichte mit Bram ganz genau erzählen«, sagte sie.

»Nun mal ehrlich, Georgie, was hast du dir dabei gedacht?«, meinte April besorgt.

»Es war Zufall.« Georgie schulterte ihren Rucksack. »Was mich angeht wenigstens. Er hat absolut vorsätzlich gehandelt.« Sie erzählte ihnen von ihrem Plan, sich mit einer Reihe von Männern zu verabreden, und erklärte ihnen dann den Vorfall in The Ivy. Auf ihren Heiratsantrag an Trevor ging sie nicht ein, nicht weil sie ihnen nicht vertraute – anders als Lance würden diese Frauen sie nie verraten –, sondern weil ihre engsten Freundinnen nicht erfahren sollten, dass es um sie noch jämmerlicher stand als ihnen klar war. Auf dem offenen Kamm über dem Canyon rang sie keuchend nach Luft.

Die letzte Morgenkühle war verdunstet, und sie konnten die Küstenlinie von Santa Monica Bay bis nach Malibu sehen. Sie machten eine kurze Pause, um ihre Jacken auszuziehen und sie sich um die Taille zu binden. Sasha holte zwei Schokoriegel hervor und bot einen davon Georgie an, aber Georgie lehnte ab. »Ich habe heute Morgen was gegessen. Ehrlich.«

»Einen Löffel Joghurt«, meinte April.

»Einen ganzen Becher. Es wird besser. Ehrlich.«

Sie glaubten ihr nicht.

»Nun, ich bin ausgehungert«, meinte Sasha.

Während sie in ihren Schokoriegel biss, hielten weder Georgie noch April ihr vor, dass Sasha Holiday, die Gründerin von Holiday Healthy Eating, doch lieber ein Stück Obst oder einen Holiday Kraftriegel anstatt eines Milky Way essen sollte. Insgeheim war Sasha ein Junkfoodfan, aber das wussten nur ihre Freundinnen. Ihr Körper verriet sie nicht.

Sasha steckte sich das Papier unter ihr weißes Top, wo es unter dem elastischen Stoff einen Hubbel machte. »Lasst mal überlegen. Vielleicht ist es gar keine so schlechte Idee, wenn sie sich mit Bram trifft. Das wird auf jeden Fall alle von dem Thema Lance und die heilige Jade ablenken.« Sie biss wieder ab. »Außerdem ist Bram Shepard noch immer der heißeste Junge in der Stadt.«

Georgie wollte nichts auch im Entferntesten Wohlwollendes über Bram hören. »An den Kinokassen wird er aber keineswegs heiß gehandelt«, erwiderte sie. »Und ich bin froh, dass sein Drogendealer nicht aufgetaucht ist, während wir aßen.«

Sasha steckte sich den Schokoriegel zwischen die Zähne und stellte sich hinter Georgie, damit sie den Rucksack öffnen und die Wasserflaschen herausholen konnte. »Trev erzählte mir, Bram habe schon seit Jahren keine Drogen mehr genommen.«

»Trev ist leichtgläubig.« Georgie schraubte ihre Flasche auf. »Kein Wort mehr über Bram, okay? Ich lasse mir von ihm nicht diesen Morgen verderben.« Er hat schon genug verdorben, sagte sie sich.

Die nächsten dreieinhalb Kilometer wanderten sie entlang einer Feuerschneise, die sie durch Platanen, Lebenseichen und Lorbeer führte. Georgie genoss das Gefühl, ganz privat unterwegs zu sein. Sie kamen zu einem flachen Bachbett. Sasha beugte sich vor, um ihre Beine zu dehnen. »Ich habe eine Superidee. Lasst uns doch alle nächstes Wochenende nach Vegas fahren.«

April kniete sich neben den Wasserlauf. »Diese Stadt tut mir nicht gut. Außerdem haben Jack und ich schon was geplant.«

Sasha schnaubte. »Nacktpläne.«

April grinste, und Georgie lächelte, aber innerlich machte sich der vertraute Schmerz der Enttäuschung bemerkbar. Sie war sich Lances Liebe einmal so gewiss gewesen, wie April sich der von Jack Patriot war. Dann hatte Lance Jade Gentry kennen gelernt, und alles hatte sich verändert.

Lance und Jade hatten in Ecuador einen gemeinsamen Film gedreht. Darin hatte Lance einen umwerfenden

Glücksritter und Jade eine verschrobene Archäologin gespielt, was in Anbetracht ihrer exotischen Schönheit sicherlich nicht leicht gewesen sein dürfte. Bei Lances ersten Telefonanrufen hatte er Georgie erzählt, wie sehr Jade
sich in ihre Arbeit als professionelle Wohltäterin vertiefte
und dass sie sich nur selten mit der Crew vergnügte und
viel Zeit am Telefon verbrachte, um sich für ihre Wohltä-
tigkeitsbelange einzusetzen, so dass sie ihren Text nicht immer auswendig konnte.

Aber nach und nach hatten diese Geschichten aufgehört.
Georgie war es gar nicht aufgefallen.

Sie wandte sich an Sasha. »Eine Reise nach Vegas hört
sich gut an. Mit mir kannst du rechnen.« Sie dachte dabei an Fotos von Georgie York, die mit ihrer glamourösen
Freundin in Sun City auf die Pauke haute. Wenn sie nach
dieser Reise wie geplant mit ihren diversen Verabredungen
begann, dann würden die Geschichten über »Georgies
endlosen Liebeskummer« endlich von »Georgies wilden
Nächten« abgelöst werden.«

Sasha fing zu singen an: »Girls Just Want To Have Fun.«
Georgie vollführte dazu einen kleinen Tanz. Es war eine gute
Idee. Eine großartige Idee. Genau das, was sie brauchte.

»Was soll das heißen, du musst zurück nach Chicago?«,
zischte Georgie sechs Tage später in ihr Mobiltelefon. Sie
saß in Bellagios Le Cirque Restaurant, wo sie sich eigentlich mit Sasha auf ihr Wochenende in Vegas einstimmen
wollte.

Sasha klang gequält und ließ ihren gewohnt spöttischen
Ton vermissen. »Ich habe dir drei Nachrichten hinterlassen. Warum hast du mich nicht zurückgerufen?«

Weil Georgie versehentlich ihr Mobiltelefon in ihrem
Koffer gelassen und es erst auf dem Weg zum Restaurant
herausgeholt hatte.

»Bei uns hat es im Lager gebrannt«, fuhr Sasha fort. »Ich muss auch gleich wieder hin.«

»Hoffentlich keine Verletzten?«

»Nein, aber der Schaden ist ziemlich groß. Georgie, ich weiß, das Wochenende in Vegas war meine Idee. Ich hätte dich auch niemals versetzt, wenn nicht …«

»Nun sei nicht albern. Ich komm schon klar.« Sasha behielt in Krisensituationen einen kühlen Kopf, aber so zäh wie sie tat, war sie dann doch nicht. »Pass auf dich auf und ruf mich an, wenn du mehr weißt. Versprich es mir.«

»Mache ich.«

Nachdem Georgie aufgelegt hatte, sah sie sich in dem einem Edelstein nachempfundenen Speisesaal mit seiner aus seidenen Zeltbahnen geformten Decke und dem Blick auf den Lake Bellagio um. Einige der Gäste starrten sie unverhohlen an, und sie merkte, dass sie wieder einmal allein an einem Tisch für zwei saß. Sie legte einen Hundertdollarschein neben ihren Wasserkrug und schlüpfte durch den mit Sternen besetzten Restauranteingang ins Casino. Mit gesenktem Kopf ging sie an den Monopoly-Spielautomaten vorbei.

»Ich könnte schwören, dass du mich verfolgst.«

Sie fuhr herum und sah Bram Shepard vor dem Circo stehen, dem Pendant zu dem Restaurant, aus dem sie gerade geflohen war. Er sah in Jeans und einem Nadelstreifenhemd mit Manschettenknöpfen wieder einmal umwerfend aus, eine Mischung aus lässig und elegant, die eigentlich fürchterlich hätte aussehen müssen, was aber nicht der Fall war. Die Casinobeleuchtung verlieh seinen lavendelblauen Augen einen Quecksilberglanz. Er war wie eins der sieben Weltwunder – nur dass zu viel saurer Regen ihm den Glanz geraubt hatte.

»So ein Zufall ist es nun auch wieder nicht«, sagte sie.

»Ist es schon.«

»Ja, okay.« Sie ging rasch weiter, um weg zu sein, ehe ihn jemand entdeckte, aber er schloss sich ihr an. »Ich hab was gewonnen«, sagte er.

»Ist mir doch egal. Geh weg.«

»Es war ein Firmenremmidemmi. Ich bekam fünfundzwanzigtausend Dollar dafür, dass ich mich zwei Stunden lang auf der Cocktailparty der Firma unter die Gäste mischte.«

»Nicht gerade ein großer Gewinn.«

»Für mich schon.«

»Hätte ich mir denken können.« Sie kannte ein Dutzend Promis der C-Liste, die ihren Lebensunterhalt auf diese Weise verdienten, aber keiner von ihnen gab es zu.

Sie beschleunigte ihren Schritt, aber zu spät. Schon zogen sie die Aufmerksamkeit auf sich, was nach der Verabredung zum Mittagessen von vergangener Woche, die es in alle Illustrierten dieser Woche geschafft hatte, kein Wunder war. Sie hatte sich positive Geschichten gewünscht, die sie kontrollieren konnte, aber an Bram Shepard war nichts Kontrollierbares und nichts Positives.

Sie kamen an einer kreisförmigen Bar vorbei, wo eine Rockband einen Coversong von Nickelback spielte. Sie konnte jetzt nicht einfach verschwinden, also setzte sie ein Lächeln auf. Es war an der Zeit, ihm klarzumachen, dass die Zeiten, in denen sie ein leichtes Opfer abgegeben hatte, vorbei waren. »Lass mich raten«, sagte sie, als sie sich ihren Weg zwischen den Maschinen hindurch bahnten, »du bist auf dem Weg zum Schlafzimmer der nicht mehr ganz frischen dritten Ehefrau des Firmenbosses. Sie bezahlt dich für Extradienste.«

»Möchtest du mitkommen? Überleg doch mal, wie viel sie ausspucken würde, wenn sie uns beide haben könnte.«

»Danke, dass du dabei an mich denkst, aber im Unterschied zu dir bin ich noch immer stinkreich und nicht gezwungen, mich zu verkaufen.«

»Wen willst du damit verarschen? Ich habe dich in *Pretty People* gesehen. Für diesen Bombenerfolg hast du dich verkauft.«

Sie hatte ihren Vater davon zu überzeugen versucht, dass es ein Fehler war, diesen Film zu machen, aber er weigerte sich, sie anzuhören. Langsam klebte das Versagen wie billiges Parfüm an ihr.

»Du solltest denjenigen verklagen, der deine Kostüme für diesen Film entworfen hat.« Er zwinkerte einer süßen asiatischen Kartengeberin beim Blackjack zu. »Sie hätten auf deine Beine anstatt auf deinen Busen setzen sollen.«

»Wenn du mich schon auf meine Makel aufmerksam machst, vergiss nicht meine Glotzaugen und meinen Gummimund und ...«

»Du hast keine Glotzaugen. Und der Gummimund hat Julia Roberts nicht gerade geschadet.«

Aber Georgie war nicht Julia Roberts.

Seine Augen glitten über ihren Körper. Sie war groß, aber er war noch immer einen halben Kopf größer. »Steht dir übrigens gut, was du heute Abend anhast. Das kaschiert sogar fast, wie dünn du bist. Offenbar ist April immer noch deine Stilberaterin.«

»Ist sie.« Doch dieses Futteralkleid mit dem V-Ausschnitt und dem schwarz-weißen Jackson Pollock Klecksmuster hatte Georgie selbst ausgesucht. Es hing gerade von ihren Schultern, und mit dem schwarzen Ledergürtel, den sie tief um ihre Hüften geschlungen hatte, sah sie darin wie ein Mädchen aus den Zwanzigerjahren aus. Ihr Haar hatte sie in langen Stachelsträhnen um ihr Gesicht drapiert und als Accessoires ein paar dicke Armreifen gewählt.

Er warf einen prüfenden Blick auf eine Blondine mit

langen Beinen, die ihn unverblümt anstarrte. »Nun sag schon ... läuft die Jagd noch, oder hast du inzwischen einen Kerl gefunden, der blöd genug ist, dich zu heiraten?«

»Dutzende. Aber glücklicherweise bin ich rechtzeitig zur Vernunft gekommen. Schon erstaunlich, was so eine kleine Schocktherapie bewirken kann. Solltest du auch mal versuchen.«

Er gab ihr einen Klaps zwischen die Schulterblätter. »Eins muss man dir lassen, Scoot. Du verstehst es immer noch hervorragend, dich in peinliche kleine Patschen zu bringen. Seit Monaten habe ich nichts mehr so genossen wie deine zärtliche Szene mit Trev, in die ich hineingeplatzt bin.«

»Was nur wieder zeigt, wie traurig dein armseliges kleines Leben wirklich ist.«

Sie hatten die volle Lobby erreicht. Ihre auffällig bunte Decke aus Dale Chihuly Glasblumen passte nicht so recht zum Rest des Dekors, war aber dennoch schön. Das übliche Theater ging sofort los, die Leute ließen alles liegen und stehen, um sie anzuglotzen. Georgie bemühte ihr breitestes Lächeln. Eine Frau hob ihr Mobiltelefon und machte einen Schnappschuss. Großartig. Einfach großartig.

»Lass uns hier rausgehen.« Bram packte sie am Arm und schob sie durch die Menge. Schon standen sie im Aufzug, der nach Jo Malones Tuberose roch. Er schob eine Schlüsselkarte in einen Schlitz der Schalttafel und gab ein Stockwerk ein. Ihre Spiegelbilder wurden von den verspiegelten Wänden zurückgeworfen – Skip und Scooter ganz erwachsen. Den Bruchteil einer Sekunde lang überlegte sie, wer wohl die Zwillinge hütete, während Mama und Papa eine Nacht in der Stadt verbrachten.

Der Aufzug setzte sich in Bewegung. Sie streckte an ihm vorbei ihre Hand aus und drückte den Knopf für den dreißigsten Stock.

»Es ist noch nicht mal dreiundzwanzig Uhr«, sagte er. »Komm, wir amüsieren uns erst noch ein bisschen.«

»Gute Idee. Ich hol meinen Elektroschocker.«

»Noch immer so kratzbürstig wie eh und je. Du bist nichts als Hochglanzverpackung, Georgie, nur dass drinnen kein Geschenk ist. Ich wette, du hast dich vor Lance dem Verlierer noch nicht mal nackt gezeigt.«

Sie presste ihre Hände an die Wangen. »Hätte ich meine Kleider ausziehen sollen? Warum hat mir das denn niemand gesagt?«

Er lehnte seine Schulter an die Wand des Aufzugs, kreuzte seine Knöchel und bedachte sie mit seinem durch Mark und Bein gehenden Ganzkörper-Expertenblick. »Weißt du, was ich mir wünsche? Ich wünsche mir, ich hätte Jade Gentry flachgelegt, als ich die Gelegenheit dazu hatte. Diese Frau ist Sex pur.«

Seine Bemerkung hätte sie niederschmettern sollen, aber sie hatte es mit Bram zu tun, und so meldete sich ihr Kampfgeist. »Bei der heiligen Jade hättest du nie landen können. Die pickt sich ihre Männer aus der A-Liste heraus, und Lances letzter Film hat siebenundachtzig Millionen eingespielt.«

»Der glückliche Mistkerl. Was der unter schauspielern versteht, ist so was von beschissen.«

»Ganz im Gegensatz zu deinen unglaublichen Kinoerfolgen. Aber ich muss zugeben … du siehst gut aus.« Sie klopfte auf ihre Handtasche. »Lass mich nicht gehen, ohne dass du mir den Namen deines fantastischen Schönheitschirurgen gesagt hast.«

Er stellte seine Beine wieder nebeneinander. »Vor ein paar Jahren hat Jade mich mal angerufen, aber ich war so weggetreten, dass ich sie nie zurückrief. Das passiert nämlich, wenn einem die Drogen das Hirn kaputtmachen, aber über diesen Mist klärt die Kids keiner auf.« Die Türen öffneten sich im achtundzwanzigsten Stockwerk. Er packte sie am Ellbogen. »Hier geht's zur Party. Komm schon.«

»Nein, nicht.«

Er zog sie aus dem Fahrstuhl. »Nun komm. Mir ist langweilig.«

»Nicht mein Problem.« Sie versuchte ihre Absätze in den dicken Läufer zu graben, mit dem der opulente Flur ausgelegt war.

Sein Griff wurde fester. »Du scheinst vergessen zu haben, was ich in Trevs Haus mitgehört habe, sonst wäre dir nämlich klar, dass du im Grunde genommen meine Sklavin bist.«

Sie war die Zielscheibe zu vieler Katz-und-Maus-Spiele von Bram gewesen, um nicht zu erkennen, worauf das hinauslief, und es gefiel ihr überhaupt nicht.

Er steuerte sie um die Ecke. »Hast du eine Ahnung, wie viel Geld ich herausschlagen könnte, wenn ich die Geschichte der traurigen, verzweifelten Georgie York verkaufte, die verzweifelt einen Mann bittet, sie zu heiraten?«

»Das würdest nicht mal du bringen.« Aber das stimmte nicht.

»Das hängt vermutlich davon ab, wie gut du dich als Sklavin machst. Ich hoffe, du hast Reizwäsche an, denn ich bin in Stimmung für einen Lap Dance.«

»Ich übernehme gern den Anruf für dich. In Vegas gibt es jede Menge verzweifelte Mädchen.«

Er klopfte mit seinen Fingerknöcheln an eine Tür. »Nur unter uns, Scoot, ich bin ziemlich besoffen von all den Martinis, die man mir aufgezwungen hat. Da ich für deinen Lap Dance aber stocknüchtern sein möchte, werde ich für den Rest des Abends bei Mineralwasser bleiben.«

Einen besoffenen Eindruck machte er ganz und gar nicht, aber aus früherer Erfahrung wusste sie, dass er Unmengen Alkohol konsumieren konnte, ohne auch nur eine einzige Silbe zu lallen. Vermutlich wollte er sie mit dem Lap Dance nur reizen, aber womöglich hatte er sich auch was viel Schlimmeres ausgedacht, um sie zu erpressen.

Die Tür ging auf, und er zog sie in eine weiträumige Privatsuite, ausgestattet mit Marmor, Gold, frischen Blumen und einigen sehr jungen, sehr schönen Frauen und einem leichten Überhang an Männern. Diese schienen sich, gemessen an ihrer Größe, hauptsächlich aus Basketballspielern zusammenzusetzen, bis auf ein paar sehr salbungsvoll wirkende Agenten in teuren Anzügen und mit kostspieligen Uhren, die sich mit besorgten Mienen in einer Ecke scharten.

»Da ist Scooter!« Einer der Basketballspieler sprang auf die Füße und ließ seine Goldzähne blitzen. »Verdammt noch mal, Mädel, du siehst aber gut aus. Komm her und trink was.«

»Dein dich bewunderndes Publikum.« Bram machte eine einladende Geste und ging dann zur Bar, an der die Mädchen hockten.

Da auf sie nur ein leeres Hotelzimmer wartete, und genügend Frauen anwesend waren, die um Brams Aufmerksamkeit buhlten, befand sie, dass sie gefahrlos eine Weile bleiben konnte. Außerdem wollte sie Bram nicht den Gefallen tun, sie flüchten zu sehen. Bald hatte sie herausgefunden, dass die meisten Männer im Raum für die Knicks spielten. Der Typ, der sie gerufen hatte, erwies sich als Blödmann, aber sein Teamkollege war ein Charmeur. Kerry Cleveland hatte sexy Dreadlocks, lange dunkle Wimpern und versprühte ansteckende Begeisterung. Ihr erster Schokomartini war noch nicht ganz ausgetrunken, da amüsierte sie sich schon. Sie brauchte keine Angst vor klickenden Kameras zu haben, und Bram war viel zu beschäftigt mit den hübschen jungen Dingern, die überall an ihm klebten, um sie zu belästigen.

Irgendwann gegen zwei Uhr morgens zog die ganze Gesellschaft in ein privates Spielzimmer um, wo Kerry ihr Crap, ein Würfelspiel, beibrachte. Zum ersten Mal seit Monaten hatte sie Spaß. Sie hatte gerade ihren ersten Einsatz gemacht, als Bram neben ihr auftauchte. »Dir ist schon klar, dass dies hier Fünfhundertdollar-Chips sind.«

»Das ist mir klar, aber es ist mir egal. Du bist viel zu verklemmt.«

»Ich glaube nicht, dass du verklemmt bist, Bram.« Eine scharfe Rothaarige mit rauchiger Stimme versuchte, sich um ihn herumzuwickeln, aber er schüttelte sie ab und verkündete, er wolle auch mitspielen.

Als Georgie mit Würfeln an der Reihe war, legte Bram seine Chips auf die Don't Pass Line. Sie würfelte. Jubel brach los, als sie eine Sechs und eine Fünf würfelte. Nur Bram hatte gegen sie gewettet.

»Schade«, flüsterte sie. »Ich weiß ja, dass du knapp bei Kasse bist, aber ich habe gehört, dass man auch als Mann ein Vermögen verdienen kann, wenn man sich für die richtigen Frauen prostituiert.«

»Immer auf der Kümmerseite.«

»Dafür sind Freunde da.«

Die Rothaarige bemühte sich hartnäckig um Brams Aufmerksamkeit, aber er ignorierte sie. Schließlich verschwand sie, kam aber gleich darauf mit zwei frischen Martinis zurück. Einen davon drückte sie Bram in die Hand, aber als sie den anderen an ihre Lippen führen wollte, nahm er ihn ihr weg und reichte ihn Georgie. »Vielleicht macht der dich ein bisschen lockerer.«

Die Rothaarige machte angesichts dieser Zurückweisung einen so niedergeschlagenen Eindruck, dass sie Georgie leidgetan hätte, wenn sie nicht so penetrant gewesen wäre. Bram ließ den Würfel rollen und erzielte eine Sieben. Nun hatte er seine Unkosten gedeckt, während Georgie ein paar

Tausend miese hatte. Es war ihr egal. Das machte Spaß. Sie trank ihren Martini und feuerte Kerry an, als dieser an der Reihe war.

Die Zeit flog dahin und die Welt begann sich in einem bunten Kaleidoskop zu drehen. Der Würfel prallte gegen die Tischkante. Der Rechen wischte über den grünen Filz. Die Chips klapperten. Plötzlich war alles schön, selbst Bram Shepard. Früher einmal hatten sie eine kleine Verzauberung des Bildschirms bewirkt. Das musste doch etwas bedeuten. Sie lehnte sich mit der Wange an ihn. »Ich hasse dich nicht mehr.«

Er legte ihr seinen Arm um ihre Schultern und klang so glücklich, wie sie sich fühlte. »Ich hasse dich auch nicht mehr.«

Eine weitere wunderbare Minute verstrich, dann entzog er sich ihr völlig ohne Grund. Sie wollte protestieren, als er an ihr vorbeiging, aber sie fühlte sich so wohl.

Aus dem Augenwinkel sah sie, wie er sich der Rothaarigen näherte. Er wirkte zornig. Wie konnte er nur an einem so schönen Abend ausrasten?

Der Würfel klapperte und klapperte. Bram tauchte neben ihr auf. »Wir müssen hier weg.«

Das war ihre letzte Erinnerung bis zum nächsten Nachmittag, als sie den Fehler machte aufzuwachen.

4

Georgie stöhnte. Sie hatte rasende Kopfschmerzen, ihr Mund schmeckte wie Batteriesäure, und wo ihr Magen hätte sein sollen, war ein Klärbecken. Als sie ihre Knie an ihren Bauch zog, streifte sie Lance seitlich mit ihrem Hintern. Seine Haut war warm und –

Neieiein!

Sie öffnete das eine Auge, das nicht im Kissen vergraben war.

Die Nachmittagssonne schob einen grausamen Strahl durch die Vorhänge und suchte sich ihren weißen Spitzen-BH aus, der auf dem Schlafzimmerteppich ihrer Suite im Bellagio lag. Unter Männerjeans guckte einer der hochhackigen Schuhe heraus, die sie vergangene Nacht getragen hatte.

Bitte, o bitte, lass diese Jeans zu dem süßen Basketballspieler gehören.

Sie vergrub ihr Gesicht in den Kissen. Und wenn nicht? Womöglich gehörte sie –

Nein, unmöglich. Sie und der Basketballspieler … Kerry – genau, er hieß Kerry … Sie hatten doch am Craps-Tisch wie die Verrückten geflirtet. Dieses Flirten hatte ihr so gutgetan. Und wenn er nun jünger war?

Okay, sie war nackt, und das hier war peinlich. Aber nun war Lance nicht mehr der letzte Mann, mit dem sie geschlafen hatte, und dies war doch immerhin schon ein Anzeichen dafür, dass es voranging, oder? Ihr Magen grummelte unangenehm. Sie riskierte noch einen Blick. Es war nicht der erste Kater, an dem sie litt, aber keiner war

62

so schlimm gewesen. Niemals hatte sie einen totalen Gedächtnisverlust erlebt.

Der Schenkel rieb an ihrem Hintern. Er fühlte sich außergewöhnlich muskulös an, zweifellos der Schenkel eines Athleten. Aber wie sehr sie sich auch anstrengte, das Letzte, woran sie sich erinnerte, war Bram, der sie von der Party wegschleifte.

Dann muss Kerry ihr nachgegangen sein. Ja sicher, sie erinnerte sich, dass er sie Bram entführt hatte. Dann waren sie hierhergekommen und hatten sich bis zum Morgengrauen unterhalten. Er hatte sie zum Lachen gebracht und ihr gesagt, sie habe mehr innere Stärke als alle anderen Frauen, die er kenne. Er hatte ihr versichert, sie sei intelligent, talentiert und viel hübscher als den meisten Menschen bewusst sei. Er meinte, Lance habe sich selbst zum Idioten abgestempelt, indem er eine Frau wie sie verließ. Sie waren darauf zu sprechen gekommen, gemeinsame Kinder haben zu wollen – hübsche Mischlingskinder, ganz anders als das Käsegesicht, das Lance erwartete. Sie hatten sich darauf geeinigt, die Fotos ihres schönen Babys an den Höchstbietenden zu verkaufen und das Geld für wohltätige Zwecke zu spenden, was vor dem Hintergrund, dass *The Drudge Report* Neuigkeiten ausgegraben hatte, die besagten, dass Jade Gentry sich von dem ganzen Geld, das sie für wohltätige Zwecke gesammelt hatte, eine Jacht gekauft hatte, umso größere Wirkung erzielte. Dann würde Georgie den Oscar bekommen und Kerry die Super Bowl gewinnen.

Okay, falsche Sportart, aber ihr platzte der Kopf, der Magen drehte sich um, und ein hartes Knie versuchte sich tiefer in ihren Hintern zu graben.

Sie musste sich aus ihren Qualen befreien, aber dazu war es nötig sich umzudrehen und sich mit den Folgen dessen auseinanderzusetzen, was sie sah. Sie brauchte Wasser. Und Tylenol. Eine ganze Flasche.

Langsam dämmerte ihr, dass der Alkohol unmöglich eine Totalamnesie hatte bewirken können. Das war kein normaler Kater. Sie war unter Drogen gesetzt worden. Und sie kannte nur eine Person, die korrupt genug war, einer Frau Drogen einzuflößen.

Sie rammte ihm mit aller Kraft, die sie aufzubringen vermochte, ihren Ellbogen in den Brustkorb.

Er stöhnte vor Schmerz auf und drehte sich um, wobei er das Laken mitriss.

Sie vergrub ihr Gesicht im Kissen. Gleich darauf bewegte sich die Matratze, er stand auf. Sie hörte seine gedämpften Schritte, als er sich ins Badezimmer schleppte. Sobald die Tür zuging, angelte sie sich das Laken und zwang sich, sich aufzusetzen. Der Raum kippte. Ihr Magen schlingerte. Sie wickelte sich in das Laken ein, kam wackelig auf die Beine und schwankte dann ins zweite Badezimmer, wo sie sich an den Waschtisch lehnte und ihr Gesicht in ihren Händen vergrub.

Was würde Scooter tun, wenn sie unter Drogen gesetzt worden und nackt im Bett mit einem Fremden aufgewacht wäre? Oder auch keinem Fremden. Scooter würde *gar nichts* tun, denn ihr wäre etwas so Schreckliches nie passiert. Wenn einem ein ganzer Drehbuchstab zur Verfügung stand, der einen vor der Scheiße des wirklichen Lebens bewahrte, konnte man leicht robust und optimistisch sein.

Als sie ihre Hände fallen ließ, grüßte sie ein fürchterliches Bild aus dem Spiegel, das an die frühe Courtney Love erinnerte. Ihr wirres Cherrycola-Haar vermochte die Knutschflecke an ihrem Hals nicht zu verdecken. Verschmierte Wimperntusche umgab ihre grünen Augen wie der Schlamm einen Algentümpel. Ihr breiter Mund fiel an den Winkeln nach unten ab, und ihr Teint hatte die Farbe von schlecht gewordenem Joghurt. Sie zwang sich dazu, ein Glas Wasser zu trinken. Ihre sämtlichen Toilettenartikel befanden sich im anderen Badezimmer, aber sie wusch sich das Gesicht und spülte den Mund mit der Mundspülung des Hotels aus.

Sie fühlte sich noch immer nicht in der Lage, sich dem zu stellen, was jenseits dieser Tür lauerte, also strich sie sich die Haare aus dem Gesicht und setzte sich auf die Marmorumrandung der Badewanne. Gern hätte sie jemanden angerufen, aber Sasha konnte sie jetzt nicht belasten, Meg war nicht erreichbar, und April ihre Sünde zu beichten, das schaffte sie noch nicht, denn die wäre enttäuscht von ihr. Ein früheres Rock'n'Roll Groupie war zu ihrem moralischen Kompass geworden. Und was ihren Vater betraf ... Niemals.

Sie zwang sich aufzustehen und steckte das Laken unter ihren Armen fest. Das Schlafzimmer war leer, aber ihre Hoffnung, er könnte gegangen sein, schwand, als sie sah, dass seine Kleider noch immer auf dem Boden lagen. Sie schlurfte über den Teppich und hinaus in den Salon.

Er stand am Fenster und kehrte ihr den Rücken zu. Er war groß. Aber nicht so groß wie ein NBA. Er war ihr schlimmster Albtraum.

»Sag kein Wort, bevor der Kaffee gebracht wird«, sagte er, ohne sich umzudrehen. »Es ist mein Ernst, Georgie. Ich kann mich jetzt noch nicht mit dir befassen. Es sei denn, du hast eine Zigarette für mich.«

In ihr kochte Wut hoch. Sie packte ein Sofakissen und schleuderte es an Bramwell Shepards zerzausten goldbraunen Kopf. »Du hast mich unter *Drogen* gesetzt!«

Er duckte sich, und das Kissen traf das Fenster.

Sie versuchte, auf ihn loszugehen, aber als er sich zu ihr umdrehte, stolperte sie über das Bettlaken, und es rutschte ihr auf die Taille.

»Leg die Kissen weg«, sagte er. »Die haben uns schon genug in Schwierigkeiten gebracht.«

Mit einem seiner herumliegenden Schuhe hatte sie mehr Glück.

»Autsch!« Er rieb sich die Brust, und war so unverschämt, Entrüstung zu zeigen. »Ich habe dich nicht unter Drogen gesetzt! Glaub mir, wenn ich eine Frau unter Drogen setzen würde, dann bestimmt nicht dich.«

Sie steckte sich das Laken in ihre Achselhöhlen und blickte sich nach weiteren Wurfgeschossen um. »Du lügst. Ich wurde unter Drogen gesetzt.«

»Ja, das wurdest du. Wir beide wurden es. Aber nicht durch mich. Durch Meredith, Marilyn, Maryirgendwas.«

»Von wem sprichst du?«

»Von der Rothaarigen, die letzte Nacht auf der Party war. Erinnerst du dich an die Drinks, die sie rübergebracht hat? Ich nahm den einen und gab dir den anderen – der, den sie für sich gemacht hatte.«

»Warum sollte sie sich unter Drogen setzen?«

»Weil sie das *Gefühl* toll findet, das sie dadurch bekommt!«

Georgie schwante, dass Bramwell Shepard möglicherweise einmal in seinem Leben die Wahrheit sagte. Ihr fiel wieder ein, dass er diese Frau zur Rede gestellt hatte und wie wütend er dabei ausgesehen hatte. Sie zog das Laken hoch und torkelte auf ihn zu. »Du wusstest also, dass in diesen Drinks Drogen waren? Du wusstest es und hast nichts dagegen unternommen?«

»Ich wusste es nicht. Nicht, bis ich meinen geleert hatte, dich anschaute und mir dabei klar wurde, dass ich nicht absolut *angewidert* war!«

Es klopfte an der Tür, und eine Stimme meldete sich mit Zimmerservice. »Geh zurück ins Schlafzimmer«, zischte sie. »Und gib mir diesen Bademantel! Die Sensationspresse hat ihre Informanten überall. Beeil dich!«

»Wenn du mir noch einen Befehl erteilst …«

»*Bitte* beeil dich, du *Dickschädel*!«

»Als du betrunken warst, hast du mir besser gefallen.« Er zog den Bademantel aus, warf ihn ihr über den Arm und verschwand. Sie warf das Laken hinter die Couch und band auf dem Weg zur Tür den Gürtel.

Der Kellner rollte einen Servierwagen herein und verteilte die Teller auf dem Salontisch, der unter einem vergoldeten Kandelaber stand. Sie hörte, wie im Badezimmer die Dusche anging. Es würde sich wie ein Lauffeuer verbreiten, dass sie die Nacht nicht allein verbracht hatte. Zum Glück wusste keiner, mit wem, das könnte ihr zum Vorteil gereichen.

Endlich ging der Kellner. Sie stürzte sich auf den Kaffee, wankte dann ans Fenster und versuchte, sich zu sammeln. Tief unter ihr hatten sich Touristen versammelt, um die Wasserspiele des Bellagio zu bestaunen. Was war vergangene Nacht in diesem Schlafzimmer vorgefallen? Sie konnte sich an nichts erinnern. Nur an das erste Mal …

Am Tag, als sie sich kennen lernten, war sie fünfzehn und er siebzehn gewesen. Seine Schönheit hatte sie umgehauen, aber er hatte sie mit einem gelangweilten Grunzen und einem einzigen Blick seiner anmaßenden lavendelblauen Augen abgewiesen. Natürlich hatte es sie erwischt.

Die Warnungen ihres Vaters vertieften nur ihre Schwärmerei. Bram war arrogant, missmutig, undiszipliniert und hinreißend – die richtige Mischung für eine romantische Fünfzehnjährige – aber während der ersten beiden Staffeln beachtete er sie außerhalb der Drehzeiten gar nicht. Mochte sie es auch auf die Titelseite mehrerer Teeniezeitschriften geschafft haben, war sie doch immer noch ein dürrer Teenager mit Augen so grün wie eine Kaugummikugel, Marshmallow Bäckchen und einem Mund wie Knete. Ihre Haut war ständig pickelig von dem Make-up, das sie tragen musste, und ihr orangefarbener Waisenkind Annie

Lockenkopf ließ sie noch jünger aussehen. Dass sie mit ein paar süßen Jungschauspielern ihres Alters ausging, stärkte ihr Vertrauen auch nicht, da ihr Vater diese Verabredungen wegen der Publicity inszenierte. Den Rest der Zeit sperrte Paul York sie weg, um sie vor den Lastern Hollywoods zu schützen.

Brams schillerndes gutes Aussehen, sein überhebliches Gebaren und sein abgebrühtes Auftreten kitzelten sämtliche Fantasien wach. Noch nie war ihr jemand begegnet, der so wild war und keinerlei Bedürfnis zu haben schien, gefallen zu wollen. Sie lachte zu laut, um sich seine Aufmerksamkeit zu sichern. Sie kaufte Geschenke für ihn – eine neue CD, die er sich anhören musste, Gourmetschokolade, das Beste vom Besten, lustige T-Shirts, die er nie anzog. Sie sparte sich Witze auf, um sie ihm zu erzählen, stimmte ihm in allem zu und tat alles ihr Mögliche, um sich bei ihm beliebt zu machen, aber sofern die Kameras nicht liefen, hätte sie genauso gut unsichtbar sein können.

Der Kontrast zwischen dem harten Milieu, dem er entstammte, und dem polierten Privatschüler, den er spielte, faszinierte sie, und sie puzzelte sich anhand der Erzählungen seiner alten Kumpel, vorlauten Trotteln in seinem Schlepptau, seine Geschichte zusammen.

Bram war in der South Side von Chicago aufgewachsen. Seit er sieben war, hatte er sich allein durchschlagen müssen, nachdem seine Mutter an einer Überdosis starb. Sein verantwortungsloser Vater, der manchmal als Anstreicher arbeitete und sich in punkto Biergeld auf seine Freundinnen verließ, war gestorben, als Bram fünfzehn war. Nicht lange danach war Bram von der Schule geflogen und hatte als Stricher Geld zu verdienen begonnen. Eines Tages entdeckte ihn eine reiche, geschiedene Vierzigjährige bei ihrer ehrenamtlichen Tätigkeit und nahm ihn unter ihre Fittiche – vielleicht auch in ihr Bett –, da war Georgie sich nie ganz sicher gewesen. Diese Frau polierte seine rauen Kanten und überredete ihn dazu, als Dressman zu arbeiten. Nachdem ein vornehmer Chicagoer Herrenausstatter ihn sich für eine Anzeigenkampagne schnappte, hatte er seiner Wohltäterin den Rücken gekehrt, ein paar Schauspielstunden genommen und schließlich ein paar Rollen bei einer der örtlichen Theatergruppen bekommen, die zu seinem Vorsprechen für Skip führten.

Die dritte Staffel begann. Georgie nahm sich vor, ihm zu zeigen, dass sie zu einer begehrenswerten achtzehnjährigen Frau herangereift war. Sie fingen im Juli zu arbeiten an und machten Außenaufnahmen in Chicago. Einer von Brams Rumhänger-Freunden erwähnte, dass Bram für den Samstagabend eine Jacht charterte, um auf dem Lake Michigan eine Sauftour zu machen. Da ihr Vater übers Wochenende nach New York fuhr, beschloss Georgie uneingeladen auf die Party zu gehen.

Nach sorgfältiger Überlegung wählte sie ein Kleid mit Leopardendruck und Neckholder-Top, dazu Sandalen mit leichter Plateausohle. Als sie auf die Jacht kam, bemerkte sie allerdings, dass die meisten Frauen knappe Shorts und Bikinioberteile trugen. Aus der Bordanlage plärrte R. Kelly. Die Frauen waren alle um die zwanzig, mit glänzenden Haaren, langen Beinen und sexy Körpern, aber Georgie hatte den Promitrumpf in der Hand, und als das Boot aus dem Hafen fuhr, lösten sie sich von Brams Jugendkumpeln, um sich mit ihr zu unterhalten.

»Könnte ich ein Autogramm für meine Nichte bekommen?«

»Nimmst du Schauspielunterricht oder so?«

»Du kannst dich glücklich schätzen, mit Bram zu arbeiten. Er ist der schärfste Junge auf diesem Planeten.«

Georgie lächelte und gab Autogramme, hielt dabei aber immer Ausschau nach Bram.

Endlich kam er aus einer der Kajüten. Er trug zerknitterte Shorts und ein braunes Polohemd. Er hatte unter jedem Arm eine Frau, einen Drink in der Hand und zwischen den Lippen eine Zigarette. Sie verzehrte sich so sehr nach ihm, dass es schmerzte.

Der Mond ging auf, und die Party wurde wilder – genau die Art von Party, vor der ihr Vater sie immer zurückgehalten hatte. Eins der Mädchen zog ihr Oberteil aus. Die Männer johlten. Zwei der Frauen fingen an, sich zu küssen. Georgie hätte das in Ordnung gefunden, wenn sie Lesben gewesen wären, aber das war nicht der Fall, und die Vorstellung, die Frauen machten das nur, um den Männern eine Show zu bieten, widerte sie an. Als sie anfingen, sich gegenseitig die Brüste zu reiben, schlich sie in den Salon, wo ein halbes Dutzend Gäste an der Bar herumhingen oder sich auf die hufeisenförmige weiße Ledercouch gefläzt hatten.

Aus der Klimaanlage strömte ein kalter Luftzug über ihre Knöchel. Für diesen Abend hatte sie so viele Hoffnungen gehegt, aber Bram hatte noch nicht einmal mit ihr geredet. Über ihr wurden die Pfiffe und Buhrufe immer lauter. Sie gehörte nicht hierher. Sie gehörte nirgendwohin, außer vor die Kamera zum Dreh.

Die Tür ging auf und Bram kam lässig die Treppe herunter. Diesmal war er allein. Die Hoffnung, er könnte ihr gefolgt sein, blühte auf, als er sich auf einen Schalensitz nicht weit von dem Platz, an dem sie stand, lümmelte und zu ihr herübersah. Die Kombination aus seinem Musterschülerhaarschnitt, den goldbraunen Bartstoppeln und einem brandneuen Tattoo, das seinen dünnen Bizeps gleich unterhalb des Ärmels seines Polohemds umkreiste, erregte sie. Er legte ein Bein über die Stuhllehne und nahm einen Schluck von seinem Drink, ohne sie dabei aus den Augen zu lassen.

Sie grübelte über eine kluge Bemerkung nach. »Tolle Party.«

Er reagierte darauf mit seinem vertraut gelangweilten Blick, zündete sich die nächste Zigarette an und blinzelte sie durch den Rauch an. »Du warst nicht eingeladen.«

»Ich bin aber trotzdem gekommen.«

»Das bedeutet wohl, Daddy ist nicht in der Stadt.«

»Ich mache nicht nur, was mein Vater mir sagt.«

»So sieht das für mich aber ganz und gar nicht aus.«

Sie zuckte mit den Achseln und versuchte, blasiert zu wirken. Er klopfte die Asche auf den Teppich. Womit sie sich seine Ablehnung verdient hatte, war ihr immer unklar geblieben, abgesehen davon, dass sie mehr Geld bekam, aber das war nicht ihr Fehler.

Er zeigte mit seinem Drink aufs Deck. »Die Party wird dir wohl ein bisschen zu wild?«

Sie hätte ihm gern gesagt, dass es sie deprimierte, zusehen zu müssen, wie Mädchen sich erniedrigten, aber er hielt sie ja ohnehin schon für prüde. »Überhaupt nicht.«

»Das glaube ich dir nicht.«

»Du kennst mich nicht. Du glaubst nur, mich zu kennen.« Sie wollte geheimnisvoll klingen, und vielleicht funktionierte das ja auch, weil die Art, wie seine Augen über sie wanderten, ihr endlich das Gefühl gab, er würde sie tatsächlich betrachten.

Ihre orangefarbenen Löckchen hatten sich durch die Feuchtigkeit noch stärker gekräuselt, aber ihr Make-up sah gut aus. Sie hatte bronzefarbenen Lidschatten und hautfarbenen Lippenstift aufgelegt, um ihren Mund zu verkleinern. Ihr Neckholderkleid mit Leopardendruck hätte Scooter Brown nie getragen, und um sich noch stärker abzugrenzen, hatte sie sich ihren BH ausgepolstert, aber als sein Blick auf ihren Brüsten ruhte, hatte sie das Gefühl, dass er den Trick durchschaute.

Er blies ein schmales Rauchband aus. »Ich wette, du bist immer noch Jungfrau.«

Sie verdrehte die Augen. »Ich bin achtzehn. Ich bin schon seit Jahren keine Jungfrau mehr.« Bei dieser Lüge bekam sie Herzklopfen.

»Wenn du das sagst.«

»Es war ein älterer Mann. Du würdest ihn kennen, wenn ich es dir sagte, aber das tue ich nicht.«

»Du lügst.«

»Starke Frauen machten ihm Angst, das war so ein Komplex von ihm. Deshalb musste ich dann auch mit ihm Schluss machen.« Sie freute sich, so weltgewandt zu klingen, aber sein spöttisches Lächeln war alles andere als beruhigend.

»Daddy Paul würde niemals einen älteren Mann an dich ranlassen. Er lässt dich doch nie aus den Augen.«

»Ich bin heute Abend hierhergekommen, oder?«

»Ja, wie's aussieht.« Er leerte sein Glas, drückte seine Zigarette aus und stand auf. »Dann lass uns gehen.«

Sie starrte ihn an, und ihr Selbstvertrauen schwand. »Gehen?«

Mit einer ruckartigen Bewegung seines Kopfes deutete er auf eine Tür mit einem ins Holz eingebrannten Anker darauf. »Da rein.«

Sie starrte ihn verunsichert an. »Ich bin nicht …«

»Dann vergiss es.« Achselzuckend wollte er sich abwenden.

»Nein! Ich werde mitkommen.«

Und das tat sie dann. Einfach so. Ohne weiter nachzufragen, folgte sie ihm in die Kapitänskajüte.

Auf der Doppelkoje räkelte sich ein halb bekleidetes Pärchen. Sie hoben ihre Köpfe, um zu sehen, wer da hereingeplatzt war.

»Haut ab«, sagte Bram.

Sie kletterten aus der Koje.

Sie hätte damals mit ihnen gehen sollen, tat es aber nicht. Stattdessen stand sie da in ihrem Leopardenkleid, den Plateausandalen und den karottenfarbenen Korkenzieherlocken und sah zu, wie sich hinter ihnen die Tür schloss. Sie fragte nicht, was sein plötzliches Interesse an ihr geweckt hatte. Sie fragte auch nicht, welchen Wert sie sich selbst beimaß, indem sie ihm einfach so folgte. Sie stand einfach da und ließ zu, dass er sie gegen die Tür drückte.

Mit gespreizten Fingern umfing er ihren Kopf. Er schob seine Daumen unter ihr Haar und zog an einer Locke. Sie zuckte zusammen. Er hielt seinen Kopf schief und küsste sie mit geöffnetem Mund. Er schmeckte nach Alkohol und Rauch. Sie erwiderte seinen Kuss mit allem, was sie hatte. Die Bartstoppeln seines Kinns schürften ihre Wange auf. Seine Zähne prallten gegen ihre. Das war es, was sie immer gewollt hatte, dass er sie als Frau sah und nicht als Kind, dem er aus der Patsche helfen musste, eine Rolle, in die das Drehbuch sie gebracht hatte.

Er zupfte am Saum ihres Kleides und schob es nach oben. Sie trug ein zartes Bikinihöschen, und der Reißverschluss seiner Jeans scheuerte an ihrem nackten Bauch. Für ihren Geschmack ging er viel zu schnell zur Sache, sie hätte ihn gern gebeten, langsamer zu machen. Wäre er ein anderer gewesen, hätte sie ihn weggestoßen und ihm gesagt, er solle sie nach Hause bringen. Aber das hier war Bram, ihr Zuhause lag einen halben Kontinent entfernt, und so ließ sie zu, dass seine Finger sich in ihr Höschen schoben und sie nach Belieben berührten.

Kaum dass sie es mitbekam, hatte er ihr dieses auch schon ausgezogen und sie zur Koje geschleift. »Leg dich hin«, sagte er.

Als sie sich auf die Bettkante setzte und die Vibration der stampfenden Bootsmotoren durch den dünnen Stoff ihres Kleids spürte, redete sie sich ein, genau davon immer geträumt zu haben. Er steckte seine Hand in seine Hosentasche und holte ein Kondom heraus. Es würde also wirklich passieren.

Obwohl die Luft in der Kabine dank der Klimaanlage sehr kühl war, war ihre Haut vor Aufregung feucht. Sie verfolgte, wie er seine Jeans abstreifte, und versuchte nicht auf seinen Penis zu starren, der voll erigiert war, aber sie konnte ihren Blick nicht abwenden. Er schälte sich aus seinem Polohemd und enthüllte eine knochige Brust mit dünn sprießenden blonden Haaren. Als er das Kondom überstreifte, studierte sie die Decke.

Das Bett war hoch, es war bequem für ihn, ihre Hüften an die Kante zu ziehen. Sie ließ sich auf ihre Ellbogen zurückfallen, und der Rock ihres Kleids bauschte sich unter ihr. Er hakte seine Hand unter ihre Knie, spreizte ihr die Beine und stellte sich dann dazwischen. Als er forschend auf sie hinabblickte, waren seine Augen rauchfarben. Sie war ihm hilflos ausgeliefert und hatte sich nie verletzlicher gefühlt.

Er strich mit seinen Händen über die Hinterseite ihrer Schenkel bis zu den Hüften und kippte diese nach oben. Auf ihren Ellbogen lastete nun noch mehr Gewicht. Ihr Nacken schmerzte wegen der ungewohnten Position. Sie roch das Latex, sie roch ihn – das Bier, den Tabak, den Hauch des Parfüms einer anderen Frau. Seine Finger gruben sich in ihren Hintern, während er sich in sie hineinarbeitete. Es tat weh, und sie zuckte. Das Boot schlingerte und schob ihn tiefer. Als er zu stoßen begann, stieß ihr Kopf gegen die Wand. Sie verdrehte den Hals, aber es half nicht. Er bohrte sich in sie. Wieder und wieder. Ihr Blick richtete sich auf die absolut symmetrischen Knochen seines blassen Gesichts, die rautenförmigen Schatten, die sich in seine Wangen schnitten. Schließlich fing er an zu beben.

Ihre Ellbogen gaben nach, und sie fiel auf den Rücken. Kurz darauf zog er sich zurück und ließ ihre Beine auf den Teppich fallen. Sie waren so steif, dass sie Mühe hatte, sie zusammenzubringen. Er ging in das winzige, nebenan gelegene Badezimmer. Sie zog ihr Kleid nach unten und sagte sich, es könne ja doch noch alles gut werden. Nun, da er sie in neuem Licht gesehen hatte. Sie würden reden. Zeit zusammen verbringen.

Sie biss die Zähne zusammen und schaffte es, auf ihre wackeligen Beine zu kommen. Er kam zurück und zündete sich eine Zigarette an. »Bis später«, sagte er. Die Tür fiel hinter ihm ins Schloss.

Als das Schloss zuschnappte, fielen alle Fantasien über ihn in sich zusammen, endlich sah sie ihn als den, der er war, ein ungehobeltes, egoistisches, egozentrisches Arschloch. Sich selbst erkannte sie auch – bedürftig und dumm. Scham zog sie auf die Knie, und Selbsthass schwelte in ihrer Brust. Sie wusste überhaupt nichts über Menschen, über das Leben. Sie wusste nur wie man dumme Gesichter vor einer Kamera schnitt.

Sie wollte Rache. Hätte ihn am liebsten aufgespießt. Ihn gefoltert und getötet, ihn verletzt, wie er sie verletzt hatte. Wie hatte sie sich nur einbilden können, ihn zu lieben?

Die folgende Staffel war eine einzige Quälerei. Solange sie nicht drehten, behandelte er sie wie Luft. Ironischerweise sorgten ihre schrecklichen Spannungen für eine äußerst wirksame Chemie auf der Leinwand, und ihre Quoten stiegen. Sie umgab sich mit ihren Freunden unter den Schauspielern oder der Crew oder lernte in ihrem Wohnwagen – alles, um ihm und sämtlichen seiner vulgären Kumpel, die abwechselnd am Set herumhingen, aus dem Weg zu gehen. Ihr Hass gefror zu einem großen und festen Panzer, der sie schützte.

Eine Staffel folgte auf die andere, als sie das sechste Jahr ausgestrahlt wurden, begannen Brams Eskapaden sich auf die Quoten auszuwirken. Saufgelage, rücksichtsloses Verhalten im Straßenverkehr, Gerüchte über Drogenmissbrauch. Die Fans des guten Jungen Skip Scofield waren nicht glücklich, aber er reagierte nicht auf die Warnungen seiner Produzenten. Als am Ende der achten Staffel das Sexvideo auftauchte, stürzte alles zusammen.

Für ein Sexvideo war es zwar wirklich zahm, aber nicht zahm genug, um zu vertuschen, worum es ging. Die Presse überschlug sich, und kein Versuch der Medienkontrolle vermochte den Schaden zu begrenzen. Die Leitung des Senders hatte genug von Bram Shepards Streichen und beschloss *Skip und Scooter* abzusetzen.

»Verdammt!«

Sie sprang auf, als Bram zurückkam. Sie brauchte einen Moment, ehe sie den jugendlichen Testosteronprotz, den sie in Erinnerung hatte, mit dem gesunden, voll ausgewachsenen Kerl in Übereinstimmung brachte, der da auf sie zukam. Er trug den gleichen Hotel-Bademantel wie sie und sein Haar war nass vom Duschen. Mehr als alles wünschte sie sich, das achtzehnjährige Mädchen von damals zu rächen.

Er wirkte ungewöhnlich ernst, als er den Gürtel seines Bademantels nachzurrte. Es war zwei Uhr nachmittags, und dies bedeutete, dass der miserable Tag halb vorbei war. »Hast du irgendwelche Kondome im Abfall entdeckt?«

Heißer Kaffee spritzte über ihre Hand, und ihr Herzschlag setzte aus. Sie eilte ins Badezimmer und fing an, den Papierkorb zu durchwühlen, aber sie fand nur ihren Slip. Sie stürmte zurück in den Salon. Er deutete mit seiner Kaffeetasse auf sie. »Ich kann nur hoffen, dass du dich hast untersuchen lassen, seitdem du das letzte Mal mit deinem Scheißkerl von einem Ehemann geschlafen hast.«

zwar nicht leicht sein, jemanden zu finden, der verzweifelt genug ist, ein Baby mit gespaltener Zunge und einem Schwanz zu nehmen, aber ich bin mir sicher, ich werde jemanden finden.«

Die Farbe kehrte in seine Wangen zurück. Er setzte sich wieder und griff nach seiner Kaffeetasse. »Eine Sternstunde der Schauspielkunst.«

»Danke.« Ihr kleiner Vergeltungsschlag mochte zwar infantil gewesen sein, aber er hob ihre Stimmung so weit, dass sie es schaffte, eine Erdbeere zu essen. Aber kaum stellte sie sich das warme Bündel eines Babys vor, das sie nie im Arm halten würde, brachte sie keine zweite Beere mehr herunter.

Bram schenkte Kaffee nach. Feindseligkeit breitete sich in ihr aus, das erste starke Gefühl, das sie seit dem Auseinanderbrechen ihrer Ehe überhaupt empfunden hatte.

Bram warf seine Serviette beiseite. »Ich werde mich jetzt anziehen.« Sein Blick wanderte zu dem offenen Kragen ihres Bademantels. »Es sei denn, du möchtest ...«

»Im Leben nicht.«

Er zuckte mit den Schultern. »Finde ich zwar schade, denn so werden wir nie wissen, ob wir gut zusammen waren.«

»Ich war fabelhaft. Du hingegen warst selbstsüchtig wie immer.« Ein plötzlich einsetzender Stich erinnerte sie an das Mädchen, das sie gewesen war.

»Das bezweifle ich.« Er drückte sich vom Tisch ab und ging ins Badezimmer. Sie betrachtete die Erdbeeren und versucht sich davon zu überzeugen, dass sie durchaus noch eine essen konnte. Ein lauter Fluch unterbrach ihre Überlegungen.

Bram kam in den Salon gestürmt. Seine Jeans stand offen, und sein Hemd war noch nicht zugeknöpft, die Manschetten schlackerten. Die festen Brustmuskeln wollten zu dem knochigen Körper seiner Jugend so gar nicht passen.

Er hielt ihr ein Papier unter die Nase. An seinen Hohn und seinen Spott war sie gewöhnt, aber sie konnte sich nicht erinnern, ihn jemals derart aufgebracht erlebt zu haben. »Das hier habe ich unter meinen Klamotten gefunden«, sagte er.

»Eine Nachricht von deinem Bewährungshelfer?«

»Komm, sieh es dir an, dann wird dir das Lachen schon vergehen.«

Sie prüfte das Papier, aber was sie darauf sah, ergab keinen Sinn. »Warum sollte jemand seinen Trauschein hier lassen? Es ist …« Ihr schnürte es die Kehle zusammen, und sie begann zu würgen. »Nein! Das ist doch ein Scherz? Sag mir, dass das einer deiner kranken Scherze ist.«

»So krank bin selbst ich nicht.«

Sein Gesicht war aschfahl. Sie sprang vom Stuhl auf und riss ihm das Papier aus der Hand. »Wir sind …« Sie konnte das Wort kaum aussprechen. »Wir sind verheiratet?«

Er zuckte zusammen.

»Wieso sollten wir das tun? Ich *hasse* dich!«

»In diesen Cocktails, die wir gestern Nacht getrunken haben, müssen Glückspillen drin gewesen sein, die uns unsere wechselseitige Ablehnung haben überwinden lassen.«

Ihr Atem ging rascher. »Das kann nicht sein. Das Gesetz in Vegas ist geändert worden. Ich habe etwas darüber gelesen. Das Büro für Eheschließungen ist nachts geschlossen, damit genau solche Fälle vermieden werden.«

Seine Lippen verzogen sich höhnisch. »Wir sind Promis. Offensichtlich haben wir jemanden gefunden, der bereit war, für uns eine Ausnahme zu machen.«

»Aber … Vielleicht ist es gar nicht legal. Vielleicht ist es – ein Scherzartikel.«

»Streich mal mit dem Finger über das offizielle Siegel des Staates Nevada und sag mir, ob sich das nach einem verfluchten *Scherzartikel* anfühlt.«

Sie spürte die Prägung unter ihren Fingerkuppen. Sie wandte sich an ihn. »Das war deine Idee. Ich weiß es.«

»Meine? Du bist doch diejenige, die verzweifelt einen Ehemann sucht.« Seine Augen wurden schmal, und er schob ihr seinen Zeigefinger ins Gesicht. »Du hast mich missbraucht.«

»Ich werde meinen Anwalt anrufen.«

»Nicht bevor ich meinen angerufen habe.«

Sie rannten beide zum nächsten Telefon, aber seine Beine waren länger, er kam zuerst an. Sie stürzte sich auf ihre Handtasche und holte ihr Mobiltelefon heraus. Er drückte die Tasten. »Das sollte die einfachste Annullierung werden, die je bekannt wurde.«

Beim Wort »bekannt« durchzuckte es sie eiskalt. »Warte!« Sie ließ ihr Telefon fallen, eilte zu ihm und riss ihm den Hörer des Hoteltelefons aus der Hand.

»Was machst du da?«

»Lass mich eine Minute nachdenken.« Sie legte den Hörer auf die Gabel.

»Nachdenken kannst du später.«

Er streckte wieder die Hand nach dem Hörer aus, aber sie blockierte diesen, indem sie die Hand darauf legte. »Die Ehe – die Annullierung – wird der Öffentlichkeit bekannt gegeben werden.« Sie arbeitete sich mit ihrer freien Hand durch ihr wirres Haar. »Binnen vierundzwanzig Stunden werden es alle wissen. Das setzt einen Medienrummel mit Hubschraubern und Autoverfolgung in Gang.«

»Daran bist du doch gewöhnt.«

Ihre Finger waren klamm, ihr Magen rebellierte. »Ich werde nicht noch einen Skandal durchstehen. Wenn ich nur auf dem Gehweg stolpere, berichtet schon einer, ich hätte versucht, mich umzubringen. Stell dir mal vor, wie sie das ausschlachten werden.«

»Ist nicht mein Problem. Du hast dich da selbst reingeritten, indem du den Verlierer geheiratet hast.«

»Wirst du bitte aufhören, ihn so zu nennen?«

»Er hat dich sitzen lassen. Was kümmert es dich?«

»Warum hasst du ihn so sehr?«

»Ich hasse ihn nicht meinetwegen«, erwiderte er bissig. »Ich hasse ihn deinetwegen, weil du nicht in der Lage zu sein scheinst, es selbst zu tun. Dieser Typ ist ein Muttersöhnchen.« Anstatt sie vom Telefon wegzudrücken, bückte er sich und griff nach seinem Schuh, dann begann er mit der Suche nach seinen Socken. »Ich werde mich jetzt auf die Suche nach diesem Miststück machen, das uns unter Drogen gesetzt hat.«

Verdutzt, dass er nicht versuchte, seinen Anwalt anzurufen, folgte sie ihm ins Schlafzimmer. »Du kannst nicht weggehen, bis wir uns eine Geschichte ausgedacht haben.«

Er fand seine Socken und setzte sich auf die Bettkante, um sie anzuziehen. »Meine Geschichte steht fest.« Er schlüpfte in die erste Socke. »Du bist eine verzweifelte, bemitleidenswerte Frau. Ich heiratete dich aus Mitleid und …«

»Das wirst du nicht sagen.«

Die zweite Socke folgte. » … und da ich nun wieder nüchtern bin, ist mir klar, dass ich für ein Leben im Elend nicht geschaffen bin.«

»Ich werde dich verklagen. Das schwöre ich.«

»Wo bleibt denn dein Humor?« Ohne selbst eine Spur von Humor zu zeigen, zog er sich seinen einen Schuh an und kehrte dann in den Salon zurück, um den anderen zu holen. »Wir werden einen Scherz daraus machen. Sagen, wir hatten zu viel getrunken und fingen an, uns *Skip-und-Scooter*-Folgen anzuschauen. Hingerissen von Sentimentalität, schien es uns in diesem Moment eine gute Idee zu sein.«

Für ihn wäre das so in Ordnung, aber nicht für sie. Keiner würde ihr glauben, wenn sie die Wahrheit über die mit Drogen angereicherten Drinks erzählte. Für den Rest ihres Lebens wäre sie nicht nur als Verliererin, sondern auch als Spinnerin gebrandmarkt. Sie saß in der Falle, durfte aber ihrem ärgsten Feind nicht zeigen, dass sie von seiner Gnade abhing. Sie schob ihre Fäuste in die Taschen ihres Bademantels. »Wir werden versuchen nachzuvollziehen, was genau gestern geschehen ist. Es muss doch Anhaltspunkte geben, wo wir gewesen sind. Erinnerst du dich noch an irgendwas?«

»Zählt denn ›Gib's mir, du großer Junge‹?«

»Tu wenigstens so, als wärst du anständig.«

»So ein guter Schauspieler bin ich nun auch wieder nicht.«

»Du kennst doch jede Menge zwielichtiger Gestalten. Darunter wird doch einer sein, der eine Heiratsurkunde verschwinden lassen kann?«

Sie rechnete damit, dass er sie abkanzelte. Stattdessen spielte er an einem Hemdknopf. »Ich kenn da einen Typen, dem ich ein paar Mal begegnet bin. Ein ehemaliges Ratsmitglied. Ihm liegt viel daran, mit Promis auf Du und Du zu sein. Ist zwar gewagt, aber anrufen können wir ihn ja.«

Da sie keine bessere Idee hatte, willigte sie ein.

Er kramte in seiner Tasche. »Offenbar gehört das dir.« Er machte die Hand auf und hielt ihr einen billigen Metallring mit einem Schmuckstein aus Plastik hin. »Du kannst mir nicht nachsagen, ich hätte keinen Geschmack.«

Als er ihn ihr zuwarf, musste sie an den zweikarätigen Verlobungsdiamanten denken, der eingeschlossen in ihrem Safe ruhte. Lance hatte ihr gesagt, sie solle ihn behalten, als wollte sie ihren Verlobungsring noch tragen.

Sie schob den Plastikdiamanten in ihre Tasche. »Es gibt doch keinen besseren Liebesbeweis als falschen Schmuck.«

Sie war in einem Privatjet nach Vegas geflogen, also mussten sie Brams Wagen nehmen. Während sie duschte, vereinbarte er einen diskreten Abgang aus dem Hotel. Sie zog ihre graue Baumwollhose und ein weißes Wickeltop an, die unauffälligsten Kleidungsstücke, die sie mitgebracht hatte. »Mein Wagen wartet am Hintereingang auf uns«, sagte er, als sie aus dem Schlafzimmer kam.

»Wir fahren mit dem Lastenaufzug nach unten.« Sie rieb sich die Stirn. »Das ist wie bei Ross und Rachel. Genau das Gleiche passierte ihnen am Ende von Staffel ...«

»Nur dass Ross und Rachel *nicht wirklich existieren*!«

Keiner sprach, während sie mit dem Aufzug in das Erdgeschoss fuhren. Sie machte sich nicht einmal die Mühe, ihn darauf hinzuweisen, dass er sein Hemd falsch zugeknöpft hatte.

Sie betraten den Serviceflur und gingen zum Ausgang. Als Bram die Tür aufhielt, stülpte sich die Nachmittagshitze über sie. Sie blinzelte in die Sonne und trat ins Freie.

Eine Kamera klickte vor ihrem Gesicht.

5

Mel Duffy, der Darth Vader unter den Paparazzi fing sie mit seinen Linsen ein. Georgie machte die merkwürdige Erfahrung, aus ihrem Körper herauszuschweben und die ganze Katastrophe von einem Ort irgendwo über ihrem Kopf zu verfolgen.

»Gratuliere«, sagte Duffy und knipste weiter. »Oder in den Worten meiner irischen Großmutter: ›Mögt ihr arm an Unglück und reich an Segen sein.‹«

Bram stand einfach da, die Hände an der Tür, das Hemd falsch geknöpft, als hätte man ihm das Kinn mit Draht umwickelt. Er überließ alles ihr. Dieses Mal würde sie den Schakalen nichts von sich preisgeben, und so setzte sie ihr Scooter Brown Lächeln auf. »Danke für den Segen Ihrer Großmutter. Aber wofür?«

Duffy war übergewichtig, hatte eine rote Haut und einen ungepflegten Bart. »Ich habe eine Kopie eures Trauscheins gesehen und mit dem Typen geredet, der diese Zeremonie vorgenommen hat. Er sieht aus wie ein zwielichtiger Justin Timberlake.« Während Duffy redete, machte er weiterhin Aufnahmen. »Binnen einer Stunde wird die Geschichte in aller Munde sein, also könnt ihr sie genauso gut mir geben. Ich verspreche auch, euch ein großes Hochzeitsgeschenk zu schicken.« Er nahm wieder eine andere Position ein. »Wie lange seid ihr schon …«

»Es gibt keine Geschichte.« Bram schlang einen Arm um Georgies Taille und zog sie ins Gebäude zurück.

Ohne sich darum zu scheren, dass er sich über bestehende Gesetze hinwegsetzte, hielt Duffy die Tür fest, ehe sie zufiel und folgte ihnen. »Haben Sie schon mit Lance gesprochen? Weiß er davon?«

»Verschwinden Sie« knurrte Bram ihn an.

»Kommen Sie, Shepard. Sie wissen doch, worum es geht. Das hier ist die größte Promigeschichte des Jahres.«

»Ich sagte, *verschwinde.*« Bram stürzte sich auf Duffys Kamera.

Mit dem letzten Quäntchen Verstand, das Georgie noch hatte, fiel sie ihm in den Arm und hielt ihn fest. »Mach das nicht!«

Duffy trat rasch einen Schritt zurück, drückte ein letztes Mal ab und verschwand dann durch die Tür. »Nichts für ungut.«

Bram schüttelte sie ab und starrte ihm hinterher.

»Lass es gut sein!« Georgie blockierte die Tür mit ihrem Körper. »Was bringt es denn, seine Kamera zu zertrümmern?«

»Ich würde mich dann besser fühlen.«

»Das ist so typisch. Du versuchst die Probleme immer noch mit den Fäusten zu lösen.«

»Du hingegen lächelst jedes Arschloch an, das eine Linse in deine Richtung hält, und tust so, als wäre das Leben prima.« Er schaute sie aus schmalen Augen an. »Wenn ich das nächste Mal vorhabe, zuzuschlagen, dann geh mir gefälligst aus dem Weg.«

Eine Angestellte lief über den Flur, und sie war gezwungen, ihre scharfe Erwiderung hinunterzuschlucken. Sie gingen zum Lastenaufzug und fuhren in wütendem Schweigen nach oben. Als sie die Suite erreicht hatten, stieß er die Tür auf und zog dann sein Mobiltelefon aus der Tasche.

»Nein!« Sie riss es ihm aus der Hand und rannte damit ins Badezimmer.

Er jagte hinter ihr her. »Was zum Teufel glaubst du, dass ich vorhabe?«

Sie warf das Telefon in die Toilette, ehe er es ihr entwenden konnte. Er schob sie beiseite und starrte in den Abfluss. »Ich fass es nicht.«

Scooter hatte einmal versehentlich Mutter Scofields Fotoalbum mit der Ahnengalerie in den Gartenspringbrunnen fallen lassen und dann den Rest der Sendung damit verbracht, ihre Spuren zu verwischen. Am Ende hatte Skip sie gerettet, indem er die Schuld auf sich nahm. Diesmal würde das nicht passieren. »Du rufst niemand an, ehe wir gemeinsam eine Lösung gefunden haben«, sagte sie.

»Tatsächlich?«

Ihre Brust hob sich, und sie konzentrierte ihre ganze Wut auf ihn. »*Bescheiß* mich ja nicht. Denk dran, ich bin eine Ikone Amerikas. Lance ist mehr schlecht als recht davongekommen, und er war Mr Saubermann. Das bist du nicht, also überlebst du das auch nicht.«

Sein Spiegelbild mit den zusammengebissenen Zähnen war nicht gerade beruhigend. »Wir halten uns an meinen ursprünglichen Plan«, sagte er. »In genau einer Stunde werden dein PR-Manager und der, den ich anstellen werde, eine Erklärung abgeben. Zu viel Alkohol, zu viel Nostalgie, wir bleiben gute Freunde und der ganze Scheiß.« Er schlich sich aus dem Badezimmer.

Sie fuhr ihn an, wie sie das bei Lance nie getan hatte. »Ein schwachköpfiger Popstar mag vielleicht mit einer in Vegas geschlossenen Ehe, die weniger als vierundzwanzig Stunden dauert, durchkommen, aber ich nicht, und du auch nicht. Gib mir etwas Zeit zum Nachdenken.«

»Da kannst du nachdenken so viel du willst, diese kleine Schramme wird bleiben.« Er stürzte sich auf das Telefon neben der Couch.

»Fünf Minuten! Mehr brauche ich nicht.« Sie deutete auf den Fernseher. »Währenddessen kannst du dir ja einen Porno anschauen.«

»Du siehst dir einen Porno an. Ich suche mir inzwischen einen PR-Manager.«

Sie umrundete die Couch und knallte ihre Hände noch einmal auf das Telefon. »Bring mich nicht dazu, das auch noch in die Toilette zu werfen.«

»Bring du mich nicht dazu, dich zu fesseln, in die Toilette zu sperren und ein *Zündholz* hineinzuwerfen!«

Im Moment schien ihr das nicht die schlimmste Lösung zu sein. Und außerdem –

Sie hatte eine ganz abwegige Idee.

Eine Idee, die so viel boshafter war als jeder mörderische Plan, mit dem er aufwarten könnte.

Eine Idee so unerträglich, so widerlich.

Sie trat vom Telefon zurück. »Ich brauche Alkohol.«

Er gestikulierte mit dem Hörer. »Kerosin brennt heißer und schneller.« Offenbar sah sie elender aus, als sie sich fühlte, denn er fing nicht sofort zu wählen an. »Was ist los? Du musst dich doch nicht etwa übergeben?«

Wenn es so einfach wäre. Sie schluckte. »Hör mir einfach zu, ja?«

»Mach schnell.«

»O Gott …« Ihre Beine gaben nach, und sie sank auf den Sessel gegenüber der Couch. »Es gibt einen …« Der Raum um sie begann sich zu drehen. »Es könnte einen Weg aus diesem Schlamassel geben.«

»Da hast du recht. Und ich verspreche dir, einmal im Monat frische Blumen auf dein Grab liefern zu lassen. Außerdem an deinem Geburtstag und an Weihnachten.«

Sie ertrug es nicht, ihn anzusehen, also stierte sie auf die Falten ihrer grauen Hose. »Wir könnten …« Sie räusperte sich. Schluckte. »Wir könnten verheiratet bleiben.«

Schwer lastete das Schweigen im Raum, gefolgt vom durchdringenden Gemecker eines Telefons, das man zu lange nicht auf die Gabel zurückgelegt hatte.

Ihre Handflächen waren schweißnass, und ihre Wangen brannten. Er legte den Hörer auf. »*Was* hast du da gesagt?«

Sie schluckte wieder und versuchte sich zusammenzureißen. »Nur für – sagen wir für ein Jahr. Wir bleiben ein Jahr lang verheiratet.« Ihre Worte kamen zögernd. »Von heute an in einem Jahr verkünden wir, dass wir zu dem Entschluss gekommen sind, lieber Freunde bleiben zu wollen, anstatt als Paar weiterzuleben, und wir uns deshalb scheiden lassen. Dass wir uns aber immer lieben werden. Und jetzt kommt der entscheidende Teil.« Ihre Gedanken gingen kreuz und quer durcheinander, bis sich einer herauskristallisierte. »Wir sorgen dafür, dass man uns danach in der Öffentlichkeit sieht. Immer lachend und Spaß miteinander habend, so dass keiner von uns als ein ...« Sie hielt rechtzeitig inne, ehe sie »Opfer« sagen konnte, »so dass keiner von uns beiden als Übeltäter dasteht.«

Die Einzelteile fügten sich in ihrem Kopf zusammen wie eine Sitcom-Episode auf Crack. »Langsam lassen wir durchsickern, dass ich dich mit ein paar meiner Freundinnen erwischt habe und du mich mit ein paar dieser Kretins, mit denen du herumhängst. Alles unglaublich freundschaftlich. Ganz Bruce und Demi. Kein Drama, kein Skandal.«

Und kein Mitleid. Das war der wichtigste Teil, der einzige Weg, der es ihr ermöglichte, dies alles durchzustehen. Kein Mitleid mehr für die jämmerliche, untröstliche Georgie York, die ihre Liebe nicht halten konnte.

Bram war noch am Anfang. »Wir bleiben verheiratet? Du und ich?«

»Nur für ein Jahr. Es ist – ich weiß auch, dass das kein perfekter Plan ist ...« Eine schwachsinnige Untertreibung. »... aber angesichts der gegebenen Umstände denke ich, es ist das Beste, was wir tun können.«

»Wir *hassen* einander!«

Jetzt konnte sie nicht mehr zurück. Alles stand auf dem Spiel. Ihr Ruf, ihre Karriere und vor allem ihr angeschlagener Stolz.

Es steckte mehr dahinter als nur Stolz. Stolz war ein oberflächliches Gefühl, aber das hier ging tiefer – hier wurde ihre Identität in Frage gestellt. Sie erkannte, dass sie ihr ganzes Leben lang keine einzige wichtige Entscheidung selbst getroffen hatte. Ihr Vater hatte jeden Schritt ihrer Karriere und ihres Privatlebens gelenkt, von den Rollen, die sie annahm, bis zu ihrem Aussehen. Er hatte sie sogar mit Lance bekannt gemacht, der dann bestimmt hatte, wann sie heiraten, wo sie leben würden, und tausend andere Dinge. Lance hatte verkündet, sie würden keine Kinder haben, und er war auch derjenige, der das Urteil gefällt hatte, das ihre Ehe beendete. Einunddreißig Jahre lang hatte sie andere Menschen über ihr Schicksal bestimmen lassen, jetzt war sie es leid. Entweder sie lebte weiterhin nach dem Diktat der anderen, oder sie ging ihren eigenen Weg, wie bizarr dieser auch sein mochte.

Eine beängstigende – beinah berauschende – Zielstrebigkeit kam über sie. »Ich werde dich dafür bezahlen.«

Das weckte seine Aufmerksamkeit. »Mich bezahlen?«

»Fünfzigtausend für jeden Monat, den wir zusammenbleiben. Das sind über eine halbe Million Dollar, für den Fall, dass du nicht rechnen kannst.«

»Ich kann rechnen.«

»Eine nachträgliche Mitgift«, sagte sie.

Wieder drohte er ihr mit dem Finger. »Das hast du mit Absicht gemacht. Du hast mich in die Falle gelockt, wie du Trevor in die Falle locken wolltest. Du hast die ganze Sache ausgeheckt.«

Sie sprang vom Stuhl auf. »Das glaubst du doch selbst nicht! Jede Minute, die ich mit dir verbringe, ist eine Qual.

Aber mir ist meine … Karriere wichtiger als der Hass, den ich für dich empfinde.«

»Deine Karriere oder dein Image?«

Ihr problematisches Selbstwertgefühl würde sie nicht mit ihrem Feind diskutieren. Sie gab ihm die einfachste Antwort darauf: »Image ist in dieser Stadt gleichbedeutend mit Karriere. Das weißt du doch besser als jeder andere. Deshalb bekommst du doch keine anständigen Rollen. Weil keiner dir vertraut. Aber die Öffentlichkeit vertraut mir – selbst nach dem ganzen Schlamassel mit Lance. Mein Ruf wird auf dich abfärben. Du kannst nur gewinnen und hast nichts zu verlieren, wenn du dich darauf einlässt. Die Leute werden denken, du hättest dich gebessert, und man könnte dir vielleicht doch mal eine anständige Rolle anbieten.«

In seinen Augen flackerte etwas auf. Sie hatte das falsche Argument gewählt und änderte rasch die Richtung. »Eine halbe Million Dollar, Bram.«

Er kehrte ihr den Rücken zu und wanderte zu den Balkontüren. »Sechs Monate.«

Ihre Kühnheit ließ nach, sie schluckte. »Wirklich?«

»Ich lasse mich für sechs Monate darauf ein«, sagte er. »Dann verhandeln wir erneut. Du musst auch auf meine Bedingungen eingehen.«

Die Alarmglocken läuteten Sturm. Sie hatte Mühe, sich zusammenzureißen. »Die da wären?«

»Die werde ich dir mitteilen, wenn es so weit ist.«

»Darauf lasse ich mich nicht ein.«

Er zuckte mit den Schultern. »Okay. Dann eben nicht. Es war deine Idee, nicht meine.«

»Hast du noch einen Funken Vernunft?«

»Ich bin nicht derjenige, der das unbedingt braucht. Entweder wir machen es nach meinen Regeln, oder das Spiel kommt nicht zustande.«

Unter gar keinen Umständen würde sie es nach seinen Regeln spielen. Das hatte sie bei ihrem Vater und bei Lance zur Genüge getan. »Schön«, sagte sie. »Nach deinen Regeln. Ich bin mir sicher, sie werden äußerst fair sein.«

»Worauf du dich verlassen kannst, o ja.«

Sie überhörte es. »Als Erstes sollten wir ...«

»Als Erstes krallen wir uns Mel Duffy.« Plötzlich wurde er ganz geschäftsmäßig, was irritierend war, denn Bram hatte sich mit Geschäftlichem nie abgegeben. »Wir werden ihm sagen, er kann gleich hier in der Suite Exklusivfotos von uns machen, aber nur wenn er uns den Film aushändigt, den er unten gerade verschossen hat.« Er blickte sie über seine erhabene Nase hinweg an. »Er hat nicht meine gute Seite erwischt.«

Bram hatte recht. Die Fotos, die Duffy gerade geschossen hatte, ließen sie eher wie Flüchtlinge denn als glückliche Frischvermählte aussehen. »Dann an die Arbeit«, sagte sie. »Du weißt doch noch, wie das geht, oder?«

»Bedräng mich nicht.«

Sie informierte die Rezeption, die Anrufe nicht weiterzuleiten, die bald schon eingehen würden, und Bram machte sich daran, Mel Duffy zu finden. Drei Stunden später waren sie und ihr von ganzem Herzen gehasster Bräutigam dank des hervorragenden Portierservice des Bellagios beide in Weiß gekleidet. Ihr Kleid hatte ein Bustieroberteil, einen Zipfelsaum und wurde mit strategisch platziertem doppeltem Klebeband passend gemacht. Bram trug einen weißen Leinenanzug und ein weißes Hemd mit offenem Kragen. Mit dem vielen Weiß auf seiner gebräunten Haut, den goldbraunen Haaren und verwegenen Bartstoppeln sah er aus wie ein Pirat, der gerade einer Luxusjacht entstiegen war, um das Cannes Film Festival zu plündern.

Sie rief ihre Freunde und Bekannten an – alle, bis auf ihren Vater – um die Nachricht zu verbreiten. Dabei erledigte sie ihre Aufgabe ganz anständig, ihrer Freude und Aufregung, mit *dem* Playboy der westlichen Hemisphäre verheiratet zu sein, Ausdruck zu verleihen, bei ihren Freundinnen würde dies nicht ganz so leicht sein. Deshalb hinterließ sie ihre Nachrichten absichtlich auf Band, damit sie mit keiner direkt sprechen musste. Und was ihren Vater betraf … Jede Krise zu ihrer Zeit.

Bram tauchte hinter ihr auf, als sie noch im Badezimmer war. Wenn sie jetzt zuließ, dass er sie herumschikanierte, gäbe es keine Neuaufnahme. Er musste eine vollkommen neue Georgie York vor sich sehen.

Sie nahm den Lippenstift, den sie gerade weggelegt hatte. »Ich teile mein Make-up nicht«, sagte sie. »Benutz dein eigenes.«

»Verschmiert das Zeug auch nicht? Ich möchte es nicht überall an mir dranhängen haben, wenn ich dir einen Zungenkuss gebe.«

»Du wirst mir keinen Zungenkuss geben.«

»Wetten dass doch?« Er verschränkte seine Arme über der Brust und stützte seine Schulter auf dem Türknopf auf. »Weißt du, was ich denke?«

»Du *denkst* tatsächlich?«

»Ich denke, dass all der Mist, den du da über den Schutz deiner Karriere gelabert hast, reinster Schwindel ist.« Es klingelte. »Der wahre Grund, weshalb du diese Farce durchziehen willst, ist der, dass du nie über mich hinweggekommen bist.«

»O herrje, jetzt hast du mich ertappt.« Sie rempelte ihn hart an, als sie an ihm vorbei durch die Tür ging.

Bram holte sie ein, ehe sie das Wohnzimmer erreichte, und zerzauste ihr das Haar. »So. Jetzt siehst du aus, als kämst du gerade erst aus dem Bett.« Er ging zur Tür. »Und jetzt lächeln für den netten Fotografen.«

»Sie sehen umwerfend aus, Georgie«, begeisterte sich

Mel Duffy, der beim Hereinkommen den Duft von Zwiebelringen mitbrachte. Er warf Bram eine Filmrolle zu. »Ich opfere ein paar großartige Aufnahmen von Rihanna, aber das ist es mir wert.« Er sah sich im Raum um und deutete dann auf den Balkon. »Lasst uns da draußen anfangen.«

Kurz darauf posierten sie mit um die Taillen geschlungenen Armen vor der sinkenden Sonne am Geländer. Duffy machte einige Nahaufnahmen von Braut und Bräutigam, die sich über den Plastikdiamanten amüsierten, dann schlug er Bram vor, dass er sie hochhob.

Genau das, was sie nicht haben wollte ... Bram Shepard, der sie dreißig Stockwerke über dem Erdboden baumeln ließ.

Ihr hauchdünnes weißes Kleid umflatterte sie, als er sie in seine Arme nahm. Sie grub ihre Finger in seinen Bizeps. Sein auf sie gerichteter Blick war liebestrunken. Sie schob ihre Hand unter sein Jackett und spielte ebenfalls das Turteltäubchen. Sie fragte sich, wie es wäre, ohne Gefühle vorzutäuschen, die sie nicht im Entferntesten empfand. Wenigstens hatte sie diesmal ihren eigenen Weg gewählt, das musste doch etwas zu bedeuten haben.

Duffy veränderte seine Position. »Wie wär's mit einem Kuss?«

»Daran habe ich auch gerade gedacht.« Brams Stimme war flüssiger Sex.

Sie brachte ein samtiges Lächeln zuwege. »Ich hatte darauf gehofft.«

Er neigte seinen Kopf und mit einem Schlag war sie in die Vergangenheit zurückversetzt – es war der Tag ihres ersten Leinwandkusses.

Damals hatte sie ebenfalls an einem Geländer gestanden, eins mit Blick auf den Chicago River nahe der Michigan Avenue Bridge. Wie üblich verbrachten sie die ersten paar Wochen mit Außenaufnahmen, ehe sie nach L.A. zurückkehrten, um dort den Rest ihrer damals fünften Staffel zu drehen. Es war ein Sonntagmorgen Ende Juli, die Polizei hatte das Gebiet vorübergehend abgesperrt. Trotz der vom See kommenden Brise, näherte sich die Temperatur schon an die dreißig Grad.

»Ist Bram schon da?«, wollte Jerry Clarke, ihr Regisseur, wissen.

»Noch nicht«, erwiderte der Regieassistent.

Bram hasste morgendliche Drehtermine genauso sehr wie er es inzwischen hasste, Skip zu spielen, und Georgie wusste ganz genau, dass Jerry einen Produktionsassistenten beordert hatte, ihn aus dem Bett zu holen. Ihre Hände schlossen sich ums Geländer. Sie konnte kaum erwarten, dass der Tag zu Ende ging. Seit jener hässlichen Nacht auf dem Boot mochten inzwischen zwei Jahre vergangen sein, aber sie hatte ihm noch immer nicht verziehen, was er getan hatte, oder sich verziehen, dass sie es so weit hatte kommen lassen. Sie schaffte es nur, indem sie tat, als wäre er Luft. Nur vor laufenden Kameras, wenn er sich in ihren Skip Scofield mit seinen sanften, intelligenten Augen und dem besorgten, liebevollen Ausdruck verwandelte, kam sie aus der Reserve.

An jenem Tag hatte man ihr ein eng, aber nicht allzu eng anliegendes T-Shirt und dazu einen kurzen, aber nicht allzu kurzen Rock angezogen. Die Produzenten ließen zu, dass ihr Haar nach und nach etwas mehr ins Braune spielte, aber die Locken hasste sie noch immer. Der Sender verfügte nicht nur über ihre Haare, sondern auch über den Rest von ihr. Ihr Vertrag verbot Piercings, Tattoos, Sexskandale und Drogenmissbrauch. Brams Vertrag verbot offenbar nichts.

Der Regisseur platzte fast. »Schickt jemanden, der mir diesen Hurensohn herholt!«

»Der Hurensohn ist hier.« Bram trat geschmeidig vor, ein Widerspruch in sich mit seiner Zigarette im Mundwinkel und den blutunterlaufenen Augen zu dem hellblauen Poloshirt, der gebügelten Baumwollhose und seiner adretten Armbanduhr.

»Hast du zufällig einen Blick in deinen Text geworfen?«, fragte Jerry ihn mit unverhohlenem Sarkasmus. »Wir drehen heute Skip und Scooters ersten Kuss.«

»Ja, hab ich gelesen.« Er warf seine Zigarettenkippe durchs Geländer. »Lasst uns diesen Scheiß hinter uns bringen.«

Während sie in ihren Mädchen-von-nebenan Kleidern dastand, hasste sie ihn mit solcher Inbrunst, dass es in ihr loderte. Damals, in den ersten beiden Jahren war sie so entschlossen gewesen, ihn als grüblerischen romantischen Helden zu sehen, der nur auf die richtige Frau wartete, um erlöst zu werden, aber er war tatsächlich nur eine ganz gewöhnliche Schlange, und sie war ein Trottel, dass sie das nicht von Anfang an durchblickt hatte.

Sie schauten sich ihren Text an und fanden ihre Markierungen. Die Kameras liefen. Sie wartete auf den Zauber, dass Bram sich in Skip verwandelte.

SKIP
(mit zärtlichem Blick auf SCOOTER)
Was soll ich nur mit dir machen, Scooter?
SCOOTER
Du könntest mich küssen. Ich weiß, dass du es nicht
willst. Ich weiß, dass du sagen wirst, dass ich dann –
SKIP
Dass du dann Ärger bekommst.
SCOOTER
Das macht mir nichts aus.

Ich würde es auch nicht anders haben wollen.
(SKIP sieht SCOOTER mit einem fragenden Blick an
und küsst sie dann langsam.)

Georgie fühlte die harte Berührung seiner Lippen, aber diesmal funktionierte der Zauber nicht. Skips Lippen sollten weich sein. Und Skip sollte nicht nach Zigaretten und Anmaßung schmecken. Sie wich zurück.

»Schnitt«, rief Jerry. »Gibt es da ein Problem, Georgie?«

»Da gibt es ein Problem«, brummte Bram in die Kamera. »Es ist verflucht noch mal erst acht Uhr morgens.«

»Wir versuchen es noch mal«, sagte der Regisseur.

Und das taten sie. Wieder und wieder. Es war nur ein einfacher Bühnenkuss, aber egal wie sehr sie sich bemühte, sie konnte sich nicht einreden, dass Skip sie küsste, jedes Mal, wenn ihre Lippen sich berührten, hatte sie das Gefühl, sich wieder schämen zu müssen.

Nach dem sechsten Versuch stürmte Bram davon und sagte ihr, sie solle ein paar »blöde Schauspielstunden« nehmen. Sie schrie zurück, er solle eine »verdammte Mundspülung« schlucken. An Temperamentsausbrüche von Bram war die Crew gewöhnt, aber nicht von ihr, und sie schämte sich. »Tut mir leid, Leute«, murmelte sie. »Ich will meinen schlechten Tag nicht an euch auslassen.«

Der Regisseur überredete Bram zurückzukommen. Georgie ging in sich und schaffte es irgendwie, ihre brodelnden Gefühle in Scooters Verwirrung zu verwandeln. Endlich war die Aufnahme abgedreht.

Und jetzt stand sie wieder hier und tat etwas, wovon sie geglaubt hatte, es nie wiederholen zu müssen. Bram Shepard zu küssen.

Brams Mund umschloss den ihren, seine Lippen so weich, wie die von Skip hätten sein sollen. Sie begann ihren geistigen Rückzug an jenen geheimen Ort, an dem sie sich vor so vielen Jahren versteckt hatte. Aber irgendwas stimmte nicht. Bram schmeckte nicht mehr nach langen Nächten und schummerigen Bars. Er schmeckte sauber. Nicht sauber wie Lance, der ausgesprochen pingelig war, aber sauber wie –

Sie bekam es nicht zu fassen, sie wusste nur, dass es ihr nicht gefiel. Sie wollte, dass Bram Bram war. Sie wollte den sauren Geschmack seiner Herablassung, die schwarze Galle seiner Verachtung. Mit diesen Dingen konnte sie umgehen.

Sie wartete darauf, dass er versuchte, ihr seine Zunge in den Rachen zu schieben. Nicht, dass sie sich das gewünscht hätte – du liebe Güte, nein –, aber das wäre ihr wenigstens vertraut gewesen.

Er knabberte an ihrer Unterlippe und stellte sie dann sanft wieder zurück auf ihre Füße. »Willkommen im Eheleben, Mrs Shepard«, sagte er mit weicher, zärtlicher Stimme, während seine Hand, die in den Falten ihres Rocks verborgen war, ihr in den Hintern kniff.

Sie lächelte erleichtert. Endlich agierte Bram wie er selbst. »Willkommen in meinem Herzen …«, sagte sie genauso zärtlich, »… Mr Georgie York.« Unter seinem Jackett stieß sie ihn so kräftig in die Rippen, wie sie konnte.

Duffy verschoss eine ganze Filmrolle. Als er ging, war es draußen bereits dunkel, und das Hotelmanagement hatte eine Nachricht unter der Tür durchgeschoben. Am Empfang wurde man der vielen Anrufe nicht mehr Herr, und vor dem Gebäude hatte sich eine Horde von Fotografen versammelt. Sie schaltete den Fernseher an und sah, dass die Nachricht ihrer Eheschließung schon draußen war. Während Bram sich umzog, setzte sie sich auf die Couchkante und schaute sich die Nachrichten an.

Alle waren entsetzt.

Keiner hatte es kommen sehen.

Da nur ein paar dürre Einzelheiten zur Verfügung standen, versuchten die Mediendienste die Geschichte mit Kommentaren einer Reihe so genannter Experten zu unterfüttern, die absolut nichts wussten.

»*Nach dem verheerenden Ende ihrer ersten Ehe ist Georgie in die Annehmlichkeit des Vertrauten zurückgekehrt.*«

»*Vielleicht ist Shepard seines Playboy-Lebensstils müde geworden ...*«

»*Aber hat er sich wirklich verändert? Georgie ist eine reiche Frau, und ...*«

Bram kam in einer frischen Jeans und einem schwarzen T-Shirt aus dem Schlafzimmer. »Wir brechen heute Nacht auf.«

Sie stellte den Ton ab. »Ich bin nicht gerade wild darauf, mit einer Horde Fotografen im Gefolge nach L.A. zu fahren. Wie Prinzessin Diana sagen würde: ›Kenne ich schon.‹«

»Ich habe Vorsorge getroffen.«

»Du kannst doch nicht mal für dich selbst sorgen.«

»Lass es mich anders formulieren. Ich werde nicht hier bleiben. Du kannst entweder mitkommen oder der Presse erklären, warum dein neuer Ehemann allein aufbricht.«

Dieses Gefecht würde er eindeutig gewinnen, also setzte sie ein spöttisches Lächeln auf. »Ich hoffe, du weißt, was du tust.«

Wie sich herausstellte, hatte er die Situation tatsächlich im Griff. Ein als Fahrzeug eines Klempners ausgewiesener Lieferwagen wartete auf dem dunklen Hinterhof auf sie. Er warf ihre Koffer hinein und schob dem Fahrer ein paar zusammengefaltete Scheine aus seiner Brieftasche zu.

Danach gab er ihr ein Zeichen, dass sie hinten einsteigen solle, kletterte selbst hinein und schloss die Tür.

Der Innenraum roch nach faulen Eiern. Sie quetschten sich auf einen Platz neben den Türen, zogen ihre Knie an und lehnten sich mit dem Rücken an ihr Gepäck. »Wäre nicht schlecht, wenn wir nicht den ganzen Weg nach L.A. so sitzen müssten«, sagte sie.

»Warst du immer schon so zimperlich?«

Eigentlich schon, dachte sie. Wenigstens das letzte Jahr über. Aber das würde sich jetzt ändern. »Lass das meine Sorge sein.«

Der Lieferwagen rollte von der Laderampe, sie rutschte auf seine Seite. So weit war es mit ihr gekommen. Im Lieferwagen eines Klempners stahl sie sich aus Las Vegas. Sie legte ihre Wange auf ihre angewinkelten Knie, schloss die Augen und versuchte, nicht an das zu denken, was sie erwartete.

SCOOTER
Ich schaue nie hoch zu den Sternen.
SKIP
Warum denn nicht?
SCOOTER
Weil ich mir dann so klein vorkomme. Kleiner als ein Körnchen. Ich würde lieber meine Hand in einen Löwenkäfig stecken, als in die Sterne schauen.
SKIP
Das ist doch verrückt. Sterne sind wunderbar.
SCOOTER
Sterne sind deprimierend. Ich möchte etwas Großes aus meinem Leben machen, aber wie kann ich das, wenn die Sterne mich nur daran erinnern, wie klein ich in Wirklichkeit bin?

Endlich bog der Lieferwagen vom Highway ab und kam auf einer holprigen staubigen Straße zum Stehen. Bram ließ sich auf den Boden fallen. Sie steckte ihren Kopf ins Freie. Es war pechschwarze Nacht, und sie waren fernab von allem städtischen Leben. Sie kletterte nach draußen und umrundete vorsichtig den Lieferwagen. Die Scheinwerfer strahlten auf ein Holzschild mit der Aufschrift »Jean Dry Lake«. Daneben warb ein eingerissenes Plakat für eine Art Raketenabschuss-Festival. Bram sprach mit dem Fahrer einer unauffälligen dunklen Limousine. Sie wollte mit keinem reden, also blieb sie, wo sie war.

Der Lieferwagenfahrer kam vorbei und trug ihr Gepäck. »In *Skip und Scooter* haben Sie mir wirklich gut gefallen«, sagte er.

»Danke.« Sie wünschte sich, mehr Leute würden sagen, sie hätte ihnen in einem ihrer Filme gefallen.

Der Fahrer der Limousine stieg aus und verstaute ihre Koffer im Kofferraum. Beide Männer stiegen in den Lieferwagen und fuhren davon. Sie und Bram blieben allein zurück, nur sein metallisch schimmerndes Haar leuchtete in der mondbeschienenen Dunkelheit.

»Sie werden das nicht für sich behalten«, sagte sie. »Und das weißt du auch. Die Geschichte ist einfach zu gepfeffert.«

»Bis es herauskommt, sind wir längst zu Hause.«

Zu Hause. Sie konnte sich sie beide nicht gefangen in ihrem gemieteten Haus vorstellen. Es musste ganz rasch eine andere Bleibe gefunden werden – eine, die groß genug war, so dass sie einander aus dem Weg gehen konnten. Als sie die Wagentür öffnete, warf sie einen Blick auf ihre Uhr. Zwei Uhr, erst zwölf Stunden, seit sie wach geworden und sich in diesem Schlamassel wiedergefunden hatte.

Bram setzte sich ans Steuer. Er fuhr schnell, aber nicht leichtsinnig. »Ein Freund von mir fährt meinen Wagen in ein paar Tagen zurück nach L.A. Wenn wir Glück haben, bleibt so lange unentdeckt, dass wir aufgebrochen sind.«

»Wir brauchen eine Bleibe«, sagte sie. »Ich werde meinen Makler beauftragen, ganz schnell was für uns zu finden.«

»Wir ziehen zu mir.«

»Zu dir? Ich dachte, du machst in Malibu den Haussitter.«

»Da draußen bin ich nur, wenn ich weg möchte.«

»Wovon?« Sie streifte ihre Sandalen ab. »Warte. Hat Trev nicht erzählt, du wohnst in einem Apartment?«

»Hast du was gegen Apartments?«

»Ja. Sie sind klein.«

»Bist du schon immer so ein Snob gewesen?«

»Ich bin kein Snob. Hier geht es um Rückzugsmöglichkeiten.«

»Das wird ein bisschen eng bei nur einem Schlafzimmer. Aber es ist ein ziemlich großes Schlafzimmer.«

Sie sah ihn finster an. »Wir werden nicht in deinem Apartment mit nur einem Schlafzimmer wohnen.«

Jetzt kapierte sie es. So also wollte er die Sache angehen. Auf seine Weise oder sie konnte zusehen, wo sie blieb.

Sie hatte Kopfschmerzen und einen steifen Nacken, ihr war klar, dass es nichts bringen würde, darüber zu streiten, ehe sie wieder in L.A. waren. Sie wandte sich ab und schloss die Augen. Der Beschluss, ihr Leben selbst in die Hand zu nehmen, war der leichte Teil. Ihn auszuführen würde um einiges schwerer werden.

Sie wurde wach, als es dämmerte. Sie war gegen die Beifahrertür gelehnt eingeschlafen und rieb sich den Nacken. Sie fuhren eine gewundene Anliegerstraße hinauf, deren Häuser sich hinter viel Grün verbargen. Bram schielte zu ihr hinüber. Bis auf längere Bartstoppeln deutete nichts darauf hin, dass er eine schlaflose Nacht hinter sich hatte. Sie sah ihn böse an. »Wo sind wir?«

»In den Hügeln von Hollywood.«

Sie kamen an einer hohen Ficushecke vorbei, bogen um die nächste Kurve und dann zwischen Steinsäulen in eine Einfahrt ein. Ein weitläufiges Haus im spanischen Kolonialstil aus rotbraunem Stuck und Stein tauchte auf. Bougainvillea wand sich um einen maurischen Erker aus sechs Bogenfenstern, und Trompetenblumenranken kletterten an einem zweigeschossigen Turm hoch, der an der Hausecke angebracht war. »Ich wusste, dass das mit dem Apartment gelogen war.«

»Das ist das Haus meiner Freundin.«

»Deiner *Freundin*?«

Er parkte den Wagen und stellte den Motor ab. »Du musst ihr erklären, was passiert ist. Es läuft sicherlich besser, wenn sie die Geschichte von dir erfährt.«

»Du möchtest, dass ich *deiner* Freundin erkläre, dass wir verheiratet sind?«

»Soll sie es etwa aus der Zeitung erfahren? Glaubst du nicht, ich sollte mich der Frau gegenüber, die ich liebe, etwas einfühlsamer verhalten?«

»Du hast in deinem Leben noch nie jemanden geliebt. Und seit wann hast du nur eine Freundin?«

»Es gibt immer ein erstes Mal.« Er löste seinen Sicherheitsgurt und stieg aus dem Wagen.

Georgie eilte ihm hinterher auf den bis zum ersten Stock reichenden Arkadeneingang zu, der mit blauen und weißen spanischen Fliesen gepflastert war. Verschiedene Pflanzkübel aus Terrakotta standen zwischen drei kleinen gewundenen Steinsäulen in derselben braunroten Farbe wie der Stuck. »Wir werden keinem die Wahrheit erzählen«, sagte sie flüsternd. »Schon gar nicht einer Frau, die das verständliche Bedürfnis haben wird, sich zu rächen.«

Er betrat die Veranda. »Wenn es ihr so ernst ist, wie ich glaube, wird sie ihren Mund halten und das aussitzen.«

»Und wenn nicht?«

Er zog eine Braue hoch. »Jetzt mal ganz ehrlich, Scoot. Hast du jemals eine Frau gekannt, die es mit mir nicht ernst gemeint hat?«

6

Bram hatte einen eigenen Schlüssel zum Haus seiner Freundin, also wohnte er entweder mit ihr zusammen oder verbrachte viel Zeit hier, was auch erklären würde, weshalb er nur ein kleines Apartment benötigte. Georgie folgte ihm über die gefliesten Stufen in ein Foyer mit bronzenen Wandleuchtern und lasierten, pergamentfarbenen Wänden. »Das hättest du mir früher sagen sollen.«

Mit einer Kopfdrehung zeigte er zum hinteren Teil des Hauses. »Die Küche ist da hinten. Sie wird einen Kaffee brauchen. Ich bereite sie schon mal vor, während du Kaffee kochst.«

»Das ist keine gute Idee, Bram. Ich sage dir als Frau, dass ...«

Er war bereits auf dem Weg nach oben. Sie ließ sich auf der untersten Stufe nieder und vergrub ihr Gesicht in den Händen. Eine Freundin. Bram war immer von schönen Frauen umgeben gewesen, aber sie hatte niemals gehört, dass er eine ernsthafte Beziehung unterhielt. Jetzt wünschte sie sich, sie wäre Trevor nicht ins Wort gefallen, als dieser angefangen hatte über Brams Aktivitäten zu plaudern.

Sie stand auf und besichtigte ihre Umgebung. Diese Freundin verfügte, wenn auch nicht bei Männern, so doch was Einrichtung und Dekor betraf, über einen hervorragenden Geschmack. Im Unterschied zu vielen der älteren Anwesen im Haziendastil hatte dieses helle Hartholzböden, die entweder original oder so behandelt worden waren, dass sie warm und rustikal wirkten. Das Mobiliar war bequem – schlichte Polstermöbel in gedämpften Farben, aufgepeppt mit verzierten indischen Kissen und tibetischen Überwürfen in Ocker, Olive, Rost, Zinn und Mattgold. Mehrere Balkontüren öffneten sich auf die rückwärtige Veranda und ließen das Morgenlicht herein, das auch für das üppige Wachstum der Zitronen- und Kumquatbäume in ihren dekorativen Keramiktöpfen sorgte. Aus einer antiken Amphore wand sich ein Rebengewächs, das sich seitlich des offenen Kamins und dann an dessen rustikalem, mit maurischen Mustern verziertem Steinsims entlangrankte.

Die gut ausgestattete Küche hatte grob verputzte Wände, elegante Geräte und erdfarbene Fliesen mit dunkelblauen Akzenten. Über dem Küchenblock hing ein Kronleuchter aus Metall, und der Erker mit den sechs Bogenfenstern, den sie bei der Ankunft gesehen hatte, war der Frühstücksplatz. Sie fand die Kaffeemaschine und kochte eine Kanne. Bis jetzt hatte sie von oben noch keinerlei Schreie gehört, aber das dürfte nur eine Frage der Zeit sein. Sie trug ihre Tasse auf die überdachte Veranda hinaus, die wie die Eingangsveranda gedrehte Säulen und blau-weiße spanische Bodenfliesen hatte. Filigrane Metalllaternen, Mosaiktische mit geschwungenen Beinen aus Metall, eine geschnitzte Trennwand aus Holz und Möbel, deren Polster mit farbenfrohen marokkanischen und türkischen Stoffen überzogen waren, vermittelten ihr das Gefühl, eine Kasbah betreten zu haben. Üppig wuchernde Rankgewächse, kleine Palmen und Bambusständer sorgten für geschützte Nischen.

Sie wickelte sich eine Baumwolldecke um die Schultern und machte es sich auf einem Klubsessel bequem. Der zarte Klang eines Messingwindspiels schwebte durch die kühle Morgenstille. Bram kannte seine Freundin offensichtlich nicht besonders gut, denn eine Frau, der ein solches Haus gehörte, würde niemals akzeptieren, dass ihr Freund eine andere Frau heiratete, ungeachtet der Umstände, die dazu geführt hatten. Er war verrückt, auch nur auf die Idee zu kommen, was ihr komisch vorkam, denn Bram war nie –

Sie setzte sich ruckartig auf. Kaffee schwappte über ihre Hand. Sie leckte ihn auf, und stellte, bevor sie ins Haus stürmte, ihren Becher auf einem Stapel Nachrichtenmagazine ab. In Sekundenschnelle hatte sie die Treppe erklommen und das Schlafzimmer entdeckt, in dem Bram auf dem Bauch liegend tief und fest auf einem Kingsize-Bett schlief. Allein.

Georgie hatte die wichtigste Grundregel im Umgang mit Bram Shepard außer Acht gelassen. Glaube nie, was er sagt.

Sie stand kurz davor, ihm einen Eimer Wasser über den Kopf zu kippen, überlegte es sich jedoch anders. Solange er schlief, musste sie sich nicht mit ihm befassen. Sie ging wieder nach unten und machte es sich auf der Veranda bequem. Um acht Uhr rief sie Trev an, der, wie vorherzusehen, fast ihr Trommelfell zum Platzen brachte. »*Was zum Teufel läuft bei dir ab?*«

»Wahre Liebe«, konterte sie.

»Ich kann nicht glauben, dass er dich geheiratet hat. Ich fass es einfach nicht, dass du ihn dazu überredet hast.«

»Wir waren betrunken.«

»Glaub mir, so betrunken kann er gar nicht gewesen sein. Bram weiß immer ganz genau, was er tut. Wo ist er jetzt?«

»Er schläft oben in einem zauberhaften Haus, das offensichtlich ihm gehört.«

»Er hat es vor zwei Jahren gekauft. Gott allein weiß, woher er die Anzahlung genommen hat. Es ist ja kein Geheimnis, dass er in finanzieller Hinsicht nicht gerade verantwortlich gehandelt hat.«

Weshalb Bram auch eingewilligt hatte, sich auf den Handel einzulassen. Auf die fünfzigtausend Dollar im Monat, die sie ihm versprochen hatte.

Aber Trev wusste nichts von dem Blutgeld. »Er ist wohl zu dem Entschluss gelangt, dass du ihm zu einem besseren Profil verhelfen kannst. Diese Publicity könnte ihm dabei helfen, wieder ein paar anständige Rollen zu kriegen. Er tut so, als würde es ihm nichts ausmachen, im Grunde nicht vermittelbar zu sein, aber glaube mir, es macht ihm was aus.«

Unruhig wanderte sie von der Veranda auf den Hof und warf von dort einen Blick aufs Haus. Ein zweites Säulenpaar auf dem ersten stützte den Balkon, der sich fast über das ganze Obergeschoss erstreckte, weitere Rankgewächse schmückten die rotbraunen Stuckwände. »Er kann nicht mittellos sein«, sagte sie. »Das Haus ist umwerfend.«

»Und er bis über beide Ohren verschuldet. Er hat viel selbst daran gemacht.«

»Das kann nicht sein. Er hat irgendeine liebeskranke Frau dazu überredet, ihm wenigstens einen Teil seiner Rechnungen zu bezahlen.«

»Das ist natürlich möglich.«

Sie musste mehr in Erfahrung bringen, aber als sie nachhakte, erklärte Trev: »Ihr seid beide meine Freunde, und ich werde mich da nicht mit hineinziehen lassen, obwohl ich unbedingt zum Abendessen eingeladen werden möchte, damit ich das Feuerwerk beobachten kann.«

Sie hatte insgesamt achtunddreißig Nachrichten und Texte auf ihrem Mobiltelefon, wovon zehn auf das Konto ihres Vaters gingen. Ihr war klar, dass er rotierte, aber sie konnte jetzt noch nicht mit ihm reden. April war mit ihrer Familie vor zwei Tagen auf ihre Farm in Tennessee gefahren. Georgie wählte ihre dortige Nummer, als sie die Stimme ihrer Freundin hörte, brach ihr Schutzpanzer auf, und sie biss sich auf die Lippe. »April, du kannst nicht wissen, dass alles, was ich dir jetzt erzähle, ein einziges Lügenpaket ist, das bedeutet, du kannst die Information reinen Gewissens weitergeben, okay?«

»Ach meine Süße ...« April klang wie eine besorgte Mutter.

»Bram und ich sind uns zufällig in Las Vegas begegnet. Die Funken flogen, und uns wurde klar, wir sehr wir einander immer geliebt hatten. Wir kamen überein, dass wir schon zu viel Zeit ohne einander verbracht haben, also heirateten wir. Du weißt nicht mit Sicherheit, wo wir uns aufhalten, aber du vermutest, dass wir uns noch immer im Bellagio verschanzen und unsere improvisierten Flitterwochen genießen. Ist es außerdem nicht erfreulich, dass Bram Shepard sich endlich gebessert hat und die Welt das glückliche Ende bekommt, um das sie gebracht wurde, als man *Skip und Scooter* absetzte?« Georgie blieb die Luft im Hals stecken. »Würdest du bitte Sasha anrufen und ihr dasselbe erzählen? Und sollte Meg wieder auftauchen ...«

»Natürlich rufe ich die beiden an, aber Schätzchen, ich mache mir wirklich Sorgen um dich. Ich werde zurückfliegen und ...«

»Nein.« Die Besorgnis in Aprils Stimme trieb ihr die Tränen in die Augen, beinahe hätte sie losgeheult. »Mir geht es gut. Wirklich. Bin nur etwas durcheinander. Tschüss meine Liebe.«

Als sie auflegte, zwang sie sich, den Tatsachen ins Auge zu sehen. Für die unmittelbare Zukunft war sie in diesem Haus gefangen. Die Öffentlichkeit erwartete von ihnen, dass Bram und sie als Frischvermählte zusammenklebten. Es würde Wochen dauern, bis sie ohne ihn wieder irgendwohin gehen konnte. Sie lehnte sich in ihren Verandasessel zurück, schloss die Augen und versuchte zu überlegen.

Aber es gab keine einfachen Antworten, schließlich wurde sie vom Klang der Messingwindspiele schläfrig und döste ein.

Als sie zwei Stunden später wieder aufwachte, fühlte sie sich nicht frischer als vor ihrem Nickerchen, und nach einigem Zögern, ging sie nach oben. Latin-Jazz schallte ihr vom Ende des Flurs entgegen. Auf ihrem Erkundigungsgang kam sie an Brams Schlafzimmer vorbei und entdeckte dort mitten auf dem Fußboden ihren Koffer.

Hätte sie Vermutungen über Bram Shepards Schlafzimmer anstellen müssen, hätte sie sich eine Discokugel und eine Stripperstange vorgestellt und wäre damit völlig falsch gelegen. Die gewölbte Decke und die grob verputzten, buchweizengelben Wände umschlossen einen üppigen, eleganten Raum, der sinnlich wirkte, ohne halbseiden zu sein. Rechteckige Lederpaneele in bronzefarbenen Metallrahmen bildeten das Kopfteil des Kingsize-Bettes, und der Turm, den sie von unten gesehen hatte, war als bequeme Ruhezone ausstaffiert.

Als sie hineinging, um ihren Koffer zu holen, hörte die Musik auf. Gleich darauf tauchte Bram, bekleidet mit einem durchgeschwitzten Lakers T-Shirt und grauen Trainingsshorts an der Schlafzimmertür auf. Allein der Anblick seines vor Gesundheit strotzenden Körpers machte sie wütend. »Ich bin unten deiner *Freundin* begegnet. Sie fiel auf die Knie und bedankte sich bei mir, dich aus ihrem Leben geholt zu haben.«

»Hoffentlich warst du nett zu ihr.«

Er besaß nicht den Anstand, sich für seine Lüge zu entschuldigen, aber schließlich hatte er noch nie für irgendeine seiner Taten sein Bedauern ausgedrückt. Sie ging auf ihn zu. »Es gibt keine Freundin, und es gibt kein Apartment. Das hier ist dein Haus, und ich möchte, dass du aufhörst, mich anzulügen.«

»Es war zu verlockend. Du gingst mir auf die Nerven.«
Er ging an ihr vorbei ins Badezimmer.

»Es ist mein Ernst, Bram! Wir sitzen im selben Boot.
Egal, wie zuwider uns das ist, offiziell sind wir ein Team.
Ich weiß, du kennst so etwas nicht, ich aber schon. Ein
Team funktioniert nur, wenn alle kooperieren.«

»Okay. Du gehst mir schon wieder auf die Nerven. Versuch dich zu unterhalten, während ich mich wasche.« Er
zog sein feuchtes T-Shirt aus und verschwand im Badezimmer. »Es sei denn …«, er steckte seinen Kopf durch die
Tür, »… du möchtest mit mir unter die Dusche hüpfen und
Wasserspiele mit mir machen.« Er warf ihr absichtlich einen feurigen Blick zu. »Nach der letzten Nacht würde ich
zwar nicht sagen, dass du eine Nymphomanin bist, aber
immerhin kurz davor.«

O nein. So leicht würde er sie nicht rumkriegen. Sie
reckte ihr Kinn und erwiderte seinen glühenden Blick. »Ich
fürchte, du hast mich mit der Dogge verwechselt, die dir
mal gehört hat.«

Er lachte und schloss die Badezimmertür.

Sie packte ihren Koffer und trug ihn hinaus auf den Flur.
Das Gefühl, in der Falle zu sitzen, jagte ihren Puls in die
Höhe, wieder einmal musste sie sich mühsam beruhigen.
Sie brauchte einen Platz, wo sie diese Nacht schlafen konnte. Hinten im Garten hatte sie ein Gästehaus entdeckt, aber
er hatte sicherlich irgendwelches Hauspersonal, also durfte
sie sich nicht so weit absetzen.

Sie erkundete die oberen Räume und entdeckte fünf
Schlafzimmer. Eins davon benutzte Bram als Lagerraum,
ein anderes hatte er zu einem gut ausgestatteten Fitnessraum ausgebaut, und ein drittes war groß, aber leer. Nur
das Zimmer neben seinem Schlafzimmer war möbliert, mit
einem Doppelbett, dessen Kopfende maurisch verziert war,
gegenüber stand eine passende Frisierkommode. Durch

die auf den rückwärtigen Balkon führenden Glastüren fiel Licht ein. Die kühlen limonengrünen Wände bildeten einen ansprechenden Kontrast zu dem dunklen Holz und dem farbenprächtigen orientalischen Teppich.

Morgen würde ihr Assistent ihr ein paar Kleider herbringen, aber bis dahin hatte sie nur noch ein einziges sauberes Kleidungsstück. Sie packte ihren Koffer aus und trug ihre Toilettenartikel in das angrenzende Bad mit seinen Glasbausteinen und zimtfarbenen Fliesen. Sie hatte eine Dusche bitter nötig, aber als sie in ihr Zimmer zurückkehrte, um sich anzuziehen, traf sie dort Bram an, der mit einem sauberen T-Shirt und Cargoshorts ausgestreckt auf ihrem Bett lag und auf seiner Brust ein Becherglas mit Scotch balancierte. Es war noch nicht einmal zwei Uhr nachmittags.

Er ließ die Flüssigkeit im Glas kreisen. »Du kannst hier nicht schlafen. Meine Haushälterin wohnt über der Garage. Es würde ihr auffallen, dass wir in getrennten Betten schlafen.«

»Ich werde das Bett morgens machen, ehe sie es sieht«, sagte sie mit vorgetäuschter Liebenswürdigkeit. »Und was meine Sachen angeht ... Sag ihr, ich benutze dies hier als mein Ankleidezimmer.«

Er trank einen Schluck Scotch und veränderte seine lässige Haltung. »Was ich gestern gesagt habe, meinte ich auch so. Wir ziehen das hier nach meinen Regeln durch. Und ein regelmäßiges Sexleben ist Teil dieser Abmachung.«

Sie kannte ihn zu gut, um auch nur Überraschung vorzutäuschen. »Wir befinden uns im einundzwanzigsten Jahrhundert, Skipper. Männer stellen keine sexuellen Ultimaten mehr.«

»Dieser Mann hier schon.« Er rollte sich vom Bett ab wie ein Löwe, der sich zur Jagd bereitmacht. »Ich werde nicht auf Sex verzichten, und das bedeutet, dass ich entweder an dir vorbeivögle, oder wir das tun, was verheiratete Paare zu tun pflegen. Und keine Sorge. Ich steh nicht mehr so sehr auf S&M wie früher mal. Was aber nicht heißen soll, dass ich es ganz aufgegeben habe ...« Sein leicht spöttischer Ton war beängstigender als die mürrisch finstere Miene, die sie in Erinnerung hatte. Er nahm lässig einen Schluck Scotch. »Es gibt einen neuen Sheriff in der Stadt, Scooter. Du und Daddy, ihr habt die Machtkarte nicht mehr in der Hand. Wir spielen mit neuen Karten, und die mische ich.« Er hob sein Glas, als wollte er ihr zuprosten und verschwand dann im Flur.

Sie machte zwölf tiefe Atemzüge. Sie hatte gewusst, dass es nicht leicht werden würde, sich als zielbewusste Frau zu beweisen. Aber hielt sie nicht das Scheckbuch in der Hand? Das würde ihr ermöglichen, sich dieser Herausforderung zu stellen. Sich definitiv, absolut und positiv der Herausforderung zu stellen.

Dessen war sie sich so gut wie sicher.

Am Fuß der Treppe vibrierte Brams Mobiltelefon in der Tasche seiner Shorts. Er lief erst in den hintersten Winkel seines Wohnzimmers, ehe er dranging. »Hallo Caitlin.«

»So, so ...«, meldete sich eine vertraute kehlige Frauenstimme. »Du steckst voller Überraschungen, wie es aussieht.«

»Nun, ich sorge dafür, dass mein Leben interessant bleibt.«

»Ein Glück, dass ich gestern Abend den Fernseher eingeschaltet habe, sonst hätte ich die Neuigkeiten verpasst.«

»Es mag zwar rücksichtslos von mir sein, aber du standest nicht oben auf meiner Kontaktliste.«

Während sie weiter auf ihn einredete, schaute er durch die Verandatür nach draußen. Er liebte dieses Haus. Es war der erste Ort, an dem er sich zu Hause fühlte oder der seiner Vorstellung von einem Zuhause entsprach, denn davor hatte er nie eins gehabt. Die Luxushäuser, die er in seiner *Skip-und-Scooter*-Zeit gemietet hatte, waren eher Wohngemeinschaften gewesen, mit ihm hatten dort immer mindestens vier Kumpel gewohnt. Videospiele hatten aus der Hälfte der Zimmer gedröhnt, Pornos aus den anderen, überall hatten Bierdosen und Essensreste herumgelegen. Und Frauen, jede Menge Frauen – wovon einige kluge und anständige Mädchen waren, die eine bessere Behandlung verdient gehabt hätten.

Während Caitlin weiterschimpfte, wanderte er durch den hinteren Flur und über ein paar Treppen in den kleinen Fernsehraum, den er renoviert hatte. Offenbar hatte Chaz sich am Abend einen Film angesehen, denn es roch noch schwach nach Popcorn. Er nahm einen Schluck von seinem Drink und ließ sich in einen der Ruhesessel fallen. Die leere Leinwand erinnerte ihn an seine gegenwärtige Verfassung. Mit *Skip und Scooter* hatte er die Chance seines Lebens vermasselt, so wie auch sein alter Herr jede Chance vertan hatte, die sich ihm bot. Ein Familienerbe.

»Ich kriege gerade einen anderen Anruf, Süße«, sagte er, als seine Geduld nachließ. »Ich muss auflegen.«

»Sechs Wochen«, konterte sie. »Mehr hast du nicht mehr.«

Als hätte er das vergessen.

Nachdem er seine Nachrichten überprüft hatte, schaltete er sein Telefon aus. Er konnte Caitlin ihre Verbitterung nicht verübeln, aber im Moment hatte er wichtigere Probleme. Als er von Georgies Vorhaben, das Wochenende in Vegas zu verbringen, erfahren hatte, war in ihm der Entschluss gereift, ihr zu folgen. Aber das von ihm geplante Spiel hatte eine wahnwitzige Wendung genommen, die er so nicht vorgesehen hatte. Dass das Ganze in einer Ehe münden würde, hatte er nun wahrhaftig nicht beabsichtigt.

Nun musste er überlegen, wie er diese Farce zu seinem Vorteil benutzen konnte. Georgie hatte tausenderlei ausgezeichnete Gründe, ihn zu hassen, und tausend Gründe, jede Schwäche auszunutzen, die sie entdeckte, darauf gab es nur eine Antwort: Er musste ihre Erwartungen bestätigen und erfüllen. Zum Glück dachte sie ohnehin das Schlimmste von ihm, er würde nichts tun, um ihre Meinung zu ändern.

Fast hatte er Mitleid mit ihr. Rücksichtslosigkeit war für Georgie ein Fremdwort, also war es ein ungleiches Spiel. Sie stellte die Interessen der anderen immer vor ihre eigenen und nahm, wenn die Leute dann versagten, die Verantwortung dafür auf sich. Er hingegen war ein egoistischer, auf sich selbst bezogener Mistkerl, der gelernt hatte, sich seinen eigenen Vorteil zu sichern, er hatte nicht die geringsten Skrupel, andere auszunutzen. Nun, da er endlich wusste, was er vom Leben wollte, würde er dieses Ziel mit allen ihm zur Verfügung stehenden Mitteln verfolgen.

Georgie York hatte keine andere Wahl.

Georgie duschte und schlang ein Putensandwich hinunter. Dann ging sie auf der Suche nach etwas Lesbarem in sein Esszimmer. In diesem Raum stand unter einem Messingkandelaber ein massiver runder schwarzer Tisch mit Klauenfüßen spanischen oder vielleicht auch portugiesischen Ursprungs auf einem Orientteppich, aber hier wurde nicht nur gegessen, sondern es gab auch eine gemütliche Bibliothek. Bis an die Decke reichende Bücherregale säumten alle Wände bis auf diejenige, die sich zum Garten hin öffnete. Neben den Büchern füllte eine interessante Mischung von Kunstgegenständen die Regalböden: balinesische Glocken, Quarzbrocken, mediterrane Keramik und kleine mexikanische Volkskunstgemälde.

Brams Innenarchitektin hatte einen gemütlichen Raum geschaffen, der zum Verweilen einlud, aber die bunt gemischte Sammlung zeigte, dass diese Frau ihn offenbar nicht gut kannte oder es ihr gleichgültig war, ob ihr aus der Highschool geflogener Klient ihre Fundstücke auch zu schätzen wusste. Sie nahm einen üppig illustrierten Band über zeitgenössische kalifornische Künstler mit zu einem Ledersessel in der Ecke, aber je näher der Abend rückte, umso mehr ließ ihre Konzentration nach. Es war Zeit, sich dem Geschäftlichen zu widmen. Mochte Bram die Notwendigkeit vielleicht nicht einsehen, dass sie beide für den Umgang mit der Presse einen schlüssigen Plan benötigten, für sie lag das auf der Hand. Sie mussten sehr rasch entscheiden, wann und wie sie ihr Wiederauftauchen inszenieren wollten. Georgie legte ihr Buch beiseite und machte sich auf die Suche nach Bram. Nachdem sie ihn im Haus nirgendwo finden konnte, folgte sie einem Kiespfad, der an Bambus und ein paar hohen Büschen vorbei zum Gästehaus führte.

Dieses war nicht viel größer als eine Doppelgarage, wie das Haupthaus mit roten Ziegeln gedeckt und ebenso verputzt. Die beiden vorderen Fenster waren dunkel, aber sie hörte in der Ferne ein Telefon läuten und folgte dem Klang über einen schmaleren Weg. Durch geöffnete Glastüren fiel Licht auf einen kleinen gekiesten Innenhof, auf dem ein paar Klubsessel mit gelbgrünen Segeltuchkissen und einige Töpfe mit Elefantenohr standen. Die Wände waren von Kletterpflanzen überwuchert. Drinnen sah sie ein gemütliches Büro mit paprikafarbenen Wänden und einem gegossenen Betonboden, auf dem ein Seegrasteppich lag. An den Wänden hingen gerahmte Filmplakate, einige, wie das von Marlon Brando in *Die Faust im Nacken* und Humphrey Bogart in *African Queen*, die auf Anhieb zu erkennen waren, aber auch weniger bekannte wie Johnny Depp in *Benny und Joon*, Don Cheadle in *Hotel Ruanda* und Megs Papa, Jake Koranda, als Bird Dog Caliber.

Bram telefonierte, als sie eintrat. Er saß hinter einem L-förmigen Holzschreibtisch, der in der Farbe vollreifer Aprikosen gestrichen war, und hatte seinen allgegenwärtigen Drink vor sich stehen. In eingebauten Bücherregalen an der einen Wand des Büros befanden sich Geschäftsordner und einige anspruchsvolle Filmmagazine wie *Cineaste* und *Fade in*. Da sie Bram nie etwas Anspruchsvolleres als *Penthouse* hatte lesen sehen, hakte sie auch dies als Einfall der Innenarchitektin ab.

Er schien über ihr Auftauchen nicht erfreut zu sein.

»Ich muss dich jetzt abhängen, Jerry«, sagte er in den Hörer. »Ich muss mich für eine Sitzung morgen Früh vorbereiten. Grüß mir Dorie.«

»Du hast ein *Büro*?«, staunte sie, als er auflegte.

Er verschränkte seine Hände im Nacken. »Es gehörte dem vorherigen Besitzer. Ich habe es noch nicht geschafft, es in eine Opiumhöhle umzuwandeln.«

Sie entdeckte etwas neben dem Telefon, das ganz nach dem *Hollywood Creative Directory* aussah, aber er schlug es zu, als sie es genauer in Augenschein nehmen wollte.

»Welche morgendliche Sitzung hast du denn?«, fragte sie.

»Du gehst doch nicht auf Sitzungen. Du weißt doch nicht mal, was ein Morgen ist.«

»Du bist meine Sitzung.« Er nickte Richtung Telefon. »Die Presse hat herausgefunden, dass wir nicht mehr in Vegas sind, das Haus ist umstellt. Wir müssen diese Woche ein Tor einsetzen lassen. Und du wirst dafür blechen.«

»Das ist ja mal ganz was Neues.«

»Du bist diejenige mit dem großen Geld.«

»Zieh es von den fünfzigtausend im Monat ab, die ich

dir zahle.« Sie richtete ihren Blick auf das Poster von Don Cheadle. »Wir müssen Pläne schmieden. Morgen sollten wir als Erstes …«

»Ich bin in meinen Flitterwochen. Keine Geschäftsgespräche.«

»Wir müssen aber reden. Wir müssen entscheiden …«

»Georgie! Bist du hier draußen?«

Der Mut verließ sie. Einerseits wunderte sie sich, wie es ihm gelungen war, sie so schnell ausfindig zu machen. Andererseits war sie auch überrascht, dass es so lange gedauert hatte.

Schritte knirschten auf dem Kies vor dem Gästehaus, dann tauchte ihr Vater auf. Er war wie immer konservativ gekleidet mit weißem Hemd, hellgrauer Hose und Halbschuhen aus Pferdeleder. Mit seinen zweiundfünfzig Jahren war Paul York eine gepflegte, sportliche Erscheinung. Er trug eine randlose Brille und sein vorzeitig ergrautes Haar kurz, so dass er manchmal für Richard Gere gehalten wurde.

Er trat ein, blieb dann ruhig stehen und schaute sie prüfend an. Bis auf seine grünen Augen hatten sie keine äußeren Gemeinsamkeiten. Das runde Gesicht und ihren breiten Mund hatte sie von ihrer Mutter bekommen. »Was hast du getan, Georgie?«, erkundigte er sich mit seiner ruhigen, kühlen Stimme.

Da war sie auf einmal wieder die Achtjährige, und diese kalten grünen Augen verurteilten sie dafür, dass sie einen teuren Bulldoggenwelpen während eines Werbefilms für Hundefutter hatte entwischen lassen, oder vor einem Vorsprechen Saft über ihr Kleid verschüttet hatte. Wäre er doch nur einer dieser zerknitterten, übergewichtigen Väter mit kratzenden Bartstoppeln, die keine Ahnung vom Showbusiness hatten und denen es nur darum ging, dass sie glücklich war. Sie riss sich zusammen.

»Hallo Papa.«

Er verschränkte seine Hände auf dem Rücken und wartete geduldig auf eine Erklärung von ihr.

»Überraschung!«, sagte sie mit falschem Lächeln. »Nicht, dass es wirklich eine Überraschung wäre. Ich meine ... Du musst wissen, wir gehen schon eine Weile miteinander. Die Fotos von uns im Ivy haben überall die Runde gemacht. Gewiss, es wirkt ein wenig überstürzt, aber wir sind doch praktisch zusammen aufgewachsen, und ... Wenn es passt, dann passt es einfach. Habe ich recht, Bram? Das ist doch so?«

Aber ihr Bräutigam war zu sehr damit beschäftigt, ihr Unbehagen auszukosten, um ihr beizuspringen.

Ihr Vater vermied ganz betont, in seine Richtung zu schauen. »Bist du schwanger?«, erkundigte er sich mit klinischer Stimme.

»Nein! Natürlich nicht! Das ist eine ...«, sie versuchte sich nicht an dem Wort zu verschlucken. » ... Liebesheirat.«

»Ihr hasst einander.«

Endlich schälte Bram sich aus seinem Stuhl und kam an ihre Seite. »Das ist eine alte Geschichte, Paul.« Er schlang seinen Arm um ihre Taille. »Wir haben uns verändert.«

Paul ignorierte ihn weiterhin. »Hast du eine Vorstellung davon, wie viele Reporter da draußen warten? Sie haben mein Auto angegriffen, als ich hier hereinfuhr.«

Sie überlegte kurz, wie er sie hier hatte finden können, machte sich dann aber klar, dass ihr Vater sich von einer Kleinigkeit wie einem Klingeln, auf das keiner reagierte, nicht abhalten ließ. Sie sah ihn geradezu vor sich, wie er sich durchs Gebüsch arbeitete, ohne dass ein einziges Haar verrutschte. Im Unterschied zu ihr kannte Paul York weder zerzauste Haare noch Verwirrung. Auch verlor er niemals sein Ziel aus den Augen, deshalb war es ihm auch so schwergefallen, ihr Beharren auf einer sechsmonatigen Auszeit zu verstehen.

»Du musst diese Publicity sofort in den Griff bekommen«, sagte er.

»Bram und ich haben uns gerade über die nächsten Schritte unterhalten.«

Schließlich wandte Paul sich doch an Bram. Sie waren von Anfang an Feinde gewesen. Bram hasste Pauls Einmischung am Set, vor allem die Art und Weise wie er sicherstellte, dass Georgie niemals ihre erste Position verlor. Und Paul hasste alles an Bram.

»Ich weiß nicht, wie Sie Georgie zu dieser Charade überreden konnten«, sagte ihr Vater, »aber ich kenne den Grund dafür. Sie möchten sich wieder an ihre Rockschöße hängen, wie früher. Sie wollen sie benutzen, um Ihre eigene bemitleidenswerte Karriere zu fördern.«

Ihr Vater wusste nichts von dem Geld, hatte die Situation aber ungewöhnlich rasch erfasst. »Sag das nicht.« Sie musste wenigstens so tun, als würde sie Bram verteidigen. »Aus genau diesem Grund, habe ich dich nicht angerufen. Ich wusste, dass du dich aufregen würdest.«

»Aufregen?« Ihr Vater erhob niemals die Stimme, was seine Verachtung nur noch schmerzhafter machte. »Versuchst du absichtlich, dein Leben zu ruinieren?«

Nein, sie versuchte es zu retten.

Paul wippte auf seinen Absätzen, wie er das auch getan hatte, wenn sie, als sie klein war, ihre Zeilen nicht auswendig konnte. »Und ich hatte gedacht, das Schlimmste sei vorbei.«

Sie wusste, was er meinte. Er bewunderte Lance, und er war wütend gewesen, als sie sich trennten. Manchmal wünschte sie, er würde einfach mal aussprechen, was er wirklich meinte, dass sie nämlich Frau genug hätte sein sollen, ihren Ehemann zu halten.

Er schüttelte den Kopf. »Ich glaube nicht, dass du mich schon einmal so enttäuscht hast.«

Seine Worte trafen sie tief, aber sie arbeitete mit aller Macht daran, sie selbst zu sein, also schaffte sie es auch, wieder ein strahlendes Lächeln aufzusetzen. »Überleg doch mal, ich bin erst einunddreißig. Ich habe noch viele Jahre vor mir, um mich zu verbessern.«

»Das reicht jetzt, Georgie«, sagte Bram beinahe zärtlich. Seine Hand rutschte von ihrer Hüfte. »Lassen Sie mich eins klarstellen, Paul. Georgie ist jetzt meine Frau, und das hier ist mein Haus, also benehmen Sie sich oder Sie sind nicht mehr eingeladen, sie zu besuchen.«

Sie hielt die Luft an.

»Wirklich?« Pauls Lippen kräuselten sich.

»Wirklich.« Bram ging zur Tür. Aber ehe er dort anlangte, drehte er sich und vollführte seinen falschen Abgang so fehlerlos wie er das in einer Reihe von *Skip-und-Scooter*-Episoden getan hatte. Ja, er begann sogar mit einem fast identischen Dialog. »Ach, und noch was …« Doch da wich er vom Skript ab, und zwar mit einem Lächeln. »Ich möchte Georgies Steuererklärungen der vergangenen fünf Jahre sehen. Und ihre Jahresabschlüsse.«

Sie konnte es nicht fassen. Sie machte einen Schritt auf die beiden zu.

Zornesröte breitete sich auf dem Gesicht ihres Vaters aus. »Wollen Sie mir damit unterstellen, ich hätte mit Georgies Geld Misswirtschaft betrieben?«

»Das weiß ich nicht. Haben Sie?«

Bram war zu weit gegangen. Mochte ihr auch die Art und Weise, wie ihr Vater sie zu kontrollieren versuchte, zuwider sein, und sie sein Urteil bei der Auswahl ihrer letzten Projekte auch definitiv in Frage stellen, so war und blieb er doch der einzige Mensch auf der Welt, dem sie in Gelddingen voll und ganz vertraute. Alle Kinderstars sollten sich glücklich schätzen, einen Elternteil zu haben, der derart pingelig ehrlich über ihre Einkünfte wachte.

Ihr Vater gewann seine äußere Fassung zurück, was nie ein gutes Zeichen war. »Nun kommen wir zum tatsächlichen Beweggrund für diese Ehe. Georgies Geld.«

Brams Lippen kräuselten sich frech. »Erst behaupten Sie, ich hätte sie geheiratet, um meine Karriere zu fördern, jetzt meinen Sie, ich hätte sie ihres Geldes wegen geheiratet ... Mann, der einzige Grund, weswegen ich sie geheiratet habe, ist *Sex*.«

Georgie beeilte sich einzugreifen. »Okay, ich habe für heute genug gelacht. Ich werde dich morgen anrufen, Papa. Ich verspreche es.«

»Ist das alles? Ist das alles, was du mir zu sagen hast?«

»Wenn du mir ein paar Minuten Zeit gibst, fällt mir vielleicht noch ein gutes Bonmot ein, aber einstweilen glaube ich, dass ich dir nichts Besseres bieten kann.«

»Ich begleite Sie nach draußen«, bot Bram sich an.

»Nicht nötig.« Ihr Vater schritt zur Tür. »Ich werde auf dieselbe Weise hinausgehen, wie ich hereingekommen bin.«

»Nein, Papa, wirklich ... Lass mich ...«

Aber er ging schon über den Kieshof. Sie ließ sich auf eine weiche, braune Couch direkt unter Humphrey Bogart sinken.

»Das hat Spaß gemacht«, sagte Bram.

Sie ballte die Fäuste auf ihrem Schoß. »Ich fass es nicht, wie konntest du seine Integrität nur derart in Frage stellen? Ausgerechnet du – der Inbegriff für finanzielle Misswirtschaft. Wie mein Vater sich um mein Geld kümmert, ist meine Angelegenheit, nicht deine.«

»Wenn es nichts zu verbergen gibt, hätte er nichts dagegen, die Bücher offenzulegen.«

Sie sprang auf. »Ich habe aber was dagegen! Meine Finanzen sind vertraulich, ich werde gleich morgen meinen Anwalt anrufen, um sicherzustellen, dass dies auch so bleibt.« Sie müsste auch ein vertrauliches Gespräch mit ihrem Bankberater führen, wie sich die fünfzigtausend, die sie Bram monatlich zahlte, vor ihrem Vater tarnen ließen. »Haushaltsaufwendungen« und »erhöhte Sicherheitsvorkehrungen« klangen doch bei Weitem besser als »Blutgeld.«

»Entspann dich«, sagte er. »Glaubst du wirklich, ich wüsste, wie man einen Jahresabschluss liest?«

»Du hast ihn absichtlich gequält.«

»Hast du nicht auch ein bisschen Spaß daran gehabt? Jetzt weiß dein Vater, dass er mich nicht so herumkommandieren kann, wie er das immer mit dir macht.«

»Ich führe mein eigenes Leben.« Jedenfalls versuchte sie es.

Sie rechnete mit seinem Widerspruch, aber stattdessen schaltete er die Schreibtischlampe aus und stupste sie zur Tür. »Bettzeit. Ich wette, du freust dich auf ein paar Streicheleinheiten.«

»Wetten, ich tu's nicht.« Sie trat ins Freie, während er hinter ihnen die Türen schloss. »Warum fängst du immer wieder damit an?«, fragte sie. »Du magst mich doch nicht einmal.«

»Weil ich ein Kerl bin, und weil du zur Verfügung stehst.«

Sie ließ ihr Schweigen für sich sprechen.

7

Am nächsten Morgen machte Georgie sorgfältig ihr Bett, worin sie die Nacht allein verbracht hatte, und ging dann nach unten. In der Küche traf sie auf eine junge Frau, die mit dem Rücken zur Tür an der Theke stand, einen Durchschlag mit Erdbeeren vor sich. Sie hatte schwarz gefärbte Haare, an einer Seite kurz geschnitten, kinnlang und gezackt auf der anderen. Drei kleine japanische auf den Nacken tätowierte Schriftzeichen verschwanden unter einem ärmellosen grauen T-Shirt, und große Sicherheitsnadeln sicherten einen langen Riss seitlich an ihrer Jeans. Sie sah aus wie eine Punkrockerin der neunziger Jahre, und Georgie hatte keine Ahnung, was sie in Brams Küche machte.

»Äh … guten Morgen.« Ihre Begrüßung fiel auf taube Ohren. Sie war es gewohnt, dass man ihr Wohlwollen entgegenbrachte, ja sich ihr sogar anbiederte, und sie versuchte es noch einmal. »Ich bin Georgie.«

»Als wüsste ich das nicht.« Das Mädchen wandte sich ihr noch immer nicht zu. »Das hier ist Brams Spezialdrink zum Frühstück mit viel Protein. Wenn Sie was wollen, müssen Sie sich das selbst machen.« Die Küchenmaschine ratterte los.

Georgie wartete, bis der Motor sich beruhigt hatte. »Und du bist –?«

»Brams Haushälterin. Chaz.«

»Kurzform für?«

»Chaz.«

Georgie hatte die Botschaft verstanden. Chaz hasste sie

und wollte nicht reden. Typisch Bram, eine Haushälterin zu beschäftigen, die aussah, als käme sie aus einem Tim Burton Film. Georgie begann auf der Suche nach einem Becher Schranktüren zu öffnen. Als sie einen gefunden hatte, trug sie ihn zur Kaffeekanne.

Chaz wandte sich an sie. »Das ist Brams Spezialmischung. Die ist nur für ihn.« Sie hatte kräftige dunkle Augenbrauen, von denen eine gepierct war, und schmale, scharfe, äußerst feindselige Züge. »Der normale Kaffee steht im Schrank.«

»Er wird bestimmt nichts dagegen haben, wenn ich eine Tasse hiervon trinke.« Georgie nahm die Kanne von der edlen Kaffeemaschine.

»Ich habe nur genug für einen gekocht.«

»Dann wäre es wohl besser, von nun an etwas mehr zu kochen.« Ohne die giftigen Pfeile zu beachten, die in ihre Richtung abgeschossen wurden, nahm Georgie einen Apfel aus einer mexikanischen Talavera-Schale und nahm diesen und ihren Becher Kaffee mit nach draußen auf die Veranda.

Sie trank eine halbe Tasse Kaffee – er schmeckte köstlich – und überprüfte dann ihre Nachrichten. Lance hatte wieder angerufen, diesmal aus Thailand. »Georgie, das ist Wahnsinn. Ruf mich sofort zurück.«

Sie löschte die Nachricht und rief dann ihren PR-Manager und ihren Anwalt an. Ihre ausweichenden Antworten auf die Frage, was am Wochenende passiert war, machte die beiden verrückt, aber sie würde keinem die Wahrheit erzählen, nicht einmal den Menschen, denen sie vertrauen sollte. Sie verwendete bei ihnen denselben Text, den sie bereits am Vortag bei ihrem persönlichen Assistenten ausprobiert hatte, als sie mit ihm vereinbart hatte, ihre Sachen zu packen. »Ich kann nicht glauben, dass keiner von euch mitbekommen hat, dass Bram und ich uns immer wieder

125

verabredet haben. Wir haben uns bemüht, es nicht an die große Glocke zu hängen, aber normalerweise durchschaut ihr mich doch immer.«

Endlich nahm sie allen Mut zusammen und rief Sasha an. Sie erkundigte sich nach dem Brand, aber Sasha fiel ihr ins Wort. »Darum kümmere ich mich schon. Aber jetzt erklär mir, was da wirklich läuft, und erzähl mir nicht diese Lügengeschichte, die mir April über dich und Mr Sexy aufgetischt hat, dass ihr beim Betrachten von *Skip-und-Scooter*-Folgen nostalgisch geworden seid.«

»Das ist meine Geschichte, und da halten wir uns auch alle dran, okay?«

»Aber ...«

»Bitte.«

Schließlich gab Sasha sich zufrieden. »Ich lass das mal einstweilen so stehen, aber bei meiner nächsten Reise nach L.A. werden wir ein langes Gespräch führen. Leider muss ich jetzt erst eine Weile in Chicago bleiben.«

Georgie freute sich immer sehr auf Sashas Besuche in L.A., aber sie war auch froh, eine hartnäckige Befragung so lange wie möglich hinauszögern zu können.

Ihre Agentin rief sie nicht an. Um Laura sollte sich ihr Vater kümmern. Der Versuch, sich seine Liebe zu verdienen, war eine ständige Tretmühle. Egal, wie schnell sie rannte, sie kam ihrem Ziel keinen Schritt näher. Irgendwann einmal würde sie damit aufhören. Aber ihm die Wahrheit sagen? Jetzt nicht. Niemals.

Bram trat auf die Veranda und leerte dabei sein Glas mit dickflüssigem rosa Schaum bis auf den letzten Tropfen. Beim Anblick seines T-Shirts, das über diesen ihr unvertrauten Muskeln spannte, befand sie, dass ihr sein Heroin-Schick besser gefallen hatte. Den konnte sie wenigstens nachvollziehen. Sie verfolgte, wie das letzte Stückchen Erdbeere in seinem Mund verschwand. Sie wollte auch so einen schaumigen rosa Frühstücksdrink. Aber sie wollte schließlich viele Dinge, die sie nicht haben konnte. Eine tolle Ehe, Kinder, ein gesundes Verhältnis zu ihrem Vater und eine Karriere, die sich mit zunehmendem Alter steigerte. Aber jetzt musste sie sich erst einmal mit einem gut ausgetüftelten Plan zufrieden geben, mit dem sie die Öffentlichkeit glauben machte, sie habe sich verliebt.

»Urlaub ist vorbei, Skipper.« Sie erhob sich von ihrem Stuhl. »Das Wochenende ist vorbei und die Presse verlangt Antworten. Wir müssen wenigstens für die nächsten paar Tage vorausplanen. Als Erstes müssen wir ...«

»Bring Chaz nicht durcheinander.« Er wischte sich die rosa Schaumblasen von seinem Mundwinkel.

»Ich? Dieses Mädchen ist eine laufende und sprechende Unverschämtheit.«

»Sie ist auch die beste Haushälterin, die ich je hatte.«

»Sie sieht aus wie eine Achtzehnjährige. Wer hat schon so eine junge Haushälterin?«

»Sie ist zwanzig, und ich habe eine. Lass sie in Ruhe.«

»Das wird schlecht möglich sein, wenn ich hier lebe.«

»Lass es mich mal ganz deutlich sagen. Wenn ich mich entscheiden müsste zwischen dir und Chaz, gewinnt Chaz haushoch.« Er und sein leeres Glas verschwanden im Haus.

Aaron Wiggins, ihr persönlicher Assistent, traf eine halbe Stunde später ein. Sie hielt ihm die Eingangstür auf, damit er sich mit ihrem größten Koffer und einigen Kleidern auf Bügeln durchzwängen konnte. »Da draußen ist Kriegsgebiet«, sagte er so genüsslich wie das nur ein Sechsundzwanzigjähriger tun kann, der von Videospielen besessen war. »Paparazzi, eine ganze Journalistenmeute. Ich glaube, ich sah sogar diese Kleine von E.«

»Ausgezeichnet«, sagte sie niedergeschlagen. Aaron war ihr persönlicher Assistent, seit sein Vorgänger ins Lager von Lance und Jade übergelaufen war. Er war fast so breit, wie er groß war – wahrscheinlich dreihundert Pfund schwer und das bei knappen einsfünfundsiebzig. Sein borstiges braunes Haar umgab ein Mopsgesicht mit einer hässlichen Brille, einer langen Nase und einem kleinen süßen Mund.

»Den Rest Ihrer Klamotten habe ich bis morgen gepackt«, sagte er. »Wo möchten Sie die haben?«

»Oben. Brams Schrank ist so voll, dass ich das Zimmer daneben in ein Ankleidezimmer umgestalte.«

Aaron war außer Atem, bis sie das obere Stockwerk erreicht hatten, und seine schwarze Männertasche war in seine Ellenbeuge heruntergerutscht. Sie wünschte, er würde mehr auf sich achten, aber er überhörte ihre Andeutungen. Als sie an Brams Schlafzimmer vorbeikamen, guckte er hinein und blieb stehen. »Süß.«

Die HiFi-Anlage hatte seine Aufmerksamkeit geweckt, nicht das Dekor. »Was dagegen, wenn ich das mal abstelle und einen Blick drauf werfe?«

Weil sie wusste, wie sehr er sich für elektronisches Spielzeug begeisterte, konnte sie es ihm nicht verweigern. Er brachte ihre Kleider und den Koffer ins Nebenzimmer und kam dann zurück, um die Elektronik zu studieren. »Beeindruckend.«

»Gibt's 'ne Party, Baby?«, meinte eine samtige Stimme von der Türe her.

Aaron reagierte darauf mit einem erschrockenen Grunzen. »Ich bin Aaron. Georgies P.A.«

Bram zog eine seiner perfekt geformten Augenbrauen hoch und sah Georgie an. Persönliche Assistenten waren in der Regel süße junge Frauen oder gut gebaute schwule Männer. Aaron passte in keine dieser Kategorien. Fast hätte sie ihn auch nicht eingestellt, obwohl ihr Vater ihn für diesen Job empfohlen hatte. Aber während des Einstellungsgesprächs hatte es im Rauchmeldesystem einen Kurzschluss gegeben, und er hatte dieses Problem so mühelos behoben, dass sie beschlossen hatte, ihm eine Chance zu geben. Er hatte sich als fröhlich, klug und beängstigend gut organisiert erwiesen und war nicht heikel, was die ihm zugewiesenen Aufgaben betraf.

Seine Selbstachtung war so gering wie sein Hang zum Drama, und er kam gar nicht auf die Idee, sie um einen Gefallen zu bitten, wie etwa ihn in einen angesagten Klub oder ein schickes Restaurant mitzunehmen, was ihre früheren P.A.s immer als selbstverständlich angesehen hatten.

Jede Menge junge Männer wie Aaron waren aus ihren Heimatorten im Mittleren Westen nach L.A. gekommen, mit der Vorstellung, in Hollywoods Traumfabrik ihren Traum bei den special effects ausleben zu können, mussten dann aber leider entdecken, dass man nicht auf sie gewartet hatte. Nun arbeitete Aaron als ihr P.A. und kümmerte sich um ihre Website. In seiner Freizeit spielte er Videospiele und aß Junkfood.

Aaron schüttelte Bram die Hand und zeigte dann auf die HiFi-Anlage, die auf einem roh behauenen Schränkchen mit Türen stand, deren ursprünglicher Bestimmungsort ein spanisches Missionshaus hätte sein können. »Ich habe davon gelesen. Wie lange haben Sie die schon?«

»Ich habe sie vergangenes Jahr eingebaut. Möchten Sie eine Vorführung?«

Während Aaron die Spielerei erforschte, untersuchte Georgie das leere Eckzimmer, wo sie vorhatte, ihr Büro einzurichten. Aaron kam schließlich zu ihr und sie legten fest, welche Möbelstücke sie aus dem Lager benötigten. Nachdem sie noch entschieden hatten, ihr gemietetes Haus dichtzumachen, und einen Brief für die Website ihrer Fans entworfen hatten, wies Georgie Aaron an, die diversen

Treffen und Verabredungen abzusagen, um die sie sich hatte drücken wollen, ehe sie ihren sechsmonatigen Urlaub antrat.

Sie hatte vorgehabt, durch Europa zu reisen – fernab der großen Städte über Land zu fahren. Kleine Städtchen durchstöbern, auf alten Pfaden wandern und vielleicht, nur vielleicht, dabei sich selbst zu finden. Aber ihre Reise zu sich selbst hatte sie auf einen weitaus gefährlicheren Pfad geführt.

»Jetzt verstehe ich endlich, warum Sie sich sechs Monate frei genommen haben«, sagte Aaron. »Ein guter Plan. Ohne Termine werden Sie lange Flitterwochen genießen können.«

Schöne Flitterwochen.

Mit Lance hatte sie diese in einer toskanischen Privatvilla verbracht, die inmitten eines Olivenhains lag. Lance war allerdings nach ein paar Tagen unruhig geworden, wohingegen ihr der Ort sehr gut gefallen hatte.

Den ganzen Morgen hatte sie so gut wie gar nicht an ihren Exmann gedacht, das war schon eine Leistung. Als Aaron aufbrechen wollte, kam Chaz durchs Foyer, und Georgie stellte die beiden einander vor. »Das ist Aaron Wiggins, mein persönlicher Assistent. Aaron, Chaz ist Brams Haushälterin.«

Chaz ließ ihre schwarz umrandeten Augen von Aarons borstigen Haaren, über die Knöpfe seines karierten Hemds, die über seinem Puddingbauch spannten, bis hinunter zu seinen Freizeitschuhen mit der Keilsohle wandern. Sie zog eine Schnute. »Bleib dem Kühlschrank fern, okay? Der ist tabu.«

Aaron wurde rot, und Georgie hätte ihr am liebsten eine runtergehauen.

»Müsste ich mich zwischen dir und Chaz entscheiden, würde Chaz haushoch gewinnen.«

»Solange Aaron für mich arbeitet«, sagte Georgie mit Nachdruck, »kann er sich im Haus frei bewegen. Sorgen Sie also bitte dafür, dass er sich wohl fühlt.«

»Na dann viel Glück.« Chaz stolzierte mit einer Gießkanne davon.

»Was ist denn mit der los?«, wunderte sich Aaron.

»Sie hat ein kleines Problem, sich mit der Tatsache anzufreunden, dass Bram verheiratet ist. Lassen Sie sich von ihr nicht anmachen.« Das war ein guter Rat, aber es fiel Georgie schwer, sich den gutmütigen Aaron vorzustellen, wie er sich gegen Brams schlangenzüngige zwanzigjährige Haushälterin behauptete.

Als Aaron weg war, ging Georgie nach draußen, um Bram zu suchen. Sie mussten Pläne schmieden, er hatte sie schon lang genug vertröstet. Sie folgte dem Plätschern von Wasser und gelangte an einen kleinen, unregelmäßig geformten Swimmingpool, der versteckt hinter sich wiegenden Gräsern und einer Lebenseiche lag. Der sich anderthalb Meter über schwarze Felsen ergießende Wasserfall unterstrich den Eindruck von Abgeschiedenheit.

Sie ging weiter und sah, dass er sich in seinem Büro eingeschlossen hatte. Er telefonierte wieder, als sie an der Klinke rüttelte, um sich Einlass zu verschaffen, drehte er ihr den Rücken zu. Sie versuchte ihn durchs Türglas zu belauschen, verstand aber nichts von dem, was er sagte. Er legte auf und hämmerte dann in seine Computertastatur. Ihr war schleierhaft, was Bram mit einem Computer anstellte. Wieso war er eigentlich vor vier Uhr nachmittags überhaupt schon auf?

»Lass mich rein.«

»Geht nicht«, rief er, ohne seinen Rhythmus zu verändern. »Ich bin unglaublich damit beschäftigt herauszufinden, auf welche Weise ich dein Geld auf den Putz hauen kann.«

Sie ließ sich nicht ködern. Stattdessen fing sie zu singen an »Your Body is a Wonderland« und klopfte dabei die Basslinie an die Glasscheiben, bis er es nicht mehr aushielt und sich endlich herabließ, die Tür zu öffnen. »Mach's am besten kurz. Die Nutten, die ich mir bestellt habe, werden jede Minute hier sein.«

»Gut zu wissen.« Sie ging hinein und deutete mit dem Kinn auf den Computer. »Während du dich an den Fotos nackter Cheerleader aufgegeilt hast, habe ich an unserem Wiedereintritt in die Welt gearbeitet. Vielleicht möchtest du dir ein paar Notizen machen.« Sie setzte sich auf die durchgesessene braune Couch unter Marlon Brando und schlug die Beine übereinander. »Du hast doch eine Website, oder? Ich habe einen Brief von uns beiden für unsere Fans geschrieben.« Sie verlor den Faden, als Bram seine Ellbogen auf seinem Schreibtisch aufstützte. Skip hatte einen Schreibtisch, aber doch nicht Bram. Skip hatte außerdem eine gute Erziehung, war zielgerichtet und durch und durch moralisch.

Sie riss sich zusammen. »Aaron reserviert uns für morgen Abend einen Tisch zum Abendessen bei Mr Chow. Das wird zwar wie im Zoo sein, aber ich denke, das ist für uns der schnellste Weg, um …«

»Ein Brief an unsere Fans und Abendessen bei Mr Chow? Wie originell. Was hast du sonst noch auf Lager?«

»Am Mittwoch Mittagessen im Chateau, dann am Donnerstag Abendessen im Il Sole. In ein paar Wochen findet eine große Benefizveranstaltung für Alzheimerpatienten statt. Kurz darauf ein Wohltätigkeitsball. Wir essen, wir lächeln, wir posieren.«

»Keine Bälle. Keinen einzigen.«

»Tut mir leid, das zu hören. Hast du mit deinem Arzt Rücksprache gehalten?«

Sein Lächeln entrollte sich wie eine Schlange über seinen weiß schimmernden Zähnen. »Ich werde eine ganz tolle Zeit haben, die fünfzigtausend auszugeben, die du mir monatlich bezahlst, damit ich deine Gesellschaft ertrage.«

Er hatte kein Schamgefühl. Sie sah zu, wie er seine Füße auf der Schreibtischkante ablegte. »War's das dann?«, fragte er. »Dein Plan, wie wir Furore machen? Wir gehen auswärts essen.«

»Wir könnten auch deinem Beispiel folgen und uns ein paar Mal betrunken am Steuer erwischen lassen, aber das fände ich dann doch etwas übertrieben, was meinst du?«

»Prima.« Er sprang auf. »Wir schmeißen eine Party.«

Fast hätte sie sich in ihrer Haut wohlgefühlt, aber nun beäugte sie ihn argwöhnisch.

»Was für eine Party?«

»Eine große, teure Party, um zu feiern, dass wir verheiratet sind, was denkst du denn? Von heute an in sechs Wochen, vielleicht auch in zwei Monaten. Das gibt uns genügend Zeit, die Einladungen zu verschicken und Erwartungen zu wecken, ist aber auch nicht so weit weg, dass die Öffentlichkeit das Interesse an unserer großen Liebesgeschichte schon wieder verloren hat. Warum schaust du mich so an?«

»Du hast dir das ganz allein ausgedacht?«

»Ich bin sehr kreativ, wenn ich dicht bin.«

»Du kannst doch diesen formellen Kram nicht ausstehen. Früher kamst du barfuß zu den Partys der befreundeten Sender.« Und warst so umwerfend ausschweifend, dass alle Frauen im Raum dich begehrt haben.

»Ich verspreche dir, dass ich Schuhe tragen werde. Bring deinen Typen dazu, dass er einen guten Partyplaner auftreibt. Das Thema liegt auf der Hand.«

Sie stellte ihre Beine parallel. »Was soll das heißen, das Thema liegt auf der Hand? Für mich nicht.«

»Das liegt daran, dass du nicht genügend trinkst, um kreativ zu sein.«

»Dann klär mich auf.«

»*Skip und Scooter* natürlich. Was sonst?«

Sie erhob sich von der Couch. »Ein *Skip-und-Scooter*-Motto? Bist du verrückt?«

»Wir werden alle bitten, sich zu kostümieren. Entweder als Scofields oder die Bediensteten der Scofields. Oben oder unten.«

»Das soll wohl ein Witz sein.«

»Wir werden den Konditormeister damit beauftragen, diese blöden Skip-und-Scooter-Puppen obendrauf zu setzen.«

»Puppen?«

»Der Florist soll sämtliche blauen Blumen verwenden, die im Vorspann zu sehen waren. Vielleicht auch Miniaturhäuser als süße Partyüberraschungen. So Zeug eben.«

»Bist du jetzt völlig übergeschnappt?«

»Man muss den Leuten geben, was sie haben wollen, Georgie. Das ist die erste Regel im Wirtschaftsleben. Es überrascht mich, dass jemand, der so dick im Geschäft ist wie du, das nicht weiß.«

Sie starrte ihn an. Er lächelte sie mit einer Unschuld an, die zu diesem Gesicht eines gefallenen Engels nicht recht passen wollte. Da begriff sie, worauf er hinauswollte. »O mein Gott ... Es war dir also Ernst mit dieser *Skip-und-Scooter*-Reunionshow.«

Er grinste. »Ich denke, wir sollten das Scofield-Wappen auf die Speisekarte drucken. Und das Familienmotto ... Wie hieß das noch mal? *Gier kennt keine Grenzen*?«

»Du willst also tatsächlich eine Reunionshow.« Sie sank auf die Couch zurück. »Es ist nicht nur das Geld, das dich in diese Ehe hat einwilligen lassen.«

»Darauf würde ich nicht setzen.«

»Aber eine Reunionshow willst du außerdem.«

Sein Schreibtischstuhl quietschte, als er sich zurücklehnte. »Unsere Party wird viel mehr Spaß machen als dieser schlappe Empfang, den du gegeben hast, als du Lance geheiratet hast. Ihr habt doch wohl nicht im Ernst die Kirche in einer Kutsche mit sechs weißen Pferden verlassen?«

Die Kutsche war Lances Idee gewesen, sie hatte sich wie eine Prinzessin gefühlt. Aber nun war ihr Prinz mit der bösen Hexe durchgebrannt, und Georgie hatte versehentlich den großen bösen Wolf geheiratet. »Ich werde keine Reunionshow machen«, bestimmte sie. »Ich habe sieben Jahre gebraucht, um aus Scooters Schatten herauszukommen, ich werde mich dort nicht wieder hineinbewegen.«

»Wenn dir wirklich was daran gelegen wäre, aus Scooters Schatten herauszukommen, dann hättest du nicht all diese lahmen Liebeskomödien gedreht.«

»Liebeskomödien sind doch nichts Schlimmes.«

»Schlechte Liebeskomödien schon. Diese Filme waren nicht gerade auf dem Niveau von *Pretty Woman* oder *Jerry Maguire – Spiel des Lebens*, Baby.«

»Mir hat *Pretty Woman* überhaupt nicht gefallen.«

»Dem Publikum aber schon. Andererseits hat ihm *Pretty People* und *Summer in the City* überhaupt nicht gefallen. Und über das Projekt, das du gerade abgedreht hast, höre ich auch nicht viel Gutes.«

»Deine Karriere ist im Eimer, nicht die meine.« Was bis jetzt noch zutraf, da *Cake Walk* nicht vor dem nächsten Winter in die Kinos kommen würde. »Du wirst mich nicht mit dir hinunterziehen.«

Sein Schreibtischtelefon läutete. Er schielte auf das Display und ging dran. »Ja? ... Okay ...« Er legte auf und kam mit seinem Drink hinter dem Schreibtisch hervor. »Das war Chaz. Bring dein Make-up in Ordnung. Es ist an der Zeit, dass wir uns vor der Presse zur Geltung bringen.

»Seit wann liegt dir daran, dich vor irgendjemandem außer vor billigen Weibern zur Geltung zu bringen?«

»Seit ich ein achtbarer verheirateter Mann geworden bin. In fünfzehn Minuten treffen wir uns an der Eingangstür. Vergiss nicht, den Lippenstift zu nehmen, der nicht schmiert.«

»Oh, ich werde daran denken.« Sie erhob sich von der Couch und rauschte vor ihm hinaus. »Meine Güte, dieses ganze Gerede, das du von dir gegeben hast, von wegen Machtkarte und so. Ein wirklich faszinierendes Beispiel von Selbsttäuschung ...« Sie winkte fröhlich und steuerte dann das Haus an.

Als sie mit dem Auflegen ihres Make-ups fertig war, sich mit den Fingern die glatten Haare zurechtgezupft und ein mintgrünes Marc Jacobs Baumwollkleid mit Ösen angezogen hatte, stieg von unten der Duft von frisch Gebackenem die Treppe hoch. Ihr knurrte der Magen. Sie konnte sich nicht erinnern, wann sie das letzte Mal so hungrig gewesen war. Bram wartete im Foyer, zusammen mit Chaz, die zu ihm aufblickte, als wäre er der Herr über Mond und Sterne.

Als Georgie neben ihm stand, legte er seinen Arm um ihre Schultern. »Chaz, du kümmerst dich doch darum, dass Georgie alles bekommt, was sie braucht?«

Chaz antwortete darauf mit einer Freundlichkeit, die Bram ihr zwar abkaufen mochte, Georgie aber keinen Moment für echt hielt. »Alles, Georgie. Sie brauchen es mir nur zu sagen.«

»Danke. Ich habe tatsächlich heute kaum was gegessen und hätte daher nichts dagegen ...«

»Später, mein Liebling. Erst die Arbeit.« Bram gab ihr einen Kuss auf die Stirn und drehte sich dann um, um eins der beiden Tabletts zu nehmen, auf denen hausgemachte süße Plätzchen lagen. »Zum Zeichen unseres guten Willens hat Chaz uns was gebacken, was wir an unsere Freunde von der Presse verteilen können.« Er reichte ein Tablett Georgie und nahm dann das andere selbst. »Wir werden die Kekse verteilen und dann für ein paar Fotos posieren.«

Nichts liebte die Presse mehr als Gratisessen. Es war eine gute Idee, sie wünschte, sie hätte selbst daran gedacht. Er hielt ihr die Tür auf. »Ich habe zusätzliches Wachpersonal eingestellt, bis das Tor drin ist«, sagte er. »Du wirst doch bestimmt nichts dagegen haben, für deinen Anteil daran aufzukommen.«

»Wie groß ist dieser Anteil denn?«

»Die ganze Summe. Was nur fair ist, da wirst du mir sicher zustimmen, denn schließlich sorge ich dafür, dass du ein Dach überm Kopf hast.«

»Wenn zu diesem Dach auch noch was Essbares kommt ...«

»Denkst du denn nur an Essen?«

»Im Moment nicht.« Sie grapschte sich ein Plätzchen von ihrem Tablett und biss hinein. Es war noch warm ... und köstlich.

»Dafür haben wir keine Zeit.« Er schnappte ihr das Plätzchen weg und stopfte es sich selbst in den Mund. »Die sind aber verdammt gut. Chaz kocht von Tag zu Tag besser.«

Sie sah zu, wie das Plätzchen verschwand. Seit einem Jahr hatten alle sie dazu zu überreden versucht, etwas zu essen, und nun, da sie endlich wieder Appetit hatte, nahm er ihr das Essen weg. Das machte sie noch hungriger. »Kann ich nicht beurteilen.«

Das Ende der Einfahrt kam in Sicht, zusammen mit den massigen Sicherheitsbeamten, die hier Posten bezogen hatten. Mehrere Dutzend Paparazzi und ein paar Mitglieder der seriösen Presse hatten sich auf der Straße zu einem lauten Haufen zusammengeschart. Georgie winkte ihnen fröhlich zu. Bram ergriff ihre freie Hand und Händchen haltend trugen sie die Plätzchenbleche vor sich her. Die Paparazzi begannen Fotos zu schießen.

»Wenn ihr Jungs euch anständig aufführt, werden wir für ein paar Fotos posieren«, rief Bram ihnen zu. »Aber sollte irgendjemand Georgie zu nahe kommen, sind wir wieder im Haus. Das meine ich ernst. Keiner kommt ihr zu nahe.«

Einen Moment lang war sie gerührt, aber als sie sich daran erinnerte, dass Bram die Rolle des beschützenden Ehemanns auskostete, zog sie sich schnell wieder auf den Boden des gesunden Menschenverstands zurück.

»Wir führen uns immer anständig auf, Bram«, übertönte eine Reporterin den Lärm.

Noch bevor Bram die beiden Bleche den Sicherheitskräften überreicht hatte, damit diese für die Verteilung sorgten, flogen schon die ersten Fragen. Wann waren sie sich wieder begegnet? Wo? Warum hatten sie nach all den Jahren zusammengefunden? Was war mit den Vorbehalten, die sie gegeneinander hatten? Eine Frage folgte auf die andere.

»Trösten Sie sich auf diese Weise über Lance hinweg, Georgie?«

»Alle behaupten, Sie seien magersüchtig. Stimmt das?«

Sie und Bram waren Profis im Umgang mit der Presse, sie beantworteten nur die Fragen, die sie beantworten wollten.

»Die Leute glauben, die ganze Sache sei ein einziger Publicity-Stunt«, rief Mel Duffy ihnen zu.

»Man verabredet sich um der Publicity willen«, erwiderte Bram, »man heiratet deswegen nicht. Aber die Leute können denken, was sie wollen.«

»Georgie, es geht das Gerücht, Sie seien schwanger.«

»Tatsächlich?« Die Wunde schmerzte, aber Georgie

spielte den Clown und klopfte sich auf die Taille. »Hallo? Ist da drinnen jemand?«

»Georgie ist nicht schwanger«, sagte Bram. »Wenn es so weit ist, sorgen wir dafür, dass Sie es erfahren.«

»Fahren Sie in die Flitterwochen?« Der Reporter hatte einen britischen Akzent.

Bram rieb Georgies Rücken zwischen den Schulterblättern. »Wenn wir Zeit dazu finden.«

»Wissen Sie schon wohin?«

»Maui«, sagte er.

»Haiti«, sagte Georgie.

Sie schauten einander an. Georgie stellte sich auf ihre Zehenspitzen und küsste ihn aufs Kinn. »Bram und ich haben vor, die alberne Medienpräsenz, die wir genießen, zu nutzen, um auf die Not der Menschen aufmerksam zu machen, die in Armut leben.« Sie wusste über Haiti nicht gut Bescheid, aber ihr war bekannt, dass es dort Armut gab, und Haiti lag bedeutend näher als Thailand oder die Philippinen, wo Lance und Jade ihre guten Werke taten.

»Wie Sie sehen, verhandeln wir noch darüber«, sagte Bram. Ohne Vorwarnung zog er sie in seine Arme und gab ihr den herzhaften Kuss, auf den die Presse gewartet hatte. Sie reagierte darauf mit angemessenen Bewegungen, aber sie war müde, hungrig und gefangen in den Armen ihres ältesten Feindes.

Endlich lösten sie sich voneinander. Bram wandte sich an die Menge, wobei er den Blick eines hungrigen Liebhabers auf ihr ruhen ließ. »Ihr könnt gerne hier herumhängen, aber ich kann Ihnen versichern, dass wir heute Abend nirgendwohin gehen werden.«

Sie bemühte sich zu erröten, aber das wäre zu viel verlangt gewesen. Ob sie jemals erfahren würde, was tatsächlich in diesem Hotel in Vegas vorgefallen war? Sie hatte keinerlei Anzeichen gefunden, die auf eine heiße Sexnacht hätten schließen lassen, nur dass sie beide nackt gewesen waren, was wohl schon einige Aussagekraft hatte.

Für die Betrachter, die sie zurückließen, wanderte auf ihrem Weg zurück ins Haus seine Hand auf ihr Hinterteil. »Hübsch«, sagte er.

Die Traurigkeit, die sie mit aller Macht bekämpft hatte, kehrte an die Oberfläche zurück. »Ich habe dir jene Nacht auf dem Boot nie verziehen. Und werde sie dir auch nie verzeihen.«

Er zog seine Hand zurück. »Ich hatte getrunken. Ich weiß, dass ich nicht gerade ein traumhafter Liebhaber war, aber ...«

»Was du getan hast, kam fast einer Vergewaltigung gleich.«

Er blieb abrupt stehen. »Das ist Quatsch. Ich habe in meinem ganzen Leben noch nie eine Frau gezwungen, dich habe ich mit Sicherheit auch nicht gezwungen.«

»Keine körperliche Gewalt, sondern ...«

»Du warst in mich verknallt. Alle wussten das. Du hast dich mir von Anfang an an den Hals geworfen.«

»Du hast dich nicht mal mit mir hingelegt«, sagte sie. »Du hast meinen Rock hochgeschoben und dich bedient.«

»Du hättest nur ›Nein‹ sagen müssen.«

»Dann bist du rausgegangen. Sobald es vorbei war.«

»Ich hätte mich niemals in dich verliebt, Georgie. Ich habe alles drangesetzt, dir das deutlich zu machen, aber du wolltest die Hinweise nicht sehen. Jene Nacht hat dem endlich ein Ende bereitet.«

»Jetzt wag bloß nicht, es so hinzustellen, als hättest du mir einen Gefallen getan! Du wolltest jemanden aufreißen, und ich stand zur Verfügung. Du hast ein dummes Kind ausgenutzt, das dich für romantisch und geheimnisvoll hielt, obwohl du in Wirklichkeit nur ein egoistisches, ichbezogenes Arschloch warst. Wir sind Feinde. Wir waren es damals, und wir sind es noch immer.«

»Hab nichts dagegen.«

Als er davonstürmte, sagte sie sich, sie habe nur das gesagt, was gesagt werden musste. Aber nichts vermochte die Vergangenheit zu ändern, sie fühlte sich keinen Deut besser.

8

Georgie schwamm am nächsten Morgen fast eine Stunde lang in dem geschützten Pool. Gestern hatte sie Bram gezeigt, wie sehr er sie verletzt hatte, aber eine solche Verletzbarkeit zu zeigen, war ein Luxus, den sie sich nicht noch einmal leisten konnte.

Als sie aus dem Wasser stieg, hörte sie eine Stimme, die vom Weg hinter dem Gebüsch kam. »Nun beruhige dich doch, Caitlin ... Ja, ich weiß. Hab doch ein wenig Vertrauen, Süße ...«

Bram ging weiter, ehe Georgie noch etwas hören konnte. Während sie sich in ein Handtuch wickelte, fragte sie sich, wer Caitlin wohl sein mochte und wie lange es dauern würde, bis Bram eine seiner geheimnisvollen Frauen für außerehelichen Sex aufsuchen würde.

Sie strich sich mit ihren Fingern durch das nasse Haar, steckte das Handtuch unter ihren Armen fest und ging dann ins Haus, um den Kühlschrank zu durchforsten. Als sie einen Becher Blaubeerjoghurt herauszog, kam Chaz herein und warf einen Stapel Post auf den Küchenblock. »Ich würde es begrüßen, wenn Sie sich dem Kühlschrank fernhielten. Es ist alles nach meinen Vorstellungen organisiert.«

»Ich hole nichts heraus, was ich nicht auch esse.« Chaz ging einem ganz schön auf den Wecker, aber Georgie hatte immer noch Mitleid mit ihr. Dass Chaz Brams Geliebte war, glaubte sie eher nicht, aber sehr wohl, dass Chaz in ihn verliebt war. Da sie die Schmerzen kannte, die diese ganz spezielle Krankheit verursachte, nahm sie einen zweiten Anlauf. »Erzähl mir doch was von dir, Chaz. Bist du hier in der Nähe aufgewachsen?«

»Nein.« Chaz holte eine Rührschüssel aus dem Schrank.

Sie versuchte es noch einmal. »Ich kann kaum was kochen. Wie hast du das gelernt?«

Chaz schlug die Schranktür zu. »Ich habe keine Zeit für Gespräche. Ich muss mich jetzt um Brams Mittagessen kümmern.«

»Was steht auf der Speisekarte?«

»Ein Spezialsalat, den er gern isst.«

»Den esse ich auch.«

Chaz griff nach dem Geschirrtuch. »Ich kann nicht für euch beide kochen. Ich habe ohnehin schon zu viel zu tun. Wenn Sie nicht wollen, dass ich gehe, müssen Sie zusehen, wie Sie zurechtkommen.«

Georgie leckte den Deckel ihres Joghurtbechers ab. »Wer sagt denn, dass ich nicht möchte, dass du gehst?«

Zornesröte überzog Chaz' Gesicht. Georgie konnte sie verstehen, aber Chaz' Feindseligkeit machte eine ohnehin schon schlimme Situation noch schlimmer. Sie holte einen Löffel aus der Schublade. »Mach Mittagessen für zwei, Chaz. Das ist ein Befehl.«

»Ich nehme meine Befehle von Bram entgegen. Er sagte, er werde sich nie in die Art und Weise einmischen, wie ich meinen Job mache.«

»Als er das gesagt hat, war er nicht verheiratet, aber jetzt ist er es, und dein Godzilla-Gebaren zieht langsam nicht mehr. Du hast zwei Möglichkeiten. Du kannst mitspielen, oder ich heuere mein eigenes Personal an, dann musst du die Küche teilen. Und das, könnte ich mir vorstellen, willst du sicher am allerwenigsten.«

Sie ging mit ihrem Joghurt nach draußen.

143

Georgies Schritte waren noch nicht verklungen, da presste Chaz ihre Fäuste gegen ihren Bauch, damit all der Hass, der aus ihr herauswollte, drin blieb. Georgie York hatte alles. Sie war reich und berühmt. Sie hatte tolle Klamotten und eine großartige Karriere. Jetzt hatte sie auch noch Bram, aber Chaz allein war diejenige, die sich um ihn zu kümmern hatte.

Vor dem Küchenfenster flog ein Kolibri auf die Veranda. Chaz griff nach einem Küchenkrepp und öffnete die Kühlschranktür. Die Milch war nicht an ihrem angestammten Platz und ein paar Joghurtbecher waren umgefallen. Selbst die Eier standen auf der falschen Seite des Regals.

Sie rückte alles zurecht und wischte einen Fleck von der Tür. Der Gedanke an eine andere Person in ihrer Küche war ihr unerträglich. In ihrem Haus. Sie warf das Küchenpapier in den Abfall. Außerdem war Georgie gar nicht so hübsch, nicht so hübsch wie die Frauen, mit denen Bram ausging. Sie verdiente ihn nicht. Sie verdiente nichts von dem, was sie besaß. Alle wussten, dass sie nur berühmt war, weil ihr alter Herr einen Star aus ihr gemacht hatte. Georgie war damit groß geworden, dass alle ihr den Hintern küssten und ihr versicherten wie toll sie war. Keiner hatte je Chaz' Hintern geküsst. Kein einziges Mal.

Chaz ließ ihren Blick durch die Küche wandern. Das durch die sechs schmalen Fenster einfallende Licht brachte die blauen Akzente der Fliesen zum Leuchten. Dies war ihr der liebste Platz auf Erden, wichtiger noch als ihr Apartment über der Garage, und jetzt versuchte Georgie sich hier hereinzudrängen.

Sie konnte noch immer nicht fassen, dass Bram ihr von seinen Heiratsplänen nichts gesagt hatte. Das verletzte sie am meisten. Er behandelte Georgie auch nicht so, wie Chaz dachte, dass er eine von ihm geliebte Frau behandeln würde. Chaz nahm sich vor, den genauen Grund dafür herauszufinden.

Georgie blieb im Verborgenen, während Aaron die Möbelpacker beim Ausladen ihrer Sachen überwachte. Am späten Nachmittag hatte er ihr Büro eingerichtet, und sie hatte die Garderobekisten ausgepackt, die ihr Schlafzimmer in Beschlag genommen hatten, die aber nur die Kleider enthielten, die nicht eingelagert waren. Als Aaron gegangen war, hatte sie das Gefühl, die Decke würde ihr auf den Kopf fallen. Obwohl ihr Prius draußen in der Einfahrt stand, konnte sie keinen Schritt allein machen, nicht am vierten Tag ihrer Ehe, solange noch alle Fotografen der Stadt ihr Haus belagerten. Sie machte es sich bequem und versuchte zu lesen.

Viel später traf Bram sie an den Balkontüren ihres Schlafzimmers an, wo sie sich in Selbstgesprächen Mut zu Dingen wie Unabhängigkeit und Identität machte. »Lass uns zum Strand fahren«, sagte er. »Ich drehe hier langsam durch.«

»Es wird gleich dunkel.«

»Was macht das schon?« Er rieb sich mit seinen Fingerknöcheln über die goldenen Bartstoppeln. »Ich habe bereits zwei Packungen Zigaretten geraucht. Ich muss raus.«

Sie nicht minder, selbst wenn sie mit ihm gehen musste. »Hast du getrunken?«

»Nein, verdammt! Aber ich werde es tun, wenn ich hier noch länger festklebe. Willst du jetzt oder nicht?«

»Gib mir zwanzig Minuten.«

Sobald er gegangen war, konsultierte sie die Abteilung »ganz leger« in dem Ringbuch, das Aaron mit Polaroidfotos sämtlicher Stücke in Georgies Schränken immer auf dem neuesten Stand hielt, begleitet von Aprils Empfehlungen, welche Sachen zusammenpassten. Vielleicht würde ja der Tag kommen, der Georgie den Luxus bescherte, das Haus verlassen zu können, ohne sich über Äußeres den Kopf zerbrechen zu müssen, aber jetzt ging das noch nicht. Sie wählte ihre Rock-&-Rebublic-Jeans, ein Korsagenoberteil und eine schlichte im Kimonostil gehaltene Jacke von Michael Kors, die, wie April notiert hatte, »den Look abrundete«.

Georgie war durchaus in der Lage, allein eine Auswahl zu treffen, aber April war einfach perfekt darin. Die Öffentlichkeit hatte keine Vorstellung davon, wie wenig Ahnung die meisten berühmten Modeikonen hatten und wie groß deren Abhängigkeit von ihren Stilisten war. Georgie war April für deren Hilfe zutiefst dankbar.

Die Paparazzi warteten wie ein Rudel hungriger Hunde am Ende der Einfahrt auf sie. Als Bram vorbeifuhr, stürmten sie seinen Audi. Er schaffte es durchzukommen, aber ein halbes Dutzend schwarzer Geländewagen nahm gleich darauf die Verfolgung auf. »Ich komme mir vor, als würde ich einen Trauerzug anführen«, sagte sie. »Nur ein einziges Mal möchte ich mit schlechter Frisur und ohne Make-up das Haus verlassen und irgendwohin gehen können, ohne dass ich fotografiert werde.«

Er warf einen Blick in den Rückspiegel. »Es gibt nichts Schlimmeres als Prominente, die sich über das Elend des Berühmtseins beschweren.«

»Ich muss mich damit herumschlagen, seit Lance und ich uns kennen gelernt haben. Du musst damit erst seit ein paar Tagen klarkommen.«

»He, ich bin auch schon fotografiert worden.«

»Sexvideos zählen nicht. Wir wollen mal sehen, ob du das in ein paar Monaten noch immer so locker nimmst.«

Er bremste bei einem Stoppzeichen, und es hätte fast einen Auffahrunfall gegeben. Also ließ sie ihn in Ruhe, damit er sich aufs Fahren konzentrieren konnte.

Der Verkehr hielt sich in Grenzen, deshalb blieb ihnen ihr Gefolge bis nach Malibu treu. Unterwegs schlossen sich noch ein paar weitere Geländewagen dem Trauerzug an, obwohl den Paparazzi eigentlich klar sein musste, dass Bram einen der halbprivaten Strände anpeilte.

Wer das erste Mal nach Malibu kommt, ist immer überrascht, wenn er die mit Privatgaragen gesäumte lange Highwaystrecke sieht, deren solide Mauer den Zugang zum Strand auf die wenigen Privilegierten beschränkt, die hier wohnen. Direkt hinter Trevors Haus bog Bram vor einem dieser graubraunen Garagentore von der Straße ab. Gleich darauf liefen sie durch Trevs frühere Strandvilla, die er zum Verkauf ausgeschrieben hatte.

Draußen war die Nacht ein einziges romantisches Klischee. Im Mondlicht sahen die Schaumkronen der Wellen wie erstarrt aus. Die Brandungswellen rollten ans Ufer. Kühler Sand schob sich zwischen ihren Zehen hoch. Eigentlich fehlte nur der richtige Mann. Sie musste an den Fetzen des Gesprächs mit jener geheimnisvollen Caitlin denken, das sie mitbekommen hatte, und fragte sich, wie lange es wohl dauern mochte, bis sie sich in einen zweiten Skandal mit einer anderen Frau in der Hauptrolle verwickelt sah.

Er verlangsamte seinen Schritt, als sie sich dem Wasser näherten. Wie ein Band lag das Mondlicht auf den Spitzen seiner Wimpern und versilberte diese. »Du hast recht, Scooter«, sagte er. »Ich habe mich in dieser Nacht auf dem Boot wie ein Trottel benommen, ich entschuldige mich dafür.«

Nie hatte sie ihn sich für irgendetwas entschuldigen hören, aber die in ihr schlummernde Verletzung und Scham waren zu groß, als dass ein paar Worte etwas daran hätten ändern können. »Entschuldigung nicht angenommen.«

»Okay.«

Sie wartete. »War's das?«

Er stopfte seine Hände in die Taschen. »Ich weiß nicht, was ich noch sagen soll. Es ist passiert, und ich bin nicht stolz auf mich.«

»Du wolltest jemanden aufreißen«, sagte sie verbittert, »und da stand ich und kam dir gerade recht.«

»Moment.« Anders als sie trug er keine Jacke, die Brise drückte sein T-Shirt gegen seine Brust. »Ich hätte in dieser Nacht jede der Frauen auf dem Boot aufreißen können. Und das sage ich nicht aus Arroganz. So war es einfach.«

Eine Welle spritzte an ihre Knöchel. »Aber du hast es nicht getan. Du hast stattdessen das Dummerchen hier genommen.«

»Du warst nicht dumm. Nur naiv.«

Sie wollte ihn etwas fragen, ihn dabei aber nicht ansehen müssen, also bückte sie sich, um ihre Jeans hochzukrempeln. »Warum hast du es getan?«

»Was denkst du?« Er hob einen Stein vom Strand auf und schleuderte ihn übers Wasser. »Ich wollte dich an deinen Platz verweisen. Dich ein wenig zurechtstutzen. Dir zeigen, dass ich dich dazu kriegen konnte, mir zu Willen zu sein, obwohl Daddy dafür sorgte, dass du der Star warst und auch dementsprechend bezahlt wurdest.«

Sie richtete sich auf. »Netter Kerl.«

»Du hast gefragt.«

Aufgrund der Tatsache, dass er sich endlich zu seinem ungebührlichen Benehmen bekannt hatte, fühlte sie sich gleich ein wenig besser. Noch nicht so gut, dass sie ihm verzeihen konnte, aber doch so gut, dass sie, solange sie in der Farce von einer Ehe gefangen war, neben ihm existieren konnte. Sie liefen weiter. »Das ist jetzt zehn Jahre her.« Sie wich einer Sandschildkröte aus, die eine Kinderstube gebaut hatten. »Ich habe keine bleibenden Schäden davongetragen.«

»Du warst Jungfrau. Den Quatsch, den du mir von dem älteren Mann erzählt hast, mit dem du angeblich zusammen warst, habe ich dir keine Sekunde abgenommen.«

»Hugh Grant«, sagte sie.

»Das hättest du wohl gern.«

Sie schob sich eine verwehte Haarsträhne hinters Ohr. »Hugh erzählte mir, ich sei überragend. Nein, warte. Das war Colin Firth. Diese älteren Briten, mit denen ich geschlafen habe, bringe ich doch immer durcheinander.«

»Das Problem haben andere auch.« Er schleuderte den nächsten Stein übers Wasser.

Sie schaute hoch zu einem vereinzelten Stern, der aufgegangen war. Auf einer Strandparty im letzten Jahr hatte ihr jemand erzählt, das sei überhaupt kein Stern, sondern die Internationale Raumstation. »Wer ist sie?«

»Wer?«

»Die Frau, mit der ich dich heute Morgen am Telefon habe flüstern hören.«

»Was für große Ohren du doch hast.«

»Umso besser, weil ich dich dann beim Betrügen erwische.«

»Ist es nicht noch ein bisschen früh, dich zu betrügen? Wenngleich ich zugeben muss, dass die Flitterwochen sich bis jetzt als ziemliche Pleite erwiesen haben.«

Sie grub ihre Fersen tiefer in den Sand. »Wenn es um Laster geht, unterschätze ich dich nie.«

»Du bist klüger geworden.«

»Es war nicht nur der Sex, Bram. Es war alles. Du bekamst mit *Skip und Scooter* die Chance deines Lebens und hast sie weggeworfen. Du wusstest nicht zu schätzen, was du hattest.«

»Ich wusste zu schätzen, was es mir brachte. Autos, Frauen, Alkohol, Drogen. Ich bekam Designerklamotten umsonst, eine Sammlung Rolexuhren, große Häuser, in denen ich mit meinen Kumpels rumhängen konnte. Ich hatte die tollste Zeit meines Lebens.«

»Habe ich bemerkt.«

»So bin ich aufgewachsen – wenn du Geld hast, gib es aus. Ich liebte jeden Augenblick.«

Aber sein Vergnügen ging auf Kosten vieler anderer Leute. Sie schob die Ärmel ihrer Jacke hoch. »Viele Menschen haben für deinen Spaß einen großen Preis gezahlt. Die Besetzung, die Crew.«

»Ja gut, du hast ja recht.«

»Du hast auch einen Preis gezahlt.«

»Aber du wirst nicht hören, dass ich mich deswegen beklage.«

»Nein, das würdest du nicht.«

Er hob den Kopf. »Scheiße.«

»Was?«

Er riss sie in seine Arme und drückte ihr einen stürmischen Kuss auf den Mund. Die eine Hand glitt unter ihr T-Shirt und blieb auf ihrem Kreuz liegen, während die andere ihre Hüfte umschloss. Eine Welle erfasste sie, und die Brandung umschäumte ihre Knöchel. Perfekte Mondscheinleidenschaft.

»Kameras.« Er trieb ihr dieses Wort in die Lippen, als hätte sie es nicht schon geahnt.

Sie schlang ihre Arme um seinen Hals und hielt ihren Kopf schräg. Hatten sie wirklich geglaubt, allein sein zu können, selbst an einem angeblich privaten Strand? Die Schakale fanden immer ein Schlupfloch. Sie fragte sich, was die Fotos wohl einbringen würden. Eine Menge.

Ihr Kuss wurde heißer. Tiefer. Ihre Brüste wurden flach an seinen Brustkorb gedrückt, und ihre Brustwarzen begannen zu kribbeln. Sie spürte, wie er hart wurde.

Er drückte seinen Daumen ins weiche Fleisch entlang ihrem Rückgrat. Zwängte seinen Schenkel zwischen ihre Beine. »Ich werde dich jetzt abtasten.« Seine Hand bewegte sich über ihren Brustkorb zur Brust. Die Hand, die kein Fotograf sehen konnte. Er liebkoste sie durch ihren Büstenhalter, und kleine schmutzige Fantasien verbotener Erregung wirbelten durch ihren Körper. Das hatte sie lange entbehren müssen, und sie fühlte sich ganz sicher, da alles nur vorgetäuscht war. Und weil es nur so weit gehen würde, wie sie es zuließ.

Seine Finger spürten den über den BH-Schalen anschwellenden Brüsten nach, und er flüsterte an ihren Lippen. »Wenn wir aufhören, Spielchen zu spielen, werde ich dich so hart und so tief rannehmen, dass du dir wünschst, es möge nie aufhören.«

Seine derben Worte jagten eine Hitzewelle durch sie hindurch, und sie verspürte dabei nicht die geringsten Schuldgefühle. Sie hatten keine persönliche Beziehung. Das war rein körperlich. Bram könnte ihr Hengst sein, den sie sich für die Nacht gemietet hatte.

Aber ein Hengst ging nach Hause, wenn er seinen Job erledigt hatte, sie löste sich zögernd aus seinen Armen. »Okay, mir ist langweilig.«

Seine Finger streichelten ihre harten Brustwarzen, ehe er einen Schritt zurücktrat. »Das merke ich.«

Die Brise hob ihre Haare im Nacken an und ließ eine Gänsehaut zurück. Sie hüllte sich in ihre Jacke ein. »Also Hugh Grant bist du nicht, aber deine Technik hat sich seit den schlimmen alten Tagen definitiv verbessert.«

»Freut mich, das zu hören.«

Die samtige Note seiner Stimme gefiel ihr nicht. »Lass uns zurückgehen«, sagte sie. »Mir wird kalt.«

»Das könnte ich beheben.«

Das glaubte sie ihm aufs Wort. »Ach ja und die Frau, mit der du heute über dein Mobiltelefon gesprochen hast ...« Sie ging schneller.

»Fangen wir wieder von vorne an?«

»Eins musst du wissen, sollte ich sterben, solange wir verheiratet sind, geht mein Geld entweder an Wohltätigkeitsvereine oder meinen Vater.«

Er blieb wie angewurzelt stehen. »Die Verbindung kann ich irgendwie nicht herstellen.«

»Du bekämst keinen Penny.« Sie schritt schneller aus. »Ich unterstelle dir gar nichts, möchte das aber klarstellen, für den Fall, dass du und deine Freundin, mit der du telefoniert hast, auf den Gedanken kämt, wie toll es wäre, wenn ihr von meinem Geld leben könntet.«

Sie spielte die Klugscheißerin vor allem, um ihn zu ärgern. Bram war pleite und hatte keine Moral, und sie fühlte sich etwas besser, nachdem sie ihm klargemacht hatte, wie sinnlos es wäre, ihren vorzeitigen Tod zu planen.

Von seinen Fersen spritzte der Sand, als er die Entfernung zwischen ihnen schloss. »Du bist eine Idiotin.«

»Reine Selbstverteidigung.«

Er ergriff ihre Hand, aber eher wie ein Gefängniswärter denn ein Liebhaber. »Zu deiner Information. Da war keine Kamera. Ich wollte nur mein Vergnügen haben.«

»Und zu deiner Information … Ich wusste, dass da keine Kamera war, und ich wollte auch ein bisschen Spaß haben.« Sie hatte es nicht gewusst, aber sie hatte es geahnt.

Der Wind seufzte, die Wellen plätscherten. Sie hatte noch nicht alle Giftpfeile abgeschossen und lehnte sich an seinen Arm. »Skip und Scooter gemeinsam im Mondschein. Wie romantisch.«

Er konterte, indem er »Tomorrow« aus *Annie* pfiff, so wie er es immer getan hatte, wenn er sie auf die Palme bringen wollte.

9

Georgie wartete, bis sie Bram am nächsten Morgen in den Fitnessraum gehen hörte. Sie ging ins Esszimmer, grapschte sich den Schlüssel, den sie ihn in die Messingschale auf den Bücherregalen hatte werfen sehen und machte sich dann auf den Weg zu seinem Büro im Gästehaus. An die Tatsache, dass Bram ein Büro hatte und seine Geschäfte nicht vom Barhocker aus erledigte, hatte sie sich noch nicht gewöhnt.

Während sie den Kiespfad entlangging, sann sie darüber nach, wie sehr sich Brams sexuelle Aggressivität von dem unterschied, was sie mit Lance erlebt hatte. Ihr Ehemann hatte sie als Verführerin sehen wollen, genau das hatte sie auch versucht zu sein. Sie hatte ein Dutzend Sex-Ratgeber gelesen und die erotischste Reizwäsche gekauft, die sie finden konnte, egal wie sehr sie zwickte. Wenn sie vor ihm einen Striptease hinlegte, war sie sich dabei albern vorgekommen, die männlichen Fantasien, die sie ihm ins Ohr flüsterte, hatten bei ihr das genaue Gegenteil bewirkt, ständig war sie bemüht gewesen, aufregende und einfallsreiche Lokalitäten für ihre Liebesspiele ausfindig zu machen, damit der Reiz nicht nachließ. Wie es aussah, schien es ihm zu gefallen, er sagte auch immer, er sei befriedigt, aber offensichtlich hatte sie es doch nicht ganz getroffen, sonst hätte er sie nicht für Jade Gentry verlassen.

Sie hatte sich zu viel Mühe gegeben, um derart jämmerlich zu versagen. Für manche Frauen mochte Sex eine leichte Übung sein, aber für sie war es kompliziert, und ihr wurde übel beim Gedanken an das Dilemma, in das sie mit

Bram geraten war. Bram würde nicht auf Sex verzichten. Er würde ihn entweder mit ihr oder mit jemand anderem haben. Oder beides.

Sie nahm sich vor, sich diesen Problemen ohne Umschweife zu widmen, aber sie waren erst fünf Tage verheiratet, und sie benötigte etwas Zeit für eine Lösung.

Sie schloss sein Büro auf und schaltete den Computer an. Während sie darauf wartete, dass dieser hochfuhr, begann sie seine Bücherregale zu durchforsten. Sie musste einfach wissen, ob die Reunionshow ein bloßes Hirngespinst von Bram war oder mehr Substanz hatte.

Sie fand eine breit gestreute Bücherauswahl und diverse Skriptstapel, worunter keiner einen Hinweis auf eine *Skip-und-Scooter*-Reunionshow gab. Seine DVDs reichten von *Wie ein wilder Stier* bis zu *Sex Trek: The Next Penetration*. Sein Aktenschrank war abgeschlossen, aber nicht sein Schreibtisch, und da entdeckte sie auch unter einer Flasche Scotch eine Skript-Schachtel. Sie war zugeklebt. Beschriftet war sie mit *Skip und Scooter: Die Wiedervereinigung*.

Sie war wie vor den Kopf gestoßen. Sie hatte gehofft, Bram habe die Geschichte erfunden, um sie zu ärgern. Er wusste, dass ein Reunion Film für sie einen großen Rückschritt in ihrer Karriere bedeuten würde, warum glaubte er also, sie dazu überreden zu können?

Die einzige Antwort, die ihr darauf einfiel, gefiel ihr ganz und gar nicht. Erpressung. Womöglich drohte er ihr, sie sitzen zu lassen, sollte sie sich nicht mit dem Projekt einverstanden erklären. Aber wenn er sie verließ, würde das den Geldregen stoppen und ihn wie einen Mistkerl aussehen lassen, was ihm womöglich egal war. Und dennoch ...

Sie erinnerte sich an sein Verhalten bei der Begegnung mit Rory Keene. Vielleicht lag ihm sein Image doch mehr am Herzen, als er ihr zeigte.

»Was suchen Sie hier drin?«

Ihr Kopf schoss in die Höhe, und sie sah Chaz in der Tür stehen, ein Anblick wie das Wunschkind von Martha Stewart und Joey Ramone. Die Haushälterinnenuniform des heutigen Tages bestand aus löchrigen Jeans, olivfarbenem Tanktop und schwarzen Flipflops. Georgie schob mit ihrem Fuß die Schublade zu. Da sie mit keiner vernünftigen Erklärung aufwarten konnte, beschloss sie, den Spieß umzudrehen. »Bessere Frage – was tust du hier?«

Chaz' dunkel umrandete Augen wurden zu feindseligen Schlitzen. »Bram mag keine Fremden in seinem Büro. Sie sollten nicht hier drin sein.«

»Ich bin keine Fremde. Ich bin seine Frau.« Diese Worte aus ihrem Mund überraschten sie.

»Er lässt nicht mal das Reinigungspersonal hier herein.« Chaz hob herausfordernd ihr Kinn. »Ich bin die Einzige, die das darf.«

»Du bist sehr loyal. Warum ist das so?«

Sie holte einen Besen aus einem kleinen Schrank. »Es ist mein Job.«

Brams Computerdateien zu durchstöbern wäre jetzt ein Ding der Unmöglichkeit, also begann Georgie ihren Rückzug, doch als sie sich aufrichtete, fiel ihr Blick auf eine Videokamera auf dem Schreibtisch. Chaz begann den Fußboden zu fegen. Nach eingehender Untersuchung der Kamera, stellte Georgie fest, dass Bram alle Spuren eines billigen Sexspielchens gelöscht hatte, das er womöglich zuletzt gefilmt hatte.

Chaz hörte zu fegen auf. »Bringen Sie das nicht durcheinander.«

Einem Impuls folgend richtete Georgie die Kamera auf Chaz und drückte auf den Aufnahmeknopf. »Warum kümmerst du dich so um ihn?«

Chaz zog den Besenstiel an ihre Brust. »Was machen Sie da?«

»Ich bin neugierig und möchte den Grund für deine Loyalität erfahren.«

»Schalten sie das Ding ab.«

Georgie zoomte ihr Gesicht heran. Unter den Piercings und dem mürrischen Gesicht hatte Chaz zarte, fast zerbrechliche Züge. Sie hatte die eine Seite ihrer abgehackten Haare mit einer kleinen silbernen Haarspange festgesteckt, damit sie ihr nicht in die Augen fielen, während die andere Seite als stacheliges Büschel über den Ohren abstand. Chaz' feindselige Unabhängigkeit faszinierte Georgie. Sie konnte sich diese Freiheit, nichts auf die Meinung der anderen zu geben, für sich selbst nicht vorstellen. »Vermutlich bist du in ganz L.A. der einzige Mensch, der keine Kamera mag«, sagte Georgie. »Keine Ambitionen zur Schauspielerin? Das ist für die meisten Mädchen der Hauptgrund hierherzukommen.«

»Ich? Nein. Und woher wollen Sie wissen, dass ich nicht schon immer hier gelebt habe?«

»Nur so ein Gefühl.« Durch den Sucher konnte Georgie sehen, wie sich die Mundwinkel von Chaz' kleinem Mund anspannten. »Den meisten Zwanzigjährigen wäre ein Job, wie du ihn hast, viel zu langweilig.«

Chaz packte den Besen energischer, fast als wäre er eine Waffe. »Ich liebe meinen Job. Sie halten Hausarbeit wahrscheinlich für unwichtig.«

Georgie zitierte ihren Vater. »Ich denke, ein Job ist das, was eine Person daraus macht.«

Die Kamera hatte die Beziehung zwischen ihnen ein wenig verändert, zum ersten Mal machte Chaz einen unsicheren Eindruck. »Die Leute sollten das machen, worin sie gut sind«, sagte sie schließlich. »Ich bin hierin gut.« Sie versuchte zum Fegen zurückzukehren, aber die Kamera war ihr offensichtlich lästig. »Schalten Sie das Ding aus.«

»Wie kam das?« Georgie schob sich an der Kante des

Schreibtischs vorbei, um sie im Bild zu behalten. »Wie hast du in so jungen Jahren schon gelernt, ein Haus zu führen?«

Chaz stach mit dem Besen in einen Winkel. »Einfach so.« Georgie wartete, zu ihrer Überraschung sprach Chaz weiter. »Meine Stiefmutter hat in einem Motel vor Barstow gearbeitet. Zwölf Zimmer und ein Speiselokal. Werden Sie das jetzt ausmachen?«

»In einer Minute.« Die Kamera brachte Menschen dazu, sich zu verschließen, andere brachte sie zum Reden. Offensichtlich gehörte Chaz zu den Letzteren. Georgie machte wieder einen Schritt zur Seite. »Hast du auch dort gearbeitet?«

»Manchmal. Sie ist gern feiern gegangen und kam nicht immer rechtzeitig nach Hause, um am nächsten Tag zur Arbeit zu gehen. Wenn das der Fall war, habe ich die Schule geschwänzt und bin für sie eingesprungen.«

Georgie zoomte das Gesicht des Mädchens heran und nutzte ihre Chance, einmal die Oberhand zu haben. »Wie alt warst du damals?«

»Ich weiß es nicht. Elf oder so.« Sie kehrte zu derselben Stelle zurück, die sie gerade erst gefegt hatte. »Dem Typen, dem das Motel gehörte, war es egal, wie alt ich war, solange die Arbeit erledigt wurde, und ich machte meinen Job besser als sie.«

Die Kamera nahm Fakten auf. Sie hatte keine Meinung zu einer Elfjährigen, die körperliche Arbeit machte. »Wie ging es dir dabei, wenn du die Schule schwänztest?« Das Licht für schwache Batterieleistung ging an.

Chaz zuckte die Achseln. »Wir brauchten das Geld.«

»Die Arbeit ist sicher hart gewesen.«

»Sie hatte auch ihre guten Seiten.«

»Wie etwa?«

Chaz stocherte noch immer am selben Fleck herum.

»Weiß nicht.« Sie lehnte den Besen an die Wand und nahm einen Staublappen.

Georgie knuffte sie sanft. »Ich kann mir nicht vorstellen, dass es viele gute Seiten gab.«

Chaz fuhr mit dem Lappen über ein Regal. »Manchmal checkte eine Familie mit ein paar Kindern ein. Die bestellten sich dann Pizza und brachten Burger mit aus dem Restaurant, und die Kinder verschütteten was auf den Teppich. Alles war eine einzige Schweinerei.« Sie konzentrierte sich darauf, dasselbe Buch noch einmal abzustauben. »Überall Müll und Essen. Die Laken auf dem Fußboden verteilt. Sämtliche Handtücher benutzt. Aber wenn ich dann ging, war alles wieder sauber und ordentlich.« Ihre Schulterblätter zogen sich zusammen und sie warf den Lappen zu Boden. »Das ist Blödsinn. Ich muss arbeiten. Ich werde zurückkommen, wenn Sie hier draußen sind.« Sie schlich davon, als die Batterie alle war.

Georgie stieß die Luft aus, die sie angehalten hatte. So viel hätte Chaz ihr ohne die gezückte Kamera niemals erzählt. Als sie das Band herausholte und es in ihre Tasche steckte, ergriff sie dasselbe rauschhafte Gefühl wie nach dem gelungenen Dreh einer anspruchsvollen Schauspielszene.

An jenem Abend wartete das ekelhafteste Sandwich der Welt auf sie: ein überdimensionales Ungetüm aus Brotscheiben, dicken Fleischstücken, Majo-Kaskaden und einem halben Dutzend Käsescheiben. Sie riss es auseinander, baute sich eine einfachere Version zusammen und aß diese dann auf der Veranda. Bram sah sie den ganzen Abend nicht.

Am nächsten Tag reichte Aaron ihr die neueste Ausgabe von *Flash*. Eins von Mel Duffys Balkonfotos schmückte die Titelseite zusammen mit einer grellen Schlagzeile:

Die Hochzeit, die die Welt schockierte!
Exklusivfotos von Skip und Scooter im
Flitterwochenglück

Auf dem Foto hielt Bram sie in seinen Armen, ihr hauchzarter weißer Rock war über seine Ärmel drapiert, und sie schauten sich tief in die Augen. Ihr Hochzeitsfoto mit Lance war ebenfalls auf dieser Titelseite erschienen, aber die echten Frischvermählten hatten nicht halb so liebestrunken ausgesehen wie diese Schwindler.

Eigentlich hätte sie sich wohl fühlen sollen. Keine mitleidigen Schlagzeilen mehr, nur ein mitreißender Artikel.

Georgie Yorks Fans wie vor den Kopf geschlagen wegen deren schockierender Blitzhochzeit in Las Vegas mit dem früheren Skip-und-Scooter-Co-Star *Bramwell Shepard, dem schlimmen Jungen. »Sie haben sich schon seit Monaten heimlich getroffen«, berichtete Georgies Busenfreundin April Robillard Patriot. »Sie sind im Glückstaumel, und wir alle freuen uns über die Maßen.«*

Georgie schickte einen stillen Dank an April und überflog den Rest des Artikels.

PR-Manager dementiert Gerüchte eines erbitterten Kampfes zwischen den Stars von Skip *und* Scooter. *»Sie waren niemals Feinde. Bram hat schon vor langer Zeit für reinen Tisch gesorgt.«*

So eine Lüge.

Freunde meinen, das Paar habe viele Gemeinsamkeiten ...

Außer gegenseitigem Hass vermochte Georgie keine zu entdecken, sie warf das Blatt beiseite.

Ohne produktive Beschäftigung schlenderte sie ins Wohnzimmer und zupfte ein paar vertrocknete Blätter vom Zitronenbaum. Aus dem Augenwinkel sah sie, wie Bram in die Küche ging, vermutlich, um sich noch etwas zu holen. Sie wollte nicht den Eindruck erwecken, sie würde ihm absichtlich aus dem Weg gehen, obwohl es so war, also holte sie ihr Mobiltelefon aus der Tasche und rief ihn an. »Dieses Haus hast du wohl beim Pokern gewonnen? Das erklärt Einiges.«

»Wie etwa?«

»Tolle Innenausstattung, prächtige Gegend, Bücher mit Wörtern und nicht nur Bildern darin. Aber sei's drum ... Skip und Scooter müssen sich heute wieder in der Öffentlichkeit zeigen. Wie wär's mit einer Kaffeetour?«

»Einverstanden.« Er kam mit dem Ohr am Telefon ins Wohnzimmer. Er trug Jeans und ein altes Nirvana-T-Shirt. »Warum rufst du mich an, anstatt mich direkt anzusprechen?«

Sie hielt sich das Telefon ans andere Ohr. »Ich habe beschlossen, lieber auf Distanz mit dir zu kommunizieren.«

»Seit wann das denn? Oh, ich weiß. Seit zwei Nächten, als ich dich am Strand geküsst habe.« Er lehnte sich an den Türrahmen und warf ihr einen glühenden Blick zu. »Das sehe ich dir an. Ich mach dich scharf, und das jagt dir eine Heidenangst ein.«

»Du bist umwerfend, und ich kann auch eine ziemliche Schlampe sein, was bleibt mir also anderes übrig?« Sie presste das Telefon dichter an ihr Ohr. »Zum Glück hat deine Persönlichkeit aber genau die gegenteilige Wirkung. Der Grund, weshalb ich dich anrufe ...«

»Anstatt durch den Raum zu gehen und mit mir von Angesicht zu Angesicht zu reden ...«

»... ist der, dass wir eine Geschäftsbeziehung unterhalten, und ...«

»Seit wann ist eine Ehe denn eine Geschäftsbeziehung?«

Das brachte sie auf die Palme, sie klappte ihr Telefon zu. »Seit du mich durch faule Tricks dazu gebracht hast, dir im Monat fünfzigtausend Dollar zu zahlen.«

»Ein Punkt für dich.« Er steckte sein Telefon ein und ging zu ihr. »Wie ich höre, hat dein Verlierer dir bei der Scheidung nicht einen Penny vermacht.«

Georgie hätte von Lance mehrere Millionen Schuldgeld bekommen können, aber wozu? Sie wollte sein Geld nicht. Sie wollte ihn. »Wer braucht denn mehr Geld? Hoppla … Du natürlich.«

»Ich muss ein paar Anrufe erledigen«, sagte er. »Gib mir noch eine halbe Stunde.« Er griff in seine Jeanstasche. »Und da wäre noch was …« Er warf ihr eine Schmuckschatulle zu. »Den habe ich für hundert Dollar bei e-Bay ersteigert. Du musst zugeben, er sieht wirklich echt aus.«

Sie schnippte die Schatulle auf und fand darin einen dreikarätigen Diamanten mit Kissenschnitt. »Klasse. Ein falscher Diamant passend zum falschen Ehemann. Soll mir recht sein.« Sie streifte ihn über.

»Dieser Stein ist größer als der Ring, den du vom Verlierer bekommen hast, diesem billigen Windhund.«

»Nur, dass der echt war.«

»Wie seine Eheversprechen?«

Ein selbstbetrügerischer Teil ihrer selbst hielt noch immer an dem Glauben fest, dass der beste aller Männer sie verlassen hatte, aber sie unterdrückte das Bedürfnis, zu Lances Verteidigung einzuspringen. »Ich werde ihn immer in Ehren halten«, sagte sie schleppend, als sie an ihm vorbeischlüpfte und nach oben ging.

Anhand von Aprils Ringbuch entschied sie sich für eine Hose aus Baumwollpopeline und ein moosgrünes gerüschtes Top mit Puffärmeln. Dazu trug sie Ballerinas von Tory Burch, verzichtete aber auf die Dreitausend-Dollar-Designertasche, die April dazu empfahl. Den Fans war nicht klar, dass diese unverschämt teuren Taschen, die ihre Lieblingspromis so sorglos mit sich herumtrugen, Werbegeschenke waren, und Georgie war es leid, sich an der Verschwörung zu beteiligen, die ganz normale Frauen dazu brachte, sich für eine angesagte Tasche in Schulden zu stürzen, die schon durch die nächste ersetzt werden musste, ehe die erste von der Kreditkarte abgebucht war. Stattdessen grub sie eine flippige Stofftasche aus, die Sasha ihr letztes Jahr geschenkt hatte.

Sie frisierte sich, brachte ihr Make-up in Ordnung und musste ihre Enttäuschung hinunterschlucken, als sie beim Hinuntergehen Bram in genau denselben Jeans und dem Nirvana-T-Shirt in der Diele stehen sah, die er vorhin schon getragen hatte. Soweit sie beurteilen konnte, hatte er sich in keiner Weise für die Fotografen hergerichtet, aber er hatte es auch *nicht nötig*, und das war noch viel ärgerlicher. Seine Bartstoppeln waren so fotogen wie sein kurzes zerzaustes Haar. Ein weiteres Anzeichen für die Verschwörung Hollywoods gegen seine weiblichen Berühmtheiten.

Er nestelte an der Karte, die in dem ausgefallenen Blumenarrangement steckte, das auf der Kredenz stand. »Wie kommt es, dass du mit Rory so gut befreundet bist?«

»Ist das von ihr?«

»Sie wünscht uns alles Gute. Korrigiere mich bitte, wenn ich falschliege, aber sie scheint ein besonderes Interesse an dir zu haben.«

»Ich kenne sie kaum.« Das stimmte, wenngleich Rory Georgie einmal angerufen hatte, um ihr nahezulegen, den Vertrag zu einem bestimmten Projekt lieber nicht zu unterzeichnen. Georgie hatte ihren Rat beherzigt, und siehe da, die Dreharbeiten mussten auf halber Strecke wegen Geldproblemen eingestellt werden. Da Vortex nicht daran beteiligt gewesen war und dieser Tipp Rory keinerlei Vorteile brachte, war Georgie über deren Interesse verwundert gewesen. »Ich vermute, sie fühlt sich mir noch verbunden aufgrund des Jahres, das sie als Produktionsassistentin für *Skip und Scooter* gearbeitet hat.«

Bram warf die Karte auf die Kredenz. »Mir fühlt sie sich nicht verbunden.«

»*Ich* war ja auch nett zu ihr.« Georgies Erinnerung an Rory aus jenen Tagen war nur schwach, aber sie wusste noch sehr gut, wie schwer Bram es der Crew mit seinem Verhalten gemacht hatte.

»Von der kleinen Produktionsassistentin zur Leiterin der Vortex Studios in vierzehn Jahren«, sagte er. »Wer hätte das gedacht?«

»Du offensichtlich nicht.« Sie schenkte ihm ein besonders gelangweiltes Lächeln. »Rache kann gemein sein.«

»Sieht so aus.« Er setzte sich eine umwerfend aufreizende Pilotenbrille auf. »Komm, jetzt zeigen wir der amerikanischen Öffentlichkeit deinen Ring.«

Sie posierten für die Paparazzi vor dem Coffee Bean and Tea Leaf auf dem Beverly Boulevard. Bram küsste ihr Haar und lächelte in die Kameras. »Ist sie nicht schön? Ich bin der glücklichste Mann der Welt.«

Nach ihrem Jahr in der Hölle der öffentlichen Demütigung war seine vorgetäuschte Bewunderung Balsam für ihre verwundete Seele. Sie revanchierte sich mit einem Tritt auf seinen Fuß.

Chaz hatte gerade Brams Büro sauber gemacht, als sie Georgies speckschwartigen Assistenten am Swimmingpool stehen und ins Wasser starren sah. Sie marschierte auf ihn zu. »Du darfst dich nicht hier aufhalten.«

Er blinzelte hinter seinen Brillengläsern. Dieser Typ war eine Katastrophe. Borstige Haare standen von seinem Kopf ab, als hätte er einen Stromschlag bekommen, und wer ihm seine große hässliche Brille ausgesucht hatte, konnte nur blind sein. Mit seinem über den Gürtel wabbelnden

Bauch und dem karierten Sporthemd, dessen Knöpfe jederzeit abzuspringen drohten, kleidete er sich wie ein fetter Sechzigjähriger.

»Ist gut.« Er machte einen Bogen um sie, um zum Haus zurückzukehren.

Sie wischte sich die Hände ab. »Was hast du hier gemacht?«

Er schob seine Hände in die Taschen, was seine Hüften noch unförmiger machte. »Eine Pause.«

»Wovon? Du hast doch wohl einen leichten Job?«

»Manchmal. Im Moment ist ziemlich viel los.«

»Ja, sieht ganz danach aus, als hättest du viel zu tun.«

Er sagte nicht, dass sie sich verpissen solle, wie sie es für diese Grobheit verdient gehabt hätte, aber es ging ihr nun mal völlig gegen den Strich, all diese Leute in ihrem Haus zu haben. Und dann noch die Geschichte von gestern in Brams Büro, als Georgie sie mit der Kamera drangekriegt hatte. Sie hätte sofort weggehen sollen.

Sie versuchte ihr biestiges Verhalten wiedergutzumachen. »Bram hätte wahrscheinlich nichts dagegen, wenn du hin und wieder den Pool benutzt, solange es nicht zu oft vorkommt.«

»Ich habe keine Zeit zum Schwimmen.« Er zog seine Hände aus den Taschen und ging zum Haus.

Sie schwamm auch nicht mehr, aber als Kind hatte sie das Wasser geliebt. Wahrscheinlich war es ihm peinlich, sich in einer Badehose zu zeigen. Vielleicht empfanden aber auch nur Frauen so.

»Hier hinten ist man für sich«, rief sie ihm nach. »Keiner würde dich sehen.«

Ohne zu antworten, lief er weiter.

Sie zog hinter den Felsen des Wasserfalls ein Netz hervor und begann die Blätter abzuschöpfen. Bram beschäftigte einen Poolservice, aber sie sorgte gern dafür, dass das Wasser sauber und glatt war. Bram hatte auch gesagt, sie könne schwimmen, wann immer sie wolle, aber sie tat es nie.

Sie warf das Netz aus. Bis zum Montag war sie so glücklich hier gewesen, aber jetzt, da all diese Fremden in ihren Bereich eindrangen, kehrten die schlechten Gefühle zurück.

Eine halbe Stunde später betrat sie Georgies Büro im Obergeschoss. Das neue Mobiliar bestand aus einem großen nierenförmigen Schreibtisch mit passender Schrankwand und ein paar stromlinienförmigen Stühlen, deren in Erdtönen gehaltene Polster mit einem Zweigmuster bedruckt waren. Alles war viel zu modern für dieses Haus, es gefiel ihr nicht.

Aaron kehrte ihr den Rücken zu und telefonierte. »Ms York gibt noch keine Interviews, aber ich bin mir sicher, dass sie sich sehr gern an ihrer Wohltätigkeitsauktion beteiligen würde ... Nein, ihre Drehbücher von *Skip und Scooter* hat sie bereits dem Museum of Broadcast Communications vermacht, aber sie entwirft jedes Jahr etwas Weihnachtsschmuck für Gruppen wie die Ihre, und jedes Stück trägt ihre persönliche Unterschrift ...«

Am Telefon hörte er sich wie eine vollkommen andere Person an, selbstsicher und nicht so dämlich. Sie stellte einen Putenwrap auf den Tisch. Diesen hatte sie aus fettfreier Tortilla, magerem Fleisch, Tomatenscheiben, ein paar Spinatblättern sowie einem Streifen Avocado zubereitet und ein paar Karottenstreifen daneben gelegt. Dem Kerl musste man auf die Sprünge helfen.

Als er sein Gespräch beendet hatte, fiel sein Blick auf den Wrap. Nachdem er aufgelegt hatte, sagte sie: »Rechne nicht damit, dass ich das jeden Tag mache.« Sie nahm sich die neueste Ausgabe von *Flash* mit Bram und Georgie auf dem Titelbild, setzte sich in eine Ecke und blätterte das Heft durch. »Nun mach schon, iss endlich.«

Er nahm den Putenwrap und biss hinein. »Gibt es Majo dazu?«

»Nein.« Sie hielt sich einen Parfümtester an ihre Nase und schnüffelte daran. »Wie alt bist du?«

Er hatte gute Manieren und schluckte erst, ehe er antwortete. »Sechsundzwanzig.«

Sechs Jahre älter als sie, er wirkte jünger. »Warst du auf dem College?«

»University of Kansas.«

»Viele Leute, die aufs College gehen, wissen einen Scheiß.« Sie musterte sein Gesicht und befand, dass einer es ihm schließlich sagen musste. »Deine Brille überzeugt nicht. Soll aber keine Beleidigung sein.«

»Was ist damit?«

»Sie ist hässlich. Du solltest Kontaktlinsen oder so tragen.«

»Kontaktlinsen machen ständig Ärger.«

»Du hast hübsche Augen. Die solltest du zeigen. Hol dir wenigstens ein anständiges Gestell.« Seine Augen waren strahlend blau und von einem dichten Wimpernkranz umgeben, das Einzige, was wirklich gut an ihm war.

Er runzelte die Stirn, wobei seine Wangen aussahen, als würden sie den Rest des Gesichts verschlucken. »Ich denke nicht, dass jemand, der Löcher in seinen Augenbrauen hat, das Recht hat, andere zu kritisieren.«

Sie liebte ihre gepiercten Augenbrauen. Sie gaben ihr das Gefühl, stark zu sein, wie eine Rebellin, der die Gesellschaft piepegal war. »Als ob mir deine Meinung wichtig wäre.«

Er kehrte an seinen Computer zurück und holte irgendein Grafikprogramm auf den Bildschirm. Sie erhob sich, aber auf ihrem Weg hinaus entdeckte sie seine große hässliche Aktenmappe, die offen auf dem Boden lag, so dass man die Chipstüte darin sehen konnte. Sie ging darauf zu und zog sie heraus.

»Hey! Was machst du da?«

»Die brauchst du nicht. Ich werde dir später etwas Obst bringen.«

Er schob seinen Stuhl zurück und stand auf. »Gib die zurück. Ich will dein Obst nicht.«

»Willst wohl lieber Junkfood?«

»Ja, ganz genau.«

»Schade.« Sie ließ die Chipstüte auf den Boden fallen und trat mit dem Fuß fest darauf. Mit einem lauten Knall platzte sie. »So, da hast du sie.«

Er starrte sie an. »Was hast du denn für ein Problem?«

»Ich bin ein Miststück.« Als sie das Büro verließ und die Treppe hinunterging, sah sie vor ihrem geistigen Auge, wie er sich nach den zerstoßenen Chips bückte.

Immer wieder verschwand Bram in seinem Büro, als ginge er einer wirklichen Arbeit nach, und gab Georgie keine Gelegenheit, ihre Frustration abzureagieren. Schließlich ging sie hoch in seinen Fitnessraum und begann mit ihren täglichen Aufwärmübungen aus dem Ballett. Ihre Muskeln waren steif und spielten nicht richtig mit, aber sie blieb eisern. Vielleicht sollte sie sich eine Stange einbauen lassen. Getanzt hatte sie immer gern, und sie wusste, dass sie es nicht so einfach hätte drangeben dürfen. Dasselbe galt fürs Singen. Sie war keine große Sängerin. Die kräftige, durchschlagende Broadway-Stimme, die sie als Kind so gewinnend eingesetzt hatte, war mit dem Alter nicht reifer geworden, aber sie konnte einen Ton halten und ihre Energie machte wett, was ihr an Stimmvolumen fehlte.

Nach ihren Übungen unterhielt sie sich mit Sasha und April am Telefon und erledigte ein paar Online-Einkäufe. Ihr Alltag hatte sich darauf reduziert, ihre viel beschäftigten Freundinnen zu belästigen und dafür zu sorgen, dass ihr Äußeres kameratauglich war. Um bessere Laune zu bekommen, verfolgte sie Chaz mit der Videokamera und stellte aufdringliche Fragen.

Chaz beklagte sich verbittert, aber das hielt sie nicht vom Erzählen ab, Georgie erfuhr immer mehr. Ihre wachsende Faszination für Brams Haushälterin war der einzige Grund, der sie davon abhielt, einen eigenen Koch einzustellen.

Am Freitagmorgen, Tag sechs ihrer Ehe, trafen sie und Bram sich mit einer Partyplanerin, einer sich vor Dienstbeflissenheit überschlagenden, sehr teuren und allseits empfohlenen Poppy Patterson. Diese Frau ging einem schnell auf die Nerven, aber ihr gefiel die Idee des *Skip-und-Scooter*-Themas, also stellten sie sie ein und sagten ihr, sie solle die Einzelheiten mit Aaron besprechen.

Am Nachmittag hatte ihr Vater offenbar den Beschluss gefasst, sie lange genug gestraft zu haben, und nahm ihren Anruf entgegen. »Ich verstehe ja, Georgie, dass dir an meiner Zustimmung zu eurer Ehe gelegen ist, aber die kann ich dir nicht geben, da ich weiß, wie falsch diese Entscheidung ist.«

Die Wahrheit würde sie ihm nicht sagen, aber sie wollte ihm auch nicht noch mehr Lügen auftischen, als sie das bereits getan hatte. »Ich dachte ja nur, wir könnten nett miteinander plaudern. Ist das denn zu viel verlangt?«

»Gleich jetzt? Ja. Ich mag Shepard nicht, ich traue ihm nicht über den Weg, und ich mache mir Sorgen um dich.«

»Du brauchst dir keine Sorgen zu machen. Bram ist nicht ... Er ist nicht mehr so, wie du ihn in Erinnerung hast.« Sie hatte Mühe, ein Beispiel für Brams gewachsene Reife heraufzubeschwören, und versuchte gleichzeitig nicht an seine Trinkerei zu denken. »Er ist ... jetzt älter.«

Ihren Vater beeindruckte das wenig. »Vergiss das nie, Georgie. Sollte er je versuchen, dich auf irgendeine Weise zu verletzen, dann versprich mir, dass du mich zur Hilfe holst.«

»Bei dir klingt das so, als würde er mich schlagen.«

»Es gibt verschiedene Arten, jemanden zu verletzen. Du hast ihn nie gesehen, wie er wirklich ist.«

»Das war vor langer Zeit. Wir sind nicht mehr dieselben.«

»Ich muss los. Wir reden später.« Er hängte einfach auf.

Sie biss sich auf die Lippe, und ihre Augen brannten. Ihr Vater liebte sie – gewiss tat er das –, aber es war nicht die traute Vaterliebe, die sie sich ersehnte. Eine entspannte Liebe. Eine Liebe, für die sie nicht so hart arbeiten musste, um sie sich zu verdienen.

10

Am Samstagmorgen wurde Georgie gegen drei Uhr morgens wach und konnte nicht mehr einschlafen. Vor genau einer Woche hatte sie neben Bram gestanden und ihr Eheversprechen gegeben. Sie fragte sich, was genau sie versprochen hatte.

Es war stickig im Schlafzimmer. Sie streifte die Decke ab, schlüpfte in ein Paar alte gelbe Crocs, watschelte über den Teppich und trat hinaus auf den Balkon. Palmwedel raschelten im Windhauch, und vom Pool drang das sanfte Plätschern des Wasserfalls herauf. Lance hatte am Nachmittag schon wieder eine Nachricht auf ihrer Mailbox hinterlassen. Er sei *besorgt* um sie. Sie wünschte sich, er würde sie in Ruhe lassen oder sie könnte ihn hassen. Was sie auch häufig tat, aber besser ging es ihr dadurch nicht.

Das Klirren von Eiswürfeln unterbrach ihre Gedanken, und eine Stimme kam durch die Dunkelheit. »Wenn du springen willst, warte bis morgen. Ich bin zu betrunken, um mich heute Nacht noch mit einem toten Körper zu befassen.«

Bram saß vor der geöffneten Balkontür seines Schlafzimmers gleich links neben ihr. Seine Füße, die in alten Tretern steckten, hatte er auf dem Geländer abgelegt. Mit seinem Drink in der Hand und dem sichelförmigen Schatten, der sein Profil zerschnitt, sah er tatsächlich aus wie ein Mann, der überlegte, welche der sieben Todsünden er als Nächstes in Angriff nehmen sollte.

Sie wusste, dass die hinteren Schlafzimmer alle auf diesen einen Balkon führten, aber bis jetzt hatte sie Bram noch nie hier draußen gesehen. »Springen überflüssig«, sagte sie. »Ich bin voll überschwänglicher Freude.« Sie legte ihre Hand aufs Geländer. »Warum schläfst du nicht?«

»Weil ich heute zum ersten Mal seit einer Woche Gelegenheit habe, in Ruhe etwas zu trinken.« Er registrierte ihre Nachtwäsche, die ganz anders aussah als die winzigen Bodys und hauchdünnen Babydolls, die sie für Lance getragen hatte. Doch Bram schien ihre bequemen, mit rosa und gelben Popart-Lippen bedruckten Boxershorts nicht allzu kritisch zu sehen.

Während sie seinen gekrümmten Rücken und sein schlaff herabhängendes Handgelenk betrachtete, hatte sie das Gefühl, etwas zu übersehen, aber was das war, hätte sie nicht sagen können. »Hat dir schon mal jemand gesagt, dass du zu viel trinkst?«

»Ich überlege mir, ob ich nicht nach unserer Scheidung damit aufhören soll.« Er trank den nächsten Schluck. »Was hast du eigentlich am Mittwochmorgen gesucht, als du deine Nase in mein Büro gesteckt hast?«

Sie hatte sich schon gefragt, wann Chaz sie verpfeifen würde. »Geschnüffelt. Was sonst?«

»Ich möchte meine Videokamera zurückhaben.«

Sie strich mit ihrem Daumen über eine raue Stelle am Geländer. »Du bekommst sie zurück. Aaron kauft mir eine eigene.«

»Wozu brauchst du sie?«

»Zum Herumalbern.«

Er stellte sein Glas auf den Fliesenboden. »Und was hast du noch da drin gesucht, außer mir meine Sachen wegzunehmen?«

Sie erwog, wie viel sie sagen sollte, beschloss dann aber, direkt damit herauszurücken. »Ich musste wissen, ob das mit der Reunionshow ernst gemeint oder nur ein Hirngespinst von dir war. Ich habe das Drehbuch gefunden, aber die Schachtel war fest verschlossen. Was mich nicht abgehalten hätte, es zu lesen.«

Er erhob sich von seinem Stuhl und kam zu ihr. »Du hättest mich fragen sollen. Vertrauen ist die Grundlage einer guten Ehe, Georgie. Ich bin verletzt.«

»Nein, bist du nicht. Und ich möchte keine Reunionshow machen. Niemals. Ich bin es leid, auf einen bestimmten Typ festgelegt zu werden. Ich möchte Rollen, in die ich mich verbeißen kann. Noch mal Scooter zu spielen, wäre die schlechteste Entscheidung, die ich für meine Karriere treffen könnte. Und du hasst Skip, weshalb ich deine Versessenheit nicht nachvollziehen kann. Ja, ich begreife es, und es tut mir leid, dass du pleite bist, aber ich werde nicht meine Karriere sabotieren, nur um dir bei deinen Finanzproblemen zu helfen.«

Er glitt an ihr vorbei und steckte seinen Kopf in ihr Schlafzimmer. »Das war's dann wohl?«

»Mit Sicherheit.«

»Okay.« Er strich mit seiner Hand über den Türrahmen, als wollte er diesen auf Schimmel untersuchen, aber sie kaufte ihm diese rasche Kapitulation nicht ab.

»Es ist mir ernst damit«, sagte sie.

»Habe ich verstanden.« Er wandte sich ihr zu. »Und ich dachte, du wolltest in meinem Liebesleben schnüffeln.

»Du bist mit mir verheiratet, weißt du noch? Du hast kein Liebesleben.« Sobald ihr die Worte herausgerutscht waren, hätte sie sich am liebsten die Zunge abgebissen. Nun hatte sie ihm einen breiten Zugang verschafft, um sich in das Thema zu vertiefen, das sie um jeden Preis vermeiden wollte. »Ich gehe jetzt ins Bett.«

»Nicht so schnell.« Er berührte ihren Arm, ehe sie davonschlüpfen konnte, und da fiel es ihr ein. Das bohrende Gefühl, dass sie irgendetwas vermisste … »Du rauchst nicht mehr!«

»Wie kommst du denn darauf?« Er ließ sie los und ging, um seinen Drink zu holen.

Ihr war aufgefallen wie er roch, nach Seife und Zitrus, aber bis zu diesem Moment hatte sie keine logischen Schlüsse daraus gezogen. Sie waren seit sieben Tagen zusammen, wie hatte ihr etwas so Offensichtliches entgehen können? »Du redest zwar ständig von Zigaretten, aber ich habe dich nicht einmal eine anzünden sehen.«

»Aber sicher hast du das.« Er ließ sich in seinen Stuhl fallen. »Ich rauche ständig. Ehe du rauskamst, habe ich gerade erst eine zu Ende geraucht.«

»Nein, hast du nicht. Du riechst nicht nach Rauch, und ich habe auch nie Tabak geschmeckt, wenn ich einen deiner pathetischen Küsse habe ertragen müssen. In unseren *Skip-und-Scooter*-Tagen hätte ich, anstatt dich zu küssen, gleich einen Aschenbecher auslecken können. Aber jetzt ... Du hast tatsächlich mit Rauchen aufgehört.«

Er zuckte die Achseln. »Okay, du hast mich ertappt. Ich habe aufgehört, weil die Trinkerei überhandgenommen hat, und ich komme immer nur mit einer Abhängigkeit zurecht.« Er setzte das Becherglas an seine Lippen.

Wenigstens war er sich dessen bewusst. Selbst am Morgen sah sie ihn mit einem Glas in der Hand, und letzten Abend hatte er Wein zum Abendessen getrunken. Sie auch, aber es war ihr einziges alkoholisches Getränk an diesem Tag gewesen. »Wann hast du mit Rauchen aufgehört?«

Er brummelte etwas Unverständliches. »Wie bitte?«

»Ich sagte, vor fünf Jahren.«

»Vor fünf Jahren!« Sie wurde wütend. »Warum konntest du nicht einfach sagen, dass du mit Rauchen aufgehört hast? Warum musst du ständig diese Psychospielchen spielen?«

»Weil ich Spaß daran habe.«

Sie kannte ihn und kannte ihn auch wiederum nicht, sie

war es leid, ständig auf der Hut zu sein. »Ich bin müde. Wir können morgen weiterreden.«

»Du weißt schon, dass es so nicht mehr lang weitergeht, oder?«

Sie gab vor, ihn nicht zu verstehen. »Bis jetzt hat noch keiner den anderen umgebracht, also finde ich, dass wir recht gut miteinander auskommen.«

»Jetzt fängst du aber mit deinen Spielchen an.« Sein Glas klirrte, als er es auf den Fliesen abstellte und sich aus seinem Stuhl schälte. »Du musst zugeben, dass ich sehr geduldig war.«

»Wir sind doch erst seit einer Woche verheiratet.«

»Genau. Eine ganze Woche ohne Sex.«

»Du bist ein Besessener.« Sie wandte sich zur Tür, aber wieder hielt er sie fest.

»Ich prahle nicht, sondern biete nur eine Information. Ich erwarte keinen Sex bei der ersten Verabredung, aber für gewöhnlich passiert es da schon. Spätestens beim zweiten Mal.«

»Faszinierend. Pech für dich, aber ich glaube daran, dass man erst eine Beziehung aufbauen muss, aber weißt du, eine Ehe beruht ohnehin auf Kompromissen, also bin ich auch zu Kompromissen bereit.«

»Welche Art von Kompromiss?«

Sie tat, als würde sie gründlich überlegen. »Ich werde Sex mit dir haben, sagen wir, nach unserer vierten Verabredung.«

»Und was genau verstehst du unter ›Verabredung‹?«

Sie winkte lässig ab. »Oh, wenn es so weit ist, weiß ich das auch.«

»Das wird wohl so sein.« Sein Daumen strich über ihren nackten Arm. »Offen gesagt mache ich mir diesbezüglich auch keine allzu großen Sorgen. Wir beide wissen, dass du es nicht mehr lange aushältst.«

»Wegen deines überwältigenden Sexappeals?«

»Deshalb, aber auch weil du – seien wir doch ehrlich – reif bist, um gepflückt zu werden.«

»Meinst du?«

»Baby, du bist ein Orgasmus, der nur darauf wartet, sich zu entladen.«

Ihre Haut prickelte. »Ach wirklich?«

»Du bist seit einem Jahr geschieden. Und der Verlierer ist ein halbes Mädchen, weshalb mich nichts davon überzeugen kann, dass er ein anständiger Liebhaber war.«

Wie vorherzusehen verteidigte sie Lance – wie kläglich. »Er war ein großartiger Liebhaber. Sanft und rücksichtsvoll.«

»So 'ne Enttäuschung.«

»Du musst natürlich wieder was Sarkastisches sagen.«

»Du kannst froh sein, ich bin weder sanft noch rücksichtsvoll.« Er schob seinen Daumen in ihre Armbeuge. »Ich mag meinen Sex rau und schmutzig. Oder erschreckt die kleine Scooter die Vorstellung, mit einem ausgewachsenen Mann zu bumsen?«

Sie entzog sich ihm. »Welcher Mann denn? Ich sehe nur einen etwas groß geratenen hübschen Jungen.«

»Schluss jetzt mit dem Quatsch, Georgie. Ich habe viel für dich aufgegeben, ich werde nicht auch noch den Sex aufgeben.«

Sie hatte gewusst, dass sie ihn nicht ewig hinhalten konnte. Wenn sie ihm nicht gab, was er wollte, hätte er keine Skrupel nach jemand anderem Ausschau zu halten. Sie hasste das Gefühl, in der Falle zu sitzen. »Du hörst mit dem Quatsch auf«, konterte sie. »Wir wissen beide, dass die Chance, dass du treu bleibst, kleiner ist als dein Bankkonto.«

»Ich bin nicht Lance Marks.«

»Das ist richtig. Lance hat mich nur mit einer Frau betrogen. Bei dir wären es Legionen.« Sie deutete mit dem Finger auf sein ebenmäßiges Gesicht. »Ich bin einmal öffentlich gedemütigt worden. Es ist mir egal, ob du mich für überempfindlich hältst, aber ich möchte das nicht noch mal erleben.«

»Ich halte es sechs Monate lang mit einer Frau aus.« Seine Augen wanderten zu ihren Brüsten. »Wenn sie im Bett gut genug ist, um mein Interesse wachzuhalten.«

Er quälte sie absichtlich, aber seine Worte trafen sie nicht tief genug, so das ihre sarkastische Antwort überhaupt nicht sarkastisch wirkte. »Dann haben wir offensichtlich ein Problem.«

Er runzelte die Stirn. »Hey, ich bin derjenige, der dich demütigen darf. Wenn du das selbst machst, nimmst du den ganzen Spaß aus unserer Beziehung.«

Sie hasste ihn dafür, Zeuge eines Moments des Selbstzweifels gewesen zu sein. »Ich sorge dafür, dass es nicht wieder vorkommt.«

Er war ärgerlich. »Ich fass es einfach nicht, dass du diesem Wichser erlaubt hast, so eine Nummer mit dir abzuziehen. Es ist sein Problem. Nicht deins.«

»Das weiß ich.«

»Das glaube ich nicht. Deine Ehe ging wegen seines Charakters in die Brüche, nicht wegen deines. Typen wie Lance werden immer die Frau umkreisen, die sie für die stärkste halten, und der Verlierer kam zu dem Schluss, dass diese Frau Jade war.«

Georgie verlor die Kontrolle. »Natürlich war es Jade! Sie macht alles! Sie ist schön, sie ist eine großartige Schauspielerin, und sie gibt auch was zurück, indem sie ihren Worten Taten folgen lässt. Jade ist da draußen und rettet Leben. Ihr haben es kleine asiatische Mädchen zu verdanken, dass sie jetzt zur Schule gehen und nicht gezwungen sind, ihre Körper an Perverse zu verkaufen. Wahrscheinlich wird sie eines Tages noch den Friedensnobelpreis bekommen. Und zwar verdient. Damit zu konkurrieren, ist ein bisschen schwer. «

»Da kommt Lance sicherlich auch noch dahinter. «

Alle Gefühle, die sie so mühsam unterdrückt hatte, kochten jetzt hoch. »*Ich sorge mich auch um die Menschen*!«

Er blinzelte. »Okay.«

»Ich mache mir Sorgen! Ich weiß, dass es viel Leid auf der Welt gibt. Ich weiß es, und ich werde etwas dagegen unternehmen.« Sie wusste, dass sie besser den Mund halten sollte, aber die Worte sprudelten nur so aus ihr heraus. »Ich gehe nach Haiti. Sobald ich das arrangieren kann. Ich werde medizinische Hilfsmittel besorgen und sie nach Haiti bringen.«

Er hielt den Kopf schief. Es entstand eine lange Pause. Als er endlich etwas sagte, gab er sich ungewöhnlich sanft. »Findest du nicht, dass das ein wenig … kaltherzig ist? Das Elend eines Landes für eine Pressekampagne zu benutzen?«

Sie vergrub ihr Gesicht in ihren Händen. Er hatte recht, und sie hasste sich. »O Gott, ich bin schrecklich.«

Er packte sie an den Schultern und zog sie an seine Brust. »Da heirate ich endlich, und was bekomme ich, die größte Spinnerin, die L.A. zu bieten hat.«

Sie wäre am liebsten im Boden versunken und traute seinem Mitgefühl nicht. »Was Frauen betrifft, hattest du schon immer einen miesen Geschmack.«

»Und ein eindimensionales Denken.« Er hob mit seinem Finger ihr Kinn an. »So groß mein Mitgefühl auch für diesen peinlichen Nervenzusammenbruch ist, den du gerade hattest, so gern möchte ich mich doch dringlicheren Angelegenheiten zuwenden.«

»Nicht doch.«

»Solange du meinen falschen Diamanten trägst, verspreche ich dir, dass ich dich nicht betrügen werde.«

»Deine Versprechungen sind wertlos. Sobald der Reiz vorbei ist, bist du doch wieder auf Frauenjagd, wir beide wissen das.«

»Falsch. Na komm schon, Georgie. Streng dich an.«

»Ich brauche noch etwas Zeit, mich mit der Idee anzufreunden, eine Schlampe zu sein.«

»Lass mich das ein bisschen beschleunigen.« Er presste seinen Mund auf ihren.

Dieser Kuss war echt, ohne Fotografen, die auf der Lauer lagen, oder Regisseure, die bereit waren, »Schnitt« zu rufen. Sie begann sich von ihm zu lösen, merkte dann, dass dies nicht nötig war. Dies hier war Bram. Sie durchschaute ihn und wusste ganz genau, wie falsch er war, wie wenig seine Küsse bedeuteten, und das hielt ihre Erwartungen auf einem angenehm niedrigen Niveau.

Er schob in sinnlicher Entdeckerfreude seine Zunge in ihren Mund und erwies sich als großartiger Küsser. Mehr als sie zugeben wollte, hatte sie diese Intimität vermisst. Sie schlang ihre Arme um seine Schultern. Er schmeckte nach dunklen Nächten und gefährlichen Stürmen. Nach jugendlichem Verrat und herzloser Hemmungslosigkeit. Aber weil sie ihn so gut kannte, weil sie langsam damit anfing, sich selbst zu vertrauen, befand sie sich in keiner emotionalen Gefahr. Bram wollte sie benutzen. Schön. Sie würde ihn auch benutzen. Nur für einen Moment. Nur für die Lebensdauer eines Kusses.

Er spreizte eine Hand auf ihrem Kreuz und presste ihre Hüften zusammen. Er war hart, aber sie würde »Nein« sagen, und das Wissen um diese Macht befreite sie dazu nachzugeben. Seine Hand schloss sich um ihre Hüfte. Wenn doch nur der Mann, der so gut roch und sich so gut anfühlte und so gut küsste, nicht Bram Shepard wäre.

Die Nacht und der schwache Lichtschein aus ihrem Schlafzimmer färbten seine lavendelblauen Augen jettschwarz. »Verdammt, ich will dich so sehr«, murmelte er.

Ein dunkler erotischer Schauder erfasste sie, unterbrochen vom Aufblitzen blauweißen Lichts.

Brams Kopf schoss in die Höhe. »Mist!«

Es dauerte eine Weile, bis ihr Gehirn wieder funktionierte. Bis sie sich zu der Erkenntnis vorgearbeitet hatte, dass das plötzliche Licht von einem Stroboskop kam, war er bereits in Aktion. Er schwang seine Beine über das Balkongeländer und ließ sich aufs Dach der darunterliegenden Veranda fallen. Sie keuchte und beugte sich übers Geländer. »Lass das! Weißt du überhaupt, was du da tust?«

Ohne auf sie einzugehen, kletterte er über die Dachpfannen, so wie das Lance oder sein Stuntdouble in Dutzenden von Filmen getan hatten. Der Blitz schien aus dem großen Baum gekommen zu sein, der die Grundstücksgrenze zwischen Brams Haus und dem des Nachbarn überspannte. »Du wirst dir den Hals brechen!«, schrie sie.

Er rutschte über den Rand des Verandadachs, blieb einen Moment mit seinen Fingern daran hängen und sprang dann zu Boden.

Die gesamte Sicherheitsbeleuchtung hinter dem Haus sprang an. Er kam auf die Füße, rannte über den Hof und verschwand hinter einem Bambusdickicht. Sekunden später tauchten sein Kopf und seine Schultern auf, als er die hohe Steinmauer erklomm, die sein Eigentum von dem des Nachbarn trennte.

Wie konnte er nur … Sie rannte nach unten und hinaus auf den Hof, der hell beleuchtet wie am Mittag war. Die Vorstellung, dass ein derart intimer Moment vor der Welt zur Schau gestellt wurde, verursachte ihr Übelkeit. Sie eilte über den Weg zur Mauer, wobei ihre Crocs an ihre Fersen schlappten. Die Mauer ragte einen guten halben Meter über ihrem Kopf auf, aber sie fand in den Steinen Halt für die Füße und begann sich hochzuziehen. Eine scharfe Kante ratschte ihre Wade. Endlich war sie hoch genug geklettert, um ihre Arme über die Mauer zu legen und zu sehen, was auf der anderen Seite geschah.

Der Hof des Nachbarhauses war größer und offener als der von Brams Haus und von streng geschnittenen Büschen umsäumt. Es gab einen rechteckigen Swimmingpool und einen Tennisplatz. Auch hier war die Sicherheitsbeleuchtung angegangen, und sie konnte Bram sehen, der über den Rasen lief und einen Mann jagte, der etwas hielt, was nur eine Kamera sein konnte. Offenbar war er auf den Baum geklettert, um sie auszuspionieren. Da er vermutlich einen hochempfindlichen Film benutzt hatte, musste der Blitz versehentlich losgegangen sein. Wer weiß, wie viele Bilder er schon geschossen hatte, ehe er sich verriet?

Der Fotograf hatte einen großen Vorsprung, aber Bram ließ nicht locker. Er sprang über eine Reihe von Büschen. Der Mann lief über offenes Gelände. Er war klein und drahtig, niemand, den sie kannte. Er verschwand um die Hausecke.

Die Hintertür flog auf, und eine Frau kam heraus. Im Flutlicht des Hofs sah Georgie langes blondes Haar und einen pfirsichfarbenen seidenen Morgenmantel. Die Frau lief die paar halbkreisförmigen Stufen hinab, die in den Hof führten, was angesichts eines herumschleichenden Eindringlings nicht das Klügste zu sein schien. Als sie in den hellen Lichtkreis trat, wurden Georgie zwei Dinge auf einmal klar.

Die Frau war Rory Keene ... und sie hatte eine Waffe.

11

Georgie rief leise, ganz leise, in ihrer freundlichsten und sanftesten Stimme. »Ähem ... Rory? Bitte schieß nicht. «

Rory wirbelte zur Wand herum, ihre blonden Haare flogen. »Wer ist das? «

»Ich bin es, Georgie. York. Dieser Mann, den du gerade über deinen Hof hast laufen sehen, war Bram. Mein ... äh ... Ehemann. Ihn solltest du vielleicht auch nicht erschießen. «

»Georgie? «

Ihre Zehen in den Crocs waren taub, und sie begann abzurutschen. »Ein Fotograf ist auf deinen Baum geklettert, um Aufnahmen von uns zu machen. Bram hat ihn verfolgt. « Sie versuchte, sich an der Mauerkrone festzuklammern, aber ihre Arme ermüdeten. »Ich ... ich verliere den Halt. Ich muss runter. «

»Ich glaube, am Ende der Mauer ist ein Tor. «

Georgie schaffte es auf den Boden, aber nicht ohne sich auch noch das andere Schienbein aufzuschürfen.

»Hier muss es irgendwo sein«, rief Rory ihr von der anderen Seite aus zu, als Georgie sich ihren Weg über die Steine bahnte. »Das Haus gehört dem Studio, ich wohne hier noch nicht allzu lang und habe deshalb auch noch nicht danach gesucht. «

Georgie entdeckte das teilweise hinter Sträuchern versteckte Holztor. »Ich hab's gefunden, aber es klemmt. «

»Ich drück mal von meiner Seite dagegen. «

Das Tor klemmte am Boden fest, gab aber schließlich

so weit nach, dass Georgie durchschlüpfen konnte. Auf der anderen Seite erwartete Rory sie. Das Gewehr ruhte in den Falten ihres Morgenmantels. Trotz ihrer langen, vom Schlaf zerzausten Haare machte sie einen kühlen und ruhigen Eindruck, als wäre es Alltag für sie, nächtliche Eindringlinge abzuwehren. »Was ist los?«

Georgie sah sich suchend nach Bram um, aber er war nirgendwo zu sehen. »Mir tut das wirklich leid. Bram und ich waren draußen auf dem Balkon, als ein Blitz losging. Ein Fotograf hatte sich in deinem großen Baum verschanzt. Bram nahm die Verfolgung auf. Es ging alles so schnell.«

»Ein Fotograf hat sich auf mein Grundstück geschlichen, um euer Haus zu beobachten?«

»Sieht ganz danach aus.«

»Soll ich die Polizei rufen?«

Wäre Georgie eine ganz normale Bürgerin, hätte sie genau das getan, aber sie war es nicht, deshalb kam die Polizei nicht in Frage. Rory kam zu demselben Schluss. »Dumme Frage.«

»Ich muss … ich sollte mich wohl lieber vergewissern, dass Bram niemanden umgebracht hat.« Sie ging in die Richtung, in die er verschwunden war. Als sie den Pool erreichte, bog er gerade um die Hausecke. Bis auf ein leichtes Humpeln und einen mordlüsternen Gesichtsausdruck schien er unverletzt zu sein. »Dieser Mistkerl ist mir entwischt.«

»So wie du vom Dach gesprungen bist, hättest du tot sein können.«

»Das ist mir egal. Diese Wanze ist einfach zu weit gegangen.«

Da entdeckte er Rory, die ihre Waffe wie eine Prada-Tasche geschultert hatte und auf ihn zukam. Georgie kam nicht umhin, sie zu beneiden. Eine Frau mit einem derart kühlen Kopf wie Rory Keene würde niemals in einem Hotelzimmer von Las Vegas aufwachen und mit ihrem ältesten Feind verheiratet sein. Aber eine Frau wie Rory Keene lenkte ihr Leben auch selbst und wurde nicht gelenkt.

Bram erstarrte. Rory ignorierte ihn. »Ich werde gleich morgen Früh meine Sicherheitsfirma anrufen, Georgie. Offensichtlich reichen die Lichter nicht aus, um ungebetene Besucher abzuschrecken.«

Bram starrte auf die Handfeuerwaffe. »Ist dieses Ding geladen?«

»Natürlich.«

Georgie verkniff sich eine Witzelei über die Gefahren, bewaffnet und eine Blondine zu sein. Nicht mal zum Spaß schien es klug zu sein, einen Witz auf Kosten einer so mächtigen Frau zu machen, vor allem nicht, wenn man sie um drei Uhr morgens geweckt hatte.

»Sieht aus wie eine Glock«, bemerkte Bram.

»Eine Einunddreißiger.«

Sein Interesse an der Waffe jagte Georgie einen kalten Schauer über den Rücken, sie intervenierte sofort. »Du kannst keine haben. Du bist viel zu hitzköpfig.«

Bram kraulte sie unter dem Kinn auf eine Art, bei der ihr fast die Hand ausgerutscht wäre. Er küsste sie rasch und oberflächlich. Größer hätte der Unterschied zu dem intimen Kuss nicht sein können, den sie vor wenigen Minuten ausgetauscht hatten. »Ich habe mich noch immer nicht an deine fürsorgliche Art gewöhnt, Schätzchen«, sagte er. »Wie bist du hier herübergekommen?«

»Es gibt ein Tor.«

Bram nickte. »Hätte ich beinahe vergessen. Offenbar waren die Familien, die ursprünglich hier gewohnt haben, gute Freunde.«

Georgie wunderte sich, warum Rory anstatt in einem eigenen Haus in einem Gebäude wohnte, das vom Studio vermietet wurde. »Bram hat vergessen zu erwähnen, dass du nebenan wohnst.« Dabei schob sie ihre Hand hinter seinen Rücken, was nach außen hin wie eine zärtliche Geste aussah, hätte sie ihn nicht als Vergeltung für sein Kinnkraulen heftig gezwickt.

Er zuckte zusammen. »Sicher habe ich das erwähnt, mein Schatz. Aber es war so viel los in letzter Zeit, dass es dir wohl entfallen ist. Außerdem ist das hier nicht gerade ein Viertel, wo man seine Nachbarn kennen lernt.«

Da hatte er recht. Teure Anwesen hinter hohen Mauern und verschlossenen Toren sorgten nicht gerade für eine Atmosphäre, in der man Nachbarschaftsfeste feierte. In ihrem Haus in Brentwood, wo sie und Lance gewohnt hatten, hatten sie den Popstar aus den Neunzigern, der nebenan wohnte, auch nie zu Gesicht bekommen.

Georgies Blick wanderte zu Rorys Glock. »Wir lassen dich jetzt besser wieder zu Bett gehen.«

Rory schob den Träger ihres Nachthemds hoch. »Ich bezweifele, dass irgendeiner nach diesem Vorfall noch Schlaf finden wird.«

»Guter Einwand«, sagte Bram. »Warum kommst du nicht mit zu uns? Ich werde eine Kanne Kaffee kochen und ein paar Zimtschnecken aufwärmen, die meine Haushälterin selbst gebacken hat. Du wirst unser erster offizieller Gast.«

Georgie starrte ihn an. Es war mitten in der Nacht. Hatte er den Verstand verloren?

»Ein andermal. Ich muss noch was lesen.« Rory warf ihm einen stark unterkühlten Blick zu und überraschte Georgie mit einer liebevollen Umarmung. »Ich werde dich anrufen, sobald ich mit der Sicherheitsfirma gesprochen habe.« Sie wandte sich an Bram. »Sei gut zu ihr. Und, Georgie, solltest du mal Hilfe benötigen, lass es mich wissen.«

Brams vorgetäuschte gute Laune verschwand schlagartig. »Wenn sie Hilfe braucht, kümmere ich mich schon darum.«

»Da bin ich mir sicher«, erwiderte Rory wenig überzeugend. Sie entfernte sich, die Waffe unsichtbar in den Falten ihres Morgenmantels.

Bram wartete, bis sie auf ihrer Seite der Mauer waren, ehe er etwas sagte. »Wenn die Sensationspresse eins dieser Fotos veröffentlicht, werden wir sie verklagen.«

»Das werden sie vermutlich nicht machen«, wandte sie ein. »Nicht bei uns. Aber in Europa gibt es einen großen Markt dafür, und dann landen sie im Internet. Dagegen können wir nichts unternehmen.«

»Wir gehen vor Gericht.«

»Unsere Ehe wird längst vorbei sein, ehe es zum Prozess kommt.«

»Was schlägst du dann vor? Die ganze Sache einfach vergessen? Nervt dich das denn nicht?«

Sie war abgestumpft, das war die Wahrheit. »Ich hasse es«, sagte sie.

Schweigend überquerten sie den Hof. Sie sollte sich nicht so aufregen. Die Fotos würden ihrer geheuchelten Ehe Legitimität verleihen. Aber sie fühlte sich beinahe so verletzt wie an dem Tag, als die Paparazzi sie beim Betrachten des Sonogramms erwischt hatten. »Ich gehe jetzt zu Bett«, sagte sie. »Allein.«

»Dein Pech.«

Auf ihrem Weg nach oben fiel ein interessantes Puzzleteil zum Gesamtbild von Bram Shepard an seinen Platz. »Rory hat was mit deinem Reunionshow-Projekt zu tun, nicht wahr? Deshalb hast du dich vor zwei Wochen in The Ivy an sie rangeschleimt. Und diese peinliche Einladung, Zimtschnecken aufzubacken ...«

»Baby, ich schleime mich an jeden ran, der mir zu einer anständigen Rolle verhelfen könnte.«

»Bemitleidenswert. Aber ich muss zugeben, es tut gut, dich zu Kreuze kriechen zu sehen.«

»Was immer nötig ist, um voranzukommen«, erwiderte er leichthin.

Da an Schlaf nicht mehr zu denken war, ging Bram zum Pool. Das Leben war viel zu kompliziert geworden, fand er, als er sich auszog und hineinsprang. Er hatte gehofft, diese idiotische Ehe würde dafür sorgen, dass für ihn alles glatter lief, aber er hatte die beschützende Rolle, die Rory gegenüber Georgie an den Tag legte, nicht einkalkuliert.

Er drehte sich auf den Rücken und ließ sich treiben. Jedes Mal, wenn er versuchte, sich aus dem Tunnel herauszuwühlen, in den er gefallen war, drohte der nächste Einsturz ihn zu begraben. Georgie dachte, ihm gehe es nur ums Geld. Ihr war nicht klar, dass es ihm vielmehr darauf ankam, wieder angesehen zu sein. Das sollte sie auch nicht erfahren. Sein Plan sah vor, dass Georgie in ihm weiterhin den Mistkerl sah, der er immer gewesen war. Sein Leben gehörte ihm, er würde sie an nichts Anteil nehmen lassen, was wirklich wichtig für ihn war.

Er war nicht immer so ein Einzelgänger gewesen. Da er ohne eigene Familie aufgewachsen war, hatte er sich ganz schnell eine künstliche geschaffen mit den Kumpeln, die ihn dann auch hintergangen hatten. Er hatte sie für seine Freunde gehalten, aber sie hatten ihn nur benutzt – sein Geld ausgegeben, seine Beziehungen ausgenutzt und ihm dann schließlich dieses verdammte Sexvideo angehängt. Aber er hatte seine Lektion gelernt. Wenn man ganz nach oben wollte, musste man diesen Weg allein gehen.

Georgie benutzte einen nicht, aber dies bedeutete noch lange nicht, dass er sie in seiner Psyche herumwühlen lassen wollte, bis sie herausfand, wie viel ihm daran lag, für sich ein neues Leben zu schaffen. Sie kannte ihn zu lang, sie sah zu viel, und man konnte sich so gefährlich gut mit ihr unterhalten. Aber die Vorstellung, sie könnte zusehen, wie er versagte, eine Möglichkeit, die jeden Tag wahrscheinlicher wurde, fand er unausstehlich.

Georgie war dazu da, seinen Ruf aufzupolieren und um mit ihr Sex zu haben. So sehr er Letzteres auch beschleunigen wollte, so hatte er doch eingesehen, dass er ihr aufgrund seines widerlichen Verhaltens damals auf dem Boot so viel Zeit geben musste, wie sie benötigte ... um sie dann für sich zu gewinnen.

Vier Tage verstrichen. Als Georgie schon nicht mehr mit dem Erscheinen der Balkonfotos rechnete, tauchten sie in einem britischen Boulevardblatt auf. Aber anstatt ein Stelldichein unter Liebenden zu vermitteln, schienen die verschwommenen Nachtaufnahmen, die der Fotograf gemacht hatte, Georgie und Bram bei einem üblen Streit zu zeigen. Auf dem ersten Bild sah Georgie, die ihre gespreizte Hand auf die Hüfte stützte, angriffslustig aus. Als Nächstes sah man Georgie, die ihr Gesicht in ihren Händen vergrub, weil sie reuig erkannte, dass ihr Plan, nach Haiti zu gehen, reinem Selbstzweck diente, was aber für den Betrachter so aussah, als weinte sie wegen des Streits. Ein weiteres Foto zeigte Bram, der ihre Schultern packte. Es war eine tröstende Geste gewesen, aber das schattenreiche Foto gab seiner Haltung etwas Bedrohliches. Die letzte Aufnahme, undeutlicher als alle vorherigen, zeigte ihren intimen Kuss. Doch unglücklicherweise konnte man unmöglich sagen, ob er sie küsste oder schüttelte.

Die Hölle brach los.

»Ich kann nicht fassen, dass die Bastarde, die derartigen Mist unter die Leute streuen, ungestraft davonkommen.« Bram holte feindselig aus, um eine Fliege zu attackieren, die die Kühnheit besaß, auf dem Tisch neben dem Kaffeebecher zu landen. Früher einmal hatte er das Abschütteln schlechter Publicity zur Kunstform erhoben, aber jetzt wollte er Blut sehen – das des Fotografen und von jedem, der diese Fotos gedruckt hatte, vom ersten Schmierblatt bis zu den Online-Klatschspalten. »Wenn ich auch nur einen von ihnen zu fassen kriege …«

»Sieh mich bitte nicht so an, falls du gewalttätig werden möchtest«, sagte sie. »Ich bin diesmal ganz auf deiner Seite.«

Sie saßen vor dem Urth Caffè an der Melrose Ave und tranken biologisch angebauten Kaffee. Sieben Tage waren vergangen, seit die Fotos erschienen waren. Fotografen und Gaffer säumten den Gehweg, die anderen Gäste des Kaffees starrten unverhohlen auf die berühmtesten Frischvermählten der Stadt.

Alles, was sie sich von dieser Ehe erhofft hatte, ging nach hinten los. Bis auf Meg, die noch immer durch die Welt schwirrte, hatten ihre sämtlichen Freundinnen angerufen. Sie hatte sowohl April als auch Sasha davon abhalten müssen, nach L.A. zu fliegen. Und was ihren Vater betraf … Der kam zu ihnen ins Haus gestürmt und drohte, Bram zu töten. Sie war sich immer noch nicht sicher, ob er ihr ihren Bericht der tatsächlichen Ereignisse abnahm, aber sein Widerstand gegen ihre Ehe war noch stärker geworden. So viel also dazu, dass sie ihr Leben selbst in die Hand nahm. Ihr Selbstvertrauen war stärker erschüttert denn je zuvor.

»Willst du mich verdammt noch mal anlächeln?« Die zusammengebissenen Zähne machten sein Lächeln suspekt, aber sie spielte den guten Soldaten und beugte sich vor, um ihm einen Kuss auf seinen angespannten Mundwinkel zu drücken.

Seit jener Nacht auf dem Balkon vor elf Tagen war es zu keinen weiteren intimen Küssen mehr gekommen, doch sie musste, mehr als sie wollte, an diesen Kuss denken. Mochte Bram ihr auch als Person unsympathisch sein, so lag der Fall bei seinem Körper offensichtlich anders, weil im Verlauf dieser Woche ihr einziges Vergnügen darin bestanden hatte, ihn mit nacktem Oberkörper oder auch im T-Shirt wie jetzt herumlaufen zu sehen.

»Und verflixt noch mal, das ist jetzt eine Verabredung. Unsere fünfte in dieser Woche.«

»Unsinn«, sagte sie lächelnd. »Das ist Business, Schadensbegrenzung wie alles andere. Ich habe es dir doch erklärt – es ist erst dann eine Verabredung, wenn wir beide eine gute Zeit miteinander haben, und falls es dir noch nicht aufgefallen ist, wir sind gerade ganz übel dran.«

Er biss die Zähne zusammen. »Du könntest dich ja auch ein bisschen mehr anstrengen.«

Sie tunkte ihr zweites Biscotti in ihren Kaffee und knabberte lustlos daran. Endlich hatte sie ein paar Pfund zugenommen, aber das war ein dürftiger Ausgleich dafür, in einer ausweglosen Situation gefangen zu sein und von der Presse verfolgt zu werden … noch dazu an der Seite eines Mannes, der eine Testosteronspur hinter sich herzog.

Er stellte seine Tasse ab. »Die Leute denken, Bilder lügen nicht.«

»Diese schon.«

Ehe am Ende! lautete die Schlagzeile. *Nächste Station Scheidungsrichter!*

Neuer Kummer für Georgie!

Georgies Ultimatum! Mach einen Entzug!

Selbst Brams altes Sexvideo war wieder aufgetaucht.

Sie hatten den Schaden zu beheben versucht, indem sie sich täglich an Orten zeigten, wo garantiert Paparazzi anzutreffen waren. Sie hatten sich Muffins in der City Bakery in Brentwood gekauft, im Chateau zu Mittag gegessen, erneut The Ivy aufgesucht, wie auch Nobu, die Polo Lounge und Mr Chow. Zwei Abende lang waren sie von einem Klub zum nächsten gezogen, und Georgie war sich danach alt und noch deprimierter vorgekommen. Heute waren sie im Armani Hauptgeschäft auf der Robertson und bei Fred Segal auf der Melrose Ave einkaufen gewesen und hatten danach noch eine voll im Trend liegende Boutique aufgesucht, wo sie sich zwei widerliche zueinander passende T-Shirts gekauft hatten, die sie nur in der Öffentlichkeit tragen würden.

Es war ihnen kaum möglich gewesen, etwas allein zu unternehmen. Bram hatte sich zu ein paar geheimnisvollen Treffen davongeschlichen. Sie hatte ein paar Ballettstunden genommen, war frühmorgens laufen gewesen und hatte einen großen anonymen Scheck an das haitianische Nothilfeprogramm *Food for the Poor* geschickt. Ansonsten mussten sie jedoch zusammenbleiben. Auf seinen Vorschlag hin bediente sie sich des Lieblingstricks publicitysüchtiger Promis, indem sie mehrmals am Tag die Kleider wechselte, weil jedes neue Outfit garantierte, dass die Sensationspresse ein frisches Foto abdruckte. Ironie des Schicksals, nachdem sie das vergangene Jahr über versucht hatte, sich dem Auge der Öffentlichkeit zu entziehen.

Die anderen Besucher des Cafés hatten sich damit zufriedengegeben, sie nur anzuglotzen, aber jetzt kam ein junger Typ mit einem zotteligen Spitzbart und einer falschen Rolex an ihren Tisch. »Kriege ich von Ihnen ein Autogramm?«

Georgie hatte nichts dagegen, echten Fans ein Autogramm zu geben, aber irgendwas sagte ihr, dass ihre Autogramme hier am Ende des Tages bei eBay vertickt werden würden.

»Ihre Unterschrift reicht schon«, sagte er und bestätigte ihren Verdacht, als sie den Filzschreiber und ein leeres Blatt Papier nahm, das er ihr reichte.

»Ich schreibe eine Widmung dazu«, sagte sie.

»Das ist nicht nötig.«

»Ich bestehe darauf.«

Eine Unterschrift mit Widmung minderte den Wert, der Typ verzog dann auch beleidigt den Mund, als ihm klar wurde, dass sie ihn durchschaut hatte. Er murmelte, er heiße Harry. Sie signierte »An Harry, von ganzem Herzen.« In der nächsten Zeile schrieb sie absichtlich ihren Familiennamen falsch, indem sie an York ein »e« anhängte, was das Autogramm wie eine Fälschung aussehen ließ. Bram kritzelte in der Zwischenzeit »Miley Cyrus« auf das andere Blatt Papier.

Der junge Kerl knüllte beide Autogramme zusammen und stolzierte davon. »Vielen Dank auch!«

Bram ließ sich in seinen Stuhl zurückfallen und murmelte. »Was ist das nur für ein Leben?«

»Im Moment ist es unser Leben, und wir müssen das Beste daraus machen.«

»Tu mir einen Gefallen und erspar mir den *Annie* Soundtrack.«

»Du bist ein schrecklich negativer Mensch.« Sie unterstrich dies, indem sie den Refrain von »Tomorrow« anstimmte.«

»Das ist es.« Er sprang auf. »Lass uns von hier abhauen.«

Sie gingen Händchen haltend hinaus auf den Gehweg, sein braunes Haar glänzte in der Sonne, ihres hatte dringend einen Schnitt nötig, und die Paparazzi folgten ihnen. Der Weg zog sich hin. »Musst du denn vor jedem kleinen Kind, das du siehst, stehen bleiben und mit ihm sprechen?«, brummelte Bram.

»Ist ein gutes Fotomotiv.« Sie zeigte ihm nicht, wie gern sie mit Kindern sprach. »Du hast keinen Grund, dich zu beschweren. Wie oft musste ich herumstehen, während du mit anderen Frauen geflirtet hast?«

»Die letzte war mindestens sechzig.«

Sie hatte auch ein großes Muttermal im Gesicht und war schlecht geschminkt, aber Bram hatte ihre Ohrringe bewundert und ihr sogar einen glutvollen Blick geschickt. Das tat er sehr oft, wie ihr auffiel, er übersah die Schönheitsköniginnen, um sich ihren unscheinbareren Schwestern zu widmen. Für einen kurzen Zeitraum machte er sie schön.

Es passte ihr gar nicht, wenn er etwas Nettes machte.

Doch seine miese Laune hob die ihre, und als sie einen hübschen Blumenladen entdeckte, zog sie ihn mit hinein. Drinnen duftete es, die Blumen waren wunderschön arrangiert und die Verkäuferin ließ sie in Ruhe. Georgie nahm sich Zeit bei der Wahl und entschied sich schließlich für einen Strauß aus Iris, Rosen und Lilien. »Schenkst du ihn mir?«

»Ich bin immer ein großzügiger Mensch gewesen.«

»Du wirst es mir aber sicherlich in Rechnung stellen?«

»Traurig, aber wahr.«

Ehe sie zur Kasse gingen, klingelte sein Mobiltelefon. Er warf einen Blick auf das Display und klappte es zu, ohne dranzugehen. Er telefonierte viel, wie ihr auffiel, aber selten dann, wenn sie hätte mithören können. Sie streckte ihre Hand aus, ehe er das Telefon einstecken konnte. »Leihst du es mir bitte? Ich muss jemanden anrufen, ich habe meins vergessen.«

Er gab es ihr, aber anstatt eine Nummer einzugeben, ging sie sein Display nach dem letzten Eintrag durch. »Caitlin Carter. Jetzt kenne ich den Nachnamen deiner Geliebten.«

Er entriss ihr das Telefon. »Hör auf zu schnüffeln. Sie ist nicht meine Geliebte.«

»Warum sprichst du dann in meiner Gegenwart nicht mit ihr?«

»Weil ich es nicht möchte.« Er ging mit dem Strauß zur Kasse. Als er neben einem Blumenkarren mit pastellfarbenen gekräuselten Blüten stehen blieb, empfand sie vor diesen zarten Blumen seine selbstsichere Männlichkeit nur umso stärker und konnte sich eines erotischen Kicks nicht erwehren. Heute Morgen hatte sie sogar unter einem Vorwand mit ihm zusammen im Fitnessraum trainiert, nur um ihn beobachten zu können.

Es war bemitleidenswert, aber auch verständlich. Sie war sogar ein wenig stolz auf sich. Trotz des momentanen Chaos, das durch die Fotos entfacht worden war, empfand sie Lust in ihrer elementarsten Form, losgelöst von jeder auch noch so minimalen Zuneigung. Im Grunde genommen hatte sie sich in einen Kerl verwandelt.

Bram gab ihr die Blumen, damit sie den Laden damit verließ. Zum Glück hatten sie in der Nähe einen der raren Parkplätze ergattert, aber sie mussten sich immer noch durch die Meute der lärmenden Paparazzi kämpfen, die auf dem Gehweg Stellung bezogen hatten.

»Bram! Georgie! Hierher!«

»Habt ihr beide euren Streit beigelegt?«

»Versöhnungsblumen, Bram?«

»Georgie! Hierher!«

Bram zog sie an sich. »Bleibt zurück, Jungs. Gebt uns etwas Raum.«

»Georgie, wie ich hörte, haben Sie einen Anwalt aufgesucht.«

Bram schob den kräftigen Fotografen beiseite, der ihnen zu nahe gekommen war. »Ich sagte, zurückbleiben!«

Aus dem Nichts tauchte plötzlich Mel Duffy inmitten des Schwarms auf und richtete seine Kamera auf sie. »Hey Georgie. Was sagen Sie zu Jade Gentrys Fehlgeburt?«

Sein Verschluss klickte.

Georgie war übel. Irgendwie hatte ihre Eifersucht diesen hilflosen Fötus vergiftet. Duffy hatte ihnen erzählt, die Fehlgeburt sei vor fast zwei Wochen in Thailand erfolgt, nur wenige Tage nach ihrer Heirat in Las Vegas, als Lance und Jade sich mit einer Einsatztruppe der UN treffen wollten. Ihr PR-Manager hatte gerade die Nachricht verbreitet, das Paar sei am Boden zerstört, aber die Ärzte hätten ihm versichert, es gäbe keinen Grund, nicht noch ein Kind zu bekommen. All die Nachrichten, die Lance ihr auf ihrer Mailbox hinterlassen hatte …

Bram sagte nichts, bis sie fast zu Hause waren. Dann drehte er das Radio leiser und sah sie an. »Jetzt sag bloß nicht, du nimmst dir das zu Herzen.«

Welche Frau hegte Ressentiments gegen ein unschuldiges, ungeborenes Kind? Ihr war übel vor lauter Schuldgefühlen. »Ich? Natürlich nicht. Es ist traurig, mehr nicht. Natürlich habe ich Mitleid mit ihnen.«

Sie ertrug seinen wissenden Blick nicht und wandte sich ab. Sie wollte einen Gigolo und keinen Seelenklempner. Sie rückte ihre Sonnenbrille zurecht. »Keiner wünscht sich, dass so etwas passiert. Vielleicht wünsche ich mir nur, ich hätte mich nicht so darüber geärgert, als ich hörte, dass sie schwanger ist. Das ist doch ganz natürlich.«

»Das hat aber nichts mit dir zu tun.«

»Das weiß ich.«

»Dein Gehirn weiß es, aber der Rest von dir reagiert ernsthaft neurotisch auf alles, was mit dem Verlierer zu tun hat.«

Sie verlor die Kontrolle über sich. »Er hat gerade sein Baby verloren! Ein Baby, von dem ich nicht wollte, dass es geboren wird.«

»Ich wusste es! Ich wusste, dass du dich irgendwie dafür verantwortlich fühlen würdest. Sei doch nicht immer so weich, Georgie.«

»Du meinst also, ich sei weich und könne mich nicht behaupten. Ich überlebe diese Ehe, oder nicht?«

»Das ist keine Ehe. Das ist ein Schachspiel.«

Er hatte recht, und sie war der ganzen Geschichte überdrüssig.

Den Rest der Fahrt zu ihrem Haus legten sie schweigend zurück. Nachdem er den Wagen in der Garage geparkt hatte, stieg er nicht sofort aus. Stattdessen blieb er sitzen, nahm seine Sonnenbrille ab und spielte mit den Bügeln. »Caitlin ist die Tochter von Sarah Carter.«

»Der Romanautorin?« Sie ließ den Türgriff los.

»Sie starb vor drei Jahren.«

»Ich erinnere mich.« Unter Berücksichtigung von Brams Vergangenheit war sie sich sicher gewesen, dass Caitlin eine dumme Puppe war, was aber bei der Tochter einer Autorin von Sarah Carters Kaliber unwahrscheinlich sein dürfte. Carter hatte mehrere literarische Krimis geschrieben, von denen keiner richtig erfolgreich gewesen war. Kurz nach ihrem Tod hatte ein kleiner Verlag *Tree House*, ein bisher unveröffentlichtes Werk herausgebracht. Der Roman hatte nach und nach bei der Leserschaft für Furore gesorgt und war schließlich zum Liebling der Buchklubs geworden. Auch Georgie war davon begeistert gewesen.

»Caitlin und ich waren zusammen, als das Buch erschien«, erzählte Bram. »Ehe es die Bestsellerlisten stürmte. Sie erwähnte, das Letzte, was ihre Mutter vor ihrem Tod geschrieben habe, sei ein Drehbuch für *Tree House* gewesen, und sie gab es mir zum Lesen.«

»Sarah Carter hat selbst das Drehbuch zu ihrem Roman geschrieben?«

»Ein verdammt gutes dazu. Ich habe mir zwei Stunden, nachdem ich es gelesen hatte, die Option dafür geben lassen.«

Georgie verschluckte sich beinahe. »Du hast die Option für die Verfilmung von *Tree House*? *Du*?«

»Ich war betrunken und überlegte nicht, auf was ich mich da einließ.« Er stieg aus dem Wagen und sah so hinreißend und wertlos aus wie immer.

Sie lief ihm durch die Garage hinterher. »Warte einen Moment. Willst du mir damit sagen, du hast dir eine Option geben lassen, *bevor* das Buch zum Bestseller wurde?«

Er ging aufs Haus zu. »Ich war betrunken *und* hatte Glück.«

»Das will ich meinen. Wie viel Glück?«

»Viel Glück. Caitlin könnte eine neue Option auf dieses Drehbuch für das zwanzigfache dessen verkaufen, was ich ihr bezahlt habe, und sie wird nicht müde, mich daran zu erinnern.«

Georgie presste ihre Hand an die Brust. »Einen Moment noch. Ich weiß nicht, welche Vorstellung mir schwerer fällt. Dich als Produzenten oder die Tatsache, dass du tatsächlich ein ganzes Drehbuch von Anfang bis zum Ende durchgelesen hast.«

Er ging in die Küche. »Ich bin seit unseren *Skip-und-Scooter*-Tagen reifer geworden.«

»Deiner Meinung nach.«

»Ich musste kaum eins der langen Wörter nachschlagen.« Sie rechnete nicht damit, dass er weiterredete, und war deshalb überrascht, als er fortfuhr. »Leider habe ich Schwierigkeiten mit der Finanzierung.«

Sie blieb stehen. »Du versuchst also tatsächlich dieses Projekt umzusetzen?«

»Ich habe doch nichts Besseres zu tun.«

Das erklärte all die geheimnisvollen Anrufe, aber es erklärte nicht, warum Bram ein so großes Geheimnis daraus gemacht hatte. Er warf die Wagenschlüssel auf die Küchentheke. »Die schlechte Nachricht ist die, dass meine

Option in weniger als drei Wochen abläuft, wenn ich bis dahin kein Angebot vorlegen kann, wird Caitlin ihre Rechte zurückfordern.«

»Und beträchtlich reicher sein.«

»Ihr geht es nur ums Geld, alles andere ist ihr egal. Sie hat ihre Mutter gehasst. Sie würde *Tree House* auch an ein Trickfilmstudio verkaufen, wenn die ihr das beste Angebot machen.«

Georgie hatte sich nie um die Filmrechte für ein Buch oder ein Drehbuch beworben, aber sie kannte das Verfahren. Wer die Option für die Verfilmung besaß – in diesem Fall Bram – hatte nur eine bestimmte Zeitspanne zur Verfügung, um eine solide Absicherung für sein Projekt auf die Beine zu stellen, ehe die Option ablief und die Rechte an den ursprünglichen Besitzer zurückfielen. Da Bram, sollte es so weit kommen, vermutlich nur noch ein leeres Bankkonto blieb, ergab seine kriecherische Haltung Rory Keene gegenüber endlich Sinn.

»Und wie dicht bist dran, dass jemand dir grünes Licht für *Tree House* gibt?«, fragte sie, obwohl sie die Antwort eigentlich schon ahnte.

Er holte eine Flasche Wasser aus dem Kühlschrank. »Ziemlich dicht. Hank Peters gefällt das Drehbuch, er bekundet auch Interesse, Regie zu führen, also ist größere Aufmerksamkeit gesichert. Mit der richtigen Besetzung können wir den Film mit ganz wenig Geld finanzieren, was ein weiteres Plus ist.«

Peters war ein großartiger Regisseur, aber Georgie konnte sich nicht vorstellen, dass er sich bereit erklärte, mit dem unzuverlässigen Bram Shepard zu arbeiten. »Ist Hank interessiert oder engagiert?«

»Interessiert daran, sich zu engagieren. Und ich habe einen Hauptdarsteller für Danny Grimes. Das gehört zur Abmachung.«

Grimes war ein wunderbar vielschichtiger Charakter, es überraschte sie nicht, dass viele Schauspieler sich für diese Rolle interessierten. »Wen hast du dafür gewonnen?«

Er schraubte die Flasche auf. »Wen glaubst du denn?«

Sie starrte ihn an und stöhnte dann. »O nein ... Doch nicht etwa du?«

»Ein paar Schauspielstunden ... ich werde das schon hinkriegen.«

»Du kannst eine solche Rolle nicht spielen. Grimes ist ein komplexer Charakter. Er steht im Zwiespalt, ist gepeinigt ... Man würde dich auslachen. Kein Wunder, dass du keine Finanzierung kriegst.«

»Danke für dein Vertrauensvotum.« Er trank einen Schluck Wasser.

»Hast du das wirklich zu Ende gedacht? Erfolgreiche Produzenten brauchen einen Ruf, der nicht auf grober Unzuverlässigkeit gründet. Und dass du dann noch darauf bestehst, die Hauptrolle zu übernehmen ... nicht sehr klug.«

»Ich kann das.«

Seine Hartnäckigkeit verunsicherte sie. Der Bram, den sie kannte, kümmerte sich nur um sein Vergnügen. Sie zog die Möglichkeit in Betracht, dass sie ihn nicht so gut durchschaute, wie sie dachte, und dies nicht nur wegen seines Interesses an *Tree House*. Sie hatte keinerlei Anzeichen von Drogenmissbrauch bemerkt, und er brachte Stunden in seinem Büro zu. Er hatte sich sogar von seinen alten, übel beleumundeten Freunden getrennt, was für einen Mann, der Alleinsein nicht ausstehen konnte, schon merkwürdig war. Alkohol und pathologische Arroganz schienen seine letzten Laster zu sein.

»Ich gehe schwimmen.« Er verschwand in Richtung Pool.

Sie ging in ihr Zimmer, um sich Shorts und ein ärmelloses Oberteil anzuziehen. Wenn das Drehbuch so gut war, wie er sagte, wartete sicherlich jedermann in der Stadt nur darauf, dass Brams Option auslief und er sich selbst auf das Projekt stürzen konnte. Die Hauptrolle würde an den männlichen Günstling des Monats anstatt den für diese Rolle bestgeeignetsten Schauspieler gehen, und das wäre keinesfalls Bram. Skip Scofield war von ihm brillant umgesetzt worden, aber er verfügte weder über die Fähigkeiten noch über die Tiefe, sich an emotional komplizierten Figuren zu versuchen, wenn man die leichtgewichtigen Rollen in Betracht zog, die er seitdem angenommen hatte.

Während sie ihre bequemsten Sandalen anzog, schnellte ihr Kopf in die Höhe. »Mistkerl!«

Sie jagte nach unten und rannte über die Veranda zum Pool, wo er seine Bahnen schwamm. »Du Blödmann! Es gibt gar keine *Skip-und-Scooter*-Reunionshow! Das war nur ein Vorwand, um damit zu kaschieren, was du eigentlich vorhast.«

»Ich habe dir doch gesagt, es gibt keine Reunionshow.« Er tauchte unter.

»Aber du hast mich in dem Glauben gelassen, dass es sie gibt«, beschwerte sie sich, sobald er wieder auftauchte. »Diese blöde vorgetäuschte Ehe ... Mein Geld war nur ein Bonus, nicht wahr? *Tree House* ist der wahre Grund, warum du eingewilligt hast. Du konntest es dir nicht leisten, der zweite Mann der jüngeren Geschichte zu sein, der Georgie York das Herz brach. Nicht, solange du den Bossen zeigen musstest, dass du dich in einen soliden Bürger verwandelt hast, damit sie dich ernst nehmen.«

»Hast du ein Problem damit?«

»Ich habe ein Problem damit, auf die falsche Spur geführt zu werden«, sagte sie.

»Aber du kennst mich doch und weißt, mit wem du es zu tun hast. Was hast du erwartet?«

Während er zum Wasserfall schwamm, lief sie am Pool entlang. »Wenn die Leute glauben, dass meine Seriosität auf dich abgefärbt hat, dann hast du deine Chancen, deinen Film zu realisieren, doch schon erheblich verbessert, oder nicht?«

»Du solltest die heiligen Bande der Ehe nicht gering achten.«

»Welche heiligen Bande denn? Der einzige Grund, weshalb du mir endlich die Wahrheit sagst, ist doch der, dass du mir ans Höschen willst.«

»Ich bin ein Mann, verklag mich.«

»Sprich nie wieder mit mir. Für den Rest deines Lebens.« Sie schlich sich davon.

»Ist mir recht«, rief er ihr nach. »Solange du nicht vorhast, schmutzige Dinge zu sagen, mag ich Frauen, die im Bett zu viel reden, ohnehin nicht.«

Das Telefon, das er neben dem Pool hatte liegen lassen, klingelte. Er schwamm an den Rand und ging dran. Sie blieb stehen, um zu lauschen.

»Scott … wie läuft es? Ja, es war verrückt …« Er wechselte ans andere Ohr und erklomm die Leiter. »Ich möchte am Telefon nicht zu viel sagen, aber ich habe da was, was dich vielleicht interessieren könnte. Lass uns morgen Nachmittag auf einen Drink im Mandarin treffen, dann können wir das bereden.« Er legte die Stirn in Falten. »Freitagmorgen? Okay, ich werde umdisponieren. Hey, ich muss jetzt aufhören. Ich komme sonst zu spät zu meinem Meeting.«

Er klappte sein Telefon zu und griff nach einem Handtuch. Sie tippte mit ihren Zehen. »Zu spät zum Meeting?«

»Wir sind in L.A. Da empfiehlt es sich, immer als Erster aufzulegen.«

»Werde ich mir merken. Und du bekommst keinen zusätzlichen Penny von mir.«

Anstatt ins Haus zurückzukehren, stürmte sie in sein Büro. Die Vorstellung, dass Bram bereit war, an etwas zu arbeiten, brachte sie völlig aus dem Konzept. Aber seine Enthüllung über das Drehbuch lenkte sie wenigstens davon ab, darüber nachzugrübeln, welchen wie auch immer gearteten metaphysischen Anteil sie am Verlust von Lances Baby hatte.

Sie riss die Manuskriptschachtel auf, die angeblich das Skript für die Wiederaufnahme von *Skip und Scooter* enthielt, und zog einen ordentlichen Stapel Pornohefte mit einer blauen Post-it-Notiz hervor.

Die Wirklichkeit ist so viel besser.

Als Bram zu seinem Fitnessraum hochging, fragte er sich, wieso er in einem blöden Moment der Schwäche Georgie von *Tree House* erzählt hatte. Aber als sie die Nachricht von Lances und Jades Baby erfahren hatte, war sie so todunglücklich gewesen – wieder dieses überentwickelte Verantwortungsgefühl –, dass ihm die Wahrheit irgendwie herausgerutscht war, nur um es sofort zu bedauern. Das Versagen hing bereits wie ein Atompilz über ihm. Da seine Chancen so schlecht standen, hielt er es für das Beste, dass nur wenige Leute darüber Bescheid wussten, wie viel *Tree House* ihm bedeutete. Das galt ganz besonders für Georgie, die es nicht erwarten konnte, seine Niederlage auszukosten.

Er machte sich nicht die Mühe, seine feuchten Shorts auszuziehen, sondern begab sich direkt in den Fitnessraum. Vor ein paar Tagen war eine Ballettstange angeliefert worden. Ein weiteres Vordringen in seine Privatsphäre. Was sollte er mit seinem Leben anfangen, wenn ihm *Tree House* entglitt? Wieder Gastrollen als geistloser Playboy übernehmen? Bei dieser Vorstellung drehte sich ihm der Magen um.

Er legte eine Usher-CD auf und beäugte das Fitnessgerät voller Abscheu. Er wollte draußen sein und meilenweit durch die Hügel laufen, wie er das früher getan hatte, aber dank seines Las Vegas Abenteuers saß er in der Falle.

Wenigstens hatte er den Raum für sich allein. Georgie bei ihren Dehnübungen zu beobachten war die reinste Folter. Sie band dazu ihre Haare hoch, so dass selbst ihr Nacken zu einer erogenen Zone wurde. Dazu noch die erotische Verlängerung dieser langen Beine. Jetzt war es schon so weit mit ihm gekommen, dass das Beleidigen von *Little Orphan Annie* an oberster Stelle seiner Erregungsliste stand.

Er konnte ihre abwertende Selbsteinschätzung nicht teilen. Sie verfügte über einen unbewussten Sexappeal, der mehr wert war als große Titten und unechtes Posieren. Keiner würde Georgie York in der Öffentlichkeit dabei erwischen, dass sie ihren Intimbereich zur Schau stellte.

Oder im Privaten … Etwas, das zu ändern ihm zunehmend wichtiger wurde. Mochte ihr auch sein Innenleben verhasst sein, so gefiel ihr doch definitiv die Verpackung, in der es geliefert wurde. Georgie wusste es noch nicht, aber die Tage, an denen sie sich wegen des Verlierers verzehrte, waren gezählt.

Wer sagte denn, er kümmere sich nur um sich selbst? Er hatte es sich zur Bürgerpflicht gemacht, Georgie York zu befreien.

12

☕ Zwei weitere Tage verstrichen. Georgie war in der Küche und versuchte herauszufinden, wie man einen von Chaz' köstlichen Smoothies hinkriegte, als sie ein Geräusch hörte, das seinen Ursprung vor dem Haus hatte. Gleich darauf platzte Meg Koranda wie ein verspielter junger Windhund in den Raum, der so oft aus der Hundeschule geflogen war, dass seine Besitzer jeglichen Versuch, ihn abzurichten, aufgegeben hatten. In ihrem Fall waren die Besitzer ihre liebenden Eltern, die Leinwandlegende Jack Koranda und Fleur Savagar Koranda, das Glitter Baby, eine Frau, die einstmals Amerikas berühmtestes Covergirl gewesen war und jetzt die exklusivste Talentagentur des Landes leitete.

In einer Weihrauchduftwolke warf Meg sich Georgie an den Hals. »Ach du liebe Zeit, Georgie! Ich habe die Neuigkeiten erst vor zwei Tagen erfahren, als ich nach Hause kam, und dann die erste Maschine hierher genommen. Ich war in diesem unglaublichen Ashram – völlig abgeschieden von der Welt – und bekam dort sogar Kopfläuse! Aber es war die Sache wert. Mama meint, du hättest den Verstand verloren. «

Während Georgie Megs stürmische Umarmung erwiderte, hoffte sie, die Kopfläuse gehörten zu den Übertreibungen ihrer sechsundzwanzigjährigen Freundin, aber Megs dunkelbrauner Bürstenschnitt verhieß nichts Gutes. Megs Frisuren waren jedoch so wandelbar wie das Wetter, und da sie außerdem ein rotes Bindi zwischen ihren Augenbrauen und lange Ohrringe trug, die aussahen, als wären sie aus Yakknochen gemacht, vermutete Georgie, dass ihre Haare ebenfalls Ausdruck eines modisch aufgepeppten Mönchstils waren. Megs klobige Ledersandalen und ein dünnes braunes Top erhärteten diesen Eindruck. Nur ihre Jeans waren hundert Prozent L.A.

Meg war groß und gertenschlank und hatte die großen Hände und Füße ihrer Mutter, aber nicht deren ausgefallene Schönheit geerbt. Sie hatte die etwas unregelmäßigen Züge ihres Vaters, zusammen mit dessen braunen Haaren und dem dunkleren Teint mitbekommen. Je nach Lichtverhältnissen waren ihre Augen entweder blau, grün oder braun, so schillernd wie ihre Persönlichkeit. Meg war die kleine Schwester, die Georgie sich immer gewünscht hatte, und Georgie liebte sie von ganzem Herzen, was sie aber nicht blind für ihre Fehler machte. Ihre Freundin war verwöhnt und impulsiv, einhundertsiebenundsiebzig Zentimeter gute Absichten, gutes Herz und viel Spaß, gepaart mit fast völliger Verantwortungslosigkeit in ihrem Bestreben, dem Erbe ihrer berühmten Eltern davonzulaufen.

Georgie drückte ihre Schultern. »Wie konntest du so lang abtauchen, ohne irgendjemanden von uns anzurufen? Wir haben dich vermisst.«

»Ich war abgeschnitten von der Zivilisation. Ich hatte jegliches Zeitgefühl verloren.« Meg löste sich weit genug von ihr, um den Mixer mit seinem unschönen, noch nicht vermengten rosa Inhalt zu entdecken. »Wenn da Alkohol drin ist, möchte ich was davon.«

»Es ist zehn Uhr morgens.«

»Nicht in Punjab. Fang mit dem Anfang an und erzähl mir alles.«

Bram, der sie offenbar hereingelassen hatte, tauchte in der Tür auf. »Wie läuft das große Wiedersehen?«

Meg rannte zu ihm. Sie hatte sich trotz der Proteste von Georgie, Sasha, April und ihren beiden Eltern ein paar Mal mit ihm verabredet. Meg schwor, sie hätten nie Sex miteinander gehabt, aber Georgie nahm ihr das nicht ganz ab. Nun schlang Meg ihren Arm um seine Taille. »Tut mir leid, dass ich dich übergangen habe, als ich reinkam.« Sie richtete ihren Blick auf Georgie. »Wir waren nie zusammen. Ich schwöre es. Sag's ihr, Bram.«

»Wenn wir nie zusammen waren«, sagte Bram mit seiner rauchigsten und erotischsten Stimme, »woher weiß ich dann, dass du einen Drachen auf deinen Hintern tätowiert hast?«

»Weil ich's dir gesagt habe. Glaub ihm nicht, Georgie. Wirklich. Du weißt doch, ich bin nur mit ihm gegangen, weil meine Eltern mir deswegen das Leben schwer gemacht haben.« Sie blickte hoch zu Bram, was bei ihrer beträchtlichen Körpergröße keine große Anstrengung bedeutete. »Ich leide unter oppositionellem Trotzverhalten. Sobald mir jemand verbietet, etwas zu tun, stürze ich mich darauf. Es ist ein Charakterfehler.«

Er strich mit seiner Hand über ihren Rücken und senkte seine Stimme zu einem erotischen Schnurren. »Hätte ich das gewusst, als wir miteinander aus waren, hätte ich von dir verlangt, deine Kleider anzubehalten.«

Megs meergrüne Augen wurden sturmblau. »Willst du mich anmachen?«

»Sichergehen, dass du es Georgie erzählst.«

Meg deutete mit dem Finger. »Sie steht direkt vor dir.«

»Woher willst du wissen, dass sie zuhört? Wenn du ihre Freundin bist, wirst du sie doch nicht im Ungewissen darüber lassen, was sich direkt vor ihren Augen abspielt.«

Georgie sah ihn mit hochgezogener Braue an und übertönte sie dann beide, indem sie den Mixer anwarf. Unglücklicherweise hatte sie vergessen, den Deckel draufzutun.

»Pass auf!«

»Herrje, Georgie …«

Sie stürzte sich auf die Mixertasten, aber die Knöpfe waren glitschig, und die Maschine spuckte ihren Inhalt überallhin. Erdbeeren, Bananen, Flachssamen, Weizengras und Karottensaft spritzten über die makellose Theke, flossen an den Schränken herab und ergossen sich über den Fußboden und Georgies exorbitant teures weizenfarbenes Top. Bram drängte sie beiseite und fand den richtigen Knopf, aber nicht ohne sich und sein weißes T-Shirt ebenfalls mit buntem Matsch zu schmücken. »Chaz wird dich umbringen«, sagte er ohne jegliches erotisches Timbre. »Im Ernst.«

Meg war weit genug weg gewesen, um ungeschoren davonzukommen, abgesehen von einem Stückchen Banane, das sie sich vom Arm leckte. »Wer ist Chaz?«

Georgie schnappte sich ein Geschirrtuch und fing an, ihre Tunika abzutupfen. »Erinnerst du dich an Mrs Danvers, die unheimliche Haushälterin in *Rebecca*?«

Megs Yakknochenohrringe hüpften. »Das Buch habe ich auf dem College gelesen.«

»Stell sie dir als sauertöpfische zwanzigjährige Punkrockerin vor, die dieses Haus hier wie Schwester Ratchet in *Einer flog übers Kuckucksnest* führt, und du kennst Brams charmante Haushälterin Chaz.

Meg verfolgte, wie Bram sein T-Shirt über seinen Kopf zog. »Ich kann zwischen euch eigentlich keine großen Liebesschwingungen entdecken.«

Bram nahm ein Geschirrtuch. »Dann bist du vermutlich nicht so scharfsinnig, wie du meinst. Warum sonst hätten wir denn heiraten sollen?«

»Weil Georgie dieser Tage für ihr Handeln nicht verantwortlich gemacht werden kann, und du hinter ihrem Geld her bist. Mama behauptet, du seist der Typ Mann, der nie erwachsen wird.«

Georgie konnte sich ein höhnisches Grinsen nicht verkneifen. »Das könnte auch erklären, warum Mama Fleur sich geweigert hat, dich zu vertreten.«

Brams Ausdruck des Missfallens hätte effektiver sein können, wäre sein Gesicht nicht mit matschigen Flachssamen verschmiert gewesen. »Dich würde sie auch nicht vertreten.«

»Nur deshalb nicht, weil ich Meg so nahestehe. Es wäre ein Gewissenskonflikt.«

»Nicht wirklich«, schaltete Meg sich ein. Mama liebt dich als Mensch, aber sie würde auf den Tod nicht mit deinem Vater verhandeln wollen. Hättet ihr beide was dagegen, wenn ich für ein paar Tage einfach hierbleibe?«

»Ja!«, sagte Bram.

»Nein, natürlich nicht.« Georgie sah sie besorgt an. »Was ist los?«

»Ich möchte ein wenig Zeit mit dir verbringen, mehr nicht.«

Georgie nahm ihr das nicht ganz ab, aber wer konnte schon mit Gewissheit sagen, was Meg dachte? »Du kannst im Gästehaus wohnen.«

Bram sträubte sich. »Nein, kann sie nicht. Mein Büro ist im Gästehaus.«

»Doch nur in der Hälfte davon. Das Schlafzimmer benutzt du nie.«

Bram wandte sich an Meg. »Wir sind seit noch nicht ganz drei Wochen verheiratet. Wie armselig muss man denn sein, um bei Leuten reinzuplatzen, die praktisch in ihren Flitterwochen sind?«

Die schusselige Meg Koranda verschwand, an ihrer Stelle stand Jake Korandas Tochter mit einem Gesichtsausdruck so stählern wie der ihres Vaters, wenn er den Pistolenheld Bird Dog Caliber spielte. »So armselig, dass man sich vergewissern möchte, ob die Interessen der Freundin geschützt werden, wenn man den Verdacht hat, dass besagte Freundin dies vielleicht selbst nicht tut.«

»Mir geht es bestens«, beeilte Georgie sich zu versichern. »Bram und ich lieben uns leidenschaftlich. Wir haben nur eine verrückte Art, es zu zeigen.«

Bram unterbrach seine Säuberungsversuche. »Hast du deinen Eltern mitgeteilt, dass du hier wohnen möchtest? Denn ich schwöre dir bei Gott, Meg, deinen Vater möchte ich im Moment wirklich nicht im Nacken haben. Und deine Mutter auch nicht.«

»Ich werde das mit Dad klären. Mama mag dich sowieso nicht, also wird sie keine Probleme machen.«

Chaz wählte diesen Moment, um in die Küche zu kommen. Heute formten zwei dünne Gummibänder aus ihren fluoreszierenden roten Haaren zwei kleine Teufelshörner oben auf dem Kopf. Sie sah aus wie vierzehn, aber sie fluchte wie ein alter Seebär, als sie sah, in welchem Zustand die Küche war. Bis Bram vortrat …

»Es tut mir leid, Chaz. Der Mixer ist mit mir durchgegangen.«

Sofort war Chaz milde gestimmt. »Dann warten Sie das nächste Mal auf mich, okay?«

»Mach ich bestimmt«, erwiderte er zerknirscht.

Sie fing an, Küchenkrepp von der Rolle abzureißen und zu verteilen. »Wischt euch die Füße ab, damit ihr den Mist nicht im ganzen Haus verteilt.«

Sie schlug sämtliche Hilfsangebote aus und nahm die Schweinerei mit Tunnelblick in Angriff. Als sie die Küche verließen, erinnerte Georgie sich an Chaz' Begeisterung fürs Saubermachen, wenn es sich wirklich lohnte, und wünschte, sie hätte ihre Videokamera dabei.

Stattdessen widmete sie sich Meg, und als sie später am Pool saßen, richtete sie ihre Kamera auf sie und begann sie über ihre Erfahrungen in Indien auszufragen.

Aber im Unterschied zu Chaz war Meg mit Kameras groß geworden, und sie beantwortete nur die Fragen, die sie beantworten wollte. Als Georgie sie zu bedrängen versuchte, meinte sie, sie finde es langweilig, über sich zu reden, und wolle lieber schwimmen.

Kurz darauf tauchte Bram auf. Er klappte sein Mobiltelefon zu, lümmelte sich neben Georgie auf die Liege und stierte Meg im Pool an. »Deine Freundin hier zu haben, ist keine gute Idee. Ich bin immer noch scharf auf sie.«

»Nein, bist du nicht. Du willst mich nur ärgern.« Er hatte sich kein Hemd angezogen, und durch ihren kleinen, liederlichen Körper schoss lüsternes Verlangen. Bram glaubte, sie spiele mit ihm, indem sie ihn hinhielt, aber die Sache war komplizierter. Sie hatte Sex noch nie als bedeutungslose Unterhaltung angesehen. Sie hatte immer eine Bedeutung darin gesucht. Bis jetzt.

Hatte sie endlich einen klaren Blick bekommen und war selbstbewusst genug, um sich unbekümmert auf eine Affäre einzulassen? Ein paar heiße Nummern und dann »Arrividerci, Baby, und pass auf, dass du dich beim Rausgehen nicht in der Tür einklemmst.« Dieses Szenario hatte einen entscheidenden Haken. Wie konnte sie sich unbekümmert auf eine Affäre mit einem Mann einlassen, den sie danach nicht nach Hause schicken konnte? Wie sie es auch betrachtete, die Tatsache, dass sie unter einem Dach lebten, war eine Komplikation, mit der sie nicht klarkam.

»Du hast gar nichts von deinem Treffen heute Morgen im Mandarin erzählt«, sagte sie, um sich abzulenken.

»Da gibt es auch nichts zu erzählen. Der Typ war hauptsächlich am Schmutz unserer Ehe interessiert.« Achselzuckend fügte er hinzu: »Was soll's? Es ist ein wunderschöner Nachmittag, und wir sind alle gut drauf. Du musst doch zugeben, dass dies eine großartige dritte Verabredung ist.«

»Netter Versuch.«

»Gib's auf, Georgie. Mir ist aufgefallen, wie du mich ansiehst. Fehlt nur noch, dass du dir die Lippen leckst.«

»Leider bin ich ein menschliches Wesen, und du viel anziehender als du früher warst. Wenn du nur eine echte Person wärst, anstatt einer männlichen Aufblaspuppe ...«

Er schwang seine Beine über die Liege und erhob sich über ihr wie ein goldener Apollo, der vom Olymp herabgeschlendert war, um weibliche Sterbliche daran zu erinnern, welche Konsequenzen es hatte, wenn man sich mit den Göttern einließ. »Noch eine Woche, Georgie. Mehr hast du nicht mehr.«

»Was dann?«

»Das wirst du schon sehen.«

Es klang nicht nur so dahergesagt.

Laura Moody aß ihren Salat auf und warf die Verpackung in den Papierkorb neben ihrem Schreibtisch, der sich in einem von Glaswänden eingeschlossenen Büro im dritten Stock von Starlight Artists Management befand. Sie war neunundvierzig, Single und machte eine Diät nach der anderen, im Versuch, die überflüssigen zehn Pfunde loszuwerden, die sie nach Hollywoods Maßstäben fettleibig machten. Ihr braunes Haar, noch immer ohne einen Anflug von Grau, war schwer zu bändigen, die Augen hatten die Farbe von Brandy, und ihrer langen Nase hielt ein kräftiges Kinn das Gleichgewicht. Sie war weder hübsch noch hässlich, was sie in L.A. unsichtbar machte. Die für Hollywoodagenten erforderliche Uniform aus Designeranzügen und Jacketts sahen an ihrem kurz geratenen Körper immer ein wenig unpassend aus, selbst wenn sie Armani trug, wurde sie unweigerlich von jemandem gebeten, doch mal Kaffee zu holen.

»Hallo Laura.«

Fast hätte sie beim Klang von Paul Yorks Stimme ihre Diät-Pepsi umgeworfen. Nachdem sie sich eine Woche lang vor seinen Anrufen gedrückt hatte, holten die Ereignisse sie nun doch ein. Paul war mit seinen dicken, stahlgrauen Haaren und ebenmäßigen Gesichtszügen eine großartige Erscheinung, aber er hatte die Persönlichkeit eines Gefängniswärters. Heute trug er seine übliche Uniform: graue Hosen und ein puderblaues Hemd, in dessen Brusttasche eine Ray-Ban-Sonnenbrille steckte. Sein lockerer, federnder Gang vermochte sie nicht zu täuschen. Paul York war so entspannt wie eine Feder. »Sie scheinen in letzter Zeit Schwierigkeiten zu haben, Telefonanrufe zu erwidern«, sagte er.

»Es ist verrückt.« Sie tastete mit ihrem nackten Fuß unter ihrem Schreibtisch nach ihren Stilettos, die sie abgestreift hatte. »Gerade wollte ich Sie anrufen.«

»Mit fünf Tagen Verspätung.«

»Darmgrippe.« Als sie ihren Schuh ertastet hatte, zwang sie sich dazu, alles heraufzubeschwören, was sie an ihm bewunderte. Er mochte zwar der typische anmaßende Bühnenvater sein, aber er hatte seine Aufgabe, Georgie großzuziehen, ganz anständig gemeistert. Anders als so viele andere Kinderstars hatte Georgie nie einen Entzug nötig gehabt. Sie wechselte auch nicht wöchentlich ihre Liebhaber oder »vergaß« einen Slip zu tragen, wenn sie aus dem Auto stieg. Paul hatte sich außerdem äußerst gewissenhaft um ihr Vermögen gekümmert und für sich nur eine bescheidene Vermittlungsgebühr genommen, so dass er ein angenehmes, aber nicht protziges Leben führen konnte. Versäumt hatte er allerdings, sie vor seinem eigenen Ehrgeiz zu schützen.

Er wanderte hinüber zur Wand hinter der Bürocouch und nahm sich Zeit, die zur Schau gestellten Zertifikate und Fotos zu betrachten – öffentliche Auszeichnungen, Berufszertifikate, Schnappschüsse, die sie selbst mit Berühmtheiten zeigten, von denen sie keinen tatsächlich unter Vertrag hatte. Georgie war ihre einzige herausragende Klientin und Haupteinkommensquelle.

»Ich möchte, dass Georgie dieses Greenberg-Projekt macht«, sagte er.

Irgendwie gelang es ihr, ein gleichmäßiges Lächeln zu bewahren. »Diese Geschichte mit dem hübschen Dummchen als Vampir? Interessante Idee.« *Eine entsetzliche Idee.*

»Es ist ein großartiges Drehbuch«, sagte er. »Ich war geradezu schockiert, so durchdacht ist es.«

»Wirklich lustig«, stimmte sie ihm zu. »Alle reden darüber.«

»Georgie wird eine neue Dimension in die Geschichte bringen.«

Wieder einmal ging Paul einfach über die Wünsche seiner Tochter hinweg. *Die Rache des Vampirpüppchens*, sah trotz der komischen Grundstimmung und der witzigen Dialoge genau die Art von Rolle vor, von der Georgie wegkommen wollte.

Laura klopfte mit ihren Fingernägeln auf den Schreibtisch. »Die Rolle ist wie für sie geschrieben. Nur leider ist Greenberg wild entschlossen, eine Theaterschauspielerin für die Hauptrolle zu verpflichten.«

»Der glaubt auch nur zu wissen, was er will.«

»Da haben Sie vielleicht recht.« Sie verdrehte die Augen. »Er glaubt, dem Projekt mit einer Theaterschauspielerin mehr Glaubwürdigkeit zu verleihen.«

»Ich sage ja auch nicht, dass es leicht wird. Verdienen Sie sich Ihre fünfzehn Prozent, und bringen Sie ihn dazu, dass er sie sich anschaut. Sagen Sie ihm, das Drehbuch gefalle ihr sehr, und sie könne sich keine schönere Rolle vorstellen.«

»Genau. Ich werde sofort mit ihm sprechen.« Wie zum

Teufel sollte sie Greenberg überreden, sich mit Georgie zu treffen? Da hatte sie schon viel größeres Vertrauen in Pauls Fähigkeit, seine Tochter so lange zu bearbeiten, bis sie eine Rolle annahm, die sie eigentlich gar nicht spielen wollte.

»Sie wissen aber doch …« Sie hatte erst einen Schuh gefunden, also konnte sie noch nicht aufstehen, was Paul den Vorteil brachte, sich vor ihrem Schreibtisch aufbauen zu können. »Die Dreharbeiten beginnen nächsten Monat, und Georgie hat sich eine Auszeit ausbedungen.«

»Um Georgie kümmere ich mich schon.«

»Sie ist doch noch in den Flitterwochen, und …«

»Ich sagte, ich kümmere mich um sie. Wenn Sie mit Greenberg reden, vergessen Sie nicht, ihn darauf aufmerksam zu machen, wie perfekt ihr komisches Timing ist und wie viele weibliche Zuschauer sich mit ihr identifizieren. Sie wissen ja, wie das geht. Machen Sie ihm auch klar, wie viel Presse sie zurzeit bekommt. Das bringt Geld in die Kinokassen.«

Nicht unbedingt. Georgies Erfolg als Liebling der Boulevardpresse hatte sich nie auf die Kinokassen ausgewirkt. Sie spielte mit dem Terminkalender auf ihrem Schreibtisch. »Ja, gut … Sie wissen, ich werde mein Bestes tun, aber wir dürfen nicht vergessen, dass wir hier in Hollywood sind.«

»Keine Entschuldigungen. Bringen Sie es zuwege, Laura. Und zwar schnell.« Er nickte ihr knapp zu und ging dann hinaus.

Sie hatte Kopfschmerzen. Vor sechs Jahren, als Paul sie unter all den Agenten von Starlight dazu auserkoren hatte, Georgie zu vertreten, war sie aus dem Häuschen gewesen. Sie hatte es als ihren großen Durchbruch, als verspätete Anerkennung für ein Jahrzehnt harter Arbeit angesehen, in dem sie von einem Dutzend junger Senkrechtstarter aus den Eliteuniversitäten des Landes überholt worden war, die alle nicht halb so viel Erfahrung hatten wie sie. Damals hatte sie nicht begriffen, dass sie einen Pakt mit dem Teufel geschlossen hatte, einem Teufel namens Paul York.

Ihre Träume, einmal selbst zu den Drahtziehern Hollywoods zu gehören, kamen ihr jetzt lächerlich vor. Sie besaß nicht die Dreistigkeit der anderen Agenten oder deren Präsenz. Paul hatte sie nur aus einem einzigen Grund angeheuert – er suchte ein Sprachrohr, das er kontrollieren konnte, und die Starlight Agenten der Oberliga hätten dieses Spiel nicht mitgemacht. Ihr Lebensunterhalt, wozu eine luxuriöse Eigentumswohnung gehörte, gründete sich auf ihre Fähigkeit, Pauls Wünsche zu erfüllen.

Früher einmal war sie stolz auf ihre Integrität gewesen. Nun wusste sie kaum mehr, was dieses Wort bedeutete.

Im Lauf der nächsten vier Tage traf Bram sich mit einem weiteren potentiellen Investor, dessen Bereitschaft, auf ihn zu setzen, nicht größer war als die der anderen. Georgie nahm zwei Ballettstunden, ließ sich ihr Haar um zweieinhalb Zentimeter kürzer schneiden und machte sich Sorgen um ihre Zukunft. Als das zu deprimierend wurde, versuchte sie Meg zu überreden, mit ihr shoppen zu gehen. Aber Meg verfügte über ausreichend Erfahrung mit Hollywood.

»Wenn ich darauf erpicht wäre, mein Gesicht auf den Seiten von US Weekly zu sehen, würde ich mit meinen Eltern ausgehen. Ihr habt euch dieses Leben ausgesucht. Ich nicht.«

Meg ging stattdessen reiten und Georgie ließ ein kompliziertes Mittagessen mit ihrem Vater im neu eröffneten und derzeit angesagten Mittagstreff von L.A. über sich ergehen, wo sie in einer Ledernische unter einem Blechkandelaber saßen.

»*Die Rache des Vampirpüppchens* ist hervorragend geschrieben und wirklich lustig«, sagte er und stocherte in seinem Salat mit gegrilltem Steak herum. »Du weißt, was das für eine Seltenheit ist.«

Er schob ihr den Brotkorb hin, aber sie hatte keinen besonderen Appetit. In den vergangenen zwei Wochen hatte Chaz sie mit Bergen von Makkaroni, Käse und Riesenportionen Lasagne gefüttert. Tatsächlich hatten die Kanten ihrer Knochen an Schärfe verloren, und ihre Wangen sahen nicht mehr krank und eingefallen aus, aber sie war sich ziemlich sicher, dass dies so nicht von Chaz beabsichtigt gewesen war.

»Das wird sicherlich ein Erfolg werden. Aber ...« Sie stocherte in ihrer Schale mit Zitronenrisotto und gab sich Mühe, standhaft an ihrem Entschluss festzuhalten. Schließlich ging es um ihr Leben, ihre Karriere, sie musste ihren eigenen Weg finden. »Ich brauche eine Pause, ich kann nicht immer nur emotionale Leichtgewichte spielen. Ich bin meinen Verpflichtungen nachgekommen, Dad, aber ich möchte nicht schon wieder eine Komödie spielen. Ich brauche eine neue Herausforderung, etwas, für das ich mich begeistern kann.«

Die sechs Monate Auszeit, für die sie so heftig gekämpft hatte, ließ sie unerwähnt. Sie musste sobald wie möglich wieder arbeiten, damit sie nicht so viel Zeit mit Bram verbringen musste.

Ihr Vater lehnte sich zurück. »Nun bedienst du aber ein Klischee, Georgie – wieder eine Komödienschauspielerin, die Lady Macbeth spielen möchte. Mach das, worin du gut bist.«

Sie durfte sich nicht unterbuttern lassen. »Woher soll ich denn wissen, ob ich nicht auch in anderen Rollen gut wäre, wenn ich nie eine Chance dazu bekomme?«

»Hast du eine Vorstellung davon, wie viel Mühe Laura

sich gibt, für dich ein Treffen mit Greenberg zustande zu bringen?«

»Sie hätte mich erst fragen sollen.« Als käme Laura überhaupt auf die Idee, sie zu konsultieren.

Er nahm seine Brille ab und rieb sich die Augen. Er sah müde aus, wie sie sich schuldbewusst eingestand. Als dreiundzwanzigjähriger Witwer eine Vierjährige aufzuziehen, war keine leichte Aufgabe für ihn gewesen. Sein ganzes Leben hatte er in ihren Dienst gestellt, und sie vergalt es ihm in letzter Zeit nur mit Groll. Er setzte seine Brille wieder auf und ergriff seine Gabel, aber nur, um sie wieder abzulegen. »Ich vermute mal, deine Faulheit ...«

»Das ist ungerecht.«

»Gut, dann eben der Mangel an Zielen, beruht auf Brams Einfluss, und, offen gesagt, es macht mir Angst, dass er seine unprofessionelle Einstellung auf dich überträgt.«

»Bram hat mit dem allen nichts zu tun.«

Während sie die Reiskörner hin und her schob, wartete sie darauf, dass er sich darüber ausließ, wie viel kooperativer sie sich während ihrer Ehe mit Lance gezeigt hatte. Ihr Vater und Lance waren sich immer in allem einig gewesen, das ging so weit, dass Georgie sich einredete, Lance hätte eigentlich das Kind ihres Vaters sein sollen.

Aber Paul rüstete sich zum Kampf. »Man möchte das *Vampirpüppchen* am Wochenende des vierten Juli im nächsten Jahr herausbringen. Ein perfekter Sommerfilm. Der hat das Zeug zum großen Kassenschlager.«

»Nicht, wenn ich mitspiele.«

»Lass das sein, Georgie. Negative Gedanken bringen negative Ergebnisse.«

»*Cake Walk* wird ein Flop. Das wissen wir beide.«

»Ich gebe dir ja recht, dass einige Entscheidungen falsch waren, aber genau aus dem Grund, muss dein Name sobald wie möglich mit dem *Vampirpüppchen* in Verbindung

gebracht werden. Das öffentliche Interesse, das dir entge-
gengebracht wird, öffnet dir Möglichkeiten, die sich dir so
nicht wieder bieten werden. Wenn du da nicht zugreifst,
wirst du es den Rest deines Lebens bedauern.«

Sie unterdrückte ihre Wut, indem sie sich sagte, ihr Vater habe immer nur ihre Interessen im Auge gehabt. Von
Anfang an hatte er ihr treu zur Seite gestanden. Wenn sie
eine Rolle nicht bekam, pflegte er sie zu beruhigen, indem
er Casting-Agenten lächerlich machte. So war er eben. Immer hatte er alles getan, um sie zu schützen. Als man ihr im
Alter von zwölf Jahren die Hauptrolle einer Kinderpros-
tituierten angeboten hatte, hatte er abgelehnt. Wenn sein
Bedürfnis, sie zu beschützen, doch nur auf Liebe, anstatt
auf Ehrgeiz beruht hätte.

Wie schon so oft überlegte sie, wie sich die Dinge entwickelt hätten, wenn sie ihre Mutter nicht verloren hätte.
»Dad … Wenn Mama nicht gestorben wäre, glaubst du, du
hättest dann deine eigene Schauspielkarriere verfolgt?«

»Wer weiß? Aber es bringt nichts, darüber zu spekulie-
ren.«

»Ich weiß, aber …« Der Risotto war zu sehr gesalzen,
sie schob es beiseite. »Erzähl mir noch mal, wie ihr euch
kennen gelernt habt.«

Er seufzte. »Wir sind uns während unseres zweiten Jahrs
auf dem College begegnet. Ich spielte Becket in *Mord in
der Kathedrale*, und sie interviewte mich für die College-
zeitung. Anziehung der Gegensätze. Sie war so unglaublich schusselig.«

»Hast du sie geliebt.«

»Georgie, das ist so lange her. Wir müssen uns auf das
Heute besinnen.«

»Hast du sie geliebt?«

»Sehr.« Seine ungeduldige Art sagte Georgie, dass er nur
sagte, was sie hören wollte.

Beim Blick auf ihren kaum angerührten Risotto fiel ihr auf, dass sie sich ironischerweise in Gegenwart ihres verrufenen Ehemanns wohler fühlte als mit ihrem eigenen Vater. Aber schließlich gab sie auf Brams Meinung auch nichts.

Vielleicht würde sie irgendwann auch mal aufhören, die ihres Vaters wichtig zu nehmen.

Ehe ihre Verabredung zu Ende ging, gewannen Georgies Schuldgefühle die Oberhand und sie lud ihn fürs Wochenende zum Abendessen ein. Sie wollte auch Trev einladen und Meg überreden dazubleiben. Vielleicht rief sie sogar Laura an. Ihre Marionette von einer Agentin wusste, wie man Gespräche in Gang hielt, und da Bram und ihr Vater sich vermutlich Wortgefechte lieferten, brauchte sie einen Vermittler.

Chaz bekam einen Anfall, als Georgie ihr sagte, sie habe vor, einen Partyservice anzuheuern. »Meine Mahlzeiten sind für Bram und seine Freunde immer gut genug gewesen«, erklärte sie, »aber Sie sind natürlich was Besseres.«

»Schön!«, erwiderte Georgie. »Wenn du unbedingt kochen willst, dann koch doch. Ich wollte es dir nur einfacher machen.«

»Dann sagen Sie Aaron, dass er mir beim Bedienen helfen soll.«

»Das werde ich tun.« Sie musste einfach nachhaken. »Für welche Freunde von Bram hast du denn gekocht? Wie es aussieht, bekommt er nicht viel Besuch.«

»Doch schon. Ich kochte für seine Freund*innen*. Für Trevor. Und vor ein paar Monaten hatte er diesen großen Regisseur, diesen Mr Peters zu Gast.«

Hank Peters hat sich also tatsächlich mit ihm getroffen. Interessant.

Die schlechte Presse wegen der Balkonfotos verebbte schließlich, aber sie und Bram mussten sich noch mal in

der Öffentlichkeit zeigen, um neuen Gerüchten den Nähr-
boden zu entziehen. Am Freitag, dem Tag vor der Dinnerparty, besuchten sie Pinkberry in West Hollywood. Bram
hatte sich in letzter Zeit nicht mehr über ihr mangelndes
Sexleben beklagt. Was beunruhigend war. Er benahm sich,
als wäre Sex überhaupt kein Thema mehr, nur dass er offensichtlich am liebsten mit nacktem Oberkörper herum-
lief und ihren Arm berührte, wann immer er an ihr vor-
beikam. Georgie hatte langsam das Gefühl, lichterloh zu
brennen.

Er spielte mit ihr.

Das Pinkberry von West Hollywood war zu einem Lieb-
lingstreff der Promis geworden, das bedeutete, dass dort
immer Paparazzi herumhingen. Georgie entschied sich
für marineblaue Hosen und eine weiße Bluse mit U-Aus-
schnitt, die vorne von sechs roten Plastikknöpfen im Re-
trostil zugeknöpft wurde. Eine Stunde hatte es gedauert,
bis sie fertig war. Bram trug dieselben Jeans und das gleiche T-Shirt wie am Morgen.

Georgie bestellte ihren gefrorenen Joghurt mit frischen
Blaubeeren und Mango. Bram brummelte, er wolle eine
verdammte Dairy Queen und bekam nichts. Als sie den
Laden verließen, stürzten sich ein halbes Dutzend Fotografen auf sie.

»Georgie! Bram! Wir haben euch einige Tage nicht gesehen. Wo seid ihr gewesen?«

»Wir sind frisch verheiratet«, schoss Bram zurück. »Wo
glaubt ihr wohl?«

»Georgie, wollen Sie sich zu Jade Gentrys Fehlgeburt
äußern?«

»Haben Sie mit Lance gesprochen?«

»Habt ihr beide vor, eine Familie zu gründen?«

Eine Frage folgte auf die andere, bis ein Fotograf mit
einem ausgeprägten Brooklyner Akzent rief: »Haben Sie

immer noch Schwierigkeiten, einen anständigen Job zu finden, Bram? Vermutlich kamen Ihnen Georgie und ihr Geld ganz gelegen.«

Bram spannte sich an, und Georgie hakte sich bei ihm unter. »Ich weiß nicht, wer Sie sind ...«, sie behielt ihr Lächeln bei, »... aber Brams Tage, in denen er Fotografen eine geknallt hat, die sich wie Ungeziefer benehmen, liegen noch gar nicht so lange zurück. Vielleicht ist es ja das, worauf Sie aus sind?«

Ein paar der anderen Paparazzi betrachteten den Mann angewidert, aber das hielt sie nicht davon ab, ihre Kameras zu zücken für den Fall, dass Bram einen Wutausbruch bekam. Eine Aufnahme von ihm, wie er zuschlug, wäre mehrere tausend Dollar wert und würde dazu womöglich auch noch einen lukrativen Vergleich für den Fotografen abwerfen, der den Angriff provoziert hatte.

»Ich hatte nicht vor, ihn zu verprügeln«, sagte Bram, als sie endlich freikamen. »So blöd bin ich nun auch nicht, dass ich auf diesen Quatsch hereinfalle.«

»In der Vergangenheit bist du aber mehrmals darauf reingefallen.«

Er neigte den Kopf für die Paparazzi, die ihnen auf den Fersen waren. »Komm, wir geben ihnen den Schuss, der ihnen Geld bringt.«

»Und das wäre?«

»Du wirst schon sehen.« Er ergriff ihre Hand und zog sie, dicht gefolgt von den Paparazzi, den Gehweg hinunter.

13

Der kleine, in sattem Senfgelb gestrichene Laden erinnerte Georgie an ein altmodisches britisches Kurzwarengeschäft. Über der Tür räkelte sich eine weibliche *Art-nouveau*-Figur um die glänzenden schwarzen Lettern des Geschäftsnamens: PROVOCATIVE. Die beiden Os formten ihre Brüste.

Georgie hatte von diesem exquisiten Wäschegeschäft von April schon gehört, war aber selbst noch nie dort gewesen. »Ausgezeichnete Idee«, lobte sie.

»Ich habe damit gerechnet, dass du jetzt wieder deine prüde Seite herauskehrst.« Bram legte ihr die Hand aufs Kreuz.

»Ich bin seit Jahren nicht mehr prüde.«

»Hätte ja sein können, dass du mir was vormachst.« Er hielt ihr die Tür auf, und sie betraten unter den Rufen der Fotografen und dem betäubenden Klicken ihrer Kameras das parfümierte Innere. Das Gesetz gegen Hausfriedensbruch hielt die Paparazzi draußen, sie drängelten, um wenigstens einen guten Platz zu finden, der einen Schuss durch das Schaufenster erlaubte.

Das im Stil Edwards gehaltene Interieur bestand aus ebenfalls senfgelben Wänden und Deckenfriesen aus warmem Holz. Die Deckenlampe war von einem Kreis gemalter Pfauenfedern umgeben, und erotische Aubrey Beardsley Zeichnungen in Goldrahmen schmückten die Wände. Sie und Bram waren die einzigen Kunden, was sich vermutlich bald ändern würde, wenn sich die Nachricht verbreitete, dass sie hier waren.

Der Laden war ein Gourmet-Buffet der sexuellen Fantasien. Bram stürzte sich auf die Reizwäschekollektion, während Georgie ihren Blick nicht von den kunstvoll zur Schau gestellten Dildos vor einem antiken Spiegel lösen konnte. Als Brams Lippen über ihr Ohr strichen, wusste sie, dass sie diese zu lang angestarrt hatte. »Ich leihe dir gern meinen.«

Georgie spürte ein leichtes Kribbeln im Bauch.

Die Verkäuferin, eine Frau mittleren Alters mit langem brünettem Haar, bekleidet mit einem geschmackvollen Klarsichtfolienoberteil und einem hauchfeinen Rock, war ihnen, sobald sie sie erkannt hatte, sofort zu Diensten. Ihre hochhackigen, zehenfreien Schuhe versanken im Teppich. »Willkommen bei Provocative.«

»Danke«, erwiderte Bram. »Interessanter Laden.«

Außer Atem vor Aufregung, zwei derart berühmte Promis in ihrem Geschäft zu haben, begann die Verkäuferin die Spezialsortimente des Ladens aufzulisten. »Wenn Sie hier durch den Bogen gehen, kommen Sie zu unserem fabelhaften Bondage-Center. Hübsche Peitschen, Paddles, Nippelklammern und ein paar wirklich luxuriöse Fesseln und Handschellen. Sie werden überrascht sein, wie angenehm sie zu tragen sind. Unsere Spielsachen zeichnen sich alle durch höchste Qualität aus. Wie Sie sehen, finden Sie bei uns auch eine breite Auswahl an Dildos, Massagestäben, Penisringen aus Jade und«, sie deutete auf einen Glaskasten, »hier ist ein wirklich hübsches Set von Analperlen aus Perlmutt.«

Georgie zuckte zusammen. Sie hatte von Analperlen gehört, sich aber nie richtig vorstellen können, wie oder warum man sie benutzte.

Als die Verkäuferin sich abwandte, um ihren Blick über die Regale schweifen zu lassen, meinte Bram flüsternd: »Hab ich schon ausprobiert. Wenn auch nicht mit dir.«

Das Kribbeln wurde stärker.

Die Verkäuferin wandte sich an Georgie. »Ich habe gerade eine neue Lieferung juwelenbesetzter Schamhaartoupets bekommen. Haben Sie so was schon mal getragen?«

»Erklären Sie mir, was das ist.«

Mit verkniffenem Lächeln stemmte die Verkäuferin ihre Hände in die Taille, als wollte sie eine Vorlesung über Kunst halten. »Schamhaartoupets wurden ursprünglich von Prostituierten getragen, die entweder ihr dünner werdendes Schamhaar oder Syphilis kaschieren wollten. Die modernen Modelle sind viel erotischer, und da viele Frauen sich rasieren, sind sie richtig populär geworden.«

Georgie war sowohl aus erotischen als auch philosophischen Gründen dagegen, sich das ganze Schamhaar auszurupfen. Die Vorstellung, etwas derart Weibliches aufzugeben, um wie ein pubertierendes Mädchen auszusehen, schmeckte zu sehr nach Kinderpornographie. Aber die Verkäuferin hatte bereits einen Schaukasten geöffnet und ein mit violett, blau und rot funkelnden Schmucksteinen besetztes, dreieckiges Exemplar hervorgeholt. Georgie sah sich den Gegenstand genau an und entdeckte eine kleine V-förmige Vertiefung an der unteren Spitze des Dreiecks, die man offensichtlich dort angebracht hatte, um die Spalte darunter sichtbar zu machen. »Natürlich werden alle unsere Schamhaartoupets mit Klebestreifen geliefert.«

Bram nahm das Schamhaartoupet in die Hand und sah es sich genau an, dann gab er es der Verkäuferin zurück. »Ich denke, das lassen wir. Manche Dinge benötigen keine zusätzliche Dekoration.«

»Verstehe«, entgegnete die Frau, »hier gibt es auch noch passende, mit Schmucksteinen verzierte Nipple Covers.«

»Die wären mir nur im Weg.«

Georgie spürte Schamesröte in sich aufsteigen.

»Wir haben ganz fantastische Reizwäsche«, sagte die Verkäuferin zu Bram. »Unsere aus drei Blütenblättern bestehenden BHs sind sehr beliebt. Ihre Frau kann sie mit voll geschlossenen Blütenblättern oder so tragen, dass nur die beiden seitlichen geschlossen sind. Oder sie kann alle nach unten ziehen.«

Georgies Brüste prickelten.

»Sehr vielseitig.« Bram schob seine Hand unter ihr Haar und berührte sie im Nacken. Sie bekam eine Gänsehaut.

»Haben Sie schon von unserer VIP-Umkleide gehört?«

Jetzt fiel ihr wieder ein, was April erzählt hatte. Sie setzte ein nachdenkliches Gesicht auf. »Ich, äh, glaube, eine Freundin hat da was erwähnt.«

»Sie ist mit einem Guckloch in der Rückwand ausgestattet«, erklärte die Verkäuferin. »Das können Sie öffnen, wenn Sie mögen. Dahinter liegt eine kleine Umkleide für Ihren Ehemann.«

Bram lachte, ein Lachen, wie sie es seit dem Erscheinen der Balkonfotos nicht mehr von ihm gehört hatte. »Wenn mehr Männer davon wüssten, würden sie nicht mehr sagen, dass ihnen dieser Laden missfällt.«

Die Verkäuferin warf Georgie ein wissendes Lächeln zu. »Wir haben auch eine ausgefallene Kollektion von Herrenslips, und das Guckloch funktioniert nach beiden Seiten.« Dann konnte sie sich nicht mehr länger zurückhalten. »Ich muss es Ihnen einfach sagen, ich fand Sie beide so toll in *Skip und Scooter*. Dass Sie jetzt geheiratet haben, finden alle ganz fantastisch, lassen Sie sich bloß nicht von diesen dummen Geschichten ärgern.« Sie musste abbrechen, da neue Kunden den Laden betraten. »Ich bin gleich wieder bei Ihnen, wenn Sie Hilfe brauchen.«

Georgie starrte ihr hinterher. »Bis zum Abendessen findet man alles, was wir hier kaufen, auf einer Internetliste. Mit Massageöl wären wir auf der sicheren Seite.«

»Ach, ich denke, ein bisschen was Aufregenderes könnte es schon sein.«

»Keine Peitschen und Paddles. Mit S&M bin ich durch. Anfangs hat es Spaß gemacht, aber nach einer Weile wird es langweilig, ausgewachsene Männer zum Weinen zu bringen.«

Er lächelte. »Und auch keine Dildos, obwohl ich weiß, wie gern du einen hättest. Was mich nicht überrascht, da ...«

»Musst du immer wieder darauf herumreiten?«

»Gern ... darauf ... darunter ...« Er streifte den Bogen ihrer Oberlippe. »Hinein ...«

Eine Hitzewelle zuckte durch ihren Körper. Sie befand sich in Auflösung.

Er schob sie zur Reizwäscheabteilung, wo in weichem Licht sexy BH-und-Höschen-Sets, Strumpfgürtel und knappe Teddys, die vorne mit einem Reißverschluss und durchsichtigen Blockstreifen ausgestattet waren, präsentiert wurden. Sämtliche Wäsche war wunderschön gearbeitet und wahnsinnig teuer. Bram hielt einen BH hoch, bei dem die Cups oben von einer seidenen Kordel begrenzt waren. »Du trägst was? Welche Größe?«

»70 F«, sagte sie.

Er zog seine dunkle Braue hoch und griff nach einem 70 C, der genau richtig war, was angesichts seiner Kenntnis weiblicher Anatomie nicht verwunderte. Nun kamen mehr Kunden in den Laden, aber noch hielten sie Abstand.

»Nur dass du's weißt«, wisperte sie, mehr zu sich als zu ihm. »Das ist keine Verabredung, und die Gucklochtür bleibt geschlossen.«

»Das ist auf jeden Fall eine Verabredung.« Er untersuchte einen einteiligen Bondage Body Wrap aus schwarzem Gittergewebe. »Hervorragend gearbeitet.« Er strich über die Satinbänder. »Viel weicher als Leder.«

»Ich liebe Leder.« Sie schnappte sich einen knapp geschnittenen, vorne ausgeformten Männerslip aus Leder.

»Nie im Leben«, erwiderte er.

Sie entwand ihm den Bondage Wrap. »Schade.«

Sie fixierten einander. Er gab zuerst nach. »Okay, du hast
gewonnen. Ich such was für dich aus und du für mich.«

»Abgemacht.«

Sie suchten Stücke für den anderen aus, als wäre es ih-
nen ernst damit und sie nicht zwei Schauspieler, die ihr
Spiel perfekt beherrschten. Bram legte mehrere körbchen-
lose BHs und ein paar unten offene Höschen auf ihren
Stapel. Sie suchte für ihn weitere Lederartikel heraus, aber
als sie ein interessantes Paar Chaps fand, warf er ihr einen
so schmerzverzerrten Blick zu, dass sie diese zurücklegte.
Er erwiderte ihr den Gefallen, indem er sich von einem
Korsett losriss, das eher an ein Folterinstrument erinnerte.
Schließlich tauschten sie die Wäschestücke, und die Ver-
käuferin führte sie zur VIP-Umkleide. Sie schloss eine
Holztür mit einem altmodischen Dietrich auf und hängte
Georgies Wäsche an einen verschnörkelten Messinghaken,
ehe sie Brams Sachen in seine Umkleide trug.

Georgie stand inmitten von altrosa Wänden, auf einer
Seite war ein vom Boden bis zur Decke reichender ver-
goldeter Spiegel, ein gepolsterter Schemel und Wandleuch-
ter, deren rosafarbene Fransenlampenschirme den Raum
in weiches, schmeichelhaftes Licht tauchten, vervollständigten die Einrichtung. Das faszinierendste Detail dieses
Raums war auf Augenhöhe in der rückwärtigen Wand ein-
gepasst, eine Tür von etwa dreißig Zentimetern im Qua-
drat mit einem winzigen Türknopf, der, nicht ganz so subtil, wie eine halb geöffnete Muschel mit einer Perle an der
Spitze geformt war.

Das reichte jetzt. Das Spiel war vorbei. Aus und vorbei.
Aber …

Nein. Nein und noch mal nein.

Es wurde an die Wand geklopft. »Mach auf.«

Sie zog an der »Muschel« und öffnete die Tür. Brams Gesicht guckte durch das schwarze Gitterwerk. Wohl kaum ein Guckloch. Die altrosa Wände, die sein Gesicht rahmten, hätten ihm eigentlich eine weiblichere Note geben sollen, ließen ihn aber nur noch männlicher erscheinen. Er rieb sich das Kinn. »Es ist mir peinlich, das zuzugeben, aber dieser Ort hier macht mich richtig an.«

Ihm war es kein bisschen peinlich, und auf sie verfehlte die aufgeheizte Atmosphäre ihre Wirkung ebenso wenig. Sie drehte an ihrem falschen Hochzeitsring. Obwohl die Melrose Avenue nur wenige Häuserblocks entfernt lag, gab dieses erotische Warenhaus ihr das Gefühl, eine andere Welt betreten zu haben. Eine seltsam sichere Welt, in der ein nicht vertrauenswürdiger Mann einen zwar anschauen, aber nicht berühren konnte. Eine Welt, in der sich alles nur um Sex drehte und man keine Kopfschmerzen vortäuschen musste.

»Wir hätten uns doch diese Bondage-Artikel anschauen sollen«, klagte er.

Sie konnte nicht widerstehen und spielte mit dem Feuer. »Nur mal aus Neugierde … Wen von uns beiden hättest du denn in Fesseln sehen wollen?«

»Für den Anfang? Dich.« Seine Stimme bekam eine tiefe, rauchige Note. »Aber wenn du erst mal richtige Unterwerfung gezeigt hättest, hätten wir auch tauschen können. Was meinst du, würdest du für mich dieses schwarze Gitterding anziehen?«

Die Verlockung, auf dieser sexuellen Spielwiese mit dem Teufel herumzutollen war fast unwiderstehlich. »Was bekomme ich dafür?«

»Was möchtest du denn?«

Sie überlegte einen Moment. »Mach mal einen Schritt

zurück.« Als er das getan hatte, drückte sie ihr Gesicht ans Gitter und sah, dass sein kleinerer Umkleideraum Wände aus dunklem Gold hatte und die von ihr ausgesuchten Wäschestücke auf übergroßen Eisenbolzen hingen. »Diesen knappen Lederslip.«

»Auf keinen Fall.«

»Schade.« Sie schloss die Tür.

»Hey!«

Sie ließ sich Zeit mit dem Öffnen. »Hast du es dir anders überlegt?«

»Wenn du den Anfang machst.«

»Genau. Als würde ich darauf reinfallen.«

Sie fixierten sich wieder. Sie hielt seinem Blick stand, obwohl ihr Herz wie verrückt schlug.

»Na los, Georgie. Ich habe eine schlimme Woche hinter mir. Ein paar Klamotten für mich anzuprobieren ist doch wohl das Mindeste, was du für mich tun kannst.«

»Ich hatte auch eine schlimme Woche, und das hier sind keine Kleider. Das sind sexuelle Hilfsmittel. Wenn du das unbedingt haben willst, dann fang du an.«

»Wie wär's, wenn wir's gleichzeitig machen?«

»Abgemacht.« Sie schloss die Tür wieder. Ihre Hände zitterten. Sie zog ihre blau-weiß getupften Ballerinas aus.

Einige Minuten verstrichen, ehe er von drüben klopfte. »Bist du schon fertig?«

»Nein. Ich komme mir blöd vor.«

»*Du* kommst dir blöd vor. Dieses Ding hat ein verdammtes Suspensorium.«

»Ich weiß. Schließlich habe ich es ausgesucht, du erinnerst dich? Und wenn einer sich hier beklagen darf, dann ich. Diese Korsagenriemchen verstecken aber auch gar nichts.«

»Mach die Tür auf. *Jetzt.*«

»Ich habe es mir anders überlegt.«

228

»Ich zähle bis drei«, sagte er.

»Du musst einen Schritt zurücktreten, damit ich dich sehen kann.«

»In Ordnung. Ich gehe jetzt zurück. Eins ... zwei ... drei.«

Sie öffnete die Tür und schaute durch.

Bram schaute sie an.

Beide waren vollständig bekleidet.

Bram schüttelte den Kopf. »Du hast offenbar ein ernsthaftes Vertrauensproblem.«

Sie sah ihn aus schmalen Augenschlitzen an. »Ich habe wenigstens meine Schuhe ausgezogen. Du hast nicht mal das gemacht.«

»Neue Vereinbarung«, sagte er. »Die Tür bleibt offen. Du ziehst ein Kleidungsstück aus. Ich ziehe eins aus. Ich mache sogar den Anfang.« Er zog sein Hemd über den Kopf.

Sie wusste bereits, dass er einen großartigen Brustkorb hatte. Schließlich hatte sie genug Zeit damit verbracht, ihn verstohlen anzuschauen. Die Muskeln traten hervor, waren aber nicht so überentwickelt, dass es IQ-Punkte kostete, denn mal ehrlich, wie sexy konnte schon ein Mann sein, der den ganzen Tag nur im Fitnessstudio zubrachte?

»Ich warte«, sagte er.

Nach raschem Überschlagen stand fest, dass sie mehr Kleidungsstücke anhatte. Sollte sie sich wirklich darauf einlassen? Sex mit Bram war noch keine Garantie dafür, dass er sie nicht doch betrog, aber er war auch nicht dumm. Er wusste, dass sie unter Beobachtung der Öffentlichkeit standen und dass er nicht mit großer Nachsicht rechnen durfte. Außerdem wählte Bram immer den leichteren Weg, und der wäre in diesem Fall sie.

Sie schob ihre Hand in den Nacken und zog ihre silberne Halskette aus.

»Unfair.«

Ihre Reise auf die Spielwiese des Teufels erforderte wenigstens ein paar Schwünge auf dem Klettergerüst. »Lass deine Jeans fallen. Das Suspensorium wartet auf dich.«

»Ich habe, wie du weißt, noch immer meine Schuhe an.« Er trat zurück, so dass sie sehen konnte, wie er sich eines einzelnen Schuhs entledigte.

»Das ist Betrug.« Sie wandte sich ab und zog sich einen kleinen Diamantohrstecker aus dem Ohrläppchen.

»Das sagt die Richtige.« Der zweite Schuh folgte.

»Ich habe in meinem ganzen Leben noch nie gemogelt.« Sie entfernte den zweiten Diamantohrstecker.

»Das glaube ich dir nicht.« Eine Socke.

»Vielleicht bei Mensch-ärgere-Dich-nicht.« Ihr Ehering.

Während sie ein Stück nach dem anderen auszogen, traten sie immer wieder vom Gitter zurück, damit der andere es sehen konnte. Abstreifen und zurücktreten ... abstreifen und zurücktreten ... ein sinnlicher Tanz des Enthüllens und Verbergens.

Seine zweite Socke flog auf den Teppich. »Hat dir schon mal ein Mann Honig auf deinen Bauch geträufelt und ihn dann abgeleckt?«

»Dutzende Male.« Sie spielte am obersten Knopf ihrer Bluse herum, um Zeit zu gewinnen, weil sie sich noch nicht ganz im Klaren darüber war, wie weit sie in dieser privaten Peepshow gehen würde. »Wie lange ist es her, seit du deine letzte Geliebte hattest?«

»Zu lang.« Er schob seinen Daumen unter den Verschluss seines Hosenbunds.

»Wann?« Sie malträtierte den roten Plastikknopf zwischen ihren Fingern.

»Können wir darüber vielleicht ein andermal reden?« Er ließ die Schnalle aufspringen.

»Nein.« Wenn er von früheren Geliebten erzählte, sollte dies eigentlich ihr Verlangen dämpfen, aber es war nicht so.

»Später. Ich verspreche es.«

»Das glaube ich dir nicht.«

»Sollte ich mich drücken, darfst du in Stilettos über meinen nackten Rücken laufen.«

»Solltest du dich drücken«, ihr oberster Knopf schien aus eigenem Antrieb aufzugehen, »wirst du die hier nie mehr sehen.« Sie öffnete ihre Bluse Knopf um Knopf und ließ sie dann an ihren Armen herabgleiten. Sie trug einen weißen Spitzen-BH von La Perla mit passendem Slip, den er noch nicht sehen konnte.

Seine Hand ging an sein Handgelenk. Langsam nahm er seine Uhr ab – diese blöde Uhr hatte sie ganz vergessen – so dass nun nur noch seine Jeans mit – was? – darunter übrig blieb. Sie bekam kaum Luft. Sie trat zurück und löste den Verschluss ihrer marineblauen Hose. Mit direktem Blickkontakt zog sie diese nach unten.

Ihre Beine waren immer schon das Beste an ihr gewesen – lang, schlank und kräftig – Tänzerinnenbeine, sein Blick verweilte auf ihnen. Endlose Sekunden vergingen, ehe er einen Schritt zurücktrat und seine Hose auszog. Er trug einen grauen Jersey-Boxerslip von End Zone, unter dem sich eine ansehnliche Erektion abzeichnete. Sie starrte darauf.

»Jetzt dein Höschen«, sagte er, als er wieder ans Gitter trat.

Sie war noch nie so erregt gewesen, dabei hatten sie sich kein einziges Mal berührt. Sie öffnete ihren BH. Die Träger glitten über ihre Schultern, aber sie legte ihre Hände über die Spitzenkörbchen, damit sie an Ort und Stelle blieben, und kehrte dann zurück an das Gitter. »Tu was dafür«, wisperte sie.

Seine Stimme wurde rau. »Dann werde ich dir wohl vertrauen müssen.«

Er hakte seine Daumen in den Bund seiner End Zones, streifte sie ab und stand dann in prachtvoller Blöße vor ihr. Ihre Blicke weideten sich an ihm, an den breiten gebräunten Schultern, dem muskulösen Brustkorb, seinen schmalen Hüften, die ein paar Schattierungen blasser war als der Rest von ihm. Sie spürte kaum, wie ihr der BH durch die Finger glitt.

»Tritt zurück«, sagte er mit barschem Flüsterton.

Er benutzte sie, und sie benutzte ihn, es machte ihr nichts aus. Sie stellte sich in die Mitte der Umkleide und streifte ihr zartes Nylonhöschen ab. Er starrte sie mit solcher Intensität an, dass ihre Haut prickelte. Bram war mit Frauen zusammen gewesen, die viel schöner waren als sie, aber sie empfand dennoch nicht die zermürbende Unsicherheit, unter der sie bei Lance immer gelitten hatte. Hier ging es um Bram. Seine Meinung war ihr gleichgültig. Ihr ging es nur um seinen Körper. Sie hielt ihren Kopf schräg. »Tritt du auch zurück, damit ich dich noch mal anschauen kann.«

Aber seine Geduld war zu Ende. »Das Spiel ist vorbei. Wir verschwinden von hier. Sofort.«

Sie wollte nicht aufbrechen. Am liebsten wäre sie für immer in dieser sinnlichen Fantasiewelt geblieben. Sie nahm den eisblauen Blütenblätter-BH vom Bügel. »Ich wüsste gern, wie der hier aussieht.«

»Du ziehst was *an*?«

»Ich muss doch wissen, ob er passt.« Sie drehte ihm ihr nacktes Hinterteil zu und zog den BH an. Jedes Körbchen bestand aus drei seidigen Blütenblättern. Sie wandte sich ihm wieder zu und öffnete dann wortlos ein Blütenblatt nach dem anderen, erst die seitlichen, dann die in der Mitte. Sie ließ sich endlos Zeit damit.

Seine Augen hinter dem Gitter funkelten. »Du bringst mich um.«

»Ich weiß.« Sie riss das passende Höschen vom Bügel und trat zurück, damit er sehen konnte, wie sie es anzog. Es war im Schritt offen. »Das passt doch gut, was denkst du?«

»Ich kann nicht denken. Komm her.«

Sie ließ sich Zeit. Als sie vor dem Guckloch stand, flüsterte er: »Näher.«

Sie pressten ihre Gesichter an das Gitter, und ihre Münder trafen sich durch das schwarze Metall. Nur ihre Münder.

Dann bewegte die Erde sich.

Bewegte sich tatsächlich.

Oder wenigstens die Wand. Sie riss die Augen auf, und als das letzte Hindernis nach innen aufschwang, blieb ihr für einen kurzen Moment die Luft weg. Sie hätte wissen können, dass ein derart einfallsreicher Laden wie Provocative auch an solche Eventualitäten gedacht hatte. Ihr Gefühl der Sicherheit löste sich auf.

Bram duckte sich und kam herüber. »Von dieser Tür erfährt nicht jeder.«

Sex ohne Liebe hatte sie noch nie gehabt, doch Bram weckte in ihr nur schmutzige, aber umso erregendere Fantasien. Sie wusste genau, wie falsch er war, wie unzuverlässig. Sie machte sich keine Illusionen. Ihre Augen waren weit geöffnet. Genau wie sie es wollte. »Das ist unsere erste Verabredung.«

»Eine tolle Verabredung.«

Er sicherte die Tür hinter sich und blickte auf ihre nackten Brüste, die ihm in den offenen Körbchen dargeboten wurden. »Lady, ich liebe eure Unterwäsche.« Er strich ihr mit den Fingerknöcheln über ihren Nippel. Nahm eins der zarten Blütenblätter, klappte es nach oben und befestigte es. Dann saugte er an ihr durch das hauchzarte Hindernis.

Ihre Beine gaben nach. Er zog sie auf den Schemel, so dass sie mit gespreizten Beinen auf seinen Schenkeln zu sitzen kam. Sie küssten sich. Er nuckelte. Sie grub ihre Finger in sein Haar und biss sich auf die Lippen, um nicht zu schreien. Seine Schenkel hatten die ihren weit gespreizt. Sie trug noch immer das im Schritt offene Höschen. Er teilte den Nylonstoff, schob seine Finger in ihre seidige Muschel und spielte damit, bis sie vor Lust bebte.

Als sie es nicht mehr länger aushielt, drückte sie ihre Knie auf den Schemel, setzte sich auf ihn und nahm ihn langsam in ihrem Körper auf.

Sein Atem kam stoßweise, er versuchte nicht, sich gewaltsam in sie hineinzudrängen. Er gab ihr alle Zeit, die sie brauchte, um ihn aufzunehmen. Und sie kostete es aus. Kostete es boshaft aus. Sobald sie einen hart verdienten Zentimeter gewonnen hatte, gab sie diesen wieder auf und fing von Neuem an. Seine Schultern waren schlüpfrig vom Schweiß. Seine Bedürfnisse – ob sie ihn befriedigte – kümmerten sie nicht. Seine Gefühle, seine Fantasien, sein Ego waren ihr gleichgültig. Ihr ging es nur darum, was er für sie tun konnte. Wenn er sie nicht befriedigen konnte – er sich am Ende als Blindgänger erweisen sollte –, würde sie sich dafür keine Entschuldigungen ausdenken, wie sie das bei Lance immer getan hatte. Nein, sie würde sich laut und ausführlich beklagen, bis er es richtig hinbekam. Wenngleich es nicht danach aussah, als wäre dies nötig.

»Dafür wirst du bezahlen«, sagte er mit knirschenden Zähnen. Aber er ließ ihr noch immer freie Hand, bis sie so kopflos wurde, dass sie das Spiel aufgeben musste. Erst da grub er seine Finger in ihr Hinterteil und zog sie fest auf sich herab.

Sie durften keinen Lärm machen. Nur eine dünne Wand

trennte sie davon, entlarvt zu werden. Er vergrub sein Gesicht in ihren Brüsten und rieb sie. Sie bog sich nach hinten gegen seine Hand, warf ihren Kopf in den Nacken, umklammerte seine Schultern und vereinigte sich mit ihm in einem wilden, stummen Ritt.

Liebte ihn nicht. Benutzte ihn nur.

Er schauderte. Sie warf ihren Kopf nach hinten.

Erlösung ...

Erst danach wurde ihr klar, was sie gemacht hatten. Die Schweinerei. Die benutzte Unterwäsche, für die sie nicht bezahlt hatten. Als sie sich voneinander lösten, kehrte die Vernunft zurück. Sie musste ihm zu verstehen geben, dass sich dadurch nichts verändert hatte. »Gut gemacht, Skipper.« Sie dehnte ihre Beine. »Du bist zwar nicht George Clooney, aber du berechtigst zu Hoffnungen.«

Er ging zu der versteckten Tür und musterte dann ihren Körper, als würde er sein Territorium markieren. »Wenigstens beantwortet das jetzt eine Frage.«

»Welche denn?«

Er schenkte ihr ein lässiges Lächeln. »Ich erinnere mich jetzt endlich daran, was in jener Nacht in Vegas passiert ist.«

14

Durch das Fenster sah Chaz Aarons dunkelblauen Honda auf den Parkplatz fahren. Wenige Minuten später ging die Eingangstür auf. Er war ein unmöglicher Anblick. Sie stapfte hinaus auf den Flur, um ihn abzufangen, aber er brachte nur seine beknackte schwarze Tasche mit und nicht die erwartete Tüte Donuts. Einen glücklichen Eindruck, sie zu sehen, machte er nicht, und er versuchte, sich mit einem bloßen Kopfnicken an ihr vorbeizustehlen, aber sie blockierte ihm den Zugang zur Treppe. »Was hast du zum Frühstück gegessen?«

»Lass mich in Ruhe, Chaz. Du bist nicht meine Mutter.«

Sie stemmte einen Arm gegen die Wand, den anderen stützte sie auf den Handlauf. Er fing bereits zu schwitzen an, und das, obwohl es draußen gar nicht heiß war. »Ich wette, die hat ihrem kleinen Jungen jeden Morgen Eier mit Würstchen gemacht und dazu einen großen Stapel Pfannkuchen.«

»Ich habe eine Schale Müsli gegessen, okay.«

»Ich habe dir doch gesagt, dass ich dir Frühstück mache.«

»Darauf lasse ich mich nicht mehr ein. Beim letzten Mal bekam ich Rührei von zwei Eiklar.«

»Und Toast und eine Orange. Jetzt benimm dich nicht so kindisch. Du musst dich deinen Problemen stellen, anstatt sie in dich hineinzuessen.«

»Dann bist du jetzt also Therapeutin.« Er zog ihren Arm von der Wand und quetschte sich an ihr vorbei. »Du bist erst zwanzig. Was weißt du denn schon?«

Er schimpfte sonst nie, und es gefiel ihr, dass sie es geschafft hatte, ihm so nah zu kommen, dass er sich wehrte. Sie folgte ihm nach oben. »Und, hast du Becky am Wochenende gesehen?«

Bis sie oben angelangt waren, blieb ihm die Luft weg. »Ich hätte dir nie von ihr erzählen dürfen.«

Becky war seine Nachbarin. Aaron war in sie verknallt, aber Becky wusste kaum, dass es ihn gab, was schließlich auch nicht überraschte. Offenbar war Becky genauso verkopft wie Aaron, sah ganz gut aus, ohne hübsch zu sein, weshalb Aaron durchaus Chancen bei ihr haben könnte, sofern er ein paar Kilo abnahm, sich einen ordentlichen Haarschnitt und anständige Klamotten leistete und aufhörte, sich wie ein Trottel zu benehmen. »Hast du versucht, mit ihr zu reden, wie ich es dir gesagt habe?«

»Ich habe zu arbeiten.«

»Tatsächlich?« Sie hatte ihm gesagt, er solle freundlich, aber nicht allzu freundlich sein, vor allem solle er sein Lachen lassen, das wie Schweinegrunzen klang. Und er dürfe auf keinen Fall über Videospiele sprechen. Niemals.

»Ich habe sie nicht gesehen, okay?«

»Doch, gesehen hast du sie.« Sie folgte ihm in Georgies Büro. »Du hast sie gesehen, aber du hattest nicht den Mumm sie anzusprechen. Wie schwer ist das denn, Hallo zu sagen und sie zu fragen, wie es geht?«

»Ich denke, ich könnte mich ein wenig origineller verhalten.«

»Wenn du versuchst, originell zu sein, klingt das bei dir nur schräg. Sei einfach mal cool. Einfach ›Hi‹ und ›Wie geht's?‹ Hast du deine Badehose mitgebracht, wie ich es dir gesagt habe?«

Er knallte seine schwarze Tasche auf den Stuhl. »Jetzt bist du auch noch meine Privattrainerin.«

»Hast du?«

»Weiß nicht. Vielleicht.«

Sie glaubte, Fortschritte zu machen. Er ließ inzwischen zu, dass sie für ihn ein Mittagessen zubereitete, und er hatte aufgehört, Junkfood mitzubringen, weil er wusste, dass sie es finden und wegwerfen würde. Das ging zwar erst seit drei Wochen so, aber sie war sich ziemlich sicher, dass sein Magen bereits schrumpfte. »Eine halbe Stunde Bahnen schwimmen, ehe du heute Abend nach Hause gehst. Das ist mein Ernst.«

»Du solltest vielleicht mal überlegen, an dir selbst zu arbeiten, anstatt an anderen Leuten.« Er ließ sich in seinen Stuhl am Computer fallen. »Du könntest dich um deine Persönlichkeitsstörung kümmern.«

»Mir gefällt meine Persönlichkeitsstörung. Die hält mir die fiesen Typen vom Leib.« Sie grinste. »Obwohl das im Moment nicht richtig zu funktionieren scheint.« Aaron war eigentlich kein Fiesling. Er war ein anständiger Kerl, und insgeheim bewunderte sie seine Klugheit. Aber er hatte einfach keinen Plan. Und war einsam. Wenn er doch nur auf ihre Ratschläge hören würde, dann kriegte sie ihn schon so weit, dass sich ein Mädchen für ihn interessierte. Kein scharfes Weib, sondern jemand, der so klug war wie er.

»Mittagessen gibt es um halb eins«, verkündete sie. »Sei pünktlich.« Als sie kehrtmachte, um nach unten zu gehen, sah sie Georgie in der Bürotür stehen und alles mit der Videokamera aufnehmen.

Chaz stemmte die Hände in die Hüften. »Das ist illegal, und das wissen Sie. Man darf Leute nicht unerlaubt filmen.«

Georgie war wie verwachsen mit der Kamera. »Dann nimm dir einen Anwalt.«

Chaz stapfte in die Diele und ging zur Hintertreppe. Georgie war die letzte Person, mit der sie im Moment reden wollte. Als Georgie gestern mit Bram nach Hause gekommen war, hatten sie sich beide merkwürdig benommen. Georgie hatte einen Knutschfleck am Hals und vermied es, Bram anzuschauen, der sie unentwegt auf seine süffisante Art anlächelte. Chaz konnte sich auf das alles keinen Reim machen. Sie dachten, sie habe nicht bemerkt, dass sie in getrennten Zimmern schliefen – als wüsste Georgie, wie man ein Bett machte, so dass es halbwegs ordentlich aussah. Was war da gestern vorgefallen?

Chaz überlegte, wie viel Geld sie wohl damit machen könnte, wenn sie zur Sensationspresse ginge und erzählte, dass die Frischvermählten in getrennten Betten schliefen. Vielleicht würde sie das sogar tun, wenn sie nur Georgie damit schaden würde. Aber Bram wäre auch davon betroffen.

Georgie folgte ihr die Treppe hinunter. »Warum machst du Aaron das Leben so schwer?«

Chaz hätte selbst auch ein paar Fragen stellen können, wie etwa, warum Georgie Bram das Leben so schwer machte, und was gestern geschehen war und warum Georgie auch vergangene Nacht wieder in ihrem Bett geschlafen hatte? Aber sie hatte gelernt, ihr Wissen für sich zu behalten, bis sie einen Grund sah, es anzuwenden.

»Ich habe eine viel bessere Frage«, konterte Chaz. »Warum haben Sie Aaron nicht zu helfen versucht? Er ist ein einziges Durcheinander. Er schafft es kaum, die Treppe hochzugehen, ohne mehr oder weniger einen Herzinfarkt zu bekommen.«

»Und du bringst mit Begeisterung Ordnung ins Durcheinander.«

»Na und?« Diese ganze Filmerei war verrückt. Sie wusste nicht, warum Georgie sie ständig filmte oder warum sie selbst sich nicht einfach weigerte, ihre Fragen zu beantworten. Aber jedes Mal, wenn Georgie ihr mit der Kamera hinterherlief, sprudelte es aus Chaz nur so heraus. Es war … als würde sie irgendwie zu einer wichtigen Person werden, indem sie in die Kamera sprach. Als wäre ihr Leben etwas Besonderes, und als hätte sie etwas Wichtiges zu sagen.

Sie hatten das Fußende der Treppe erreicht, und Georgie folgte ihr in die Küche. »Erzähl mir, was passiert ist, nachdem du von Barstow weggegangen warst.«

»Habe ich Ihnen doch schon erzählt. Ich kam nach L.A. und fand hinterm Sunset eine Bleibe.«

»Du hattest aber kaum Geld. Wie konntest du die Miete bezahlen?«

»Ich hatte einen Job. Was dachten Sie denn?«

»Was für einen Job?«

»Ich muss pinkeln.« Sie steuerte die kleine Toilette hinter der Küche an. »Werden Sie mir dahinein auch folgen?« Sie schloss die Tür und verriegelte sie. Keiner würde sie dazu bringen, zu erzählen, was damals passierte, als sie nach L.A. kam. Keiner.

Als sie herauskam, war Georgie verschwunden und Bram beendete gerade ein Telefongespräch. Sie griff nach einem Geschirrtuch und wischte die Theke ab. »Sagen Sie Georgie, sie soll mir nicht ständig mit der Kamera hinterherlaufen«, sagte sie, als er aufgelegt hatte.

»Georgie lässt sich nicht so leicht was sagen.« Er holte den Krug mit Eistee aus dem Kühlschrank.

»Was ist eigentlich los mit ihr? Warum macht sie das ständig?«

»Wer weiß? Vor ein paar Tagen habe ich sie die Frauen filmen sehen, die das Haus sauber machen. Sie redete Spanisch mit ihnen.«

Zugeben wollte Chaz es nicht, aber ihr gefiel die Vorstellung nicht, dass Georgie jemand anderen als sie filmte. »Gut. Dann belästigt sie mich nicht ständig.«

Bram spielte mit seinem Mobiltelefon. »Hast du es schon in Angriff genommen?«

Sie zog den Geschirrspüler auf und stellte die Gläser vom Frühstück hinein. »Ich überlege es mir.«

»Chaz, die Welt da draußen ist groß. Du kannst dich nicht ewig hier verstecken.«

»Ich verstecke mich gar nicht! Aber jetzt lassen Sie mich arbeiten, wenn Sie nichts dagegen haben. Morgen Abend kommen Leute zum Essen, und ich habe alle Hände voll zu tun.«

Er schüttelte den Kopf. »Manchmal glaube ich, ich habe dir gar keinen Gefallen getan, indem ich dir einen Job gab.«

Da täuschte er sich. Er hatte ihr den größten Gefallen ihres Lebens getan, und sie würde ihm das nie vergessen.

Am Nachmittag, als Georgie sich für die Paparazzi zurechtmachte, grübelte sie darüber nach, warum Sex mit einem schlimmen Jungen so viel erregender war als Vögeln mit einem, der anständig war. Und das auch nachdem der Anständige sie wegen einer Frau verlassen hatte. Warum hatte sie sich beherrscht und vergangene Nacht wieder allein geschlafen? Weil das gestern einfach zu gut war. Zu viel Spaß gemacht hatte. Zu genüsslich und zu ausschweifend gewesen war. So sorglos und unkompliziert, dass sie es nicht mit dem echten Leben verderben wollte. Sie wollte auch Bram damit zu verstehen geben, dass sie nicht zu einem leichten Opfer geworden war, nur weil dies die aufregendste sexuelle Eskapade ihres Lebens war. Aber sie hatte ihre ganze Willenskraft mobilisieren müssen, um ihn auszusperren, und der wissende Blick, mit dem er sie bedachte, als sie darauf beharrte, allein zu schlafen, gefiel ihr nicht.

Sie verließen das Haus für eine vormittägliche Kaffee-tour mit Fotooption. Als besten Weg, wieder Normalität einkehren zu lassen, beschloss sie, einen Streit anzufangen. »Hör auf zu summen.« Sie warf ihm einen finsteren Blick von ihrem Beifahrersitz zu. »Du glaubst auch nur selbst, einen Ton halten zu können.«

»Was sticht dich denn? Ich ja leider nicht.«

»Du bist widerlich.«

»Hey, wo bleibt dein berühmter Sinn für Humor?«

»Frag dich selbst.«

»Vielleicht hilft das ja.« Er fing an, ein paar Takte von »Hardknock Life« anzustimmen, nur um sie zu provozie-ren. »Gestern Nachmittag warst du viel freundlicher. *Sehr* viel freundlicher.«

»Das war Lust, Kumpel. Ich habe dich benutzt.«

»Und dabei wirklich gute Arbeit geleistet.«

Es gefiel ihr gar nicht, dass er sich weigerte, sich auf eine Kabbelei einzulassen. »Du hättest nicht sagen dürfen, dass du dich erinnerst, was in jener Nacht in Vegas war, wenn es gar nicht stimmt.«

»Negatives Ausleseverfahren. Ich garantiere dir, dass ei-ner von uns weggetreten war, ehe der Akt vollzogen war, denn wenn wir ihn vollzogen hätten, würde ich mich dar-an erinnern.«

Sie war diesmal geneigt, ihm zu glauben.

Die Paparazzi umzingelten sie, als sie aus The Coffee Bean and Tea Leaf kamen. Georgie musste an die unzäh-ligen Fotos denken, die sie von Promis mit Kaffeetassen oder Wasserflaschen gesehen hatte. Seit wann war denn Dehydration zu einem Berufsrisiko der Berühmten gewor-den?

»Hierher! Schaut her!«

»Irgendwelche Pläne fürs Wochenende?«

»Seid ihr beide euch noch immer treu.«

»Wie ein Fels.« Bram verstärkte den Druck um ihre Taille und flüsterte: »Wenn du wirklich so stark wärst, wie du immer tust, dann hättest du dich gestern Nacht nicht in dein hübsches sicheres Bett geflüchtet.«

Sie strahlte zu ihm hoch. »Ich sagte es dir doch. Ich habe meine Periode bekommen.«

Er strahlte zu ihr runter. »Und ich sagte dir, das ist mir scheißegal.«

Lance war das nicht egal gewesen. Er war einfühlsam gewesen, aber Sex mit einer menstruierenden Frau war nicht sein Ding. Und natürlich hatte sie ihre Periode gar nicht bekommen.

»Offensichtlich habe ich mich nicht deutlich genug ausgedrückt«, wisperte sie und spielte die Rolle der weiblichen Verführerin, während rings um sie die Kameras klickten. »Gestern im Provocative hast du dein Vorsprechen gehabt. Von nun an besteht deine einzige Funktion darin, mir zu Diensten zu sein. Wann und wo ich es möchte. Und jetzt möchte ich es nicht.«

Lügnerin. Sie wollte es, und sie wollte es mit ihm. Die gestrige Erfahrung war so unglaublich gewesen, weil sie diese mit dem umwerfenden, nutzlosen, verkommenen Bram Shepard gemacht hatte. Für ihn bedeutete Sex nicht mehr als ein Händedruck, und dies zu wissen, schenkte ihr eine aufregende neue Freiheit. Ihr falscher – und womöglich alkoholisierter – Ehemann würde sie niemals so fest im Griff haben wie Lance. Bei Bram würde sie nie darüber grübeln, ob ein Negligé verführerisch genug für ihn war, oder ständig das Gefühl haben, die neuesten Sexhandbücher studieren zu müssen, um sein Interesse wach zu halten. Wen kümmerte es? Sie bräuchte sich noch nicht mal die Beine zu rasieren.

Er küsste sie aufs Ohr. »Damit wir mal eins richtigstellen, Scoot. Du hast nicht deine Tage bekommen. Du hast kalte Füße gekriegt, weil du Angst hast, mich nicht lenken zu können.«

»Ist nicht wahr.«

Er winkte ein letztes Mal den Fotografen zu und lotste sie dann Richtung Straße. Dabei sprach er auf sie ein, so dass nur sie es hören konnte: »Was die Einschränkungen betrifft, die du ständig zu machen versuchst …« Er strich ihr mit seinen Fingerknöcheln über den Rücken. »Ich habe nicht vor, mich daran zu halten.«

Bram liebte es, mit Georgie zu spielen – mental und körperlich. Gestern hatte sie ihm einen höllischen Schrecken eingejagt. In seiner Vorstellung waren Georgie und Scooter immer mehr oder weniger dieselbe Person gewesen, aber unter gar keinen Umständen hätte Scooter eine Show wie diese abgezogen. Was im Provocative passiert war, bewies nur, dass es dem Verlierer nicht gelungen war, jegliches Selbstvertrauen aus ihr herauszuprügeln, das war ihm in den vergangenen paar Wochen immer mehr bewusst geworden. Die Tatsache, dass Lance Georgie gegen einen kalten Fisch wie Jade eingetauscht hatte, bereitete Bram ein viel größeres Vergnügen, als es sollte.

Als sie von ihrer Kaffeerunde zurückkehrten, spielte er mit der Idee, sie gleich so weit zu kriegen, dass sie sich nackt auszog – große Anstrengung wäre da nicht vonnöten – aber Aaron vereitelte seine Pläne, indem er sie an der Tür abfing.

»Rory Keenes Sekretärin hat angerufen. Sie sind um fünf Uhr auf ein Glas Wein zu ihr nach Hause eingeladen.«

Bram machte einen geistigen Luftsprung. Er hatte darauf gehofft, dass sich aus Rorys Zuneigung für Georgie die Gelegenheit zu einem Vieraugengespräch ergeben würde, so dass er persönlich seinen Fall vortragen konnte, anstatt den Umweg über ihre Leute nehmen zu müssen. Er grinste und klimperte mit den Wagenschlüsseln. »Ruf sie zurück, und sag ihr, wir werden kommen.«

Aaron schob seine Brille höher auf die Nase. »Von Ihnen hat sie nichts gesagt, Bram. Nur von Georgie.«

Brams Hand umklammerte seine Schlüssel. »Sie hat uns beide gemeint.«

»Das glaube ich nicht. Sie sagte, Georgie brauche sich nicht herzurichten, da sie nur zu zweit wären.« Aaron trat hastig den Rückzug an.

Bram gab ein paar obszöne Flüche von sich. Rory betrieb noch immer Obstruktionspolitik mit ihm. Zwar gefiel ihr das Drehbuch von *Tree House*, doch nach Aussage ihrer Vizechefin für Entwicklungsplanung zöge sie die Förderung des Films nur dann in Betracht, wenn er sich als Produzent und Hauptdarsteller heraushielt, was für sein Ziel des Neustarts seiner Karriere das Ende bedeuten würde. Manchmal überlegte er, eine Anzeige in *Variety* zu schalten und der Welt damit zu verkünden, dass er nicht mehr der wilde Halbstarke von damals war, der nicht genug Charakter hatte, seinen Erfolg zu überdauern. Oder vielleicht eine schlichtere Botschaft … *Wie wär's, verdammt noch mal, mit einer zweiten Chance?*

Wenn Rory sich doch nur persönlich mit ihm auseinandersetzen würde. Doch näher als bei dem nächtlichen Vorfall hinter ihrem Haus war er nicht an sie herangekommen. Ein paar Tage später war er sogar mit einer Flasche Crystal als Entschuldigung für die nächtliche Ruhestörung durch die Seitentür geschlüpft, aber einer ihrer Lakaien hatte ihm den Champagner abgenommen und dann die Tür zugemacht.

Er sah Georgie zornig an. Dank Chaz' Kochkünsten hatte sie so viel Gewicht zugelegt, dass diese großen grünen Augen, die ihn durch ein paar Stirnfransen ansahen, nicht mehr eingesunken wirkten, und ihr glänzendes braunes

Haar umrahmte vollere Wangen. »Ich möchte dich in zehn Minuten in meinem Büro sehen.«

Sie wollte gerade den Mund aufmachen und ihn zur Hölle schicken, aber er kam dem zuvor. »Sofern du daran interessiert bist, dir das Drehbuch für *Tree House* anzusehen ...«

Er wusste, dass er sie damit geködert hatte, und entfernte sich, ohne sich umzusehen.

Sie spannte ihn zehn Minuten auf die Folter. Doch sie hatte die Zeit nicht zum Umziehen verwendet, sondern trug immer noch die Kleider von ihrer Kaffeetour: ein hellgelbes Strickoberteil mit einem kleinen runden Halsausschnitt, ein winziges kurzes Jäckchen, hauchdünn wie Spinnweben, und eine weit geschnittene Hose aus Jacquardstoff in Grün und Krem, wie sie nur jemand tragen konnte, der so schlank war wie sie. Diese Kombination verhüllte viel mehr als sie enthüllte, und machte sie dadurch teuflisch sexy.

Sie machte den ersten Schritt in diesem neuen Spiel, indem sie mit schräg geneigtem Kopf auf das Plakat von Jake Koranda in der Rolle von Bird Dog Caliber zeigte. »Das ist mal ein richtiger Mann.«

»Ich werde mich darum kümmern, dass er es erfährt.« Er drückte einen Trainingsball aus Gummi in seiner Faust in Anspielung auf Humphrey Bogart in *Die Caine war ihr Schicksal.* »Ich brauche zur Abwechslung mal etwas Unterstützung.«

Sie sah ihn verletzt an. »Was meinst du mit ›zur Abwechslung‹. Ich bin immer kooperativ.« Sie ließ sich auf seine Couch plumpsen. »Okay, hauptsächlich bei anderen Leuten, aber trotzdem ...«

»Hör auf Unsinn zu erzählen, und hör mir zu.« Mit dem Ball in seiner Hand zeigte er mit dem Zeigefinger auf ihre Nase. »Sabotiere nicht mein Anliegen an Rory Keene.«

»Das würde ich niemals tun.«

»Nicht? Rory gefällt alles an dem Tree House Projekt, bis auf ...«

»Du?« Sie riss ihre kaugummigrünen Augen auf. »Weil du einen schlechten Ruf hast.«

»Danke, dass du mich darauf hinweist.« Er legte den Ball auf seinen Schreibtisch. »Ich muss diesen Film machen, Georgie. Ich und kein anderer. Du musst sie davon überzeugen, dass ich mich zum Ehemann des Jahres gemausert habe.«

»Hast du aber nicht.«

»Dann tu so als ob.«

»Du bittest mich um Hilfe?« Wieder kam das Waisenkind Annie mit den großen Augen durch, aber Georgie war immer eine Teamspielerin gewesen, und er rechnete damit, dass sie ihm half ... nachdem sie ihm das Leben schwer gemacht hatte.

Sie legte einen Finger an ihre Wange. »Wenn ich mich für dich bei Rory einschleime, was bekomme ich dafür?«

»Heißen Sex und meine ewige Dankbarkeit.«

Sie tat, als würde sie nachdenken. »Nee. Das reicht nicht.«

»Ich werde Meg im Gästehaus wohnen lassen.«

»Meg wohnt bereits im Gästehaus.«

»Dann lass es mich anders formulieren. Ich werde sie nicht anmachen, solange sie im Gästehaus wohnt.«

»Du wirst sie überhaupt nicht anmachen. Du behandelst sie wie eine Zwölfjährige.« Dann wurde sie geschäftsmäßig. »Ich möchte das Drehbuch lesen, bevor ich mich am Nachmittag mit Rory treffe. Gib es mir.«

»Ich habe dir doch gesagt, dass ich es dir zeige.«

»Ja, aber du hast nicht gesagt, dass du es mich *lesen* lässt.«

»Das ist dir also aufgefallen.«

Sie streckte ihre Hand aus.

Er zögerte. »In punkto Drehbücher ist dein Urteil nicht gerade das Beste. Immerhin hast du *Summer in the City* gemacht.

»Auch *Pretty People*, ein weiterer Flop. Und *Cake Walk*, den du noch nicht gesehen hast und den anzuschauen ich dir auch nicht empfehlen würde.« Sie winkte ab. »Das gehört alles der Vergangenheit an. Du siehst eine vollkommen neue Georgie vor dir. Gib's mir.«

Sie war nicht mehr das Opfer, das sie einmal gewesen war, also hatte er keine andere Wahl. Er zog ein gebundenes Skript aus der mittleren Schreibtischschublade, die sie vor drei Wochen durchsucht hatte, um ein kaputtes Telefon darin zu finden. Sie grapschte es sich, ehe er es sich anders überlegen konnte, winkte ihm fröhlich zu und ging.

Jemanden um Hilfe bitten zu müssen, war ihm verhasst, vor allem Georgie, und er warf sich brütend auf seinen Stuhl. Als ihm das auch nicht weiterhalf, kehrte er an seinen Computer zurück. So gut das Drehbuch auch war, es musste noch daran gefeilt werden, an der einen oder anderen Szene hatte er von Anfang an herumgetüftelt. Er konnte sich gut vorstellen, was Georgie sagen würde, wenn sie herausfand, dass jemand, der von der Highschool geflogen war, es wagte, an Sarah Carters Worten herumzuspielen. Oder, noch schlimmer, wie sie lachen würde, wenn sie dahinterkam, dass er selbst auch ein Drehbuch geschrieben hatte.

Nur, dass sie nicht lachen würde. Im Unterschied zu ihm war Grausamkeit ihr völlig fremd, und er konnte sich sogar vorstellen, dass sie ein paar wohlwollende Worte der Aufmunterung fand.

Bei dieser Vorstellung musste er schlucken. Er brauchte keine falsche Aufmunterung von niemandem, schon gar nicht von Georgie. Er hatte sich selbst großgezogen, selbst sein Leben in die Scheiße geritten und jetzt schaufelte er sich wieder frei. Ganz allein.

Georgie verschlang das Drehbuch geradezu und hatte es in zwei Stunden durch. Es war nicht weniger umwerfend als das Buch. Eine unglaubliche Chance ... nicht nur für Bram.

Tree House erzählte die Geschichte von Danny Grimes, einem Mann, den man fälschlicherweise wegen sexuellen Kindesmissbrauchs ins Gefängnis gesteckt hatte. Als er aufgrund einer Formsache entlassen wird, zwingt ihn die tödliche Krankheit seines Vaters dazu, nach Hause zurückzukehren und sich sowohl der Stadt als auch der unbarmherzigen Anklägerin zu stellen, die nun Senatorin des Staats ist und DNA-Beweise unterschlagen hat, um seine Verurteilung sicherzustellen. Dannys selbst auferlegte Isolation wird von seinem Verdacht erschüttert, dass das Nachbarkind von ihrem Vater missbraucht wird. Das Skript war aufrüttelnd und bewegend, voll faszinierender komplexer Charaktere, von denen keiner dem entsprach, was er zu sein schien.

Sie traf Bram beim Bahnenschwimmen im Pool an. Ungeduldig hin und her zappelnd, stellte sie sich neben dem Wasserfall an den Rand und wartete, dass er aufhörte. Er sah sie, zog aber weiterhin seine Bahnen. Sie griff nach dem Blätterkescher und schlug ihm damit auf den Kopf.

»Hey!« Wasser spritzte, als er herumwirbelte.

Sie holte tief Luft. »Ich möchte die Helene spielen.«

»Dann viel Glück.« Er tauchte unter und schwamm zur Leiter auf der anderen Seite des Beckens.

Sie ließ den Blätterkescher fallen, und ihr Herz klopfte wie wild vor Aufregung. Sobald sie die erste Szene zu Ende gelesen hatte, wusste sie, wie sie diese eiskalte, von Ehrgeiz besessene Anklägerin spielen musste. Das war die Chance, auf die sie immer gewartet hatte. Die Rolle der Helene würde einen Schlussstrich unter ihr jahrelanges Festgelegt-sein auf einen bestimmten Typus ziehen und die Heraus-forderung darstellen, die sie sich so verzweifelt wünschte. Sie ging zur Leiter. »Das Drehbuch ist brillant. Es trifft einen ins Mark, ist raffiniert und gut durchdacht. Genau wie du gesagt hast. Ich muss die Helene spielen. Es ist mein Ernst.«

Wasser perlte an seinem Körper ab, als er aus dem Pool stieg. »Für den Fall, dass du es noch nicht mitbekommen haben solltest, ich habe da ein kleines Problem, den Film finanziert zu bekommen, demzufolge ist die Besetzung der Helene nicht meine dringlichste Sorge.«

Sie griff nach dem Handtuch und reichte es ihm. »Aber solltest du grünes Licht dafür bekommen … Der einzige Grund, weshalb mich keiner für eine dramatische Schau-spielerin hält, ist der, dass ich nie eine Chance bekommen habe, unter Beweis zu stellen, dass ich dieses Genre be-herrsche. Erzähl mir jetzt bloß nicht, das Publikum kön-ne uns nicht von *Skip und Scooter* trennen. Die Liebesge-schichte findet zwischen Danny und der häuslichen Kran-kenschwester statt und nicht mit Helene. Ich weiß schon genau, wie man diese Rolle anlegt. Und ich werde mein Bestes geben.«

»Mal ganz grundsätzlich, Georgie, selbst wenn ich die-sen Film machen kann, dann wirst du trotzdem nicht die Helene spielen.« Er rubbelte sich mit dem Handtuch die Haare trocken und legte es sich dann um den Hals. »In Anbetracht meiner eigenen glanzlosen Karriere braucht dieser Film eine Schauspielerin, die den Kinos volle Kas-sen beschert. Und wenn wir ehrlich sind, verkaufen sich mit deinem Gesicht wesentlich mehr Zeitungen als Kino-karten.«

In diesem Punkt war sie ganz anderer Meinung. »Überleg doch mal, wie werbewirksam das wäre, wenn wir beide gemeinsam einen Film drehen. Das Publikum wird Schlange stehen, wenn wir das Projekt an Land ziehen können.«

»Können wir aber nicht.« Er ließ das Handtuch auf einen Stuhl fallen. »Die ganze Diskussion ist doch verfrüht, Georgie.«

»Du denkst, ich könne keinen komplizierten Charakter spielen? Du kannst es, aber ich kann es nicht? Du täuschst dich gewaltig. Ich habe die Disziplin und das Ziel, es zu schaffen.«

»Womit du wohl sagen willst, ich hätte das nicht.«

Sie wollte ihn nicht pauschal beleidigen, aber es war dennoch wahr. »Wenn du Danny spielen willst, kannst du dich nicht auf Tricks verlassen. Er ist verbittert, und man hat ihm hart zugesetzt. Er hat etwas durchgemacht, das kein Mensch durchmachen dürfte.«

»Ich lebe mit diesem Stoff seit über einem Jahr«, rechtfertigte er sich. »Ich weiß ganz genau, wie er tickt. Und anstatt uns zu streiten, solltest du vielleicht lieber deinen Kopf dazu benutzen, dir zu überlegen, wie du Rory Keene davon überzeugen kannst, dass ich ein solider Bürger Hollywoods bin und sie sich mit mir zusammensetzen muss.«

Georgie benutzte das Hintertürchen. Rorys weißes Ziegelanwesen im Normandie-Stil war größer als Brams Haus, aber nicht annähernd so einladend. Auf der Rückseite führten schwungvoll gestaltete Terrassen zum Pool und dem streng angelegten Garten. Rory saß im Schatten der Seitenterrasse auf einer schwarzen schmiedeeisernen Couch mit Polstern in leuchtendem Mandarinenton. Mit ihrem langen blonden, zum Pferdeschwanz zusammengebundenem Haar und den untergeschlagenen Beinen, hätte Rory eigentlich wie eine Fußballermama aussehen sollen, aber sie tat es nicht. Selbst in derart lockerer Umgebung strahlte sie die kühle, einschüchternde Selbstsicherheit einer effizienten Studiochefin aus.

Sie schob das Skript beiseite, das sie gelesen hatte und bot Georgie ein Glas Champagner an. Da Bram nun nicht mehr der Einzige war, der etwas zu verlieren hatte, konnte Georgie nur mit Mühe ihre Nervosität unter Kontrolle halten, als sie den Drink entgegennahm und sich auf einen Stuhl setzte. Sie diskutierten die Filmpremieren vom vergangenen Wochenende und den Erfolg eines neuen Jack-Black-Films. Endlich kam Rory auf den Grund ihrer Einladung zu sprechen.

»Georgie, mir ist das ein wenig peinlich …« Ihrem ruhigen Blick war jedoch keine Verunsicherung anzumerken. »Seit diese schrecklichen Fotos erschienen sind, habe ich mir ständig gesagt, kümmere dich um deine Angelegenheiten und halte dich da raus, aber ich kann es nicht. Sollte dir irgendwas zustoßen, würde ich mir das nie verzeihen.«

Damit hatte Georgie nicht gerechnet, sie wurde verlegen. Mochte auch der schlimmste Klatsch in der Presse langsam nachlassen, ließ Rory sich offensichtlich nicht so leicht überzeugen. »Denk nicht weiter darüber nach. Das brauchst du wirklich nicht. Alles ist bestens. Jetzt erzähl mir von dem Haus. Es überraschte mich zu hören, dass du es gemietet hast.«

Rory trank einen Schluck Champagner und stellte dann ihre Flöte auf dem Tisch neben sich ab. »Das Studio vermietet es. Es ist unsere Version des Weißen Hauses. Ich habe meine Privaträume, aber wir unterhalten auch einen separaten Flügel für besondere Gäste – Firmen VIPs, Regisseure, Produzenten, wem auch immer wir den Hof machen wollen. Im Moment sind ein paar unglaublich talentierte internationale Filmemacher hier untergebracht – Teil eines Projekts, das ich in Angriff nehme.

»Sie fühlen sich sicherlich geschmeichelt, hierher eingeladen zu werden.«

»Wir haben eigenes Personal, das sich um sie kümmert. Ich muss niemanden unterhalten, wenn ich keine Lust dazu habe.« Rory schlug ihre Beine auseinander und richtete erneut die volle Kraft ihrer Eisbergaugen auf Georgie. »Wenn du je ein ungutes Gefühl haben solltest, so als müsstest du schnell weg, kannst du jederzeit hier herüber kommen, Tag und Nacht.«

Georgie hätte nicht sagen können, was ihr mehr gegen den Strich ging – die Vorstellung, dass Rory in Bram einen Mann sah, der Frauen verprügelte, oder ihre Einschätzung, Georgie verfüge über so wenig Selbstachtung, dass sie zuließ, missbraucht zu werden. »Diese Fotos waren irreführend, Rory. Ich weiß, es sah aus, als hätten wir einen Streit gehabt, aber es war nicht so. Ehrlich. Bram würde mir nie wehtun. Mich verrückt machen, das ja. Aber mich niemals körperlich verletzen.«

»Frauen verlieren oft den klaren Blick, wenn Männer wie Bram Shepard im Spiel sind«, meinte Rory. »Und nach allem, was du mit Lance durchgemacht hast …«

»Deine Fürsorge rührt mich. Aufrichtig. Aber sie ist unnötig.« Georgie konnte das nicht so stehen lassen. »Du hast … du hast dich schon mal um mich gekümmert. Ich bin dir dankbar, aber ich komme nicht umhin, mich nach dem Grund zu fragen.«

»Du erinnerst dich wohl nicht mehr daran, was du für mich getan hast, oder?«

»Hoffentlich habe ich dir ein Paar umwerfende Diamantohrringe geliehen, die du mir jetzt zurückgeben willst?«

Rory lächelte ihr Schneegöttinnenlächeln. »So viel Glück hast du nicht.« Sie nahm ihre Champagnerflöte und drehte den Stiel in ihren Fingern. »Während meiner Zeit bei *Skip und Scooter* warst du immer gut zur Crew.«

Georgie hatte die Logik nie begriffen, die Stars antrieb, den Leuten das Leben schwer zu machen, deren Job es war, dafür zu sorgen, dass sie selbst gut aussahen. Außerdem hätte ihr Vater ein Divenverhalten niemals toleriert. Aber Höflichkeit der Crew gegenüber konnte für Rory als Grund einer noch immer vorhandenen Dankbarkeit nicht ausreichen.

»Außerdem sehe ich es gern, wenn anständige Leute Erfolg haben.« Rory trank wieder einen Schluck.

Georgie hatte nicht das Gefühl, im Moment auf einer Erfolgswelle zu schwimmen. »Du warst die beste Produktionsassistentin, die die Show je hatte. Ich habe es bedauert, dass du nur eine Staffel lang geblieben bist.«

»Die Show war harte Arbeit. Jede Menge Testosteron.«

Georgie fiel ihr Gespräch mit Bram wieder ein, wie sie ihn damit aufgezogen hatte, dass er Rory das Leben schwer gemacht hatte, aber jetzt kam ihr das gar nicht mehr lustig vor. »Bram hat dich angemacht, nicht wahr?«

»Täglich.« Sie zog gedankenverloren an einem Diamantohrstecker. »Aber das eigentliche Problem waren seine Freunde.«

»Das waren doch alles kaputte Typen. Ein Haufen Parasiten, die sich von ihm aushalten ließen. Es freut mich, dir berichten zu können, dass er sie abgeschüttelt hat.« Er hatte alle abgeschüttelt, was merkwürdig war bei jemandem, der früher immer nur im Rudel auftrat.

»Sie haben mir pornografische Bilder in mein Klemmbrett gesteckt«, sagte Rory kühl. »Haben mir den BH aufgemacht, wenn ich vorbeiging. Manchmal auch noch Schlimmeres.«

»Und Bram hat dem nicht Einhalt geboten?«

»Ich glaube nicht, dass er wusste, wie schlimm es war. Aber es waren seine Freunde, und er war derjenige, der darauf bestand, dass man sie an den Set ließ. Als ich mit

254

ihm darüber reden wollte, sagte er mir, ich solle es nicht so schwernehmen.« Sie legte ihr Handgelenk über ihren Schenkel. »Eines Nachmittags haben zwei von ihnen mir aufgelauert.«

Georgie richtete sich kerzengerade auf. »Jetzt erinnere ich mich wieder. Wir waren für diesen Tag mit Drehen fertig, aber ich hatte ein Buch oder sonst was am Set vergessen. Ich ging zurück, um es zu holen und sah, wie sie dich gegen eine Wand drückten. Ich hatte vergessen, dass du das warst.«

»Das war ich. Du schriest sie an, du hast ihnen sogar ein paar Schläge verpasst. Du warst zwar erst siebzehn, hattest aber bei Weitem mehr Macht als eine kleine P.A., und sie traten den Rückzug an. Danach bist du zu den Produzenten gegangen. Sie wurden vom Set verbannt, ohne dass Bram was dagegen machen konnte.« Sie neigte kaum wahrnehmbar ihren Kopf. »Ich habe nie vergessen, wie du dich für mich eingesetzt hast.«

»Das hätte doch jeder getan.«

»Wer weiß? Aber ich vergesse meine Freunde nicht.«

Georgie dachte an Bram. »Vermutlich vergisst du auch deine Feinde nicht.«

Rory zog eine Braue hoch. »Es sei denn, meine Erinnerungslücke bringt dem Studio eine Stange Geld ein.«

Georgie lächelte, wurde aber gleich darauf wieder ernst. »Wenn zwischen dir und Bram nicht die alte Geschichte stünde, würde das an deiner Einstellung gegenüber *Tree House* etwas ändern?«

»Ein Studio investiert in mehr als in ein Drehbuch. Es geht um das ganze Paket.«

»Und in diesem Fall ist Bram das Herzstück.«

»Er verfügt für ein solches Projekt nicht über die nötige Erfahrung.«

Bram war im Geschäft, seit er Teenager war. Es war sein

Charakter, nicht seine mangelnde Erfahrung, die Rory auf Abstand gehen ließ, und sie hielt sich nicht zurück. »Er hat seinen schlechten Ruf verdient, Georgie. Er hat viele Menschen enttäuscht.«

»Ich weiß. Aber ... Menschen ändern sich. Ich habe ihn noch nie so leidenschaftlich erlebt wie in diesem Fall.«

Rory reagierte darauf mit einem abweisenden Hollywoodlächeln, das nichts anderes bedeutete, als dass ihr Entschluss bereits feststand. Mit Paul als ihrem Vater hatte Georgie nie kämpfen müssen, aber diesen speziellen Kampf konnte kein anderer führen. Sie wünschte sich verzweifelt, die Helene zu spielen, und Brams Erfolg wäre ihre Chance. »Ich denke, Leidenschaft hat einen sehr großen Stellenwert, wenn man einen großen Film machen möchte. Alle Erfahrung der Welt ist wertlos, wenn der Filmemacher nicht für das Projekt brennt.«

Brams echte Leidenschaft für *Tree House* zwang sie dazu, in sich zu gehen und sich zu fragen, wann sie selbst diese Leidenschaft das letzte Mal gespürt hatte. Wenn sie die Helene spielen könnte, käme sie zurück.

Rory beugte sich vor und betrachtete Georgie eindringlich. »Wenn du Bram wirklich helfen willst, dann überzeuge ihn davon, dass er zurücktreten und mir das Projekt überlassen soll.«

»Was bedeuten würde, er wäre weder der Produzent ... noch der Hauptdarsteller.«

»Bram ist ein guter Schauspieler, aber dieser Film braucht einen großen Schauspieler. Er ist zu eingeschränkt.«

Eingeschränkt. Genauso wie man das auch von Georgie vermutete.

»So, jetzt haben wir genug übers Geschäft geredet.« Rory hatte ihre Haltung unmissverständlich klargemacht und wechselte jetzt absichtlich das Thema. »Wie ich höre, ist Jake und Fleurs Tochter wieder in L.A.«

Georgie konnte nicht weiterbohren und stimmte sich auf das Gespräch über Freundinnen ein.

»Wenn man gute Freundschaften pflegen möchte, erfordert dies mehr Zeit, als ich investieren kann«, sagte Rory auf ihre unterkühlte Art. »Aber alles hat seinen Preis, und ich liebe meine Arbeit, also beklage ich mich auch nicht.«

Vielleicht stimmte das ja, aber Georgie glaubte doch Bedauern aus ihrer Stimme herauszuhören. Sie selbst konnte sich ein Leben ohne die Unterstützung ihrer Freundinnen nicht vorstellen, und so hörte sie sich, kurz bevor sie ging, Rory zur Dinnerparty am nächsten Abend einladen.

Zu ihrer Überraschung nahm Rory sie auch noch an.

Bram wartete auf der anderen Seite des Tors auf sie. »Wie ist es gelaufen?«

»Gut.« Morgen wäre noch früh genug, ihm die Nachricht zu unterbreiten, dass sie Rory eingeladen hatte. Wenn sie es ihm jetzt sagte, würde er einen französischen Koch einfliegen lassen und ein Orchester buchen. Von ihrem Geld.

»Wie gut?«

»Ich versprach, dich nicht zu sabotieren, und das habe ich auch nicht getan.«

»Es war dir also ernst damit?«

»Ich sagte ihr, du wärst gereift und engagierst dich leidenschaftlich für dieses Projekt.«

»Mit ernstem Gesicht?«

»Ja, natürlich mit ernstem Gesicht. Herrje.«

Er zog sie in seine Arme und gab ihr einen langen Kuss, der sexy war, weil er ein sexy Küsser war, aber vor allem überschwänglich wie ein scharfer Dobermann, der unerwartet einen saftigen Knochen findet. Sie schmolz dahin.

Warum auch nicht? Nach allem, was sie durchgemacht hatte, hatte sie so viel sorgloses Vergnügen verdient, wie sie kriegen konnte.

Er umschloss mit seinen beiden Händen ihr Hinterteil. »Wo ist Meg?«

»Auf einem Konzert. Möchtest du einen flotten Dreier?«

»Nicht heute Nacht.« Er küsste sie wieder. Und wieder. Es dauerte nicht lang und ihre Hände waren überall.

Er ließ sie so abrupt los, dass sie fast umgefallen wäre. »Chaz! Aaron!« Er schoss hinaus auf die Veranda. »Kommt mal her!«

Er musste sie zwei Mal rufen, ehe sie kamen. Aaron hatte in Überstunden ihre Website neu gestaltet, um seinen Hals baumelten ein paar Bose-Kopfhörer. Chaz erschien mit einem gefährlich aussehenden Küchenmesser in der Hand. Bram reichte beiden je einen fünfzig Dollarschein, die er gerade aus seiner Brieftasche gezogen hatte. »Ihr seid beide fertig für heute. Hier ein kleiner Bonus, weil ihr so loyale Angestellte seid. Und jetzt geht. Wir sehen uns dann morgen Früh wieder.«

Aaron betrachtete die Scheine, als hätte er noch nie Geld gesehen. Chaz zeigte ihr fast dauerhaft böses Gesicht. »Ich bin mitten in den Essensvorbereitungen.«

»Und ich weiß, dass es morgen ein köstliches Essen geben wird.« Er packte jeden von ihnen am Arm und führte sie zur Tür, die zur Garage führte, wobei Chaz die ganze Zeit über protestierte: »Lassen Sie mich wenigstens den verdammten Herd ausmachen, ehe Sie das ganze Haus in Brand stecken!«

»Ich kümmere mich darum.« Als Chaz und Aaron gegangen waren, kam er Georgie hinterher. Binnen Sekunden hatte er sie im Haus eingeschlossen. Nach einem kurzen Umweg, um den Herd auszumachen, waren sie im Schlafzimmer. Sein Drängen erregte sie, also schaute sie ihn kritisch an.

»Findest du nicht, dass das ein wenig ... überstürzt war?«

»Nein.« Er schloss die Schlafzimmertür. »Zieh dich aus.«

15

»Ich möchte dich nicht zweimal bitten müssen«, sagte Bram, als sie nicht schnell genug reagierte.

Seine sexuelle Bedrohung jagte ihr einen wollüstigen Schauder durch den Körper. Das war alles so wunderbar unkompliziert. Ihm ging es nur darum, Sex zu haben, und das war auch alles, wonach ihr der Sinn stand. Endlich war ihr Kopf darauf gepolt, jeden verbotenen Augenblick zu genießen.

»Komm her.« Sie zog ihr Top über den Kopf. »Bedien dich.«

Er starrte auf ihre in blassgelber Spitze ruhenden Brüste, und die Art, wie er sie ansah, erfüllte sie mit Lust. Sie liebte es, begehrt zu werden, auch wenn dies nur aus praktischen Gründen geschah.

Er packte sie am Handgelenk. »Diesmal möchte ich ein Bett. Damit ich jeden Zentimeter von dir auskosten kann.«

Sie löste sich jetzt schon fast auf, gleich hier mitten im Schlafzimmer. Beim Blick in seine lavendelblauen Augen, die jetzt ins Rauchfarbene changierten, sagte sie sich, dass er ihr nicht genug bedeutete, um jemals von ihm verletzt werden zu können. Dann küsste er sie, und sie hörte zu denken auf.

Diesmal war es kein langsamer Striptease. Sie rissen sich die Kleider vom Leib und fielen übereinander her. Bis gestern hatte sie sich noch keinem ohne Liebe hingegeben, aber jetzt bot sie selbstvergessen ihren Körper an. Er erforschte jeden Zentimeter, öffnete ihre Beine, legte sich einen ihrer Knöchel über seine Schulter. Im Gegenzug neckte und quälte sie ihn, doch nicht, um ihn anzustacheln, sondern weil sie es wollte, weil es hier um ihre Lust und nicht darum ging, einen Mann festzuhalten, der sie nicht liebte.

Er war derb. Gründlich. Fordernd. Setzte seine Finger, seinen Mund, seinen Sex ein. Sie erlebte eine wonnevolle, erhebende Freiheit. Die letzte Explosion erlebte sie wie eine Naturkatastrophe.

Danach lag sie schlaff unter ihm, so ausgelaugt, dass sie keine Worte dafür fand. »O ja … Ich bin mir sicher, das nächste Mal wird besser.«

Er rollte sich auf den Rücken, seine Haut war so feucht wie die ihre, und seinen Mund umspielte ein träges Lächeln. »Eins muss man sagen, für einen Mann allein, bist du ganz schön viel Frau.«

Sie grinste. Die Klimaanlage sprang an und blies einen kühlenden Luftzug über ihre heißen Leiber. Sie war …

Krampfhaft suchte sie nach einem Begriff für ihre Gefühle, schließlich fand sie einen.

Sie war glücklich.

Bram war der einzige Mann, der je in Chaz' Apartment gewesen war, aber jetzt saß Aaron auf ihrer Couch, die Ohrstöpsel noch um den Hals. Er trug Farmerjeans und ein knittriges grünes T-Shirt mit dem Aufdruck *All Your Base Are Belong to Us*, was überhaupt keinen Sinn ergab. Seine Locken standen von seinem runden Gesicht ab, und seine Brille saß schief auf der Nase. »Du kannst hier nicht bleiben«, sagte Chaz. »Du musst gehen.«

»Ich habe es dir doch erklärt. Meine Wagenschlüssel sind in Georgies Büro.«

»Dann nimm mein Auto.« Bram hatte ihr einen glänzenden neuen Honda Odyssey gekauft, aber sie verließ das Haus nur, wenn es sein musste, also benutzte sie den Wagen bis auf Einkäufe kaum. Ansonsten verbrachte sie die meiste Zeit in ihrer Wohnung. Bram hatte ihr bei der Einrichtung freie Hand gelassen. Sie hatte moderne Möbel in Schokoladenbraun und Weiß ausgesucht, dazu ein ganz normales schwarzes Regal, einen eckigen Lesesessel und ein paar schlichte schwarzweiße Drucke. Keinen Krimskrams. Kein Durcheinander. Alles ordentlich und beruhigend. Alles bis auf Aaron.

Er rieb sich die Brust durch sein T-Shirt hindurch. »Mein Führerschein ist in meiner Brieftasche, und die ist auch in Georgies Büro.«

»Na und? Ich fahre schon seit Jahren ohne Führerschein.« Mit dreizehn hatte sie sich selbst das Autofahren beigebracht, weil sie fand, dass sie auf der Straße weniger Schaden anrichtete als ihre betrunkene Stiefmutter.

Sowohl sie als auch Aaron hatten Schlüssel fürs Haupthaus, aber keiner von ihnen war allzu erpicht darauf, gleich wieder zurückzugehen. Ein Glück, dass sich ihr Apartment über der Garage nicht auf der Seite des Hauses befand, in der das Schlafzimmer lag. Ein unerträglicher Gedanke, mit anhören zu müssen, wie Bram und Georgie vögelten. Sie hasste Georgie. Hasste es, zusehen zu müssen, wie Bram über eine blöde Bemerkung von ihr lachte, hasste es, sie sich über Filme unterhalten zu hören, die Chaz nie gesehen hatte. Chaz wollte bei ihm an erster Stelle stehen. Was natürlich albern war.

Hoffentlich hatte er daran gedacht, den Herd auszuschalten.

»Du schläfst nicht hier«, sagte sie.

»Wer hat denn gesagt, dass ich das möchte? Ich lasse ihnen etwas Zeit, dann gehe ich wieder hinein und hole meine Sachen.« Er stand auf und wanderte hinüber zu ihrem Bücherregal, auf dem ein Fernseher, Kochbücher und ein paar andere Bücher standen, die Bram ihr gegeben hatte, darunter einige von jener wichtigen Autorin für Ernährungsfragen Ruth Reichl, die davon erzählte, wie sie dazu kam, sich für Lebensmittel und all das zu interessieren. Es waren die besten Bücher, die Chaz je gelesen hatte.

»Du solltest Georgie gegenüber nicht immer so biestig sein.« Aaron zog eins der Bücher von Ruth Reichl aus dem Regal und las den Klappentext. »Du könntest dir auch gleich ein Schild umhängen, auf dem steht, dass du in Bram verliebt bist.«

»Ich bin nicht in ihn verliebt!« Chaz sprang auf, riss Aaron das Buch aus der Hand und schob es ins Regal zurück. »Ich kümmere mich um ihn, und mir gefällt die Art nicht, wie sie ihn behandelt.«

»Nur weil sie ihm nicht ständig den Hintern küsst wie du.«

»Ich küsse seinen Hintern nicht! Ich sage ihm immer genau, was ich denke.«

»Ja, und während du auf ihn schimpfst, rennst du herum und kochst was Besonderes und bügelst seine T-Shirts. Gestern habe ich dich springen sehen, um ein paar Krümel vom Stuhl zu fegen, ehe er sich draufsetzte.«

»Ich kümmere mich um ihn, weil das mein Job ist, nicht weil ich in ihn verliebt bin.«

»Sieht aber nach mehr als einem Job aus. Sieht aus, als wäre es dein Leben.«

»Das ist Unsinn. Ich ... ich bin es ihm einfach schuldig.«

»Wofür?«

Für alles.

Sie wandte sich von Aaron ab und verschwand in ihrer winzigen Galerieküche. Er war zu dumm, um den Unterschied zwischen verliebt sein und lieben zu kennen. Chaz liebte Bram von ganzem Herzen, aber es war keine sexuelle Liebe, sondern eher so, als wäre er der Lieblingsbruder, einer, für den man alles tun würde.

Sie kramte im Kühlschrank nach einer Mountain Dew Limonade. Aaron hatte ihr erzählt, er sei während seiner Zeit auf dem College süchtig nach Mountain Dew gewesen, aber sie schenkte nur sich selbst ein Glas ein. Chaz hatte zur Kochschule gehen wollen, nicht aufs College. Nachdem ihre Stiefmutter gestorben war, hatte sie genug Geld gespart, um nach L.A. zu kommen, aber hier waren die Chancen, einen Job zu finden, für jemand, der kein Highschooldiplom besaß, sehr gering, und sie gab ihren Plan, sich ihren Unterricht zu verdienen, indem sie in einem teuren Restaurant arbeitete, schnell auf. Am Ende spülte sie dann Geschirr und bediente in einigen billigen mexikanischen Restaurants, aber L.A. war teuer, und trotz sechzehn Arbeitsstunden täglich musste sie ihre Ersparnisse angreifen, um über die Runden zu kommen.

Eines Tages kam sie von der Arbeit nach Hause und entdeckte, dass jemand in ihr schäbiges gemietetes Zimmer eingebrochen war und alles gestohlen hatte, was sie besaß, darunter auch ihre Ersparnisse. Sie brach nicht in Panik aus. Hier und da könnte sie eine Mahlzeit bekommen, und eine Weile musste sie eben noch auf ein Auto verzichten, aber wenn sie Überstunden machte, könnte sie sich wenigstens eins leihen.

Vielleicht hätte sie es geschafft, wenn sie nicht beim Überqueren der Straße auf dem Weg zum Waschsalon von einem Wagen angefahren worden wäre, dessen Besitzer Fahrerflucht beging. Sie erlitt keine schwerwiegenden Verletzungen, nur ein paar angeknackste Rippen und eine gebrochene Hand, aber sie verlor beide Jobs, weil sie mit einem Gipsverband nicht mehr spülen konnte. Binnen eines Monats lebte sie auf der Straße.

Aaron kam zu ihr in die Küche. »Hast du irgendwas zu essen? Ich habe seit dem Mittagessen nichts mehr gehabt.«

Sie hatte einen Schrank voller Junkfood, aber das würde sie ihm nicht auf die Nase binden. »Nur Müsliflocken und etwas Obst.« Sie schob ihr Glas mit Mountain Dew hinter ihren Toaster, wo er es nicht sehen konnte, und zwar nicht aus Bosheit, sondern weil er auf Diät war.

»Ist sicher besser als nichts.«

Sie zog die Müslipackung heraus und schob ihm ein paar frische Himbeeren zu, er warf sie in die Schale, ohne sie klein zu schneiden, sie nahm sie ihm wieder weg und kümmerte sich selbst darum. Sie bedauerte, keine Vollkornflocken zu haben, sondern nur die Frosted Flakes.

In der Küche gab es eine winzige eingebaute Esstheke. Sie wischte ihre Besteckschublade aus, während er aß. Dass er über gute Tischmanieren verfügte, war ihr bereits aufgefallen, und sie dachte, dies könnte seiner Nachbarin Becky gefallen, wenn sie je auf ihn aufmerksam wurde. Als er den letzten Bissen hinuntergeschluckt hatte, zog sie ihm seine Müslischale unter dem Mund weg. »Jetzt werde ich dir deine Haare schneiden.«

»Das wirst du nicht tun. Meine Haare sind gut so.«

»Die sehen aus wie ein Gestrüpp. Möchtest du nun, dass Becky auf dich aufmerksam wird oder nicht?«

»Wenn sie so oberflächlich ist, dass es ihr nur ums Aussehen geht, dann bin ich nicht an ihr interessiert.« Er musterte ihre Jeans und ihr schwarzes T-Shirt. »Eine Modeexpertin bist du übrigens auch nicht gerade.«

»Ich habe meinen eigenen Stil.«

»Nun, ich habe auch meinen eigenen Stil.«

»Den Volltrottelstil.« Sie studierte den Slogan auf seinem grünen T-Shirt. *All Your Base Are Belong to Us* »Was soll das überhaupt bedeuten?«

Er verdrehte die Augen, als müsste sie es wissen. »Zero Wing. Ein japanisches Videospiel von 1989. Es ist historisch.«

»Egal.« Sie nahm eine Schere aus der Schublade. »Komm, wir gehen ins Bad. Ich möchte deine Haare nicht überall hier herumliegen haben.«

»Wenn du schon unbedingt Haare schneiden willst, dann schneid doch deine eigenen.« Er schnaubte und zeigte auf ihren zerzausten Bob. »Nein, warte. Das hast du ja schon getan.«

Ihr gefiel ihre Frisur, und sie warf die Schere auf die Theke. »Am besten du vergisst Becky gleich. Und auch jede andere Frau, weil sie dir keinen zweiten Blick widmen werden.«

»Warum sollte ich von jemandem einen Rat annehmen, der gar kein eigenes Leben hat?«

»Du glaubst also, ich hätte kein Leben?«

»Ich habe hier noch keinen einzigen Typen gesehen.«

»Das bedeutet aber nicht, dass ich kein Leben habe.« Sie würde ihm nicht auf die Nase binden, dass die Vorstellung, mit einem Mann zusammen zu sein, ihr zuwider war. Das war nicht immer so gewesen. Auf der Highschool hatte sie zwei ernstzunehmende Freunde gehabt, mit einem davon hatte sie auch geschlafen. Er erwies sich als Trottel, aber der Sex gefiel ihr. Aber jetzt nicht mehr.

Aaron sah sie an, als glaubte er, ihr Therapeut zu sein, und das machte sie so wütend, dass sie auf ihn losging. »Nimm diese blöden Kopfhörer ab. Du siehst doof aus.«

»Ich werde in meinem Wagen warten.« Er ging durch die Apartmenttür und stapfte dann die Treppe hinunter zum Hinterausgang.

Sie rannte nach draußen und rief ihm nach. »Schön! Aber ich habe Kartoffelchips und *Mountain Dew*!«

»Schön für dich.« Die Tür schlug zu, und alles war ruhig.

Sie kehrte zur Couch zurück und nahm das Kochbuch zur Hand, in dem sie gelesen hatte. Sie war froh, dass er gegangen war. Dass er blieb, hätte sie ohnehin nicht ertragen.

Sie streckte ihren Arm nach dem Notizbuch aus, das sie immer auf dem Tisch liegen hatte, damit sie eine Liste der Dinge erstellen konnte, die sie vor der morgigen Party noch zu erledigen hatte. *Der kann mich mal.* Jetzt war ihre Wohnung wieder so, wie sie ihr gefiel. Ganz für sich allein.

Aber das Notizbuch rutschte ihr aus den Fingern und das Kochbuch fiel zu Boden. Sie fing zu weinen an.

Den ganzen Morgen über schien es Bram schwerzufallen, seine Kleider anzubehalten, und zur Mittagszeit hätte Georgie am liebsten auf seine köstliche nackte Brust eingeschlagen. Entweder lief er auf der Rückseite des Hauses mit nichts weiter als seinen Schwimmshorts am Leib hin und her und schlürfte dabei eins seiner bodenlosen Scotchgläser oder – und das war der Hammer – er erklomm halb nackt eine Ausziehleiter, um Dachrinnen zu säubern, die verstopft waren, wie er meinte, als würde irgendwer in Hollywood seine Dachrinnen selbst saubermachen.

Er bestrafte sie dafür, dass sie sich aus dem Bett gestohlen und den Rest der Nacht in ihrem eigenen Zimmer verbracht hatte. *Hart zu sich selbst.* Schließlich ging es in ihrer Beziehung um Ausschweifung und nicht um intimes nächtliches Kuscheln.

Sie versuchte sich in die Küche zu flüchten, aber Chaz war unerträglich, lehnte jegliche Hilfe ab und ging auch nicht auf Georgies Vorschläge ein. Meg war auch nicht besser. Als sie Georgie mit ihrer Videokamera herumlaufen sah, schlang sie sich einen Schal über den Kopf und benahm sich, als wäre sie eins von Michael Jacksons Kindern, was zwar lustig war, aber nicht das, was Georgie aufnehmen wollte. Schließlich schloss sie sich in ihrem Zimmer ein, um *Tree House* noch einmal zu lesen und sich Gedanken über die Rolle der Helene zu machen.

Am Nachmittag deckte sie den Tisch. Obwohl es nach Regen aussah, aßen sie auf der Veranda, die auch während der schlimmsten Unwetter trocken blieb. Sie gestaltete eine Dekoration aus Artischocken, Zitronen und Eukalyptusblättern in einer blauen Keramikschale. Diese war zwar ein wenig schief, aber ihr gefiel der Kontrast zu den hellgelben Tischsets und kobaltblauen Tellern. Wenn sie noch ein paar dicke Kerzen dazustellte, wäre es perfekt.

Sie spürte Brams Annäherung schon ehe er seine Hand über ihre Pobacke legte. »Warum hast du für sieben Personen gedeckt?«

»Sieben?« Nun war der Zeitpunkt gekommen, ihm die Neuigkeit zu unterbreiten, aber sie tat, als hätte sie diese Zahl noch nie gehört. »Lass mal überlegen. Du, ich, Papa, Rory und Trev, Laura, Meg ... Ja, das stimmt so.«

Seine Hand, die gerade noch ihr Hinterteil erforscht hatte, kam schlagartig zum Stillstand. »Hast du ... Rory gesagt?«

»Hm.«

»Rory Keene kommt heute Abend zum Essen?«

»Du hörst nie zu, wenn ich was sage. Ich schwöre, meine Stimme ist für dich nur ein weißes Rauschen. Als wären wir schon seit ewigen Zeiten verheiratet.«

»*Rory?*« Er ließ von ihrem Hintern ab.

»Ich bin mir sicher, es erwähnt zu haben.«

»Und ich bin mir sicher, dass du das nicht getan hast! Bist du verrückt? Dein Vater hasst mich. Mir bleiben nur noch achtzehn Tage, bis die Option ausläuft, ich möchte ihn nicht in Rorys Nähe haben.«

»Ich werde mich um ihn kümmern.«

»Als hättest du bisher damit großen Erfolg gehabt.«

»Ich dachte, du würdest dich freuen.« Sie versuchte einen Schmollmund, war aber nicht überrascht, dass er ihr nicht gelang.

»Rory mag das Drehbuch«, sagte er mehr zu sich selbst als zu ihr. »Wenn ich sie doch nur dazu bringen könnte, mir zu vertrauen.«

»Nach allem was sie zu mir gesagt hat, kannst du dir das wahrscheinlich abschminken.« Während er auf der Veranda hin und her lief, berichtete sie ihm von ihrem Gespräch mit Rory. Als sie damit fertig war, sagte sie: »Warum musstest du auch diese Kretins mit nach L.A. bringen?«

Die Verbitterung, die er immer unterdrückt hatte, machte sich Luft. »Weil ich ein dummer Junge war. Ich hatte keine Familie, und ich dachte – ich weiß auch nicht, was ich dachte.«

Georgie konnte sich das recht gut vorstellen.

Er zog seine Schultern hoch und wandte sich ab. »Die Jungs haben mir erzählt, Rory habe die ganze Sache aufgebauscht. Ich wollte ihnen glauben, also tat ich es, und als ich dann klüger wurde, war sie schon lange nicht mehr dabei. Als ich ihr wieder begegnet bin, war meine Karriere im Eimer, wenn ich es auf den Punkt bringen soll, dann hat sie die Ernsthaftigkeit meiner Entschuldigung angezweifelt.«

»Und jetzt bekommt sie ihre Rache.«

»Es ist noch nicht alles gelaufen. Sie möchte dieses Drehbuch machen, sie kann es um einiges billiger bekommen, wenn sie mit mir zusammenarbeitet und es sich nicht dann erst schnappt, wenn meine Option ausläuft.« Der gleiche Typ, der früher einmal drei Drehtage hatte platzen lassen, weil er Tiefseefischen ging, kehrte plötzlich den Geschäftsmann heraus. »Wir dürfen uns in unserem Spiel heute Abend keinen Schnitzer erlauben. Sie mag dich, und ich habe vor, daraus meinen Vorteil zu ziehen. Jede Menge Berührungen. Zuneigung. Keine Sticheleien.«

»Alle werden uns für krank halten.«

»Ich zähle auf dich, dass du mir dabei hilfst, ein bisschen Zeit mit ihr allein zu haben.« Er betrachtete ihre Zitrone-Artischocke-Dekoration. »Sieh zu, ob du einen Floristen auftreibst. Ich werde einen Barkeeper anheuern und jemanden, der serviert. Und wir brauchen einen wirklich guten Koch.«

Sie hob ihre Hand. »Hör auf damit. Kein Florist, kein Barkeeper, und Chaz bereitet selbst gemachtes Kebab vor. Hühnchen, Rindfleisch und Jakobsmuscheln.«

»Bist du wahnsinnig? Wir können Rory Keene doch kein Kebab vorsetzen.«

»Du musst mir einfach vertrauen. Denk dran, ich verfolge meine eigenen Interessen dabei, Rory für das Projekt zu gewinnen. Wenn du mir das vermasselst ...«

»Georgie, ich habe es dir doch gesagt. Helene braucht eine Besetzung, die ...«

»Lass mich in Ruhe. Ich habe zu tun.« In erster Linie musste sie ihm helfen, Rory davon zu überzeugen, dass er der richtige Mann für diesen Film war. Sollte Rory sehen, wie gut er sich in letzter Zeit aufführte, könnte sie womöglich seine Dummheit von früher vergessen.

Anders als Georgie, die nichts vergessen konnte.

Nachdem er gegangen war, beschäftigte sie sich damit, auf der Veranda Kerzen aufzustellen, schließlich konnte sie ihrer Videokamera nicht widerstehen. Ausgerechnet heute sollte sie Chaz natürlich in Ruhe lassen, aber was sie aus einer Laune heraus begonnen hatte, wurde langsam zur Obsession. Zu der allgemeinen Faszination, die sie für Chaz empfand, kam noch die Begeisterung, das Leben anderer Leute aufzunehmen. Sie hatte sich nie vorstellen können, wie fesselnd es war, hinter anstatt vor der Kamera zu stehen.

Sie traf Chaz in der Küche an, wo sie eine Ingwer-Knoblauch-Marinade anrührte. Als sie Georgie sah, knallte sie ihr Küchenmesser auf ein paar Knoblauchzehen. »Gehen Sie mit Ihrer Kamera weg.«

»Du lässt mich ja nicht helfen. Mir ist langweilig.« Sie machte einen Schwenk durch die Küche und hielt das wohl organisierte Chaos fest.

»Gehen Sie doch die Putzleute filmen. Das scheint Ihnen ja unglaublichen Spaß zu machen.«

Schwang da etwa Eifersucht mit? »Ich unterhalte mich gern mit ihnen. Soledad – das ist die Große, Hübsche – schickt fast ihr ganzes Geld nach Hause zu ihrer Mutter in Mexiko und lebt deshalb bei ihrer Schwester. Sie leben zu sechst in einem Einzimmerapartment. Kannst du dir das vorstellen?«

Chaz ließ das Messer über den Knoblauch tanzen. »Toll. Jedenfalls schläft sie nicht auf der Straße.«

Georgie bekam eine Gänsehaut. »Wie du?«

Chaz senkte ihren Kopf. »Das habe ich Ihnen nicht erzählt.«

»Du hast mir von deinem Unfall erzählt und dass man dich gefeuert hat, nachdem du deine Hand gebrochen hattest.« Georgie zoomte sie heran. »Ich weiß, dass man dir dein Geld geklaut hat. Die Schlussfolgerung liegt wohl auf der Hand.«

»Es gibt jede Menge Jugendliche auf der Straße. Das war nichts Besonderes.«

»Doch ... für dich muss das besonders hart gewesen sein. Der ganze Dreck und das Durcheinander und keine Möglichkeit, es in Ordnung zu bringen.«

»Ich kam klar. Jetzt gehen Sie. Es ist mein Ernst, Georgie. Ich muss mich konzentrieren.«

Georgie sollte gehen, aber die aufgewühlten Emotionen, die unter Chaz' rauer Oberfläche brodelten, hatten sie von Anfang an angezogen, und irgendwie befahl die Kamera ihr, sie aufzunehmen. Sie veränderte ihre Fragestellung.

»Macht es dich nervös, wenn du für mehr als eine Person Essen zubereiten musst?«

»Ich mache praktisch jeden Abend Essen für mehr als eine Person.« Sie warf den gehackten Knoblauch mit dem geschälten Ingwer in eine Schüssel. »Ich sorge dafür, dass Sie was zu essen kriegen, oder nicht?«

»Aber dein Herz ist nicht dabei. Ich schwöre dir, Chaz, selbst deine Nachtische schmecken bitter.«

Chaz' Kopf schoss in die Höhe. »Das ist doch Quatsch, was Sie da sagen.«

»Nur eine persönliche Beobachtung. Bram schmeckt dein Essen, Meg auch. Aber Meg scheinst du auch zu mögen.«

Chaz presste ihre Lippen zusammen. Ihr Messer bewegte sich schneller.

Georgie stellte sich ans Ende der Theke. »Pass lieber auf dich auf. Große Köche wissen, dass außergewöhnliches Essen mehr ist als das Vermischen von Zutaten. In dem, was du kreierst, zeigt sich, wer du als Person bist – und wie du für andere Menschen empfindest.«

Der Rhythmus von Chaz' Hacken verlangsamte sich. »Das glaube ich nicht.«

Georgie wusste, dass sie aufhören musste, und nahm sich das auch vor, aber sie konnte nicht, nicht mit einer Kamera in der Hand, nicht, wenn sie das Gefühl hatte, das Richtige zu tun. Mitleid wallte in ihr auf, gepaart mit Verständnis. Sie und Chaz hatten jede ihren Weg gefunden, mit einer Welt klarzukommen, über die sie kaum die Kontrolle zu haben schienen. »Warum also schmecken deine Desserts so bitter?«, fragte sie sanft. »Bin wirklich ich es, die du hasst … oder bist es du selbst?«

Chaz ließ ihr Messer fallen und starrte in die Kamera, die schwarz umrandeten Augen weit aufgerissen.

»Lass sie in Ruhe, Georgie«, kam Brams Stimme in

scharfem Ton von der Tür her. »Nimm deine Kamera, und lass sie in Ruhe.«

Chaz wandte sich an ihn. »Du hast es ihr gesagt!«

Bram kam in die Küche. »Ich habe ihr gar nichts gesagt.«

»Sie weiß es! Du hast es ihr erzählt!«

Chaz' Wut und Selbsthass saßen tief, und Georgie war um Verständnis bemüht. Sie wollte es als Dokument all jener jungen Mädchen filmen, die von ihrem eigenen Schmerz verzehrt werden. Nur dass sie kein Recht hatte, derart in ihre Privatsphäre einzudringen, sie senkte – zwang sich dazu – die Kamera.

»Sie weiß nur, was du ihr selbst mit deinem Plappermaul erzählt hast«, sagte Bram.

Wieder gab Georgie sich den Befehl zu gehen, aber ihre Füße gehorchten ihr nicht. Stattdessen sagte sie: »Glaub mir, du bist nicht das einzige Mädchen, das nach L.A. gekommen ist und getan hat, was es tun musste, um zu überleben.«

Chaz' Hände ballten sich zu Fäusten. »Ich war keine Hure. Das denken Sie doch, oder? Dass ich so eine Crack-Hure war!«

Bram warf Georgie einen tödlichen Blick zu und stellte sich neben Chaz. »Lass es gut sein. Du brauchst dich nicht mehr zu verteidigen.«

Aber irgendwas schien in ihr aufgebrochen zu sein. Sie konzentrierte sich ganz auf Georgie. Ihre Worte kamen wie ein Knurren. »Ich habe nie Drogen genommen! Niemals! Ich wollte einfach eine Bleibe und ein bisschen was Anständiges zu essen.«

Georgie schaltete ihre Kamera aus.

»Nein!«, schrie Chaz. »Machen Sie die wieder an. Sie wollten es ja unbedingt hören. Schalten Sie sie ein.«

»Ist ja gut. Ich möchte nicht …«

»Einschalten!«, befahl Chaz wild entschlossen. »Das ist wichtig. Machen Sie es wichtig.«

Georgies Hände hatten zu zittern begonnen, aber sie verstand, und sie tat, worum Chaz sie bat.

»Ich war schmutzig und lebte aus dem Rucksack.« Durch die Linse sah Georgie Tränen über den tintigen Rand von Chaz' Wimpern am Unterlid laufen. »Einen Tag hielt ich es ohne Essen aus, und dann noch einen. Ich hörte von einer Suppenküche, aber ich brachte es nicht über mich, da reinzugehen. Ich war halb verrückt vor Hunger, und ich hielt es für besser, meinen Körper zu verkaufen, anstatt Almosen anzunehmen.«

Bram versuchte ihr den Rücken zu reiben, aber sie stieß ihn weg. »Ich redete mir ein, es sei nur für ein Mal, und ich würde genug verlangen, damit ich über die Runden kam, bis der Gipsverband wieder abgenommen wurde.« Ihre Worte trommelten auf die Kamera ein. »Er war ein älterer Mann. Er sollte mir zweihundert Dollar zahlen. Aber nachdem es vorbei war, stieß er mich stattdessen aus dem Auto und fuhr weg, ohne mir was zu geben. Ich erbrach mich über dem Rinnstein.« Ihr Mund wurde hart vor Verbitterung. »Danach lernte ich, mir mein Geld im Voraus geben zu lassen. Meistens zwanzig Dollar, aber ich habe nichts genommen – habe nie Drogen genommen –, und ich verlangte, dass sie Kondome trugen, also war ich anders als die anderen Mädchen, die auf Drogen waren und denen alles egal war. Mir war nicht alles egal, und ich war auch keine Hure!«

Wieder versuchte Georgie, die Kamera abzuschalten, aber Chaz wollte davon nichts wissen. »Das wollten Sie doch immer. Also wagen Sie es nicht, mich jetzt zu unterbrechen.«

»Ist ja gut«, sagte Georgie weich.

»Ich fand es widerlich, auf der Straße zu schlafen.«

274

Schmierige Tränen liefen an ihren Wangen herab. »Es war mir vor allem verhasst, mich in öffentlichen Toiletten waschen zu müssen, um sauber zu bleiben. Ich hasste das so sehr, dass ich sterben wollte, aber sich umbringen, ist viel schwerer, als man denkt.« Sie nahm sich ein Taschentuch aus der Schachtel auf der Theke. »Kurz vor Weihnachten ist mir dann dieser Typ begegnet, und ich bekam ein paar Pillen von ihm. Nicht um high zu werden. Pillen, damit ich … allem ein Ende machen konnte.« Sie schnäuzte sich. »Die wollte ich für den Weihnachtsabend aufheben, wie ein Geschenk an mich selbst, ich würde sie einnehmen und mich bei irgendjemandem im Türeingang zusammenrollen und für immer einschlafen.«

»O Chaz …« Georgie schnitten Chaz' Worte tief in die Seele. Bram zog Chaz' Rücken an seine Brust und massierte ihr die Schultern.

»Ich brauchte also nur noch bis zum Weihnachtsabend zu warten, aber mein Hunger war so groß.« Sie knüllte das Papiertaschentuch in ihrer Hand zusammen. »Eines Abends sah ich dann einen Kerl aus einem Klub kommen. Er war allein und sah wirklich clean aus. Als ich auf ihn zuging und ihn ansprach, fragte er mich, wie alt ich sei. Das fragten viele, und meine Antwort hing immer davon ab, was sie hören wollten, weshalb ich manchmal vierzehn oder sogar zwölf sagte. Aber er schien keiner dieser Widerlinge zu sein, also erzählte ich ihm die Wahrheit. Er zog etwas Geld aus der Tasche, gab es mir und ging dann weiter. Es waren hundert Dollar, ich hätte mich bedanken sollen, aber ich war nicht ganz bei mir, weil ich nichts gegessen hatte, ich schrie ihm hinterher, ich bräuchte seine Almosen nicht. Und als er sich dann umdrehte und mich ansah, warf ich ihm die Scheine mehr oder weniger vor die Füße.«

Sie entzog sich Bram und warf das Taschentuch in den

Mülleimer. »Er kam zurück, hob das Geld auf und fragte mich, wie lang es her sei, dass ich etwas gegessen hatte. Ich sagte ihm, das wisse ich nicht mehr, er nahm mich mit in die Bar und bestellte Hamburger. Er ließ mich nicht mal zum Händewaschen gehen, weil er sagte, dann würde ich durch den Hinterausgang ausbüchsen, aber das hätte ich nicht getan. Ich war viel zu hungrig. Ich wickelte eine Papierserviette um mein Essen und aß es so, damit meine Hände nicht damit in Berührung kamen.«

Sie ging zur Spüle und drehte das Wasser auf, um sich die Hände zu waschen. Dabei erzählte sie weiter: »Er wartete, bis ich fertig war, und sagte dann, er werde mich dorthin bringen, wo es Sozialarbeiter gäbe wie in den Obdachlosenheimen, aber ich sagte ihm, ich brauchte keine Sozialarbeiter, ich brauchte nur einen Job in einem Restaurant, denn obwohl ich jetzt keinen Gips mehr hatte, bekam ich keinen Job, weil ich keine Adresse hatte und nicht für meine Sauberkeit sorgen konnte.«

Georgie senkte die Kamera und fuhr sich mit der Zunge über ihre Lippen. »Dann hat er dir selbst einen Job gegeben. Er hat das Straßenkind, das er nicht kannte, mit in sein Haus genommen und ihm Arbeit gegeben.«

Chaz wirbelte herum und sah sie an – stolz, trotzig, höhnisch grinsend. »Und er hält sich für so klug. Ich hätte ihm ein Messer in die Rippen stoßen können. Er versteht gar nicht, wie schlecht Menschen sein können. Verstehen Sie jetzt, warum ich so gut auf ihn aufpassen muss?«

»Ja, ich verstehe es«, sagte Georgie. »Bisher habe ich es nicht verstanden, aber jetzt schon.«

»Ich bin jedoch sicher, dass ich mich gegen einen Wicht wie dich schon hätte durchsetzen können«, meinte Bram.

Chaz riss ein Stück Küchenpapier ab und ging auf Georgie zu, als hätte er nichts gesagt. »Da Sie jetzt alles in Ihrer Kamera haben, können Sie mich vielleicht in Ruhe lassen.«

»Möglich«, sagte Georgie. »Aber eher unwahrscheinlich.«

Chaz fuhr herum und wandte sich an Bram. »Verstehst
du jetzt, wie verrückt sie ist? Siehst du das jetzt?«

Er schob seine Hand in die Hosentasche. »Was soll ich
deiner Meinung nach dagegen tun?«

»Nur – ich weiß nicht. Sag ihr einfach, dass sie ein verdammt verrücktes Huhn ist.«

»Du bist verrückt«, sagte er zu Georgie. »Chaz hat
recht.«

»Ich weiß. Schön, dass ihr beide euch mit mir abfin-
det.«

In dem Gefühl, etwas Gutes getan zu haben, ließ sie die
beiden allein.

16

Georgie schloss sich in Brams Badezimmer ein und setzte sich in seine Badewanne. Sie und Chaz waren beide von Männern betrogen worden – Chaz, was viel schrecklicher war, auf der Straße; Georgie auf einem Boot auf dem Lake Michigan und später von ihrem Ehemann, dem sie ewige Liebe versprochen hatte. Jetzt versuchten sie beide herauszufinden, wie sie weitermachen konnten. Sie fragte sich, ob Chaz ihre herzerschütternde Geschichte auch ohne die Kamera erzählt hätte? *Das ist wichtig*, hatte Chaz gesagt, als Georgie mit Filmen aufhören wollte. *Machen Sie es wichtig.*

Zeichnete die Kamera einfach nur die Realität auf oder veränderte sie diese? Könnte sie die Zukunft verändern? Georgie überlegte, ob die Tatsache, dass ihre Story dokumentiert war, Chaz dabei helfen könnte, ihre Vergangenheit hinter sich zu lassen, damit sie nach vorne blicken konnte. Wäre das nicht erstaunlich? Und wäre es nicht noch erstaunlicher, wenn das Aufzeichnen von Chaz' Story Georgie dabei half, ihre eigene Vergangenheit nüchtern und sachlich zu sehen.

Sie tauchte tiefer ins Wasser ein und grübelte über die einzige Stelle in Chaz' Geschichte nach, die sie wirklich schockiert hatte. Brams Rolle. Er war Georgies Zerstörer gewesen, aber Chaz' Retter. Ständig erfuhr sie Neues über ihn, und nichts davon passte zu dem, was sie bereits wusste. Stolz verkündete er, er sei sich selbst der Nächste, aber das stimmte nicht ganz.

Sie wusch sich die Haare und föhnte sie, bis sie glatt und

glänzend ihr volleres Gesicht umrahmten. Sie legte rauchgrauen Lidschatten auf und verwendete einen ihrer vielen hautfarbenen Lippenstifte, schlüpfte dann in cayennerote Stretch-Chinos und ein grau glänzendes Leibchen und zum Schluss in silberne Ballerinas. Dazu ein Paar abstrakte Silberohrringe und fertig war sie.

Am Fuß der Treppe traf sie auf Bram, der in weißer Hose und Hemd in der Diele auf und ab lief. »Hast du nicht eben Jeans angehabt?«, wunderte sie sich.

»Ich hab's mir anders überlegt.«

Er betrachtete sie und warf ihr wieder seine glutvollen Blicke zu, die sie nervös machten. »Du siehst aus wie Robert Redford in *Der große Gatsby*«, sagte sie. »Nur männlicher. Was eine Feststellung und kein Kompliment ist, du brauchst dich also nicht zu bedanken.«

»Tue ich auch nicht.« Sein hungriger Blick wanderte von ihren silbernen Ballerinas über ihre Beine und Hüften, verweilte bei ihren Brüsten und endete oben am Gesicht. »Du selbst siehst auch sehr gut aus. Diese großen grünen Augen …«

»Froschaugen.«

Das Feuer in seinen Augen wich der Verzweiflung. »Du hast keine Froschaugen, du hättest deine Unsicherheiten längst ablegen müssen.«

»Ich bin Realist. Mondgesicht, Froschaugen und Gummimund, aber langsam fange ich an, meinen Körper wieder zu mögen, und ich werde mir keine Implantate einsetzen lassen.«

Er seufzte. »Keiner möchte, dass du dir Implantate einsetzen lässt, am wenigsten ich. Du hast kein Mondgesicht. Und wann wirst du endlich aufhören, deinen Mund zu tarnen und ihn stattdessen mal mit rotem Lippenstift betonen? Ich habe zufällig ein intimes Verhältnis zu diesem Mund, und ich bin hier, um dir zu sagen, dass er atemberaubend ist.« Er strich mit der Innenseite seiner Hand über ihre Hüfte. »Eine Feststellung, kein Kompliment.«

Dies hier wurde ihr langsam zu heiß, also machte sie die Stimmung kaputt, indem sie einen freundlichen Vorschlag unterbreitete. »Wenn dir daran liegt, dass Rory an deine Besserung glaubt, solltest du vielleicht den Alkohol weglassen.«

»Eistee.«

»Ja, richtig.«

Sie steuerte auf die Küche zu, um nach Chaz zu sehen. Kobaltblaues Tongeschirr mit roten Paprikastücken, Feigen und Mangos, Zwiebelringen und frischen Ananasstücken stand auf der Theke. »Achte darauf, das Hühnchen nach vier Minuten auf dem Grill umzudrehen«, erklärte Chaz Aaron, der die Gläser auf einem Tablett bereitstellte. »Nicht länger, kapiert?«

»Ich habe das schon beim ersten Mal verstanden.«

»Diese Rosmarinzweige müssen oben auf das Rindfleisch gelegt werden, solange es brät.« Ohne auf Georgie zu achten, spießte Chaz eine Tomate auf, die sie in die Spüle hatte fallen lassen. »Beträufle die Jakobsmuscheln mit der süßen Chilisauce. Denk daran, sie trocknen schnell aus, also solltest du sie nicht so lang auf dem Herd lassen.«

»Wie wär's, wenn du stattdessen mich grillen würdest«, schlug er vor.

»Als hätte ich nicht schon genug zu tun.«

Chaz schien so mies gelaunt wie immer zu sein, was beruhigend war. Georgie ließ sie in Ruhe und sprach nur mit Aaron. »Was haben Sie mit ihrem Haar angestellt?«

»Ich war heute Nachmittag beim Friseur.« Chaz grunzte, und er warf ihr einen finsteren Blick zu. »Es hat morgens zu lang gedauert, bis es trocken war, das war der Grund.«

Wieder ein Grunzen.

»Sieht klasse aus.« Georgie musterte ihn genauer. Die Knöpfe seines dunkelgrünen Hemds bildeten eine ordentliche Reihe, ohne sichtbarer Spannung ausgesetzt zu sein, seine Khakis saßen auch nicht mehr so straff um seinen Bauch. Aaron nahm ab, und sie glaubte zu wissen, wer dafür verantwortlich war.

»Danke, dass Sie Chaz heute Abend helfen«, sagte sie und stibitzte sich einen Pilz aus der Schale, die auf der Anrichte stand. »Wenn Sie zu gefährlich wird, verteidigen Sie sich mit Pfefferspray.«

»Den würde er sich noch selbst ins Auge sprühen«, erwiderte Chaz. Sie tat, als wäre nichts gewesen, aber sie wusste, dass Georgie Zeuge ihres Leids geworden war, und wollte sie nicht ansehen.

Georgie drückte Aarons Arm. »Erinnern Sie mich daran, dass ich Ihnen einen Gefahrenzuschlag zahle, wenn das hier vorbei ist.«

Meg steckte ihren Kopf durch die Tür. Sie trug eine überaus kurze gelbgrüne Tunika, dazu blaue Leggins mit Leopardendruck und orangefarbene knöchelhohe Stiefel. Ein schmales geflochtenes Jutehaarband hatte das Bindi auf der Stirn ersetzt. Sie grinste und breitete die Arme aus. »Ich sehe fabelhaft aus! Gib's zu.«

Sie sah gut aus, aber Georgie kannte sie gut genug, um zu wissen, dass Meg nicht wirklich daran glaubte. Sie konnte die unmöglichsten Klamotten mit derselben Autorität tragen wie ihre Mutter, das ehemalige Supermodel, aber sie ließ sich nicht davon abbringen, sich als hässliches Entlein zu sehen. Dennoch beneidete Georgie Meg um ihr Verhältnis zu ihren berühmten Eltern. Trotz vielschichtiger Probleme liebten sie einander bedingungslos.

Es klingelte, aber bis Georgie die Diele erreichte, hatte Bram Trevor schon hereingelassen. »Mrs Shepard, wie ich annehme.« Er reichte ihr einen Geschenkkorb, gefüllt mit teuren Körperpflegemitteln. »Ich wollte nicht sein Alkoholproblem fördern, indem ich was zu trinken mitbringe.«

»Danke dir.«

Bram trank einen Schluck Scotch. »Ich habe kein Alkoholproblem.«

Laura traf unmittelbar danach ein wenig außer Atem ein und sah mit ihrem zerzausten hellen, schwer zu bändigenden Haar ganz und gar nicht wie eine mächtige Hollywoodagentin aus, aber deshalb hatte Paul sie ja auch eingestellt. Sie stolperte beim Betreten des Hauses und erbleichte, als Bram sie am Arm auffing. »Tut mir leid«, sagte sie. »Ich habe diese Füße den ganzen Tag nicht benutzt und vergessen, wie sie funktionieren.«

Bram lächelte. »Ein verbreitetes Problem.«

»Großartige Neuigkeiten.« Laura drückte Georgie einen Kuss auf die Wange. »Du hast am Dienstag ein Treffen mit Greenberg.« In Georgie sträubte sich alles, aber Laura hatte sich bereits an Bram gewandt. »Das ist ein wunderschönes Haus. Wer hat es für Sie ausgestattet?«

»Das habe ich selbst gemacht. Trev Elliott hat mir dabei geholfen.«

Er verschwand mit Laura in Richtung Veranda, Georgie starrte ihm fassungslos nach. Bram hatte diese orientalischen Teppiche und tibetanischen Überwürfe ausgesucht? Die mexikanischen Volkskunstbilder und balinesischen Glocken? Und was war mit all den Büchern in den Regalen des Esszimmers, deren Gebrauchsspuren darauf schließen ließen, dass sie auch gelesen wurden?

Ehe sie diese neue Information verarbeiten konnte, erschien ihr Vater. Seine Lippen fühlten sich frostig an auf ihrer Wange. »Papa, du musst dich heute Abend Bram gegenüber anständig verhalten«, sagte sie, als sie ihn durch die Diele führte. »Rory Keene ist eingeladen, und Bram braucht sie für die Unterstützung eines Projekts. Keine Abfuhren. Es ist mein Ernst.«

»Vielleicht sollte ich ein anderes Mal wiederkommen, wenn du nicht das Gefühl hast, mich belehren zu müssen, kaum dass ich zur Tür herein bin.«

»Lass uns heute Abend einfach nur Spaß haben. Bitte. Es ist mir wichtig, dass ihr beide gut miteinander auskommt.«

»Dafür bin ich der falsche Ansprechpartner.«

Als er sich entfernte, tauchte plötzlich ein Erinnerungsfetzen auf ... Ihre Mutter, die im Schneidersitz auf einer Decke saß und über ihren Vater lachte, der mit Georgie auf dem Rücken über ein Rasenstück rannte. War das tatsächlich passiert, oder hatte sie es nur geträumt?

Als sie auf die Veranda kam, sah sie, dass Bram und ihr Vater in größtmöglicher Distanz voneinander ihre Plätze eingenommen hatten. Bram spielte bei Laura den Charmeur, während ihr Vater Trev zuhörte, der von der Komödie erzählte, die er gerade drehte. Meg ernannte sich selbst zur Barkeeperin, und Paul gesellte sich zu ihr. Er hatte Meg immer gern gehabt, was Georgie nie hatte verstehen können, denn eigentlich hätte ihr undisziplinierter Lebensstil ihn abstoßen müssen. Aber im Unterschied zu Georgie brachte Meg ihn zum Lachen.

Georgie unterdrückte aufwallende Eifersucht, als sie Rory von hinten über den Weg kommen sah. Laura kippte ihr Weinglas um, ihr Vater hörte mitten im Satz zu sprechen auf. Nur Meg und Trev ließen sich von dem Neuzugang nicht aus der Fassung bringen. Bram wäre sofort auf die Füße gesprungen, hätte Georgie nicht sein Handgelenk umklammert, um ihn zurückzuhalten. Zum Glück verstand er ihren Hinweis und begrüßte Rory etwas lässiger. »Solange du hier draußen bist, könnten wir die Rosen ruhig zurückschneiden.«

»Tut mir leid. Ich brauche Pflanzen nur anzuschauen, dann gehen sie schon ein.«

»Dann lass mich dir einen Drink bringen.«

Meg begann alle mit Geschichten von ihrer letzten Reise zu unterhalten. Es dauerte nicht lang, und sie hatte mit ihrer Schilderung einer schlecht organisierten Kajaktour auf dem Mangde Chu Fluss alle zum Lachen gebracht. Aaron brachte die Tabletts mit den Zutaten für die Kebab-Spieße, die sich jeder selbst zubereitete, nach draußen, und sie versammelten sich, um sich ihre Auswahl zusammenzustellen. Rory überraschte alle, indem sie ihre Schuhe abwarf und sich freiwillig zum Grillen meldete. Als alle mit gefüllten Weingläsern am Tisch saßen, die Teller voll mit Essen, waren bis auf Bram und Georgie alle entspannt.

Bram unternahm den ersten Schritt in seiner Kampagne, sich Rorys gute Meinung zu verdienen. Er hob sein Glas und sah dabei Georgie, die am anderen Tischende saß in die Augen. »Ich möchte einen Toast auf meine lustige, kluge, wunderbare Frau aussprechen.« Seine Worte klangen sanft und gefühlvoll. »Eine Frau mit einem liebenden Herzen, der Fähigkeit, unter die Oberfläche zu schauen ...« Seine Stimme war einfach rührend. »... und der Bereitschaft zu verzeihen.«

Ihr Vater runzelte die Stirn. Meg amüsierte sich, Laura wirkte träumerisch. Trev machte einen verwirrten Eindruck, nur Rory blieb undurchschaubar. Bram lächelte Georgie mit einem Herzen voller Liebe an.

Einem Herzen voller Scheiß.

Georgie sagte mit erstickter Stimme. »Hör auf, du Idiot. Du bringst mich zum Heulen.«

Sie tranken ihren Toast. Laura lächelte. »Ich weiß, dass ich für uns alle spreche, wenn ich sage, wie toll es ist, euch beide so glücklich zu sehen.«

»Wir mussten beide erst erwachsen werden«, erwiderte

Bram vollen Ernstes. »Vor allem ich. Wir wollen nett sein und über Georgies Ehe mit Mr Blöd hinwegsehen. Aber jetzt sind wir endlich da, wo wir hinwollten. Was nicht heißen soll, dass nicht noch an ein paar Dingen gearbeitet werden muss.«

Georgie wappnete sich für alles, was nun kommen mochte.

»So möchte Georgie nur zwei Kinder«, sagte er, »ich aber mehr. Darüber haben wir uns schon mehrmals in die Haare gekriegt.«

Dieser Mann kannte kein Schamgefühl.

Paul legte seine Gabel ab und wandte sich zum ersten Mal an Bram. »Wenn Georgie schwanger und ohne Job ist, wird es schwer sein, euren momentanen Lebensstil aufrechtzuerhalten.« Er begleitete seinen Kommentar mit einem kurzen Lachen, dem wenig überzeugenden Versuch, ihn als Scherz zu verkaufen.

Das war genau die Situation, vor der Bram sie gewarnt hatte, aber er lehnte sich nur in seinem Stuhl zurück und setzte ein lässiges Grinsen auf. »Georgie ist eine Rossnatur. Dann filmt man sie eben nur von der Brust aufwärts. Also ich wette, sie bekommt ein Baby und ist am nächsten Tag schon wieder beim Dreh. Was sagst du dazu, Schätzchen?«

»Ich könnte mich ja auch am Set hinhocken und gleich da gebären.«

Bram zwinkerte. »Das ist die richtige Einstellung.«

»Die Gewerkschaften würden dem nie zustimmen«, wandte Trevor ein. »Ein Verstoß gegen ihren Arbeitsvertrag.«

Meg stöhnte.

Bram hatte die Runde gewonnen, ihr Vater wandte sich mit beleidigter Miene seinem Teller zu. Trev erzählte eine lustige Geschichte über seine momentane Filmpartnerin.

Alle lachten, aber auf Georgies Seele hatte sich ein Schatten gelegt. Sie wünschte, er hätte nicht von Kindern gesprochen. Entweder musste sie die Idee, ein Kind zu bekommen, aufgeben, oder den Mut aufbringen, es allein zu wagen. Warum auch nicht? Väter wurden ungeheuer überschätzt. Sie könnte sich an eine Samenbank wenden, oder ...

Nein. Das kam absolut nicht in Frage!

Zum Nachtisch schwelgten sie in üppigem Zitronenkuchen, garniert mit ein paar frischen Himbeeren und einer Schokolocke. Anschließend zerrte Bram Chaz aus der Küche. Alle sprachen ihr Komplimente aus, sie errötete heftig. »Ich bin froh, dass es Ihnen ... freut mich, dass es geschmeckt hat.« Sie warf Georgie einen bösen Blick zu.

»Ein großartiges Dessert, Chaz«, lobte Georgie. »Die perfekte Balance zwischen herb und süß.«

Chaz beäugte sie argwöhnisch.

Trev musste um sechs Uhr morgens zum Drehen erscheinen und brach deshalb auf, aber die anderen hatten keine Eile den Abend zu beenden, obwohl Wind aufgekommen war und die Luft nach Regen roch. Bram legte Jazz auf und verwickelte Rory in ein ruhiges Gespräch über das italienische Kino. Georgie gratulierte ihm im Geiste zu seiner zur Schau gestellten Zurückhaltung. Als Rory sich entschuldigte, um auf die Toilette zu gehen, glitt Georgie an seine Seite. »Du machst das großartig. Gib ihr viel Raum, wenn sie zurückkommt, dann wirkst du nicht verzweifelt.«

»Ich bin verzweifelt. Jedenfalls ...« Er starrte auf ihre Hand, als sie sich eine Haarsträhne hinters Ohr schob. »Wo ist dein Ehering?«

Sie schielte auf ihren nackten Finger. »Der ist mir versehentlich in den Abfluss gerutscht, während ich mich anzog. Fällt dir das erst jetzt auf?«

»Du hast *was*?«

»Es dürfte billiger sein, einen neuen zu bestellen, als einen Installateur kommen zu lassen.«

»Seit wann machst du dir denn Sorgen, ob was *billig* ist?« Er wandte sich unvermittelt an seine Gäste, sprach ruhig, doch die Anspannung war ihm anzumerken. »Entschuldigt mich ein paar Minuten. Einer meiner Fans liegt im Sterben, der arme Kerl. Ich versprach seiner Frau, ihn heute Abend anzurufen.« Und verschwand einfach.

Sie lächelte traurig und tat so, als gehörten Anrufe am Sterbebett zu ihrem Alltag.

Sanft plätschernder Regen setzte ein, was nur zur Gemütlichkeit der von Kerzen erleuchteten Veranda beitrug. Da alle ihre Gäste ins Gespräch vertieft waren, schlich Georgie sich unbemerkt davon.

Sie traf Bram auf den Knien an, sein Kopf steckte unter ihrem Waschbecken, neben ihm ein Plastikeimer und eine Rohrzange. »Was machst du da?«

»Ich versuche deinen Ring zu retten«, murmelte er im Waschtischschrank.

»Warum?«

»Weil es dein Ehering ist«, sagte er scharf. »Jede Frau hängt doch an ihrem Ehering.«

»Ich nicht. Du hast ihn mir bei eBay für hundert Dollar ersteigert.«

Er zog seinen Kopf heraus. »Wer hat dir denn das gesagt?«

»Du.«

Er murmelte etwas, packte sich den Schraubenschlüssel und steckte seinen Kopf wieder in den Waschtischschrank.

Ihr wurde mulmig zumute. »Du hast ihn doch von eBay, oder?«

»Nicht direkt«, lautete seine gedämpfte Antwort.

»Woher hast du ihn denn dann?«

»Aus … aus diesem Laden.«

»*Welchem* Laden?«

Er kam mit dem Kopf wieder heraus. »Wie soll ich mich denn daran noch erinnern?«

»Es ist doch erst einen Monat her!«

»Ist doch egal.« Sein Kopf verschwand.

»Du sagtest mir, der Ring sei nachgemacht. Es ist doch eine Fälschung, oder?«

»Definiere ›Fälschung‹.« Der Schraubenschlüssel schlug gegen ein Rohr.

»Nicht echt.«

»Oh.«

»Bram?«

Ein weiterer Schlag. »Er ist keine Fälschung.«

»Er ist *echt*?«

»Das habe ich doch gesagt, oder?«

»Warum hast du mir das nicht von Anfang an gesagt?«

»Weil wir eine Beziehung haben, die sich auf Täuschung gründet.« Er streckte seine Hand aus. »Gib mir den Eimer.«

»Das fass ich nicht!«

Den Kopf unter der Spüle, tastete er nach dem Eimer.

»Dann wäre ich doch viel vorsichtiger damit umgegangen!« Sie musste an all die Plätze denken, an denen sie den Ring hatte herumliegen lassen, und hätte ihm am liebsten einen Tritt in den Hintern gegeben. »Ich habe ihn gestern aufs Sprungbrett gelegt, als ich Schwimmen war!«

»Das ist einfach nur dumm.« Wasser rauschte in den Eimer. »Ich hab ihn!«, frohlockte er gleich darauf.

Sie ließ sich auf den Toilettensitz fallen und legte ihre Stirn in ihre Hände. »Ich bin es leid, eine auf Täuschung basierende Ehe zu führen.«

Er tauchte auf und brachte den Eimer mit. »Wenn du

es dir genau überlegst, kennst du gar nichts anderes als eine auf Täuschung beruhende Ehe. Das sollte dir ein Trost sein.«

Sie sprang auf. »Ich möchte einen falschen Ring. Ich hatte gern einen falschen Ring. Warum tust du nie das, was man von dir erwartet?«

»Weil ich nie weiß, was das ist.« Er schloss das Abflussrohr und begann, ihren nicht gefälschten Ring abzuspülen. »Wenn wir nach unten kommen, werde ich Rory zur Seite nehmen. Sieh zu, dass uns keiner stört, okay?«

»Georgie!«, rief Meg vom Fuß der Treppe nach oben. »Georgie, du musst runterkommen. Du hast einen Gast.«

Wie konnte sie einen Gast haben, wo doch am Tor ein Wachtposten stationiert war?

Bram ergriff ihre Hand und schob den Ring auf ihren Finger. »Pass diesmal ein bisschen besser darauf auf.«

Sie starrte auf den großen Stein. »Dafür habe ich doch wohl gezahlt, nicht wahr?«

»Jeder sollte eine reiche Frau haben.«

Sie drückte sich an ihm vorbei und lief den Flur entlang. Auf halbem Weg blieb sie stehen.

Am Fuß der Treppe stand ihr Exmann.

17

Meg zupfte nervös an ihrem Bernsteinohrring. »Ich habe ihm schon erklärt, dass er nicht einfach hereinkommen kann.«

Lance sah so schlecht aus, wie jemand von so gutem Aussehen nur aussehen konnte. Offensichtlich ließ er sich für seinen nächsten Aktionfilm einen Bart und lange Haare wachsen, weil ihm am Kinn drei Zentimeter langes, ungepflegtes schwarzes Gestrüpp wuchs und sein Haar in unregelmäßiger Länge sein quadratisches Gesicht umgab, was nicht sehr vorteilhaft aussah, solange die Maske sich dessen nicht annahm. Sein kaffeefleckiges T-Shirt spannte über den sich wölbenden Muskeln, die ein tägliches mehrstündiges Training erforderten. Um sein Handgelenk trug er schmale geflochtene Bänder, ähnlich Megs Haarband, aber stärker ausgefranst, und seine Sandalen waren aus Schnüren und Segeltuch. Seine kräftigen weißen Zähne verdankten ihre schöne Form einem guten Zahnarzt, aber an seine leicht schiefe Nase würde er nie jemand dranlassen. Laut seiner Pressemappe hatte er sie sich als Teenager während eines Straßenkampfs gebrochen, aber in Wirklichkeit war er auf den Eingangsstufen des Wohnhauses seiner Studentenverbindung gestolpert und hatte zu große Angst vor der Operation gehabt, um sie sich richten zu lassen.

»Ich habe ein halbes Dutzend Nachrichten bei dir draufgesprochen, Georgie. Aber da du nicht zurückgerufen hast, war ich in Sorge. Warum hast du denn nicht zurückgerufen?«

Ihre Finger klammerten sich ans Geländer. »Ich hatte keine Lust.«

Wie die meisten großen Schauspieler Hollywoods war er nicht außergewöhnlich groß, kaum einsfünfundsiebzig, aber sein hartes Kinn, die männliche Kinnspalte, seine seelenvollen dunklen Augen und auffällige Muskeln kompensierten seinen Mangel an Körpergröße. »Ich musste dich sprechen. Ich musste deine Stimme hören, mich vergewissern, dass es dir gut geht.«

Mehr als alles wünschte sie sich, dass er vor ihr zu Kreuze kroch. Sie wollte ihn sagen hören, dass er den größten Fehler seines Lebens gemacht hatte und alles tun würde, um sie zurückzugewinnen, aber dies schien nicht zu passieren. Sie stieg eine Stufe hinab. »Du siehst fürchterlich aus.«

»Ich bin vom Flughafen aus direkt hierhergefahren. Wir sind gerade von den Philippinen zurückgekommen.«

Sie zwang sich, den Rest ihres Wegs hinunter in die Diele zu gehen. »Ihr wart in einem Privatjet. Wie schlimm kann so ein Flug schon sein?«

»Zwei von unseren Leuten wurden krank. Es war …«
Er warf einen Blick über seine Schulter auf Meg, die hinter ihm Wache stand. Sie hatte ihre orangefarbenen Stiefel abgestreift, und so wie ihre nackten Knöchel aus den blauen Leggins mit Leopardendruck herausschauten, hätte man denken können, man habe sie kopfüber aus einer Wanne flüssig gewordener Buntstifte gezogen. »Können wir reden? Unter vier Augen?«

»Nein. Aber Meg hat dich immer gern gehabt. Mit ihr kannst du dich unterhalten.«

»Nicht mehr«, sagte Meg. »Ich finde, du bist ein Widerling.«

Lance lechzte nach Bewunderung, in seinen Augen flackerte Verzweiflung auf. Gut. »Schick mir doch eine E-

Mail«, schlug Georgie vor. »Ich habe Gäste, und ich muss zurück auf die Party.«

»Fünf Minuten. Mehr nicht.«

Da kam ihr ein alarmierender Gedanke. »Hier wimmelt es von Fotografen. Sollten Sie dich entdeckt haben, wie du hier hereinfuhrst …«

»So blöd bin ich auch nicht. Ich fuhr im Wagen meines Trainers, die Scheiben sind dunkel getönt, so dass keiner reinschauen konnte. Jemand hat mich durchs Tor gelassen.«

Georgie brauchte nicht lange zu überlegen, wer das war. In der Küche befand sich eine Gegensprechanlage, und Chaz wusste genau, wie sehr Georgie sich über Lances Auftauchen ärgern würde. Georgie hakte ihre Daumen in den Hosentaschen ein. »Weiß Jade denn, dass du hier bist?«

»Natürlich. Wir sagen einander alles, sie versteht auch, warum ich das tun muss. Sie kennt meine Gefühle für dich.«

»Und welche wären das?« Bram kam langsam die Treppe herunter. Mit seinen zerzausten braunen Haaren, den lebensüberdrüssigen lavendelblauen Augen und dem Gatsby-Weiß sah er aus wie der verlebte, verwöhnte, aber potentiell gefährliche Erbe eines heruntergekommenen Spirituosenimperiums aus New England.

Lance näherte sich Georgie, als müsste er sie beschützen. »Das ist eine Sache zwischen Georgie und mir.«

»Tut mir leid, Kumpel.« Bram schlenderte durch die Diele. »Du hast deine Chance zu einem privaten Plausch verspielt, indem du sie gegen Jade eingetauscht hast. Du armseliger Mistkerl.«

Lance machte einen bedrohlichen Schritt vorwärts. »Lass das sein, Shepard. Sag kein Wort mehr über Jade.«

»Entspann dich«, Bram stützte seinen Ellbogen auf den

Geländerpfosten. »Ich empfinde nichts als Bewunderung für deine Frau, aber das bedeutet nicht, dass ich jemals mit ihr verheiratet sein möchte. Ein sehr hoher Unkostenfaktor.«

»Nichts, weswegen du dir Sorgen machen müsstest«, erwiderte Lance schroff.

Obwohl Bram erheblich größer als ihr Exmann war, hätte Lance aufgrund seines perfekten Äußeren eigentlich die überzeugendere Erscheinung sein müssen. Aber beim männlichen Kräftemessen ging Bram mit seiner tödlichen Eleganz als Sieger hervor. Sie kam nicht umhin, sich staunend zu fragen, wie eine Frau wie sie es geschafft hatte, zwei derart eindrucksvolle Männer geheiratet zu haben.

Sie rückte näher an Bram. »Sag, was du loswerden willst, Lance, und dann lass uns allein.«

»Könntest du … für eine Minute mit nach draußen kommen?«

»Georgie und ich haben keine Geheimnisse voreinander.« Bram gab seiner Stimme das raue Eastwood-Flüstern von cirka 1973. »Ich mag keine Geheimnisse. Ich mag sie überhaupt nicht.«

Sie erwog, sich über ihre unedleren Motive zu erheben, aber nur für einen Moment. »Er ist sehr besitzergreifend. Aber *meist* auf gute Weise.«

Bram spielte mit seinen Fingern an ihrem Nacken. »Dabei wollen wir es auch belassen.«

Dass ihr die Situation Spaß zu machen begann, bewies, dass sie schon zu viel Zeit mit dem Teufel verbracht hatte. Doch es war ihr Kampf, nicht der von Bram, und so sehr sie seine Unterstützung auch zu schätzen wusste, musste sie das doch allein ausfechten. »Da es nicht danach aussieht, als würde Lance das Feld räumen, können wir es genauso gut hinter uns bringen.«

»Du brauchst nicht mit ihm zu reden.« Bram löste seine Hand von ihrem Hals. »Mir wäre nichts lieber als eine gute Ausrede, diesen Mistkerl mit einem Tritt in den Hintern hinauszuwerfen.«

»Das weiß ich, Süßer, und es tut mir leid, wenn ich dir den Spaß verderbe, aber lass uns bitte ein paar Minuten allein. Ich verspreche dir, dir alles zu berichten. Ich weiß doch, wie gern du lachst.«

Meg warf Lance einen finsteren Blick zu und hakte sich dann bei Bram unter. »Komm mit. Ich mache uns noch einen Drink.«

Genau das, was er jetzt nicht brauchte, aber Megs Absichten waren gut.

Bram sah Georgie an, und sie sah ihm sein angestrengtes Nachdenken darüber an, wie lang und wie intensiv er sie küssen sollte. Aber klugerweise spielte er die Szene herunter, indem er nur leicht ihre Hand berührte. »Ich bin in der Nähe, wenn du mich brauchst.«

Sie wäre am liebsten in der Diele geblieben, aber Lance hatte anderes im Sinn und ging ihr ins Wohnzimmer voraus. Bei seiner Leidenschaft für glatte Oberflächen und harte moderne Linien war eine verächtliche Reaktion auf diesen hübschen Raum mit seinen Kumquatbäumen, tibetischen Überwürfen und indischen Spiegelkissen zu erwarten. Und obwohl Brams Haus sehr geräumig war, hätte es in eine Ecke des riesigen Anwesens gepasst, das sie mit Lance bewohnt hatte.

Ihr fiel etwas ein, was sie schon eher hätte sagen wollen. »Das mit dem Baby tut mir leid. Aufrichtig.«

Vor dem Kamin blieb er stehen, so dass es aussah, als wüchsen die Reben, die sich über den Sims rankten, aus seinem Kopf. »Es war hart, aber die Schwangerschaft war noch am Anfang, und Jade wurde so schnell schwanger, dass wir uns davon nicht verunsichern lassen. Es hat alles einen Grund.«

Daran glaubte Georgie nicht. Sie glaubte, dass Dinge manchmal nur deshalb passierten, weil das Leben manchmal echt beschissen war. »Es tut mir dennoch leid.«

Sein Achselzucken legte die Vermutung nahe, dass er insgeheim erleichtert war. Aus der Ferne hörte man Donnergrollen, und Georgie fragte sich, wie sie diesen Mann mit seinen seichten Gefühlen und flexiblen Leidenschaften jemals hatte lieben können. Sie hatte ihm was vorgeweint und ihn angefleht, aber nie ihrer Wut freien Lauf gelassen. Es gab keinen besseren Moment als den jetzigen, um dies nachzuholen.

Sie wandte sich ihm zu. »Die Lüge, die du über mich verbreitet hast, von wegen dass ich keine Kinder wollte, werde ich dir nie verzeihen. Wie konntest du nur so feige sein?«

Ihr Angriff überraschte ihn, er zupfte an dem ausgefransten Bändchen um sein Handgelenk. »Es ... es war ein übereifriger Journalist.«

»Das ist eine Lüge.« Ihre Wut brach aus ihr heraus, als der erste Blitz sich zeigte. »Du bist ein Lügner und ein Schwindler. Du hattest ein Dutzend Möglichkeiten, diese Geschichte richtigzustellen, aber du hast sie nicht genutzt.«

»Warum bist du so feindselig? Was sollte ich denn sonst sagen?«

»Die Wahrheit.« Sie überbrückte den Abstand zwischen ihnen. Sie waren fast gleich groß, und sie schaute ihm direkt in die Augen. »Nur, dass du, wenn du die Wahrheit gesagt hättest, vor der Öffentlichkeit noch mehr als Trottel dagestanden hättest, und das hättest du nicht ertragen.«

Er fing zu stottern an. »Sprich du mir bloß nicht von Trotteln. Wie konntest du diesen Esel heiraten?«

»Ganz einfach. Er ist ein scharfer Typ, und er vergöttert mich.« Wahrheit und Lüge vermischten sich.

»Du hast ihn immer gehasst. Ich begreife nicht, wie das passieren konnte.«

»Der Grat ist sehr schmal, ob man jemanden hasst oder in ihm die große Leidenschaft des Lebens findet.«

»Ist es das, worum es dir dabei geht? Sex?«

»Das ist auf jeden Fall ein großer Teil davon. Und ich meine groß.«

Das war einfach nur gemein. Die Tatsache, dass Lance nicht gerade hervorragend ausgestattet war, hatte sie nie gestört, ihn aber schon, eigentlich sollte sie sich schämen. Tat sie aber nicht. »Bram ist unersättlich. Ich habe in letzter Zeit so viel Zeit nackt verbracht, es grenzt schon an ein Wunder, dass ich noch weiß, wie man Kleider trägt.«

Er hatte sich immer geweigert, anzuerkennen, dass es in ihrem Sexleben Probleme gab, jetzt kehrte er ihr den Rücken zu, um die maurische Schnitzerei des Kaminsimses zu bewundern. »Ich möchte mich nicht mit dir streiten, Georgie. Wir sind keine Feinde.«

»Hört, hört.«

»Wenn du mich einfach nur zurückgerufen hättest. Schuldgefühle habe ich mehr als genug. Ich weiß nicht, wie er es angestellt hat, aber ich weiß, dass er dich genötigt hat, und ich möchte dir helfen. Ich muss dir helfen, hier wieder herauszukommen.«

»Ist ja toll. Nur, dass ich keine Hilfe brauche.«

»Die Tatsache, dass du ihn geheiratet hast …« Er drehte sich um und sah sie an. »Siehst du das denn nicht? Es ist nicht nur schlecht für dich, es entwertet auch das, was wir zusammen hatten.«

Anfangs war sie zu verdattert, um darauf zu reagieren, dann lachte sie.

Er blies sich auf, ganz verletzte Würde. »Das ist nicht lustig. Wenn es ein anständigerer Typ gewesen wäre … Unsere Beziehung war wahrhaftig und ehrlich. Nur weil sie nicht gehalten hat, bedeutet das doch nicht, dass sie zu ihrer Zeit keine Berechtigung hatte.« Er trat vom Kamin zurück. »Wenn du Bram aus freiem Willen geheiratet hast – und es fällt mir schwer, das zu glauben –, dann hast du unsere Beziehung beschmutzt und dich selbst erniedrigt.«

»Okay, jetzt hast du unsere Gastfreundschaft aber lang genug in Anspruch genommen.«

Lance ließ nicht locker. »Er ist ein Spieler. Er ist faul, hat keine Ziele. Meine Güte, dieser Kerl ist ein Säufer und ein Drogenabhängiger. Er ist nichts weiter als ein Penner.«

»Raus hier!«

»Du willst mir nicht die Wahrheit sagen, nicht wahr? Du bist noch immer wütend. Aber sag mir eins ... Was hättest du an meiner Stelle getan. Was hättest du getan, wenn dir die Liebe deines Lebens begegnet wäre, während du noch mit jemand anderem verheiratet warst?«

»Ganz einfach. Ich hätte von Anfang an niemanden geheiratet, der nicht die Liebe meines Lebens war.«

Er zuckte zusammen. »Ich weiß, du hältst das, was ich getan habe, für unverzeihlich, aber ich bitte dich, es auch mal anders zu betrachten. Was nämlich mit Jade und mir passiert ist, hätte nie passieren können, wenn du mir nicht gezeigt hättest, was es bedeutet, jemanden wirklich zu lieben – von ganzem Herzen.«

Über so viel Dreistigkeit konnte sie nur lachen – oder weinen –, sie wusste es nicht. Er zupfte an seinem schlampigen Bart. »Das kann man nur schwer verstehen, das ist mir schon klar, aber ohne dich hätte ich gar nicht gewusst, wozu ein Herz fähig ist.« Er wollte die Arme nach ihr ausstrecken, sah dann aber offenbar etwas in ihren Augen, was ihn eines Besseren belehrte. »Georgie, du hast mir den Mut verliehen, Jade so zu lieben, wie sie es verdient hat. Hast mir gezeigt, dass ich es verdiene, jemanden zu lieben.«

Die ganze Situation übte eine merkwürdige Faszination auf sie aus. »Ist das dein Ernst?«

»Ich habe dir doch gesagt, wie leid es mir tut, dich verletzt zu haben. Niemals wollte ich dir so wehtun.« Denselben gequälten Gesichtsausdruck hatte sie an ihm auch bemerkt, wenn er Fernsehnachrichten schaute, ein besonders rührendes Buch las oder auch nur ein Tierheim besuchte. Lance hatte immer tief empfunden. Einmal hatte sie ihn über einer Bierwerbung in Tränen ausbrechen sehen.

»Du kannst dir gar nicht vorstellen, wie viel Mut es mich gekostet hat, dich zu verlassen«, sagte er. »Aber meine Gefühle für Jade ... Jades Gefühle für mich – sie waren größer als wir beide.«

»Hast du gerade gesagt, ›Größer als wir beide‹?«

»Ich weiß nicht, wie ich es sonst erklären soll. Du zeigtest mir, wie man liebt, und ich verdanke dir alles. Du willst mir nicht sagen, wie du in diese Lage mit Bram gekommen bist. Das ist deine Entscheidung. Aber ich werde dir trotzdem helfen. Lass mich das für dich tun. Bitte, Georgie. Lass mich dir helfen, da herauszukommen.«

»Ich will da gar nicht raus.« Wieder zuckte ein Blitz und der rasch darauf folgende Donner rüttelte an den Fensterscheiben.

»Jade und ich haben uns darüber unterhalten. Sie hat ein Haus in Lâna'i. Das ist absolut einsam. Verlass ihn, Georgie. Geh ein paar Wochen lang dorthin und entspann dich und dann ...« Er hielt seine Hand hoch, obwohl sie noch kein Wort erwidert hatte. »Lass mich ausreden, hörst du? Ich weiß, dass es sich erst seltsam anhört, aber versprich mir, dass du zuhörst.«

Sie sah ihn an. »Das werde ich mir um nichts auf der Welt entgehen lassen.«

»Ich denke, wir haben einen Weg gefunden, der das, was zwischen uns dreien passiert ist, zum Guten wendet. Etwas ganz Außerordentliches, das deinen Ruf wieder aufpolieren wird.«

»Ich wusste gar nicht, dass mein Ruf aufpoliert werden muss.«

»Dann lass uns doch einfach sagen, es wird die Leute vergessen lassen, dass du Bram Shepard geheiratet hast.« Er zupfte wieder an seinem Armband. »Du und Jade und ich … Wir haben die Chance, etwas Gutes zu tun. Etwas, das für die ganze Welt ein Zeichen setzen wird. Versprich mir, nicht nein zu sagen, ehe du gründlich darüber nachgedacht hast. Das ist alles, worum ich dich bitte.«

»Ich komme um vor Neugier.«

»Wir – Jade und ich – möchten, dass du mit uns kommst, wenn wir nach Thailand zurückkehren.«

Donner erschütterte das Haus. »Mit euch kommen?«

»Ich weiß, das klingt verrückt. Anfangs dachte ich das auch. Aber je mehr wir darüber redeten, umso mehr sahen wir ein, was für eine hervorragende Gelegenheit sich uns da bietet. Wir haben die Chance, der Welt im ganz großen Stil zu zeigen, wie Menschen, die eigentlich Feinde sein sollten, in Eintracht und Frieden zusammenleben können.«

Georgie wusste nicht, ob sie sich übergeben oder sich mit einer Colaflasche bewaffnen sollte.

Regen peitschte gegen die Scheiben. »Die Presse wird sich überschlagen«, fuhr er fort. »Du wirst dastehen wie eine Heilige, alle werden deine verrückte Ehe vergessen. Die Anliegen, für die Jade und ich kämpfen – gute Anliegen – werden mehr Aufmerksamkeit bekommen. Aber vor allem werden die Menschen auf der ganzen Welt gezwungen sein, ihre eigenen persönlichen Streitigkeiten und religiösen Fehden zu überprüfen. Mag sein, dass wir die Welt nicht ändern, aber einen Anfang können wir machen.«

»Ich … ich bin sprachlos.«

Die Türen flogen auf, und alle, die auf der Veranda gewesen waren, drängten herein. Offensichtlich hatten Bram und Meg die Nachricht von Lances Kommen noch nicht weiterverbreitet, denn einer nach dem andern hörte zu reden auf und glotzte. Endlich brach Rory das Schweigen. »Also eure Party hier ist wirklich wahnsinnig interessant.«

»Kann man wohl sagen.« Laura konnte ihre Augen nicht von Lance lassen, der bei Pauls Anblick zu lächeln begann.

»Schön, dich wiederzusehen, Paul.« Er ging mit ausgestreckter Hand auf ihn zu. »Ich habe dich vermisst.«

»Lance.«

Georgie fand es schockierend, dass Paul nur die Hand ihres Exmanns schüttelte, anstatt vor Lance auf die Knie zu fallen und ihn anzuflehen, sie zurückzunehmen. Aber das hatte er ja vielleicht schon getan.

Chaz kam mit hochrotem Gesicht aus der Küche, in der Hand ein Tablett mit Bechern und einem Teller voll offenbar selbst gemachten Schokoladetrüffeln. Aaron folgte mit der Kaffeekanne. Chaz schaute wie gebannt auf Lance und wäre fast über den Teppich gestolpert, ehe sie das Tablett absetzte. »D-da ist jemand d-draußen im Auto«, sagte sie.

»Das ist Jade«, sagte Lance. »Ich gehe jetzt lieber.«

»Du hast Jade hierhergebracht?« Georgie schwirrte der Kopf.

»Das habe ich dir doch gesagt«, sagte Lance. »Ich bin direkt vom Flugzeug hierhergekommen. Die Autoscheiben sind dunkel. Keiner kann reinschauen.«

Ein dichtes Schweigen legte sich auf den Raum, bis Bram einen Vorstoß wagte. »Schäm dich, Lancelot, dass du deine Frau im Wagen hast warten lassen.« Seine Augen wurden gefährlich schmal. »Hol mir einen Regenschirm, Chaz, damit ich sie hereinbitten kann.«

Georgie erstarrte. Sicherlich hatte sie das falsch verstanden. Aber nein. Bram war wütend und reagierte auf seine typische dickschädelige impulsive Art.

Paul sprang auf. »Jetzt ist Schluss.«

Bram reckte trotzig sein Kinn. »Es ist eine Party. Je mehr je fröhlicher.«

Sie hasste ihn, aber man erwartete von ihr, ihn zu lieben, und unter so vielen Zeugen durfte sie nicht zeigen, was sie tatsächlich empfand. Stattdessen musste sie demonstrieren, wie ein glücklich wiederverheiratetes lustiges Mädchen auf die Frau reagierte, die ihr den idiotischen Exehemann ausgespannt hatte. »Während du für Bram den Schirm holst, Chaz, kannst du für mich auch gleich eine Waffe mitbringen, damit ich mich erschießen kann.«

Es war die richtige Reaktion, denn Rory grinste. »Das ist die tollste Party, die sich seit Jahren erlebt habe.«

»Die allertollste!«, rief Laura.

»Zupf dein Haar zurecht«, sagte Meg zu Georgie, als Bram und Chaz mit Lance im Gefolge verschwanden. »Und leg noch etwas Lippenstift nach. Rasch.«

»Lass das bloß sein.« Rorys Hand schoss vor. »Du bist genau richtig, so wie du aussiehst.«

»Rory hat recht«, sagte ihre schleimende Agentin. »Jade Gentry hat dir nichts voraus.«

Meg verdrehte die Augen. »Bis auf das hübscheste Gesicht im Universum, einen beneidenswerten Körper und Georgies Exehemann.«

»Nein, wirklich«, erwiderte Georgie und ließ sich auf die Couch fallen, »ich brauche eigentlich nur eine Waffe.«

Paul preschte vor. »Komm mit mir, Georgie. Das tust du dir nicht an.«

Dieser im absolut unpassenden Moment ausgesprochene Befehl, bewirkte bei ihr das genaue Gegenteil. »Doch, ich tue es. Jade ist mir nicht wichtig.« Eine Lüge. Nur weil

Georgie aufgehört hatte, Lance zu lieben, bedeutete dies noch lange nicht, dass sie ihm oder Jade jemals verzeihen würde. Sie wollte Rache.

Kurz darauf betrat Jade ihr Wohnzimmer, und ein unsichtbares Studiolicht schien ihre umwerfende Erscheinung anzustrahlen. Warum musste Jade so etwas Besonderes sein? So eine Ironie. Viele männliche Filmstars sahen privat besser aus, aber bei den weiblichen Stars war oft eine Tendenz zu einem wasserköpfigen Aussehen festzustellen, weil ihre Köpfe für ihre Bohnenstangenkörper viel zu groß waren. Nicht so bei Jade. Sie war auch im normalen Leben eine atemberaubende Erscheinung, eine Rückkehr zu den alten Hollywoodschönheiten mit den Rehaugen Audrey Hepburns, den Wangenknochen Katherine Hepburns und dem kremigen Teint von Grace Kelly. Glänzende glatte dunkle Haare rahmten ein Herzgesicht, das ohne jede Schminke auskam. Ihre Brüste waren üppig, aber nicht vulgär, ihre Taille schmal und die Beine lang. Sie war nicht so groß wie Georgie, aber ihre Haltung verriet so viel überlegene Selbstsicherheit, dass Georgie sich des Gefühls, geschrumpft zu sein, nur schwer erwehren konnte.

Lance stand Jade zur Linken, Bram zur Rechten. Als Paul auf Jade zuging, um sie zu begrüßen, nahm er Georgie die Sicht. War das Absicht oder Zufall? »Ich bin Paul York. Sie sind direkt aus dem Flugzeug hergekommen, wie ich höre.«

»Es war ein schier endloser Flug.« Wie Lance war auch sie zerzaust, aber ihre gerade geschnittene schwarze Hose und das ärmellose schwarze Oberteil sahen noch immer schick aus. Nichts an ihr verriet eine Frau, die vor weniger als einem Monat ihr Baby verloren hatte. Sie verlagerte ihr Gewicht und versuchte an Paul vorbeizuschauen. Zweifellos suchte sie nach Georgie, damit sie diese in einer großen ausgeflippten Umarmung an sich drücken konnte. Zum Glück klingelte ihr Mobiltelefon, ehe das geschehen konnte. »Ich muss drangehen. Ein paar von unseren Leuten in der Maschine waren sterbenskrank.«

Sie ließ ihren Beutel von der Schulter gleiten, zog ihr Mobiltelefon heraus und ging dann in einen Winkel des Raums. Laura füllte sich einen Becher mit Kaffee, Meg grapschte sich einen Schokoladentrüffel. Bram gesellte sich zu Georgie. Sie konnte nur hoffen, dass er ihr nicht zu nahe kam, denn dann könnte sie der Versuchung, ihm einen Tritt zu verpassen, wohl kaum widerstehen.

Rory gab ihr Bestes, um Spannung abzubauen. »Wie ich höre, Laura, haben Sie Georgie für die Hauptrolle in Rich Greenbergs Projekt empfohlen. Ist ein gutes Drehbuch. Ich wünschte, wir hätten da rankommen können.«

»Der Film über das Vampirpüppchen?« Meg rümpfte die Nase. »Mama hat mir davon erzählt.«

»Georgie ist für diese Rolle wie geschaffen«, mischte Paul sich ein.

»Georgie ist nicht daran interessiert«, sagte Bram. »Sie ist es leid, ständig Komödien zu spielen.«

Er hatte ja recht, aber Georgie war wütend und nicht die einzige unreife Person in dieser Ehe. »Laura hat mit Greenberg ein Treffen für mich vereinbart.«

Jade wurde zunehmend aufgeregter, doch kaum einer schnappte mehr als ein paar Worte auf. Schließlich klappte sie ihr Telefon zu und kehrte zu Lance zurück, ihre perfekte Stirn sorgenvoll gerunzelt. »Schlechte Nachrichten von Dari und Ellen. Erinnerst du dich an den SARS-Ausbruch auf den Philippinen? Die Ärzte fürchten, die beiden könnten sich damit angesteckt haben.«

»SARS? Mein Gott ...« Lance ergriff ihre Hand, die beiden gegen den Rest der Welt. »Werden sie sich davon erholen?«

»Ich weiß es nicht. Sie sind jetzt auf der Isolierstation und man hat sie mit Antibiotika vollgepumpt.«

»Dann sollten wir jetzt gleich zum Krankenhaus fahren.«

»Das geht nicht.«

»Aber ja. Wir gehen durch den Hintereingang.«

»Das ist nicht das Problem.« Sie schob das Telefon zurück in ihre Tasche und schnippte ihr Haar über die Schulter. »Wir können nirgendwohin.«

Lance streichelte ihre Finger. »Was willst du damit sagen?«

»Das am Telefon war der Leiter der hiesigen Gesundheitsbehörde. Das Krankenhaus hat ihn informiert. Ellens und Daris Testergebnisse werden erst in achtundvierzig Stunden ausgewertet sein, und bis man mit Sicherheit weiß, ob es SARS ist oder nicht, stehen alle aus dem Flugzeug unter Quarantäne.« Sie warf einen Blick in die Runde. »Zusammen mit allen anderen, mit denen wir seitdem in Kontakt gekommen sind.«

Totenstille. Georgie wurde schwindelig, und Bram an ihrer Seite ganz still.

»Damit sind doch nicht etwa wir gemeint?«, sagte Paul schließlich.

»Ich fürchte schon.«

Bram regte sich nicht. »Willst du damit sagen, dass wir für die nächsten beiden Tage alle hierbleiben sollen – in meinem Haus? Wir haben doch mit euch beiden so gut wie keinen Kontakt gehabt.«

»Bis Dienstagmorgen«, sagte sie verkniffen. »Ironie des Schicksals, nicht wahr?« Ihr Blick schweifte zu Georgie.

»Unmöglich«, sagte Laura. »Ich habe am Montag eine Sitzung nach der anderen.«

Meg zog die Stirn kraus. »Mama und ich gehen morgen reiten.«

»Wenn ich schon in Quarantäne leben muss, dann tue ich das in meinem Haus.« Rory blickte sich nach ihrer Tasche um. »Ich werde durch den Hintereingang gehen.«

»Sie sollten das lieber erst mit dem Gesundheitsamt klären«, warf Jade ein. »Den Leuten dort ist es ernst. Sie werden sicherlich zuerst Ihr Personal wegschicken müssen.«

Rory unterbrach die Suche nach ihrer Tasche, weil sie sich offenbar an die Filmemacher erinnerte, die in ihrem Haus wohnten.

Chaz hatte Aaron die Kaffeekanne abgenommen und wandte sich an Bram. »Was ist denn SARS? Ich weiß nicht, was das ist.«

Aaron antwortete für ihn. »Severe Acute Respiratory Syndrome. Es ist eine schwere Erkrankung. Sehr ansteckend. Vor einigen Jahren gab es eine Pandemie, bei der Hunderte von Menschen starben und Tausende erkrankten. Eine Pandemie ist wie ein Epidemie, nur viel größer.«

»Ich weiß, was eine Pandemie ist«, erwiderte Chaz so abwehrend, dass Georgie darin die Lüge erkannte.

»Das ist doch Unsinn«, sagte Bram. »Lance ist noch nicht mal fünfzehn Minuten hier im Haus gewesen. Und geküsst hat ihn weiß Gott auch keiner.«

Jade schüttelte ihr Haar über die Schulter. »Das habe ich dem Gesundheitsamt auch erklärt, aber sie lassen sich nicht erweichen.«

Laura zückte ihr Mobiltelefon. »Geben Sie mir die Nummer. Ich bringe sie zum Nachgeben.«

Aber sie war nicht der einzige Alpharüde im Raum, die anderen – Bram, Paul und Rory – hatten bereits die Hand an ihren eigenen Telefonen. Nach einem Blick auf Georgie griff Aaron sich auch seins. Lance sah in die Runde. »Es können nicht alle anrufen.«

»Dann übernehme ich das«, sagte Rory. »Ich habe da meine Kontakte.«

Während der nächsten halben Stunde, belauschten alle Rorys Gespräche, die sie erst mit den Beamten der Gesundheitsbehörde und dann mit deren Chef selbst führte. Endlich gestand sie die Niederlage ein. »Da nützen alle Beziehungen nichts. Das ist politisch. Weil Prominenz betroffen ist, will keiner die Verantwortung übernehmen, falls die Sache aus dem Ruder läuft. Die Vorsichtsmaßnahmen sind definitiv übertrieben, aber wie es aussieht, sitzen wir in der Falle.«

Alle schauten in Georgies Richtung und versuchten einzuschätzen, wie sie darauf reagierte, mit ihrem Ex und dessen neuer Frau zusammengepfercht zu sein. Scooter Brown hätte die Situation zu meistern gewusst. In schwierigen Situationen fand Scooter immer einen Ausweg. *Schön.* Sollte sich diese kesse kleine Göre damit befassen.

Als sie von der Couch aufstand, sagte Scooter: »Machen wir das Beste daraus. So eine richtig große Hausparty. Das wird lustig.«

Chaz sprang ihr bei. »Ich habe eine Tonne Essen im Gefrierschrank, das ist also kein Problem.«

»Ich brauche einen Drink«, sagte Bram.

»Natürlich brauchst du den«, erwiderte Georgie schnippisch, ehe sie sich im Griff hatte, weshalb Scooter ihr gleich darauf aus der Patsche helfen musste. »Großartige Idee, Schatz. Mach ein paar Flaschen auf.«

Chaz wandte sich an Bram. »Wo werden sie alle schlafen?«

Georgie hätte gern vorgeschlagen, dass Paul sich mit Lance ein Zimmer teilte. Er würde es sich mit seinem bevorzugten Liebling schon gemütlich machen.

Nach und nach fanden alle ihr Plätzchen. Meg bestand darauf, auf der Couch in Brams Büro zu schlafen und das Bett im Gästehaus Rory und Laura zu überlassen. Paul würde in Georgies Büro schlafen. Das Gästezimmer, in dem Georgie bisher immer geschlafen hatte, ging an Lance und Jade, was Georgie zu der Erklärung veranlasste, dass sie dieses als ihren Ankleideraum benutzte und erst noch ein paar Sachen herausholen müsse. In einer im Flüsterton geführten Auseinandersetzung willigte Chaz widerwillig ein, Aaron in ihrem Wohnzimmer schlafen zu lassen. Georgie blieb nichts anderes übrig, als mit ihrem Mann das Ehebett zu teilen. Dies war eine derart beunruhigende Aussicht, dass Scooter Georgie noch einmal zu Hilfe kommen musste. »Ich glaube, der Wind hat sich gelegt«, zwitscherte sie. »Lasst uns auf der Veranda ein Feuer anmachen. Wir könnten sogar S'mores machen.«

»Oder auch nicht«, meinte Bram mit schleppender Stimme.

Rory rief ihre Haushälterin an und bat darum, ihr ein paar persönliche Dinge in einer regensicheren Tüte am Hintereingang zu hinterlegen. Meg lieh Laura ein weites Schlafshirt. Jade verkündete, sie schlafe nackt, so dass Georgie sich nicht die Mühe machen musste, etwas für sie zu finden. Chaz und Aaron verteilten Handtücher, Waschlappen, zusätzliches Bettzeug und Zahnbürsten. Währenddessen versuchte Georgie sich klarzumachen, dass sie diese unwirkliche Situation nicht träumte.

Als das schlimmste Unwetter vorbei war, begleitete Meg Rory und Laura zum Gästehaus, während Bram durch die letzten Regentropfen zur Hintertür lief, um Rorys Sachen zu holen. Georgies Vater schenkte sich einen Brandy ein und setzte sich damit auf die Veranda. Lance und Jade wollten sich nach ihrer langen Reise frischmachen, Aaron führte sie deshalb nach oben.

Georgie begann einer undankbaren Chaz beim Aufräumen zu helfen. Bald darauf hörte sie in ihrem Badezimmer die Dusche an- und zwanzig Minuten später wieder ausgehen.

Gemeinsames duschen. Wie gemütlich.

In ihr kochte es. Lance hier zu haben war schon schrecklich genug, aber Jades Anwesenheit machte die Situation unerträglich. Das war alles Brams Schuld.

Sie schloss sich in seinem Schlafzimmer ein. Sie würde den Turm am anderen Ende des Raums zu ihrem Zufluchtsort machen. Zwischen ein paar bequemen Sesseln standen ein Intarsientisch, und neben einer Chaiselongue mit weichem schokoladenbraunen Chenillebezug der zum Honigton der Wände passte, eine Lampe mit einem schweren Bronzefuß. Auf der Chaiselongue hatte nur eine Person Platz, darauf würde sie schlafen. Brams Bett war für den Sex reserviert, nicht für nächtliche Intimität.

Sie trat ans Fenster und schaute hinaus auf die regenglatte Einfahrt und das Tor. Obwohl es schon nach Mitternacht war, parkten immer noch zwei Wagen auf der Straße, die Paparazzi hielten ihre ewige Nachtwache und beteten um den magischen Schuss, der ihnen Glück bringen würde.

Das Gesundheitsamt hatte nun die Namen aller, die unter Quarantäne standen, also würde die Geschichte rasch durchsickern. Sie würden alle Presseerklärungen abgeben müssen. *Alte Probleme vergessen. Ein große, glückliche Familie.* Lance bekäme endlich, was er wollte – dass sie ihm vor aller Öffentlichkeit verzieh und die Absolution erteilte.

Sie drückte ihre Wange an den Fensterrahmen und überlegte, wie es wohl wäre, ein nur der Wahrheit verpflichtetes Leben zu führen. Aber dazu lebte sie in der falschen Stadt. Dies war eine auf Täuschung aufgebaute Stadt, mit falschen Fassaden und Straßen, die nirgendwohin führten.

Hinter ihr öffnete sich die Tür. Sie hörte das unvermeidliche Klirren der Eiswürfel und fing den Geruch von Regen ein, als er näher kam. »Die jetzige Entwicklung lag nicht in meiner Absicht, als ich sie ins Haus einlud. Es tut mir leid.«

Seine ungebetene Entschuldigung nahm ihr den Wind aus den Segeln. »Und wie hätte es sich deiner Ansicht nach entwickeln sollen?«

»Hör zu, ich war sauer.« Er sprach leise in Anbetracht dessen, dass nur eine dünne Wand sie von ihren ungebetenen Besuchern im nächsten Raum trennte. »Wie kommt dieser Kerl dazu, hier aufzukreuzen? Dann die Vorstellung, dass Jade im Auto sitzt und Mitleid mit dir hat, weil sie glaubt, du seiest aufgrund ihrer tollen Liebesaffäre so am Boden zerstört, dass du nicht genug Rückgrat hast, ihr in ihre verdammten Augen zu schauen. Da kam ich darauf.«

Wenn man es so sah ... Doch seine selbstherrliche Art erinnerte sie zu sehr an ihren Vater. »Die Entscheidung lag aber nicht bei dir.«

»Du hättest sie nicht getroffen.« Er zog an den Knöpfen seines feuchten weißen Hemds. »Ich bin es leid, dich jedes Mal winseln zu sehen, wenn ihr Name fällt. Wo bleibt dein Stolz? Hör auf zu glauben, sie sei besser als du.«

»Ich glaube nicht ...«

»Doch, das tust du. Jade mag in einigen Dingen besser sein. Sie ist allemal besser darin, sich den Ehemann einer anderen Frau zu schnappen. Aber was Jade ist oder nicht ist, hat mit dir nichts zu tun. Werde erwachsen und fang an, dich in deiner eigenen Haut wohlzufühlen.«

»Du sprichst davon, dass ich erwachsen werden soll?«

Er war noch nicht mit ihr fertig. »Jade und Lance sind wie geschaffen füreinander. Er war für dich genauso wenig der Richtige wie ...«

»Wie du das bist?«

»Genau.« Er nahm einen großen Schluck aus seinem Glas.

»Danke für diesen einfühlsamen Beitrag.« Sie schnappte sich Morgenmantel und Nachthemd, die sie sich bereitgelegt hatte, und rauschte ins Badezimmer, um sich auszuziehen. Aber als sie ihr Gesicht wusch, musste sie zugeben, dass Bram das Herz am rechten Fleck gehabt hatte. Jade ins Haus zu bitten, war seine verdrehte Version, sich als ihr Beschützer zu zeigen. Die Folgen hatte er nicht vorhersehen können.

Als sie herauskam, lag er an die Kissen gelehnt auf seinem Bett, mit nichts weiter als weißen Boxershorts bekleidet, die sich hell schimmernd von seiner Haut abhoben. Er hatte die Decke zurückgestrampelt und ein aufgeschlagenes Buch auf seiner Brust aufgestützt. Bram Shepard ein Buch lesen zu sehen war schon komisch genug, aber nicht so komisch wie die Nickelbrille, die auf seinem Nasenrücken saß. Sie blieb wie angewurzelt stehen. »Was ist das denn?«

»Was?«

»Du trägst eine Brille?«

»Nur zum Lesen.«

»Du hast eine *Lese*brille?«

»Was ist daran so schlimm?«

»Leute mit Tattoos sollten keine Lesebrillen haben.«

»Ich hatte auch noch keine, als ich mir das Tattoo machen ließ.« Er setzte die Brille ab und warf einen prüfenden Blick auf ihr T-Shirt und die blaue Pyjamahose. »Ich hatte eigentlich gehofft, du würdest eins der Teile aus Provocative tragen.«

»Selbst wenn ich in der Stimmung dazu wäre, was ich entschieden nicht bin, würde ich es nicht tun, solange die da drüben liegen.«

»Verstehe.« Er stand auf und schleifte sie über den Teppich zum Badezimmer, wo er die Tür schloss und sie darin einsperrte. »Keine weiteren Probleme mehr.«

»Ich bin noch immer wütend auf dich.«

»Ich verstehe. Das liegt nur daran, dass ich meine Entschuldigung nicht ernsthaft genug rübergebracht habe.« Er begann sie zu küssen.

18

Georgie konnte Filme nicht ausstehen, in denen der Held nichts weiter tun musste, als die Heldin wie verrückt zu küssen, damit diese vergaß, wie sauer sie auf ihn war. Sie jedenfalls hatte nicht die Absicht, ihren Groll so einfach beiseitezuschieben, aber genauso wenig hatte sie die Absicht, auf diese willkommene Ablenkung zu verzichten. Stattdessen legte sie ihre Frustration in den Kuss. Sie grub ihre Fingernägel in seine nackten Schultern und verbiss sich in seinen Lippen. Sie schob ihre Knie gegen sein …

»He, pass auf«, murmelte er.

»Sei still, und verdien dir deinen Unterhalt.«

Das gefiel ihm gar nicht, ehe sie es sich versah, hing ihre Pyjamahose um ihre Knöchel. Sie zog erneut ihr Knie an, aber er erwischte es und zog es in einer einzigen Bewegung von seinem Pendant weg und setzte ihre Hüften auf den langen Granitwaschtisch.

Das war alles, wozu er zu gebrauchen war. Sie zog am Gummiband seines Slips, aber sie konnte ihm diesen nicht allein ausziehen. Er ließ sie los, um es selbst zu erledigen, da sprang sie vom Waschtisch. Er kickte seinen Slip beiseite und setzte sie wieder hinauf. Sie entwand sich ihm und verschwand in der gläsernen Dusche mit ihren kupferfarbenen Granitwänden und den vielen Massagedüsen. Es gab zwar reifere Wege, eine schwierige Beziehung in den Griff zu bekommen, indem man das Liebesspiel zu einem Machtkampf machte, aber im Moment war es genau das Richtige.

»Wenn ich's mir recht überlege …« Er kam zu ihr.

Sie zog ihr Oberteil über den Kopf. »Dreh das Wasser voll auf.«

Das musste man ihm nicht zwei Mal sagen, gleich darauf trommelte der heiße Sprühregen auf ihre Körper.

Zwei Leute. Eine Dusche. Sie wollte, dass Lance es hörte.

Dann begann Bram sie einzuseifen, und sie vergaß Lance. Brüste, Hüften, Schenkel. Bram ließ nichts aus. Sie nahm ihm die Seife ab und ließ sie über seinen Körper tanzen.

»Du bringst mich um«, stöhnte er.

»Schön wär's.« Sie brachte ihre Hand an die Stelle, wo die Wirkung am größten war.

Das Wasser lief über ihre Körper. Er kniete nieder und liebte sie mit dem Mund. Als sie gerade dabei war, sich aufzulösen, da drückte er sie an die harte, feuchte Wand und hob sie auf sich. Sie klammerte sich an seine Schultern und vergrub ihr Gesicht in seinem Hals. Sie keuchten und bewegten sich zusammen und taumelten dem Höhepunkt entgegen.

»Sprich jetzt nicht mit mir«, sagte sie anschließend. »Ich zahle dir gutes Geld dafür, ich möchte nicht, dass du es verdirbst.«

Er biss sie in den Hals. »Dein Wort in Gottes Ohr.«

Trotz ihres zuvor gefassten Entschlusses blieb sie in seinem Bett und warf sich herum, während er friedlich schlief – abgesehen von einem zweiten Liebesspiel, das sie aber nur initiiert hatte, um ihre Schlaflosigkeit zu kurieren. Er hatte danach kein Problem, sofort wieder einzuschlafen, sie hatte weniger Glück. Also kroch sie aus dem Bett und trug sein nicht geleertes Scotchglas in den Turm, wo sie sich in einen der tiefen, bequemen Sessel setzte und sich in die Schattenmuster an den Wänden vertiefte. Harte Sachen mochte sie nicht, aber das Eis war längst geschmolzen, und sie nahm gefasst einen großen Schluck.

Was ihren Magen erreichte, war kein Scotch.

Sie roch am Glas und schaltete eine Tischlampe ein. Die restliche Flüssigkeit hatte die leicht bräunliche Farbe von verdünntem Alkohol, aber nicht dessen Geschmack. Langsam dämmerte es ihr. Bram und seine bodenlosen Scotchgläser. Kein Wunder, dass er nie betrunken zu sein schien. Er hatte die ganze Zeit Eistee geschluckt! Und ihr auch gesagt, dass er den trank, aber es wäre ihr nie in den Sinn gekommen, ihm zu glauben.

Sie stützte ihr Kinn auf ihre Hände. Ein weiteres Laster, das sich in Wohlgefallen aufgelöst hatte. Das gefiel ihr gar nicht. Bram war für seine Exzesse bekannt. Wer war er ohne seine Laster? Die Antwort ließ nicht lange auf sich warten. Eine weitaus gefährlichere, weil umso raffiniertere Version des Mannes, der er immer gewesen war. Ein Mann, der ständig unter Beweis stellte, dass man nichts von dem, was er sagte, und nichts von dem, was er tat, trauen konnte.

Chaz konnte nicht schlafen. Es gab so viel zu tun. So viele Menschen, um die sie sich kümmern musste. Das Reinigungspersonal durfte wegen der Quarantäne nicht herein, also war sie für alles zuständig. Essen vorbereiten, Betten machen, Handtücher waschen. Georgie würde versuchen, ihr zu helfen, aber Chaz bezweifelte, dass sie wusste, wie eine Waschmaschine aussah, geschweige denn, wie man sie benutzte.

Chaz stand auf, weil sie pinkeln musste. Normalerweise schlief sie in T-Shirt und Slip, aber für diese Nacht hatte sie sich noch eine Trainingshose angezogen. Als sie im Badezimmer fertig war, schaute sie bei Aaron rein. Ein Mann in ihrem Apartment hätte sie eigentlich in Panik versetzen müssen, aber nicht Aaron. Es gefiel ihr, dass er ein wenig Angst vor ihr hatte, zumal er älter und richtig klug war.

Das Leben wäre um einiges einfacher gewesen, wenn sie einen Bruder wie Aaron gehabt hätte. Mehr als alles hatte sie sich immer einen großen Bruder gewünscht, der auf sie aufpassen würde.

In den letzten Stunden war sie viel zu beschäftigt gewesen, um sich Gedanken darüber zu machen, was sie Georgie erzählt hatte, aber als sie in der Tür stand und alles um sie herum ruhig war, merkte sie, dass sie gar nicht die erwartete Panik empfand. Georgie war so etwas wie ihr schlimmster Feind, aber selbst Georgie hatte nicht gesagt, Chaz sei eine fürchterliche Person. Wenn schon ihre ärgste Feindin sie nicht als Schmutz betrachtete, vielleicht sollte dann auch Chaz ihren Blickwinkel verändern. Eins war jedenfalls sicher. Sie konnte keine Lügen mehr über ihre Vergangenheit erzählen und so tun, als wäre das alles nicht passiert, nicht, nachdem sie vor der Kamera die Wahrheit ausgeplaudert hatte. Chaz rechnete fest damit, dass Georgie das Video in You Tube stellen würde.

Und wenn sie es tat?

Chaz dachte lange über all das nach, was sie durchgemacht hatte. Immerhin hatte sie überlebt. Sie lebte noch und hatte diesen großartigen Job. Wenn sie alle die Nase rümpften, dann war das deren Problem, nicht das ihre. Die ganze Zeit über hatte sie sich vorzumachen versucht, es habe die Vergangenheit nicht gegeben, aber sie hatte stattgefunden. Offenbar war sie bereit, sie nicht länger zu verbergen, denn sonst hätte sie nicht mit Georgie gesprochen.

Sie schielte auf das Bücherregal, wo sie die ungeöffneten Arbeitsbücher zur Vorbereitung auf die GED-Tests verstaut hatte, die Bram ihr gegeben hatte. Er hatte ihr erklärt, dass viele Menschen nur mit einem GED-Abschluss aufs College gingen. Er selbst habe es auch so gemacht, nur dass kaum jemand wusste, wie viele Kurse er über die

Jahre belegt hatte. Aufs College zu gehen, hatte Chaz nicht vor, aber sie wollte unbedingt die Restaurant- und Koch-fachschule besuchen, und dazu musste sie die GED-Tests bestehen.

Offenbar hatte sie mehr Lärm gemacht als gedacht, denn Aaron regte sich. Wenn er doch nur nicht so ein Dickschä-del wäre. Wenn er ihre Ratschläge annähme, dann würde Becky ihn sicher mögen, dessen war sie sich sicher.

»Was willst du?«, brummelte er.

Sie trat ans Bücherregal. »Ich konnte nicht schlafen. Ich brauch was zum Lesen.«

»Dann nimm es und geh.«

Sie fand es gut, dass er endlich wie ein richtiger Mensch und nicht mehr wie ein Trottel sprach. »Das ist meine Wohnung.«

»Geh schlafen, hörst du.«

Anstatt sich das Buch zu holen, setzte sie sich ihm ge-genüber in den Sessel und schlug ihre nackten Füße unter. »Und wenn wir nun SARS kriegen?«

»Das ist höchst unwahrscheinlich.« Er setzte sich auf, gähnte und rieb sich ein Auge. Bis auf seine Schuhe war er noch immer vollständig angezogen. »Aber schaden kann es nicht, das Geschirr, das Lance und Jade benutzen, zu desinfizieren.«

Sie schlang ihre Arme um die Knie. »Ich kann gar nicht glauben, dass Lance Marks und Jade Gentry im Haus sind.« Aaron setzte seine Brille auf und steuerte ihre Küche an. Sie stand auf und folgte ihm. »Die einzige Berühmtheit, die Bram je einlädt, ist Trevor. Er ist ein ganz toller Typ und alles, aber ich möchte mehr berühmte Leute wie ihn kennen lernen. Ich wünschte mir, Megs Papa würde mal vorbeikommen.«

Er nahm sich ein Glas Wasser. »Und was ist mit Geor-gie?«

»Die ist mir doch egal.«

»Du bist so verdammt eifersüchtig.«

»Ich bin nicht eifersüchtig!« Sie drehte sich zur Tür um. »Ich denke nur, sie sollte zu Bram etwas netter sein.«

»Er ist derjenige, der netter zu ihr sein sollte. Sie ist so toll, aber er weiß das gar nicht zu schätzen.«

»Ich gehe jetzt zu Bett. Iss mir nicht mein Essen weg.«

»Du glaubst, ich könnte schlafen, nachdem du mich aufgeweckt hast?«

»Das ist dein Problem.«

Am Ende schauten sie sich gemeinsam einen von Trevors Filmen an. Sie hatte ihn bereits drei Mal gesehen und schlief deshalb an die Couchlehne gekuschelt ein.

Als sie am Morgen wach wurde, entdeckte sie Aaron, der am anderen Ende schlief. Für einen Moment lag sie einfach nur da und überlegte, wie großartig es war, sich sicher zu fühlen.

Georgie graute vor dem Morgen, weshalb sie, als Bram, ihr nicht alkoholkranker Ehemann, aufstand, ihr Gesicht im Kissen vergrub. Er riss eine der Balkontüren auf, um die Morgenluft hereinzulassen, aber selbst als er ihr Hinterteil tätschelte, rührte sie sich nicht. Warum einen Tag überstürzt beginnen, der für seine Schrecklichkeit in Erinnerung zu bleiben versprach?

Er verließ das Schlafzimmer, und sie döste weiter, aber es dauerte nicht lang, bis er zurückkam. »Musst du denn so viel Lärm machen?«, brummelte sie in ihr Kissen. »Ich mag Männer, die sexy und schweigsam sind, weißt du noch?«

»Georgie?«

Diese vorsichtige Stimme gehörte nicht zu Bram. Sie gehörte zu gar keinem Mann. Georgie riss die Augen auf. Sie drehte sich um und sah Jade Gentry in der offenen Balkontür stehen. Sie trug wie gestern das ärmellose schwarze Oberteil und die Hose, aber irgendwie wirkte sie erfrischt, sogar elegant. Sie hatte ihr glattes, glänzendes Haar zu einem Nackenknoten geschlungen und dunkles Augenmake-up und mokkafarbenen Lipgloss aufgelegt. Ihr dezenter Schmuck bestand aus silbernen Creolen und einem schlichten silbernen Ehering. »Es ist halb neun«, sagte Jade. »Ich nahm an, dass du jetzt wach bist.«

Georgie blinzelte in die Sonne und zog ihre linke Hand mit dem beeindruckenden Diamanten unter ihrer Decke hervor. »Ich möchte nicht unhöflich sein, Jade, aber sieh zu, dass du hier rauskommst.«

»Wir müssen uns aber unterhalten.«

»Da irrst du dich.« Georgie riss das Laken los und wickelte es um ihren nackten Körper. »Ich möchte mich mit keinem von euch unterhalten.«

Jades Augen hefteten sich auf Georgies Hals. »Wir sind noch für die nächsten beiden Tage zusammen eingepfercht. Die Situation wäre weniger peinlich, wenn du und ich unter uns reinen Tisch machten, ehe wir runtergehen.«

»Peinlichkeit ist für mich kein Problem.« Sie raffte das Laken zwischen ihren Brüsten, da kam Lance durch die Balkontür.

»Jade? Was machst du hier?«, fragte er.

»Ich hatte gehofft, mit Georgie allein reden zu können«, erwiderte Jade gelassen. »Sie hat andere Vorstellungen.«

»Wie etwa euch beide mit einem Tritt in den Hintern über diesen Balkon zu werfen!«

Lance hakte sich bei seiner Frau unter. »Georgie, gib Jade doch eine Chance.«

Georgie packte mit der anderen Hand ebenfalls ein Stück Laken und schritt, bemüht, nicht zu stolpern, auf sie zu. »Ich habe Jade bereits einen Ehemann gegeben. Dafür bitte ich sie sogar noch um Verzeihung.«

»Nein, so was«, sagte Bram von der Tür her, die zum Flur führte. »Darf ich auch mitspielen?«

»Wirf sie raus«, befahl Georgie und drückte das Laken enger an ihren Leib. »Ich würde es ja selbst tun, aber ich habe nur eine Hand frei.«

Bram zuckte die Achseln. »Okay.«

»Stopp.« Jade streckte ihren Arm aus. »Du und ich, wir müssen hier die Vernünftigen sein, Bram. Ich wollte nur mit Georgie reden, ohne dass alle es mitbekommen. Sie ist ein guter Mensch. Ich möchte mich bei ihr dafür entschuldigen, dass ich ihr Schmerz zugefügt habe. Ich weiß, dass ihr das helfen wird, ihre Animosität zu überwinden, damit sie genesen kann.«

»Wie großzügig«, sagte er. »Ich bin mir sicher, dass ihr euch beide durch Georgies Genesung wesentlich besser fühlen würdet.«

»Lass Jade in Ruhe.« Lance spannte ein paar Muskeln an. »Du warst doch immer vernünftig, Georgie. Jade muss das tun – ich muss das tun –, damit wir alle weitermachen können.« Sein Blick fiel auf ihren Hals.

Bram zog eine Braue hoch. »Ich muss zugeben, dass ihr beiden Clowns meine Neugier geweckt habt. Interessiert es dich denn überhaupt nicht, Georgie, was die beiden dir zu sagen haben?«

»Ich habe bereits gehört, was einer der Clowns mir gestern Abend gesagt hat, aber ich habe definitiv nicht vor, meine Ehe zu beenden und mit den beiden nach Thailand zu fahren, damit dort Versöhnungsfotos geschossen werden können.«

»Das ist nicht dein Ernst.«

»Es ist nicht so, wie sie es darstellt«, warf Jade ein. »Lance und ich sprechen von einer humanitären Reise. Georgie, wir müssen alle anfangen, global anstatt persönlich zu denken.«

»Ich bin spirituell noch nicht so fortgeschritten.«

»Ich auch nicht«, sagte Bram. »Außerdem haben Georgie und ich bereits eine Reise geplant. Nach Haiti. Wir liefern dort medizinische Hilfsgüter hin.«

Jade zeigte echte Begeisterung. »Tatsächlich? Das ist großartig. Wenn ich irgendwas dazu beitragen kann, lasst es mich einfach wissen.«

»Fang damit an, indem du mein Schlafzimmer verlässt«, sagte Georgie.

Die hinreißende Jade war verletzt. »Ich denke, du bist ein wunderbarer Mensch, Georgie, und es tut mir leid, dass du so tief verletzt wurdest.«

»Ich bin nicht verletzt, ihr Idioten. Ich bin wütend.«

»Du hast jedes Recht, wütend zu sein, Georgie. Ich weiß, dass das, was Lance und ich vorschlagen, verrückt ist, aber lass es uns trotzdem tun. Einfach so. Lass uns der Welt zeigen, dass Frauen viel vernünftiger sind als Männer.«

»Ich bin nicht vernünftiger! Du und mein Exmann hattet hinter meinem Rücken eine Affäre, er hat vor der Presse Lügen über mich erzählt und möchte jetzt, dass ich mich zu einer Art altruistischen ménage à trois bereiterkläre? Das glaube ich einfach nicht.«

Jades Rehaugen schmolzen zu bodenlosen Trauertümpeln. »Ich habe Lance gleich gesagt, dass du zu egozentrisch bist, um das in Erwägung zu ziehen.«

»Nun, ich denke, das reicht jetzt.« Bram zog die Balkontüren weit auf. »Es war ein großartiger Besuch, aber Georgie muss sich jetzt übergeben.«

Diesmal erhoben Lance und Jade keine Einwände.

»Ein lustiges Pärchen«, sagte Bram, als er hinter ihnen die Türen verriegelte. »Ein wenig heftig, aber richtige Stimmungskanonen.«

Georgie ging zum Badezimmer. »Und jetzt stehe ich da, nackt unter diesem Laken und mit völlig zerzaustem Haar.

Ich habe noch nicht mal meine Zähne geputzt. Jade holt wirklich das Beste aus mir raus, ohne dass sie sich viel Mühe geben muss.«

»Ich hätte einfühlsamer auf dein jämmerliches Selbstwertproblem eingehen sollen«, sagte Bram, der ihr folgte. »Ich werde mich dafür bestrafen, indem ich dich wieder ins Bett zurückhole und mich besonders hart anstrenge, der Mann deiner sexuellen Fantasien zu sein.«

»Oder auch nicht.« Sie entdeckte ihr Spiegelbild. Kein Wunder, dass sie ihren Hals angestarrt hatten. Sie hatte einen riesigen Knutschfleck. Sie strich mit dem Finger darüber. »Danke bestens.«

Er zeichnete mit seinem Finger die Krümmung ihrer Schulter nach. »Ich wollte sicherstellen, dass Lance nicht vergisst, zu wem du gehörst.«

Sie griff nach ihrer Zahnbürste. Frauen waren kein Eigentum, und diese Frau schon gar nicht. Doch es war nett von ihm, so vorausschauend gewesen zu sein. Was sie nicht so nett fand, war die Entdeckung, dass er ein Laster weniger hatte, als er sie glauben machte, sie würde ihn diesbezüglich schon sehr bald zur Rede stellen.

Er reichte ihr die Zahnkrem. »Als ich gestern Abend hinausging, um Jade hereinzuholen, kam sie bereits telefonierend auf die Eingangstür zu. Ich kann es nicht beweisen, aber ich glaube, sie hat mit jemandem die Quarantäne besprochen.«

»Ehe sie hereinkam?« Georgie sprach mit einem Mund voller Zahnkrem. »Aber das ergibt doch keinen Sinn. Wenn sie das mit der Quarantäne bereits wusste, warum wollte sie riskieren, hier ausharren zu müssen?«

»Vielleicht weil sie ihrem Ehemann nicht über den Weg traute, wenn der mit seiner noch immer sexy Exfrau zwei Tage lang zusammengesperrt war?«

»Im Ernst?« Sie lächelte und spuckte aus. »Cool.«

»Du lässt es mich wissen, nicht wahr, wenn deine Besessenheit von diesen beiden ein Ende hat und du anfängst, dein echtes Leben zu leben.«

Sie spülte sich den Mund aus. »Wir sind hier in L.A., das echte Leben ist eine Illusion.«

»Bram!«, brüllte Chaz vom Fuß der Treppe nach oben. »Bram, komm schnell! Da ist eine Schlange im Swimmingpool. Die musst du rausholen!«

Bram schauderte. »Ich werde so tun, als hätte ich es nicht gehört.«

»Du solltest das Lance und Jade überlassen.« Georgie verstaute ihre Zahnbürste. »Das ist wahrscheinlich einer ihrer Verwandten.«

»Bram!«, rief Chaz. »Beeil dich!«

Schließlich wickelte Georgie sich in ihren Morgenmantel und folgte ihm hinaus zum Pool, wo eine Klapperschlange auf ein Kickboard geklettert war, das auf dem Wasser trieb. Es war keine große Klapperschlange, vielleicht sechzig Zentimeter lang, aber es war immerhin eine Giftschlange, die zudem kein Wasser mochte.

Chaz' Gebrüll hatte die anderen Hausgäste alarmiert. Als Lance und Jade auftauchten, nahm Bram den Laubkescher und reichte ihn Lance. »Da, nimm, Lancelot. Beeindrucke die Frauen.«

»Ich verzichte.«

»Mich brauchst du nicht anzuschauen«, sagte Jade. »Ich habe eine Phobie.«

»Ich hasse Schlangen.« Chaz zog ein Gesicht.

Georgie streckte ihren Arm aus. »Gib schon her. Ich mache das.«

»Gutes Mädchen.« Bram reichte ihr den Laubkescher.

Während Georgie ihn ergriff, tauchte Laura, gefolgt von Rory auf, die ihr Mobiltelefon zuklappte und mit klappernden Absätzen ihrer sehr teuren Gucci-Sandalen übers

Deck zum Rand des Pools eilte. »Ist das eine Klapperschlange?«

»Aber ja.« Bram schielte auf Rory und streckte dann seine Hand nach Georgie aus. »Was machst du da, Schatz? Gib mir das. Ich werde doch nicht zulassen, dass du eine gefährliche Klapperschlange fängst.«

Sie unterdrückte ein Lächeln und reichte ihm den Kescher. Bram biss die Zähne zusammen und streckte ihn vorsichtig über den Pool. Meg und Paul kamen dazu und verfolgten das Prozedere, das Meg mit Ratschlägen unterstützte. Die Schlange zischte und rollte sich zusammen, aber schließlich gelang es Bram, sie vom Kickboard in den Kescher zu befördern. Zwischen seinen Schulterblättern hatte sich Schweiß angesammelt, ehe er den ausgefahrenen Kescher in den hinteren Teil seines Anwesens trug und dort die Schlange über die Steinmauer warf.

»Großartig«, sagte Rory. »Jetzt kann sie in meinen Garten kriechen, wenn sie voll ausgewachsen ist.«

»Dann sagst du mir Bescheid«, sagte Bram. »Ich komme dann sofort zu dir und kümmere mich darum.«

»Du hättest sie töten sollen«, sagte Lance.

»Warum das denn?«, erwiderte Meg. »Weil sie sich wie eine Schlange benommen hat?«

Georgie hatte das Gefühl, etwas klarstellen zu müssen, und da Rory schon mal in der Nähe war, konnte sie dies auch sofort erledigen, so linkisch es auch rüberkommen mochte. »Weißt du, Rory … Diese Drinks, die Bram immer mit sich herumschleppt. Das ist Eistee.«

Bram sah sie an, als hätte sie den Verstand verloren, die anderen ebenfalls. »Nur, damit alle wissen, dass du kein Säufer mehr bist«, ergänzte sie lahm. »Du hast vor fünf Jahren mit Rauchen aufgehört, und der Oregano in der Küche ist tatsächlich Oregano. Was Drogen angeht … ich habe ein paar Flintstone-Vitamine und Tylenol gefunden, aber …«

»Ich nehme keine Flintstone-Vitamine!«

»Ist auch egal. Wenn die Leute wissen, dass du nicht mehr der knallharte Bursche bist, der du warst, dann behandeln sie mich vielleicht auch nicht mehr so, als wäre ich verrückt, weil ich dich geheiratet habe.« Und außerdem glaubte sie, dass Rory dann vielleicht eher einwilligte, *Tree House* zu machen. Ihr neuerdings berechnendes Gehirn arbeitete.

Bram stieg schließlich zu ihr ins Boot. »Du *warst* verrückt, mich zu heiraten, aber ich bin froh.«

Darauf folgte ein wenig eheliches Schmusen, aber seine gefurchte Stirn verriet ihr, dass er nicht glücklich mit ihr war. »Mein Held.« Sie tätschelte seine Brust.

»Du bist zu gut zu mir, mein Liebling.«

Laura stellte Lance und Jade die Frage, die sie eigentlich alle am meisten interessieren sollte. »Wie geht es euch beiden? Irgendwelche Symptome?«

»Jetlag, aber sonst gesund«, sagte Jade.

Rory schnippte ihr Mobiltelefon auf. »Gebt mir eine Liste von allem, was ihr braucht. Einer meiner Assistenten wird alles besorgen und dann am Hintereingang abstellen.«

Lance klopfte Paul auf die Schulter. »Es ist so schön, dich wiederzusehen. Wir haben so viel nachzuholen.«

Georgie konnte so viel Wiedervereinigung nicht verkraften und wollte sich deshalb entfernen, wurde aber von der Antwort ihres Vaters zurückgehalten. »Tut mir leid, Lance, aber ich habe dir nicht mehr viel zu sagen.«

Lance wusste offenbar nicht, wie er darauf reagieren sollte. »Paul … Das war für alle hart, aber …«

»Tatsächlich?«, erwiderte ihr Vater. »Wie ich die Sache sehe, ist es hauptsächlich für Georgie hart gewesen. Dir scheint es doch ganz gut zu gehen.«

Lance sah ihn betroffen an, und Jades Stirn kräuselte sich. Georgie war gerührt. »Nun lass doch, Dad. Mir macht das nichts aus.«

»Aber mir«, sagte er und entfernte sich.

Brams Mundwinkel umspielte ein Lächeln. »Ich verstehe das nicht. Gestern Abend hatte Dad so gute Laune, als wir beide unsere Angeltour geplant haben.«

Georgie musterte ihn. Seit wann war Bram Shepard zu einer Person geworden, auf die sie zählen konnte? Und was ihren Vater betraf ... Hatte er Lance aus Respekt vor ihr brüskiert oder nur um seinen eigenen Stolz zu beruhigen?

Sie ließ sich viel Zeit für Frisur und Make-up, zog aber nur Jeans und ein schlichtes weißes T-Shirt an, damit es nicht allzu bemüht aussah. Als sie nach unten kam, traf sie ihre Gäste über Müsli und Muffins an, jeweils ein Mobiltelefon am Ohr. Chaz stand am Herd und briet Eier auf Anfrage, Lance gab ihr zu verstehen, sie solle ihm zwei verquirlte Eiklar braten. Neben ihm unterbrach Jade ihr Telefongespräch, um heißes Wasser für Kräutertee zu bestellen. Über ihnen schwirrte ein Helikopter. Georgie sah Paul vor den Balkontüren telefonieren. Laura saß mit einem Notepad im Esszimmer und telefonierte ebenfalls. Am Küchentisch kritzelte sich Rory an den Rand der *LA Times* Titelseite eine Notiz, während Meg, die auf einem Thekenhocker saß, ihre Mutter davon zu überzeugen versuchte, dass mit ihr alles bestens war.

Bram schleppte einen Kasten Wasser aus der Garage. Beim Geräusch eines zweiten Helikopters, der sich zum ersten gesellte und zu kreisen begann, blickte er nach oben. »Es gibt kein Business wie das Showbusiness.«

Die Nachricht war viel schneller durchgesickert, als sie erwartet hatte. Georgie stellte sich einen Fotografen vor, der an den Kufen hing und sein Teleobjektiv auf ihr Haus gerichtet hatte, bereit, sein Leben zu riskieren, um sich das erste Foto von ihr zusammen mit Lance und Jade zu sichern. Was wohl ein solches Foto bringen würde? Sicherlich was Sechsstelliges.

Sie schenkte sich einen Becher Kaffee ein und schlüpfte nach draußen unter den Schutz der Veranda. Hier war das Surren der Propeller lauter zu hören. Ihr Vater, der an einer der gedrehten Säulen lehnte, sah, wie sie sich ihm näherte, und beendete sein Telefonat. Sie musterten einander. Seine Augen hinter den randlosen Gläsern sahen müde aus. Gut möglich, dass zwischen ihnen alles einfacher gewesen war, als sie klein war, daran erinnerte sie sich nicht. Aber er hatte immerhin als dreiundzwanzigjähriger Witwer eine Tochter allein großziehen müssen. Sie umfasste ihren Kaffeebecher mit beiden Händen. »Unterschreibst du noch immer Autogrammkarten für Richard Gere?«

»Erst gestern habe ich eine unterschrieben.«

Die Anfragen hatten begonnen, als sein Haar silbern wurde. Anfangs hatte er versucht zu erklären, er sei nicht Richard Gere, aber die Leute glaubten ihm nie, einige machten sogar abfällige Bemerkungen über hochnäsige Filmstars. Deshalb hatte Paul den Entschluss gefasst, dass er Gere keinen Gefallen tat, wenn er seine Fans verärgerte, und hatte zu signieren begonnen. »Ich wette, es war eine Frau«, sagte Georgie, »und ich wette, dass du ihr besonders gut in *An Officer and a Gentleman* gefallen hast. Da müssen die Leute doch endlich mal drüber wegkommen. Es war nicht dein bester Film.«

»Stimmt. Aber sie vergessen praktischerweise *Unfaithful* und *The Hoax*.«

»Was ist mit *Chicago*?«

»Oder *Zwielicht*.«

»Nein. Den hat Ed Norton dir geklaut.«

Er lächelte, dann schwiegen sie beide, weil das neutrale Gebiet abgegrast war. Sie stellte ihren Kaffeebecher auf einen der Fliesentische und bemühte sich, sich wie eine Erwachsene zu benehmen. »Ich fand das gut, was du vorhin zu Lance gesagt hast, aber ihr beide hattet schon eine ganz eigene Beziehung. Es wäre nicht richtig von mir, die zu zerstören.«

»Glaubst du wirklich, ich mache mit ihm einen auf Kumpel, nach allem, was er dir angetan hat?«

Natürlich nicht. Ihrem Vater lag ihr Image viel zu sehr am Herzen, als dass er sich mit Lance Marks zeigen würde.

Ein Sonnenstrahl brachte sein Silberhaar zum Leuchten. »Du hast Bram vorhin rührend verteidigt«, sagte er, »aber ich bezweifle, dass dir jemand das Ganze abgenommen hat. Was machst du mit ihm, Georgie? Erklär es mir, damit ich es verstehen kann. Erklär mir, wie du dich Knall auf Fall in den Mann verlieben konntest, den du verabscheust. Einen Mann, der …«

»Er ist mein Ehemann. Ich will nichts mehr hören.«

Aber die Samthandschuhe waren abgestreift, er kam näher. »Ich hatte gehofft, du hättest endlich herausgefunden, welche Art von Mann zu dir passt.«

»Was meinst du mit »endlich«. Ich hatte das schon mal herausgefunden, erinnerst du dich? Diese Ehe war nicht gerade ein toller Erfolg.«

»Lance war nie der Richtige für dich.«

Es lag an den Hubschraubern. Sie machten so viel Lärm, dass sie seine Worte zerhackten. »Wie bitte?«

Er wandte sich von ihr ab. »Ich habe dich bei Lance unterstützt, obwohl ich wusste, dass er dich niemals glücklich machen würde, aber das tue ich nicht noch einmal. In der Öffentlichkeit werde ich die richtigen Dinge sagen, aber privat sage ich meine Meinung. Mir ist nicht danach zumute, noch mal dieses Als-ob-Spielchen mit dir zu spielen.«

327

»Einen Moment mal! Wovon redest du? Du hast mich Lance vorgestellt. Du mochtest ihn.«

»Nicht als deinen Ehemann. Aber du wolltest ja kein Wort der Kritik hören.«

»Du hast nie gesagt, dass du ihn nicht magst, nur, dass er nicht so vielschichtig sei wie ich, womit du andeutetest, ich müsse mich mehr aufs Wesentliche konzentrieren.«

»Das habe ich damit überhaupt nicht andeuten wollen. Georgie, Lance ist ein ganz anständiger Schauspieler – er hat seine Nische gefunden, und er ist klug genug, sich darauf zu beschränken. Aber er hat nie eine eigene Identität besessen. Er baut auf die Leute, die ihn umgeben, und definiert sich darüber. Bis er dich kennen gelernt hat, hat er so gut wie gar nicht gelesen. Du bist diejenige, die ihn dazu gebracht hat, sich für Musik, Tanz, Kunst – ja sogar für die laufenden Ereignisse zu interessieren. So wie er die Persönlichkeiten anderer Menschen aufsaugt, hilft ihm dies, ein guter Schauspieler zu sein, aber das macht ihn noch lange nicht zum guten Ehemann.«

Das war mehr oder weniger dasselbe, was auch Bram gesagt hatte.

»Es war mir immer zuwider, wie du dich ihm gegenüber verhalten hast«, fuhr er fort, »als wärst du dankbar, dass er dich erwählt hat, obwohl es eigentlich andersherum hätte sein müssen. Er hat davon profitiert. Er hat von dir gezehrt – von deinem Humor, deiner Neugier, deiner lockeren Art im Umgang mit Menschen. Das sind alles Dinge, die ihm nicht in die Wiege gelegt wurden.«

»Ich begreife das nicht. Warum hast du nichts gesagt? Warum hast du mir nicht erzählt, wie du ihn siehst?«

»Weil du jedes Mal, wenn ich es versucht habe, in Abwehrhaltung gingst. Du hast ihn vergöttert, daran hätte keine meiner Äußerungen etwas geändert. Wir hatten schon genügend Spannungen wegen deiner Karriere. Was hätte es gebracht, ihn zu kritisieren, außer dass du mir das auch noch übel genommen hättest?«

»Du hättest ehrlich sein sollen. Ich habe immer gedacht, dir läge mehr an ihm als an mir.«

»Du denkst immer das Schlechteste von mir.«

»Du gabst mir die Schuld an unserer Scheidung!«

»Ich habe dir nie die Schuld gegeben. Aber ich werfe dir vor, dass du Bram Shepard geheiratet hast. Ausgerechnet diesen blöden …«

»Stopp. Sag nichts mehr.« Sie presste ihre Finger an ihre Schläfen. Sie kam sich vor wie auf den Kopf gestellt. Erzählte ihr Vater ihr die Wahrheit oder versuchte er nur, die Geschichte neu zu schreiben, damit er die Illusion seiner eigenen Omnipotenz aufrechterhalten konnte?

Im Haus klingelten Telefone, und sie konnte das Summen der Gegensprechanlage hören. Ein dritter Hubschrauber ging runter, tiefer als die anderen beiden. »Das ist verrückt.« Sie machte eine abwehrende Geste. »Lass uns später darüber reden.«

Laura wartete, bis Georgie verschwunden war, und kam dann aus dem hinteren Teil der Veranda nach vorne. Paul sah so verletzlich aus, wie ein unbesiegbarer Mann aus Stahl aussehen konnte. Er war ihr einfach ein Rätsel. So unglaublich beherrscht. Sie konnte sich ihn nicht vorstellen, wie er über einen schmutzigen Witz lachte, geschweige denn bei einem gewaltigen Orgasmus. Sie konnte sich bei ihm Überschwang in keinerlei Form vorstellen.

Nach Hollywoodmaßstäben lebte er recht bescheiden. Er fuhr einen Lexus und keinen Bentley und besaß ein Stadthaus mit drei Schlafzimmern anstatt einer Villa. Er beschäftigte keine Angestellten und verabredete sich mit Frauen seines Alters. Welcher andere zweiundfünfzigjährige Mann in Hollywood tat das schon?

Im Lauf der Jahre hatte sie so viel Energie darauf verschwendet, sich über ihn zu ärgern, dass sie aufgehört hatte, in ihm mehr zu sehen als das Symbol ihrer Unfähigkeit, aber gerade eben hatte sie seine Achillesferse entdeckt, und da hatte sich in ihr etwas verschoben. »Georgie ist eine ganz fantastische Person, Paul.«

»Glauben Sie etwa, ich wüsste das nicht?« Sofort zeigte er wieder seine steife Seite. »Haben Sie ihre Karriere darauf aufgebaut? Aufs Belauschen?«

»Das geschah nicht mit Absicht«, sagte sie. »Ich kam hier heraus in der Hoffnung, einen besseren Empfang zu haben, und hörte euch beide reden. Ich wollte euch nicht stören.«

»Oder hineingehen und uns in Ruhe lassen?«

»Ihre Ahnungslosigkeit hat mich angelockt. Sie hat mich vorübergehend gelähmt.« Sie hielt die Luft an, weil sie kaum glauben konnte, dass diese Worte aus ihrem Mund gekommen waren. Sie hätte ihre vorschnelle Zunge gern mit einer schlaflosen Nacht begründet, aber war es nicht vielleicht etwas viel Gefährlicheres? Wenn nun all die Jahre der Selbstverachtung den letzten Rest ihrer Beherrschung aufgezehrt hatten?

Er kannte sie nur unterwürfig, und seine Augenbrauen gingen nach oben. Ihre ganze Karriere beruhte darauf, dass sie Georgie York vertrat, sie musste sich jetzt sofort entschuldigen. »Ich meinte nur ... Sie wirken immer so beherrscht. Sie sind sich ihrer Meinung so sicher und stellen auch im Nachhinein nie etwas in Frage.« Sie betrachtete ihn, wie er in seiner marineblauen Hose und dem teuren Poloshirt vor ihr stand, und ihre Entschuldigung geriet auf Abwege. »Sehen Sie sich doch an. Das sind die gleichen Kleider, die Sie auch gestern Abend anhatten, aber bei Ihnen gerät nichts in Unordnung. Falten kennen Sie nicht. Sie machen einem Angst.«

Hätte er doch bloß auf dem Absatz kehrtgemacht und über seine Nase einen Blick auf ihr erbärmlich verknautschtes Kimono-Oberteil und die schlaffe elfenbeinfarbene Hose geworfen, dann hätte sie sich vielleicht in den Griff bekommen und aufgehört. Stattdessen sagte sie viel zu laut: »Das war Ihre Tochter, mit der Sie da gesprochen haben. Ihr einziges Kind.«

Seine Finger umschlossen den Kaffeebecher, den Georgie zurückgelassen hatte. »Ich weiß, wer sie ist.«

»Ich dachte immer, mein Vater sei ein Versager. Er konnte nicht mit Geld umgehen, hielt es in keinem Job länger aus, aber es verging kein Tag, an dem er nicht uns Kinder alle in den Arm nahm und sagte, wie sehr er uns liebte.«

»Wenn Sie damit andeuten wollen, dass ich meine Tochter nicht liebe, irren Sie sich. Sie haben keine Kinder. Sie wissen nicht, wie das ist.«

Sie hatte vier wunderbare Nichten und deshalb eine ziemlich gute Vorstellung davon, was Elternliebe bedeutete, aber sie musste dem Ganzen jetzt ein Ende bereiten. Doch ihre Zunge schien ein Eigenleben unabhängig von ihrem Gehirn zu führen. »Ich begreife einfach nicht, wie Sie so distanziert mit ihr umgehen können. Können Sie nicht einfach wie ein Vater agieren?«

»Offensichtlich haben Sie uns nicht intensiv genug belauscht, denn sonst wüssten Sie, dass ich genau das tue.«

»Indem Sie Vorträge halten und kritisieren? Sie sind mit den Vorstellungen, die sie von ihrer Karriere hat, nicht einverstanden. Ihnen passen die Männer nicht, die sie sich aussucht. Was an ihr mögen Sie eigentlich? Abgesehen von ihrer Arbeitskraft?«

Sein Gesicht wurde rot vor Zorn. Sie wusste nicht, wer von ihnen beiden mehr schockiert war. Sie setzte alles aufs Spiel, was sie in vielen Jahren aufgebaut hatte. Sie musste

ihn um Verzeihung bitten, aber sie war ihrer selbst so überdrüssig, dass sie die richtigen Worte nicht fand.

»Jetzt sind Sie aber zu weit gegangen«, sagte er.

»Ich weiß. Ich – ich hätte das nicht sagen dürfen.«

»Da haben Sie verdammt recht.«

Aber anstatt einfach wegzurennen, um nicht noch mehr
Schaden anzurichten, rührten ihre Füße sich nicht vom
Fleck. »Ich habe nie verstanden, warum Sie immer etwas
an ihr auszusetzen haben. Sie ist eine tolle Frau. Mag sein,
dass sie bei Männern nicht gerade den besten Geschmack
hat, obwohl ich sagen muss, dass Bram eine angenehme
Überraschung ist, aber sie ist warmherzig und großzügig.
Wie viele Schauspieler kennen Sie, die versuchen, den Leuten in ihrem Umfeld das Leben angenehm zu machen? Sie
ist klug und an allem interessiert. Wenn sie meine Tochter
wäre, würde ich mich an ihr erfreuen, anstatt immer so zu
tun, als müsse sie umgeändert werden.«

»Ich habe keine Ahnung, wovon Sie reden.« Aber es war
ihm anzusehen, dass er genau verstand, was sie meinte.

»Warum haben Sie nicht einfach mal nur Spaß mit ihr?
Lassen Sie sich einfach mal gehen. Tun Sie etwas, das gar
nichts mit dem Geschäft zu tun hat. Spielen Sie Karten mit
ihr, planschen Sie im Pool herum.«

»Wie wär's mit einem Ausflug nach Disneyland?«, erwiderte er zynisch.

»Ja, wie wär's damit?«, konterte sie.

»Georgie ist einunddreißig und keine fünf mehr.«

»Haben Sie denn diese Dinge mit ihr gemacht, als sie
fünf war?«

»Da war ihre Mutter gerade gestorben, also war ich an-
derweitig beschäftigt«, kläffte er zurück.

»Das muss schrecklich gewesen sein.«

»Ich war der beste Vater, der ich nur für sie sein konnte.«

In seinen Augen stand wirkliches Leid, aber das rührte

ihr Mitgefühl nicht. »Eine Sache lässt mir keine Ruhe, Paul. Wenn ich nicht mitbekomme, wie sehr Sie sie lieben, wie soll sie das dann mitbekommen?«

»Das reicht jetzt. Schluss damit. Wenn das ihr ganzer Respekt für unsere professionelle Beziehung ist, dann müssen wir vielleicht unseren Standpunkt neu überdenken.«

Ihr Magen zog sich zusammen. Noch war nichts verloren. Sie könnte sich mit Krankheit, Irrsinn, SARS rechtfertigen. Aber sie tat nichts dergleichen. Sie straffte stattdessen ihre Schultern und verließ die Veranda.

Ihr Herz klopfte wild, als sie zum Gästehaus ging. Sie musste an ihre wahnwitzige Provision denken, daran, was aus ihrem Ruf würde, wenn sie ihre Starklientin verlor, und daran, wie *katastrophal* sie alles vermasselt hatte. Warum also lief sie nicht zurück und entschuldigte sich?

Weil ein guter Agent – ein hervorragender Agent – seinem Klienten gute Dienste erwies, und Laura hatte zum ersten Mal das Gefühl, genau das getan zu haben.

19

Den ganzen Tag über beobachtete Bram das Schachspiel mit echten Menschen, das sich, während oben die Helikopter kreisten, vor ihm abspielte. Georgie versuchte sich von Lance und Jade und von ihrem Vater fernzuhalten. Paul sprach so gut wie mit keinem. Chaz ging Lance und Jade um den Bart, verhielt sich aber Georgie und Aaron gegenüber kratzbürstig wie gewohnt. Meg half in der Küche mit, zeigte Lance ein höhnisches Grinsen, wann immer er ihr über den Weg lief, und tat, als wäre Jade unsichtbar. Laura nahm die Rolle einer nervösen Schweiz ein und versuchte sich neutral zwischen allen miteinander verfeindeten Nationen zu bewegen. Und alle, er eingeschlossen, benahmen sich vor Rory wie Schleimer.

Abgesehen vielleicht von Chaz war Bram der Einzige, der über die Quarantäne glücklich war. Gestern Abend hatte er vorgehabt, sich Rory zu schnappen, aber da war Lance aufgetaucht. Da der Rest des Wochenendes nun vor ihm lag, würde er sie schon einmal unter vier Augen sprechen können, sie konnte ihm schließlich nicht immer aus dem Weg gehen.

Nach dem Vorfall mit der Schlange und wegen der kreisenden Hubschrauber wollte keiner in den Pool. Ein paar versammelten sich in der Küche, ihm fiel auf, dass Georgie schon wieder mit der Videokamera herumhantierte. Chaz wurde wieder zornig, und er schritt rasch ein. »Georgie, warum probierst du deine Befragungstechnik nicht mal an Laura aus? Eine weibliche Agentin in Hollywoods Haifischbecken und so.«

»Ich möchte nicht mit Laura sprechen. Ich möchte wieder mit Chaz sprechen.«

»Nur, weil die Reinigungsfrauen nicht hier sind«, höhnte Chaz. »Sie *liebt* es, mit denen zu quatschen.«

Es war für ihn ein ungewohntes Gefühl, sich als der einzige Erwachsene im Raum zu fühlen. »Was hältst du davon, stattdessen Aaron zu befragen?« Dies war ein Vorschlag, der ihm sehr vernünftig zu sein schien.

»Ich bin nicht daran interessiert, Männer zu befragen«, erwiderte Georgie schnippisch. »Schön. Dann werde ich dich interviewen.«

»Bring ihn dazu, sich auszuziehen«, warf Meg ein, die am Küchentisch stand. »Das bringt etwas Pep hier rein.«

»Tolle Idee«, sagte er. »Dann lass es uns im Schlafzimmer machen.«

Georgie erinnerte sich schließlich ihrer Rolle als liebende Ehefrau. »Quäl mich nicht derart, wenn wir Gesellschaft haben.«

Eine Reihe mehr oder weniger pornografischer Bilder schossen ihm durch den Kopf. Wer hätte geahnt, dass Georgie sich als ein derartiger Knallkörper erweisen würde? Ihre sexuelle Herrschsucht hatte ihn von Anfang an angemacht. Im Unterschied zu anderen Frauen war es ihr völlig gleichgültig, ob sie ihn erregte, und das erregte ihn nur umso mehr. Der sexuelle Teil ihrer Schwindelehe hatte sich als weitaus amüsanter erwiesen, als er es sich vorgestellt hatte. So amüsant, dass es ihn schon ein wenig beunruhigte. In seinem Leben war nur Platz für eine Person, und die war er selbst. Chaz war ein Unfall gewesen.

Am späten Nachmittag waren die Akkus sämtlicher Mobiltelefone und PDAs leer. Nur Rory, die ein Ladegerät und noch ein zusätzliches Telefon im Gepäck hatte, das man ihr zum rückwärtigen Tor gebracht hatte, arbeitete weiter. Laura verkündete, dass sie ohne ihr Telefon hyperventiliere, und bat Georgie zu singen, doch es gab kein Klavier im Haus, und Georgie weigerte sich. So sehr man sie auch wegen ihrer Annie-Vergangenheit neckte, sie mit ihrer kräftigen Stimme und unerschöpflichen Energie singen zu hören war ein Vergnügen. Vielleicht sollte er ihr zur Überraschung ein Klavier zukommen lassen.

Jade ließ sich in seiner Bibliothek mit einem Buch über internationale Ökonomie nieder, Georgie verschwand mit Aaron, die anderen wanderten in den Vorführraum. Mit einem extra starken Eistee – eine weitaus harmlosere Abhängigkeit als seine früheren – machte Bram sich auf den Weg in sein Büro.

Er nahm sich das Drehbuch zur Hand, das sein Agent ihm geschickt hatte. Dank der vielen Publicity aufgrund seiner Ehe schneiten ihm nun deutlich mehr Drehbücher ins Haus als zuvor, aber die Rollen waren immer noch die gleichen: Playboys, Gigolos und hin und wieder ein Drogendealer. Er konnte sich nicht erinnern, wann er zuletzt etwas richtig Gutes zu Gesicht bekommen hatte, schon nach ein paar Seiten wusste er, dass auch dies wieder nur Blödsinn war. Jetzt hätte er gern eine Zigarette geraucht, aber er nahm stattdessen einen Schluck Eistee, sah seine E-Mails durch und ging dann zurück ins Haus, um sich dort seiner eigentlichen Tagesarbeit zu widmen.

Rory hatte ihr Operationszentrum in eine Ecke der Veranda verlegt. Obwohl Sonntag war, hatte sie den ganzen Nachmittag am Telefon verbracht und Karrieren befördert oder vernichtet, jetzt saß sie über ihr Laptop gebeugt. Er wanderte zu dem Tisch, an dem sie arbeitete. Ohne auf eine Einladung zu warten, mit der er ohnehin nicht rechnete, nahm er auf dem Stuhl ihr gegenüber Platz.

»So sehr ich deine Gastfreundschaft zu schätzen weiß«, sagte sie, ohne aufzublicken, »vergeudest du hier nur deine Zeit, sofern du mit mir nicht übers Wetter reden willst.«

»Ich denke, das ist besser, als das Geld von Vortex zu vergeuden.«

Sie blickte auf.

Er streckte seine Beine aus und lehnte sich im Stuhl zurück, spielte den Lockeren, obwohl er einen Knoten im Bauch hatte. »Du bist eine der klügsten Frauen in der Stadt. Aber im Moment verhältst du dich dumm.«

»Es ist immer das Beste, gleich mit einer Schmeichelei loszulegen.«

»Du brauchst keine Schmeichelei. Du weißt ganz genau, wie gut du bist. Aber dein persönlicher Groll gegen mich steht deinem normalerweise ausgezeichnetem Urteilsvermögen im Weg.«

»Deiner Meinung nach.«

»Caitlin Carter ist gierig geworden. Wenn du wartest, bis meine Option ausläuft, wirst du weitaus mehr Geld für *Tree House* hinblättern müssen als jetzt. Wie wirst du das deinem Direktionsgremium erklären?«

»Das Risiko gehe ich ein. Du bist derjenige, der dumm ist. Wenn du mir jetzt *Tree House* ohne jede Einschränkung überlässt, wirst du als Mitproduzent erwähnt werden ...«

»Bedeutungslos.«

»... und deine anfängliche Investition wird sich tatsächlich auszahlen. Wenn du aber stur bleibst, hast du am Ende gar nichts. Ich kann diesen Film machen. Was willst du mehr?«

»Ich möchte, dass der Film, den ich im Kopf habe, gemacht wird.« Bram hatte Mühe, ruhig zu bleiben, aber das Thema bedeutete ihm so viel, und er spürte, dass es ihm entglitt. »Ich möchte Danny Grimes spielen. Ich möchte eine Garantie, dass Hank Peters Regie führt.« Er erhob sich aus seinem Stuhl. »Ich möchte jeden Tag am Set sein und mich vergewissern, dass das von mir abgelieferte

Drehbuch auch gedreht wird und nicht irgendso ein Studio-Arsch kommt und beschließt, er möchte auch noch eine verdammte *Verfolgungsjagd* mit drin haben.«

»Das würde ich nie zulassen.«

»Du musst ein Studio leiten. Du würdest das nicht mal mitkriegen.«

Sie rieb sich die Augen. »Bram, das ist zu viel verlangt. Um es mal ganz platt auszudrücken, man kennt dich aufgrund von drei Dingen: *Skip und Scooter*, einem Sex-Video und als unzuverlässigen Partyhelden. Ich beginne Georgie langsam zu glauben, wenn sie behauptet, über Letzteres seist du hinausgewachsen, aber seit Ende der Show hast du mit nichts Großem mehr gepunktet. Kannst du dir tatsächlich vorstellen, dass ich mich an mein Gremium wende und denen klarmache, dass ich dir ein Projekt wie *Tree House* anvertraut habe?«

»Ich habe eine Vision! Kannst du das denn nicht verstehen?« Die Adern an seinem Hals pochten. »Ich weiß ganz genau wie dieser Film gemacht werden muss. Wie er aussehen muss. Wie er sich anfühlen muss. Ich bin der *Einzige*, der den Film machen kann, den du haben willst.«

Sie sah ihn lange und fest an. »Es tut mir leid«, sagte sie weich. »Ich kann das nicht machen.«

Das echte Bedauern in ihrer Stimme bestätigte ihm, dass er am Ende der Straße angelangt war. Er hatte alles versucht, um sie zu überzeugen, und verloren. Entsetzt bemerkte er, dass seine Hände zitterten, aber irgendwie gelang ihm ein Achselzucken. Betteln würde er nicht.

Sein Büro bot den einzigen Rückzugsort in diesem überfüllten Haus, aber als er sich abwandte, erweckte eine Bewegung an der Tür seine Aufmerksamkeit. Es war Georgie. Selbst aus fünf Metern Entfernung konnte er die Sorgenfalten auf ihrer Stirn und das Mitleid in diesen grünen Augen lesen.

Sie hatte jedes Wort mitgehört. Das war für ihn fast ebenso schlimm wie der verlorene Traum.

Das Abendessen war eine einzige Qual. Lance versuchte ständig, sich bei Paul einzuschmeicheln, aber Paul ging nicht darauf ein. Jade hielt einen engagierten Vortrag über das Geschäft mit Kindersex, der alle niedergeschlagen und schuldbewusst machte. Georgie sprach kaum, Rory wirkte abwesend, und Laura warf ständig besorgte Blicke auf Paul und Georgie. Verdammt wollte er sein, wenn er Rory zeigte, dass sie ihn erledigt hatte, also zwang er sich, Meg aufzuziehen, die einzige Person am Tisch, die nicht aussah, als wäre sie lieber woanders.

Endlich räumten die Helikopter für diesen Tag das Feld. Chaz servierte ein klebriges und derart reichhaltiges Karamelldessert, dass nur Georgie ihre ganze Portion aufaß und mit einer hartnäckigen Entschlossenheit in sich hineinschaufelte, die er nicht ganz nachvollziehen konnte. Jade, der Essen nicht viel zu bedeuten schien, ließ ihres unberührt und bestellte, als Chaz wieder kam, ein Stück Apfel. Ihre Bitte schien Georgie so verärgert zu haben, dass sie vom Tisch aufsprang und in ihre Scooter-Brown-Rolle schlüpfte. »Es ist gerade mal acht Uhr. Lasst uns alle ins Wohnzimmer gehen. Ich habe eine ganz besondere Unterhaltung geplant.«

Diese Nachricht war ihm neu. Und es war eine schlechte Nachricht. Eigentlich wollte er nur flüchten.

»Bei einer Scharade mache ich nicht mit«, sagte Meg. »Und auch nicht bei anderen Spielen, wie ihr Schauspieler sie gern spielt.«

Laura und Rory verzogen gequält das Gesicht, aber Georgie ließ nicht locker. »Ich habe etwas Interessanteres im Auge.«

»Lass uns eins gleich jetzt klarstellen«, warf Bram ein, weil er Rory verdeutlichen wollte, dass sie ihn nicht erschüttert hatte. »Du hast versprochen, vor keinem anderen außer vor mir nackt zu tanzen.«

»Keine Tänze«, erwiderte sie schlagfertig. »Als ich das letzte Mal an der Stange gearbeitet habe, habe ich mir eine Sehne gezerrt.«

Selbst Paul rutschte ein Lächeln heraus, und alle Frauen lachten, bis auf Jade, auf der, wie Bram überlegte, das Leben offenbar zu schwer lastete, um irgendwas leichtzunehmen. Lance kehrte seine Frau unterstützend den Ernsten heraus. Dieser Wichser.

Als sich alle vom Tisch erhoben, befahl Jade Chaz noch eine weitere Kanne Pfefferminztee zu kochen, weil ihr der erste nicht heiß genug war. Offenbar zog Jade es vor, ihre humanitären Instinkte nur auf die Welt als Ganzes zu richten, während sie die Menschen übersah, die sie bedienten. Schließlich schaffte Georgie es, indem sie weiterhin die Muntere spielte, sie alle ins Wohnzimmer zu treiben und ihnen ihre Plätze zuzuweisen, wobei ihm der Sessel am Kamin zufiel. Rory platzierte sie auf der Couch neben ihm und verteilte dann die anderen im Raum auf eine Weise, die für sie Sinn zu machen schien, aber kein anderer durchblickte. Bram wünschte sich, sie hätte sich mit ihm abgesprochen, ehe sie ihre kleinen Salonspielchen begann.

Dann kam Aaron mit einem Haufen Skripts herein, und ihm fiel es wie Schuppen von den Augen.

Das erste Skript reichte Georgie ihm. »Überraschung, Schatz.«

Er starrte auf den Titel. Es war *Tree House*. Was dachte sie sich eigentlich dabei?

»Einige von euch haben inzwischen vielleicht schon mitbekommen, dass Bram für Sarah Carters *Tree House* eine Option hat.«

Daraufhin schnellten mehrere Köpfe in die Höhe.

Georgies Hand fiel auf seine Schulter. »Aber soweit ich

weiß, hat er es nie mit verteilten Rollen lesen hören, deshalb habe ich Aaron heute Nachmittag Kopien für uns anfertigen lassen. Bei so viel erstaunlichem Talent an einem Ort, denke ich, sollten wir unserem Gastgeber diese Freude machen. Einverstanden?«

Bei so viel erstaunlichem Talent an einem Ort … Und Rory Keene an seiner Seite. Georgie hatte den Würfel ins Rollen gebracht. Sie wollte nicht, dass er aufgab, nicht einmal nach dem Gespräch, dessen Zeuge sie geworden war. Sie hatte das perfekte Vorsprechen für ihn arrangiert.

Aber dann dämmerte es ihm.

Sie tat das nicht für ihn. Sie tat das für sich selbst.

Überdeutlich erkannte er, worauf ihre Hoffnungen hinausliefen. Sie wusste, dass Rory sich seine Option schnappen würde, sobald diese ausgelaufen war, und sie hatte vor, den heutigen Abend als privates Vorsprechen zu nutzen, um sich auf diesem Weg die Rolle der Helene zu sichern.

Ein beherzter Plan, überlegte er bitter, auch wenn er nicht funktionieren würde. Georgie brachte einfach nicht die für diese Rolle notwendigen Voraussetzungen mit. Sie grub ihre Finger in seine Schulter. »Wenn du nichts dagegen hast, Liebling, werde ich das Casting leiten.«

Eins musste er ihr lassen: Sie machte genau das, was er unter diesen Umständen auch getan hätte. Weshalb war er also enttäuscht?

Weil er ein egoistischer Mistkerl war und sie nicht.

Sie begann mit dem Verteilen der Skripts. »Bram, du wirst natürlich Danny Grimes lesen. Dad, möchtest du vielleicht Frank übernehmen, Dannys sterbenden Vater? Lance, du bist Ken, der Nachbar vom Haus nebenan, der sein Kind missbraucht. Für dich ist es doch mal eine nette Abwechslung, einen miesen Typen zu spielen. Jade, du liest Marcie, Kens Ehefrau und Fußabtreter.«

Die undankbarste Rolle.

Das nächste Skript reichte sie Laura. »Beschwören Sie ihr inneres Kind und lesen Sie Izzy, ihre Fünfjährige. Und Meg, du liest Natalie, die häusliche Krankenpflegerin, auf die Danny ein Auge geworfen hat, aber komm nicht auf dumme Gedanken.«

»Ich bin keine Schauspielerin.«

»Dann tu so, als wärst du eine.«

Er konnte es Georgie nicht verübeln, es als Helene versuchen zu wollen. Es war eine Rolle, die einem zu einem Karrieresprung verhelfen konnte. Aber die Helene verlangte nach einer Schauspielerin wie Jade, die bereits Erfahrung mit starken Rollen hatte. Selbst beim bloßen Lesen wäre Jade fantastisch, das wusste Georgie genauso wie er, deshalb hatte sie ihr auch die Marcie aufs Auge gedrückt.

Georgie setzte sich auf einen geradlehnigen Stuhl am anderen Ende des Wohnzimmers. »Aaron hat eingewilligt, die Lücken mit den übrigen männlichen Charakteren zu füllen. Ich werde die Handlung lesen und die weiblichen Nebenrollen übernehmen.«

Helene konnte man kaum als Nebenrolle bezeichnen. Seine Verwirrung verwandelte sich in Entsetzen, als Georgie Rory ein Skript reichte. »Du kommst sonst nie in diesen Genuss. Du liest die Helene.«

»Ich?«

»Probier aus, was an Darstellungsgabe in dir steckt«, sagte sie mit einem breiten Lächeln.

»Ich glaube nicht, dass ich eine habe.«

»Was macht das schon? Es ist doch nur zum Spaß.«

Er begriff es nicht. Warum kniff sie? Er fand nur eine Erklärung dafür, und die löste eine Art Panik in ihm aus. Sie überließ ihm die Chance vorzusprechen, anstatt sie selbst zu nutzen.

Verflixt! Er hatte nicht darum gebeten. Offenbar hatte sie sich überlegt, Rory würde sich eher für das Projekt einsetzen, wenn sie eine derartige Schlüsselrolle las. Oder sie wollte, und das fand er noch viel verstörender, tatsächlich ihn ins Scheinwerferlicht rücken, anstatt sich selbst. Welcher Logik sie auch folgte, die kleine Miss Scooter Brown schwirrte wieder einmal herum und verstreute ihren gottverdammten Feenstaub.

Er fing zu schwitzen an. Sie war so verdammt blöd. Wann würde sie endlich kapieren, dass sie ihre eigenen Interessen verfolgen musste? Wenn sie ihre Karriere auf einen anderen Kurs bringen wollte, sollte sie sich um das kümmern, was sie wollte, und auf alle anderen pfeifen. Er hätte für sie nie ein solches Opfer gebracht. Aber sie schon. Weil Georgie York eine verdammte Mannschaftsspielerin war.

Sie schlug ihre Beine übereinander. »Bram, würdest du, bevor wir anfangen, uns ein bisschen was über das Drehbuch erzählen? Gib allen eine Vorstellung davon, was du von ihnen hören möchtest.«

Er hatte sich nicht vorbereitet, er war geschockt. Wenn er es vermasselte, bekäme er keine zweite Chance mehr, aber er konnte seine Gedanken nicht ordnen. »Ein paar von euch ... Einige von euch ... äh ... haben das Buch vermutlich gelesen. Wahrscheinlich die meisten von euch. Ihr wisst, es ist eine ...« Er riss sich zusammen. »Es ist eine wunderschöne Geschichte. Ein wunderbares Drehbuch – vielleicht sogar besser als das Buch.« Nun gingen ihm die Worte schon leichter über die Lippen. »Da wir dies alle ungeprobt lesen, nehmen wir es, wie es kommt. Versucht nicht, mehr in eure Rolle hineinzulesen als das, was auf dem Blatt steht. Konzentriert euch aufs Wesentliche und lest den nackten Text. Als Erstes ...«

Georgie beobachtete Bram vom anderen Ende des Wohnzimmers. Es war ein etwas holpriger Einstieg gewesen, aber langsam begann seine Leidenschaft durchzuschimmern. Sie schielte auf Rory, aber es war nicht möglich, ihrem Ausdruck irgendwas zu entnehmen.

Die Idee fürs Drehbuchlesen war ihr gekommen, gleich nachdem sie ihr Gespräch mitgehört und die Verzweiflung mitbekommen hatte, die Bram krampfhaft zu verbergen versuchte. Zwei große Hindernisse lagen ihm im Weg – sein Ruf der Unzuverlässigkeit und sein Beharren darauf, Danny Grimes zu spielen. Was das erste Problem betraf, konnte sie nichts für ihn tun, aber ihr kam die Idee, ihm Letzteres zu ermöglichen. Entweder gelänge es ihm, den Charakter mit Leben zu erfüllen, oder nicht, aber er bekäme damit wenigstens eine Chance.

Alle hörten aufmerksam zu, als er jeden Charakter kurz umriss. Rory zu bitten, die Helene zu lesen, anstatt es selbst zu tun, war ihr sehr schwergefallen, aber dies war Brams Projekt und musste deshalb auch sein Vorsprechen sein. Außerdem stünde Bram, wenn ihr Plan aufging, schwer in ihrer Schuld, und sie hatte vor, ihn dafür bluten zu lassen.

Doch wieder einmal hatte sie die Bedürfnisse eines Mannes vor ihre eigenen gestellt, doch immerhin war ihr durch Brams Leidenschaft, mit der er dieses Projekt verfolgte, ein kleiner Einblick in Brams Seele ermöglicht worden. Ob richtig oder falsch, ihr schien dies der einzig gangbare Weg zu sein. Sie würde sich einen anderen Tag aussuchen, um erbarmungslos ihr Ziel zu verfolgen.

Sie fingen zu lesen an, und rasch wurde deutlich, dass ihre Hintergedanken zu ein paar schwerwiegenden Fehlbesetzungen geführt hatten. Jade konnte nicht umhin, ihrer Marcie einen Ton unterdrückten Ärgers zu geben, der nicht auf dem Papier stand, und machte diese somit zu einer viel beeindruckenderen Figur als Rorys gestelzte Helene oder Megs Natalie. Lance zwirbelte seiner Rolle als Ken praktisch einen Schurkenschnurrbart dazu, und Laura war als Fünfjährige alles andere als überzeugend. Ihr Vater hingegen war als Dannys Vater erschreckend gut. Aber nicht so gut wie Bram, der seiner Figur bis zur Schmerzgrenze zu Leibe rückte, so dass jeder im Raum das stumme Leid eines Mannes spürte, der irrtümlich wegen eines Verbrechens verurteilt worden war, das die Gesellschaft als eins der abscheulichsten ansah. Ein Mann, der hartnäckig versuchte, nicht zu bemerken, dass das nämliche Verbrechen im Haus nebenan geschah.

Sie kamen zur letzten Seite. Danny Grimes stand am Grab seines Vaters, Natalie neben ihm.

NATALIE
Der Regen hat aufgehört. Es wird doch noch ein schöner Tag.
DANNY
(Nimmt Natalies Hand)
Ein guter Tag, um ein Baumhaus zu bauen.
Lass uns damit anfangen.

Schweigen legte sich über den Raum. Einer nach dem anderen klappten sie ihre Skripts zu.

Brams Augen fanden die ihren, sie merkte, wie ihr Mund sich zu einem zarten Lächeln weitete. Seine Vorführung war brillant gewesen – ruhig, verzweifelt, beseelt – völlig unerwartet. Wieder hatte sie ihn nicht für voll genommen.

Meg brach schließlich das Schweigen. »Mensch, Bram … Weiß sonst noch jemand, dass du schauspielern kannst?«

Laura schnäuzte sich. »Mistkerl«. Sie schaute hinüber zu Paul, der ins Leere starrte.

»Gute Arbeit, Bram«, sagte Lance. »Ein wenig glanzlos, aber nicht schlecht fürs erste Vorsprechen …«

»Ich fand, es war brillant«, sagte Jade unverblümt. »Du hast dein Talent an Scheißrollen vergeudet.«

»Genau«, sprang Lance jetzt auf den Zug auf. »Eine wirklich interessante Darbietung.«

Georgie starrte ihren Exehemann an. Bram und ihr Vater hatten recht. Lance war wie ein ... wie ein riesiger Tofublock. Ohne jeglichen Eigengeschmack. Stattdessen nahm er die Aromen derjenigen an, die ihm nahestanden.

Lauras Augen ruhten noch immer auf Paul, der abrupt das Zimmer verließ. Georgie hatte Angst, Rory anzuschauen, bis sie einen tiefen, müden Seufzer hörte. »Also gut, Bram ... Das ist zwar gegen mein besseres Wissen, aber lass uns irgendwo miteinander reden.«

Georgie entfuhr daraufhin ein unterdrückter Aufschrei, aber bis auf ein leichtes Zucken der Mundwinkel strahlte Bram nur lässige Zuversicht aus. »Sicher. Wir können uns in meinem Büro unterhalten.«

»Ja ... ja ...«, bemerkte Jade, als Rory und Bram verschwanden.

»Ich muss schon sagen.« Meg löste ihre Beine und erhob sich aus ihrer Schneidersitzhaltung auf dem Boden. »Ich kann es kaum erwarten, Mama davon zu erzählen.«

Lance trommelte mit seinen Fingern auf seine Schenkel, wie er das immer tat, wenn er unglücklich war. Chaz kam aus der Küche, wo sie zweifellos gelauscht hatte, und fragte alle, ob noch jemand Kaffee wollte. Georgie wäre am liebsten aufgesprungen, um zu tanzen.

Ihre Gäste suchten ihre jeweiligen Schlafgelegenheiten auf, und Georgie ging ebenfalls nach oben. Sie konnte es kaum erwarten, von Rorys Gespräch mit Bram zu hören, und versuchte, sich das Warten mit Lesen zu verkürzen, gab es aber schließlich auf. Ihre Gedanken kreisten um ihren Exehemann. Von dem Moment an, als sie sich zu verabreden begannen, bis zum Ende ihrer Ehe, hatte sie ihre Liebe zu ihm durch das definiert, wer sie war – zuerst Lance Marks' Freundin, dann Lance Marks' Ehefrau und schließlich Lances tragisch geopferte Exfrau. Sie hatte sich zum emotionalen Sklaven eines berühmten, talentierten, untreuen, aber nicht wirklich verdorbenen ... Stück Tofu degradieren lassen.

Bram kam durch die Tür geschossen und machte einen Hechtsprung ins Bett. Er riss die Decken weg und küsste sie, bis ihr schwindelte.

»Ich nehme an«, sagte sie außer Atem, »... dass du mir deine Dankbarkeit demonstrierst.«

»Das tue ich.« Er grinste und strich mit seinen Daumen über ihre Schläfen. »Ich danke dir, Georgina. Und es ist mir ernst damit.« Er schob seine Hand unter ihr Oberteil und drückte ihre Brustwarze. »Aber mach so was nie wieder, ohne mich vorzuwarnen. Ich hätte fast einen Herzanfall bekommen.«

Sie befand, dass sie die Einzelheiten der Unterredung auch später noch erfahren konnte, und bog ihm ihre Brust entgegen. »Keine Ursache. Jetzt zeig mir, wie dankbar du wirklich bist.«

Und genau das tat er.

Am nächsten Morgen war Bram so glücklich wie Georgie ihn noch nie erlebt hatte. Seine Augen leuchteten, die scharfen Ränder seines Munds waren weicher geworden. Rory hatte eingewilligt, *Tree House* durch Siracca Productions, einer Tochtergesellschaft von Vortex zu produzieren, die Low Budget so genannte Independent Filme machten. Endlich hatte er das erreicht, was er wollte. Georgie verspürte nun doch etwas Neid. Chaz zu filmen, hatte größere kreative Begeisterung in ihr entfacht als ihre eigentliche Arbeit. Aber dann musste sie an Helene denken.

Am Nachmittag hob die Gesundheitsbehörde die Quarantäne auf, nachdem die Bluttests ergeben hatten, dass Jades Assistentinnen an einem Virus, aber nicht an SARS erkrankt waren. Die beiden Frauen waren noch immer geschwächt, aber auf dem Weg der Besserung. Als alle bereit zum Aufbruch waren, schwirrten drei Helikopter über ihnen, vor den Toren wartete ein Medienaufgebot gewaltigen Ausmaßes. Rory schlüpfte durchs Hintertürchen, aber der Rest wartete, bis die Polizei kam und den Weg freimachte.

Da Brams Träume nun wahr wurden, musste Georgie den nächsten Schritt tun, um ihre eigenen zu verwirklichen. Sie ging nach draußen, um Laura zu suchen. Als sie ihre Agentin über den Weg vom Gästehaus kommen sah, ging Georgie die Stufen hinab, um mit ihr zu reden. Lauras widerspenstige Haare, die zart wie Babyflaum waren, standen in alle Richtungen von ihrem weichen, hübschen Gesicht ab. Ihr Erscheinungsbild verriet in nichts die knallharte Agentin, und vielleicht war sie das auch nicht. Georgie befeuchtete ihre Lippen. »Ich möchte, dass du mein Treffen mit Rich Greenberg morgen absagst.«

Laura blieb wie angewurzelt stehen und riss alarmiert ihre braunen Augen auf. »Georgie, das kann ich nicht tun. Du hast ja keine Ahnung, wie viel Mühe es mich gekostet hat, dieses Treffen zu vereinbaren. Du warst überhaupt nicht in Richs Dunstkreis, bis ich mit ihm geredet habe, aber jetzt zieht er dich ernsthaft in Erwägung.«

»Das verstehe ich, aber du hast mich vorher nicht gefragt. Ich mache diesen Film nicht.«

»Rich hat großartige Ideen. Du solltest sie dir wenigstens anhören.«

»Das ist nur Zeitverschwendung. Ich werde ihn selbst anrufen und mich bei ihm entschuldigen.«

Laura zupfte an ihrer Halskette. Die tiefen Schatten unter ihren Augen verrieten, dass sie nicht gut geschlafen hatte. »Dein Vater ist ... Er glaubt ganz fest daran, dass dies das beste Projekt für dich ist.«

»Ich kümmere mich darum und mache ihm klar, dass dies meine alleinige Entscheidung ist.«

Laura wirkte wenig überzeugt.

»Ich kann das nicht machen«, sagte Georgie. »Dieser letzte Film, den ich gedreht habe ... Ich habe alles völlig mechanisch gemacht.«

»Sag das nicht. Du bist eine hervorragende Darstellerin.«

»Das musst du als meine Agentin auch sagen.« Sie wusste, was sie zu tun hatte. Ausgerechnet Bram hatte es ihr gezeigt. »Ich glaube, dass Menschen ihr Leben nicht damit zubringen sollten, alles mechanisch zu tun. Ich möchte mehr für mich.«

»Ich verstehe das ja, aber ...«

»Ich möchte die Helene in *Tree House* spielen.«

Laura zwinkerte. »Mann. Das habe ich nicht kommen sehen. Das ist ... das ist mal eine ganz andere Rolle für dich. Hat Bram ... hat er dir zugesagt?«

»Er schuldet mir ein Vorsprechen. Ich weiß, dass ich es kann. Es ist eine Rolle, die mich begeistert, und ich werde alles dransetzen, um sie zu kriegen.«

»Du kannst natürlich auf meine Unterstützung bauen, aber ...«

»Lass uns lieber reingehen.« Sie drückte Lauras Handgelenk in einer Geste des Bedauerns und führte sie über die Veranda.

Da die Polizei am Tor stand, trafen Bram und Georgie sich in der Diele, um alle zu verabschieden. Aaron kam mit einem Block und bat Lance und Jade um ihre Autogramme. »Würden Sie das hier bitte für Chaz unterschreiben?« Er reichte Jade Notizblock und Stift. »Vielleicht, dass Ihnen ihr Essen geschmeckt hat. Sie ist zu verlegen, um selbst darum zu bitten.«

Jade sah ihn verwundert an.

»Unsere Haushälterin«, sprang Georgie ein. »Das Mädchen, das das ganze Wochenende über unsere Mahlzeiten gekocht hat.«

»O ja …«

Bram schnaubte.

Jade unterschrieb und tippte dann ungeduldig mit dem Fuß, weil sie es offenbar kaum erwarten konnte wegzukommen. Lance zögerte, weil er noch immer auf Georgies Vergebung wartete. Die Wunden, die er ihr zugefügt hatte, liefen vor ihrem geistigen Auge ab. Doch sie hatte diesen Film zu oft abgespielt, und sie war es leid, sich ihn anzuschauen. Sie überlegte, welche Dinge sie sagen könnte, um ihn zu verletzen, aber auch dessen war sie überdrüssig.

Sie sah ihn mit schmalen Augen an. »Dir ist vergeben, Lancelot. Geh und sündige fortan nicht mehr.«

Bram legte ihr seine Hand ins Kreuz und streichelte sie.

»Ist das dein Ernst?«, staunte Lance. »Du hast mir verziehen?«

»Wieso nicht? Es ist schwer, an einem Groll festzuhalten, wenn er einem nichts mehr bedeutet. Außerdem hast du selbst genug Ärger am Hals.«

»Was meinst du damit?«

Sie meinte damit, dass Jade Lance nie auf die gleiche Weise ansah wie er sie, nämlich mit zielstrebiger Bewunderung. Jade liebte ihn wahrscheinlich auf ihre Art, aber nicht so sehr, wie er sie liebte, und das konnte bei einem Mann mit derart massiven Verunsicherungen nicht gutgehen.

Rache kommt oft in seltsamer Gestalt, aber sie sagte nur: »Die Welt zu verändern, ist nicht leicht, und ihr beide habt alle Hände voll zu tun.«

Sie hatte ihm gegeben, was er wollte, aber ganz glücklich machte ihn das dennoch nicht. Ihr Leiden hatte ihm eigentlich ganz gut gefallen – ein bisschen wenigstens – und er war noch nicht ganz so weit, darauf zu verzichten. Sie lächelte und hakte sich bei Bram unter. Lance machte ein finsteres Gesicht, und Jade schaute auf ihre Uhr, ohne etwas mitzukriegen.

Als sie endlich gingen, kicherte Bram ihr leise ins Ohr. »Beeindruckend. Seit wann bist du erwachsen?«

»Das ist bestimmt dein Einfluss«, erwiderte sie trocken. Und in gewisser Weise war es das auch. Das Leben raste viel zu schnell dahin, als dass sie Zeit hätte, Wunden zu lecken, die verheilt waren, ohne dass sie es bemerkt hatte.

Meg verkündete, sie werde eine Weile nach Hause zurückgehen. »Da ich mich nun vergewissert habe, dass Bram dich nicht verprügelt, lasse ich euch allein.« Dabei sah sie Bram mit ihrer Version des Bird Dog Caliber Schielens ihres Vaters an. »Aber glaub ja nicht, dass ich das nicht überprüfen werde.«

Schließlich blieb nur noch Paul übrig. »Ich habe eine Erklärung für die Medien aufgesetzt, die du sobald wie möglich herausgeben solltest.«

Georgie stellten sich automatisch die Nackenhaare auf, aber Bram schritt ein. »Was sollen wir denn in dieser Erklärung sagen?«

»Genau das, was man erwartet.« Paul reichte ihm das Blatt, das er in der Hand hielt. »Wie froh ihr beide seid, dass es den beiden Frauen im Krankenhaus wieder besser geht ... Dass die Vergangenheit vergangen ist ... Ihr beide die guten Werke von Jade und Lance auf alle Fälle unterstützt etc. etc.«

»Wer hätte geahnt, dass wir so zivilisiert sind?«, warf Georgie ein.

Bram nickte. »Hört sich gut an. Darum soll sich Aaron kümmern.« Er übergab das Blatt Georgie, und steuerte dann mit dem beschwingten Schritt eines Mannes, der gerade in der Lotterie gewonnen hatte, sein Büro an.

»Was hast du heute Nachmittag vor?«, erkundigte sich Paul.

Sie hatte Angst, ihm zu sagen, dass sie das Treffen mit Greenberg abgesagt hatte. »Ich muss mich um einen Berg Papierkram kümmern.«

»Mach das später. Die Helikopter sind abgeflogen. Was hältst du davon, wenn wir beide miteinander schwimmen gehen?«

»Schwimmen?«

»Ich habe gesehen, dass es im Gästehaus Badehosen gibt. Wir treffen uns am Pool.« Er entfernte sich, ohne auf ihre Einwilligung zu warten, was wieder typisch für ihn war. Sie lief nach oben und zog sich ganz gemächlich ihren zitronengelben Bikini an und wickelte sich dann ein Badetuch um ihre Hüften. Sie hatte in den vergangenen Tagen genug durchgemacht und war noch nicht bereit zum Sprung in eine erwartungsgemäß hässliche Szene.

Unbeholfen stand er mitten im Wasser und wartete auf sie. Er schwamm zum Zweck der Körperertüchtigung, nicht zum Spaß, und machte deshalb eine komische Figur. Sie ließ ihr Handtuch fallen, setzte sich neben der Treppe an den Rand des Schwimmbeckens und tauchte lässig ihre Zehen ins Wasser. »Ich muss mit dir über das Treffen morgen reden. Mit Laura habe ich bereits gesprochen, und …«

»Lass uns schwimmen.«

Er liebte Gespräche über die Karriere, vor allem wenn es um bevorstehende Treffen mit Produzenten und Regisseuren ging. Stundenlang konnte er sich darüber auslassen, welche Haltung sie einnehmen und was sie sagen sollte. Sie sah ihn neugierig an und versuchte dahinterzukommen, warum er sich so merkwürdig verhielt.

»Das Wasser ist genau richtig«, sagte er.

»Okay.« Sie glitt hinein.

Sofort begann er ins Tiefe zu schwimmen. Als er zu ihr zurückschwamm, stieß sie sich ab.

So ging es eine ganze Weile, die beiden schwammen in entgegengesetzter Richtung auf und ab, ohne dass einer ein Wort sprach. Als sie es nicht mehr aushielt, stellte sie sich hin. »Dad, ich weiß, was dir dieses Treffen mit Greenberg bedeutet, aber …«

Er hörte zu schwimmen auf. »Wir müssen nicht immer über Geschäftliches reden. Warum … warum entspannen wir uns nicht ein bisschen?«

Sie sah ihn fragend an. »Stimmt was nicht?«

»Nein, nein. Alles in Ordnung.« Aber er wich ihrem Blick aus und schien sich unwohl zu fühlen. Vielleicht hatte sie zu viele Filme gesehen, denn sie begann sich zu fragen, ob er womöglich an einer tödlichen Krankheit litt oder vielleicht entschlossen war, eine der Frauen zu heiraten, mit denen er sich traf, mit denen Georgie aber nicht warm wurde, obwohl sie dankbar anerkannte, dass er sich in seiner Altersklasse bewegte und sich nicht mit Zwanzigjährigen umgab, für die er immer noch anziehend wäre.

»Dad, bist du …«

Ein heftiger Wasserschwall traf sie voll ins Gesicht. Sie riss ihre Hände hoch, aber nicht schnell genug, so dass er seinen Arm nach hinten ziehen und eine weitere Ladung direkt auf sie zielen konnte. Sie bekam Wasser in die Nase, und es brannte in ihren Augen. Sie stotterte und würgte. »*Was machst du denn?*«

Er ließ seinen Arm fallen. Sein Gesicht errötete. Wenn sie ihn nicht besser gekannt hätte, hätte sie dies als Verlegenheit gedeutet. »Ich habe nur … nur ein wenig Spaß gemacht.«

Sie hustete und bekam endlich wieder Luft. »Dann hör auf damit!«

Er trat einen Schritt zurück. »Es tut mir leid. Ich dachte ...«

»Bist du krank? Stimmt was nicht?«

Mit einem Satz war er an der Leiter. »Ich bin nicht krank. Wir reden später.«

Er griff sich sein Handtuch und eilte ins Haus. Sie starrte ihm hinterher und versuchte zu begreifen, was da gerade passiert war.

20

Nachdem Georgie sich angezogen und geduscht hatte, ging sie in ihr Büro. Aaron saß am Computer und arbeitete zu dem unsichtbaren Beat, der durch seine Ohrstöpsel kam. Als er sich anschickte diese herauszunehmen, bedeutete sie ihm, es zu lassen. Die Sachen ihres Vaters waren weg. Gut. Dies bedeutete, dass sie den feigen Weg gehen und ihm heute Abend ihre Weigerung, zu diesem Treffen zu gehen, mailen konnte, anstatt ihm die Nachricht von Angesicht zu Angesicht unterbreiten zu müssen.

Sie warf einen Blick auf die Gästeliste ihrer Hochzeitsparty, die in weniger als drei Wochen steigen würde, und sah, dass fast alle zugesagt hatten – was sie nicht überraschte. Ein Stapel Einladungen zu Benefizveranstaltungen, Modenschauen und zur Einführung einer neuen Produktlinie ihres Friseurs wartete auf sie, aber sie wollte nirgendwohin. Sie wollte einzig und allein den Film anschauen, den sie von Chaz gemacht hatte.

Aaron hatte ihr geholfen, ihre neuen Bearbeitungsgeräte in einer Ecke des Raums aufzustellen. Sie lud den Film hoch und vertiefte sich sofort in das, was sie sah. Natürlich faszinierte Chaz' Geschichte sie, aber auch von Soledad, der Putzfrau, war sie begeistert. Und es gab noch so viele andere, die sie befragen wollte. Kellnerinnen und Verkäuferinnen. Politessen und Pflegerinnen. Sie wollte die Geschichten von ganz normalen Frauen aufzeichnen, die in der Glamourmetropole ihrer alltäglichen Arbeit nachgingen.

Als sie endlich vom Monitor aufblickte, stellte sie fest,

dass Aaron sein Tagwerk schon vollbracht hatte. Laura dürfte inzwischen ihr Treffen abgesagt haben, aber für den Fall, dass sie es noch nicht getan hatte, wollte Georgie lieber bis morgen Früh warten, ehe sie sich bei Rich Greenberg entschuldigte.

Sie ging nach unten und wurde unangenehm überrascht, als sie ihren Vater aus dem Vorführraum kommen sah. »Ich habe was nachgeholt und mir einen alten Almodóvar-Film angeschaut«, sagte er.

»Ich dachte, du seist abgereist.«

»Meine Reinigungsfirma hat im Stadthaus Schimmelbefall festgestellt. Ich lasse das reparieren, aber ich kann währenddessen ein paar Tage nicht dort wohnen. Ich hoffe, du hast nichts dagegen, wenn ich noch ein wenig länger bleibe.«

Sie hatte was dagegen, vor allem da sie ihm jetzt die Nachricht vom abgesagten Termin persönlich mitteilen musste. »Das ist schön.«

Bram kam aus der Küche. »Bleib, so lange du willst, Dad«, säuselte er. »Du weißt, du bist uns immer willkommen.«

»Wie die Pest«, entfuhr es ihrem Vater.

»Nicht, solange du dich an die Regeln hältst.«

»Und die wären?«

Bram hatte eindeutig seinen Spaß, schließlich stand ihm auch die ganze Welt offen. »Erstens, lass Georgie in Ruhe. Sie ist jetzt mein Problem, nicht deins.«

»Hey!«, beschwerte sich Georgie, den Arm auf die Hüfte gestützt.

»Zweitens … Eigentlich ist es das schon. Sei etwas entspannter im Umgang mit deiner Tochter. Aber ich würde auch gern deine Meinung zu *Tree House* hören.«

Ihr Vater machte ein finsteres Gesicht. »Wirst du deines Sarkasmus denn nie überdrüssig, Shepard?«

Georgie starrte Bram an. »Ich finde nicht, dass er sarkastisch ist, Dad. Er möchte wirklich deine Meinung hören. Und glaub mir, ich bin genauso überrascht wie du.«

Ihr falscher Ehemann sah sie über seine Nasenspitze hinweg an. »Paul ist zwar ein absoluter Kontrollfreak, der dich verrückt macht, aber trotzdem ein kluger Mann. Er hat gestern Abend derart toll gelesen, ich wüsste gern, was er über das Drehbuch denkt.«

Ihr Vater, der sonst nicht auf den Mund gefallen war, schien nicht zu wissen, was er darauf antworten sollte. Schließlich schob er seine Hand in seine Hosentasche und sagte: »Also gut.«

Ihr Tischgespräch beim Abendessen ließ sich zwar etwas merkwürdig an, aber es kam zu keinen Handgreiflichkeiten, und es dauerte nicht lang, da überlegten sie schon, wie sie ein Glaubwürdigkeitsproblem in Helene und Dannys erster Szene lösen könnten. Später warf Paul ein, Kens Charakter müsse noch stärker herausgearbeitet werden, und er vertrat die Ansicht, dass es ihn noch bedrohlicher machen würde, wenn seine Persönlichkeit als missbrauchender Vater durch weitere Schichten ergänzt würde. Georgie gab ihrem Vater recht, und Bram hörte aufmerksam zu.

Nach und nach wurde Georgie bewusst, dass das Originalskript nicht so perfekt war, wie Bram ihr das vermittelt hatte, und dass Bram es aufpoliert, manchmal kleinere Änderungen vorgenommen, aber auch ganz neue Szenen eingefügt hatte, immer dem Original verpflichtet. Zu erfahren, dass Bram so gut schreiben konnte, brachte das Fundament ihrer vorgefassten Meinungen über ihn erneut ins Wanken.

Bram trank seine Kaffeetasse leer. »Ihr habt mir ein paar gute Ideen geliefert. Ich muss mir ein paar Notizen machen.«

Für Georgie war der Zeitpunkt längst überfällig, sich der grausigen Aufgabe zu stellen, ihrem Vater gegenüber aufrichtig zu sein. Sie entließ Bram mit einer zögernden Handbewegung.

Während sich, wie vorhersehbar, bedrückendes Schweigen breitmachte, tauchte ein weiterer Erinnungsfetzen auf. Sie war erst vier gewesen, als ihre Mutter starb, und verfügte deshalb nicht über viele Erinnerungen, aber da war diese schäbige Wohnung, die ständig mit Lachen, Sonnenschein und Gratispflanzen erfüllt war, wie ihre Mutter sie nannte. Sie pflegte einen Teil einer Süßkartoffel oder das Grün einer Ananas abzuschneiden und in einen Topf mit Erde zu stecken, oder einen Avocadokern mit Zahnstochern über ein Glas Wasser zu hängen. Ihr Vater sprach so gut wie nie über ihre Mutter, wenn er es tat, beschrieb er sie als gutmütigen, aber chaotischen Schussel. Auf ihren Fotos sahen sie dennoch sehr glücklich aus.

Sie legte ihre Finger um die Serviette auf ihrem Schoß. »Dad, wegen morgen …«

»Ich weiß, dass du nicht begeistert davon bist, aber zeig das Greenberg nicht. Beschreibe ihm, wie du diesen Charakter anlegen willst. Bring ihn dazu, dass er dir die Rolle anbietet. Das wird deine Karriere aufs nächste Niveau heben, das verspreche ich dir.«

»Ich will die Rolle nicht.«

Seine Enttäuschung war nicht zu übersehen, und sie wappnete sich gegen eine pointierte Lektion über ihre Sturheit, ihr mangelndes Vorstellungsvermögen, ihre Naivität und Undankbarkeit. Aber dann machte er etwas völlig Überraschendes. Er sagte »Warum spielen wir nicht Karten?«

»Karten?«

»Warum nicht?«

»Weil du Kartenspiele hasst. Dad, was ist *los* mit dir?«

»Mit mir ist nichts. Nur weil ich gern mit meiner Tochter Karten spielen möchte, heißt das doch nicht, dass etwas mit mir nicht stimmt. Wir müssen doch nicht immer nur über Geschäftliches reden, weißt du.«

Das kaufte sie ihm nicht ab, nicht eine Minute. Laura hatte ihm offenbar gesteckt, dass sie das Treffen abgesagt hatte, und anstatt Georgie deswegen direkt anzugehen, versuchte ihr Vater es nun mit einem Strategiewechsel. Allein schon, dass er glaubte, sich ihr mit derart plumpen Versuchen als Kumpel anbiedern und sie manipulieren zu können, erschütterte sie. Um sie zu reizen, ließ er das, was sie sich von ihm am meisten wünschte, verlockend vor ihr baumeln. Dies war seine neueste Taktik, sie in der Spur zu halten.

Ihr Schmerz verwandelte sich in Wut. Es war höchste Zeit, ihm klarzumachen, dass sie ihr Leben von ihm nicht länger kontrollieren ließ, auch nicht in der vergeblichen Hoffnung, er werde ihr dafür ein paar echte Zuneigungsbrocken zuwerfen. Dieser letzte Monat hatte eine Veränderung bewirkt. Sie hatte Fehler gemacht, aber das waren ihre eigenen Fehler, und so sollte es auch weiterhin sein.

»Du wirst mich nicht dazu überreden können, das Treffen neu anzusetzen«, sagte sie kategorisch. »Ich habe es abgesagt.«

Ihr klopfte das Herz bis zum Hals. Hatte sie den Mumm, ihre Position zu halten oder würde sie wieder klein beigeben?

»Wovon redest du?«

Sie hatte einen Kloß im Hals. Sie sprach schnell, wollte loswerden, was ihr unter den Nägeln brannte. »Selbst wenn Greenberg mir die Rolle mitsamt meinem Namen über dem Titel anböte, würde ich sie nicht annehmen. Ich mache nur noch Projekte, für die ich mich auch begeistern kann, wenn du damit nicht klarkommst, tut es mir leid.« Sie schluckte. »Ich möchte dir nicht wehtun, aber ich kann so nicht weitermachen, mit dir und Laura, die hinter meinem Rücken die Entscheidungen treffen.«

»Georgie, das ist verrückt.«

»Ich bin dankbar für alles, was du für mich getan hast. Ich weiß, dass du für meine Karriere nur das Beste willst, aber was das Beste für meine Karriere ist, ist nicht immer das Beste für mich.« O Gott, sie durfte jetzt nicht weinen. Sie musste so formell mit ihm umgehen wie er mit ihr. Sie griff auf die wachsenden Reserven ihrer Entschlossenheit zurück. »Du musst mir zuliebe beiseitetreten, Dad. Ich übernehme jetzt.«

»Beiseitetreten?«

Sie nickte ruckartig.

»Verstehe.« Sein schönes Gesicht zeigte nicht einen Anflug von Gefühl. »Ja gut, verstehe.«

Sie wartete auf Kälte, Herablassung und beißende Argumente. Ohne ihre Karriere, die sie beide zusammenhielt, hatten sie nichts, wenn sie nicht nachgab, wäre dies das Ende ihrer Beziehung. Es war verrückt. Noch vor einer halben Stunde hatte sie die Gesellschaft ihres Vaters genossen wie schon lange nicht mehr, und jetzt stand sie kurz davor, ihn für immer zu verlieren. Doch sie würde keinen Rückzieher machen. Sie hatte sich von Lance emanzipiert. Nun war es an der Zeit, dass sie sich von ihrem Vater befreite. »Bitte, Dad, versuch es zu verstehen.«

Er blinzelte nicht einmal. »Es tut mir auch leid, Georgie. Es tut mir leid, dass es so weit gekommen ist.«

Und das war es dann. Er ging. Ohne ein weiteres Wort. Hinaus zum Gästehaus, um seine Sachen zu holen. Aus ihrem Leben.

Sie widerstand dem fast überwältigenden Drang, ihm nachzulaufen. Stattdessen schleppte sie sich nach oben. Offenbar war Bram zu faul gewesen, um in sein Büro zu gehen, denn er saß auf ihrer Couch, hatte die Beine über-einandergeschlagen und balancierte einen von Aarons Blö-cken auf seinem Schenkel. Sie blieb in der Tür stehen. »Ich glaube, ich … ich habe meinen Vater gefeuert.«

Er blickte auf. »Das ist nicht dein Ernst?«

»Ich …« Sie sackte gegen den Türknauf. »Was habe ich getan?«

»Du bist vielleicht erwachsen geworden?«

»Er wird nie wieder mit mir sprechen. Ich habe doch sonst keine Familie mehr.«

Arme bemitleidenswerte Georgie York

Sie richtete sich auf. Wie leid sie das war. »Ich werde auch Laura feuern. Und zwar gleich jetzt.«

»Wow. Ein Georgie York Blutbad.«

»Findest du, dass ich was falsch mache?«

Er stellte seine Füße nebeneinander und legte den Schreibblock beiseite. »Ich denke, du brauchst niemanden, der dir hilft, deine Karriere zu planen, wenn du dies durch-aus selbst machen willst.«

Sie war ihm dankbar dafür. Aber gleichzeitig hätte sie sich gewünscht, er würde ihr entweder widersprechen oder ihr zustimmen.

Er sah zu, wie sie nach dem Telefonhörer griff. Ihr war richtig übel. Noch nie im Leben hatte sie jemanden gefeu-ert. Darum hatte sich immer ihr Vater gekümmert.

Laura nahm beim ersten Läuten ab. »Hi, Georgie. Ich wollte dich gerade anrufen. Ich bin zwar nicht glücklich darüber, aber ich habe das Treffen abgesagt. Ich denke, du solltest Rich morgen selbst anrufen und …«

»Ja, das werde ich machen.« Sie ließ sich in Aarons Schreibtischstuhl sinken. »Laura, ich muss dir was sa-gen.«

»Ist alles in Ordnung mit dir? Du klingst so komisch.«

»Mit mir ist alles in Ordnung, aber …« Sie musterte die

ordentlichen Papierstapel, ohne sie tatsächlich wahrzunehmen. »Laura, ich weiß, dass wir schon lange zusammenarbeiten, und ich weiß deine harte Arbeit auch zu schätzen, alles, was du für mich getan hast, aber ...« Sie rieb sich die Stirn. »Ich muss mich von dir trennen.«

»Dich von mir trennen?«

»Ich muss ein paar Veränderungen vornehmen.« Sie hatte nicht gehört, dass Bram sich hinter sie gestellt hatte, aber seine Hand legte sich zwischen ihre Schulterblätter. »Ich weiß, wie schwierig mein Vater sein kann, und ich mache dir keine Vorwürfe – ganz bestimmt nicht – aber ich muss einen Neuanfang machen. Mit einer Vertretung, die ich selbst einstelle.«

»Verstehe.«

»Ich muss sicherstellen, dass allein meine Meinung zählt.«

»Welche Ironie.« Laura ließ ein trockenes Lachen hören. »Ja. Ja, ich verstehe. Lass es mich wissen, sobald du einen neuen Agenten eingestellt hast. Ich werde ... versuche die Übergabe so glatt wie möglich über die Bühne zu bringen. Viel Glück, Georgie.«

Laura legte auf. Kein Bitten. Kein Verhandeln. Georgie war schlecht. Sie ließ ihre Stirn auf den Schreibtisch sinken. »Das war ungerecht. Dad hat die Regeln festgelegt, und ich habe sie akzeptiert. Jetzt muss sie den Preis dafür bezahlen.«

Bram nahm ihr den Hörer ab und legte ihn zurück auf die Gabel. »Laura wusste, es würde nicht funktionieren. Es war ihr Job, etwas dagegen zu unternehmen.«

»Aber ...« Sie presste ihr Gesicht in ihre Armbeuge.

»Hör auf damit.« Er spreizte seine Finger über ihrer Schulter und zog sie in eine sitzende Position. »Mach dir keine Vorwürfe.«

»Du hast leicht reden. Du kriegst einen Kick, wenn du

dich rücksichtslos verhältst.« Sie stemmte sich aus dem Stuhl.

»Ich mag Laura sehr«, sagte er, »wahrscheinlich wäre sie auch eine ganz anständige Agentin für dich gewesen. Aber nicht solange sie zwei Herren dienen musste.«

»Mein Vater wird nie wieder mit mir reden.«

»Den Gefallen wird er dir nicht tun.« Er schob seine Hüfte auf die Schreibtischkante. »Was war nun die Ursache für Georgie Yorks Nuklearwinter?«

»Papa wollte Karten spielen. Und er hat mich im Pool angespritzt.« Sie trat gegen den Papierkorb, was nur einen wehen großen Zeh und Müll zur Folge hatte, der sich über dem Teppich ausbreitete. »Mist.« Sie fiel auf ihre Knie, um aufzuräumen. »Hilf mir, ehe Chaz das sieht.«

Er schob ihr einen Packen Papier mit seiner Schuhspitze zu. »Nur aus Neugierde … ist dein Leben immer schon eine einzige Katastrophe gewesen, oder bin ich nur zufällig in eine besonders ereignisreiche Phase hineingestolpert?«

Sie warf eine Bananenschale in den Abfall. »Du könntest mithelfen, weißt du.«

»Das werde ich auch. Ich werde dir helfen, deine Probleme in Sex zu ertränken, dass dir Hören und Sehen vergeht.«

In Anbetracht des fragilen Zustands ihrer Ehe war Sex, bei dem einem Hören und Sehen verging, wahrscheinlich eine gute Idee. »Ich muss die Oberhand bekommen. Ich bin es leid, mich immer zu unterwerfen.«

»Ganz der deine.«

Ein goldener Lichtstrahl schnitt über Brams nackten Körper von der Schulter zum Hüftknochen. Erschöpft und nach Atem ringend, ließ er sich in die Kissen zurückfallen. Er war ein schöner gefallener Engel, trunken von Sex und

Sünde. »Du bist dabei … dich in mich zu verlieben«, sagte er. »Ich weiß es.«

Sie strich sich das Haar aus den Augen und schaute auf seine schweißglänzende Brust hinab. Die Nachwehen ihres letzten Orgasmus hatten sie weich und widerstandslos gemacht. Sie versuchte sich wieder unter Kontrolle zu bekommen. »Da täuschst du dich.«

Er umfing ihre Schenkel, die noch immer seine Hüften umschlossen. »Ich kenne dich. Du wirst dich in mich verlieben und alles vermasseln.«

Sie zuckte zusammen und riss sich von ihm los. »Warum sollte ich mich in *dich* verlieben?«

Er strich ihr mit der Hand über den Po. »Weil du einen schlechten Geschmack hast, was Männer angeht, deshalb.«

Sie sackte neben ihm zusammen. »So schlecht nun auch wieder nicht!«

»Das sagst du jetzt. Aber es wird nicht lang dauern, dann hinterlässt du Drohnachrichten auf meinem Anrufbeantworter und lauerst meinen neuen Freundinnen auf.«

»Nur um sie vor dir zu warnen.« Seine Seite drückte sich warm an ihre Haut, der erdige Geruch ihrer Körper vermischte sich mit dem Duft frischer Bettwäsche. Der Sex war wie immer sagenhaft gewesen, und später würde sie ihren lustverwirrten Geist für das verantwortlich machen, was danach kam. Oder es war einfach nur ihr Tag, um sämtliche Brücken hinter sich abzubrechen. »Das Einzige, was ich vielleicht … *vielleicht* von dir möchte, ist …« Sie legte sich den Arm vor die Augen und platzte damit heraus. »Vielleicht … ein Baby.«

Er lachte.

»Ich meine es ernst.« Sie nahm ihren Arm von den Augen und zwang sich, ihn anzusehen.

»Ich weiß. Deshalb lache ich ja.«

»Das würde dich auch nichts kosten.« Sie setzte sich auf, wobei sich alle vom Liebesspiel lockeren Muskeln anspannten. »Keine langweiligen Besuchsregelungen. Kein Unterhalt. Du brauchst mir nur die Ware zu liefern und dann vor dem eigentlichen Ereignis zu verschwinden.«

»Das wird nicht passieren. Nicht in alle Ewigkeit.«

»Ich hätte gar nicht damit angefangen ...«

»Aber genau *das* kannst du so gut.«

»... wenn du nicht so gut aussähst. Deine Fehler sind allesamt Charakterfehler, und da ich dich abgesehen von ein paar gelegentlichen Fotos für die Öffentlichkeit nicht an meinen Nachwuchs ranließe, stellen die kein Problem dar. Ich riskiere zwar mit der Übernahme deiner DNA garantiert ein paar geschädigte Chromosomen aus deinen exzessiven Jahren. Aber dieses Risiko bin ich bereit einzugehen, weil du mit dieser einen Ausnahme so ziemlich den männlichen genetischen Jackpot verkörperst.«

»Ich fühle mich geschmeichelt. Aber ... Nein. Niemals.«

Sie fiel in die Kissen zurück. »Ich wusste, dass du viel zu egoistisch bist, um darüber zu diskutieren. Das sieht dir wieder mal ähnlich.«

»Es ist ja nicht so, als würdest du mich bitten, dir zwanzig Dollar zu borgen.«

»Gute Idee, denn dann brauche ich sie mir nur selbst zurückzuzahlen!«

Er beugte sich über sie und knabberte an ihrer Unterlippe. »Hättest du was dagegen, diesen hinreißenden Mund auch für was anderes als müßiges Geschwätz zu benutzen?«

»Hör auf, dich über meinen Mund lustig zu machen. Was ist schon groß dabei? Sag es mir.«

»Die große Sache ist die, dass ich kein Kind will.«

»Genau.« Sie sprang hoch. »Du wirst auch keins haben.«

»Glaubst du wirklich, dass es so einfach ist?«

Nein. Es würde unschön und unglaublich kompliziert sein, aber die Vorstellung, ihre Gene zu vermischen, war für sie im Laufe des Tages immer verlockender geworden. Sein Aussehen und – sie hasste es zuzugeben – sein Intellekt, kombiniert mit ihrem eigenen Temperament und ihrer Disziplin würden ein ganz erstaunliches Kind hervorbringen, ein Kind, das sie unbedingt austragen wollte. »Es wird leichter als leicht sein«, sagte sie. »Da braucht man sich keine großen Gedanken zu machen.«

»Dass du dir keine großen Gedanken machst, sehe ich. Ein Glück, dass der Rest deines Körpers deinen leeren Kopf wettmacht.«

»Spar dir die Energie. Ich bin nicht in Stimmung.«

»Das bedauere ich mehr, als du dir vorstellen kannst.« Er rollte sich auf sie und schob mit seinen Schenkeln ihre Beine auseinander.

»Was machst du da?«

»Mich meiner männlichen Überlegenheit versichern.« Er packte ihre Handgelenke und hielt diese über ihrem Kopf fest. »Tut mir leid, Scoot, aber das muss sein.«

Er begann in sie einzudringen.

»Ich verwende keine Verhütungsmittel!«

»Netter Versuch.« Er knabberte an ihrer Brust. »Aber nutzlos.«

Sie ließ es dabei bewenden. Erstens, weil es eine Lüge war. Zweitens, weil sie sich in eine Sexbesessene verwandelt hatte. Und drittens …

Sie vergaß das Drittens und schlang ihre Beine um ihn.

Bram konnte es nicht glauben. Ein Baby! Glaubte sie wirklich, er würde sich auf eine derart hirnverbrannte Idee einlassen. Er hatte immer gewusst, dass er nie heiraten würde, geschweige denn Kinder bekommen. Männer wie er waren nicht für Selbstaufopferung, Kooperation oder Großherzigkeit geschaffen. Was er an diesen Eigenschaften aufzubringen vermochte, musste in seine Arbeit fließen. Georgie war die verrückteste Kombination aus gesundem Menschenverstand und absoluter Doofheit, die ihm je untergekommen war, und langsam ging ihm das ganz schön auf die Nerven.

Erst nachdem er am nächsten Nachmittag sein Treffen bei Vortex gehabt hatte, rief er Caitlin an, um ihr die Neuigkeit zu unterbreiten. »Halt dich fest, meine Liebe. *Tree House* hat grünes Licht von Vortex bekommen. Rory Keene hat zugestimmt.«

»Das glaube ich dir nicht.«

»Und ich dachte, du würdest dich für mich freuen.«

»Du Mistkerl! Die Option steht nur noch für zwei Wochen.«

»Fünfzehn Tage. Aber betrachte es doch mal so. Jetzt kannst du nachts beruhigt einschlafen, weil du weißt, dass keiner aus dem Buch deiner Mutter irgendwelche Scheiße macht. Ich denke, das ist doch ein großer Trost.«

»Fick dich.« Sie warf den Hörer auf.

Er schielte hoch in den zweiten Stock. »Ausgezeichnete Idee.«

Zwischen einem Stirnhöhlenkopfschmerz, einer demoralisierenden Sitzung mit ihren Vorgesetzten vom Starlight Management und einem Strafzettel wegen erhöhter Geschwindigkeit auf dem Weg nach Santa Monica erlebte Laura die Mutter aller schlimmen Tage. Sie drückte auf die Klingel von Paul Yorks zweigeschossigem Stadthaus im mediterranen Stil, das nur vier Häuserblocks vom Hafen entfernt lag, wenngleich sie sich nicht vorstellen konnte, dass er jemals dort hinging. Der tiefe V-Ausschnitt ihres neuen ärmellosen Escada-Kleids aus bedruckter Seide sorgte für etwas Luftzirkulation, aber ihr war immer noch heiß, und entlang ihrem Haaransatz kringelten sich Löckchen. Wenn der Tag begann, sah sie immer adrett und ordentlich aus, aber es dauerte nie lange, und sie begann sich aufzulösen – ein Maskarafleck unter dem einen Auge, ein Büstenhalterträger, der von der anderen Schulter rutschte. Sie wetzte sich einen Schuh ab, riss einen Saum auf, und egal wie teuer ihr Haarschnitt auch gewesen war, ihr Babyflaumhaar geriet im Lauf des Tages regelmäßig aus der Form.

Sie hörte, dass im Haus Steely Dan lief, also musste auch jemand zu Hause sein, aber er reagierte nicht auf die Glocke, genauso wenig wie er ans Telefon gegangen war. Seit Georgie sie vor zwei Wochen, an dem Tag, als die Quarantäne aufgehoben wurde, gefeuert hatte, hatte sie ihn zu erreichen versucht.

Sie pochte an die Tür, als das auch nichts nutzte, pochte sie noch einmal kräftiger. Die Boulevardpresse hatte alle Hebel in Bewegung gesetzt, um Einzelheiten der Quarantäne in Erfahrung zu bringen, aber die Bekanntgabe, dass Rory dabei gewesen war, und die Nachricht, dass Vortex die Produktion von *Tree House* übernommen hatte, hatten Zweifel an den hysterischen Berichten von lautem Gezänk und hedonistischen Orgien aufkommen lassen.

Endlich ging die Tür auf, und da stand er und betrachtete sie finster. »Was zum Teufel wollen Sie?«

Sein normalerweise exakt frisiertes, stahlgraues Haar war durcheinandergeraten, er war barfuß und sah aus, als hätte er sich eine Woche lang nicht rasiert. Sein übliches Hugo-Boss-Outfit war durch zerknitterte Shorts und ein verblichenes T-Shirt ersetzt worden. So hatte sie ihn noch nie gesehen, und in ihr regte sich etwas, was sie gar nicht brauchen konnte.

Sie drückte fest gegen die Tür. »Sie sehen aus wie eine

Richard-Gere-Leiche.« Er machte automatisch einen Schritt zurück, und sie schlüpfte an ihm vorbei ins kühle Innere, das von Bambusfußböden, hohen Decken und hellen Oberlichten bestimmt wurde. »Wir müssen reden.«

»Nein, müssen wir nicht.«

»Nur ein paar Minuten«, sagte sie.

»Da wir keine Geschäftsbeziehung mehr haben, ist dies nicht nötig.«

»Jetzt seien Sie doch nicht so kindisch.«

Er starrte sie an, und ihr fiel auf, dass er selbst in seinem verblichenen T-Shirt und den zerknitterten Shorts einen besseren Eindruck machte als sie in ihrem Escada-Kleid und den roten Taryn Rose Riemchenpumps. Wieder dieses unpassende Kribbeln ... Sie lächelte ihn tapfer an. »Ich brauche nicht mehr Ihren Hintern zu küssen. Das ist die einzige positive Seite meiner ruinierten Karriere.«

»Ja, gut, tut mir leid.« Er ging voraus in sein Wohnzimmer, einen angenehm ausgestatteten Raum, ohne jede persönliche Note. Bequeme Sitzmöbel, ein beiger Teppich und weiße Lamellenblendläden. Offenbar hatte er zu verhindern gewusst, dass eine der Schickeriafrauen, mit denen er im Lauf der Jahre zusammen gewesen war, diesem Ort hier ihren Stempel aufdrückte.

Sie stellte fest, wo die Anlage stand, und schaltete die Musik aus. »Sie haben mit ihr sicherlich nicht mehr gesprochen, seit das alles aus den Fugen geriet.«

»Das wissen Sie nicht.«

»Ach, meinen Sie? Ich habe Sie jahrelang beobachtet. Wenn Georgie nicht tut, was Daddy will, bestraft Daddy sie, indem er sie sich vom Leib hält.«

»Das habe ich nie getan. Es gefällt Ihnen wohl, mich als Schurken hinzustellen?«

»Dazu braucht es nicht viel.«

»Gehen Sie, Laura. Wir können unsere restlichen Geschäftsfragen per E-Mail abwickeln. Wir haben einander nichts mehr zu sagen.«

»Das stimmt so nicht ganz.« Sie grub in ihrer Einkaufstasche und schob ihm ein Skript in die Hände. »Ich möchte, dass Sie für Howie vorsprechen. Sie werden die Rolle nicht kriegen, aber irgendwo müssen wir ja anfangen.«

»Vorsprechen? Wovon reden Sie?«

»Ich habe beschlossen, Sie zu vertreten. In ihrem Privatleben mögen Sie ein kaltherziger Arsch sein, aber Sie sind auch ein begnadeter Schauspieler, es ist höchste Zeit, dass Sie Georgie ihren eigenen Weg gehen lassen und sich auf Ihre eigene Karriere besinnen.«

»Vergessen Sie es. Ich habe das einmal getan, aber es hat nichts gebracht.«

»Sie sind jetzt ein anderer Mensch. Ich weiß, dass Sie ein bisschen eingerostet sind, deshalb habe ich ein paar Sitzungen bei Leah Caldwell eingeplant, Georgies alter Schauspiellehrerin.«

»Sie sind verrückt.«

»Ihre erste Stunde ist morgen um zehn Uhr. Leah wird Sie richtig rannehmen, also sehen Sie zu, dass Sie gut ausgeschlafen sind.« Sie zog noch ein paar Blatt Papier aus ihrer Tasche. »Dies hier ist mein üblicher Agenturvertrag. Werfen Sie einen Blick darauf, während ich ein paar Anrufe tätige.« Sie holte ihr Mobiltelefon hervor. »Oh, und dass eins von Anfang an klar ist. Ihr Job ist es, Schauspieler zu sein. Mein Job ist es, ihre Karriere zu managen. Sie machen Ihre Arbeit, ich mache meine, dann werden wir sehen, was passiert.«

Er warf das Skript auf den Kaffeetisch. »Ich werde nicht vorsprechen.«

»Sie sind wohl zu sehr damit beschäftigt, all die Kodak-Momente mit Ihrer Tochter zu zählen?«

»Gehen Sie zum Teufel.« Starke Worte, doch ohne besonderen Nachdruck ausgesprochen. Er ließ sich in einen Sessel mit gedämpftem Karomuster fallen. »Finden Sie wirklich, dass ich ein kaltherziger Arsch bin?«

»Ich kann Sie nur anhand dessen beurteilen, was ich beobachtet habe. Wenn Sie das nicht sind, sind Sie ein verdammt guter Schauspieler.«

Das bremste sie. Er war ein guter Schauspieler. Umwerfend, wie er die Rolle des Vaters in *Tree House* vorgelesen hatte. Sie konnte sich nicht erinnern, wann eine Aufführung sie zuletzt derart begeistert hatte. War es nicht einer der größten Scherze des Lebens, dass diese Aufführung Paul York geliefert hatte?

Er hatte immer so einen unbezwingbaren Eindruck gemacht, als sie ihn jetzt die Waffen strecken sah, kam sie ins Schleudern. »Was ist überhaupt los mit Ihnen?«

Er stierte ins Leere. »Schon komisch, dass es im Leben immer anders kommt als erwartet.«

»Was genau hatten Sie denn erwartet?«

Er reichte ihr den Vertrag. »Ich werde das Drehbuch lesen und darüber nachdenken. Dann unterhalten wir uns über den Vertrag.«

»Auf keinen Fall. Ohne Vertrag verschwindet das Drehbuch mit mir.«

»Sie glauben, ich unterschreibe einfach aufs Geratewohl?«

»Ja. Und wissen Sie warum? Weil ich die Einzige bin, die an Ihnen interessiert ist.«

»Und wer sagt, dass mich das interessiert?« Er knallte den Vertrag auf das Drehbuch. Wenn ich wieder als Schauspieler anfangen wollte, würde ich mich selbst vertreten.«

»Der Schauspieler, der sich selbst vertritt, hat einen Narren zum Klienten.«

»Heißt das nicht ›Anwalt‹?«

»Das läuft gefühlsmäßig aufs Gleiche hinaus. Kein

Schauspieler kann wirksam sein eigenes Lob singen, ohne wie ein Esel dazustehen.«

Sie hatte recht, und er wusste es, aber er war noch nicht bereit nachzugeben. »Sie haben wirklich auf alles eine Antwort.«

»Das liegt daran, dass gute Agenten wissen, was sie tun, und ich beabsichtige, eine wesentlich bessere Agentin für Sie zu sein, als ich jemals für Georgie war.«

Er rieb mit dem Daumen über seine Handknöchel. »Sie hätten für Sie eintreten sollen.«

»Das habe ich getan – mehr als einmal – aber dann haben Sie mich finster angesehen, und – siehe da! – ich dachte an meine Provision, und vorbei war es mit meiner Courage.«

»Man sollte für das kämpfen, woran man glaubt.«

»Da gebe ich Ihnen absolut recht.« Sie deutete mit dem Finger auf den Vertrag. »Was wird nun daraus, Paul? Wollen Sie herumsitzen und sich bemitleiden, oder haben Sie so viel Mumm, sich auf ein brandneues Spiel einzulassen?«

»Ich bin seit fast dreißig Jahren nicht mehr als Schauspieler aufgetreten. Habe nicht einmal daran gedacht, es zu tun.«

»Hollywood liebt talentierte frische Gesichter.«

»So frisch nun auch wieder nicht.«

»Vertrauen Sie mir. Ihre Falten sind alle am richtigen Fleck.« Sie sah ihn mit ihrem »Starkes-Mädchen«-Blick an, so dass er ihre Bemerkung nicht als das Geschwätz einer Frau in der Menopause begriff, die schon gar nicht mehr wusste, wann sie sich zuletzt mit einem Mann verabredet hatte. »Mir fällt es schwer zu glauben, dass ein Schauspieler mit Ihrem Talent nie daran gedacht hat, wieder zu arbeiten.«

»Georgies Karriere stand immer an erster Stelle.«

Sie empfand Mitgefühl für ihn. Wie musste das sein,

ein solches Talent zu haben und nichts damit anzufangen? »Georgie braucht sie jetzt nicht mehr«, fügte sie in sanfterem Ton hinzu. »Wenigstens nicht, damit Sie sie in ihrer Karriere beraten.«

Er riss ihr den Vertrag aus den Händen. »Nun machen Sie schon Ihre Anrufe, verdammt noch mal. Ich werde ihn mir ansehen.«

»Gute Idee.« Sie trat hinaus aufs Sonnendeck. Schattig und abgeschirmt, war dies ein großartiger Ort, um es sich gemütlich zu machen, aber es gab nur ein Paar nicht zusammenpassende Metallstühle. Sie fand es seltsam, dass jemand, der so gewandt war, nicht mehr Sozialleben hatte. Sie klappte ihr Telefon auf und überprüfte ihre Büro-Mailbox, dann führte sie ein längeres Gespräch mit ihrem Vater, der als Rentner in Phoenix lebte. Während ihrer Unterhaltung zwang sie sich, Paul nicht durch das Fenster zu bespitzeln. Als Nächstes rief sie ihre Schwester in Milwaukee an, aber ihre sechsjährige Nichte ging ans Telefon und begann von einem neuen Kätzchen zu erzählen.

Paul trat aufs Sonnendeck, und Laura unterbrach den Monolog ihrer Nichte. »Er ist ein erstaunlicher Schauspieler. Kaum jemand weiß, dass er die Julliard Drama School besucht hat. Er hat auch einige interessante off-Broadway Stücke gemacht, ehe er seine Karriere aufgab, um Georgie großzuziehen.«

»Wer ist Julie Yard, Tante Laura?«

Laura zupfte an ihrem Haar. »Du hast keine Ahnung, wie schwer es war, ihn davon zu überzeugen, dass er sich nun auf sich besinnen muss. Sobald du ihn vorsprechen hörst, wirst du verstehen, warum ich so begeistert bin, ihn zu vertreten.«

»Du benimmst dich komisch«, unterbrach das kleine Stimmchen sie. »Ich werde Mama holen. Mom!«

»Großartig. Ich werde dich nächste Woche anrufen.«

Laura klappte ihr Telefon zu. »Das ging besser als erwartet.« Ein Schweißtropfen glitt zwischen ihre Brüste.

»Unsinn. Sie haben mit ihrem Anrufbeantworter geredet.«

»Mit meiner Nichte in Milwaukee«, sagte sie so kess sie konnte. »Oder mit Brian Glazers Büro. Wie ich meine Arbeit mache, geht Sie nichts an. Nur die Resultate, die ich erziele.«

Er wedelte vor ihr mit dem Vertrag. »Nur weil ich dieses verdammte Ding unterschrieben habe, heißt das noch nicht, dass ich auch zum Vorsprechen gehe. Es bedeutet nur, dass ich das Drehbuch lesen werde.«

Hatte sie ihn wirklich überzeugt? Sie konnte es kaum fassen. »Es bedeutet, dass Sie dort hingehen werden, wohin ich Sie schicke.« Sie schnappte sich den Vertrag und ging wieder ins Haus, in der Hoffnung, er würde ihr folgen. »Das wird nicht leicht werden, also fangen sie am besten gleich damit an, sich selbst so eine Lektion zu erteilen, wie sie sie Georgie immer erteilt haben, dass nämlich Ablehnung Teil des Geschäfts ist und man es nicht persönlich nehmen darf. Es wird sicherlich eine interessante Erfahrung für Sie, ob Sie genauso zäh sind wie ihre Tochter.«

»Sie genießen das, nicht wahr?«

»Mehr als Sie sich vorstellen können.« Sie suchte ihre Sachen zusammen. »Rufen Sie mich an, sobald sie mit dem Drehbuch durch sind. Oh, und ich habe vor, Ihre Karriere voranzutreiben, indem ich mit Georgies gutem Namen werbe.«

Er errötete und erwiderte wütend: »Das können Sie nicht machen.«

»Aber sicher kann ich das. Sie hat uns schließlich gefeuert.« Als sie die Eingangstür erreichte, blieb sie stehen und wandte sich an ihn. »An Ihrer Stelle würde ich sie heute anrufen, anstatt sie zu ignorieren.«

»Ja genau. Weil ihre Ideen ja in der Vergangenheit so gut funktioniert haben.«

»War ja nur ein Vorschlag.« Sie ging nach draußen und zu ihrem Wagen. Am liebsten hätte sie vor Begeisterung einen Luftsprung gemacht. Ihre erste Hürde hatte sie genommen, jetzt brauchte sie für ihn nur noch Arbeit zu finden.

Während sie aus seiner Einfahrt fuhr, erinnerte sie sich daran, dass es nicht die einzige schwierige Aufgabe war, Arbeit für Paul zu finden. Sie musste auch ihr Apartment zum Verkauf ausschreiben, ihren Mercedes gegen was Billigeres eintauschen, ihren Urlaub auf Maui absagen und sich von Barney's fernhalten. Alles im Grunde höchst deprimierend.

Aber für den Moment ... Sie drehte das Radio auf volle Lautstärke, wippte mit dem Kopf und sang aus voller Kehle.

21

Georgie hob ihren Kopf von den Kissen, als Bram von seiner Morgendusche aus dem Badezimmer kam. Vor zweieinhalb Wochen, in der Nacht, als die Quarantäne aufgehoben wurde, hatte sie vor dem Dilemma gestanden, entweder ins Gästezimmer zurückzugehen oder dort zu bleiben, wo sie war. Am Ende hatte sie Bram erzählt, in ihrem alten Zimmer seien zu viele Läuse von Lance und Jade geblieben, so dass sie nicht zurückkönne. Er hatte ihr zugestimmt, dass Läuse ein zu großes Ansteckungsrisiko waren.

Sie nahm sich Zeit, ihn zu bewundern. Das um seine Hüfte drapierte jettschwarze Handtuch verlieh seinen lavendelblauen Augen einen geheimnisvollen Schimmer. Sein Haar war feucht, und er hatte sich ein paar Tage lang nicht rasiert, was ihm eine markige, virile Eleganz verlieh. Ihr imaginäres Baby regte sich in ihrem Schoß. Blinzelnd holte sie sich in die Realität zurück. »Wann sagtest du, wollen du und Hank Peters beginnen, die Schauspieler vorsprechen zu lassen?«

»Am Dienstag nach unserer Hochzeitsparty, aber das weißt du doch.«

»Tatsächlich? In nur anderthalb Wochen ...« Sie hatten sofort mit der Vorproduktion begonnen, da Hank Peters einen Regieauftrag für November hatte, und man ihn nicht verlieren wollte. Sie ließ das Laken über eine Brust rutschen, was jedoch vergebliche Liebesmühe war, denn er steuerte bereits seinen Schrank an, um sich Jeans und T-Shirt, seine Arbeitsuniform als Produzent anzuziehen. »Und ich stehe immer noch an erster Stelle, richtig?«

»Entspannst du dich bitte mal? Ich habe dir versprochen, als Erste vorsprechen zu dürfen, dabei bleibt es auch. Aber ich schwöre bei Gott, wenn du deine Hoffnung daran hängst ...«

»Was ich wohl kaum tun werde, da du mir ja ständig erzählst, ich sei die Rolle nicht wert.«

Er zog seinen Kopf aus dem Schrank. »Jetzt übertreib mal nicht. Du bist eine hervorragende Schauspielerin und eine begabte Komikerin, das weißt du auch.«

»Aber nicht begabt genug, um die Helene zu spielen?« Sie versuchte sich an einem höhnischen Grinsen. »Merk dir diesen Moment gut, Bramwell Shepard, denn du wirst dich an diesen Worten noch mal verschlucken.«

Wäre sie doch nur so zuversichtlich wie sie sich anhörte. Sie hatte das Skript noch zwei Mal gelesen und damit begonnen, sich Aufzeichnungen zu Helenes Charakter zu machen, indem sie Ideen über Helenes Hintergrundgeschichte und körperlichen Eigenheiten sammelte. Aber ihr blieben nur noch elf Tage bis zum Vorsprechen, und dies war die komplexeste Gestalt, mit der sie sich je auseinandergesetzt hatte. Es lag noch viel Arbeit vor ihr, und das Wesentliche entzog sich ihr immer noch.

Sein Blick senkte sich auf ihre Brust. Sie hatte sich schwer zurückhalten müssen, nicht dem Drang nachzugeben, sich die aufreizendste Nachtwäsche zu kaufen, die sich auftreiben ließ. Stattdessen blieb sie ihrem normalen Nachtzeug treu, doch ihr schlichtes weißes Leibchen und die schwarzen Boxershorts mit den Piratenschädeln lagen zerknauscht neben dem Bett auf dem Boden. Sie zog sich absichtlich das Laken bis zum Kinn. »Vergiss nicht, wir haben mit Poppy um neun Uhr unser letztes Treffen.«

Er stöhnte und verschwand dann wieder in seinem Kleiderschrank. »Auf gar keinen Fall werde ich noch weitere Sitzungen über mich ergehen lassen, in denen es um Blumenarrangements und jordanische Mandeln mit dem Familienwappen darauf geht. Was zum Teufel ist überhaupt eine jordanische Mandel?«

»Eine Mandel, die nach Seife schmeckt.« Die allgemeine Unruhe, die sie plagte, seit ihr klar geworden war, dass Bram nun alles hatte, was er wollte, trieb sie aus dem Bett. »Diese Hochzeitsfeier im Stile eines *Skip und Scooter* Ausstattungsstücks war deine Idee, und sie findet in acht Tagen statt. Du wirst dich nicht um dieses Treffen drücken.«

»Ich gebe dir hundert Dollar und noch eine zusätzliche Rückenmassage, wenn du mir erlaubst, es zu schwänzen.«

»Ich brauche keine hundert Dollar. Und was deine Rückenmassagen angeht ... Schlag doch mal in einem Anatomiebuch nach, denn was du massierst, ist nicht mein Rücken.«

»Bist du nicht froh darüber?«

Das musste sie zugeben.

Am Ende nahm er an dem Treffen teil.

Poppy Pattersons schweres Parfüm, ihre übertriebene Sprechweise und die klirrenden Armbänder mit den Anhängern gingen beiden auf die Nerven, aber sie war eine fantasievolle und effiziente Partyplanerin. Ihr war klar, dass aufgrund der in Hubschraubern anrückenden Paparazzi eine Feier im Freien außer Frage stand, und hatte deshalb das perfekte Ambiente für das Fest gefunden – das prächtige Eldridge Haus aus den Zwanzigerjahren, das im selben englischen Herrenhaus-Stil erbaut war wie das Scofield Anwesen. Sein luxuriös ausgestatteter Ballsaal erlaubte es, dort bequem zweihundert Gäste unterzubringen, die alle angewiesen worden waren, ein von der Show inspiriertes Kostüm zu tragen.

Aaron und Chaz gesellten sich dazu, als man um Brams Esszimmertisch saß, um die letzten Details zu besprechen. Sie fingen mit den Dekorationen an und hörten beim Essen auf. Alles, was auf der Speisekarte stand, spielte in einer *Skip-und-Scooter*-Episode eine Rolle, beginnend mit den Hors d'œuvres: Miniaturpizzen; winzige, herzförmige Sandwichs mit Erdnussbutter und häppchengroße Chicago-Hotdogs ohne Ketchup.

Das Menü selbst fiel etwas formeller aus, Chaz las es laut vor: »Rauke mit Parmesan, Episode einundvierzig, ›Scooter trifft den Bürgermeister‹. Rumglasierte Hummerschwänze mit Mango, Episode zwei, ›Ein netter Pferdenarr‹. Kurz gebratene Rinderlende mit schwarzem Pfeffer, Episode dreiundsechzig, ›Skips verpasstes Wochenende‹.«

»Rauke?«, stöhnte Bram. »Was soll das denn sein?«

»Es ist Rucola«, erwiderte Chaz. »Den mögen Sie.« Sie beäugte Poppy, die einen champagnerfarbenen Strickanzug von St. John trug, dazu eine riesige Sonnenbrille, die sie sich in ihren brünetten Schickeriabob geschoben hatte. »Ich bin froh, dass sie diese blöde Gänselebermousse gestrichen haben.«

Poppy hatte von Anfang an klargemacht, dass sie sich unter gar keinen Umständen mit einer momentan violetthaarigen Zwanzigjährigen auseinandersetzen wollte, zumal diese kein Rockstar war. »Die kam aber in Episode achtundzwanzig vor, ›Der Scofield Fluch‹.«

»Scooter hat sie an den *Hund* verfüttert.«

Georgie beobachtete, wie Brams Augen im Lauf der Diskussion glasig wurden. Die vergangenen Wochen waren merkwürdig gewesen. Bram verließ das Haus sehr zeitig am Morgen, um ins Studio zu gehen, und kam erst spätabends zurück. Sie vermisste ihn auf eine Weise, die sie nicht genau zu benennen wusste ... das Leben kam ihr jedenfalls ohne ihre Plänkeleien öde vor. Das vermochten selbst ihre nächtlichen Sexnummern nicht ganz zu kompensieren. Ihr Liebesspiel machte Spaß und war aufregend, aber etwas fehlte.

Natürlich fehlte etwas. Vertrauen. Respekt. Liebe. Eine Zukunft.

Widerwillig hatte sie allerdings doch etwas Respekt für ihn entwickelt. Sie kannte keinen anderen Mann, der Chaz aufgenommen hätte, und es gefiel ihr, wie er sich die hausbackenste Frau aus der Menge herauspickte und ihr so lange schöne Augen machte, bis sie sich wie ein Supermodel fühlte. Außerdem hatte er eine überraschend strenge Arbeitsmoral entwickelt. Aber im Wesentlichen war Bram immer allein auf sein Wohl bedacht gewesen, das würde sich nie ändern.

Endlich griff Poppy nach ihrer Pythontasche, die einen Parfümschwall entsandte. »Ich habe noch eine kleine Überraschung für den Abend«, verkündete sie. »Nur damit Sie Bescheid wissen. Eine meiner Spezialitäten, für die ich bekannt bin. Es wird Ihnen gefallen.«

Bram tauchte aus seiner Versenkung auf. »Was denn für eine Überraschung?«

»Na, na. Spontaneität ist alles.«

»Ich bin nicht allzu versessen auf Spontaneität«, wandte Georgie ein.

Poppys Armbandanhänger klirrten. »Sie haben mich eingestellt, damit ich ein spektakuläres Fest für Sie ausrichte, und genau das tue ich. Sie werden ganz aus dem Häuschen sein. Das verspreche ich Ihnen.«

Bram wollte so schnell wie möglich aufbrechen und ging nicht auf Georgies Protest ein. »Solange ich keine Strumpfhose anziehen oder alkoholfreies Bier trinken muss, ist mir alles recht.«

Poppy brach gleich darauf auf, und Bram fuhr ins Studio.

Georgie wollte weiter an ihrem Film schneiden, musste aber auch noch an ihrem Charakter-Logbuch für Helene arbeiten, als Erstes rief sie April an. Sie hatten in Telefonsitzungen an ihrem Kleid und den Accessoires gearbeitet, und ihre letzte Anprobe stand bevor. Nachdem ihr Gespräch beendet war, notierte sie sich ein paar Gedanken zu Helene, aber sie war nicht ganz bei der Sache und riss sich schließlich los, um nach oben zu gehen und sich die letzten Filmmeter anzuschauen, die sie gedreht hatte – eine Gruppe alleinerziehender Mütter, die versuchten, sich mit einem Niedriglohnjob den Lebensunterhalt zu verdienen. Die Berichte über das Leben dieser arbeitenden Frauen aus erster Hand zu hören, erinnerte sie wieder daran, wie privilegiert sie war.

Rory hatte ihr geholfen, während ihrer Fotoexkursionen den Paparazzi zu entkommen, indem sie ihr eine ihrer eigenen Garagen für das Abstellen eines Wagens anbot, den die Paparazzi nicht kannten. Wenn Georgie das Haus verlassen wollte, ohne verfolgt zu werden, schlüpfte sie durch das Hintertörchen und benutzte Rorys Einfahrt, um in dem Toyota Corolla wegzufahren, den Aaron für sie geleast hatte. Bis jetzt war noch keiner der Paparazzi ihr auf die Schlichte gekommen, und das Herumschleppen der Filmausrüstung gab ihr ein Maß an Anonymität, mit dem sie nicht gerechnet hatte. Obwohl die Personen, die sie interviewte, wussten, wer sie war, konnte sie sich doch in einem kleinen Radius frei bewegen.

Einige Stunden waren vergangen, da steckte Chaz ihren Kopf durch die Tür. »Ihr alter Herr zieht wieder ins Gästehaus ein.«

Georgies Kopf riss sich vom Monitor los. »Mein Dad?«

Chaz zupfte an ihren violett fluoreszierenden Stirnfransen. »Er meinte, sie hätten den Schimmel nicht ganz aus seinem Haus rausgebracht. Ich denke aber, er möchte auf Brams Kosten schmarotzen.«

Ihr Vater hatte keinen ihrer Anrufe angenommen, seit sie ihn gefeuert hatte, weshalb also tauchte er plötzlich auf? Sie benötigte keine weitere Lektion über ihr schlechtes Urteilsvermögen und ihre allgemeine Inkompetenz, und auf gar keinen Fall wollte sie über Laura reden. Sie zu feuern, war sicherlich eine gute Sache gewesen, aber ganz wohl fühlte sie sich noch immer nicht dabei. Sie wünschte, Bram wäre hier.

Aaron kam von seinen Erledigungen zurück, den Arm voller Päckchen. »Ihr Vater ist unten.«

»Hab ich gehört.« Sie wollte ihren Film fertigstellen und sich nicht mit dem Unvermeidlichen befassen, also ging sie durch den Raum auf Chaz zu. »Hör mir mal zu. Sollte auch nur ein ganz winziger Teil in dir stecken, dem nicht alles an mir zuwider ist, dann sei bitte so nett und halte ihn mir noch für eine Stunde vom Leib. Bitte.«

Chaz nahm sich für ihre Überlegung Zeit. »Mach ich …« Sie grinste. »Aber nur, wenn Sie zuerst was essen.«

»Hör auf, herumzumeckern.«

Das beantwortete Chaz mit einem noch breiteren Grinsen.

Dank Chaz' Menüs hatte Georgie das an Gewicht wieder zugenommen, was sie verloren hatte, aber das änderte nichts an ihrer Verärgerung. »Schön! Aber die Stunde fängt erst an, wenn ich fertig bin.«

»Ich bin in zehn Minuten wieder da.«

Sie kam pünktlich mit zwei Tellern: einem mit einer Unmenge Salat aus frischem Gemüse, garniert mit Lachs, der andere mit einem gewaltigen Jumbosandwich, gefüllt mit drei verschiedenen Fleischsorten, Käse und Avocadodip. Georgie und Aaron wechselten enttäuschte Blicke, als Chaz ihm den Salat und den dicken Jumbo Georgie hinknallte.

»Sie brauchen Kalorien«, bestimmte Chaz, als Georgie bat, tauschen zu dürfen. »Aaron nicht.«

Georgie nahm das Sandwich. »Und du bist jetzt die große Ernährungsexpertin.«

»Chaz ist in allem eine Expertin«, sagte Aaron. »Frag sie einfach.«

Chaz verschränkte selbstgefällig ihre Arme vor der Brust. »Ich weiß, dass Becky dich gestern endlich angesprochen hat.«

»Sie bat mich, mal einen Blick auf ihren Computer zu werfen, mehr nicht«, sagte er.

»Du bist so ein Trottel. Ich weiß nicht, warum ich meine Zeit an dich verschwende.«

Georgie wusste es, aber sie war nicht so dumm, darauf hinzuweisen, dass Chaz' Fürsorge ihrem Wesen entsprach.

Nachdem sie ihre Mittagsmahlzeit fast aufgegessen hatte, schickte Georgie Chaz wieder hinunter, damit sie sich ihres Vaters annahm. Aaron ging, um am Wagen einen Ölwechsel vorzunehmen, und Georgie vertiefte sich wieder in ihre Arbeit am Film. Eine Stunde verstrich.

»Darf ich hereinkommen?«

Erschrocken blickte sie auf und sah ihren Vater in der Tür stehen. Er trug graue Shorts, ein hellblaues Polohemd und brauchte einen Haarschnitt. Er zeigte mit einem Kopfnicken auf den Computer. »Was machst du da?«

Er würde sie sicherlich kritisieren, aber sie sagte es ihm trotzdem. »Ein neues Hobby. Ich habe einen Film gedreht.«

Dass er darauf mit Schweigen antwortete, machte sie nervös. Sie spielte mit der Computermaus. »Ein Hobby darf jeder haben.« Sie reckte ihr Kinn. »Ich habe mir eine Schneideausrüstung zugelegt. Nur so aus Spaß.«

Er rieb sich den Zeigefinger mit dem Daumen. »Verstehe.«

»Findest du was daran auszusetzen?«

»Nein. Ich bin nur überrascht.«

Er war überrascht, weil die Idee nicht von ihm gekommen war.

Das Schweigen, das den Raum füllte, tat weh. Sie brachte sich in eine aufrechtere Sitzhaltung. »Ich weiß, Dad, dass du mit den Dingen, die ich getan habe, nicht einverstanden bist, aber ich möchte das nicht mehr mit dir diskutieren.«

Er verlagerte sein Gewicht, nickte. »Ich ... ich wollte dich nur fragen, ob du eine Ahnung hast, wo der Sicherungskasten im Gästehaus angebracht ist. Eine Sicherung ist durchgebrannt, und ich wollte nicht herumschnüffeln, ohne dich vorher gefragt zu haben.«

»Sicherungskasten?«

»Macht nichts. Ich überprüfe das mit Chaz.« Seine Schritte verloren sich im Flur.

Sie starrte auf die leere Tür. Seit jener Plantscherei im Pool benahm er sich höchst seltsam. Sie musste mit ihm reden – wirklich reden –, aber hatte sie dies nicht seit Jahren versucht?

Sie schielte auf den Monitor. Er hatte ein gutes Auge. Sie wünschte, sie könnte ihm etwas von dem zeigen, was sie aufgenommen hatte, aber sie brauchte seine Unterstützung, nicht seine Kritik. Wenn sie doch nur entspannt miteinander umgehen könnten.

Und da drängte sich ihr eine Erinnerung auf.

Ein kleiner, schäbiger Raum ... ein hässlicher goldener Teppich ... überall verstreute Bücher ... Ihre Eltern tanzten schnell ... dann fingen sie an, einander zu kitzeln. Eine Jagd durchs Zimmer zu machen. Ihr Vater hüpfte über ei-

nen Stuhl. Ihre Mutter packte Georgie. » Was wirst du nun
tun, du großer Junge? Ich habe das Kind.«
   Und alle drei fielen auf den Boden und lachten.

Da ihr Vater auswärts essen ging, konnte Georgie ihn nicht
fragen, ob ihre Erinnerung echt war oder nicht, obwohl es
vermutlich zu nichts geführt hätte, denn er hatte die An-
gewohnheit, ihre Fragen nach der Vergangenheit beiseitezuschieben. Georgie hielt ihm zugute, dass er wenigstens
nicht versuchte, schlecht über ihre Mutter zu sprechen, obwohl auf der Hand lag, dass die Ehe ein Irrtum gewesen
war.

Als sie am nächsten Morgen wach wurde, war sie ein
Nervenbündel. Nur noch eine Woche bis zum Fest. Ihr Vater war bei ihnen eingezogen. Sie hatte das wichtigste Vorsprechen ihrer Karriere vor sich, für eine Rolle, die ihr keiner zutraute. Und … nachdem ihr falscher Ehemann nun
seinen Film hatte, könnte er beschließen, ihre fünfzigtausend im Monat nicht mehr zu benötigen und ihr davon-
laufen. Der Pickel, den sie auf der Stirn bekam, war fast
eine Erleichterung. Ein kleines Problem, mit dem man sich
nicht lange herumschlagen musste.

Den Rest des Morgens brachte sie damit dazu, sich
Strähnchen ins Haar machen und ihre Augenbrauen zup-
fen zu lassen. Als sie wieder nach Hause kam, war ihr zum
Aus-der-Haut-fahren. Sie war zu aufgeregt, um sich auf die
Vorbereitung ihres Vorsprechens zu konzentrieren. Stattdessen beschloss sie, ihre Kameraausrüstung einzupacken
und in eine Gegend außerhalb der Paparazzi-Zone zu fahren, vielleicht nach Santa Alley, um dort die Frauen zu interviewen, die Designerschnäppchen verkauften.

Ihren Vater hatte sie den ganzen Morgen über nicht gesehen, aber er tauchte auf, als sie gerade mit ihrer Kameratasche die Treppe herunterkam. Er hatte die Hand in die

Tasche seiner Khakihose gesteckt und klimperte mit den Schlüsseln. »Möchtest du heute Nachmittag ins Kino gehen?«

»Du meinst richtig ins Kino?«

»Das wäre lustig.«

Das Wort klang seltsam auf seinen Lippen. »Eher nicht«, sagte sie.

»Dann vielleicht Mittagessen?«

Sie musste dies hinter sich bringen und zog ihre Kameratasche höher auf ihre Schulter. »Du musst nicht so höflich sein. Das macht mich nervös. Sag einfach, was du willst – dass ich eine beschissene, undankbare Tochter bin. Dass ich keine Ahnung von geschäftlichen Dingen habe. Dass …«

»Du bist nicht beschissen oder undankbar, und ich habe auch nichts mehr zu sagen. Ich dachte nur, du möchtest vielleicht ein bisschen ausgehen.« Er zog seine Schlüssel aus seiner Tasche. »Ist schon gut. Ich habe noch was zu erledigen.« Er verließ das Haus durch die Eingangstür.

Stirnrunzelnd wunderte sie sich über seinen untypischen Rückzieher und folgte ihm ins Freie.

Die überdachte Eingangsveranda von Brams Haus mit ihrem blau-weiß gefliesten Boden und der Arkade aus gedrehten Stucksäulen hatte ihr immer besonders gut gefallen. Eine violette Bourgainvillea bildete am anderen Ende eine schattige Wand, und Chaz hatte vor Kurzem noch ein paar weitere Terrakottatöpfe aufgestellt, zusammen mit einer geschnitzten mexikanischen Bank und passendem Holzsessel.

»Warte, Dad.« Ohne nachzudenken, griff sie in ihre Tasche.

Sein erst fragender Gesichtsausdruck wechselte zu misstrauisch, als sie ihre Kamera herauszog und die Tasche abstellte. »Ich hatte da diesen Traum«, sagte sie. »Nein, eigentlich kein Traum. Eine Erinnerung …« Die Kamera war ihr Schutzschild. Sie hob sie an ihr Auge und schaltete sie ein. »Eine Erinnerung an dich und meine Mutter, wie ihr beide tanzt und einander neckt. Du sprangst über einen Stuhl. Wir lachten alle und … waren glücklich.« Sie holte ihn näher heran. »Diese Erinnerungen, die mich manchmal überkommen … die habe ich alle erfunden, oder?«

»Leg die Kamera weg.«

Sie zuckte zusammen, als sie gegen die scharfe Kante der Bank stieß, aber sie hörte nicht auf zu filmen. »Ich habe sie erfunden, um die Wahrheit zu überdecken, der ich mich nicht stellen will.«

»Georgie, wirklich …«

»Ich kann rechnen.« Sie wich der Bank aus und nagelte ihn mit ihrer Linse fest. »Ich weiß, dass du sie nur geheiratet hast, weil sie mit mir schwanger war. Du hast als Ehrenmann gehandelt. Und jede Minute davon gehasst.«

»Jetzt dramatisierst du aber.«

»Erzähl mir die Wahrheit.« Sie hatte zu schwitzen begonnen. »Nur einmal, dann werde ich nie wieder damit anfangen. Ich werde dich nicht verurteilen. Du hättest sie sitzen lassen können, aber das hast du nicht getan. Du hättest mich sitzen lassen können, aber das hast du auch nicht getan.«

Er seufzte und kam auf die Veranda zurück, als wäre dies ein langweiliges Meeting, das es durchzustehen galt. »So war das nicht.«

Sie umkreiste ihn, ging zurück und stellte sich zwischen ihn und die Stufen, damit er nicht weg konnte. »Ich habe die Fotos von ihr gesehen. Sie war so hübsch. Ich weiß, dass sie ein vergnügter Mensch war.«

»Georgie, leg die Kamera weg. Ich habe dir erzählt, dass deine Mutter dich geliebt hat. Ich weiß nicht, was du mehr …«

»Du hast mir auch erzählt, sie war ein Schussel. Aber du wolltest nur diplomatisch sein.« Ihre Stimme verlor ihren Halt. »Es ist mir egal, wenn sie nichts weiter als ein Partymädchen war. Was für eine Nacht es war, was dann schiefgegangen ist. Ich möchte nur …«

»Das reicht jetzt!« Er drohte mit dem Finger in die Kamera. Eine Ader pochte an seiner Schläfe. »Schalt jetzt sofort die Kamera aus.«

»Sie war meine Mutter. Ich muss es wissen. Und wenn sie nur ein dummes Flittchen war, sag es mir wenigstens.«

»Das war sie nicht! Sag das nie wieder.« Er riss ihr die Kamera aus den Händen und warf sie auf die Fliesen, wo sie zu Bruch ging. »Du begreifst überhaupt nichts!«

»Dann sag es mir!«

»Sie war die Liebe meines Lebens!«

Seine Worte schwebten in der Luft.

Sie wurde von einem Zittern erfasst. Sie schaute ihm fest in die Augen. Sein Gesicht war qualvoll verzerrt. Ihr war schwindelig, und sie fühlte sich schwach. »Ich glaube dir nicht.«

Er nahm seine Brille ab und sank auf die geschnitzte Bank. »Deine Mutter war … verzaubert«, sagte er mit rau belegter Stimme. »Bezaubernd … Sie lachte so natürlich wie andere atmen. Sie war klug – klüger als ich je sein könnte –, und sie war lustig. Sie weigerte sich, im anderen was Schlechtes zu sehen.« Seine Hand zitterte, als er seine Brille neben sich ablegte. »Sie ist nicht bei einem Autounfall gestorben, Georgie. Sie wurde Zeuge, wie ein schwangeres Mädchen von seinem Freund verprügelt wurde, und versuchte ihr zu helfen. Da schoss er deiner Mutter in den Kopf.«

»Nein«, sagte sie leise wimmernd.

Er stützte seine Ellbogen auf seine Knie und ließ den Kopf hängen. »Der Schmerz, den ich empfand, als ich sie verlor, war unerträglich. Du hast nicht verstehen können, wohin sie gegangen war, du weintest die ganze Zeit. Ich konnte dich nicht trösten. Ich brachte kaum die Kraft auf, dir was zu essen zu machen. Sie liebte dich so sehr, und es hätte ihr nicht gefallen.« Er rieb sich sein Gesicht mit den Händen. »Ich ging zu keinem Vorsprechen mehr. Es war mir nicht möglich. Schauspielern verlangt eine Offenheit, die ich nicht mehr hatte.« Seine Finger gruben sich in sein Haar. »Niemals hätte ich noch einmal einen solchen Schmerz überlebt. Ich versprach mir, nie wieder einen Menschen so zu lieben, wie ich sie geliebt habe.«

Ihre Brust zog sich zusammen, schmerzte. »Und dieses Versprechen hast du gehalten«, flüsterte sie.

Er blickte zu ihr hoch, sie sah den Tränenschleier seiner Augen. »Nein, das habe ich nicht getan. Ich habe es nicht gehalten, und nun sieh, wohin es uns geführt hat.«

Sie brauchte einen Moment, um ihn zu verstehen. »Mich? Du hast mich so geliebt?«

Er lachte reuig. »Das ist ein Schock, nicht wahr?«

»Ich … Es ist schwer, das zu glauben.«

Er senkte seinen Kopf und schob die zerbrochene Kamera mit seinem Schuh beiseite. »Ich bin vermutlich ein besserer Schauspieler, als ich dachte.«

»Aber … warum? Du bist so kalt gewesen. So …«

»Weil ich weitermachen musste«, sagte er wütend. »Für uns. Ich durfte nicht wieder zusammenbrechen.«

»All die Jahre? Sie starb vor so langer Zeit.«

»Distanz wurde mir zur Gewohnheit. Ein sicherer Ort, an dem ich existieren konnte.« Er erhob sich von der Bank. Zum ersten Mal seit sie denken konnte, sah er älter aus, als er an Jahren war. »Manchmal bist du ihr so ähnlich. Dein Lachen. Deine Freundlichkeit. Aber du bist viel praktischer als sie und nicht so naiv.«

»Wie du.«

»Am Ende bist du du selbst, und das ist es, was ich liebe. Was ich immer geliebt habe.«

»Ich habe mich nie … nie sehr geliebt gefühlt.«

»Ich weiß, und ich wusste nicht, wie ich das ändern sollte, also versuchte ich, es damit zu kompensieren, dass ich deine Karriere vorantrieb. Ich musste mich davon überzeugen, dass ich das Beste für dich tat, wusste aber die ganze Zeit, dass es nicht gut genug war. Nicht annähernd.«

Mitleid wallte in ihr auf, zusammen mit der Trauer um das, was sie vermisst hatte, dazu die Gewissheit, dass ihre Mutter, die Frau, die er beschrieben hatte, es nicht gut gefunden hätte, ihn so zu sehen.

Er nahm seine Brille in die Hand. Rieb sich den Nasensattel. »Dich zu beobachten, nachdem Lance dich verlassen hatte, zu sehen, wie du littst, ohne mich in der Lage zu sehen, dich zu trösten. Ich hätte ihn am liebsten umgebracht. Und dann deine Ehe mit Bram. Ich kann die Vergangenheit nicht vergessen, aber ich weiß, dass du ihn liebst, und ich versuche es immerhin.«

Protest lag ihr auf der Zunge. Sie behielt ihn für sich. »Ich begreife ja, Dad, dass ich dich verletzt habe, indem ich dir sagte, ich müsse meine Karriere selbst in die Hand nehmen, aber ich … ich wollte immer nur, dass du ein Vater für mich bist.«

»Das hast du mir deutlich zu verstehen gegeben.« Er wirkte eher besorgt, als gekränkt. »Das ist ja mein Problem. Ich kenne diese Stadt einfach zu gut. Mag sein, dass es egoistisch von mir ist, vielleicht bin ich auch überängstlich, aber ich vertraue einfach keinem anderen, dass er in erster Linie deine Interessen vertritt.«

Was er immer getan hatte, wie ihr klarwurde, auch wenn sie mit den Ergebnissen nicht immer einverstanden gewesen war. »Du musst mir vertrauen«, sagte sie sanft. »Ich werde dich um deine Meinung fragen, aber die letztendlichen Entscheidungen – ob richtig oder falsch – werde ich treffen.«

Er nickte langsam. »Es ist wohl an der Zeit.« Er beugte sich hinab und nahm das, was einst ihre Kamera war, in die Hand. »Entschuldige bitte. Ich werde dir eine neue kaufen.«

»Ist schon in Ordnung. Ich habe noch eine.«

Schweigen breitete sich zwischen ihnen aus. Unangenehm, aber sie hielten es aus.

»Georgie ... ich weiß eigentlich gar nicht, wie es dazu kam, aber es scheint ...« Er spielte mit dem leeren Kameragehäuse. »Es besteht die leise Möglichkeit – sehr leise – dass ich mich vielleicht auf meine eigene Karriere konzentrieren werde.«

Er erzählte ihr von Lauras Besuch, ihrem Beharren darauf, ihn als Klienten anzunehmen, und von den Schauspielstunden, die er besuchte. Das alles schien ihm peinlich zu sein, ja sogar ein wenig wunderlich vorzukommen. »Ich hatte ganz vergessen, wie sehr mir das gefällt. Ich habe nun das Gefühl, endlich das zu tun, was ich die ganze Zeit hätte tun sollen. Als wäre ich ... heimgekehrt.«

»Ich weiß nicht, was ich sagen soll. Es ist wunderbar. Ich bin geschockt. Aufgeregt.« Sie berührte seine Hand. »Du warst fantastisch an jenem Abend, als wir *Tree House* gelesen haben, und ich habe es dir nie gesagt. Du bist vermutlich nicht der Einzige, der sich zurückgehalten hat. Wann sprichst du vor? Erzähl mir mehr.«

Er tat es, fasste das Drehbuch und die Rolle zusammen und erzählte ihr von seiner ersten Unterrichtsstunde. Als sie Zeuge seiner Begeisterung wurde, war dies, als beobachte sie einen Mann, der begann, sich aus seinem emotionalen Gefängnis zu befreien.

Das Gespräch verlagerte sich auf Laura. »Ich werfe ihr nicht vor, dass sie mich hasst.« Georgies Schuldgefühle meldeten sich. »Vielleicht hätte ich es nicht tun sollen, aber ich wollte einen sauberen Neuanfang und sah keinen anderen Weg.«

»Du wirst es mir vielleicht nicht glauben, aber Laura scheint gut mit deiner Entscheidung klarzukommen. Was mir selbst unbegreiflich ist. Denn, was ihre Einkünfte betrifft, hast du ihr einen gewaltigen Knüppel zwischen die Beine geworfen, aber anstatt deprimiert zu sein, ist sie – ich weiß nicht – erregt – voller Energie – ich weiß nicht, wie ich das nennen soll. Sie ist eine ungewöhnliche Frau, mit viel mehr Mumm, als ich ihr zugetraut habe. Sie ist interessant.«

Georgie sah ihn scharf an. Er erhob sich von der Bank. Wieder folgte peinliches Schweigen. Er stützte sich mit der Hand an einer Säule ab. »Wohin werden wir jetzt aufbrechen, Georgie? Ich wäre gern der Vater, den du haben möchtest, aber das scheint jetzt ein bisschen zu spät dafür zu sein. Ich habe keine Ahnung, wie ich damit umgehen soll.«

»Mich brauchst du nicht anzuschauen. Ich bin in meinen Gefühlen traumatisiert von all den Schlägen, die du ausgeteilt hast.« Einmal Besserwisserin, immer Besserwisserin, aber ihr fiel nichts anderes ein, außer dass sie sich wünschte, er würde sie an sich drücken, einfach nur in den Arm nehmen. Sie verschränkte ihre Arme vor der Brust. »Es sei denn, du fängst mal mit einer schlappen Umarmung an.«

Zu ihrer Überraschung schloss er gequält die Augen. »Ich – glaube nicht, dass ich weiß, wie das geht.«

Seine vollkommene Hilflosigkeit rührte sie. »Dann versuch es doch wenigstens.«

»O Georgie …« Er streckte ihr die Arme entgegen. Er zog sie an sich und drückte sie so fest, dass ihr die Rippen wehtaten. »Ich liebe dich so sehr.« Er zog ihren Kopf an sein Kinn und fing an, sie zu wiegen wie ein Kind. Es war unbeholfen, unbequem und wunderbar.

Sie vergrub sich in seinem Hemdkragen. Das war nicht leicht, weder für ihn noch für sie. Die Führung musste sie übernehmen, aber da sie jetzt begriff, was er fühlte, machte ihr das auch nichts mehr aus.

22

☕ Das aus grauem Stein erbaute Eldridge Mansion hatte schon einem Dutzend Filme und Fernsehshows als Schauplatz gedient, aber keiner hatte jemals den Portikus mit zwei Baldachineingängen gesehen. Der größere und prunkvollere, in makellosem Weiß gehaltene Baldachin mit der Aufschrift »Die Scofields« führte zum Haupteingang. Ein kleinerer grüner Baldachin, der seitlich davon stand, trug die Aufschrift »Nur für Personal«.

Die Gäste lachten, als sie aus ihren Limousinen, Bentleys und Porsches stiegen. Die ganz im Geiste des Fests in Abendkleidern und Smoking, weißer Tenniskleidung oder Chanel-Kostümen Gekleideten reckten ihre Nase nach oben und peilten den Haupteingang an, aber Jack Patriot war keine Attrappe. Der legendäre Rockstar kam in seinen bequemsten Jeans und einem Arbeitshemd, hatte ein Paar Gartenhandschuhe angezogen und sich Samentüten in seinen Gürtel gesteckt und steuerte, von seiner Frau begleitet, fröhlich den Bediensteteneingang an. Aprils schlichtes schwarzes Haushälterinnenkleid wäre unscheinbar gewesen, hätte sie es nicht zu diesem Anlass mit einer Stäbchenkorsage und einem tiefen Ausschnitt aufgepeppt. Ein paar Dietriche baumelten an einer schwarzen Seidenkordel, die sie in ihr Dekolleté gesteckt hatte, und ihr langes blondes Haar war zu einem sehr aufreizenden Knoten hochgesteckt.

Rory Keene in ihrem ganz bescheidenen Aufputz als französisches Zimmermädchen schloss sich Jack und April am Bediensteteneingang zusammen mit Rorys Begleiter für diesen Abend an, einem flotten Unternehmensboss in einer Butleruniform. Er war Rorys gelegentlicher Begleiter für besondere Angelegenheiten, aber nicht ihr Liebhaber.

Megs Eltern benutzten den Haupteingang. Der Schauspieler und Bühnenautor Jake Koranda trug einen weißen Anzug wie zur Gartenparty, der seine dunkle Haut betonte, und seine Frau, die wunderbare Fleur Savagar Koranda, zeigte sich im flatternden Chiffonkleid mit Blumenmuster. Meg kam als Scooters beste Freundin Zoey im Hippielook und zog es vor, mit ihrer Abendbegleitung, einem anstellungslosen Musiker, der eine frappierende Ähnlichkeit mit John Lennon in den Siebzigerjahren hatte, den Bediensteteneingang zu benutzen.

Chaz stand gleich hinter der Tür im Ballsaal und fragte sich, warum sie sich von Georgie dieses Kostüm hatte aufschwatzen lassen. Jetzt stand sie da, gekleidet wie ein verdammter Engel, in einem silbernen Kleid und einem an einer großen orangefarbenen Perücke befestigten Heiligenschein. Wenn sie die Augen nach oben schob, konnte sie sogar ein paar orange Löckchen sehen, die ihr über die Augenbrauen fielen. Es war ein auf Episode dreizehn »Skip hat einen Traum« beruhender Einfall. Als Chaz sich bei Georgie wegen dieses Kostüms beschwerte, hatte diese sie mit einem merkwürdigen Lächeln angesehen und gesagt, Chaz sei ein verkleideter Engel. Was zum Teufel sollte das nun wieder heißen?

Von ihr wurde erwartet, die Partyplanerin Poppy darin zu unterstützen, dass alles glattlief, aber sie glotzte vor allem die vielen Stars an, die hereindrängten. Nach Aussage von Poppy war dies die wichtigste Party des Sommers, und ein paar Prominente, die Bram und Georgie nicht einmal kannten, hatten um eine Einladung gebeten. Georgie hatte Poppy mehrmals gesagt, sie solle »keine Taschendesigner« einladen, was Chaz erst nicht verstanden hatte, aber nachdem Georgie es ihr erklärt hatte, teilte sie diese Meinung.

Die glänzenden Walnusssimse und die Deckentäfelung schimmerten im Licht der Kristalllüster. Über den runden senfgelben Tischdecken lagen lavendelblau karierte Taftüberwürfe. Für den Tischschmuck hatte man blaue Kugelhortensien gewählt, wie sie im Vorspann der Serie gezeigt wurden, und die Sträuße steckten in hellgelben Teekannen. An jedem Platz standen ein aus Zucker gesponnenes Scofield-Anwesen sowie ein Silberrahmen mit einer Speisekarte im Prägedruck, die sowohl das Scofieldsche Familienwappen als auch einen kleinen Pfotenabdruck von Butterscotch, Scooters Katze, trug. Auf vier großen, im Raum verteilten Fernsehschirmen liefen stumm die einzelnen Folgen der Serie.

Chaz sah Aaron mit einer süßen, aber ein wenig verpeilt aussehenden Brünetten kommen, die nur Becky sein konnte. Hätte Chaz ihn nicht bedrängt, hätte er niemals den Mut aufgebracht, sie einzuladen. Dank Chaz sah er so gut aus wie nie zuvor. »Das Einzige, was du brauchst, ist ein wirklich guter Anzug«, hatte sie ihm erklärt, als sie ihm eingeredet hatte, als der Anwalt der Scofields zu kommen. »Einer der passt. Und lass Georgie dafür zahlen.« Eins musste man Georgie lassen. Kleinlich war sie nicht. Sie hatte Aaron sogar zum Schneider ihres Vaters geschickt.

Mit seinem guten Haarschnitt, Kontaktlinsen und einem Körper, der jeden Tag dünner wurde, dazu richtig guter Kleidung anstatt seiner dämlichen T-Shirts mit all dem Video-Mist darauf, war er ein ganz anderer Mensch.

»Chaz, das ist Becky.«

Becky war ein wenig gedrungen, hatte glänzendes dunkles Haar, ein rundes Gesicht und ein scheues, freundliches Lächeln. Es gefiel Chaz, dass sie es sich verkniff, all die berühmten Leute in der Menge anzustarren. »Hi, Chaz. Dein Kostüm gefällt mir.«

»Ist nichts Tolles. Aber danke.«

»Becky arbeitet in der Personalabteilung eines Gesundheitsunternehmens«, sagte Aaron, als wüsste Chaz das nicht schon längst, genauso wie sie wusste, dass Beckys Eltern aus Vietnam kamen, Becky aber in Long Beach geboren war.

Sie betrachtete Beckys weiße Bluse mit V-Ausschnitt, den kurzen schwarzen Rock, die dunkle Strumpfhose und die schwarzen Stilettos mit den Zehnzentimeter-Absätzen. »Du bist ein toller Chauffeur.«

»Das hat Aaron vorgeschlagen.«

Eigentlich war Chaz diejenige gewesen, die Aaron den Vorschlag gemacht hatte, Becky solle als Lulu, die aufreizende Chauffeuse des Scofieldschen Anwalts kommen. Sie war davon ausgegangen, dass Becky wegen des heutigen Abends sicherlich super nervös war und sich auf diese Weise nicht auch noch Gedanken wegen ihrer Kleidung machen musste.

»Eigentlich war es Chaz' Idee«, sagte Aaron, dem Chaz es nicht verübelt hätte, wenn er es als seinen Einfall ausgegeben hätte.

»Danke«, sagte Becky. »Ich war nämlich wegen heute Abend sehr aufgeregt.«

»Eine tolle erste Verabredung, nicht wahr?«

»Unglaublich. Ich kann es noch immer nicht fassen, dass Aaron mich eingeladen hat.« Becky blickte zu ihm auf und schenkte ihm ein großes Lächeln, als wäre er ein ganz heißer Typ, was er allerdings trotz aller Verbesserungen noch immer nicht war. Als Aaron ihr Lächeln auf die gleiche Weise erwiderte, gab es Chaz einen Stich. Sie war nicht eifersüchtig, weil sie sich Aaron zum Freund wünschte, sondern weil sie sich daran gewöhnt hatte, sich um ihn zu kümmern. Sie unterhielt sich auch gern mit ihm. Hatte ihm sogar die ganze Scheiße erzählt, die ihr passiert war. Aber wenn das mit ihm und Becky ernst werden sollte, würde er vielleicht nur noch mit ihr reden wollen. Vielleicht rührte die Eifersucht aber auch daher, dass Chaz auch gern mal einen wirklich, wirklich netten Jungen hätte, der sie so anschaute wie Aaron Becky, und keinen Dreckskerl. Nicht jetzt, aber irgendwann einmal.

»Das ist Sasha Holiday«, sagte Aaron und deutete auf eine kleine, dünne Frau mit langen dunklen Haaren. Die an einer Kette befestigte Lesebrille ruhte auf dem Oberteil ihres raffinierten schwarzen Etuikleids, genau wie bei Mrs Scofields persönlicher Sekretärin, nur mit größerer erotischer Ausstrahlung. »Sasha ist eine von Georgies besten Freundinnen«, erklärte Aaron Becky.

»Ich kenne sie von den Holiday-Eating-Anzeigen«, sagte Becky. »Sie ist umwerfend. Und noch dünner als auf ihren Fotos.«

Chaz fand, dass sie zu dünn aussah und auch etwas abgespannt um die Augen, sagte aber nichts.

Sie, Aaron und Becky standen da und bemühten sich, nicht die hereinkommenden Stars anzugaffen – Jake Koranda und Jack Patriot, alle Schauspieler von Skip und Scooter, dazu ein Haufen Stars aus Georgies anderen Filmen. Meg winkte ihr von der anderen Seite des Raums zu, und Chaz winkte zurück. Der Typ, mit dem Meg gekommen war, hatte was von einem Verlierer. Chaz fand, sie könne auch was Besseres finden. Der Ausdruck auf dem Gesicht von Megs Papa verriet, dass er dies auch so sah.

Zu Chaz' Überraschung tauchte auch Laura Moody auf, Georgies alte Agentin, aber noch überraschter war offenbar Poppy, die aussah, als bekäme sie gleich einen Herzanfall. Laura war eingeladen worden, ehe Georgie sie gefeuert hatte, und keiner hatte mit ihrem Kommen gerechnet.

»Wo sind Miss York und Mr Shepard?«, erkundigte Becky sich flüsternd bei Aaron.

Es klang merkwürdig, dass jemand sie so nannte. Aaron warf einen Blick auf seine Uhr. »Sie werden einen großen Auftritt bekommen. Poopys Idee.« Er wurde rot. »Ich meine Poppy.« Er sah Chaz streng an. »Hör auf zu lachen. Du bist infantil ... und unprofessionell.« Aber dann lachte er und erklärte Becky, dass die Partyplanerin ziemlich blasiert sei, und er und Chaz sie nicht leiden konnten.

Als sie die Hors d'œuvres kosteten, kam Rory Keene zu ihnen, um mit ihnen zu plaudern, was echt cool war, denn alle im Raum dachten daraufhin, sie seien VIPs. Auch Laura gesellte sich zu ihnen. Sie machte nicht den Eindruck, als wäre es ihr unangenehm, hier zu sein, obwohl doch alle wussten, dass Georgie sie gefeuert hatte, und sie offensichtlich auch keinen Begleiter hatte.

Poppy und die Kellner scheuchten sämtliche Gäste zum großen Foyer für den Auftritt von Braut und Bräutigam. Chaz wurde langsam nervös. Georgie war die Bühne gewohnt, aber heute Abend war das was anderes, Chaz wollte nicht, dass sie stolperte oder ihr etwas ähnlich Peinliches vor all diesen Leuten widerfuhr. Die Musiker spielten eine Ouvertüre von Mozart. Bram kam aus einer Tür im ersten Stock ins Foyer. Es war das erste Mal, dass Chaz ihn im Smoking sah, aber er bewegte sich darin, als trüge er ihn jeden Tag – wie James Bond oder George Clooney oder Patrick Dempsey, nur mit hellerem Haar. Er sah reich und berühmt aus, Chaz platzte fast vor Stolz, dass sie diejenige war, die für ihn sorgte.

Er schritt die Treppe hinab, bis er ihren Fuß erreicht hatte, und schaute dann nach oben. Die Musik wurde lauter. Jetzt kam Georgie, und Chaz empfand den gleichen Stolz.

Georgie strahlte vor Gesundheit, war nicht mehr ausgezehrt, mit eingefallenen Augen. Dafür hatte Chaz gesorgt. Sie schielte zu Bram und sah, dass auch er sie schön fand.

Georgie hatte darauf bestanden, dass sie getrennt zum Fest fuhren, so dass Bram sie dort zum ersten Mal sah. Er hatte schon fast damit gerechnet, dass sie wie angedroht in Scooters Stinktierkostüm kommen würde. Er hätte es besser wissen müssen.

Georgie sah aus, als wäre sie nackt durch einen Kristalllüster gerannt. Das Kleid betonte wie eine schmale Säule funkelnden Eises ihren großen, schlanken Körper bis zu den Knien, und fiel dann ausgestellt weich zum Boden. Eine zarte Spange aus Kristallspitze hielt den Stoff über der einen Schulter, während die andere frei blieb, und eine zarte Bahn aus Spitze schnitt eine Diagonale über ihren Körper – worunter man schwach und sehr damenhaft die nackte Haut blitzen sah.

Darauf hatte das Publikum acht Jahre lang gewartet – die Vision, um die sie durch sein destruktives Verhalten gebracht worden waren – Scooter Browns Verwandlung vom obdachlosen Waisenkind zu einer eleganten Frau mit einer großzügigen Ausstrahlung und einer lebendigen Offenheit, wie sie kein Scofield je besessen hatte. Er war erschüttert. Mit Scooter konnte er es aufnehmen, aber diese intelligente, raffinierte Frau war fast – gefährlich.

Ihr Haar war perfekt. Dunkle, weiche Locken, die hinten hochgesteckt waren, ein paar davon fielen ihr modisch zerzaust ins Gesicht. Obwohl Georgie beharrlich in allem auf April vertraute, wusste sie selbst sehr gut, was zu ihr passte, sie hatte nicht den Fehler gemacht, ihre von Natur aus blasse Haut einer Bräunungsprozedur zu unterziehen. Auch hatte sie sich nicht mit zu viel Schmuck behängt. Die atemberaubenden Diamantohrgehänge, die von ihren Ohrläppchen baumelten, waren ihr einziges Geschmeide, ihr schlanker Hals sprach für sich.

Paul stand an ihrer Seite, ihre Hand lag leicht auf dem Ärmel seines Smokings. Dass ihr Vater sie über die Treppe eskortierte, gehörte nicht zum Plan, der Ausdruck ihrer sich anlächelnden Gesichter verunsicherte ihn. Er wusste, dass Paul in letzter Zeit sehr oft bei ihnen gewesen war, aber Bram hatte immer so lange gearbeitet, dass ihm entgangen war, wodurch ihre Beziehung sich verbessert haben könnte.

Paul und Georgie schritten die Stufen hinab. Bram konnte seinen Blick nicht von ihr abwenden. Nach Hollywood-Maßstäben war sie keine Schönheit, aber das Problem waren die Maßstäbe, nicht sie. Sie war etwas viel Interessanteres als die dank Botox faltenfreie kalifornische Frankensteinschönheit mit abgesaugtem Fett, Fischmaulmund und Silikonbrüsten.

Während sie auf dem Treppenabsatz verweilten, erinnerte er sich etwas spät daran, dass er ihr hätte entgegengehen sollen. Sie war es gewohnt, dass er seine Einsätze verpatzte, doch er ließ sie nicht lange warten. Er setzte seine Füße in Bewegung und erklomm die Treppe, um dann drei Stufen unter ihr stehen zu bleiben. Er wandte ein Viertelprofil der Menge zu und streckte ihr die offene Hand entgegen. Kitschig, aber für sie musste es so romantisch wie möglich sein. Paul küsste Georgie auf die Wange, nickte Bram zu und überließ die Bühne dann Braut und Bräutigam. Georgies Hand legte sich warm in die seine. Die Gäste applaudierten, als sie die drei Stufen zu ihm hinabstieg.

Sie sahen sich einem ganzen Ballsaal voll strahlender Gesichter und guter Laune gegenüber, obwohl die Hälfte der Gäste zweifellos Wetten abschloss, wie lange die Ehe noch halten würde. Georgie blickte zärtlich zu ihm auf. Er hob ihre Finger an seine Lippen und küsste sie sanft. Er konnte den verdammten Märchenprinzen mindestens genauso gut spielen wie Lance der Verlierer.

Aber es fiel ihm schwer, zynisch zu sein. Mochte dies heute Abend auch nichts weiter als ein weiteres Hollywoodmärchen sein, so fühlte die Täuschung sich doch sehr echt an.

Georgie wollte, dass es echt war. Diesen Abend lang. Das zauberhaft funkelnde Kleid. Im Kreis ihrer Freunde, der weiche Gesichtsausdruck ihres Vaters. Nur der Mann an ihrer Seite passte nicht dazu. Aber sie empfand ihn nicht als so falsch, wie sie ihn hätte empfinden sollen. Sie mischten sich unter ihre Gäste, die von Jeans über Tennisröcke zu Smokings und Schulmädchenkleidung alles trugen. Trev und Sasha hatten sich bereiterklärt, die Toasts auszusprechen, aber als alle saßen, stand Paul unerwartet auf und erhob sein Glas. »Heute Abend feiern wir das Versprechen, das diese zwei erstaunlichen Menschen sich gegeben haben.« Sein Blick fiel auf Georgie. »Einen dieser Menschen … liebe ich sehr.« Seine Stimme brach, und Georgies Augen füllten sich mit Tränen. Paul räusperte sich. »Der andere … wird mir im Lauf der Zeit ans Herz wachsen.«

Alle lachten, einschließlich Bram. Für Georgie war die vergangene Woche mit ihrem Vater seltsam, aber wunderbar gewesen. Zu wissen, wie sehr er sie liebte – wie sehr er ihre Mutter geliebt hatte – bedeutete ihr alles. Doch als Paul hoffnungsvoll auf die Zukunft von Braut und Bräutigam zu sprechen kam, musste Georgie an ihrem Lächeln arbeiten. Als nächsten Schritt auf ihrem Weg zur eigenständigen Persönlichkeit würde sie ihrem Vater reinen Wein einschenken müssen, anstatt aus Angst, ihn zu enttäuschen, ihren Fehler zu vertuschen.

Bis zum heutigen Morgen hatte Paul damit gewartet, ihr zu sagen, dass er ihre ehemalige Agentin als seine Begleitung eingeladen hatte. Sie war froh, dass er daran gedacht hatte, egal wie merkwürdig es war, Laura zu begrüßen. »Das ist doch eine nette Geste«, hatte er gesagt. »Auf diese Weise können alle sehen, dass du sie noch immer zum inneren Kreis zählst.«

Georgie hatte noch darüber zu scherzen versucht. »Das ist auch eine perfekte Gelegenheit, dich als Schauspieler wieder ins Gespräch zu bringen und deutlich zu machen, dass Laura dich vertritt.«

Sein Gesicht fiel in sich zusammen. »Georgie, das ist nicht der Grund, weswegen …«

»Das weiß ich doch«, schob sie rasch nach. »Ich meinte es auch nicht so.« Sie versuchten, eine neue Beziehung auszuloten, in der beide erst ihre Position finden mussten. Sie hatte ihm einen Stups in die Rippen gegeben, um ihn zum Lachen zu bringen.

Die anderen Trinksprüche folgten – der von Trev respektlos, der von Sasha warmherzig, beide lustig. Während des Essens wurden sie und Bram mehrmals von Gästen unterbrochen, die an ihre Wassergläser klopften. Ihre öffentlichen Küsse fühlten sich nicht mehr ganz so falsch an. Sie hatte noch keinen Mann gekannt, der Küssen so sehr genoss wie Bram Shepard … oder einen, der es so gut konnte. Sie hatte auch nie einen Mann gekannt, dessen Küsse sie so sehr genoss.

Am Nebentisch kämpfte Laura mit einem Hummerstück und schob zum wiederholten Mal ihren BH-Träger an seinen Platz. Wie so viele andere weibliche Gäste hatte sie eigentlich ein Kleid für eine Gartenparty gewählt, aber es sich dann in letzter Minute anders überlegt. Dies war ein geschäftlicher Anlass, und sie konnte es sich nicht leisten, an ihrem Oberteil herumzuzupfen, das unweigerlich zu viel Dekolleté zeigte, oder sich wegen ihrer nackten Arme

Gedanken zu machen, die nicht so braun waren wie sie sein sollten. Stattdessen hatte sie sich für ein schlichtes beiges Kostüm und ein Oberteil mit Schalkragen entschieden, dazu Perlen – ein Kleidungsstil, den auch Mrs Scofield bevorzugte. Bis auf ihr ständiges Problem mit den BH-Trägern war es ihr recht gut gelungen, adrett auszusehen.

Pauls Einladung war ein Schock gewesen. Sie hatte ihn angerufen, um ihm mitzuteilen, dass er bei seinem ersten Vorsprechen nicht angenommen worden war, der für die Besetzung zuständige Agent ihn aber für eine andere Rolle sehen wollte. Doch gerade als sie ihr übliches, das Ego wieder auf Vordermann bringendes Geschwafel anstimmen wollte, hatte er sie unterbrochen. »Ich war nicht der Richtige für diese Rolle, aber das Vorsprechen war eine gute Übung.« Dann hatte er sie zu diesem Fest eingeladen.

Es wäre dumm von ihr gewesen, nein zu sagen. An diesem Abend hier gesehen zu werden, würde ihrem Ruf wieder zu etwas Glanz verhelfen, wie Paul nur zu gut wusste. Aber sie blieb misstrauisch. Pauls frostige Persönlichkeit war immer das perfekte Gegenmittel zu seinem guten Aussehen und anderen männlichen Eigenschaften gewesen, seine neue Verletzlichkeit jedoch verlockte dazu, ihm andere, verstörendere Seiten abzugewinnen.

Glücklicherweise kannte sie die Gefahren weiblicher Rettungsfantasien. Sie hatte eine sehr genaue Vorstellung davon, was sie vom Leben wollte, und würde diese nicht aufs Spiel setzen, nur weil Paul York interessanter und komplizierter war, als sie gedacht hatte. Was machte es schon, dass sie manchmal einsam war? Die Tage, als sie sich von einem Mann von ihren eigentlichen Zielen ablenken ließ, lagen schon lange hinter ihr. Paul war ein Klient, und sich auf dieser Party sehen zu lassen, war gut fürs Geschäft.

Den ganzen Abend über war er aufmerksam und der perfekte Gentleman gewesen, aber sie war zu aufgeregt, um viel essen zu können. Während die anderen am Tisch sich in Privatgespräche vertieften, neigte sie sich ihm zu. »Danke, dass Sie mich eingeladen haben. Ich stehe in Ihrer Schuld.«

»Sie müssen doch zugeben, dass das heute gar nicht so peinlich war, wie Sie geglaubt hatten.«

»Nur weil Ihre Tochter eine erstklassige Schauspielerin ist.«

»Hören Sie auf, sie zu verteidigen. Sie hat Ihnen gekündigt.«

»Sie musste mich kündigen. Und Sie beide konnten sich den ganzen Abend über nicht das Lächeln verkneifen, also geben Sie sich keine Mühe, den harten Kerl zu mimen.«

»Wir haben miteinander geredet. Mehr nicht.« Er deutete auf seinen Mundwinkel, um ihr deutlich zu machen, dass sie was im Gesicht hatte. Verlegen griff sie nach ihrer Serviette, aber sie fand nicht die richtige Stelle, so dass am Ende er sie mit seiner eigenen abtupfte.

Als er damit fertig war, griff sie nach ihrem Wasserglas. »Das muss ja ein intensives Gespräch gewesen sein.«

»Das war es. Erinnern Sie mich, Ihnen davon zu erzählen, wenn ich das nächste Mal betrunken bin.«

»Ich kann mir nicht vorstellen, dass Sie sich betrinken. Dazu haben Sie viel zu viel Selbstdisziplin.«

»Es soll schon vorgekommen sein.«

»Wann?«

Sie rechnete damit, dass er sie abblitzen ließ, aber nein. »Als meine Frau starb. Jeden Abend, sobald Georgie eingeschlafen war.«

Dies war der Paul York, den sie gerade erst kennen lernte. Sie starrte ihn lange an. »Wie war Ihre Frau? Sie brauchen mir nicht zu antworten, wenn Sie nicht möchten.«

Er legte seine Gabel ab. »Sie war umwerfend. Brillant. Lustig. Süß. Ich verdiente sie nicht.«

»Das dürfte sie anders gesehen haben, sonst hätte sie Sie nicht geheiratet.«

Er wirkte etwas verdutzt, als hätte er sich so daran gewöhnt, sich in seiner Ehe als Menschen zweiter Klasse zu sehen, dass er es anders gar nicht begreifen konnte. »Sie war gerade mal fünfundzwanzig, als sie starb«, sagte er. »Ein Kind.«

Sie drehte ihre Perlen zwischen ihren Fingern. »Sie lieben sie immer noch.«

»Nicht so wie Sie denken.« Er spielte mit der zuckrigen Miniatur des Scofieldschen Anwesens, die hinter seinem Teller stand. »Die Fünfundzwanzigjährige, die ich in mir trage, werde ich wohl immer lieben, aber das ist lange her. Sie war eine Träumerin. Die Autoschlüssel konnten genauso gut im Kühlschrank wie in ihrer Handtasche liegen. Ihr Äußeres war ihr völlig gleichgültig. Das machte mich wahnsinnig. Immer verlor sie Knöpfe oder riss sich was ein ...«

Ein kalter Schauer lief ihr über den Rücken. »Man kann Sie sich kaum mit so jemandem vorstellen. Die Frauen, mit denen Sie sich umgeben, sind alle so elegant.«

Er zuckte die Achseln. »Das Leben ist ein Durcheinander. Ich suche nach Ordnung, wo immer ich sie finden kann.«

Sie faltete ihre Serviette auf ihrem Schoß. »Aber verliebt haben Sie sich in keine von ihnen.«

»Woher wollen Sie das wissen? Vielleicht habe ich mich ja verliebt und wurde zurückgewiesen.«

»Unwahrscheinlich. Sie sind der große Preis, auf den alle Frauen setzen würden, die schon mal verheiratet waren. Zuverlässig, intelligent und gutaussehend.«

»Ich war viel zu sehr mit Georgies Karriere beschäftigt, als daran zu denken, mich wieder zu verheiraten.«

Da schwang wieder der Selbsttadel mit. »Sie haben das viele Jahre lang großartig gemacht«, sagte sie. »Ich habe die Geschichten gehört. Als Kind konnte Georgie keinem Mikrophon oder Ballettschuhen widerstehen. Hören Sie auf, sich deshalb Vorwürfe zu machen.«

»Sie liebte es aufzutreten. Wenn ich nicht aufpasste, kletterte sie auf Tische, um zu tanzen.« Seine Stirn umwölkte sich wieder. »Aber ich hätte sie nie derart bedrängen dürfen. Ihre Mutter hätte das niemals zugelassen.«

»Also hören Sie, man kann leicht jemand kritisieren, wenn man am himmlischen Spielfeldrand steht und jemandem bei der Bewältigung des Alltags zuschaut.«

Sie hatte es gewagt, seine heilige Ehefrau ins Lächerliche zu ziehen, er reagierte darauf mit eisigem Schweigen. Früher hätte sie sich selbst im Versuch überboten, es wiedergutzumachen, aber sie verspürte nicht den Drang dazu, obwohl sich seine Züge immer mehr verhärteten. Stattdessen lehnte sie sich zu ihm und sagte: »Lassen Sie es hinter sich.«

Er riss seinen Kopf hoch, und sein Killerblick verwandelte seine Augen in Kugeln.

Sie wich seinem Blick nicht aus. »Es ist an der Zeit.«

Rückzug war Paul Yorks Lieblingswaffe, und sie wartete darauf, dass er sich abwandte, aber er tat es nicht. Das Eis in seinen Augen schmolz. »Interessant. Georgie sagte das Gleiche.«

Er hob die Serviette auf, die Laura hatte fallen lassen, und bedachte sie mit einem Blick, bei dem sie weiche Knie bekam.

23

Anfangs fiel Chaz der Kellner auf, weil er wirklich süß war und nicht wie ein Schauspieler aussah. Zu klein, aber gut gebaut und mit dunklem Bürstenhaarschnitt. Als er die Tabletts mit den Hors d'œuvres herumreichte, warf er ständig neugierige Blicke in die Runde, aber schließlich machte sie es genauso, also dachte sie nicht weiter darüber nach. Dann fiel ihr auf, wie merkwürdig er seinen Körper drehte.

Als sie endlich herausfand, was er machte, war sie unheimlich sauer. Sie wartete, bis das Mahl fast zu Ende war, entschuldigte sich dann und huschte in den Servicebereich, wo sie ihn antraf, wie er Teller auf einem Metallwagen verteilte. Als sie sich neben ihn stellte, ging er mit einem großspurigen Grinsen auf ihren Heiligenschein ein. »He, Engel. Was kann ich für dich tun?«

Sie warf einen Blick auf sein Namensschild. »Du kannst mir die Kamera aushändigen, Marcus.«

Von seiner Großspurigkeit blieb nicht mehr viel übrig. »Ich weiß nicht, wovon du redest.«

»Du hast eine versteckte Kamera.«

»Du bist ja verrückt.«

Sie versuchte sich zu erinnern, wo Enthüllungsjournalisten ihre Kameras versteckten.

»Ich weiß, wer du bist«, sagte der Kellner. »Du arbeitest für Bram und Georgie. Wie viel zahlen sie dir denn?«

»Mehr als du kriegst.« Marcus war nicht groß, aber er sah ganz danach aus, als würde er seinen Körper trainieren, zu spät kam ihr in den Sinn, sie hätte das vielleicht lieber jemanden von der Sicherheit regeln lassen sollen. Aber dann hätten es viele Leute mitbekommen, und ihr schien es besser zu sein, kein großes Aufhebens zu machen. »Du kannst mir jetzt entweder die Kamera geben, Marcus, oder ich hole jemanden, der sie dir abnimmt.«

Offenbar nahm er ihr ab, dass sie es ernst meinte, denn er wirkte verunsichert. Die Tatsache, dass sie ihn einschüchtern konnte, und sei es auch nur ein bisschen, gab ihr ein gutes Gefühl.

»Das geht dich nichts an«, sagte er.

»Du versuchst nur, dir deinen Lebensunterhalt zu verdienen. Das verstehe ich. Und wenn du sie mir ausgehändigt hast, vergesse ich das Ganze.«

»Sei keine Zicke.«

Sie handelte rasch, griff sich den obersten Knopf seiner Weste, denjenigen, der anders aussah als die anderen. Der Knopf blieb ihr in der Hand, und als sie ihn herauszog, spürte sie den Widerstand eines dünnen Kabels.

»Hey!«

Mit einem Ruck riss sie es heraus. »Kameras sind nicht erlaubt. Hat man dir das nicht gesagt?«

»Was geht dich das an? Hast du irgendeine Vorstellung davon, was die Fotoagenturen für diesen Blödsinn zahlen?«

»Nicht genug.«

Er war rot geworden, aber er konnte ihr die Kamera nicht entwinden, ohne dass es jemand mitbekam. Sie entfernte sich von ihm, doch er folgte ihr. »Du könntest deine Geschichte verkaufen, weißt du. Wie das ist, für sie zu arbeiten. Ich wette, du könntest mindestens hundert Riesen dafür bekommen. Gib mir meine Kamera zurück, dann bringe ich dich mit diesem Typen zusammen. Er wird das dann für dich einfädeln.«

Einhunderttausend Dollar ...

»Du müsstest nicht mal was Schlechtes über sie sagen.«

Sie antwortete nicht. Sie ging einfach weg.

Einhundertausend Dollars ...

Nach dem Essen lief eine lustige Videomontage von *Skip-und-Scooter*-Clips. Kurz nach dem Anschneiden des Hochzeitskuchens kam Dirk Duke mit einem MikroFon. Er war der beliebteste DJ der Stadt – mit richtigem Namen Adam Levenstein –, und Poppy hatte ihn angeheuert, um Tanzmusik aufzulegen, was aber erst in einer halben Stunde vorgesehen war. Dirk war klein und hatte einen Kopf wie eine Kugel, einen tätowierten Hals und gab sich alle Mühe, sich seine Ausbildung an einer Eliteuniversität nicht anmerken zu lassen. Heute Abend trug er einen schlecht sitzenden Smoking anstatt seiner üblichen Jeans. »Hallo alle zusammen! Das ist eine großartige Party! Lasst Georgie und Bram hochleben.«

Das Publikum tat es pflichtschuldig.

»Ihr *Skip-und-Scooter*-Fans findet es doch sicherlich großartig, dass Bram und Georgie geheiratet haben, stimmt's?«

Applaus und ein paar Pfiffe, einer davon von Meg.

»Wir sind hier, um eine Hochzeit zu feiern, die schon vor zwei Monaten stattgefunden hat. Eine Hochzeit, auf die eingeladen zu werden, keiner von uns wichtig genug war.«

Gelächter.

»Heute Abend ... werden wir dafür sorgen, dass ...«

Vier Kellner erschienen mit einem von weißem Tüll umwickelten Brautbogen, der mit blauen Hortensien geschmückt war. In ihrem Gefolge kam Poppy im bodenlangen schwarzen Kleid, mit vor Vorfreude selbstgefälligem Gesicht.

Georgie rempelte Bram an. »Ich denke, Poppy enthüllt gerade ihre Überraschung. Die Überraschung, die du ihr zugebilligt hast.«

Bram zog eine Grimasse. »Du hättest mir eins auf den Po geben sollen. Das gefällt mir nicht.«

Georgie gefiel es noch weniger, als sie sah, wie die Kellner sich mit dem Bogen vorne im Ballsaal aufstellten. Bram fluchte vor sich hin. »Diese Frau ist offiziell gefeuert.«

»Als geweihter Pastor der Universellen Kirche des Lebens …« Dirk legte eine Kunstpause ein, »… ist es mir eine Ehre …«, wieder eine Pause, »…Braut und Bräutigam zu bitten, vorzutreten und …«, mit erhobener Stimme, »…ihr Gelübde vor uns allen zu wiederholen!«

Die Gäste kosteten es aus. Selbst ihr Vater. Poppys glänzende, aufgespritzte Lippen weiteten sich zum Triumphlächeln. An Brams Wange pulsierte ein Muskel. Poppy hatte nicht das Recht, etwas derart Persönliches zu inszenieren, ohne sie mit einzubeziehen.

Bram biss die Zähne zusammen und erhob sich. »Setz dein Spielgesicht auf.«

Georgie sagte sich, darauf komme es nun auch nicht mehr an. Was zählte schon ein öffentlicher Auftritt nach so vielen anderen? Ihr Kristallkleid raschelte, als sie sich erhob.

Dirk dehnte seine Vokale wie der Moderator einer Spielshow. »Dad. Komm hoch und gesell dich zu ihnen. Applaus für Mr Paul York! Bram, such dir deinen Trauzeugen aus.«

»Er nimmt mich.« Trev sprang auf, und die Gäste lachten.

Georgie glaubte zu ersticken.

»Georgie, wer wird deine Brautjungfer sein?«

Ihr Blick richtete sich auf Sasha, Meg und April, und sie sagte sich, wie glücklich sie sich schätzen konnte, diese

Frauen zu ihren besten Freundinnen zu haben. Dann hielt sie den Kopf schräg. »Laura.«

Auf Lauras Gesicht spiegelte sich Entsetzen, sie hätte beim Aufstehen fast ihren Stuhl umgestoßen.

Sie versammelten sich am Brautbogen. Ihr Vater, Trev, Laura und das zögernde Hochzeitspaar.

Dirk wandte dem Publikum seinen Rücken zu, so dass Bram und Georgie ihren Gästen gegenüberstanden, dann legte er seine Hand übers Mikrophon. »Sind alle fertig?«

Sie und Bram schauten einander an, und einen Moment lang fand zwischen ihnen der perfekte wortlose Gedankenaustausch statt. Er zog eine Braue hoch. Sie teilte ihm mit ihren Augen mit, was sie dachte. Er lächelte, drückte ihre Hand und nahm Dirk das Mikrophon ab.

»Ein Priester, ein Rabbi und ein Pfarrer gingen in eine Bar ...« Alle lachten. Bram grinste und führte das Mikrophon näher an seinen Mund. »Wir danken euch alle für eure guten Wünsche. Georgie und ich schätzen sie mehr, als wir euch sagen können.«

Neben ihnen begann Poppy an ihrer Unterlippe zu kauen. Brams Rede stand nicht auf ihrem Programm, es gefiel ihr offensichtlich gar nicht, wie ihre nervtötenden Klienten ihre Pläne vereitelten.

Bram ließ Georgies Hand los und deutete auf den Bogen. »Wie ihr euch sicherlich vorstellen könnt, ist diese Zeremonie eine Überraschung für uns. Doch obwohl wir beide Verständnis für den Reiz haben, *Skip und Scooter* heiraten zu sehen, sind Georgie und ich doch nicht identisch mit diesen Rollen, wir empfinden es beide nicht rechtens, dies hier zu tun.«

Georgie hakte sich bei ihm unter und lächelte freundlich.

Er legte seine Finger über ihre. »Ich bin versucht, jetzt

gleich ein paar sentimentale Dinge über Georgie zu sagen. Wie warmherzig sie ist. Süß und lustig. Dass sie meine beste Freundin ist. Aber ich möchte sie nicht in Verlegenheit bringen ...«

»Ist schon okay.« Sie beugte sich übers Mikrophon. »Bring mich in Verlegenheit.«

Er lachte und mit ihm die Menge. Sie tauschten wieder einen ihrer Küsse, gefolgt von einem langen schmachtenden Blick, während Bram sie befummelte und sie ihn in den Hintern zwickte.

Dann fingen aus heiterem Himmel auf einmal ihre Knie zu zittern an. Wirklich zu zittern. Es war eine Erschütterung wie ein Erdbeben. Nur dass dieses Erdbeben in ihr stattfand.

Sie hatte sich in ihn verliebt.

Das ganze Blut wich aus ihrem Gesicht. Sie erfasste die schreckliche Wahrheit. Wider besseres Wissen hatte sie sich in Bram Shepard verliebt, den auf sich selbst bezogenen, selbstzerstörerischen schlimmen Jungen, der ihre Jungfräulichkeit geraubt, ihre Fernsehshow zunichtegemacht hatte und sich fast selbst zerstört hätte.

Bram, der mit seiner polierten Schönheit und seiner männlichen Eleganz für die Leinwand wie geschaffen war, glitzerte unter den Lüstern. Sie konnte kaum atmen. In dem Moment, in dem sie endlich lernte, eine eigenständige Persönlichkeit zu sein, sabotierte sie sich selbst, indem sie sich in einen Mann verliebte, dem nicht zu trauen war, einen Mann, den sie dafür bezahlte, damit er an ihrer Seite blieb. Ihr schwindelte angesichts der Tragweite dieser Katastrophe.

Er beendete seine Rede, und man fuhr den Hochzeitskuchen herein, ein mehrstöckiges Wunder aus Zuckerguss und süßen Hortensien, gekrönt von einem Paar *Skip-und-Scooter*-Puppen in Hochzeitskleidern. Bram fütterte sie mit dem ersten Stück, wobei nur ein Stückchen Glasur an ihren Lippen hängen blieb, das er wegküsste. Irgendwie schaffte sie es, diesen Gefallen zu erwidern. Der Kuchen schmeckte wie Herzweh.

Anschließend holte April sie an ihre Seite, um ihr aus dem zauberhaften Kristallkleid zu helfen, das sie gegen ein zum Tanzen besser geeignetes lavendelblaues Kleid im Stil der Zwanzigerjahre tauschte. Georgie blieb den Rest des Abends in ständiger Bewegung, tanzte, lachte und bewegte ihre Hüften, bis ihr Haar an den Wangen klebte.

Sie tanzte mit Bram, der ihr sagte, sie sehe wunderbar aus, und er könne es kaum erwarten, sie ins Bett zu kriegen. Sie tanzte mit Trev und ihren Freundinnen, mit Jake Koranda, Aaron, ihrem Vater. Sie tanzte mit ihren Co-Stars und mit Jack Patriot. Sie tanzte sogar mit Dirk Duke. Solange ihre Beine sich bewegten, musste sie nicht daran denken, wie sie sich retten konnte.

Um kurz nach zwei Uhr morgens standen sie in seiner Diele. Brams schwarze Fliege baumelte um seinen Hals, sein Hemdkragen stand offen. »Was soll das heißen, du schläfst im Gästehaus?«

Georgie war immer noch ein wenig beschwipst, aber nicht so beschwipst, dass sie nicht noch genau wusste, was sie tun musste. Sie wollte weinen … oder schreien, aber für beides bliebe später noch genug Zeit. »Ich habe am Dienstagnachmittag einen Termin zum Vorsprechen bei dir, schon vergessen? Drei Tage davor mit dir zu schlafen, würde mir einen unfairen Vorteil vor den anderen Schauspielerinnen verschaffen.«

»Das ist die lahmste Geschichte, die ich je gehört habe.«

Irgendwie schaffte sie es, die Frechheit der alten Georgie heraufzubeschwören, der Georgie, die sich wieder einmal auf dumme Weise verliebt hatte. »Tut mir leid, Skipper. Ich glaube an Fairplay. Sonst hätte ich Gewissensbisse.«

»Pfeif auf dein Gewissen.« Er drückte sie neben dem Fußende der Treppe an die Wand und begann sie zu küssen. Hartnäckige tiefe, forschende Küsse. Ihr rollten sich die Zehen auf. Er schob seine Hand unter den Saum ihres blauen Kleidchens und kniff sie in den Teil ihrer Brust, der sich über dem Mieder wölbte. »Du machst mich wahnsinnig«, murmelte er in ihre feuchte Haut.

Ihr war schwindelig vom Champagner, vor Lust und vor Verzweiflung. Seine Finger glitten unter ihr Höschen, das so winzig und zart war, dass man es kaum als Kleidungsstück bezeichnen konnte. *Aufhören. Nicht aufhören.* Die Worte hüpften durch ihren Kopf, während seine Küsse immer bohrender und seine Berührung so intim wurde, dass sie es kaum noch aushielt.

»Genug«, sagte er und riss sie in seine Arme.

Die Titelmusik schwoll an. Fetzen aus *Dr. Schiwago* und *Titanic*, *An Affair to Remember* und *Jenseits von Afrika* begleiteten sie, als er sie in dieser romantischsten aller Gesten die Treppe hinauftrug, mit der kleinen Einschränkung, dass es zwei Uhr morgens war und er mit seinem Ellbogen gegen die Tür stieß, als er über die Schwelle trat.

Aber er hatte sich gleich wieder gefangen. Er setzte sie auf die Bettkante, zog an ihren Kleidern, und auf einmal war es wieder wie beim ersten Mal damals auf dem Boot. Ihre nackten Hüften am Rand der Matratze. Ihr bis zur Taille hochgeschobenes Kleid. Seine überall verstreuten Kleider. Sie selbst töricht verliebt in einen Mann, der ihre Liebe nicht erwiderte.

Es war wie das erste Mal und doch auch wieder nicht. Nach seinem ersten stürmischen Angriff wurde er langsamer – liebkoste sie mit seiner Berührung, seinem Mund, mit seinem Geschlecht, mit allem außer seinem Herzen.

Sie erlaubte sich, dies zu erwidern. Nur noch dieses eine letzte Mal.

Neugier flackerte kurz in seinen Augen auf, als er in die ihren schaute. Er spürte eine Veränderung, ohne sie sich erklären zu können. Ihre Lust sprudelte, die Musik in ihrem Kopf schwoll zum Crescendo an und die Kamera machte einen Schwenk beiseite. Sie schloss die Augen und ritt mit ihm ins Vergessen.

Während sie zusammengerollt an seiner Schulter lag, brach ihre Verzweiflung erneut durch. Diese Selbstzerstörung musste ein Ende haben. »Wann hast du dich in mich verliebt?«, fragte sie ihn.

»Beim ersten Mal, als ich dich sah«, antwortete er dösig. »Nein, warte ... Das war ich. Das erste Mal, als ich in einen Spiegel schaute.«

»Ist nicht dein Ernst.«

Er gähnte und küsste ihre Stirn. »Schlaf jetzt.«

Sie ließ nicht locker. »Ich habe so das Gefühl ...«

»Was für ein Gefühl?«

Er war jetzt hellwach und misstrauisch, aber sie musste genau wissen, wo sie stand. Das war für sie beide viel zu wichtig, als einem Sitcom-Missverständnis aufzusitzen, das sich mit ein paar Worten ausräumen ließ. »Das Gefühl, dass du in mich verliebt bist.«

Er setzte sich auf und stieß sie dabei kurzerhand weg. »Nun hör doch mit dem Blödsinn auf – du weißt genau, wie ich für dich empfinde.«

»Nicht wirklich. Du bist viel einfühlsamer, als du vorgibst, und du verbirgst eine Menge.«

»Ich bin nicht im Geringsten einfühlsam.« Er starrte sie finster an. »Du musst jetzt darauf herumreiten, nicht wahr? Auf dem, was ich auf dem Fest gesagt habe.«

Sie konnte sich nicht erinnern, was er auf dem Fest gesagt hatte, also verzog sie ihren Mund und sagte: »Natürlich will ich darauf herumreiten. Sag es noch mal.«

Er stieß einen erschöpften Seufzer aus und ließ sich in die Kissen zurückfallen. »Du bist die beste Freundin, die ich je hatte. So, und jetzt lach mich aus. Glaub mir, ich habe nicht damit gerechnet, dass es so ausgeht.«

Seine beste Freundin … Sie schluckte. »Ich wüsste nicht, warum. Ich bin eine recht liebenswerte Person.«

»Du bist eine Spinnerin. Nicht im Leben hätte ich mir vorstellen können, dass du einmal die Person sein könntest, der ich am meisten vertraue.«

Aber sie vertraute ihm überhaupt nicht. Seiner Äußerung allerdings schon, seine Gefühle für sie entsprachen der Wahrheit. »Was ist mit Chaz? Sie würde ihr Leben für dich opfern.«

»Okay, dann bist du die zweitwichtigste Person meines Vertrauens, die ich kenne.«

»Das ist schon besser.« Eigentlich hätte sie es dabei bewenden lassen sollen, aber sie musste es wissen. Noch einmal. »Es könnte uns nämlich alles vermasseln …«, sie seufzte, als wäre das alles nur langweilig, »… wenn du so blöd wärst und beschließen würdest, dich zu verlieben.«

»Herrje, Georgie, hörst du jetzt damit auf? Keiner ist in irgendjemanden verliebt.«

»Wenn du dir da sicher bist …?«

»Ich bin mir sicher.«

»Da bin ich aber erleichtert. Jetzt sei still, damit ich schlafen kann.«

Sie hatte einen Krampf im Bein, aber sie wagte nicht, sich zu rühren, bis sie seine tiefen gleichmäßigen Atemzüge hörte. Erst dann verließ sie das Bett. Sie zog sich das erste Teil über, das ihr in die Hände fiel, sein abgestreiftes Smokinghemd, und schlich nach unten. Ihr Vater war in seine Wohnung zurückgekehrt, das Gästehaus war wieder leer. Sie tapste über den kalten Steinpfad, Tränen liefen ihr über die Wangen. Wenn sie weiterhin mit ihm schlief, musste sie sich einreden, dass es nur Sex war. Sie würde vor ihm schauspielern müssen, wie sie vor der Kamera schauspielerte.

Das konnte sie nicht. Seinetwegen nicht, und ihretwegen auch nicht. Niemals mehr.

24

Bram kam zu spät zu Georgies Vorsprechen, und Hank Peters kühles Nicken deutete an, dass er nicht glücklich darüber war. Wie Bram wusste, warteten alle nur darauf, dass er wieder in seine alten Gewohnheiten und seine Unzuverlässigkeit zurückfiel, aber für seine Verspätung gab es eine offizielle Entschuldigung, denn einer seiner Partner bei Endeavor hatte ihn angerufen. Doch er brachte es nicht über sich, dies zu erklären – schließlich hatte er in der Vergangenheit viel zu viele unsinnige Ausreden von sich gegeben – und ließ es bei einer kurzen Entschuldigung bewenden. »Tut mir leid, dass ich Sie habe warten lassen.«

Obwohl es ihm keiner ins Gesicht sagte, waren sie alle der Meinung, es sei Zeitverschwendung, Georgie vorsprechen zu lassen. Aber er schuldete ihr dieses Vorsprechen, egal wie unangenehm es ihm war, an etwas beteiligt zu sein, was sie am Ende vernichten würde.

»Lasst uns mit der Arbeit beginnen«, sagte Hank.

Der Vorsprechraum war mit widerlich grünen Wänden, einem fleckigen braunen Teppich, ein paar ramponierten Metallstühlen und ein paar Klapptischen ausgestattet. Er befand sich im Obergeschoss eines alten Gebäudes hinter dem Vortex-Bau, in dem die Siracca-Studios untergebracht waren, die Independent-Tochtergesellschaft von Vortex. Bram setzte sich auf den leeren Stuhl zwischen Hank und der Casting-Direktorin.

Mit seinem langen Gesicht, den schütter werdenden Haaren und der Brille erinnerte Hank eher an den Professor einer Eliteuniversität als an einen Hollywoodregisseur, aber er war unglaublich talentiert, und Bram konnte noch immer nicht glauben, dass er mit ihm zusammenarbeitete. Die Casting-Direktorin nickte ihrer Assistentin zu, die sich aufmachte, Georgie dort abzuholen, wo man sie hatte warten lassen.

Seit der Partynacht hatte er sie nicht mehr gesehen. Paul war danach krank geworden – eine Art Darmgrippe, wie Chaz meinte – und Georgie war schon auf dem Weg zu ihm, um sich um ihn zu kümmern, ehe Bram am nächsten Morgen aufgewacht war. Eigentlich konnte Georgie die Zerstreuung, bei ihm die Krankenpflegerin zu spielen, so kurz vor ihrem großen Vorsprechen nicht gebrauchen, Bram fand es unglaublich, dass es Paul nicht gelungen war, sie wegzuschicken. Er hätte gern Gelegenheit gehabt, sie vorher noch einmal zu sprechen.

Die Casting-Assistentin kehrte zurück und hielt die Tür auf. Georgies Selbstvertrauen war viel fragiler als sie sich anmerken ließ. Sie wäre nicht schlecht, aber gut wäre sie auch nicht, und die Vorstellung, dass alle auf ihrer Darbietung herumhackten, war ihm zuwider.

Eine große dunkelhaarige Schauspielerin trat ein. Eine Schauspielerin, die nicht Georgie war. Als die Casting-Direktorin sie fragte, was sie seit ihrem letzten Film gemacht hatte, beugte Bram sich zu Hank hinüber. »Wo zum Teufel ist Georgie?«

Hank sah ihn merkwürdig an. »Sie wissen das nicht?«

»Wir hatten keine Gelegenheit, uns auszutauschen. Ihr Vater hat die Grippe, und sie kümmert sich um ihn.«

Hank setzte seine Brille ab und polierte die Gläser mit dem Saum seines Hemds, fast als wolle er Blickkontakt vermeiden. »Georgie hat es sich anders überlegt. Sie befand, die Rolle sei nichts für sie und sie werde nicht bei uns vorsprechen.«

Bram konnte es nicht fassen. Er stand das Vorsprechen durch, ohne ein Wort davon mitzubekommen, entschuldigte sich dann und versuchte sie zu erreichen. Aber sie ging nicht ans Telefon. Paul und Aaron ebenso wenig, und Chaz wusste nicht mehr als das, was Georgie ihr ursprünglich gesagt hatte. Schließlich rief er Laura an. Sie sagte, sie habe erst vor ein paar Stunden mit Paul gesprochen, er habe mit keinem Wort erwähnt, dass er krank sei.

Da stimmte etwas nicht. Er fuhr nach Hause.

Vor den Toren standen nur drei schwarze Geländewagen. Die Hochzeitsfeier vom Sonntag war auf TMZ und den anderen Online Klatschseiten breit ausgeschlachtet worden, doch der Wahnsinn der ersten beiden Monate schien endlich nachzulassen. Aber es brauchte sicher nicht viel, das Feuer wieder in Gang zu bringen, und sollte bekannt werden, dass Georgie verschwunden war, würde die Hölle losbrechen.

Als er in die Garage fuhr, klingelte sein Mobiltelefon. Es war Aaron. »Ich habe eine Nachricht von Georgie. Ich soll Ihnen ausrichten, sie sei weggefahren, um sich etwas Erholung zu gönnen.«

»Was soll der Quatsch? Das kann sie vergessen!«

»Ich weiß. Ich verstehe es ja auch nicht.«

»Wo ist sie?«

Es folgte eine lange Pause. »Das kann ich Ihnen nicht sagen.«

»Einen Blödsinn können Sie!«

Aber Aarons Loyalität galt in erster Linie Georgie, und Brams Drohungen blieben ohne Wirkung. Bram legte schließlich auf und blieb sprachlos in seinem Wagen sitzen. Schämte sie sich dafür, dass sie kalte Füße bekommen hatte, und wollte ihn deshalb nicht sehen? Aber Georgie hatte noch vor keinem Vorsprechen in ihrem Leben Bammel gehabt. Nein, das ergab keinen Sinn.

Er ging im Geiste noch einmal ihr seltsames Gespräch in der Partynacht durch. Wäre es möglich, dass sie allen Ernstes glaubte, er habe sich in sie verliebt? Er musste an all die mehrdeutigen Signale denken, die er ausgesandt hatte, und griff wieder nach seinem Telefon. Sie ging nicht dran, also war er gezwungen, eine Nachricht zu hinterlassen.

»Okay, Georgie, ich habe es kapiert. Es war dir ernst in jener Nacht. Aber ich schwöre bei Gott, ich bin nicht in dich verliebt, also hör auf, dir Sorgen zu machen. Das ist völliger Quatsch. Denk drüber nach. Du weißt doch, dass mir, außer mir selbst, noch kein anderer was bedeutet hat? Warum sollte ich jetzt damit anfangen? Ausgerechnet mit dir? Verflixt, wenn ich gewusst hätte, dass du derart durchknallst, hätte ich meinen Mund gehalten und diese Freundschaftssache für mich behalten. Freundschaft. Mehr nicht. Das versichere ich dir. Also mach keinen Quatsch und ruf mich zurück.«

Aber sie rief nicht zurück, und bis zum nächsten Morgen hatte sich ein viel heimtückischerer Gedanke bei ihm eingeschlichen. Georgie wollte ein Baby, das sie im Moment aber ohne ihn nicht kriegen konnte. War das etwa Erpressung? Ihre Art, ihn zu manipulieren? Die Tatsache, dass ihr einfallen könnte, etwas derart Verabscheuungswürdiges zu tun, machte ihn wütend. Er rief sie an und sagte ihr auf ihren Anrufbeantworter gehörig die Meinung. Da er dabei kein Blatt vor den Mund nahm, war er nicht überrascht, dass sie nicht zurückrief.

Die weiße private Stuckvilla, die Georgie sich gemietet hatte, lag vor Cabo San Lucas hoch über der Sea of Cortez. Sie verfügte über zwei Schlafzimmer, ein muschelförmiges Jacuzzi und eine Schiebeverglasung, die über die ganze Wandbreite ging und auf einen schattigen Innenhof führte. Da Georgie nicht mit einer normalen Verkehrsmaschine nach Mexiko fliegen konnte, hatte sie einen privaten Charterdienst in Anspruch genommen.

Seit einer Woche streifte sie sich jeden Morgen ein überweites T-Shirt über, schlüpfte in unförmige Caprihosen, und lief dann mit einer großen Sonnenbrille und breitem Strohhut kilometerweit unerkannt am Strand entlang. An den Nachmittagen widmete sie sich dem Filmschnitt und versuchte, Frieden mit ihrer Traurigkeit zu schließen.

Bram war wütend über ihr Verschwinden, seine Anrufe hatten ihr das Herz zerrissen.

Aber ich schwöre bei Gott, ich bin nicht in dich verliebt ... Freundschaft. Freundschaft. Mehr nicht. Das versichere ich dir.

Was die zweite Nachricht mit dem Vorwurf betraf, sie erpresse ihn, um ein Baby zu bekommen ... Die löschte sie schon nach der Hälfte.

Ihr Vater wusste, wo sie war. Sie hatte ihm endlich die Wahrheit über Las Vegas erzählt und auch ein wenig davon, warum sie wegmusste. Natürlich hatte er versucht, Bram die Schuld in die Schuhe zu schieben, aber dagegen wehrte sie sich, und er musste ihr auch versprechen, keinen Kontakt zu ihm aufzunehmen. »Gib mir einfach etwas Zeit, Dad, okay?« Zögernd willigte er ein.

Einen Tag später rief ihr Vater sie mit einer Neuigkeit an, die sie ins Schleudern brachte. »Ich habe Nachforschungen angestellt. Bram hat keinen Cent des Geldes angerührt, das du ihm zahlen solltest. Wie sich herausgestellt hat, hat er es gar nicht nötig.«

»Natürlich hat er es nötig. Jedermann weiß doch, dass er sein *Skip-und-Scooter*-Geld auf den Putz gehauen hat.«

»Das kann man wohl sagen. Aber als er dann clean und nüchtern wurde, fuhr er seinen Lebensstil zurück und begann das, was noch übrig war, zu investieren. Er war erschreckend erfolgreich damit. Er hat sogar die Hypothek seines Hauses abbezahlt.«

Wenn das keine Ironie war. Das Einzige, worin Bram sie nicht getäuscht hatte, waren seine Gefühle für sie. Freundschaft. Mehr nicht.

Sie ertappte sich dabei, dass sie ins Leere starrte oder ein Buch zur Hand nahm und denselben Satz immer und immer wieder las. Aber sie weinte nicht, wie sie das bei Lance getan hatte. Diesmal ging ihre Trauer zu tief für Tränen. Filmen war die einzige Aktivität, für die sie Interesse aufbrachte, sie wäre am liebsten mit ihrer Kamera bewaffnet zu einem der Luxusanwesen gegangen und hätte die Hausmädchen interviewt. Doch da sie es nicht ertrug, sich in der Öffentlichkeit zu zeigen, stellte sie ihre Kamera auf dem schattigen Innenhof auf und interviewte sich selbst.

»Sag mir, Georgie, warst du in Liebesdingen immer schon eine Verliererin?«

»Mehr oder weniger. Was ist mit dir?«

»Mehr oder weniger. Was meinst du, woran liegt das?«

»Ein bemitleidenswertes Bedürfnis, geliebt zu werden?«

»Und was machst du dafür verantwortlich? Etwa die Beziehung zu deinem Vater in deiner Kindheit?«

»Möglich.«

»Dann wäre es also letztendlich die Schuld deines Vaters, dass du dich in Bram Shepard verliebt hast?«

»Nein«, flüsterte sie. »Es ist mein Fehler. Ich wusste, dass ich mich auf keinen Fall in ihn verlieben durfte, aber ich musste es ja trotzdem tun.«

»Du hast dein Vorsprechen abgesagt und dir damit die Chance genommen, die Helene zu spielen.«

»Was tut eine Frau nicht alles um der Liebe willen, stimmt's?«

»So was Dummes.«

»Was hätte ich denn tun sollen? Jeden Tag mit ihm zusammenarbeiten und dann abends mit ihm nach Hause gehen?«

»Du hättest deiner Karriere erste Priorität einräumen müssen.«

»Meine Karriere ist mir jetzt egal. Ich habe noch nicht mal einen neuen Agenten eingestellt. Ich will nur noch ...«

»Dich elend fühlen?«

»Ein paar Monate, dann bin ich über ihn hinweg.«

»Glaubst du das wirklich?«

Nein, sie glaubte es nicht. Sie liebte Bram auf so klarsichtige Weise wie sie ihren Exmann nie geliebt hatte, ohne rosarote Brille oder gedankenlose Unbesonnenheit, ohne Aschenputtelfantasien oder der falschen Gewissheit, er werde ihr Leben in Ordnung bringen. Was sie für Bram empfand, war schwierig, ehrlich und kam aus tiefster Seele. Sie empfand ihn ... als einen Teil von sich, ihren Besten und ihren Schlimmsten. Als jemand, mit dem sie sich durchs Leben kämpfen wollte: Triumphe und Niederlagen teilen wollte, Urlaubstage, Geburtstage, Alltage.

»Ausgezeichnet«, sagte ihre Interviewerin. »Jetzt habe ich dich endlich zum Weinen gebracht. Genau wie Barbara Walters.«

Georgie schaltete die Kamera ab und vergrub ihr Gesicht in ihren Händen.

Georgie war inzwischen seit fast zwei Wochen weg, und Aaron war Brams einzige Informationsquelle. Ihr persönlicher Assistent hatte es auf sich genommen, ein paar fiktive Geschichten an die Sensationspresse durchsickern zu lassen. Er teilte Georgies Entschluss mit, Urlaub zu machen, während Bram arbeitete, und beschrieb ausführlich die romantischen Telefonate zwischen den Frischvermählten. Aarons Lügenmärchen hielten die Presse in Schach, weshalb Bram sie auch nicht korrigierte.

Die Arbeit an *Tree House* ging ohne größere Komplikationen voran, obwohl man das Casting noch nicht beendet hatte. Er hätte sich eigentlich fantastisch fühlen müssen, aber am liebsten hätte er seinen alten Drogendealer aufgesucht. Doch er vergrub sich in Arbeit, um die Teufel zu bannen.

Als er am Montagabend vom Studio nach Hause kam, wartete Chaz schon auf ihn, vor sich eine neue Auswahl an Kochbüchern auf dem Küchentisch anstatt der GED Arbeitsbücher, in die sie noch immer keinen Blick hineingeworfen hatte. Sie fuhr zusammen, als er eintrat. »Ich mache Ihnen ein Sandwich. Ein gutes, mit Vollkornbrot, Pute und Avocadopaste. Sie haben heute doch sicherlich nur Mist gegessen.«

»Ich will nichts, und ich habe dir doch gesagt, du sollst nicht meinetwegen aufbleiben.«

Sie wuselte zum Kühlschrank. »Es ist doch noch nicht mal Mitternacht.«

Die Erfahrung hatte ihn gelehrt, dass es nutzlos war, mit Chaz über Essen zu diskutieren, also blieb er, obwohl er eigentlich nur schlafen wollte, und tat so, als würde er die Post durchsehen, die auf der Arbeitstheke lag, während sie Dosen aus dem Kühlschrank zog und ihm von ihrem Leben erzählte. »Aaron nervt total. Er und Becky haben sich getrennt – sie waren keine drei Wochen zusammen. Er sagte, sie seien sich zu ähnlich. Aber das ist doch eigentlich eine gute Voraussetzung, oder?«

»Nicht immer.« Bram starrte blind auf eine Party-Einladung und warf sie dann in den Müll. Zwischen ihm und Georgie gab es viel mehr Ähnlichkeit als Verschiedenheit, aber er hatte ziemlich lang gebraucht, um das herauszufinden.

Chaz knallte einen Behälter so fest auf die Theke, dass der Deckel absprang. »Aaron weiß, wo Georgie ist.«

»Ja, weiß ich. Ihr Vater weiß es auch.«

»Sie sollten sie dazu bringen, es Ihnen zu sagen.«

»Wieso denn? Ich laufe ihr nicht hinterher.« Außerdem wusste Bram bereits aufgrund eines Telefongesprächs mit Trev, der bei Dreharbeiten für seinen neuen Film in Australien war, dass sie sich in Cabo aufhielt. Bram hatte sich überlegt, nach Mexiko zu fliegen und sie zurückzuholen, aber sie hatte seinen Stolz verletzt. Seine Devise lautete, sie war diejenige, die ihn verlassen hatte, und nun war es an ihr, zurückzukommen und alles wieder in Ordnung zu bringen.

Chaz legte einen Laib Brot aufs Brett und schnitt es mit energischer Hand auf. »Ich weiß, warum ihr geheiratet habt.«

Er schaute auf.

Sie riss den Deckel einer Dose mit Avocadokrem auf. »Sie hätten ehrlich mit dem umgehen sollen, was in Vegas passiert war, und die blöde Ehe annullieren sollen. Wie das Britney Spears gemacht hat, als sie das erste Mal geheiratet hat.«

»Woher weißt du, was passiert ist?«

»Weil ich zufällig mitbekommen habe, wie Sie und Georgie darüber sprachen.«

»Dabei hast du wohl ein Ohr ans Schlüsselloch gedrückt. Solltest du jemals ein Wort darüber verlieren …«

Sie schlug die Schranktür zu. »Das denken Sie also von mir? Dass ich ein großes blödes Plappermaul bin?«

Jetzt gab es zwei verärgerte Frauen in seinem Leben, aber Chaz' Wohlwollen zurückzuerlangen war relativ einfach. »Nein, das glaube ich nicht. Tut mir leid.«

Sie ließ sich seine Entschuldigung durch den Kopf gehen, beschloss dann, sie anzunehmen, womit er auch gerechnet hatte. Er setzte sich zum Essen hin. Er wollte diese falsche Ehe aber noch nicht beenden. Sie hielt zu viele Abenteuer

427

bereit – beginnend mit Sex, der so großartig war, dass er sich nicht vorstellen konnte, darauf schon zu verzichten. Dank Georgie mischte er auch wieder im Filmgeschäft mit, und das hatte er auch weiterhin vor. Er wünschte sich, dass *Tree House* der erste in einer Reihe großartiger Filme war, und irgendwie gehörte sie zur Realisierung dessen dazu.

Während Chaz ihm sein Sandwich hinschob, sagte sie: »Ich kann es noch immer nicht fassen, dass sie das Vorsprechen abgesagt hat. Da macht sie sich die viele Arbeit und schmeißt es dann hin. Sie glauben ja gar nicht, wie sie Aaron herumgehetzt hat, damit er ihr dieses ganz besondere Outfit besorgt. Dann hat sie mich verschiedene Frisuren und Make-ups an ihr ausprobieren lassen. Ich musste auch noch ihr blödes Vorsprechen aufnehmen. Und dann kneift sie und läuft davon.«

Er legte sein Sandwich ab. »Du hast ihr Vorsprechen aufgezeichnet?«

»Sie kennen sie doch. Sie nimmt alles auf. Vielleicht hätte ich das nicht ausplaudern dürfen, aber sollte sie jemals irgendwelche Sexbänder von Ihnen aufnehmen, sollten Sie vielleicht ernsthaft ...«

»Liegt das Band hier noch irgendwo herum?«

»Weiß ich nicht. Vermutlich schon. In ihrem Büro vielleicht.«

Er wollte schon aufstehen, ließ sich dann aber in seinen Stuhl zurückfallen. Pfeif drauf. Er wusste genau, was er darauf sehen würde.

Aber bevor er an diesem Abend zu Bett ging, gewann die Neugier die Oberhand, und er durchsuchte ihr Büro, bis er fand, wonach er suchte.

Ihr erstes Gerangel gab es wegen der Rechnung. »Gib sie mir«, sagte Laura und war wirklich überrascht, als sie sah, wie Paul die Rechnung nahm, ehe sie ihre Hand danach ausstrecken konnte. Sie waren öfter als sie zählen konnte miteinander essen gewesen, und sie hatte immer die Rechnung beglichen. »Das ist ein Geschäftsessen. Der Klient bezahlt nie.«

»In der ersten Stunde war es vielleicht ein Geschäftsessen«, sagte Paul. »Danach bin ich mir da nicht mehr so sicher.«

Sie tastete nach ihrer Serviette. Es stimmte, dieser Abend war anders gewesen. Noch nie zuvor hatten sie sich über die Peinlichkeiten unterhalten, die sie auf der Highschool erlebt hatten, oder über ihre gemeinsame Liebe zur Musik und zum Baseball. Er hatte auch noch nie darauf bestanden, sie von ihrer neuen Wohnung abzuholen. Den ganzen Abend hatte sie versucht, den professionellen Anstrich zu wahren, aber er schoss immer wieder quer. Etwas war passiert. Etwas, was sie so schnell wie möglich ungeschehen machen musste.

Sie streckte ihre Hand nach der Rechnung aus. »Paul, ich bestehe darauf. Das ist eine wohlverdiente Feier. Du bist erst seit sechs Wochen mein Klient und hast schon eine große Rolle bekommen.« Er hatte für eine schrullige neue HBO Fernsehserie vorgesprochen, in der es um eine Gruppe Veteranen aus dem Vietnam-, Golf- und Irakkrieg ging, die ihre Wochenenden damit zubrachten, den amerikanischen Bürgerkrieg nachzuspielen.

Er legte seine Hand auf die Ledermappe mit der Rechnung darin. »Ich gebe sie dir, aber nur, wenn das nächste Wochenende auf mich geht.«

Hatte er sie gerade eingeladen? Für Spielchen war sie zu alt. »Hast du gerade eine Einladung ausgesprochen?«

Er hielt den Kopf schief, und ein leicht amüsiertes Lächeln umspielte seine Mundwinkel. »Habe ich?«

»Nein, hast du nicht.«

»Und warum nicht?«

429

»Weil ich nicht dünn bin.«

»Ahh.«

»Oder blond, oder elegant oder von einem ehemaligen Studioboss geschieden. Ich habe keine Zeit für einen Privattrainer, ich mache in meinen Kleidern keine gute Figur, und ich finde es ätzend, zum Friseur zu gehen.« Sie kreuzte ihre Beine. »Aber vor allen Dingen bin ich deine Agentin, und ich habe vor, viel Geld aus deiner Karriere zu schlagen.«

»Willst du nun trotzdem nächstes Wochenende mit mir ausgehen?«

»Nein!«

»Schade.« Der Kellner kam und Paul reichte ihm seine Kreditkarte. Ein Regisseur, den sie beide kannten, blieb an ihrem Tisch stehen, um mit ihnen zu plaudern, und bis der Portier Pauls Wagen gebracht hatte, ging Laura davon aus, dass das Thema erledigt war. Aber Paul bewies ihr schnell, dass sie sich irrte.

»Das L.A. Chamber Orchestra spielt nächstes Wochenende in der Royce Hall«, sagte er, als sie vom Restaurant wegfuhren. »Ich denke, da sollten wir hin. Es sei denn, du möchtest lieber in ein Spiel der Dodgers.«

Zwei ihrer Lieblingsaktivitäten. »Ich versteh das nicht. Du bist doch der vollendete Profi. Du weißt doch, dass ich mich nicht mit einem Klienten verabreden kann, vor allem nicht mit einem so wichtigen Klienten.«

»Mir gefällt das mit dem ›Wichtig‹.«

»Es ist mein Ernst. Dir steht eine großartige Karriere bevor, und ich möchte jede Phase davon mitverhandeln.«

Er bog in nördlicher Richtung auf den Beverly Glen Boulevard ein. »Wenn du nicht meine Agentin wärst, würdest du dich dann mit mir verabreden?«

Auf der Stelle. »Wahrscheinlich nicht. Wir sind zu verschieden.«

»Warum sagst du das ständig?«

»Weil du kühl und logisch bist. Du liebst Ordnung. Wann hast du das letzte Mal vergessen, deine Rechnung fürs Kabelfernsehen zu bezahlen, oder Wein auf deine Kleider verschüttet?« Sie deutete auf den kleinen roten Fleck auf dem Rock ihres Seidenkleids. Gleichzeitig deckte sie ihre Strümpfe ab, die einen Faden gezogen hatten. Sie wollte sich behaupten, ohne wie ein Schmutzfink auszusehen.

»Das gefällt mir an dir«, sagte er. »Du vertiefst dich derart ins Gespräch, dass du vergisst, an das zu denken, was du gerade tust. Du bist eine gute Zuhörerin, Laura.«

Er war das auch. So intensiv wie er sie heute Abend ansah, gab er ihr das Gefühl, die faszinierendste Frau auf Erden zu sein. »Ich verstehe das nicht«, sagte sie. »Warum dieses plötzliche Interesse?«

»So plötzlich nun auch wieder nicht. Du warst meine Begleitung für die Hochzeitsparty, weißt du noch?«

»Das war geschäftlich.«

»War es das?«

»Ich dachte es.«

»Dann hast du falsch gedacht«, sagte er. »An jenem Tag, als du mich in die Enge getrieben hast, hast du meine Grundfesten erschüttert. Du hast mir in Hinblick auf Georgie die Augen geöffnet, seitdem ist alles anders.« Der Anflug eines Lächelns zog in seinen Mundwinkel. »Falls es dir noch nicht aufgefallen sein sollte, ich bin ein ziemlich steifer Mensch. Du bist eine sehr entspannende Frau, Laura Moody. Du machst mich locker. Und außerdem gefällt mir dein Körper.«

Laura brach in Gelächter aus. Wo kam nur all der Charme her? Reichte es nicht, dass er intelligent war, gut aussah und viel netter war, als sie sich das vorgestellt hatte? »Du erzählst einen Scheiß.«

Er grinste und bog in eine kleine Seitenstraße oberhalb

des Stone Canyon Reservoirs ab. »Du gabst mir meine Tochter zurück. Du gabst mir eine neue berufliche Perspektive. Ich habe fast Angst, es auszusprechen, aber zum ersten Mal seit langer, langer Zeit bin ich glücklich.«

Der Innenraum seines Lexus' war plötzlich zu eng. Es wurde noch intimer, als er auf eine schmale Staubstraße abbog, den Wagen neben einem Gebüsch parkte und die Fenster herunterließ. Als er den Motor abstellte, setzte sie sich gerade hin. »Gibt es einen Grund, hier anzuhalten?«

»Ich hoffe das herauszufinden.«

»Das soll wohl ein Scherz sein.«

»Sieh es doch mal von meinem Standpunkt aus. Ich habe mir den ganzen Abend gewünscht, dich zu berühren. Ich würde die Bequemlichkeit einer hübschen Couch natürlich vorziehen, aber ich kann kaum damit rechnen, dass du mich einlädst, wenn du nicht mal einwilligst, dich mit mir zu verabreden. Nun improvisiere ich.«

»Paul, ich bin deine Agentin! Nenn mich verrückt, aber ich verfolge die Politik, nicht mit meinen Klienten zu fummeln.«

»Ich verstehe. Wenn ich du wäre, würde ich die gleiche Politik verfolgen. Lass es uns trotzdem tun. Nur um zu sehen, was passiert.«

Sie wusste, was passieren würde. O Gott, als hätte sie das nicht immer gewusst. Seine sexuelle Anziehungskraft war bei jedem Zusammensein schwerer zu ignorieren gewesen, aber sie hatte nicht die Absicht, sich ihre ohnehin schon versaute Karriere noch mehr zu vermasseln. »Lass es uns nicht tun.«

Die automatischen Scheinwerfer, die einen Streifen dichtes Gebüsch und eine Krüppeleiche angestrahlt hatten, gingen aus, sie waren in weiche, warme Dunkelheit gehüllt. »Weißt du was.« Er löste seinen Sicherheitsgurt. »Jahrelang habe ich mein Leben von der Logik bestimmen lassen, und das hat offen gestanden gar nicht so gut funktioniert. Aber jetzt bin ich Schauspieler, was mich offiziell zu einem Besessenen macht, ich werde jetzt endlich mal das tun, was ich will. Und was ich möchte ...« Er beugte sich über sie und drückte seine Lippen auf die ihren. »Was ich möchte, ist das hier ...«

Sie hätte nichts weiter tun müssen, als sich abzuwenden. Stattdessen genoss sie es, wie er schmeckte ... wie er roch ... Diesen benebelnden, berauschenden Gefühlsschwall. Sie wollte mehr.

Aber die Tage, an denen sie ihre Interessen einem raschen Kitzel geopfert hatte, waren lange vorbei. Sie grub ihre Hände in sein Haar, küsste ihn inbrünstig und entzog sich ihm dann. »Das hat Spaß gemacht. Tu das nicht wieder.«

Paul hatte eigentlich nichts anderes erwartet. Aber gehofft hatte er. Er strich ihr mit seiner Hand über die Wange. Sie würde ihm nicht glauben, wenn er ihr erzählte, dass er dabei war, sich in sie zu verlieben, also ließ er es sein. Er konnte es selbst kaum glauben. Jetzt endlich mit zweiundfünfzig Jahren verliebte er sich wieder und noch dazu in eine Frau, die er seit Jahren kannte. Aber selbst in den Zeiten, als sie sich von ihm hatte schikanieren lassen, hatte er sich körperlich von ihr angezogen gefühlt.

Er hatte immer Frauen mit Rundungen und weichen Zügen bevorzugt. Mit widerspenstigen Haaren und Augen in der Farbe von Armagnac. Kluge, unabhängige Frauen, die wussten, wie sie ihren Platz in der Welt fanden, die gerne aßen und daran interessiert waren, mit der Person zu sprechen, die vor ihnen saß, anstatt ständig das Mobiltelefon abzuhören. Die Tatsache, dass er es nicht zugelassen hatte, sich einer Frau mit derartigen Qualitäten zu nähern, bewies nur, wie entschlossen er gewesen war, sich von all den verwirrenden Gefühlen fernzuhalten, die ihn fast zerstört hätten.

Trotz der körperlichen Anziehung, die Laura auf ihn ausgeübt hatte, hatte er keinen Respekt für sie empfunden, nicht bis zu jenem Tag, als sie sich ihm gegenüber behauptet hatte. Als er Zeuge ihrer Integrität, ihrer Fürsorge geworden war, war ihm dies unter die Haut gegangen, und sie hatte die Sache besiegelt, indem sie ihn schließlich daran erinnert hatte, dass er Schauspieler war. Ehe er es selbst wusste, hatte sie gewusst, was er brauchte.

In den letzten Wochen fühlte er sich wie neugeboren, manchmal so wackelig auf den Beinen wie ein Hengstfohlen, um dann wieder davon überzeugt zu sein, dass alles seine Richtigkeit hatte. Er konnte nicht glauben, dass er sich so lange selbst verleugnet hatte. Nur seine Sorge um Georgie überschattete seine Zufriedenheit. Dies und die nagende Sorge, es gelänge ihm womöglich doch nicht, die sehr vernünftigen Barrieren zu überwinden, die Laura zwischen ihnen aufrechterhalten wollte.

Aber er hatte einen Spielplan, und heute Abend hatte er seinen ersten Zug gemacht, indem er sie wissen ließ, dass mehr als das Geschäftliche sie verband. Von jetzt an beabsichtigte er, es langsam angehen zu lassen, um ihr genügend Zeit zu geben, sich mit der Idee anzufreunden, dass sie zusammengehörten. Er würde nichts überstürzen. Keinen Seelenstriptease veranstalten. Nur geduldig und bedächtig sein Ziel verfolgen.

Dann rutschte ihr die Handtasche vom Schoß, und als sie sich vorbeugte, um sie wieder aufzuheben, stieß sie sich mit dem Kopf am Handschuhfach an, und sein Plan löste sich in Wohlgefallen auf. »Laura, ich bin dabei, mich in dich zu verlieben.«

Er war so erstaunt, sich das laut aussprechen zu hören, dass er ihren Lachanfall kaum registrierte. »Ich weiß, dass das verrückt ist«, sagte er, »und ich erwarte auch nicht, dass du mir glaubst, aber es ist die Wahrheit.«

Ihr Lachen klang heller. »Ich hätte nie gedacht, dass du so ein guter Schauspieler bist. Du glaubst doch nicht im Ernst, dass ich auf so eine Zeile reinfalle.« Noch immer lachend rieb sie sich die Stirn und schaute ihm eindringlich in die Augen. Sie ließ sich Zeit und betrachtete ihn aufmerksam, wie sie das immer tat. Hielt ihren Kopf schräg. Musterte ihn. Ihr Lachen wurde immer schwächer, ihre Lippen öffneten sich leicht. Dann tat sie etwas, was ihn wirklich schockierte. Sie las seine Gedanken. »Mein Gott«, sagte sie. »Du meinst es ernst.«

Er nickte, unfähig zu sprechen. Die Sekunden dehnten sich. Er gab ihr die Zeit, die sie brauchte, um es zu verarbeiten. Ihr BH-Träger rutschte von ihrer Schulter. Sie blinzelte.

»Ich liebe dich nicht«, sagte sie. »Wie auch? Ich lerne dich doch gerade erst kennen.« Sie nagelte ihn mit ihren brandyfarbenen Augen fest. »Aber, mein Gott, ich empfinde Lust, aber ich schwöre bei Gott, wenn das nicht funktioniert oder du vielleicht sogar erwägst, mich zu feuern«, sie löste ihren Sicherheitsgurt, »dann werde ich dich bei jedem Casting-Agenten in der Stadt anschwärzen. Hast du verstanden?«

»Ich hab's verstanden«, sagte er, bevor sie zum Angriff überging.

Es war umwerfend. Sie nahm sein Kinn in beide Hände und ließ ihre Münder spielen. Als sie ihm die süße Spitze ihrer Zunge anbot, stachelte die Zärtlichkeit seine Erregung nur umso mächtiger an. Er rückte seinen Sitz weit genug vom Lenkrad weg, dass sie ein Knie über seinen Schenkel schieben konnte. Ihre fliegenden Haare strichen über seine Wange. Ihr Kuss wurde drängender. Er musste sie berühren, sie spüren. Er umfing ihre Hüften mit seinen Händen. Unter der dünnen Seide ihres Kleids war ihr Fleisch ein einziges sinnliches Gedicht.

»Ich liebe dich«, flüsterte er, ohne sich länger an seinen Spielplan zu halten.

»Du bist ein Wahnsinniger.«

»Du bist wunderbar.«

Er hatte so etwas nicht mehr in einem Auto gemacht, seit er siebzehn war, und es war auch heute nicht bequemer. Er fummelte an ihrem Reißverschluss, es gelang ihm immerhin, diesen reibungslos aufzuziehen. Seine Hände schlüpften unter ihr Kleid. Er berührte ihren BH.

»Das ist verrückt.« Sie stöhnte an seinem Mund, während er ihren BH so weit herunterzog, dass er an ihren Brüsten saugen konnte. Ihre Finger pflügten durch sein Haar, und ihr Kopf sank in den Nacken.

Das Auto wurde zu ihrem Feind. Sie zerrte an seinem Hemd, kratzte ihn mit ihrem Ring. Irgendwie hob er sie hoch genug an, um sich unter sie auf den Beifahrersitz zu schieben, doch nicht ohne vorher von einem Ellbogen am Kinn und von ihrem Knie in die Seite gestoßen zu werden. Schließlich saß sie mit gespreizten Beinen auf ihm. Ihre Münder waren noch immer vereint, und er griff unter ihren Rock ...

Ihre Liebkosungen wurden heftiger. Ihre Hand, derb und geschickt ... Kleider im Weg. Ein weiterer saftiger Kuss, dann war er in ihr. Liebte sie. Füllte sie aus. Schenkte ihr Lust. Ergriff Besitz von ihr. Die Geräusche ihres Stöhnens, ihres Atems, ihrer miteinander verschmelzenden Körper tosten in seinen Ohren. Sie packte ihn. Erstarrte. Sie klammerten ... hingen ... flogen ... lösten sich auf.

Danach stieg er aus dem Wagen, um seinen Körper zu lockern und seinen Rücken zu strecken. Sie gesellte sich kurz darauf zu ihm.

»Das«, sagte sie ganz trocken, »war verrückt und lächerlich. Lass uns vergessen, dass es passiert ist.«

Er blickte hinauf zu den Sternen. »Ausgezeichnet. Dann können wir uns ja auf unser erstes Mal freuen.«

Ihre Härte ließ nach und wich der Besorgnis. »Es ist dir wohl wirklich ernst damit, oder?«

»Ja.« Er legte einen Arm um sie. »Und ich bin genauso entsetzt wie du.«

»Erstaunlich. Du bist ein erstaunlicher Mann, Paul York. Ich freue mich darauf, deine Bekanntschaft zu machen.«

Er drückte seine Lippen in ihr weiches Haar. »Ist es noch immer nur Lust für dich?«

Sie legte ihre Wange auf seine Schulter. »Gib mir ein paar Monate, dann reden wir noch mal darüber.«

Georgie hatte den Boden unter den Füßen verloren. Sie lag im schrägen Licht der Spätnachmittagssonne auf einer Teakliege ihres weißen gepflasterten Innenhofs. Es war Dienstagnachmittag, genau sechzehn Tage nach ihrer Ankunft in Mexiko. Gegen Ende der Woche wollte sie sich aufraffen, nach L.A. zurückzukehren, obwohl sie am liebsten für immer hier geblieben wäre oder wenigstens so lange, bis sie wusste, wie ihr Leben weitergehen sollte. Wenn sie nicht vor dem Computer saß, den sie sich vor ein paar Tagen gekauft hatte, konnte sie sich auf nichts konzentrieren. Sie litt zu sehr.

Ein Geckopärchen huschte in den Schatten. In der Ferne schaukelten Boote auf den Wellen, und ihre Windschutzscheiben blitzen in der Sonne wie Stroboskope. Es war zu heiß, um noch länger draußen in der Sonne zu liegen, aber sie rührte sich nicht vom Fleck. Das Tor quietschte in seinen Angeln. Sie blickte auf, und da kam er, die Augen hinter einer metallgrauen Fliegerbrille verborgen, auf ihren Hof geschlendert, als hätte sie ihn heraufbeschworen. Das flaue Gefühl im Magen war ihr zuwider. Ihr mit sich selbst beschäftigter, selbstzerstörerischer böser Junge hatte unbemerkt die Jahre der Ausschweifung hinter sich gelassen und war nun eine vor Gesundheit strotzende Erscheinung. Sein Anblick schnürte ihr die Kehle zu, und sie brachte kein Wort heraus.

Durch die Gläser seiner Sonnenbrille ließ er seinen Blick von ihrem schweißfeuchten Haar zu ihrem violetten Bikinihöschen und dann zu ihren nackten Brüsten wandern. Der Patio war nicht einsehbar, und sie hatte nicht mit einem Besucher gerechnet, vor allem nicht mit diesem Besucher, da lag sie nun oben ohne, wenn sie es am wenigsten wollte.

»Genießt du deinen Urlaub?« Das weiche Grollen seiner Stimme strich über ihre Haut wie der Vorbote eines Unwetters.

Sie war Schauspielerin, die Kameras liefen, und sie fand ihre Stimme. »Sieh dich um. Muss es einem hier nicht gefallen?«

Er kam auf sie zu. »Du hättest mit mir reden sollen, ehe du wegranntest.«

»Wir führen keine Ehe, in der das selbstverständlich wäre.« Ihr Arm fühlte sich an wie Gummi, als sie nach ihrem gelb-violett gestreiften Oberteil angelte.

Er riss es ihr aus der Hand und warf es über den Patio, wo es auf einem kleinen Tisch landete. »Mach dir nicht die Mühe, dich anzuziehen.«

»Vorsichtig.« Während sie lautlos zählte, um nicht zu hetzen, ging sie darauf zu, um es sich zurückzuholen, und wiegte dabei ihre Hüften in dem winzigen Bikinihöschen – vielleicht ein letzter Versuch, Bram in sich verliebt zu machen? Aber das würde nicht passieren. Bram verliebte sich nicht, nicht weil er so egozentrisch war, wie er dachte, sondern weil er nicht wusste, wie.

Sie zog ihr Oberteil an und schüttelte ihre Haare. »Diese Reise hättest du dir sparen können. Ich komme bald nach L.A. zurück.«

»Das habe ich von Trev gehört.« Seine Finger ballten sich zu Fäusten. »Ich habe vor ein paar Tagen mit ihm in Australien telefoniert, aber die ganze Geschichte habe ich aus der Sensationspresse. *Flash* schreibt, wir ziehen beide in sein Haus ein, während er dreht, damit wir den Sommer am Strand genießen können.«

»Mein früher sehr zurückhaltender persönlicher Berater hat sich zu einem Mediensprachrohr gemausert.«

»Wenigstens passt einer auf dich auf. Was ist denn los, Georgie?«

Sie versuchte sich zusammenzureißen. »Ich werde in Trevors Haus einziehen. Du nicht. Das ist eine gute Lösung.«

»Eine Lösung *wofür*?« Er riss sich die Sonnenbrille vom Gesicht. »Diesen Teil verstehe ich nicht – warum dies alles auf einmal –, du solltest es mir vielleicht erklären.«

Er war so kalt, so wütend. »Unsere Zukunft«, sagte sie. »Die nächste Phase. Glaubst du nicht, es wäre an der Zeit, unser eigenes Leben weiterzuführen? Alle wissen, dass du arbeitest, also wird es keinem seltsam vorkommen, wenn ich den Sommer in Malibu verbringe. Aaron kann weiterhin seine Geschichten streuen, wenn du Wert darauf legst. Du kannst auch für ein paar ganz öffentliche Strandspaziergänge vorbeikommen. Das wäre schön.« Es wäre überhaupt nicht schön. Jeglicher Kontakt, den sie von nun an mit ihm hätte, würde die Qual nur verlängern.

»Aber so war das nicht geplant.« Er hakte seine Sonnenbrille im Ausschnitt seines T-Shirts ein. »Wir haben eine Vereinbarung. Ein Jahr. Ich halte mich daran, an jede Sekunde.«

Er hatte auf sechs Monaten bestanden, nicht auf einem

Jahr, aber sie ging darüber hinweg. »Du hörst nicht zu.« Irgendwie kam Scooter zum Vorschein, die die Unschuldige spielte. »Du arbeitest. Ich bin am Strand. Ein paar öffentliche Auftritte. Keiner wird Verdacht schöpfen.«

»Du musst zu Hause sein. In meinem Haus. Offenbar habe ich deine Erklärung verpasst, warum du nicht dort bist.«

»Weil es längst an der Zeit ist, dass ich einen neuen Kurs in meinem Leben einschlage. Der Strand eignet sich bestens für meine ersten Schritte.«

Der Schatten eines afrikanischen Tulpenbaums fiel auf sein Gesicht, als er sich ihr näherte. »Dein momentaner Lebenskurs ist genau richtig.«

Sie spielte die leicht Entnervte, obwohl es ihr in der Seele wehtat. »Ich wusste, du würdest es nicht verstehen. Ihr Männer seid doch alle gleich.« Sie griff nach ihrem Handtuch und drückte es wie ein Kuscheltier an ihre Brust. »Ich werde jetzt duschen, während du dich etwas beruhigst.«

Aber als sie sich umdrehte, um ins Haus zu gehen, sorgte er dafür, dass sie wie angewurzelt stehen blieb.

»Ich habe dein Vorsprechband gesehen.«

Bram beobachtete, wie Georgies Gesichtsausdruck sich von Verwirrung in erstauntes Begreifen verwandelte. Er hätte sie gern festgehalten, sie geschüttelt und dazu gebracht, ihm die Wahrheit zu sagen.

Ihre Finger hatten keine Kraft mehr, das Handtuch zu halten. »Sprichst du von dem Band, das Chaz für mich aufgenommen hat?«

»Es ist großartig«, sagte er langsam. »Du bist großartig.«

Sie starrte ihn mit ihren großen grünen Augen an.

»Du hast es genau getroffen, wie du versprochen hattest«, sagte er. »Die Leute unterschätzen mich als Schauspieler. Mir kam nie in den Sinn, dass ich dasselbe mit dir tat. Wir alle haben dich unterschätzt.«

»Ich weiß.«

Ihre unkomplizierte Antwort ärgerte ihn. *Er* hatte es nicht gewusst; als er das Band gesehen hatte, war das wie ein Schlag in die Magengrube gewesen.

Gestern Abend hatte er in seinem dunklen Schlafzimmer gesessen und es sich angesehen. Als er auf den Abspielknopf drückte, war die nackte Wand von Georgies Büro aufgetaucht, und er hörte Chaz' Stimme aus dem Off. »Ich habe zu arbeiten. Ich habe keine Zeit für solchen Unsinn.«

Georgie trat ins Bild. Ihr Haar war streng gescheitelt, sie trug nur ein Minimum an Make-up: eine zarte Grundierung, keine Wimperntusche, die Augenbrauen kaum nachgezogen, aber ein entsetzlich dunkelroter Mund, der für Helene nicht unpassender hätte sein können. Die Kamera fing sie von der Taille aufwärts ein: eine streng geschnittene schwarze Kostümjacke, ein weißer Mantel und kunstvoll verschlungene schwarze Perlen.

»Es ist mein Ernst«, sagte Chaz. »Ich muss das Abendessen herrichten.«

Georgie schnitt Chaz mit Helenes eisiger gebieterischer Stimme ins Wort, anstatt wie üblich, mit ihrer hündchenhaften Freundlichkeit auf sie einzugehen. »Du tust, was ich sage.«

Chaz murmelte etwas, was das Mikro nicht erfasste, und blieb, wo sie war. Georgies Brüste hoben sich ganz leicht unter der Kostümjacke, dann breitete sich ein Lächeln – ein verfluchtes Eispickellächeln – über der unteren Hälfte ihres Gesichts aus, das den scharlachroten Mund absolut richtig erscheinen ließ.

Du glaubst wohl, du könntest mich in Verlegenheit bringen, Danny? Ich werde nicht verlegen. Verlegenheit ist was

*für Verlierer. Und ein Verlierer bist du, nicht ich. Du bist
eine Null. Ein Nichts. Das wissen wir alle, das war schon
so, als du noch ein Kind warst.*

Ihre Stimme war leise, von tödlicher Ruhe und absoluter
Gelassenheit. Im Unterschied zu den anderen Schauspielerinnen, die vorgesprochen hatten, gab sie keinerlei Gefühle preis. Kein Zähneknirschen und auch keine Szene.
Sie nahm sich vollständig zurück.

*Du hast keinen einzigen Freund mehr in dieser Stadt,
aber du bildest dir noch immer ein, du seist mir überlegen ...*

Die Worte sprudelten aus ihr heraus, kalte Wut lauerte
hinter ihrem blutroten Lächeln, das Helenes Selbstsucht,
ihre Tücke, ihren scharfen Verstand und ihre feste Über-
zeugung, dass sie alles verdient hatte, was sie nur packen
konnte, perfekt einfing. Er blieb gebannt sitzen, bis sie mit
diesem Lächeln, das wie schwarzes Eis auf den Lippen fest-
gefroren war, zum Ende kam.

*Erinnerst du dich, wie du dich über mich lustig gemacht
hast, als wir zur Schule gingen? Wie laut du gelacht hast?
Und wer lacht jetzt, du Komiker? Wer lacht jetzt?*

Die Kamera lief weiter, aber sie regte sich nicht. Sie
wartete einfach ab, während jede Zelle ihres Körpers stille
Wut, unnachgiebigen Stolz und hartnäckige Entschlossenheit verströmte. Die Kamera wackelte, und er hörte Chaz'
Stimme. »Du liebe Zeit, Georgie, das war ...«

Das Bild wurde dunkel.

Er sah Georgie an, wie sie jetzt ihm gegenüber inmitten des weiß getünchten Patios stand, das Haar zu einem
verschwitzten, ungekämmten Knoten hochgebunden, ihr
Gesicht bar jeglichen Make-ups, mit einem Strandlaken,
das ihr lose in der Hand hing, und doch glaubte er einen
Moment lang Helenes berechnenden Blick auf sich gerichtet zu sehen – entschlossen, zynisch, scharfsinnig. Er wür-

de das wieder in Ordnung bringen. »Ich habe Hank heute Morgen aufgeweckt und ihn noch ehe er seinen Kaffee getrunken hatte dazu gebracht, sich das Band anzuschauen.«

»Hast du?«

»Es hat ihn umgehauen. Genauso wie mich. Keine andere Schauspielerin, die wir uns angesehen haben, hat es so rübergebracht wie du – die Komplexität, diesen schwarzen Humor.«

»Ich bin Komikerin. Das gehört zu meinem Job.«

»Bei deiner Darbietung bekommt man Gänsehaut.«

»Danke.«

Langsam regte ihn ihre Reserviertheit auf. Sie sollte hämisch frohlocken und darauf verweisen, dass sie es ihm doch gesagt hatte. Aber diese Erwartung erfüllte sie nicht, also versuchte er es noch mal. »Scooter Brown war gestern, du hast sie in den Orkus des Vergessens geschickt.«

»Das war meine Absicht.«

Sie schien die Botschaft noch immer nicht kapiert zu haben, also sagte er es ihr in aller Deutlichkeit: »Die Rolle gehört dir.«

Anstatt sich ihm in die Arme zu werfen, wandte sie sich ab. »Ich brauche jetzt wirklich eine Dusche. Mach es dir bequem, während ich mich anziehe.«

25

Sie schloss sich im Badezimmer ein und ließ das Wasser über ihren Körper laufen. Sie war rehabilitiert, aber es war ohne jede Bedeutung. Schließlich hatte sie immer gewusst, wie gut sie war. Welche Ironie. Die einzige Person, deren Bestätigung sie gebraucht hatte, war sie selbst. Was sagte das über ihr persönliches Wachstum aus?

Sie zog die gleichen weißen Shorts und das marineblaue Babydoll-Oberteil an, das sie am Morgen getragen hatte, und fuhr mit einem Kamm durch ihr feuchtes Haar. Jetzt war der Zeitpunkt gekommen, ihm so viel Wahrheit zu enthüllen, wie sie ertragen konnte, aber das konnte sie nicht allein. Dazu benötigte sie die Hilfe ihrer treuesten Gefährtin.

Der kühle, kleine Wohnbereich hatte weiß getünchte Wände, einen gefliesten Fußboden und braune Korbstühle mit eisblauen Kissen. Jeden Morgen öffnete sie die Glasschiebetüren, sodass der Patio zu einer Erweiterung des Innenraums wurde. Dabei fand auch der ein oder andere Gecko den Weg ins Haus, aber das störte sie nicht. Sie hatte gelesen, dass einige dieser Arten parthenogenetisch sind, die Weibchen sich ohne Männchen fortpflanzen konnten. Könnte sie das doch auch.

Bram hatte einen Krug mit Eistee im Kühlschrank entdeckt und es sich bequem gemacht. Seine Füße ruhten auf dem Kaffeetisch und auf seinem Schenkel balancierte er ein schweres grünes Glas. Er hörte ihre Schritte auf den kühlen Terrakottafliesen, drehte sich aber nicht zu ihr um.

»Du scheinst über dein Casting nicht so glücklich zu sein, wie ich erwartet hatte.«

»Offensichtlich musste ich mir nur selbst was beweisen«, zirpte Georgies treue Gefährtin Scooter. »Wer hätte das gedacht?«

»Das ist der Karrieredurchbruch, auf den du gewartet hast.«

»Ja schon, aber ...« Als sie zögerte, schwang er sich herum und sah sie an. Sie hielt ihre Hand hoch. »Ich muss dir was sagen. Das wird dir nicht gefallen – mir gefällt es auch nicht. Du kannst mir an den Kopf werfen, was immer dir einfällt, ich werde dir nicht widersprechen.«

Er erhob sich von der Couch und näherte sich ihr so vorsichtig, als wäre sie ein vergessenes Gepäckstück am Flughafen. »Du wohnst nicht in Trevs Haus. Das ist mein Ernst, Georgie. Ich habe jedes Wort dieser dummen Ehevereinbarung eingehalten, du kannst verdammt noch mal dasselbe tun.«

»Du hast sie nicht aus edlen Gefühlen eingehalten. Du hast deine eigenen egoistischen Gründe dafür.«

»Darauf kommt es nicht an«, sagte er. »Ich habe meinen Teil der Abmachungen eingehalten, und du musst dich an deinen halten, oder du bist nicht die Frau, für die ich dich gehalten habe.«

»Im Prinzip ist das schön, aber ...« Zeit, damit herauszuplatzen, wie der Schwachkopf, der sie nicht war. »Karten auf den Tisch, Skipper.« Sie strich die Zeitschrift glatt, die auf einem Beistelltisch lag. »Ich kann spüren, dass ich mich wieder in dich verliebe.«

»Einen Teufel kannst du.«

Er hatte nicht mal geblinzelt. Sie machte weiter. »Lächerlich, nicht wahr. Demütigend. Peinlich. Zum Glück ist es noch nicht sehr weit gediehen, aber du kennst mich – entschlossen, mir selbst ins Bein zu schießen, wann immer ich die Gelegenheit dazu bekomme. Aber diesmal nicht. Diesmal werde ich dieses Gewächs noch als Knospe abzwicken.«

»Du verliebst dich *nicht* in mich.«

»Ich kann es selbst kaum glauben. Gott sei Dank steh ich erst am Anfang.« Sie stach mit dem Finger in seine Richtung. »Es ist dein Körper. Dein Gesicht, deine Haare. Du bist einfach ein Bild von einem Mann, und es tut mir leid, das sagen zu müssen, aber ich bin dafür so empfänglich wie alle anderen Frauen.«

»Ich verstehe. Es geht nur um Sex. Du bist im Grunde ein altmodisches Mädchen, das glauben muss, verliebt zu sein, um Sex genießen zu können.«

»Mein Gott, da hast du wohl recht.«

Er zwinkerte und merkte ein paar Sekunden zu spät, dass sie ihn in die Ecke gedrängt hatte. »Was ich damit sagen will ...«

»Du hast absolut recht«, sagte sie mitfühlend. »Danke. Kein Sex mehr.«

»Das habe ich aber nicht gemeint!«

»Die Alternative ist für mich die, dass ich zurück zu dir ins Haus ziehe und mich dann komplett in dich verliebe. Ich glaube, wir können uns beide vorstellen, wie das ausginge. Peinliche Szenen mit Heulen und Flehen. Du fühlst dich wie Scheiße. Wie ich mich kenne, würde ich heimlich aufhören, meine Antibabypillen zu nehmen. Hast du das Bild?«

»Ich kann das nicht glauben.« Er fuhr sich mit seiner Hand durchs Haar. »Du bist doch nicht blöd. Hier geht es nicht um Liebe. Das ist Sex. Du kennst mich doch viel zu gut, um mich wirklich zu lieben.«

»Könnte man meinen.«

»Ausgerechnet du weißt doch, was für ein egoistischer, selbstsüchtiger Frauenheld ich bin.«

»Ich hasse mich dafür. Wirklich.«

»Georgie, tu das nicht.«

»Was soll ich sagen? Von allen verrückten Patschen, in die ich uns hineingeritten habe, ist das die schlimmste.« Als er darauf nicht einging, fuhr sie sich mit der Zunge über die Lippen. »Seltsam, nicht wahr?«

»Seltsam ist das gar nicht. Das bist einfach du. Du bist viel zu emotional. Benutz deinen Kopf. Wir wissen doch beide, dass du was Besseres als mich verdient hast.«

»Endlich sind wir uns mal in einem Punkt einig.«

Sie hoffte, damit die Spannung herauszunehmen, aber seine Miene verfinsterte sich noch mehr. Dieses dumme Gespräch darüber, sich zu verlieben. »Du hattest mich überzeugt, dass du meiner Gefühle wegen besorgt warst«, sagte er, »aber du wolltest mich nur austesten.«

»Bitte sprich das nicht an. Dir ist sicherlich klar, was es mich kostet, meinen Stolz zu überwinden und zuzugeben, dass ich wieder in diese alte Falle gerutscht bin.«

»Das geht vorüber. Du warst sexuell ausgehungert, und ich bin ein verdammt guter Liebhaber.«

»Und wenn es nun mehr als das ist?«

»Ist es nicht. Erinnere dich bitte, dass ich mich dir fast von meiner besten Seite gezeigt habe. Jetzt erkenne ich, was das für ein Fehler war. Pack deinen Koffer, und vergiss es. Ich garantiere dir, es wird nicht wieder vorkommen.«

»Tut mir leid. Ich kann nicht.«

»Sicher kannst du. Du bauschst das unnötig auf.«

»Ich wünschte, es wäre so. Was meinst du, was das für ein Gefühl ist, etwas derart Erniedrigendes zuzugeben? Meine Selbstachtung hängt am seidenen Faden.«

»Nur, weil du dich wie ein Idiot benimmst.«

»Ich bin entschlossen, dem ein Ende zu bereiten.«

»Endlich sind wir uns einig.« Er schob seine Fingerspitzen in seine Taschen. »Also gut, ich lasse mich auf einen

Kompromiss ein. Du kannst eine Weile ins Gästehaus ziehen. Bis du wieder bei Verstand bist.«

»Was werden Chaz und Aaron für einen Eindruck bekommen? Da ist es doch viel besser, wenn ich nach Malibu ziehe.«

»Chaz weiß bereits Bescheid über Vegas, und Aaron würde für dich durchs Feuer gehen. Das Gästehaus ist der perfekte Ort für dich, um deinen Wahnsinn auszukurieren. Und was unsere Arbeitsbeziehung angeht … Wenn du am Set bist, wirst du ein ganz normaler Profi sein, und ich werde arrogant sein und dir richtig auf den Wecker gehen, wie du es gewohnt bist. Es wird nicht lang dauern, dann kommst du wieder zur Vernunft.«

Jetzt kam der schwerste Teil, aber ausgerechnet dann, wenn sie ihre Hilfe am nötigsten hatte, verschwand Scooter, um woanders die Forsche zu spielen. Georgie konnte ihn nicht ansehen und ging deshalb nach draußen. »Bram … ich mache diesen Job nicht. Ich werde die Helene nicht spielen.«

»Was? Natürlich wirst du das.«

Sie ließ ihren Blick über den steilen Hang zu den roten Ziegeldächern hinunterwandern. »Nein, wirklich nicht.«

Sie hörte die wütenden Schritte, die sie verfolgten. »Das ist das Dümmste, was ich dich je habe sagen hören. Das ist die Chance, auf die du immer gewartet hast. Dein ganzes Gerede von wegen Neubeginn deiner Karriere … War das alles Mist?«

»Damals nicht, aber …«

»Verdammt, ich rufe deinen Vater an!« Er stand aufrecht neben ihr. »Du bist ein Profi. Man wirft doch nicht wegen so was Dummem die Chance seines Lebens weg.«

»Doch das macht man, wenn die Chance des Lebens einen womöglich für Jahre verrückt macht.«

»Das ist nicht dein Ernst.«

»Ich kann es nicht riskieren, jeden Tag mit dir zu arbeiten, nicht in meiner momentanen Gefühlslage.«

Da stellte er sich auf die Hinterbeine. Er durchmaß den Patio und lieferte ihr ein Argument nach dem anderen. Immer wieder tauchte er aus dem Schatten auf und wieder ein, sie sah darin eine Entsprechung seiner Person: ein Wesen aus Licht und Schatten, das immer nur so viel enthüllte, wie es wollte. Als er Luft holte, schüttelte sie den Kopf. »Ich höre, was du sagst, aber das ändert meine Meinung nicht.«

Endlich begriff er, dass es ihr ernst war. Sie verfolgte, wie er sich in sich selbst zurückzog, wie ein Meereswesen, das in seiner Muschelschale verschwindet. »Es tut mir leid, das zu hören.« Kalt. Reserviert. »Dann kann Jade sich wenigstens freuen.«

»Jade?«

»Sie wollte diese Rolle seit der Lesung bei uns haben. Konntest du dir das nicht denken? Wir wollten ihr gerade ein Angebot machen, da sah ich dein Band.«

»Du kannst diese Rolle nicht Jade geben!«

»Das wird ein Stich ins Wespennest«, sagte er ohne einen Anflug von Gefühl. »Aber damit ist dem Film Publicity sicher, und ich werde mir kostenlose Werbung nicht entgehen lassen.«

In ihrem Kopf explodierte etwas. Sie konnte sich nicht rühren, kaum sprechen. »Ich glaube, du gehst jetzt besser.«

»Gute Idee.« Er zog mit kalter, geschäftsmäßiger Distanziertheit die Sonnenbrille aus seiner Hemdtasche. »Wir haben Dienstag. Bis Ende der Woche hast du Zeit, deine Meinung zu ändern, sonst bekommt Jade die Rolle. Denk darüber nach, wenn du heute Abend im Bett liegst.« Er setzte seine Sonnenbrille auf. »Und wenn du schon dabei bist, dann denk doch mal darüber nach, ob du dich wirklich in einen Typen verlieben willst, der bereit ist, dich den Wölfen zum Fraß vorzuwerfen.«

Zwei Tage nach Brams Rückkehr aus Mexiko kam er aus dem Studio nach Hause und traf dort Rory Keene an, die barfuß in seiner Küche stand und unter Anleitung einer finster dreinblickenden Chaz rosa Zuckergusskleckse auf gewachstes Papier tropfte. Er hatte seit seiner Rückkehr kaum geschlafen, einen rauen Hals, bohrende Kopfschmerzen und einen nervösen Magen. Er wollte nichts weiter als sich in seine Arbeit vergraben.

»Das sollen doch Rosen sein«, klagte Chaz. »Haben Sie denn nicht zugehört, als ich es Ihnen erklärt habe?«

Er zuckte zusammen, als Rory den Spritzbeutel mit dem Zuckerguss hinwarf. »Wenn Sie Ihre Vorführung ein wenig langsamer gestalten könnten, kriege ich es vielleicht richtig hin.«

Wann würde Chaz endlich kapieren, dass man wichtige Leute umwerben musste? Er sprang ihr bei. »Du musst meine Haushälterin entschuldigen. Sie wurde von Wölfen großgezogen.« Er trat näher und betrachtete die rosa Tupfer. »Sieht köstlich aus.«

Rory und Chaz bedachten ihn mit einem fast höhnischen Grinsen. »Darum geht es nicht. Sie dienen der Zierde«, sagte Rory, als hätte er das erkennen müssen. »Ich wollte schon immer lernen, wie man Kuchen verziert, und Chaz bringt mir die Grundlagen bei.«

»In einer Sonderklasse«, murmelte Chaz.

»Ich bin Managerin«, konterte Rory, »kein Konditormeister.«

»So viel steht fest.«

»Mach dich vom Acker, Chaz.« Rory machte ihn immer nervös, und im Moment traute er sich nicht, es mit beiden aufzunehmen.

»Wir sind mitten in ...«

»Geh!« Er schob sie durch die Tür.

Rory nahm den Spritzbeutel und drückte die Spitze auf das Wachspapier. Seit ihrem ersten Treffen in ihrer feudalen Bürosuite im Vortexgebäude hatten sie sich nicht mehr gesprochen, aber die kühle Blonde im grauen Seidenanzug, die dort an einem Wurzelholzschreibtisch unter einem riesigen, abstrakten Gemälde von Richard Diebenkorn gesessen hatte, schien nicht viel Ähnlichkeit mit dieser Frau in Bluejeans und nackten Füßen, einem Pferdeschwanz und rosa verschmierten Fingern zu haben. Er rieb sich den Rücken und ging zum Kühlschrank. »Entschuldige bitte Chaz' Verhalten. Du musst sie einfach ignorieren.«

Rory konzentrierte sich darauf, einen C-förmigen Kringel zu spritzen. »Was ist denn mit Georgie los?«

»Mit Georgie? Nichts.« Er ließ sich Zeit, seinen Krug mit Eistee herauszuholen.

Sie setzte den nächsten Kringel neben den ersten. »Wie ich von Chaz erfahre, ist sie verschwunden.«

»Chaz glaubt immer nur, alles zu wissen.« Er wünschte, er würde noch rauchen. Mit einer Zigarette in der Hand konnte man leichter cool aussehen als mit einem Glas Eistee. »Wir haben beschlossen, den Sommer in Trevs Haus am Strand zu verbringen. Seinem neuen. Das alte Haus hat er vor einem Monat verkauft. Für mich bleiben nur die Wochenenden, solange ich arbeite, aber sie ist jetzt dort.« Jedenfalls war sie das nach Aarons letztem Insidertipp an die Unterhaltungspresse, wozu auch eine Schilderung von Brams und Georgies nicht erfolgter Wiedervereinigung gehört hatte, ergänzt durch einen Verweis auf ihre Pläne, romantische Sommerwochenenden im Haus am Strand zu verbringen. Aarons Lügen wurden immer besser.

Rory stieß mit der Spitze ihres Spritzbeutels auf ihren

missratenen Klecks. »Verdammt. Das ist viel schwerer, als es aussieht.« Sie blickte hoch. »Du kannst mir den Rest entweder jetzt erzählen, oder wir unterhalten uns in meinem Büro, zusammen mit Lou Jansen und Jane Clemati von Siracca.«

Ein Treffen, das er unter allen Umständen vermeiden wollte. »Worüber?«

Sie konzentrierte sich darauf, neue Rosenblätter zu produzieren. Da es nicht danach aussah, als würde sie das Feld räumen, gab er schließlich nach. »Du hast sicher von dem Vorsprechband gehört.«

»Ich habe es gesehen. Sie ist brillant, du brauchst sie.«

Er versuchte sich als Johnny Depp, aber das Beste, was er ohne Zigarette hinkriegte, war, sich mit seinem Eisteeglas gegen die Küchentheke zu lehnen und die Beine zu überkreuzen. »Meine Frau leidet an einem leichten Anfall von kalten Füßen, mehr nicht. Ich kümmere mich darum.«

»Was hat so plötzlich für diese kalten Füße gesorgt?«

Die Chefin von Vortex sollte sich eigentlich nicht um Casting-Entscheidungen eines kleinen Siracca-Films kümmern, und er war Rorys selbst gewählte Rolle als Georgies Beschützerin ein wenig leid. »Georgie hat in den letzten Jahren viel durchgemacht. Ihr ist im Moment nicht danach, weitere Risiken einzugehen.« Er hatte Mühe, sich zu beherrschen. »Ich werde sie schon dazu bringen, ihre Meinung zu ändern, und ich würde es schätzen, wenn man mir währenddessen den Rücken freihält.«

»Wirklich?« Ihre hochgezogene Braue verriet, dass sie ihm kein Wort davon abnahm. »Ich sage dir jetzt, was meiner Ansicht nach vorgefallen ist. Ich denke, du hast es verbockt. Wieder mal.«

Depp würde nicht zusammenzucken, und er tat es auch nicht. »Habe ich nicht.«

»Alle, mit denen ich gesprochen habe, einschließlich Chaz, bestätigen mir, dass Georgie diesen Film bis zum Tag vor dem Vorsprechen machen wollte.« Sie warf den Spritzbeutel hin.

»Georgie ist Profi, ich habe noch nie gehört, dass sie kalte Füße bekommen hat. Dies veranlasst mich zu glauben, dass sie den Rückzieher gemacht hat, weil sie aus irgendeinem Grund nicht mit dir zusammenarbeiten möchte.«

Er lockerte seine Kiefermuskeln. »Du bist diejenige, die nicht mit mir zusammenarbeiten will, nicht Georgie.«

»Ich habe mich für dich eingesetzt, Bram. Nicht nur weil mir das Drehbuch gefällt, und nicht nur weil dein Vorsprechen großartig war. Ich habe mich auch für dich eingesetzt, weil Georgie an dich glaubt. Oder jedenfalls an dich geglaubt hat.« Sie zog das Geschirrtuch von der Theke und wischte sich ihre Hände ab. »Mach dir nichts vor. Viele Leute rechnen damit, dass du es verbockst, das ist genau das Szenarium, auf das sie gewartet haben. Wenn du deine Karriere nicht als Moderator von Spielshows beenden willst, würde ich dir dringend empfehlen, das Problem mit deiner Frau zu lösen und sie vor die Kamera zu holen, wo sie hingehört.«

»Ist das alles?«

»Richte Chaz aus, ich hätte gern eine weitere Lektion.«

Sie schritt an ihm vorbei und verschwand durch die Hintertür.

Bram schloss seine Augen und drückte das kalte Glas mit beiden Händen. Rorys unwillkommener Besuch hatte den Schuldgefühlen Nahrung gegeben, mit denen er jeden Tag lebte, obwohl die Lüge, die er Georgie erzählt hatte, zu ihrem eigenen Besten war. Dank ihr wurde sein Traum Wirklichkeit, sobald sie sich durch das von ihr selbst geschaffene Drama durchgeackert hatte, würde sie ihm sicherlich dankbar sein, nicht zugelassen zu haben, dass sie diese einmalige Chance wegwarf.

Aber eine Lüge war eine Lüge, doch trennen konnte er sich von dieser Unaufrichtigkeit nicht, so gern er es auch getan hätte.

Am nächsten Morgen zog er sich Shorts und ein T-Shirt an und fuhr nach Malibu. Diesmal folgten ihm nur zwei schwarze Geländewagen. Obwohl ein Unwetter vorausgesagt worden war, musste er sich durch dichten Freitagmorgenverkehr kämpfen und hatte mehr Zeit zum Nachdenken, als ihm lieb war. Als er vor Trevs Haus parkte, winkte er den Paparazzi zu, ehe diese sich auf die Suche nach einem Parkplatz machten, was um diese Zeit kein einfaches Unterfangen war.

Georgie öffnete nicht, also benutzte er den Schlüssel, den Trev ihm gegeben hatte. Im Haus war es still, aber die zur Terrasse hin geöffneten Türen gaben den Blick auf eine verlassene Yogamatte frei. Trev wohnte an einem der exklusivsten Strände Malibus, aber das drohende Unwetter hatte offenbar viele Sonnenanbeter verschreckt. Er zog seine Schuhe aus und lief hinaus in den Sand. Der Fernsehstar eines Polizeifilms räkelte sich neben seiner dritten Frau, während seine Kinder einen Graben aushoben. Am Horizont tuckerte ein Containerschiff vorbei, und hoch oben kreischte ein Möwenschwarm.

Georgie stand allein am Ufer, der Wind peitschte ihr dunkles Haar. Dasselbe violette Bikinihöschen, das sie auch in Mexiko getragen hatte, klebte an ihrem Po, und ihr knappes weißes Oberteil endete ein gutes Stück oberhalb ihrer Taille. Wann war sie so schön geworden? Er wollte sie ins Haus abschleppen, ihr dieses kleine violette Bikinihöschen ausziehen und sich in ihr vergraben.

Sie entdeckte ihn, warf sich ihm aber nicht gerade um

den Hals, als er zu ihr kam. Er vermisste ihre überschwängliche Begeisterung mehr als er je gedacht hatte. »Macht dein Herz bei meinem Anblick einen Satz«, fragte er, »oder bist du klüger geworden?«

»Ein leichtes Rutschen. Nichts, womit ich nicht klarkäme.«

»Freut mich zu hören.« Aber er war nicht froh. Er wollte sie lachen sehen, wollte, dass sie ihn küsste. »Lass uns einen Spaziergang machen.« Er griff nach ihrer Hand, ehe sie protestieren konnte.

Berühmte Gesichter gab es an diesem Stück Strand zuhauf, aber die Begrüßung beschränkte sich auf ein bloßes Nicken, als sie vorbeigingen. Mit zum Besten seiner Beziehung zu Georgie gehörte, dass er nie das Gefühl hatte, Konversation machen zu müssen, aber heute fehlte diese Unbeschwertheit. »Rate mal, wer sich beibringen lässt, wie man Kuchen verziert?«

»Keine Ahnung.«

Er erzählte ihr von Chaz und Rory, ließ den wahren Grund für Rorys Besuch aber unerwähnt. Er ließ sich Zeit beim Einfangen eines Frisbees, mit dem ein paar Kinder am Strand gespielt hatten. Bei seiner Rückkehr saß Georgie im Sand, die Hände um die Knie geschlungen.

Er ließ sich neben ihr in den Sand fallen und beobachtete die weißen Schaumkronen der Wellen, die ans Ufer rollten. »Gleich kommt ein Unwetter. Lass uns drüben im Chart House zu Mittag essen.«

Sie presste ihre Knie enger an ihren Körper. »Ich glaube nicht, dass ich ein gemütliches Essen mit dem Mann genießen könnte, der mich den Wölfen zum Fraß vorwirft.«

Er grub seine Fersen in den Sand. »Ich nehme dies als positives Zeichen, dass du, was mich betrifft, klüger geworden bist, und dieser Wahnsinn hinter uns liegt.«

Sie spielte mit einer Haarsträhne. »Leider stimmt das, was man sagt. Die Grenze zwischen Lieben und Hassen ist dünn.«

Etwas Unerfreuliches nistete sich in seiner Magengrube ein. »Du hasst mich nicht, Scoot. Du hast nur das bisschen Respekt verloren, das du für mich entwickelt hattest.« Er stützte einen Ellbogen auf seinem Knie ab und studierte die dunklen Wolken, die über den Himmel jagten. »Als du mich nicht ausstehen konntest, haben wir Bildschirmgeschichte geschrieben. Ich sehe keinen Grund, weshalb wir das nicht auch auf die große Leinwand übertragen können.«

Sie drehte ihm den Kopf zu, und ihre lustigen grünen Augen sahen ihn traurig an. »Die Frist ist abgelaufen. Jade hat sich die Helene jetzt gesichert.«

Er nahm einen Strandkiesel und rieb ihn zwischen seinen Fingern. »Sie macht es nicht.«

»Oh? Warum denn nicht?«

Jetzt konnte er es nicht länger hinauszögern. »Weil sie nie in Betracht kam.«

Georgie richtete sich auf. Er warf den Stein in die Wellen. »Ich habe dich angelogen.«

Sie ballte ihre Hände zu Fäusten.

Er konnte ihr nicht in die Augen schauen. »Ich hatte damals alle möglichen guten Gründe dafür.«

Ihr Mund zuckte. »Du bist wirklich ein Mistkerl, nicht wahr?«

»Genau! Das habe ich dir doch gesagt!«

Aufgewirbelter Sand brannte an seinen nackten Waden, als sie aufsprang. Er kam auf die Beine und ging ihr nach. »Überleg doch mal, Georgie. Nachdem ich dir jetzt mein wahres Gesicht gezeigt habe, steht dir nichts mehr im Weg. Die Rolle gehört dir, nach allem, was ich getan habe, kannst du sie doch annehmen, ohne dir um irgendwelchen

Gefühlsquark Gedanken machen zu müssen. Du solltest froh sein, dass ich dich angelogen habe.«

Aber noch während er die Worte aussprach, spürte er, wie falsch sie waren. Und sie empfand sie nicht anders. »Ich werde jetzt hineingehen.« Sie beschleunigte ihre Schritte.

Er holte sie ein. »Ich ... ich bin mir ziemlich sicher, der Typ da drüben hat eine Kamera. Wir müssen uns erst noch knutschen.«

»Knutsch dich selber.« Ihre Fersen schleuderten Sandfontänen hoch. Er legte ihr seinen Arm um die Schultern und zwang sie zu einem langsameren Schritt.

Genauso gut hätte er einen Kaktus umarmen können.

Der Film würde auch ohne sie gedreht werden. Sie fänden eine andere Schauspielerin, vielleicht keine so gute, aber eine angemessene. Nur, dass alle Georgie haben wollten, und sein Job als Produzent war es, das Unmögliche möglich zu machen. Er konnte es sich nicht erlauben, dass die anderen – Rory, Hank, das unbedeutendste Crewmitglied – mitbekamen, dass er diesem Job nicht gewachsen war.

Sie erreichten das Haus, als ein Blitz über der Brandung zuckte. Er packte sie am Handgelenk und zwang sie stehenzubleiben, ehe sie zur Terrasse hochsteigen konnte. »Georgie ...« Er hatte kaum genug Luft in den Lungen. »Ich weiß nicht, wie ich dir das vermitteln soll ...«

Der Wind wehte ihr eine Haarsträhne übers Gesicht. Sie schob sie zurück und zog den Kopf ein. Er ließ ihr Handgelenk los. »Ich ... ich habe dich vermisst in diesen letzten Wochen. Mehr als ich je gedacht habe.« Säure brodelte in seinem Magen, während sie einfach nur dastand und wartete. »Hilf mir hier raus.«

»Ich weiß nicht, was du mir damit sagen willst.«

»Dass ... mir nicht klar war, wie sehr ich mich an das

457

Zusammensein mit dir gewöhnt hatte, bis du weggingst. Wir beide ... ich dachte, es sei nur eine tolle Freundschaft, aber ... ich weiß nicht, wie ich das sagen soll.« Eine Markise knatterte im Wind. »Es könnte sein ... dass ich mich in dich verliebe.«

Sie starrte ihn an.

»Seltsame Ironie, nicht wahr. Du bist gerade über mich hinweggekommen, und jetzt stehe ich da ... und wünschte mir, es wäre nicht so.«

»Ich glaube dir nicht.«

»Diese Lüge mit Jade. Da schwang ganz schön viel Verzweiflung mit. Ich glaube, ich wollte nicht zugeben, was ich wirklich empfand.«

»Was empfindest du wirklich, Bram? Du wirst das jetzt aussprechen müssen, weil ich es nicht verstehe.«

»Du weißt, was ich sage.«

Offensichtlich hatte sie genug von seinem Ausweichen, denn sie drehte sich um und stürmte die kurze Treppe hoch.

»Es hat genau hier angefangen, weißt du«, rief er ihr nach. »Nicht vor fünfzehn oder sechzehn Jahren während *Skip und Scooter*, sondern genau hier an Trevs Sonnendeck vor drei Monaten. Du und ich.« Sie blieb oben stehen und schaute zu ihm hinunter. Er nahm zwei Stufen auf einmal, um zu ihr zu gelangen. »Seit wir in diesem Hotelzimmer in Vegas aufgewacht sind, haben wir uns ständig in diesem Riesenrad gedreht.« Eine Windböe fegte eine Zeitung übers Deck. »Ich habe dich immer für die beste Freundin gehalten, die ich je hatte, aber jetzt weiß ich, es ist mehr als Freundschaft.«

»Es ist Sex.«

Wut blitzte in ihm auf. »Sicher, Sex kommt dazu, aber das ist nicht alles. Wir müssen einander nichts vormachen. Wir verstehen einander.« Die Worte stürzten aus ihm heraus, zwangen ihn weiterzusprechen, obwohl er sich für das hasste, was er sagen würde. »Ich habe sogar überlegt – einfach nur überlegt. Deine Idee wegen des ...« Eine gewaltige Faust quetschte seine Brust zusammen. »... wegen des Babys.« Sie gab einen leisen, nicht deutbaren Laut von sich. Er machte weiter. »Ich bin noch lang nicht so weit zu sagen, lass es uns tun. Ich sage nur, dass ... Nur, dass ich wenigstens bereit bin, darüber zu reden.«

Sie saugte sein Gesicht mit ihren Augen ein, und er hätte sie gern angeschrien und ihr gesagt, dass er ein Lügner war und sie nicht so verdammt leichtgläubig sein solle. Stattdessen ging er über die letzten Fetzen Ehre, die ihm noch geblieben waren, hinweg und hob zum großen Finale an. »Ich ...bin dabei, mich in dich zu verlieben Georgie. Wirklich und wahrhaftig.«

Sie presste ihre Fingerspitzen an ihre Lippen. Ein Donnerschlag erschütterte das Deck. »Wirklich und wahrhaftig?«, flüsterte sie.

Regentropfen hart wie Kieselsteine brannten auf seinem Gesicht, und er nickte.

Sie machte nichts. Sie stand einfach nur da. Und dann sagte sie seinen Namen.

»Bram ...« Öffnete ihre Arme, warf sich ihm um den Hals. Sie drückte sich an seine Brust, schob ihre Beine zwischen seine, und er wollte schon losheulen angesichts des Schadens, den er angerichtet hatte ... nur dass sie genau in diesem Moment ihr Knie hochriss und es ihm in die Eier rammte. Durch den Nebel qualvoller Schmerzen drangen zwei Worte.

»Du Mistkerl.«

Das Brüllen des Windes, ihre übers Deck stampfenden nackten Füße, die zuschlagende Tür, als sie drinnen verschwand. Und das Geräusch seines eigenen keuchenden Atems. Er hielt sich an einer Steinkante fest und kämpfte gegen eine Ohnmacht an. Die Tür öffnete sich wieder, und seine Autoschlüssel flogen vorbei, über das Geländer des Sonnendecks in den Sand.

Das Unwetter brach los.

Georgie stand hinter der verschlossenen Tür und hielt sich umklammert, um ihr brodelndes Innerstes zusammenzuhalten. Der Regen peitschte gegen die Fenster, peitschte sie. Bram hatte sich nicht verändert. Er benutzte einen nur, manipulierte wie eh und je, gab vor, ihr das zu bieten, wonach sie sich am meisten sehnte, doch nur um das zu bekommen, was er selbst begehrte.

Draußen wütete der Sturm, drinnen wütete ein noch viel gewaltigerer Sturm.

Ihre Farce von einer Ehe war vorbei, und es würde keine einvernehmliche Scheidung geben. Nicht wie bei Bruce und Demi. Diese öffentliche Demütigung würde noch viel schlimmer werden als beim ersten Mal. Aber das war ihr egal. Die Jahre, in denen sie posiert und die Fassade gewahrt hatte, waren vorbei. Niemals würde sie die couragierte Scooter Brown sein, das Mädchen, das sämtliche Hindernisse mit einem Lächeln und einem dummen Spruch meisterte. Sie war eine reale Frau, die betrogen worden war.

Und dieses Mal würde sie Rache nehmen.

Als Bram sich wieder rühren konnte, taumelte er hinunter in den Sand und warf sich in den Ozean. Ungeachtet der wütenden Wellen und der heftigen Unterströmung betete er, das Wasser möge ihn von seinen Sünden reinwaschen. Er tauchte unter eine Welle, kam hoch, und tauchte wieder unter. Sein ganzes Leben lang hatte er sich ins Zeug gelegt und andere manipuliert, aber etwas so Gemeines wie das, was er gerade an der Person versucht hatte, die es am wenigsten verdient hatte, hatte er noch nie getan.

Er sah die Welle direkt vor sich, als sie ihn traf, eine aufragende Wassersäule. Sie brach über ihm und riss ihn mit sich. Er drehte sich, schlug auf, trieb einen Moment und wurde wieder mitgerissen. Sand schürfte seinen Ellbogen auf und etwas Scharfes biss in sein Bein. Er verlor die Orientierung. Seine Lungen brannten. Die Strömung erfasste ihn und zog ihn – nach oben, nach unten, er wusste nicht wohin – diese selbstsüchtige Strömung, die nur ihren eigenen Kurs verfolgte, ohne einen Gedanken an ihr Opfer zu verschwenden.

Er brach durch die Oberfläche, erhaschte einen Blick auf das Ufer, wurde dann aber wieder von der Unterströmung nach unten gezogen. Sie war zu seinem Gewissen, seiner Geliebten, seinem Schutzengel, seiner besten Freundin geworden. Und zu seiner Liebe.

Sein Körper schoss dem Licht zu – einem Schimmer, der nur in seinem Kopf sichtbar war. Er rang nach Luft, tauchte unter, stürzte sich in die Tiefe. Er liebte sie.

Die Strömung erfasste ihn und schleuderte in wieder hin und her, ein nutzloses Stück menschliches Treibgut, dessen Lebenszweck nur darin bestanden hatte, sich selbst zu gefallen.

Das Bild ihres Gesichts kam auf ihn zu, riss ihn hoch, packte ihn und schleppte ihn, bis seine Füße Boden berührten. Sein Ellbogen blutete, sein Bein, sein Herz. Er taumelte ans Ufer und brach im Sand zusammen.

26

Sie hatte ihm die Türen verschlossen. Er fühlte sich, als hätte man ihm die Haut abgezogen, die schöne Fassade brach auf, um all die Hässlichkeit dahinter preiszugeben. Er torkelte zurück zum Strand, zog sein durchweichtes T-Shirt aus und presste es an seinen blutenden Ellbogen. Im Sand entdeckte er seine Autoschlüssel, aber Trevs Hausschlüssel waren an einem eigenen Ring befestigt gewesen, den er nirgendwo finden konnte. Nach einem letzten vergeblichen Versuch, Georgie zum Öffnen der Tür zu bewegen, gab er auf.

Die Paparazzi waren verschwunden. Zitternd und blutend ging er zu seinem Wagen und begann die lange Heimfahrt durch das Unwetter. Wie er ihr das gerade Erlebte verständlich machen sollte, konnte er sich nicht vorstellen. Glauben würde sie ihm das niemals. Warum sollte sie auch? Hatte er doch selbst aus ihrem Wunsch nach einem Baby ein Druckmittel gemacht.

Das volle Ausmaß dieser Katastrophe, die er sich selbst zuzuschreiben hatte, raubte ihm den Atem. Was um Himmels willen hatte er nur getan, und wie sollte er das wiedergutmachen? Nicht mit einer weiteren Telefonnachricht, so viel stand fest.

Aber nachdem er zu Hause angekommen war, konnte er sich doch nicht zurückhalten, und als ihr Anrufbeantworter ansprang, sprudelte es aus ihm heraus. »Georgie, ich liebe dich. Nicht so, wie ich vorher gesagt habe, sondern wirklich. Ich weiß, dass es nicht danach aussieht, aber ich habe es selbst nicht so begriffen, wie ich es jetzt begreife ...« Er plapperte immer weiter, verhaspelte sich, brachte seine Gedanken durcheinander, während er versuchte, alles auszusprechen, und versagte jämmerlich. Er wusste, dass er alles noch schlimmer gemacht hatte.

Georgie lauschte jeder Silbe seiner Nachricht, jeder Lüge. Die Worte brannten sich ihr ins Fleisch und ließen blutende Tätowierungen zurück. Ihre Wut war grenzenlos. Dafür würde er bluten müssen. Er hatte ihr genommen, was ihr am Wichtigsten war, und sie würde es ihm genauso vergelten.

An jenem Abend fuhr Bram, nachdem er sich gewaschen und wieder einen etwas klareren Kopf hatte, zurück nach Malibu. Die Paparazzi waren wohl davon ausgegangen, dass er sich noch immer am Strand aufhielt, denn am Ende seiner Einfahrt warteten keine Geländewagen. Er war entschlossen, die Tür einzubrechen, wenn sie ihn nicht ins Haus lassen sollte, wenngleich er seine Zweifel hatte, dass sie das milder stimmen würde. Unterwegs kaufte er ihr Blumen, als würden ein paar Dutzend Rosen etwas ändern, und machte dann noch Halt, um Mangos zu kaufen, weil er sich erinnerte, dass sie die gern aß. Er kaufte ihr außerdem einen schneeweißen Teddybär, der ein rotes Herz in seinen Pfoten hielt, aber als er den Laden verließ, wurde ihm bewusst, dass solche Liebesgeschenke unter Kids auf der Highschool üblich waren, und stopfte ihn in den Müll.

Er musste feststellen, dass das Haus dunkel war und ihr Wagen nicht in der Garage stand. Er wartete eine Weile in der Hoffnung, sie käme zurück, rechnete aber nicht wirklich damit. Schließlich brach er mitsamt den Rosen und den Mangos nach Santa Monica auf.

Als er Pauls Stadthaus erreichte, suchte er die Straße

vergebens nach Georgies Wagen ab. Seinem Schwiegervater wollte er eigentlich am allerwenigsten unter die Augen treten, er überlegte, wieder umzukehren, aber Paul war der sicherste Weg, um an Georgie heranzukommen.

Er hatte ihn seit der Hochzeitsparty nicht mehr gesehen, und die unverhohlene Feindseligkeit auf seinem Gesicht, mit der er die Tür aufmachte, vernichtete jegliche Hoffnung, die Bram sich auf Pauls Hilfe gemacht hatte. Pauls Lippen wurden schmal, als er Bram von Kopf bis Fuß musterte. »Der Goldjunge sieht ein wenig angeschlagen aus.«

»Ja, nun, es war ein regnerischer Tag. Ein verregneter Monat.«

Er wartete darauf, dass Paul ihm die Tür vor der Nase zuschlug, und war erstaunt, dass er ihn hereinbat. »Möchtest du einen Drink?«

Brams Bedürfnis nach einem Drink war viel zu groß, was immer ein sicheres Zeichen dafür war, dass er besser die Finger davon ließ. »Hast du einen Kaffee?«

»Das lässt sich machen.«

Als Bram Paul in die Küche folgte, wusste er nicht, wohin mit seinen Händen. Sie schienen ihm zu groß für seinen Körper zu sein, als würden sie nicht zu ihm gehören. »Hast du Georgie gesehen?«, brachte er endlich über die Lippen.

»Du bist ihr Ehemann. Du solltest eigentlich wissen, wo sie sich aufhält.«

»Ja …«

Paul drehte den Wasserhahn auf. »Was machst du hier?«

»Ich vermute, das weißt du schon.«

»Erzähl es mir trotzdem.«

Bram erzählte. Während der Kaffee gebrüht wurde, begann er Paul von Las Vegas zu erzählen, erfuhr aber, dass Georgie ihn bereits ins Bild gesetzt hatte.

»Ich weiß auch, dass Georgie nach Mexiko ging, weil

sie glaubte, sich zu sehr an dich zu binden.« Paul holte einen orangen Becher aus dem Schrank.

»Glaub mir«, sagte Bram verbittert. »Das ist jetzt nicht mehr das Problem. Was hat sie dir sonst noch erzählt?«

»Ich weiß von dem Vorsprechband, und ich weiß, dass sie die Rolle abgesagt hat.«

»Das ist verrückt, Paul. Sie war umwerfend.« Er rieb sich die Augen. »Wir haben sie alle unterschätzt. Wir sind in dieselbe Falle getappt wie die Öffentlichkeit und wollten, dass sie immer nur Variationen der Scooter-Rolle spielt. Ich werde dir eine Kopie des Bands schicken, damit du es selbst sehen kannst.«

»Wenn Georgie möchte, dass ich es sehe, wird sie es mich wissen lassen.«

»Es muss schön sein, sich den Luxus leisten zu können, nobel zu sein.«

»Das solltest du auch mal versuchen.« Paul schenkte ihm den Becher voll und reichte ihn Bram. »Erzähl mir den Rest.«

Bram beschrieb den Besuch, den Rory ihm abgestattet hatte, und wie alle auf Georgies Rückzieher reagierten. »Sie wissen, dass ich dafür verantwortlich bin, sie wollen sie im Film haben, und sie erwarten von mir, dass ich mich darum kümmere.«

»Keine gute Position für einen neuen Produzenten.«

Zurückhaltung fiel ihm schwer. Er begann die Küche in merkwürdigen Ovalen abzulaufen, während er Paul den Rest erzählte – seine Reise nach Mexiko, die Lüge über Jade, und dann das Schlimmste, was er ihr heute gesagt hatte. Er tat sich keinen Zwang an, ließ alles aus sich heraussprudeln, nur die Sache mit dem Baby behielt er für sich, nicht um sich zu schützen – darüber war er längst hinweg –, sondern weil Georgies Wunsch nach einem Kind ein Geheimnis war, das sie selbst enthüllen musste.

»Damit ich eins richtig verstehe«, sagte Paul mit einem bedrohlichen Unterton. »Du hast meine Tochter mit Jade angelogen. Dann hast du versucht, sie zu manipulieren, indem du vorgabst sie zu lieben. Nachdem sie dich rausgeworfen hatte, ist dir auf wunderbare Weise klargeworden, dass du sie wirklich liebst, und jetzt möchtest du, dass ich dir dabei helfe, sie davon zu überzeugen.«

Bram sackte auf einen Barhocker an der Küchentheke. »Ich bin so am Ende.«

»Kann man wohl sagen.«

»Weißt du denn, wo sie ist?«

»Ja, aber ich werde es dir nicht sagen.«

Das hatte er auch nicht erwartet. »Wirst du ihr wenigstens erzählen ...? Scheiße. Sag ihr, dass es mir leidtut. Sag ihr ... Bitte sie, mit mir zu reden.«

»Ich werde sie um überhaupt nichts bitten. Du hast diesen Schlamassel angerichtet. Jetzt sieh auch zu, wie du damit fertig wirst.«

Aber wie? Das war kein Missverständnis, das sich mit Rosen, Mangos oder einem Diamantarmband ins Reine bringen ließe. Es war kein einfacher Streit unter Liebenden, den ein paar entschuldigende Worte wiedergutmachen könnten. Wenn er seine Frau zurückhaben wollte, dann musste er sich schon etwas Überzeugenderes einfallen lassen, aber er hatte keine Ahnung, was das sein könnte.

Georgie kam nach unten, nachdem er weggefahren war. Sie hatte nicht in Malibu bleiben können, wo Bram gegen die Türe schlug, und war deshalb hergekommen. »Ich habe jedes Wort mitgehört.« Ihre Stimme klang ihr selbst fremd, so kalt, so distanziert.

»Tut mir leid, mein Kätzchen.«

So hatte er sie nicht mehr genannt, seit sie ein Kind war, als er seinen Arm um sie legte, vergrub sie sein Gesicht an seiner Brust. Aber ihr Zorn glühte so heftig, dass sie Angst hatte, ihn zu versengen, und sie entzog sich ihm.

»Ich denke, Bram erzählt sogar die Wahrheit«, sagte er.

»Tut er nicht. *Tree House* bedeutet ihm alles, und meinetwegen steht er schlecht da. Er wird alles tun, meinen Namen auf diesen Vertrag zu kriegen.«

»Vor nicht allzu langer Zeit war das auch alles, was du wolltest.«

»Jetzt nicht mehr.«

Ihr Vater machte eine so besorgte Miene, dass sie ihm die Hand drückte – nur kurz, lang genug, um ihn zu beruhigen, ohne dass seine Hand Brandblasen bekam. »Ich liebe dich«, sagte sie. »Ich lege mich jetzt hin.« Für einen Moment schob sie ihren Zorn beiseite. »Triff dich mit Laura. Ich weiß, dass du das möchtest.«

Er hatte Georgie in Mexiko angerufen, um ihr mitzuteilen, dass er sich in ihre alte Agentin verliebt hatte. Sie war erstaunt gewesen, bis ihr all die Frauen wieder einfielen, in die er sich nicht verliebt hatte.

»Wirst du dich an die Vorstellung von Laura und mir gewöhnen können?«, fragte er.

»Ich kann das, aber was ist mit ihr?«

»Es ist erst vier Tage her, seit ich ihr meine Gefühle mitgeteilt habe, und ich mache Fortschritte.«

»Das freut mich für dich. Auch für Laura.«

Sie wartete, bis ihr Vater weggefahren war, und rief dann Mel Duffy an. Schakale waren Nachtgeschöpfe, und sie hatte Mel sofort dran. »Duffy.«

Er klang verschlafen, aber sie würde ihn schnell wach machen. »Mel, ich bin es, Georgie York. Ich habe eine Geschichte für Sie.«

»Georgie?«

»Eine große Geschichte. Über Bram und mich. Wenn es Sie interessiert, dann treffen Sie sich in einer Stunde mit mir in Santa Monica. Am Fourteenth Street Eingang zum Woodland Cemetery.«

»Mein Gott, Georgie, tun Sie mir das nicht an! Ich bin in Italien! Positano. Diddy feiert da so eine verdammt große Party auf seiner Yacht.« Er fing zu husten an, Raucherhusten. »Ich werde zurückfliegen. Himmel noch mal, hier ist es noch nicht mal acht Uhr morgens, und die streiken schon wieder. Geben Sie mir Zeit, nach L.A. zurückzufliegen. Versprechen Sie mir, mit keinem anderen zu reden, bis ich dort bin.«

Sie könnte auch jemanden von der seriösen Presse anrufen, aber sie wollte, dass einer von den Schakalen die Geschichte bekam. Und das sollte Mel sein, der gefräßig genug war, jeden blutigen Winkel auszuschlachten. »Also gut. Montagnacht. Mitternacht. Wenn Sie nicht da sind, werde ich nicht warten.«

Das Herz schlug ihr bis zum Hals, als sie auflegte, sie schäumte vor Wut. Bram hatte ihr genommen, was ihr am wichtigsten war. Jetzt würde sie ihm dasselbe antun. Sie bedauerte nur, dass sie auf ihre Rache noch achtundvierzig Stunden warten müsste.

Bram konnte nicht schlafen, konnte nicht essen, und er stand kurz davor, Chaz umzubringen, wenn sie nicht endlich aufhörte, ihn ständig zu umsorgen. Mit dreiunddreißig Jahren hatte er nun eine zwanzigjährige Mutter, und das gefiel ihm nicht. Aber in letzter Zeit gefiel ihm vieles nicht, vor allem er selbst nicht. Gleichzeitig war ein Entschluss in ihm herangereift, der ihn nicht mehr losließ.

»Georgie spielt die Helene nicht«, erklärte er Hank Peters am Montagnachmittag, zwei Tage nach dieser hässlichen Szene in Malibu. »Ich kann sie nicht überreden, ihre Entscheidung rückgängig zu machen. Machen Sie daraus, was Sie wollen.«

Es überraschte ihn deshalb nicht, dass er eine knappe halbe Stunde später zu einem Treffen mit Rory Keene beordert wurde. Er schritt ihr Geschwader alarmierter Assistentinnen ab und betrat ihr Büro, ohne darauf zu warten, dass man ihn anmeldete. Sie saß hinter ihrem Wurzelholzschreibtisch und dem Diebenkorn-Gemälde und regierte die Welt.

Er kickte einen Drahtstuhl in Form eines spiegelverkehrten S zur Seite. »Georgie spielt die Helene nicht. Und du hast recht. Ich habe meine Ehe kaputt gemacht. Aber ich liebe meine Frau mehr als ich jemals jemand geliebt habe, und obwohl sie mich im Moment nicht ausstehen kann, wäre es mir sehr lieb, wenn du dich da raushalten könntest, während ich versuche, sie zurückzuerobern. Kapiert?«

Lange Sekunden verstrichen, ehe Rory ihren Stift ablegte. »Dann ist unser Treffen wohl beendet.«

»Sehe ich auch so.« Beim Verlassen ihres Büros, wusste Bram, was er zu tun hatte. Wenn ihm doch nur für das andere auch noch eine Lösung einfiele.

Georgie parkte ihren gemieteten Corolla vor einem zweistöckigen Gebäude nördlich des Eingangs zum Woodland Cemetery, nah genug, um Mel ankommen zu sehen, aber auch weit genug entfernt, dass er sie nicht eher entdeckte, als es ihr lieb war. Es war fast Mitternacht, und der Verkehr auf der Fourteenth tröpfelte nur noch. Während sie im Dunkeln saß, ließ sie noch einmal alles Revue passieren – von dem Moment an, da Bram ihren Heiratsantrag an Trev mitgehört hatte, bis zu jenem stürmischen Nachmittag am selben Strand, wo Bram ihr seine ewige Liebe erklärt hatte.

Der Schmerz wollte nicht nachlassen. Sie würde dem Schakal alles erzählen. Die Geschichte von Brams falscher Liebeserklärung würde erst in sämtlichen Zeitungen der

Regenbogenpresse erscheinen, dann aber auch ihren Weg in die seriöse Presse finden. Der Ruf, den aufzupolieren er sich so viel Mühe gegeben hatte, würde wieder befleckt. Sollte Bram doch versuchen, den Helden zu spielen, wenn sie mit ihm fertig war. Sie selbst käme dabei auch zu Schaden, aber das bedeutete ihr nichts mehr. Sie war wütender, als sie je gewesen war, allerdings auch freier. Die Tage, an denen die Schlagzeilen der Sensationsblätter ihre Existenz beherrschten, waren vorbei. Kein Lächeln mehr für die Fotografen, wenn sie am Boden war. Kein Posieren mehr für die Presse, um ihren Stolz zu wahren. Ihr öffentliches Image würde ihr nicht mehr die Seele stehlen.

Ein schwarzer Geländewagen parkte gleich hinter dem Friedhofseingang. Sie rutschte in ihrem Sitz tiefer und verfolgte im Seitenspiegel, wie die Scheinwerfer ausgingen. Duffy stieg aus, zündete sich eine Zigarette an und schaute sich um, ohne den Corolla zu bemerken. Jetzt wäre es mit den Lügen vorbei. Sie würde Bram so tief verletzen, wie er sie verletzt hatte. Es war die perfekte Rache.

Der Schakal zündete sich eine Zigarette an. Sie hatte zu schwitzen begonnen, und ihr Magen rebellierte. Er begann auf und ab zu laufen. Es war Zeit. Nach dem heutigen Abend würde es keine Täuschung mehr geben. Sie könnte erhobenen Hauptes ehrlich weiterleben, weil sie wusste, dass sie sich gewehrt hatte und nicht zum emotionalen Opfer eines anderen Menschen geworden war. Dies war die Frau, zu der sie sich entwickelt hatte. Eine Frau, die ihr Leben in die Hand nahm und sich rächte.

Der Schakal warf seine Zigarette in den Rinnstein und steuerte den Friedhofseingang an. Damit hatte sie nicht gerechnet. Sie wollte ihre Geschichte im sicheren Licht der Straßenlampen erzählen. Ein Schakal auf einem verlassenen Friedhof war zu gefährlich, sie streckte ihre Hand zum Türgriff aus, bevor er noch weitergehen konnte. Aber als ihre Hand sich um das kalte Metall schloss, brach etwas in ihr auf. In diesem Moment erkannte sie, dass der Schakal in diesem Auto viel gefährlicher war als der, der sich den Friedhofstoren näherte.

Der Schakal im Auto war sie. Diese rachsüchtige, wütende Frau.

Sie hielt den Griff umklammert. Bram hatte sie verraten, er verdiente es, bestraft zu werden. Sie musste ihm wehtun, ihn zerstören und verraten, wie er sie verraten hatte. Aber eine solche Form von Zerstörung war ihrem Wesen fremd.

Sie sackte in ihrem Sitz zusammen und sah sich an, wer sie war – oder wer sie geworden war. Die Luft wurde schwer und muffig. Einer ihrer Füße war eingeschlafen. Aber sie blieb, wo sie war, und langsam begann sie ihr eigenes Wesen zu begreifen. Mit zorniger neuer Klarheit wusste sie, dass sie lieber mit dem Gewicht ihres Ärgers, der Last ihres Kummers weiterleben würde, als sich in ein rachsüchtiges Geschöpf zu verwandeln.

Der Schakal kam schließlich aus dem Schlund des Friedhofs zurück, sein Mobiltelefon am Ohr. Er rauchte die nächste Zigarette, warf einen letzten Blick in die Runde, stieg dann in seinen Wagen und fuhr davon.

Sie fuhr ziellos durch die Gegend, fühlte sich leer, war noch immer wütend und mit sich nicht im Reinen, aber darüber im Klaren, wer sie war. Schließlich landete sie in einer zwielichtigen Gegend von Santa Monicas Lincoln Boulevard mit ihren Massagesalons und Sexshops. Sie parkte vor einem Laden, der nachts geschlossen hatte, hievte ihre Kamera aus dem Kofferraum und ging den Gehweg hinunter. Noch nie war sie nachts in einem gefährlichen Viertel allein unterwegs gewesen, aber ihr kam gar nicht in den Sinn, sich zu ängstigen.

Es dauerte nicht lange, bis sie fand, wonach sie gesucht

hatte, ein Mädchen im Teenageralter mit gebleichten Haaren und ausgebrannten Augen. Sie näherte sich ihr vorsichtig.

»Ich heiße Georgie«, sprach sie sie leise an. »Ich bin Filmemacherin. Kann ich mit dir reden?«

Zwei Tage später tauchte Chaz am Strandhaus auf. Georgie hatte den ganzen Morgen vor ihrem Computer gesessen und sich Filmmaterial angeschaut. Sie hatte noch nicht mal geduscht. Sobald Aaron die Tür öffnete, begann ein Streit.

»Du bist mir gefolgt!«, hörte sie ihn ausrufen. »Du fährst noch nicht mal gern zum Lebensmittelhändler und bist mir den ganzen Weg nach Malibu gefolgt?«

»Lass mich rein.«

»Keine Chance«, sagte er. »Geh nach Hause.«

»Ich werde nirgendwohin gehen, bis ich mit ihr geredet habe.«

»Da musst du aber zuerst an mir vorbei.«

»Also ich bitte dich, als könntest du mich aufhalten.« Chaz stürmte an ihm vorbei und fand das Zimmer, in dem Georgie ihre Ausrüstung aufgebaut hatte. Sie trug bis zu ihren Flipflops Racheschwarz. »Wissen Sie, was Ihr Problem ist?«, erklärte sie, als sie sich Georgie ohne Einleitung näherte. »Ihnen sind die Menschen egal.«

Georgie hatte kaum geschlafen, sie war zu erschöpft, um darauf einzugehen.

»Bram ist die letzten beiden Nächte nicht vom Studio nach Hause gekommen.« Chaz setzte ihren Angriff fort. »Es geht ihm miserabel, und das alles nur Ihretwegen. Es würde mich nicht überraschen, wenn er wieder anfinge, Drogen zu nehmen.« Als Georgie nicht darauf reagierte, verpuffte Chaz' Elan etwas, sie wurde unsicher. »Ich weiß, dass Sie ihn lieben. Ist es nicht so, Aaron? Warum gehen

Sie nicht einfach zu ihm zurück? Dann wäre alles wieder in Ordnung.«

»Lass sie in Ruhe, Chaz«, sagte Aaron besonnen, als er hinter ihr auftauchte.

Georgie hatte nicht damit gerechnet, dass Aaron sich zu einem derart treuen Wachhund entwickeln würde. Seine Gewichtsabnahme schien ihm neues Selbstvertrauen gegeben zu haben. Am Dienstag, als Mel Duffys Geschichte von Georgies Anruf erschienen war, hatte Aaron zum Gegenschlag ausgeholt und ein energisches öffentliches Dementi lanciert, ohne sie überhaupt mit einzubeziehen. Er war im Gegenteil gar nicht darauf eingegangen, als sie ihm erklärte, Mels Bericht sei richtig, aber es bedeute ihr nichts mehr.

Es war leichter, Chaz' Schwächen anzugreifen, als über die eigenen nachzudenken. »Weißt du, was das für Leute sind, die ihre Nase immer in das Leben anderer Leute stecken müssen? Sie tun dies im Allgemeinen, damit sie sich nicht mit ihrem eigenen Mist befassen müssen.«

Chaz ging sofort in die Defensive. »In meinem Leben ist alles bestens!«

»Warum bist du dann noch nicht auf der Kochschule? Soweit ich weiß, hast du in diese GED Arbeitsbücher noch keinen Blick hineingeworfen.«

»Chaz ist viel zu beschäftigt, um lernen zu können«, vermittelte Aaron. »Fragen Sie sie nur.«

»Ich denke, du hast Angst, wieder auf der Straße zu landen, wenn du die Sicherheit verlässt, die du jetzt hast.« Kaum hatte Georgie diese Worte ausgesprochen, wurde ihr klar, dass sie Chaz' Vertrauen verraten hatte. Sie fühlte sich elend. »Es tut mir leid, ich …«

Chaz schaute sie finster an. »Ach, nun tun Sie nicht so. Aaron weiß Bescheid.«

Er wusste es? Das hatte Georgie nicht erwartet.

»Wenn Chaz nicht studiert«, sagte Aaron, »braucht sie auch keine Angst zu haben, durch die Prüfung zu rasseln. Sie hat einfach Angst.«

»Das ist Blödsinn.«

Georgie gab es auf. »Ich bin zu müde, um mich jetzt damit zu beschäftigen. Geh.«

Natürlich rührte Chaz sich nicht vom Fleck. Stattdessen betrachtete sie Georgie missmutig. »Sie sehen aus, als hätten Sie wieder abgenommen.«

»Im Moment schmeckt mir nichts.«

»Das werden wir gleich haben.« Chaz stürmte in die Küche und polterte eine Weile darin herum, schmiss Schranktüren, öffnete und schloss den Kühlschrank. Es dauerte nicht lang, und sie hatte einen knackigen Salat und eine Schale mit klebrigen Makkaroni und Käse gezaubert. Das Essen war tröstlich, aber nicht so tröstlich, wie von Chaz umsorgt zu werden.

Georgie machte dann großes Theater darum, Chaz einen ihrer Badeanzüge zu leihen, damit sie an den Strand hinunterkonnte. »Sofern du keine Angst vor Wasser hast«, hatte Georgie mit einem Grinsen im Gesicht gesagt, als wäre es eine Mutprobe, einen Badeanzug anzuziehen. Sie wusste, dass Chaz ihren Körper nicht gern zeigte, und hatte sich dies offenbar als eine Art Therapie ausgedacht. Aber da sie sich derart herausgefordert fühlte, hatte Chaz den Badeanzug angezogen und dann in Georgies Sachen herumgewühlt, bis sie ein Frotteekleid fand, das sie darüber anziehen konnte.

Aaron lag auf einem Strandlaken und las irgendeine langweilige Zeitschrift über Videospiele. Als sie ihn kennen gelernt hatte, wollte er sich nicht in die Nähe von Wasser begeben. Jetzt trug er neue weiße Schwimmshorts mit marineblauen Paspeln. Da er gut noch ein paar Pfund abnehmen konnte, hätte er vielleicht was Dezenteres wählen sollen, aber er hatte mit Krafttraining begonnen, und das sah man. Außerdem gab er Geld für einen anständigen Haarschnitt aus und trug Kontaktlinsen.

Er saß am Ende des Lakens und drehte ihr den Rücken zu. Der Überwurf reichte nicht mal bis zur Mitte ihrer Oberschenkel, und so schlug sie ihre Beine unter.

Er legte sein Heft beiseite. »Es ist heiß. Lass uns ins Wasser gehen.«

»Mir ist nicht danach.«

»Warum nicht? Du hast mir doch erzählt, du seiest ständig schwimmen gewesen.«

»Ich möchte aber jetzt nicht.«

Er sah sie an. »Ich werde dich nicht hineinschubsen, nur weil du einen Badeanzug anhast.«

»Das weiß ich.«

»Chaz, du musst über das hinwegkommen, was passiert ist.«

Sie stocherte mit einem Stock im Sand. »Vielleicht will ich ja gar nicht darüber hinwegkommen. Vielleicht darf ich es nicht vergessen, damit ich nie mehr wieder in so etwas hineingerate.«

»Das wird nicht passieren.«

»Woher weißt du das?«

»Einfache Logik. Nehmen wir mal an, du würdest dir noch einmal deinen Arm brechen, oder sogar dein Bein. Glaubst du wirklich, Bram würde dich hinauswerfen? Oder dass Georgie nicht eingreifen würde oder ich dich nicht bei mir wohnen lassen würde? Du hast jetzt Freunde, obwohl dir das gar nicht klar ist, so wie du sie behandelst.«

»Ich habe Georgie dazu gebracht, was zu essen, oder? Und du hättest das nicht zu ihr sagen dürfen, von wegen dass ich Angst habe durchzufallen.«

»Du bist gescheit, Chaz. Alle wissen das, nur du nicht.«

Sie nahm eine zerbrochene Muschelschale in die Hand und strich sich mit der scharfen Kante über ihren Daumen. »Ich wäre vielleicht gescheit, aber ich habe zu viel Schule verpasst.«

»Was soll's? Dazu ist das GED da. Außerdem habe ich dir doch gesagt, dass ich dir helfen werde.«

»Ich brauche keine Hilfe.« Wenn er ihr half, würde er dahinterkommen, wie viel sie nicht wusste, dann hätte er keinen Respekt mehr vor ihr.

Aber er schien zu verstehen, was sie dachte. »Wenn du mir nicht geholfen hättest, wäre ich immer noch dick. Jeder Mensch hat andere Fähigkeiten. Ich war immer gut in der Schule, jetzt ist es an mir, dir einen Gefallen zu tun. Vertrau mir. Ich werde nicht halb so fies zu dir sein, wie du zu mir warst.«

Sie war fies zu ihm gewesen. Auch zu Georgie. Sie streckte ihre Beine aus. Ihre Haut war bleich wie die eines Vampirs, und ihr fiel sofort die kleine Stelle ins Auge, wo sie sich nicht rasiert hatte. »Tut mir leid.«

Offenbar kam das nicht so rüber, wie sie beabsichtigt hatte, denn er ließ nicht locker. »Du musst aufhören, so grob zu den Leuten zu sein. Du glaubst, auf diese Weise stark zu wirken, aber es hat eher was Bemitleidenswertes.«

Sie sprang vom Handtuch auf. »Sag das nicht!«

Er hob den Blick zu ihr. Sie schaute ihn wütend an, die Arme steif und mit geballten Fäusten vom Körper abgespreizt.

»Hör mit diesem Scheiß auf, Chaz.« Er klang müde, als wäre er ihrer überdrüssig. »Es ist an der Zeit, dass du erwachsen wirst und anfängst, dich wie ein anständiger Mensch zu benehmen.« Er stand langsam auf. »Du und ich sind die besten Freunde, aber die halbe Zeit schäme ich mich für dich. Wie etwa bei diesem Quatsch, den du mit Georgie veranstaltet hast. Jeder sieht doch, wie elend sie sich fühlt. Du hättest das nicht noch schlimmer machen dürfen.«

»Bram fühlt sich genauso elend«, konterte sie.

»Das rechtfertigt aber noch lange nicht, dass du mit ihr so umspringst.«

Er sah aus, als hätte er jetzt endgültig genug von ihr. Sie war den Tränen nah, aber vorher würde sie sich umbringen, also riss sie sich den Überwurf vom Leib und warf ihn in den Sand. Sie fühlte sich nackt, aber Aaron sah ihr nur ins Gesicht. Als sie auf der Straße gelebt hatte, hatten die Männer ihr kaum jemals ins Gesicht geschaut. »Bist du jetzt zufrieden?«, schrie sie.

»Bist du es?«, fragte er.

Sie war mit so gut wie gar nichts zufrieden, was ihre Person betraf, und sie war es leid, Angst zu haben. Es machte sie nervös, wenn sie das Haus verließ. Sie hatte Angst, ihren Highschoolabschluss zu machen. Hatte vor so vielen Dingen Angst. »Sobald ich nett zu Leuten bin, fangen sie an, mich auszunutzen«, jammerte sie.

»Wenn sie anfangen, dich auszunutzen«, entgegnete er ruhig, »dann hör auf, nett zu ihnen zu sein.«

Ihre Haut prickelte. Musste es wirklich alles oder nichts sein? Sie dachte an das, was er zuvor gesagt hatte, dass sie Freunde hatte, die auf sie aufpassten. Sie hasste es, von anderen abhängig zu sein, aber vielleicht lag das auch nur daran, dass sie dies bisher nicht gekonnt hatte. Aaron hatte recht. Sie hatte jetzt Freunde, aber sie handelte immer noch so, als wäre sie allein mit ihrem Kampf gegen die Welt. Der Gedanke, dass er sie als fiese Person sah, gefiel ihr nicht. Fies zu sein, bewahrte einen vor gar nichts. Sie studierte ihre Füße. »Gib mich nicht auf, okay?«

»Das kann ich gar nicht«, sagte er. »Ich bin nämlich viel zu neugierig zu beobachten, was aus dir wird, wenn du erwachsen bist.«

Sie guckte ihn über die Schulter an und sah diesen lustigen Ausdruck auf seinem Gesicht. Er betrachtete nicht ihren Körper oder ließ seinen Blick wandern, aber sie war sich seiner in einer Weise bewusst, die ihr das Gefühl gab … als würde etwas jucken oder sie durstig machen. Irgendwas. »Können wir jetzt schwimmen?«, fragte sie. »Oder möchtest du den ganzen Tag hier stehen und mich analysieren?«

»Schwimmen.«

»Hab ich mir gedacht.«

Sie rannte ins Wasser und fühlte sich fast frei. Wer weiß, ob es anhielt, aber im Moment fühlte es sich gut an.

Georgie bearbeitete tagsüber Filmmaterial und wanderte nachts durch die verwahrlosteren Straßen von Hollywood und West Hollywood, mit nichts als ihrer Kamera und ihrem berühmten Gesicht zum Schutz. Die meisten Mädchen, denen sie sich näherte, erkannten sie und redeten mehr als bereitwillig in ihre Kamera.

Sie entdeckte eine mobile Gesundheitsambulanz, die Straßenkinder behandelte. Wieder machte sich ihr Ruhm bezahlt, die Mitarbeiter des Gesundheitsdienstes ließen sie jede Nacht mitfahren, wenn sie Tests für HIV oder Geschlechtskrankheiten sowie Kondome verteilten, Krisenberatung machten und Präventionsaufklärung betrieben. Was sie während jener Nächte sah und hörte, tat ihr in der Seele weh. Immer wieder musste sie dabei an Chaz denken und wo diese heute wäre, wenn Bram nicht eingegriffen hätte.

Zwei Wochen vergingen, in denen er keinen Versuch unternahm, sie zu sehen. Sie war erschöpft bis zur Betäubung, aber sie konnte höchstens fünf Stunden schlafen, ehe sie aus dem Schlaf aufschreckte, ihr Pyjama schweißnass, die Laken um sie gewickelt. Verzweifelt vermisste sie den Mann, für den sie Bram hielt, den Mann, der unter seinem zynischen Äußeren ein liebevolles Herz bewahrte. Nur ihre Arbeit und das Wissen, dass sie das Richtige getan hatte, indem sie ihre Seele nicht um der Rache willen aufgegeben hatte, bewahrte sie vor der Verzweiflung.

Da die Paparazzi in den Gegenden, die sie aufsuchte, nicht anzutreffen waren, tauchten keine Fotos auf. Obwohl sie Aaron angewiesen hatte, die Sensationspresse nicht länger mit seinen Geschichten vom ehelichen Glück zu füttern, tat er es weiterhin. Es war ihr gleichgültig. Sollte Bram damit klarkommen.

An einem Freitag, drei Wochen nach ihrem Zerwürfnis mit Bram, rief Aaron sie an und sagte, sie solle sich in *Variety* einloggen. Sie tat es und sah die Ankündigung:

Das Casting für Tree House, *Bram Shepards Filmadaptation von Sarah Carters Bestseller, ist abgeschlossen. In einem überraschenden Schritt hat man Anna Chalmers, eine praktisch unbekannte Schauspielerin, für Helene, die anspruchsvolle weibliche Hauptrolle, unter Vertrag genommen …*

Georgie starrte den Bildschirm an. Es war vorbei. Nun brauchte Bram sie nicht länger seiner unsterblichen Liebe zu versichern, was auch erklärte, warum er keinen Kontakt mehr zu ihr aufgenommen hatte. Sie schlüpfte in ihre Sneakers und brach zu einem Strandspaziergang auf. Sie war wehrlos, und sie war erschöpft, denn sonst wäre sie nicht gedanklich in eine Sitcom-Welt abgeschweift, in der Bram an ihrer Tür auftauchte, sich auf die Knie warf und sie um ihre Liebe und ihre Vergebung bat.

Angewidert von sich selbst, kehrte sie ins Haus zurück.

Am nächsten Morgen läutete ihr Telefon, während sie an ihrem Computer saß. Sie riss sich aus ihrer Benommenheit und schielte auf das Display ihres Mobiltelefons. Es war Aaron. Er war übers Wochenende nach Kansas geflogen, um dort den sechzigsten Geburtstag seines Vaters zu feiern. Sie räusperte sich, weil sie eine belegte Stimme hatte. »Was macht die Familienzusammenführung?«

»Der geht's gut, aber Chaz ist krank. Ich hatte sie gerade am Telefon, sie hörte sich richtig schlimm an.«

»Was ist denn los mit ihr?«

»Sie wollte es mir nicht sagen, aber sie hörte sich fast an, als würde sie weinen. Ich sagte ihr, sie solle Bram suchen, aber sie weiß nicht, wo er ist.«

Nicht in Malibu, sagte sich Georgie, *um mich zurückzugewinnen.*

»Ich mache mir Sorgen um sie«, fuhr Aaron fort, »Könnten Sie vielleicht …«

»Ich werde hinfahren«, sagte sie.

Als sie vom Highway abfuhr, begann die Sitcom in ihrem Kopf wieder Gestalt anzunehmen. Sie sah sich in Brams Haus eintreten, das überall mit Luftballons geschmückt war. Sie sah Bram, der mittendrin stand, sein Gesichtsausdruck weich, besorgt und zärtlich.

»Überraschung!«

Sie trat aufs Gaspedal und holte sich in die Realität zurück.

Kein einziger Ballon schwebte in dem leeren, stillen Haus, und der Mann, der sie verraten hatte, war nirgendwo zu sehen. Da die Paparazzi am Ende der Einfahrt noch immer ihren Posten hielten, hatte sie ihren Wagen bei Rory abgestellt und war durch den Hintereingang geschlüpft. Sie stellte ihre Tasche ab und rief Chaz' Namen. Es kam keine Antwort.

Sie ging in die leere Küche, dann durch den hinteren Flur und hoch zu Chaz' Apartment über der Garage. Sie war nicht überrascht, dass dieses ganz schlicht gehalten und pedantisch ordentlich war. »Chaz? Ist alles in Ordnung mit dir?«

Ein Stöhnen kam aus dem wohl einzigen Schlafzimmer. Sie entdeckte darin die mit blassem Gesicht auf einem zerknitterten, grauen Quilt liegende Chaz, die Knie an die Brust gezogen. »Aaron hat Sie angerufen.«

Georgie eilte zu ihr ans Bett. »Was ist denn los?«

Sie umklammerte ihre Knie fester. »Ich fass es nicht, dass er Sie angerufen hat.«

»Er war besorgt. Er sagte, du seist krank, und offensichtlich hat er recht.«

»Ich habe Krämpfe.«

»Krämpfe?«

»Krämpfe. Mehr nicht. Manchmal krieg ich die. Und jetzt gehen Sie.«

»Hast du irgendwas eingenommen?«

»Ich habe nichts mehr.« Ihre Worte kamen wie Wehklagen. »Lassen Sie mich in Ruhe.« Sie drehte ihr Gesicht ins Kissen und sagte etwas weicher: »Bitte.«

Bitte? Chaz musste richtig krank sein. Georgie holte etwas Tylenol aus Brams Küche, kochte eine Tasse Tee und brachte diesen ins Apartment. Auf dem Weg zu ihrem Schlafzimmer sah sie ein GED-Arbeitsbuch offen auf dem Kaffeetisch liegen, daneben ein paar gelbe Blöcke und Bleistifte. Sie lächelte, es war das erste Mal in dieser Woche.

»Ich fass es einfach nicht, dass Aaron Sie angerufen hat«, sagte Chaz wieder, nachdem sie die Tabletten genommen hatte. »Sie sind den ganzen Weg von Malibu hierhergefahren, um mir ein paar Tylenol zu geben?«

»Aaron war sehr beunruhigt.« Georgie stellte das

Fläschchen auf den Nachttisch. »Und Sie hätten dasselbe für mich getan.«

Das holte Chaz aus ihrem Elend. »Er war beunruhigt?«

Georgie nickte und hielt ihr den heißen, gesüßten Tee hin. »Jetzt lasse ich dich wieder allein.«

Chaz richtete sich so weit auf, dass sie den Becher nehmen konnte. »Danke«, murmelte sie. »Und ich meine es auch so.«

»Ich weiß«, sagte Georgie, als sie das Zimmer verließ.

Sie suchte noch ein paar Sachen zusammen, die sie zurückgelassen hatte, achtete aber darauf, jeglichen Blick ins Schlafzimmer zu vermeiden. Als sie wieder nach unten kam, fiel goldenes Nachmittagslicht durch die Fenster. Sie hatte dieses Haus geliebt. Seine Winkel und Räume. Die Zitronenpflanzen im Kübel und die tibetischen Überwürfe, den aztekischen Kaminsims und die warmen Holzböden. Das von Bücherregalen gesäumte Esszimmer und die Windglockenspiele aus Messing. Wie konnte ein Mann, der ein so einladendes Haus entworfen hatte, ein so leeres, feindseliges Herz haben?

Da kam er herein.

27

Das Entsetzen, das sich auf Brams Gesicht spiegelte, machte deutlich, dass er sie am allerwenigsten erwartet hatte – oder sehen wollte. Er war kalkweiß von zu vielen langen Nächten, und es lagen Schatten unter seinen Augen, aber er hätte, so wie er war, zum Fototermin bei *GQ* antreten können. Seine Haare waren frisch geschnitten, fast so kurz, wie er sie während ihrer *Skip-und-Scooter*-Tage getragen hatte, und sie hätte schwören können, dass seine Fingernägel professionell maniküert waren.

Es war ihr unangenehm, bei ihm den Eindruck zu erwecken, sie hätte ihn abgepasst. »Chaz ist krank«, sagte sie ausdruckslos. »Ich bin hergefahren, um nachzuschauen, jetzt fahre ich wieder.«

Sie straffte ihre Schultern und ging durch den Raum zur Veranda, aber er war neben ihr, ehe sie den Türknauf anfassen konnte. »Keinen Schritt weiter.«

»Kein Drama, Bram. Mir ist nicht danach.«

»Wir sind Schauspieler. Wir brauchen das Drama.« Er packte sie an den Schultern und drehte sie zu sich herum. »Ich habe das nicht alles für dich durchgestanden, damit du mich jetzt verlässt.«

Der Zorn, den sie glaubte, überwunden zu haben, entflammte erneut. »*Was* durchgestanden? *Was* hast du durchgestanden? Sieh dich an. Du hast keine einzige Falte. Du hast die schönste Zeit deines Lebens gehabt!«

»So siehst du das also?«

»Du bist Produzent und Schauspieler in einem großen Film. All deine Träume sind wahr geworden.«

»Nicht wirklich. Mit dir habe ich es verbockt. Mit der wichtigsten Person in meinem Leben.« Er drückte sie gegen die Balkontüren. »Aber ich versuche das wiedergutzumachen.«

Sie schnaubte verächtlich. »Wie denn?«

Er schaute auf sie herab und seine leidenschaftlichen Augen signalisierten die Schauspielschulversion einer gequälten Seele. »Ich liebe dich, Georgie.«

Vor ihren Augen explodierte ein Feuerwerk. »Und wie kommt das?«

»Weil es so ist. Weil du du bist.«

»Du klingst aufrichtig. Dein Blick ist aufrichtig.« Sie grinste spöttisch und schob seinen Arm beiseite. »Aber ich kaufe dir kein einziges Wort davon ab.«

Jemand mit weniger Zynismus hätte dort, wo seine Mundwinkel sich verhärteten, echten Schmerz herauslesen können. »Was damals am Strand passiert ist …«, sagte er. »Ich weiß genau, wie hässlich das war, aber ich bekam auch den Weckruf, den ich gebraucht habe.«

»Aha, ist ja klasse.«

»Ich wusste, du würdest mir nicht glauben, und ich kann dir das noch nicht mal verübeln.« Er rammte seine Hände in seine Taschen. »Hör mir einfach zu, Georgie. Wir haben Helene gecastet. Das ist eine abgemachte Sache. Welchen Hintergedanken könnte ich denn noch haben?«

Kein stilles Leiden mehr wie das nach ihrer Trennung von Lance. Sie ließ alles aus sich heraus. »Fangen wir mit deiner Karriere an. Vor dreieinhalb Monaten war ich diejenige, die bereit war, alles zu opfern, um mein Image zu schützen, aber nun bist du das. Deine unerfreuliche Vergangenheit hat deiner Zukunft im Weg gestanden, und du hast mich benutzt, um das zu ändern.

»Das tut nichts …«

»*Tree House* ist für dich kein Projekt wie jedes andere. Es ist der erste Teil einer sorgfältig geplanten Strategie, dich als ehrbaren Schauspieler und Produzenten zu etablieren.«

»Gegen Ehrgeiz ist doch wohl nichts einzuwenden.«

»Wenn du mich nur benutzen willst, damit du deinen Ruf aufpolierst, um vertrauenswürdig zu erscheinen, dann schon.«

»Wir sind hier in Hollywood, Georgie! Das gelobte Land der Geschiedenen. Wen – außer Rory Keene – interessiert es schon, ob unsere Ehe hält?«

»Rory Keene. Genau!«

»Du glaubst doch nicht im Ernst, ich möchte diese Ehe nur deshalb aufrechterhalten, damit ich Rorys gute Meinung nicht aufs Spiel setze?«

»Aber das tust du doch!«

»Das habe ich getan. Aber es ist vorbei. Ich bin mehr als glücklich, meine Karriere an der Qualität meiner Arbeit, und nicht an der meiner Ehe messen zu können.«

Ihr Herz hatte eine Hornhaut bekommen, sie glaubte ihm kein Wort. »Du würdest alles sagen, damit dein Bild in der Öffentlichkeit keinen Knacks bekommt, aber für mich ist Schluss damit, immer nur was vorzutäuschen, damit Leute, die ich gar nicht kenne, mich für etwas halten, was ich gar nicht bin. Ich werde Aaron Anweisung geben, nicht mehr mit der Presse zu reden. Und diesmal werde ich dafür sorgen, dass er tut, was ich sage.«

»Einen Teufel wirst du tun.« Die Veränderung begann in seinen Augen, wo kalte Berechnung in sture Entschlossenheit umsprang. Dann drehte er ein wenig durch. Er drückte ihr einen harten Kuss auf die Lippen und schob und stupste sie vor sich her in den hinteren Flur. »Du kommst mit mir.«

Sie stolperte über ihre Füße, aber er hatte sie so fest im Griff, dass sie nicht stürzte. »Lass mich los!«

»Ich nehme dich jetzt mit auf eine Spritztour«, erwiderte er.

»Als wäre das was Neues.«

»Sei still.« Er schob sie vor sich in die Garage. Er war nicht grob, aber sanft packte er sie auch nicht gerade an. »Höchste Zeit, dass du verstehst, wie viel mir mein guter Ruf wert ist.«

Er sah aus wie der wilde Mann seiner Vergangenheit. »Ich gehe nirgendwo mit dir hin.«

»Das werden wir schon sehen. Ich bin stärker als du, ich bin gemeiner als du, und ich bin sehr viel verzweifelter.«

Ihr Zorn loderte wieder auf. »Wenn du schon so verzweifelt bist, warum hast du dann nicht mit mir zu reden versucht, als die Besetzung für die Helene feststand? Warum hast du nicht …«

»Weil ich vorher noch etwas anderes erledigen musste!« Er schob sie ins Auto, gleich darauf schossen sie die Einfahrt hinunter und durchs Tor, wo sich zwei schwarze Geländewagen an sie dranhängten.

Er drehte die Klimaanlage voll auf, so dass sie viel zu kalt für ihre nackten Beine und das dünne T-Shirt war, aber sie bat ihn auch nicht, sie herunterzudrehen. Sie sprach kein Wort. Er fuhr wie ein Wahnsinniger, aber sie war zu wütend, um sich zu beschweren. Offenbar wollte er ihr noch einmal das Herz brechen.

Sie kamen zum Robertson Boulevard, auf dem noch reger Betrieb war, weil viele den Samstagnachmittag zum Einkaufsbummel nutzten. Sie beugte sich in ihrem Sitz vor, als er neben dem Parkwächter vor The Ivy, dem zweiten Zuhause der Paparazzi, quietschend zum Halten kam. »Warum hältst du hier an?«

»Damit wir einen Promo-Auftritt machen können.«

»Das ist nicht dein Ernst.« Einer der Paparazzi hatte sie entdeckt und versuchte, sie durch die Windschutzscheibe zu fotografieren. Sie hatte das Strandhaus ohne einen Hauch von Make-up verlassen. Ihr Haar war ein einziges Durcheinander, ihr T-Shirt hatte den falschen Blauton, um zu ihren zerknitterten türkisfarbenen Shorts zu passen, und sie hatte ihre Sportschuhe für den Strand anstatt ihrer Sandalen an. »Ich werde in diesem Aufzug nicht nach draußen gehen.«

»Du bist diejenige, die auf ihr Image pfeift, schon vergessen?«

»Es ist ein großer Unterschied, ob einem das Image egal ist, oder ob man in ein anständiges Restaurant in schmutzigen Shorts und verdreckten Turnschuhen geht!«

Drei weitere Fotografen drückten sich ans Auto, während andere sich halsbrecherisch in den Verkehr stürzten, um von der anderen Straßenseite herüberzukommen.

»Wir essen nichts«, sagte er. »Und ich finde dich schön.« Er sprang aus dem Wagen, drückte dem Portier ein Bündel Geldscheine in die Hand, und bahnte sich seinen Weg durch die wild durcheinanderschreienden Fotografen, um ihr die Beifahrertür aufzuhalten.

Ein unpassendes T-Shirt und zerknitterte Shorts. Schlechte Frisur, kein Make-up … und ein Ehemann, der sie vielleicht liebte, aber wohl eher nicht. Ihr kam alles so unwirklich vor, aber sie stieg aus.

Das Chaos brach los. Seit Wochen hatte man sie nicht zusammen gesehen, jetzt brüllten alle Paparazzi auf einmal los.

»Bram! Georgie! Hierher!«

»Wo seid ihre beide gewesen?«

»Georgie, hat Mel Duffy gelogen, was das Treffen angeht?«

»Sind Sie schwanger?«

»Seid ihr noch zusammen?«

»Was ist das denn für ein Outfit, Georgie?«

Bram legte einen Arm um sie und schob sie durch die Menge auf die Klinkerstufen zu. »Macht mal Platz für uns, Jungs. Ihr bekommt eure Fotos. Aber lasst uns mehr Raum.«

Fußgänger blieben glotzend auf dem Gehweg stehen, im Patio Speisende reckten die Hälse, und ein Trio perfekt gekleideter Handtaschendesignerinnen unterbrach ihr Gespräch, um sie anzustarren. Georgie überlegte kurz, sich ein wenig Lipgloss auszuleihen, aber es hatte was unbändig Befreiendes, sich in seinem schlechtesten Aufzug vor der Welt zu präsentieren.

Er brachte seinen Mund an ihr Ohr. »Haben wir es nötig, eine Pressekonferenz einzuberufen, solange wir The Ivy haben?«

»Bram, ich …«

»Hört mal alle zu.« Er hob seinen Arm.

Georgie war schwindelig, aber irgendwie schaffte sie es, ihren Mund zu einem Scooter-Grinsen auseinanderzuziehen. Aber dann ließ sie es sein. Kein So-tun-als-ob mehr. Sie war wütend, aufgebracht, ihr war übel, und es war ihr egal, wer das mitbekam. Sie ließ zu, dass alle ihre Gefühle sich auf ihrem Gesicht spiegelten.

Eine Menschenmenge blockierte den Gehweg. Während Kameraverschlüsse klickten und Videokameras die Szene festhielten, erhob Bram seine Stimme über den Lärm. »Ihr alle wisst, dass Georgie und ich vor drei Monaten in Las Vegas geheiratet haben. Was ihr nicht wisst …«

Sie hatte keine Ahnung, wie er das drehen wollte, aber es war ihr auch egal. Welche Lügen er auch erzählte, es waren seine eigenen, er musste damit klarkommen.

»… ist, dass wir Opfer von ein paar mit Drogen versetzten Cocktails waren, und wir einander im Grunde genommen abgrundtief hassten. Wir haben diese Ehe seitdem vorgetäuscht.«

Ihr Kopf schoss hoch. Einen Moment dachte sie, sie hätte sich verhört. Bram war bereit, sich vor The Ivy zu stellen und alles zu enthüllen?

Wie sich herausstellte, war er das. Er erzählte alles – eine komprimierte Fassung, aber die Fakten waren da, bis zur hässlichen Szene am Strand. Sie studierte sein entschlossenes Kinn und musste dabei an die überragenden Leinwandhelden denken, die an der Wand seines Büros hingen.

Die Paparazzi hatten mehr Erfahrung mit Täuschung als mit der Wahrheit, sie kauften ihm kein Wort davon ab. »Sie verscheißern uns, stimmt's?«

»Kein Verscheißern«, sagte Bram. »Georgie will seit Neuestem ein ehrliches Leben führen.«

»Üben Sie Zwang auf Bram aus, Georgie?«

»Habt ihr beide euch getrennt?«

Sie attackierten sie, wie das Schakale tun, aber Bram schrie sie alle nieder. »Von jetzt an ist alles, was wir euch erzählen, die Wahrheit, aber rechnet nicht damit, dass ihr von uns was erfahrt, was wir nicht erzählen wollen, auch nicht, wenn wir einen Film promoten und Publicity brauchen. Was die Zukunft dieser Ehe angeht ... Georgie ist bereit, mich freizulassen, aber ich liebe meine Frau und werde alles tun, damit sie ihre Meinung ändert. Das ist für den Moment alles, was ihr von uns erfahrt. Kapiert?«

Die Paparazzi wurden rabiat, schubsten und drängten. Irgendwie schaffte es Bram, sie beide durch die Menge zu bugsieren, wobei er sie so fest im Arm hielt, dass sie praktisch über dem Boden schwebte und einen Schuh verlor. Den Portiers gelang es, ihr die Wagentür aufzuhalten, und sie stieg ein.

Als Bram losfuhr, hätte er beinahe zwei Fotografen mitgenommen, die sich auf die Kühlerhaube gelegt hatten. »Ich möchte kein Wort mehr über Hintergedanken hö-

489

ren.« Seine finstere Miene und unsichere Stimme ließen keinen Raum für Widerworte. »Außerdem will ich im Moment überhaupt nicht reden.«

Damit war sie nur allzu einverstanden, denn sie hätte ohnehin nichts zu sagen gewusst.

Der reinste Zirkustross an Geländewagen folgte ihnen zurück zum Haus. Bram brauste durchs Tor und bremste vor dem Eingang abrupt ab, ehe er den Motor ausschaltete.

Sein schwerer Atem erfüllte den plötzlich stillen Innenraum. Er öffnete die Konsole und zog eine DVD heraus. »Das ist der Grund, weshalb ich nicht schon früher zu dir konnte. Sie war noch nicht fertig. Ich hatte vor, sie dir heute Abend zu bringen.« Er legte ihr die DVD in den Schoß. »Sieh sie dir an, ehe du irgendwelche größeren Entscheidungen hinsichtlich unserer Zukunft triffst.«

»Ich verstehe nicht. Was ist das?«

»Man könnte vielleicht sagen, es ist … mein Liebesbrief an dich.« Er stieg aus.

»Liebesbrief?« Aber er war bereits ums Haus verschwunden.

Sie betrachtete die DVD und las die von Hand gedruckte Aufschrift.

Skip und Scooter
In die Tiefe

Skip und Scooter hatte nach einhundertacht Episoden geendet, aber diese DVD trug den Vermerk »Episode 109«. Sie presste die DVD an ihre Brust, streifte sich ihren einen Turnschuh ab und rannte barfuß ins Haus. Für die komplizierten Geräte im Medienraum brachte sie nicht genug Geduld auf und trug seinen filmischen Liebesbrief nach oben, wo sie ihn in seinem Schlafzimmer in den DVD-Spieler schob. Sie setzte sich mitten aufs Bett, zog mit einem Arm ihre Knie an sich heran und drückte unter Herzklopfen auf den Abspielknopf.

Allmähliches Einblenden von zwei Paar kleiner Füße, die sich über eine weitläufige grüne Rasenfläche bewegen. Ein Paar trug schwarze Mary-Janes-Lackschuhe mit weißen Rüschensöckchen. Das andere glänzende schwarze Knabenschnürschuhe, die von schwarzen Anzughosenbeinen gestreift wurden. Beide Fußpaare blieben stehen und wandten sich jemandem zu, der hinter ihnen stand. Das kleine Mädchen wimmerte: »Daddy?«

Georgie schlang beide Arme um ihre Knie und drückte sie an sich.

Der Junge herrschte sie an. »Du sagtest, du würdest nicht weinen.«

Wieder ein Wimmern von dem kleinen Mädchen. »Ich weine nicht. Ich will Daddy.«

Ein drittes Paar Schuhe tauchte auf. Schwarze spitze Männerschuhe. »Ich bin hier, mein Liebling. Ich musste *grand-mère* helfen.«

Georgie schauderte, als die Kamera langsam an den scharfen Bügelfalten einer schwarzen Hose zu den langgliedrigen manikürten Männerhänden mit einem Ehering aus Platin hinauffuhr. Die Hand des kleinen Mädchens ergriff diese.

Man sah eine Nahaufnahme des kleinen Mädchens. Es war sieben oder acht Jahre alt, ein blondes, engelsgleiches Wesen im schwarzen Samtkleid mit einer zarten Perlenkette.

Die Kamera fuhr zurück, so dass man den ernst dreinblickenden Jungen etwa gleichen Alters sehen konnte, der die andere Hand des Mannes ergriff.

Schnitt und eine weitwinkeligere Kameraeinstellung zeigte einen großen, schlanken Mann und zwei kleine Kinder von hinten, die über einen gepflegten Rasen liefen. Ein Baumschatten tauchte auf, ein breiter Rasenstreifen, weitere Bäume. Ein paar Steine. Der Winkel wurde größer.

Nein, keine Steine.

Georgie presste ihre Fingerkuppen an ihre Lippen.

Ein Friedhof?

Plötzlich füllte das Gesicht des Mannes den Bildschirm. Skip Scofield. Er war älter, distinguierter und tadellos gepflegt, wie das die Scofields immer waren. Frisch geschnittenes kurzes Haar, ein schwarzer Maßanzug, eine korrekte Krawatte in dunklem Burgunderton auf einem weißen Anzughemd. Und tiefe Kummerfalten, die sich in sein schönes Gesicht gruben.

Georgie schüttelte ungläubig den Kopf. Er konnte doch unmöglich …

»Ich möchte nicht, Daddy«, sagte das Mädchen.

»Ich weiß, mein Liebling.« Skip nahm sie auf den Arm. Gleichzeitig legte er seinen freien Arm um die schmalen Schultern des Jungen.

Georgie hätte am liebsten geschrien: *Das ist doch eine Sitcom! Die muss lustig sein!*

Nun standen die drei neben einem offenen Grab, im Hintergrund schwarz gekleidete Trauergäste. Der Junge vergrub sein Gesicht in der Anzugjacke des Vaters, so dass seine Worte nur gedämpft zu hören waren. »Ich vermisse Mommy schon jetzt so sehr.«

»Ich auch, mein Sohn. Sie hat nie verstanden, wie sehr ich sie liebte.«

»Du hättest es ihr sagen sollen.«

»Das habe ich versucht, aber sie hat mir nicht geglaubt.«

Der Pfarrer begann im Off zu sprechen, seine wohlklingende Stimme hörte sich vertraut an. Georgie presste die Augen zusammen.

Schnitt und Ende der Trauerfeier. Nahaufnahme des Sargs im Boden. Eine Handvoll Erde landete auf dem polierten Deckel, gefolgt von drei kugeligen blauen Hortensien.

Schnitt und schwenken der Kamera zu Skip mit dem Pfarrer – dem Pfarrer, dem es nicht zustand, Pfarrer zu sein. »Mein Beileid, mein Sohn«, sagte der Pfarrer und klopfte Skip auf den Rücken.

Schwenken zu Skip und seinen zwei weinenden Kindern, die allein neben dem Grab stehen. Skip kniete nieder und zog sie an sich, seine Augen vor Schmerz geschlossen. »Gott sei Dank …«, murmelte er. »Gott sei Dank, dass ich euch habe.«

Der Junge entzog sich ihm und sah ihn selbstgefällig, beinahe rachsüchtig an. »Hast du aber nicht.«

Das Mädchen spreizte seine Hände auf seinen Hüften. »Wir existieren nur in deiner Einbildung, schon vergessen?«

Der Junge höhnte: »Wir sind die Kinder, die du hättest haben können, wärst du nicht so ein Trottel gewesen.«

Im Handumdrehen waren die Kinder verschwunden, und der Mann stand allein vor dem Grab. Gequält. Gemartert. Er nahm eine Hortensie aus einem der Blumengebinde und hob sie an seine Lippen. »Ich liebe dich. Von ganzem Herzen. Für immer, Georgie.«

Der Bildschirm wurde dunkel.

Georgie blieb benommen sitzen, sprang dann aber auf und schritt den Flur hinunter. *Ausgerechnet* … Sie rannte die Treppe hinunter, schoss über die Veranda und den Weg entlang zum Gästehaus. Durch die Balkontüren sah sie ihn an seinem Schreibtisch sitzen und ins Leere starren. Als sie hineinstürmte, sprang er auf.

»*Liebesbrief*?«, schrie sie.

Er nickte ruckartig, sein Gesicht war bleich.

Sie stemmte die Hände in die Hüften. »Du hast mich *umgebracht*!«

Sein Kehlkopf arbeitete, als er schluckte. »Du ... äh ... hast doch nicht erwartet, dass ich *mich* umbringe, oder?«

»Mein eigener Vater! Mein eigener *Vater* hat mich begraben!«

»Er ist ein guter Schauspieler. Und ein überraschend anständiger Schwiegervater.«

Sie presste die Zähne aufeinander. »Ich habe ein paar vertraute Gesichter in der Menge gesehen. Chaz und Laura?«

»Sie schienen beide ...«, er schluckte wieder, »die Zeremonie zu genießen.«

Sie warf die Hände nach oben. »Ich fass es nicht, du hast Scooter umgebracht!«

»Ich hatte nicht viel Zeit für die Arbeit am Drehbuch. Es war das Erstbeste, was mir eingefallen ist, zumal du ... du nicht zur Verfügung standst.«

»Genau!«

»Ich wäre gestern damit fertig geworden, wenn deine engelsgleiche falsche Tochter sich nicht als Diva erwiesen hätte. Ein absolutes Ekelpaket bei der Arbeit, was für *Tree House* Böses ahnen lässt. Sie spielt das Kind.«

»Aber eine großartige kleine Schauspielerin«, meinte Georgie und verschränkte ihre Arme vor der Brust. »Ich hatte tatsächlich Tränen in den Augen.«

»Sollten wir jemals ein Kind haben, das sich derart aufführt ...«

»Dann liegt das an seinem Vater.«

Das traf ihn überraschend, aber sie wollte ihn noch ein wenig zappeln lassen, obwohl in ihr kleine Glücksblasen aufzusteigen begannen. »Jetzt mal ehrlich, Bram, das war der dümmste, kitschigste, rührseligste Müll der Filmgeschichte ...«

»Ich wusste, dass es dir gefallen würde.« Er schien nicht zu wissen, wohin er mit seinen Händen sollte. »Es hat dir doch gefallen, oder? Es war die einzige Möglichkeit, die mir einfiel, um dir zu zeigen, dass ich genau verstanden habe, wie sehr ich dich an jenem Tag am Strand verletzt habe. Das hast du doch begriffen, oder?«

»Seltsamerweise ja.«

Er verzog sein Gesicht. »Du wirst mir helfen müssen, Georgie. Ich habe noch nie jemanden geliebt.«

»Nicht einmal dich selbst«, erwiderte sie leise.

»Da gab's nicht viel zu lieben. Bis du mich liebtest.« Seine Hand verschwand in seiner Tasche. »Ich möchte dir nicht mehr wehtun. Niemals. Aber ich habe es schon getan. Ich habe das geopfert, was du dir am meisten gewünscht hast. Helene ist wirklich weg, Georgie. Der Vertrag ist unterschrieben. Diese Rolle hat dir alles bedeutet, das weiß ich, und ich habe es vermasselt, aber ich sah keinen anderen Ausweg. Nur indem ich eine andere Schauspielerin unter Vertrag nahm, konnte ich dir beweisen, dass ich dich um deiner selbst willen liebe.«

»Das verstehe ich.« Sie dachte daran, was die Leute sich und anderen aus Liebe antaten, und sie wusste, dass nun der Zeitpunkt gekommen war, ihm zu sagen, was sie erst kürzlich für sich selbst entdeckt hatte. »Ich bin froh.«

»Du verstehst nicht. Ich kann das nicht wiederhinbiegen, Schatz, es gibt auch keinen Weg, das wieder gutzumachen.«

»Du brauchst nichts wiedergutzumachen.« Zum ersten Mal sprach sie es laut aus. »Ich bin eine Filmemacherin, Bram. Eine Dokumentarfilmerin. Das ist es, was ich mit meinem Leben machen möchte.«

»Wovon redest du? Du liebst die Schauspielerei.«

»Ich spielte gern die Annie . Ich spielte gern Scooter.

Ich brauchte Applaus und Lob. Aber das brauche ich jetzt nicht mehr. Ich bin erwachsen geworden, ich möchte jetzt die Geschichten anderer Leute erzählen.«

»Das ist schön, aber – was ist mit deinem Vorsprechen? Diese erstaunliche Aufführung?«

»Kein bisschen davon kam von Herzen. Es war alles Technik.« Sie wählte ihre Worte mit Bedacht und fasste beim Sprechen alles zusammen, um es genau auf den Punkt zu bringen. »Die Vorbereitung auf dieses Vorsprechen hätte die aufregendste Arbeit sein sollen, die ich je gemacht habe, aber es war eine stumpfsinnige Plackerei. Ich mochte die Helene nicht, und der düstere Ort, an den sie mich führte, war mir zuwider. Ich wollte eigentlich nur mit meiner Kamera flüchten.«

Er zog eine Braue hoch und sah nun wieder mehr aus wie er selbst. »Wann genau hast du das entdeckt?«

»Vermutlich wusste ich es gleich, aber ich dachte, es sei nur eine Reaktion auf den Schlamassel mit dir. Ich probte eine Weile, aber wenn ich es nicht mehr aushielt, nahm ich meine Kamera und belästigte Chaz oder zog los, um eine Kellnerin zu interviewen. Bei all meinem Gerede, dass ich mir eine neue Karriere aufbauen wollte, habe ich gar nicht begriffen, dass ich das bereits getan hatte.« Sie lächelte. »Warte, bis du siehst, was ich gefilmt habe – die Geschichte von Chaz, Straßenkinder, diese unglaublichen alleinerziehenden Mütter. Das passt alles nicht in ein und denselben Film, aber herauszufinden, was möglich ist, bringt mir unglaublich viel.«

Endlich kam er hinter seinem Schreibtisch hervor. »Das sagst du jetzt aber nicht, damit ich keine Schuldgefühle mehr habe?«

»Das soll wohl ein Witz sein? Ich genieße es, wenn du Schuldgefühle hast. Das erleichtert es mir, dich um den Finger zu wickeln.«

»Das hast du bereits getan«, erwiderte er mit belegter Stimme. »Fester als du dir vorstellen kannst.«

Er schien ihr Gesicht in sich aufzusaugen. Nie hatte sie sich mehr geliebt gefühlt. Sie schauten einander in die Augen. Einander in die Seelen. Keiner von beiden machte eine witzige Bemerkung.

Er küsste sie, als wäre sie eine Jungfrau. Eine zarte Berührung von Lippen und Herz. Es war so romantisch, dass es fast peinlich war, aber nicht so peinlich wie ihre feuchten Wangen. Sie hielten einander fest, mit geschlossenen Augen und pochenden Herzen, nackt auf eine nie da gewesene Weise. Sie kannten die Fehler des jeweils anderen wie ihre eigenen und die Stärken sogar noch besser. Das verlieh diesem Augenblick noch mehr Süße.

Sie redeten lange miteinander. Georgie wollte nichts für sich behalten und erzählte ihm von ihrem Anruf bei Mel Duffy und was sie beinahe getan hätte.

»Ich hätte dir keine Vorwürfe gemacht, wenn du das durchgezogen hättest«, sagte er. »Aber eine Waffe darf niemals in deine Hände gelangen, erinnere mich daran.«

»Ich möchte noch mal heiraten«, flüsterte sie. »Richtig heiraten.«

Er küsste ihre Schläfe. »Das möchtest du jetzt?«

»Eine private Feier. Schön und intim.«

»In Ordnung.« Seine Hand wanderte zu ihrer Brust, und die Lust, die zwischen ihnen auf kleiner Flamme geköchelt hatte, brach sich Bahn. Es kostete sie große Anstrengung, sich zurückzuhalten. »Du kannst dir nicht vorstellen, wie schwer es mir fällt, das zu sagen.« Sie zog seine Hand an ihre Lippen und küsste seine Finger. »Ich möchte eine Hochzeitsnacht.«

Er stöhnte. »Lass das bitte nicht die Bedeutung haben, die ich vermute.«

»Macht es dir so viel aus?«

Er überlegte. »Ja.«

»Aber du bist trotzdem damit einverstanden, stimmt's?«

Er liebkoste ihr Gesicht mit seinen Händen. »Ich habe doch wohl keine andere Wahl?«

»Doch. Das geht uns beide an.«

Er lächelte und legte eine Hand auf ihren Po. »Poppy bekommt exakt vierundzwanzig Stunden, um deine Traumhochzeit auf die Beine zu stellen. Ich kümmere mich um unsere Flitterwochen.«

»Vierundzwanzig Stunden? Wir können doch nicht ...«

»Poppy kann.«

Und Poppy schaffte es, obwohl sie achtundvierzig Stunden benötigte und dann auch noch von der Feier ausgeschlossen wurde, was ihr gar nicht passte.

Sie wurden bei Sonnenuntergang auf einem einsamen Stück Strand in einer Sandbucht verheiratet. Nur fünf Gäste waren anwesend: Chaz und Aaron, Paul und Laura und Meg, die allein gekommen war, weil sie ihr nicht erlaubten, jemanden mitzubringen. Sasha und April hätten es nicht rechtzeitig geschafft, und Bram weigerte sich, auf sie zu warten. Georgie hätte gern noch Rory eingeladen, aber Bram meinte, sie mache ihn zu nervös, woraufhin Georgie in schallendes Gelächter ausbrach, das Bram zwang, sie zu küssen, bis ihr die Luft wegblieb.

Sie baten Paul um die Durchführung der Zeremonie. Georgie meinte, es wäre das Mindeste, was er für sie tun könne, nachdem er sie schon beerdigt hatte. Als er darauf verwies, nicht geweiht zu sein, ließ sie das nicht gelten. Den Formalitäten war schon vor Monaten Genüge getan worden. Diese Hochzeit war eine Herzensangelegenheit.

An diesem Abend rahmte ein Sonnenuntergang aus dem Farbkasten den Strand. Buketts aus Rittersporn, Iris und Wicke quollen aus einfachen Blecheimern, an denen Bänder in der warmen Brise flatterten. Georgie hatte Poppy zwar verboten, einen Brautbogen zu errichten oder Herzen in den Sand zu malen, aber vergessen, eine Sandburg mit in das Verbot einzuschließen, und so ragte nun eine zwei Meter hohe, von Muscheln und Blumen bedeckte Replik des Scofield-Anwesens neben Braut und Bräutigam in den Himmel.

Georgie trug ein schlichtes gelbes Baumwollkleid mit ein paar Blüten in ihren dunklen Haaren. Bram war barfuß. Die Gelübde, die sie niedergeschrieben hatten, erzählten von dem, was sie wussten, was sie gelernt und was sie versprochen hatten. Nach der Zeremonie saßen sie um ein Lagerfeuer und ließen es sich mit Krabben und Chaz' kremgefüllten Schokoladentörtchen gutgehen. Georgies Vater und Laura konnten sich nicht aneinander sattsehen, aber als das Feuer knackte, wich Laura kurz von Pauls Seite und setzte sich neben Georgie. »Macht dir das was aus mit deinem Vater und mir? Ich weiß, es kam sehr plötzlich. Ich weiß …«

»Ich könnte nicht glücklicher sein.« Georgie umarmte sie, und Chaz und Aaron liefen Seite an Seite den Strand hinunter.

Bram betrachtete das schöne, von der Glut der Flammen angestrahlte Gesicht seiner Frau und stellte fest, dass die Panik, die, solange er denken konnte, sein stiller Begleiter gewesen war, sich in Luft aufgelöst hatte. Wenn eine Frau, die so klug war wie Georgie, ihn akzeptieren konnte, ungeachtet all seiner Fehler, dann war es höchste Zeit, dass er sich selbst auch so annahm, wie er war.

Dieses außergewöhnliche, liebevolle kluge und wunderbare Wesen gehörte ihm. Vielleicht sollte er Angst haben, sie zu enttäuschen, aber das hatte er nicht. Er würde in jeder bedeutsamen Hinsicht für sie da sein.

Als die Nacht sich herabsenkte, bemerkte Georgie schließlich das sich nähernde Schlauchboot, das sie zu der Privatyacht bringen würde, die vor der Küste vor Anker lag. »Was ist das?«

»Meine Überraschung«, flüsterte er ihr ins Haar. »Ich wollte, dass unsere Hochzeitsnacht auf einem Boot stattfindet. Um das erste Mal wiedergutzumachen.«

Sie lächelte. »Das hast du doch schon längst getan.«

Ihre Gäste verabschiedeten sie unter einem Schauer brauner Naturreiskörner, die Meg mitgebracht hatte. Als sie zur Yacht hinausfuhren, hielt Bram seine Frau fest umschlungen. Er wollte ihr die perfekte Hochzeitsnacht schenken. Lance hatte sie mit einer Kutsche und sechs weißen Pferden überrascht, und Bram wollte dem unter keinen Umständen nachstehen.

Sobald sie an Bord waren, führte er sie durch das stille Schiff zur Kapitänskajüte. »Willkommen zu deinen Flitterwochen, mein Liebling.«

»O Bram …«

Alles war so, wie er es vereinbart hatte. Weiße Säulenkerzen in Sturmgläsern warfen ihr schimmerndes Licht über die warme Holztäfelung und die flauschigen Teppiche. »Es ist wunderschön …«, sagte sie in einem Ton, der ihn überzeugte, dass sie nicht mehr an Kutsche und Pferde dachte. »Ich liebe es. Ich liebe dich.« Ihr Blick wanderte an ihm vorbei aufs Bett, und sie brach in Gelächter aus. »Sind das dort Rosenblätter auf den Laken?«

Er lächelte an ihrer Haut. »Zu übertrieben?«

»Viel zu sehr.« Sie warf sich ihm an den Hals. »Ich liebe es!«

Er zog sie langsam aus und küsste alles, was er entblößte: die Wölbung ihrer Schulter, ihre schwellenden Brüste. Er kniete nieder und küsste ihren Bauch, ihre Schenkel und wusste, dass er der glücklichste Mann auf Erden war. Sie entkleidete ihn genauso langsam, als er es nicht mehr aushielt, zog er sie zum Bett und auf die von Rosenblättern bedeckten Laken.

Was er für eine gute Idee gehalten hatte, aber …

Er zog ein Blütenblatt aus seinem Mund. »Diese verdammten Dinger sind überall.«

»Kann man wohl sagen. Selbst hier.« Sie öffnete ihre Schenkel. »Mach was dagegen, hörst du?«

Vielleicht waren die Rosenblätter doch keine ganz so schlechte Idee.

Unter ihnen schaukelte das Boot. Sie liebten sich immer und immer wieder, eingewoben in ihre Sinnenwelt, die nur ihnen gehörte, und gelobten sich mit ihren Körpern all das, was sie sich mit Worten versprochen hatten.

Am nächsten Morgen wurde er als Erster wach und blieb mit seiner in seine Arme gekuschelten Frau einfach liegen, atmete ihren Duft ein, war dankbar … und dachte an Skip Scofield. *Du wirst mir helfen müssen, Kumpel. Ich habe nicht so viel Praxis als einfühlsamer Mann wie du.*

Langsam könntest du deinen Sarkasmus sein lassen, erwiderte Skip.

Georgie würde mich nicht wiedererkennen.

Nutze wenigstens den Augenblick.

Das konnte er tun. Georgie kuschelte sich enger an ihn, und er legte seine Hand über ihre Hüfte. *Endlich habe ich dir was voraus, Skipper. Sieh dich an, auf ewig der kleinen Scooter Brown verhaftet. Aber ich …* Er küsste das weiche Haar seiner Frau. *Ich bin hier zusammen mit Georgie York.*

Endlich regte sie sich, aber sie ließ nicht zu, dass er sie küsste, ehe sie sich die Zähne geputzt hatte. Als sie nackt aus dem Badezimmer kam, fiel sein Blick auf eins der verwelkten Blütenblätter auf ihrer Brustwarze, er streckte die

Hand nach ihr aus. »Komm her, Frau«, sagte er weich. »Lass dich schwängern.«

Zu seinem Entsetzen winkte sie ab. »Später.«

Er machte es sich auf den Kissen bequem und beäugte sie misstrauisch, als sie ihre Videokamera aus einem der Koffer zog, die auf die Yacht verfrachtet worden waren. »Chaz hat mich davor gewarnt«, sagte er.

Sie lächelte und positionierte sich am Fußende des Betts, so dass sie ihn ansah. Die durch die Bullaugen einfallende Morgensonne brachte ihr dunkles Haar zum Glänzen. Er lehnte sich in die Kissen zurück und sah zu, wie sie ihre Kamera anhob.

»Erzähl von Anfang an«, forderte sie ihn auf. »Erzähl mir alles, was du an deiner Frau liebst.«

Er merkte, dass sie ihn aufzog, aber er spielte ihr Spiel nicht mit. Stattdessen lehnte er sich ans Kopfteil, nahm ihren Fuß in seine Hand und tat, worum sie ihn gebeten hatte.

Epilog

Iris York Shepard war so unglücklich, wie eine Vierjährige nur sein konnte. Sie stand mitten auf dem Hof, die Arme über der flachen Brust verschränkt, und tippte, das liebenswerte kleine Gesicht finster verzogen, unheilschwanger mit ihrem kleinen Fuß. Iris gefiel es gar nicht, wenn sich die Aufmerksamkeit ein wenig zu weit von ihr wegbewegte, und nun hatten sich selbst ihre hingebungsvollen Großeltern abgewandt, um sich mit Onkel Trev zu unterhalten.

Bram entdeckte seine Tochter von der Veranda aus und grinste. Er hatte eine sehr genaue Vorstellung davon, was jetzt kommen würde. Georgie, die auf der anderen Hofseite ihrem kleinen Sohn hinterherjagte, war Iris' rebellischer Ausdruck ebenfalls aufgefallen. »Mach was«, rief sie ihm über die Köpfe ihrer Gäste hinweg zu.

Er überlegte. Eine Möglichkeit wäre, Iris in die Arme zu nehmen und sie zu kitzeln oder sie kopfüber baumeln zu lassen, was sie liebte, oder sogar ein kleines Gespräch mit ihr zu führen – worin er überraschend gut war –, aber er tat nichts davon. Es machte mehr Spaß, den Dingen ihren natürlichen Lauf zu lassen.

Fünfundzwanzig von Brams und Georgies besten Freunden waren zu ihrer jährlichen Hofparty eingeladen worden, die diesmal zum fünften Jahrestag ihrer Strandhochzeit stattfand. In diesen Jahren war so viel passiert. *Tree House* war beim Publikum recht gut angekommen und von der Kritik überschwänglich gefeiert worden, was Bram ein halbes Dutzend wirklich guter Rollen eingebracht hatte. Dann hatte er mit Rorys Unterstützung sein eigenes Drehbuch produziert. Das Publikum war begeistert und seine Karriere gefestigt.

Was Georgie betraf, so interpretierte sie nach wie vor die Welt durch ihre Kameralinsen und machte ihre Arbeit verdammt gut. Jede ihrer drei Dokumentationen war besser als die vorherige gewesen, und sie heimste einen Preis nach dem anderen ein. Aber so sehr beide ihre Arbeit liebten, die größte Freude zogen sie aus ihrem Familienleben, nicht aus dem Filmemachen.

Chaz bahnte sich ihren Weg durch die Menge. Als Bram sie mit ihrer glänzenden dunklen Bobfrisur, dem kirschroten Sonnenkleid und den Silbersandalen sah, erinnerte ihn kaum mehr etwas an das verzweifelte Mädchen, das er vor so vielen Jahren vor einer Bar aufgelesen hatte. Selbst die zornige junge Frau, die das Regiment über seine Küche geführt hatte, war weicher geworden. Was jedoch nicht heißen sollte, dass Chaz ihre freche Art abgelegt hatte. Sie und Georgie kriegten sich noch immer gern in die Wolle, aber jetzt waren sie alle eine Familie – er, Georgie und ihre Kinder; Chaz und Aaron sowie natürlich Paul und Laura, die auf eben diesem Hof geheiratet hatten.

Diese Hochzeit war Chaz' erste Herausforderung nach Abschluss ihrer Restaurant- und Kochfachschule gewesen. Anstatt in einem erstklassigen Restaurant zu arbeiten, wie sie das immer vorgehabt hatte, hatte sie alle damit überrascht, sich mit einem Partyservice selbständig machen zu wollen. »Ich bin gern bei den Leuten zu Hause«, lautete ihre Erklärung.

Jetzt blieb sie neben ihm stehen. »Iris wird gleich ausrasten. Du solltest lieber rasch was unternehmen.«

»Ich könnte auch hier stehen bleiben und zusehen, wie sie Georgie wahnsinnig macht.« Er nahm sich ein Kanapee und deutete auf das Poolareal, wo Georgies früherer persönlicher Assistent in ein ernsthaftes Gespräch mit April und Jack Patriot verstrickt war. »Wann wirst du deinen Liebhaber endlich aus seinem Elend erlösen und heiraten?«

»Nachdem er seine zweite Million gemacht hat.«

»Ich tratsche nicht gern, aber ich denke, die hat er bereits.« Aaron hatte seine eigene Firma für Videospiele gegründet und einen großen Hit mit einem Spiel namens Force Alpha Zero gelandet. Er hatte sich noch stärker verändert als Chaz, was vor allem an seinem forschen Auftreten lag. Außerdem hatte er sich geradezu als Modefreak entpuppt. Bram griff nach dem nächsten Kanapee. »Ihr beide habt lang genug gebraucht, um zu entdecken, dass ihr euch liebt.«

»Ich musste erst erwachsen werden.« Ihr Blick wurde weich, als er auf Aaron fiel. »Ich werde ihn schon irgendwann heiraten, aber im Moment macht es mir einfach viel zu großen Spaß, ihn auf Zack zu halten.«

Endlich entdeckte Paul seine unglückliche Enkelin und riss sich von seiner Frau los, aber es war zu spät. Iris hatte sich bereits einen Tisch ausgesucht, einen Schmiedeeisentisch, der genau in der Mitte des dicht gedrängten Hofs stand, und begann hinaufzusteigen.

»Iris!« Georgie versuchte, sich in Bewegung zu setzen, aber eine Schaukel und ihr zappelnder Sohn hielten sie gefangen. »Iris! Geh da runter.«

Iris gab vor, nichts zu hören. Sie umrundete stattdessen vorsichtig einen abgestellten Drink, öffnete weit die Arme und wandte sich im Kommandoton mit einer Stimme an die Menge, die für einen so kleinen Körper viel zu kräftig war. »Hört mal alle her! Ich werde jetzt singen!«

Aaron führte seine Finger an seine Lippen und pfiff. »Na los, Iris!«

Indem er die Menge umrundete, gesellte Bram sich zu

Georgie und nahm ihr ihren Sohn ab, als Iris gerade ihren kleinen Mund aufmachte und der Musik freien Lauf ließ. Als sie beim ersten Refrain ihrer kraftvollen und melodiösen Wiedergabe des ersten Liedes aus *Annie* angelangt war, brachten weder Bram noch Georgie es über sich, sie herunterzuholen.

»Was sollen wir nur mit ihr anstellen?«, fragte Georgie mit einem Seufzer.

»Ich vermute, wir müssen sie doch bald mal in die Hände von Großmutter Laura geben.« Er küsste den verschwitzten Kopf seines Sohnes. »Du weißt doch, wie wild Laura und Paul darauf sind, Iris vorsprechen zu sehen.«

»Wir wissen, wie das ausgehen wird. Sie wird fabelhaft sein.«

»Sie ist wirklich gut, nicht wahr?«

»Nicht eine falsche Note. Sie ist die geborene Schauspielerin. Aber wir brauchen keinen weiteren Kinderstar in unserer Familie.«

Bram stellte ihr sich windendes Kleinkind auf den Boden. »Das Gute daran ist, dass sie nie das Gefühl haben wird, sich durch ihr Auftreten jemandes Liebe verdienen zu müssen.«

»Das ist richtig. Liebe ist hier im Überfluss vorhanden.«

Sie waren so sehr darin vertieft, sich gegenseitig anzulächeln, dass sie nicht bemerkten, wie ihr Sohn sich auf den Hintern plumpsen ließ und im Rhythmus zum Lied seiner Schwester zu klatschen begann. Brams Stimme wurde rau, wie das häufig vorkam, wenn er sich sein Glück vor Augen führte. »Wer hätte gedacht, dass ein Kerl wie ich am Ende mit so einer Familie dastehen würde?«

Sie lehnte ihren Kopf an seine Schulter. »Skip hätte es nicht besser hinkriegen können.« Dann zuckte sie zusammen. »Du liebe Zeit ... Jetzt fängt sie zu steppen an.«

»Wenigstens behält sie die Kleider an.«

Aber das war zu voreilig gewesen. Ein kleines geblümtes Sonnenkleidchen schwebte in die Rosen.

»Sie kommt ganz auf ihre Mutter«, flüsterte er. »Ich kenne keine andere Frau, die so bereitwillig ihre Kleider auszieht.«

»Ist nicht mein Fehler. Du bist sehr überzeugend.«

»Und du bist unwiderstehlich.«

Diesen Moment nutzte Skip Scofield und klopfte Bram auf die Schulter. *Wer hätte das gedacht? Dann hast du dich schließlich doch noch zum Familienmenschen gemausert.*

Was für eine Familie, sagte sich Bram und schaute in die Runde.

Iris verbeugte sich und kam zu ihrer nächsten Nummer. Sein Sohn rollte sich im Gras. Und seine Frau, seine eigene Frau, stellte sich auf die Zehenspitzen und flüsterte ihm ins Ohr: »Das ist die beste Reunionshow, die es je gab.«

Dem konnte er nur zustimmen.

Danksagung

Meine fiktionalen Personen existieren alle im gleichen kreativen Universum, weshalb scharfsinnigen Lesern sicherlich aufgefallen ist, dass einige vertraute Charaktere immer wieder auftauchen: April Robillard und Jack Patriot aus *Dieser Mann macht mich verrückt*; Fleur, Jake und Meg Koranda aus *Glitterbaby*. Ich kann nicht widerstehen, ich muss alte Freunde einfach immer wieder aufsuchen und werde dies auch weiterhin tun.

Beim Schreiben dieses Buchs halfen mir ein paar ganz besondere Menschen. Ich danke Joseph Phillips, der mich als Frau aus dem Mittleren Westen an seiner Kenntnis über Südkalifornien hat teilhaben lassen; Julie Wachowski, die mir das moderne Universum der Filmindustrie nahegebracht hat; Jimmie Morel, dessen Verständnis mir immer hilft, den Dingen auf den Grund zu gehen; und Dana Phillips, die vorübergehend ihren Filmschnitt vernachlässigt hat, um sich um die beiden liebenswertesten Kinder des Universums zu kümmern. Sollten sich Fehler finden, sind das leider alles meine. (Aber geben Sie ruhig den anderen die Schuld!)

Weiteres Dankeschön an Carrie Feron, meine langjährige Lektorin und liebste Freundin, wie auch an Steven Axelrod und Lori Antonson in der Axelrod Agency. Nicht genügend wertschätzen lässt sich meine außergewöhnliche Assistentin Sharon Mitchell. Umarmungen gehen an meine Familie, meine Schwester, an Dawn und die Chili Babys, an meine Walking-Gefährtinnen Kathy und Suzanne, an Kristin Hannah und Jayne Ann Krentz und an die Seppies meines Website-Forums. Jeder Schriftsteller sollte zu seiner Aufmunterung über so viele großartige Leute verfügen können.

Schließlich noch ein großer Vorhang für alle bei William Morrow und Avon Books mit einem kleinen Extraapplaus für Lisa Gallagher. Ich werde nie vergessen, wie glücklich ich bin, Teil eines derart begeisterungsfähigen und talentierten Verlagsteams zu sein.

Susan Elizabeth Phillips
www.susanelizabethphillips.com

Frech, romantisch, sexy.
Ein einfach unwiderstehlicher Lesespaß!

448 Seiten. ISBN 978-3-7341-0594-4

Voller Vorfreude reist Meg zur Hochzeit ihrer besten Freundin, um endlich den legendären Bräutigam kennenzuler-
nen. Und merkt sofort: Mr. Perfect und ihre Freundin Lucy
passen einfach nicht zusammen! Als Lucy schließlich
kalte Füße bekommt und die Hochzeit platzt, hat Meg ein
paar Feinde mehr. Allen voran den wütenden Bräutigam.
Und der macht ihr das Leben zur Hölle. Bis Meg erkennt,
dass Liebe eben einfach eine Himmelsmacht ist …

blanvalet